当代文学的力量

时 代 的 声 音

尚书房

北京文学

2015年~2016年重点优秀作品

把灯光调亮

2015~2016中国中篇小说精选

王 蒙 张抗抗等 著
北京文学月刊社 主编

中国书籍出版社
China Book Press

图书在版编目（CIP）数据

把灯光调亮／北京文学月刊社主编．—北京：中国书籍出版社，2017.7
ISBN 978-7-5068-6297-4

Ⅰ．①把… Ⅱ．①北… Ⅲ．①中篇小说－小说集－中国－当代
Ⅳ．① I247.5

中国版本图书馆 CIP 数据核字 (2017) 第 154346 号

把灯光调亮
北京文学月刊社　主编

责任编辑：吴化强
责任印制：孙马飞　马　芝
封面设计：吕宜昌
出版发行：中国书籍出版社
地　　址：北京市丰台区三路居路 97 号（邮编：100073）
电　　话：（010）52257143（总编室）　　（010）52257140（发行部）
电子邮箱：eo@chianbp.com.cn
经　　销：全国新华书店
印　　刷：北京一鑫印务有限公司
开　　本：710mm×1000mm　1/16
字　　数：518 千字
印　　张：33
版　　次：2017 年 9 月第 1 版　2017 年 9 月第 1 次印刷
书　　号：ISBN 978-7-5068-6297-4
定　　价：69.00 元

版权所有　翻印必究

目　录

转载作品　　三只虫草／阿　来　　　　　　　　　　　　3

地球之眼／石一枫　　　　　　　　　　55

万兽之夜／孙　频　　　　　　　　　　141

奇葩奇葩处处哀／王　蒙　　　　　　　189

把灯光调亮／张抗抗　　　　　　　　　243

李海叔叔／尹学芸　　　　　　　　　　277

琴声何来／裘山山　　　　　　　　　　333

三人二足／鲁　敏　　　　　　　　　　388

寻　暖／陶丽群　　　　　　　　　　　419

翻　案／蒋　峰　　　　　　　　　　　452

转载
作品

三只虫草 |阿 来|

原载《人民文学》2015年第2期,《北京文学·中篇小说月报》2015年第3期转载

一

海拔3300米。

寄宿小学校的钟声响了。

桑吉从浅丘的顶部回望钟声响起的地方,那是乡政府所在地。二三十幢房子散落在洼地中央,三层的楼房是乡政府,两层的曲尺形楼房是他刚刚离开的学校。

这是五月初始的日子,空气湿润起来。在刚刚过去的那个冬天,鼻子里只有冰冻的味道、风中尘土的味道,现在充满了他鼻腔的则是融雪散布到空气中的水汽的味道,还有冻土苏醒的味道。还有,刚刚露出新芽的青草的味道。

这是高海拔地区迟来的春天的味道。

第一遍钟声中,太阳露出了云层,天空、起伏的大地和蜿蜒曲折的流水都明亮起来。第一遍钟声叫预备铃。预备铃响起时,桑吉仿佛看见,女生们早就安安静静地坐在教室了,男生们则从宿舍、从操场、从厕所、从校门外开始向着楼上的教室奔跑。衣衫振动,合脚的不合脚的鞋子噗噗作响。男生们喜欢这样子奔跑,喜欢在楼梯间和走廊上推搡、碰撞,拥挤成一团跑进教室,这些正在启蒙中的孩子喜欢大喘着气,落座在教室里。小野兽一样,在寒气清冽的早晨,从嘴里喷吐出阵阵白汽。

等到第二遍钟声响起时，教室里安静下来，只有男孩们剧烈奔跑后的喘息声。

第三遍钟声响起来了，这是正式上课的铃声。

多布杰老师或是娜姆老师开始点名。

从第一排中间那桌开始。

然后左边，然后右边。

然后第二排，然后第三排。

桑吉的座位在第三排正中间，和羞怯的女生金花在一起。

现在，点名该点到他了。今天是星期三，第一节是数学课，那么点名的就该是娜姆老师。娜姆老师用她甜美的、听上去总是有些羞怯的声音念出了他的名字："桑吉。"

没有回答。

娜姆老师提高了声音："桑吉！"

桑吉似乎听到同学们笑起来。明明一抬眼就可以看见第三排中间的位置空着，她偏把头埋向那本点名册，又念了一遍："桑吉！"

桑吉此时正站在望得见小学校、望得见小学校操场和红旗的山丘上，对着水汽芬芳的空气，学着老师的口吻："桑吉！"

然后，他笑起来："对不起，老师，桑吉逃学了！"

此时，桑吉越过了丘冈，往南边的山坡下去几步，山坡下朝阳处的小学校和乡镇上那些房屋就从他眼前消失了。他开始顺着山坡向下奔跑。他奔跑，像草原上的很多孩子一样，并不是有什么急事需要奔跑，而是为了让柔软的风扑面而来，为了让自己像一只活力四射的小野兽一样跑得呼哧呼哧地喘着粗气。春天里，草坡在脚底下已经变得松软了，有弹性了。很像是地震后，他们转移到省城去借读时，那所学校里的塑胶跑道。

脚下出现了一道半米多高的土坎，桑吉轻松地跳下去了。那道坎是牦牛们磨角时挑出来的。

他跳过一丛丛只有光秃秃的坚硬枝干的雪层杜鹃，再过几天，它们就会绽放新芽，再有一个月，它们就会开出细密的紫色花朵。

挨着杜鹃花丛是一小片残雪，他听见那片残雪的硬壳在脚下破碎了。然后，天空在眼前旋转，那是他在雪上滑倒了。他仰身倒下，听到身体内部的东西震荡的声音。他笑了起来，学着同学们的声音，说："老师，桑吉逃学了。"

老师不相信。桑吉是最爱学习的学生，桑吉还是成绩最好的学生。

老师说："他是不是病了？"

"老师，桑吉听说学校今年不放虫草假，就偷跑回家了。"

本来，草原上的学校，每年五月都是要放虫草假的。挖虫草的季节，是草原上的人们每年收获最丰厚的季节。按惯例，学校都要放两周的虫草假，让学生们回家去帮忙。如今，退牧还草了，保护生态了，搬到定居点的牧民们没那么多地方放牧了。一家人的柴米油盐钱、向寺院作供养的钱、添置新衣裳和新家具的钱、供长大的孩子到远方上学的钱、看病的钱，都指望着这短暂的虫草季了。桑吉的姐姐在省城上中学。父亲和母亲都怨姐姐把太多的钱花在打扮上了。而桑吉在城里的学校借读过，他知道，姐姐那些花费都是必需的。她要穿裙子，还要穿裤子。穿裙子和穿裤子还要搭配不同的鞋，皮的鞋、布的鞋、塑料的鞋。

寒假时，姐姐回家，父亲就埋怨她把几百块钱都花在穿着打扮上了。

父亲还说了奶奶的病，弄得姐姐愧疚得哭了。

那时，桑吉就对姐姐说了："女生就应该打扮得花枝招展。"

姐姐笑了，同时伸手打他："花枝招展，这是贬义词！"

桑吉翻开词典："上面没说是贬义词。"

"从人嘴里说出来就是贬义词。"

桑吉合上词典："这是好听又好看的词！"

父母听不懂两姐弟用学校里学来的汉语对话。

用纺锤纺着羊毛线的母亲笑了："你们说话像乡里来的干部一样！"

为桑吉换靴底的父亲说："将来还是当老师好。"

桑吉说："今年虫草假的时候，我要挣两千元。一千元寄给姐姐，一千元给奶奶看医生！"

奶奶不说话。

病痛时不说话，没有病痛时也不说话。

听了桑吉的话，她高兴起来，还是不说话，只是咧着没牙的嘴，笑了起来。

但是，快要放虫草假的时候，上面来了一个管学校的人，说："虫草假，什么虫草假！不能让拜金主义把下一代的心灵玷污了！"

于是，桑吉的计划眼看着就要化为泡影了。不能兑现对姐姐和奶奶的承诺，他就成了说空话的人了。

所以，他就打定主意逃学了。

所以，他就在这个早上，在上学的钟声响起之前，跑出了学校。

钟声，他想，没有我，还没有这个钟声呢。

原来，学校上课下课是摇一个铜铃铛。当乡镇上来过了一辆收破烂儿的小卡车后，那只铃铛就从学校里消失了。那个被校长和值日老师的手磨得锃亮的铜铃铛把手上还系着一段红穗子，平常就放在校长办公室的窗台上。夏天的早上上面会结着露珠，深秋和初春的早上会结着薄霜。冬天，上面什么也没有，只是光泽都被严寒冻得喑哑了。

那辆收破烂儿的小卡车来过又消失，那只铜铃铛就消失了。

大家叽叽喳喳地说，是一个手脚不干净的同学干的。

传说他用铜铃铛换来的钱在网吧玩了一个通宵的游戏。他在电脑屏幕上打死了很多怪兽，打下了很多样子古怪的飞机。

听说老师们还专门开了一个会，讨论要不要把这个家伙找出来。后来，还是校长说："孩子，一个孩子，这种事还是不了了之吧。"

校长去了一趟县城，看自己的哮喘病，顺便从县教育局带回来一只电铃。电铃接上电线，安装在校长室的门楣上。从屋里一摁开关，丁零零的声音就响起来，急促、快速，谁去开它都一样。不像原来的铃声，在不同的老师手上，会摇出不同的节奏：叮——当！叮——当！或：叮叮——当当！叮叮——当当！

不承想，电铃怕冷，零下二十多度的冬天里，响了几天，就再也发不出声音了。

桑吉和泽仁想起了公路边雪中埋着的一个废弃的汽车轮胎，他们燃了一堆火，把上面的橡胶烧掉，把剩下的半轮断裂的钢圈弄回来，挂在篮球架上，这就是现在小学的钟了。一棍子敲上去，一声响亮后，还有嗡嗡的余音回荡，像是群蜂快乐飞翔。

放寒假了，钢圈还是挂在篮球架上。

那个县城里叫作破烂儿王的人又开着他的小卡车来过两三趟，这钢圈还是挂在篮球架上。

桑吉把这事讲给父亲听。

父亲说:"善因结善果,你们有个好校长。"这个整天待着无所事事的前牧牛人还因此大发议论,说,如今坏人太多,是因为警察太多了。父亲说:"坏人可不像虫草,越挖越少。坏人总是越抓越多。坏的东西和好的东西不一样,总是越抓越多。"

桑吉把父亲的话学给多布杰老师听。老师笑笑:"奇怪的哲学。"

桑吉问:"奇怪的意思我知道,什么是哲学?"

老师说:"这个我也不知道。"

桑吉很聪明:"我知道,这个不知道是说不出来的知道,不是我这种不知道。"

老师被这句话感动了,摸摸他的头:"很快的,很快的,我就要教不了你了。"

多布杰老师平常穿着军绿色的夹克,牛仔裤上套着高筒军靴,配上络腮胡子,很硬朗的形象,说这话时眼里却有了泪花。

他那样子让娜姆老师大笑不止,饱满的胸脯晃动跳荡。

现在,桑吉却在逃离这钟声的召唤。

奔跑中,他重重地摔倒在一摊残雪上,仰身倒地时,胸腔中的器官都震荡了,脑子就像篮球架上的钢圈被敲击过后一样,嗡嗡作响。

桑吉庆幸的是,他没有咬着自己的舌头。

然后,他侧过身,让脸贴着冰凉的雪,这样能让痛楚和脑子里嗡嗡的蜂鸣声平复下来。

这时,他看见了这一年的第一只虫草!

二

其实,桑吉还没有在野地里见过活的虫草。

但他知道,当自己侧过身子的同时也侧过脑袋,竖立在眼前的那一棵小草,更准确地说是竖立在眼前的那一棵嫩芽就是虫草。

那是怎样的一棵草芽呀!

它不是绿色的,而是褐色。因为从内部分泌出一点儿黏稠的物质而显得亮晶晶的褐色。

半个小拇指头那么高，三分之一，不，是四分之一个小拇指头那么粗。桑吉是聪明的男孩，刚学过的分数，在这里就用上了。

对，那不是一棵草，而是一棵褐色的草芽。

胶冻凝成一样的褐色草芽。冬天里煮一锅牛骨头，放了一夜的汤，第二天早上就凝成这种样子——有点儿透明的、娇嫩的，似乎是一碰就会碎掉的。

桑吉低低地叫了一声："虫草！"

他看看天，天上除了丝丝缕缕的仿佛马上就要化掉的云彩，蓝汪汪的，什么都没有出现。神没有出现，菩萨没有出现。按大人们的说法，一个人碰到好运气时，总是什么神灵护佑的结果。现在，对桑吉来说是这么重要的时刻，神却没有现身。多布杰老师总爱很张扬地说："低调，低调。"这是桑吉作文中又出现一个好句子时，多布杰老师一边喜形于色，一边却要拍打着他的脑袋时所说的话。

他要回去对老师说："人家神才是低调的，保佑我碰上好运气也不出来张扬一下。"

多布杰老师却不是这样，一边拍打着他的脑袋说低调低调，一边对办公室里别的老师喊："我教的这个娃娃，有点儿天才！"

桑吉已经忘记了被摔痛的身体，他调整呼吸，向着虫草伸出手去。

他的手都没有碰到凝胶一样的嫩芽，又缩了回来。

他吹了吹指尖，就像母亲的手被烧滚的牛奶烫着时那样。

他又仔细看去，视野更放宽一些。虫草芽就竖立在残雪的边缘，一边是白雪，一边是黑土，像小小的笔尖。

他翻身起来，跪在地上，直接用手开始挖掘，芽尖下面的虫草根一点点显露出来。那真是一条横卧着的虫子。肥胖的白色身子，上面有虫子移动时，需要拱起身子一点点挪动用以助力的一圈圈节环。他用嘴使劲吹开虫草身上的浮土，虫子细细的尾巴露了出来。

现在，整株虫草都起到他手上了。

他把它捧在手心里，细细地看，看那卧着的虫体头端生出一棵褐色的草芽。

这是一个美丽的奇妙的小生命。

这是一株可以换钱的虫草。一株虫草可以换到30块钱。30块钱，可以买两包给奶奶贴病痛关节的骨痛贴膏，或者可以给姐姐买一件打折的李宁牌T恤，粉红色的或者纯白色的。姐姐穿着这件T恤上体育课时，会让那些帅气的长卷头发的男生对她吹口哨。

父亲说，他挖出一根虫草时，会对山神说对不起，我把你藏下的宝贝拿走了。

桑吉心里也有些小小的小小的，对了，纠结。这是娜姆老师爱用的词，也是他去借读过的城里学校的学生爱用的词。纠结。

桑吉确实有点儿天才，有一回，他看见母亲把纺出的羊毛线绕成线团，家里的猫伸出爪子把这个线团玩得乱七八糟时，他突然就明白了这个词。他抱起猫，看着母亲绝望地对着那乱了的线团，不知从何下手时，他脱口叫了声："纠结！"

母亲吓了一跳，啐他道："一惊一乍的，独脚鬼附体了！"

现在的桑吉的确有点儿纠结，是该把这株虫草看成一个美丽的生命，还是看成30元人民币？这对大多数中国人来说根本不是一个问题，但对这片草原上的人们来说，常常是一个问题。

杀死一个生命和得到30元钱，这会使他们在心头生出：纠结。

不过，正像一些喇嘛说的那样，如今世风日下，人们也就是小小纠结一下，然后依然会把一个小生命换成钱。

桑吉把这根虫草放在一边，撅着屁股在刚化冻不久的潮湿的枯草地上爬行，仔细地搜寻下一根虫草。

不久，他就有了新发现。

又是一株虫草。

又是一株虫草。

就在这片草坡上，他一共找到了15根虫草。

想想这就挣到450块钱了，桑吉都要哼出歌来了。一直匍匐在草地上，他的一双膝盖很快就被苏醒的冻土打湿了。他的眼睛为了寻找这短而细小的虫草芽都流出了泪水。一些把巢筑在枯草棵下的云雀被他惊飞起来，不高兴地在他头顶上忽上忽下，喳喳叫唤。

三只虫草

和其它飞鸟比起来，云雀飞翔的姿态有些可笑。直上直下，像是一块石子、一团泥巴，被抛起又落下，落下又抛起。桑吉站起身，双臂向后，像翅膀一样张开。他用这种姿势冲下了山坡。他做盘旋的姿态，他做俯冲的姿态。他这样子的意思是对着向他发出抗议声的云雀说，为什么不用这样漂亮的姿态飞翔？

云雀不理会他，又落回到草棵中，蓬松着羽毛，吸收太阳的暖意。

在这些云雀看来，这个小野兽一样的孩子同样也是可笑的，他做着飞翔的姿态，却永远只能在地上吃力地奔跑，呼哧呼哧地喘着粗气，像一只笨拙的旱獭。

这天桑吉再没有遇见新的虫草。

他已经很满足了，也没有打算还要遇到新的虫草。

15根，450元啊！

他都没有再走上山坡，而是在那些连绵丘冈间蜿蜒的大路上大步穿行。阳光强烈，照耀着路边的溪流与沼泽中的融冰闪闪发光。加速融冻的草原黑土散发着越来越强烈的土腥味，一些牦牛头抵在裸露的岩石上舔食泛出的硝盐。

走了20多里地，他到家了。

一个新的村庄。实行牧民定居计划后建立起来的新村庄。一模一样的房子：正面是一个门，门两边是两个窗户，表示这是三间房，然后，在左边或在右边，房子拐一个角，又出来一间房。一共有二十六七幢这样的房子，组成了一个新的村庄。为了保护长江黄河上游的水源地，退牧还草了，牧人们不放牧，或者只放很少一点儿牧，父亲说："就像住在城里一样。"

桑吉不反驳父亲，心里却不同意他的说法，就二三十户人家聚在一起，怎么可能像城里一样？他上学的乡政府所在地，有卫生所，有学校，有修车铺、网吧、三家拉面馆、一家藏餐馆、一家四川饭馆、一家理发店、两家超市，还有一座寺院，也只是一个镇，而不是城。就算住在那里，也算不得"就像住在城里一样"。因为没有带塑胶跑道、有图书馆的中学校，没有电影院，没有广场，没有大饭店，没有立交桥，没有电影里的街头黑帮，没有红绿灯和交通警察，这算什么城市呢？这些定居点里的人，不过是无所事事地傻待着，不时地口诵六字真言罢了。直到北风退去，东南风把温暖送来，吹醒了大地，吹融了冰雪，虫草季到来，陷入梦魇一般的人们才随之苏醒过来。

桑吉不想用这些话破坏父亲的幻觉。

他只是在心里说，只是待着不动，拿一点儿政府微薄的生活补贴，算不得像城里一样的生活。

即便是每户人家的房顶上，都安装了一个卫星电视天线，每天晚上打开电视机都可以看到当地电视台播出翻译成藏语的电视剧，父亲和母亲坐下来，就着茶看讲汉语的城里人的故事。他们就是看不明白。

电视看完了，两个人躺在被窝里发表观后感。

母亲的问题是："那些人吃得好，穿得好，也不干活儿，又是很操心很累很不高兴的样子，那是因为什么？"

桑吉听见这样的话，会在心里说："因为你不是城里人，不懂得城里人的生活。"

每年春暖花开的时候，大城市来的游客就会在草原上出现，组团的、自驾的、当驴友的，这些城里人说："啊，到这样的地方，身心是多么放松！"

这是说，他们在城里玩的时候不算玩，不放松，只有到了草原上，才是玩。但桑吉不想把自己所知道的这些都告诉父亲。他知道，父亲母亲让他和姐姐上学，是为了他们过上更好的生活，而不是为了让他们回到家来显摆那些超过自己的见识。

父亲想不通的还有一种打仗的电视剧："那些人杀人比我们过去打猎还容易啊！杀人应该不是这么容易的呀！"

"那是杀日本鬼子呀！"母亲说。

父亲反驳："杀日本鬼子就比杀野兔还容易吗？"

这时，桑吉也不想告诉父亲说，这是编电视的人在表现爱国主义。他在电视里看到过电视剧的导演和明星谈为什么这样做就是爱国主义。

父亲是个较真的人、爱刨根问底的人，如果你告诉他这是爱国主义，说不定哪天他想啊想啊，冷不丁就会问桑吉："那么，你说的这个主义和共产主义，还有个人主义是不一样的吗？还是原本是一样的？"

他不想让父亲把自己搅进这样纠结的话题里。

现在，这个逃学的孩子正在回家。他走过溪流上的便桥，走上了村中那条硬化了的水泥路面。

奶奶坐在门口晒太阳，很远就看见他了。

她把手搭在额头上，遮住阳光，看孙子过了溪上的小桥，一步步走近自己，她没牙的嘴咧开，古铜色的脸上那些皱纹都舒展开来了。

桑吉把额头抵在奶奶的额头上，说："闻闻我的味道！"

奶奶摸摸鼻子，意思是这个老鼻子闻不出什么味道了。

桑吉觉得自己怀里揣着15根虫草，那些虫草，一半是虫，一半是草，同时散发着虫子和草芽的味道，奶奶应该闻得出来。但奶奶摸摸鼻子，表示并没有闻到什么味道。

屋里没有人。

父亲和母亲都去村委会开会了。

他自己弄了些吃的，一块风干肉，一把细碎的干酪，边吃边向村委会走去。这时村委会的会已经散了。男人们坐在村委会院子里继续闲聊，女人们四散回家。

桑吉迎面碰上了母亲。

母亲没给他好脸色看，伸手就把他的耳朵揪住："你逃学了！"

他把皮袍的大襟拉开："闻闻味道！"

母亲不理："校长把电话打到村主任那里，你逃学了！"

桑吉把皮袍的大襟再拉开一点儿，小声提醒母亲："虫草，虫草！"

母亲听而不闻，直到远离了那些过来围观的妇人们，直到把他拉进自己家里："虫草，虫草，生怕别人听不见！"

桑吉揉揉有些发烫的耳朵，把怀里的虫草放进条案上的一只青花龙碗里。他又从盛着15只虫草的碗中分出来7只，放进另一个碗里："这是奶奶的，这是姐姐的。"

一边碗中还多出来一只，他捡出来放在自己手心里，说："这样就公平了。"他看看手心里那一只，确实有点儿孤单，便又从两边碗里各取出一只。现在，两边碗里各有6只，他手心里有了3只，他说："这是我的。"

母亲抹开了眼泪："懂事的桑吉，可怜的桑吉。"

母亲和村里这群妇人一样用词简单，说可怜的时候，有可爱的意思。所以，母亲感动的泪水、怜惜的泪水让桑吉很是受用。

母亲换了口吻,用对大人说话一样的口吻告诉桑吉:"村里刚开了会,明天就可以上山挖虫草了。今年要组织纠察队,守在进山路上,不准外地人来挖我们山上的虫草。你父亲要参加纠察队,你不回来,咱们家今年就挣不到什么钱了。"

母亲指指火炉的左下方,家里那顶出门用的白布帐篷已经捆扎好了。

桑吉更感到自己逃学回来是再正确不过的举措了,不由得挺了挺他小孩子的小胸脯。

桑吉问:"阿爸又跟那些人喝酒了?"

母亲说:"他上山找花脸和白蹄去了。"

花脸和白蹄是家里两头驮东西的牦牛。

"我要和你们一起上山去挖虫草!"

母亲说:"你阿爸留下话来,让你的鼻子好好等着。"

桑吉知道,因为逃学父亲要惩罚他,揪他的鼻子,所以他说:"那我要把鼻子藏起来。"

母亲说:"那你赶紧找个土拨鼠洞,藏得越深越好!"

桑吉不怕。要是父亲留的话是让屁股等着,那才是真正的惩罚。揪揪鼻子,那就是小意思了。又疼又爱的小意思。

阿爸从坡上把花脸和白蹄牵回来,并没有揪他的鼻子,只说:"明天给我回学校去。"

桑吉顶嘴:"我就是逃50天学,他们也超不过我!"

"校长那么好,亲自打的电话,不能不听他的话。"

桑吉想了想:"我给校长写封信。"

他就真的从书包里掏出本子,坐下来给校长写信。其实,他是写给多布杰老师的:"多布杰老师,我一定能考一百分。帮我向校长请个虫草假。我的奶奶病了,姐姐上学没有好看的衣服穿。今天我看见虫草了,活的虫草,就像活的生命一样。我知道我是犯错了,我回去后你罚我站着上课吧。逃课多少天,我就站多少天。我知道这样做太不低调了。为了保护草原,我们家没有牛群了。我们家只剩下五头牛了,两头驮牛和三头奶牛。只有挖虫草才能挣到钱。"

他把信折成一只纸鹤的样子,在翅膀上写上"多布杰老师收"的字样。

三只虫草

母亲看着他老练沉稳地做着这一切，眼睛里流露出崇拜的光亮。

母亲赔着小心说："那么，我去把这个交给村主任吧。"

他说："行，就交给村主任，让他托人带到学校去。"

这是桑吉逃学的第一天。

那天晚上，他睡不着。听着父亲和母亲一直在悄声谈论自己。说神灵看顾，让他们有福气，得到漂亮的女儿，和这么聪明懂事的儿子。政府说，定居了，牧民过上新生活，一家人要分睡在一间一间的房里。可是，他们还是喜欢一家人睡在暖和的火炉边上。白天，被褥铺在各个房间的床上。晚上，他们就把这些被褥搬出来，铺在火炉边的地板上。大人睡在左边，孩子睡在右边。父亲和母亲说够了，母亲过来，钻进桑吉的被子下面。母亲抱着他，让他的头顶着她的下巴。她身上还带着父亲的味道，她的乳房温暖又柔软。

三

去往虫草山的这个早晨，天上下着雪霰。

雪霰本是笔直落到地上，可是有风，说不上大，但很有劲道的风，把雪霰横吹过来，打在人脸上，像一只只口器冰凉的飞虫在撞击，在叮咬。

风搅着雪，把整个世界吹得天昏地暗。

这样的情景中，很难想象这个世界上还会在蓝空下面耸立着一座虫草山。一座黑土中、浅草下埋满了宝物的山。

桑吉把袍子宽大的袖口举起来，权且遮挡一下风雪，心想："虫草山肯定不见了吧。"话到嘴边，变成了："我们找不到虫草山了吧？"

母亲叫他放心："虫草山在着呢。"

将近中午，大家来到了虫草山下。

雪停了，风也停了，天却阴着。云雾低垂，把虫草山的顶峰藏在灰暗的深处。只有那些长着虫草的土坡，立在眼前，像是一个巨人，只看见他腆着的肚子，却不见隐在灰云中的脑袋和颈项。

桑吉想，那些鼓着的肚腹一样的山坡，一定藏着好多虫草。

在风中搭帐篷很费了些力气。风总想把还来不及系牢的帐篷布吹上天空，桑吉就把整个身子都压在帐篷布上，让父亲腾出手来，把绳锚砸进地里。

帐篷架好了，母亲在帐篷中生火。

桑吉在河沟边的灌木丛中搜寻干枯的树枝。他不用眼睛看，他用脚蹚。

掉光了叶子的灌木看上去都一样，难以分辨哪些已经干枯，哪些还活着。可是用脚一蹚，干枯的噼噼啪啪折断，活着的弯下腰又强劲反弹。很快，他们家帐篷旁边的枯枝就堆成了一座小山。

邻居都来夸赞："聪明的孩子才能成事呀！"

父亲却骂："你这么干，知道有多费靴子吗？"

母亲看着他把干枯的杜鹃树枝添进炉膛，脸上映着红彤彤的火光，说："他心里美着呢。"

桑吉知道，母亲看见自己能干顾家，心里也正美着呢。

这时有人通知去抽签，村里用这种方法产生每天6个人分成3组，在各个路口封堵外来人员的纠察队员。

父亲起身，桑吉也跟在他身后。

山顶还是被风和雪还有阴云笼罩着，鼓着肚子的黄色草坡下面的洼地里，聚居点的人家都在这里搭起了自己的帐篷。

男人们都聚在村主任家的帐篷前，村主任就在帐篷边折了些绣线菊的细枝，撅成长短不一的短棍，握在他缺一根指头的手中，宣布规则："抽到长的人明天值班。明天晚上大家再来抽，看后天该谁值班。"

吹着冷风，男人们都把手插在皮袍的大襟里，村主任握着那把短棍，把手举到众人面前。第三个人就是桑吉的父亲了。父亲没有把手从皮袍襟里拿出来，他看看儿子。

村主任问："让桑吉抽？"

桑吉伸出的手又缩了回来。

因为前面三个人都抽了短的。他想起多布杰老师在数学课上说过的一个词：概率。那时，他没有听懂。现在，他有些明白了。前面三个都抽了短的，那么，也许长的就该出现了。

所以，他对村主任说："先让别人抽，我要算一算。"

男人们笑起来："算一算，你是一个会占卜的喇嘛吗？"

桑吉摇了摇头："我要用数学算一算。"

他们家在定居点的邻居伸出了手："哦，这个娃娃装的学问比喇嘛都大了!"

村长手里有28根棍子,其中有6根长棍,已经抽出三根短棍。接下来,他们家的邻居抽出了一根长棍;接下来,是一根短棍;接下来,又是一根长棍。抽到长棍的人连叫倒霉。虽然大家都愿意当纠察,保卫村里的虫草山,但谁都不想在第一天。谁都明白,第一天上山的收获,可能胜过后来的三四天。

这时,桑吉说:"我算好了。"他出手,抽到了一根短棍。

晚上,父亲在帐篷里几次对母亲说:"你儿子,他说他要算算,他要算算!"

桑吉躺在被窝里,听着风呼呼地掠过帐篷顶,又从枕头底下翻出来铁皮文具盒,摸到3根胖胖的虫草,把柔软的触觉传到他指尖。

他听见父亲低声问母亲:"儿子睡着了吗?"

母亲说:"你再不老实,山神不高兴,会让我们的眼睛看不见虫草!"

父亲说:"山神老人家忙得很呢,哪有时间整天盯着你一个人。"

"山神有一千只一万只眼睛,什么都能看见。"

母亲起身离开父亲,钻到了桑吉的被窝里,她带来一团热乎乎的气息,她的手穿过桑吉的腋下,轻轻地,怀抱着他。她的胸又软和又温暖,父亲还在那边的被窝里自言自语:"算算。"

桑吉身子微微弯曲,姿态像是枕边文具盒里的虫草,松弛又温暖。他很快就睡着了。

他是被一阵鼓声惊醒的。

帐篷里没有人,外面鼓声阵阵。

他知道,那是喇嘛在作法。

天朗气清,阳光明亮。

草地被照耀得一片金黄。虫草山上方的雪山,在蓝天下显露出赭红色的山崖和山崖上方晶莹的积雪。

人们聚集在溪边。那里已经用石头砌起了一个祭台,喇嘛坐在上首,击鼓诵经。男人们在祭台上点燃了柏枝,芬芳的青烟直上蓝天。喇嘛们手中的钹与镲发出响亮的声音时,仪式到了尾声。男人们齐声呼喊,献给山神的风马雪片般布满了天空。

虫草季正式开启。

被选为纠察的人们分头前去把守路口，全村男女都出发上山，每人一把小小的鹤嘴锄、一只搪瓷缸子。人们在山坡上四散开来，趴在草坡上，细细搜寻长不过一两厘米的褐色的娇嫩草芽。

桑吉手里也有了一把轻巧的鹤嘴锄。当一只虫草芽出现在眼前，他也学着大人们的样子，把周围的浮土和枯草拂开，从草芽的旁边进锄，再用劲撬动，他听到草根断裂的声音，看到地面开裂，再缓缓用劲，那道裂缝的中央，胖胖的虫草出现了。他鼓起腮帮，把虫草上的浮土吹开，小心拈起它，放进搪瓷缸里。做这所有的动作，他都小心翼翼，不让虫草有最微小的损伤。过些日子，虫草贩子就要来了，他们嘴里永远挂着一个词：品相，品相。第一是品相，第二还是品相。就像校长说的：第一是做人，第二还是做人。就像多布杰老师说的：第一是学习，第二还是学习。就像娜姆老师说的：第一是爱，第二是爱，第三还是爱。

在山上，比起自己和母亲，高个子的父亲就笨拙多了。

首先，他不容易看见细小的虫草芽。

第二，好不容易发现了，他的大手对付这个小东西，也是很无所适从的样子。

太阳当顶的时候，一家人停下来吃午餐，冷牛肉、烧饼、一暖瓶热茶。桑吉狼吞虎咽，父亲说他吃相不好。父亲端端正正坐着，一小刀一小刀削下牛肉，放进嘴里，细嚼慢咽。饮下热茶时，更要发出舒服的感叹。桑吉不管，三下五除二，很快就吃得有些撑了。他趴在地上，数两只搪瓷缸里的虫草。他的成绩是19只。母亲23只。父亲最少，11只。

父亲笑着说："小东西是让小孩和女人看见的。男人眼睛用来看大处和远处。"

母亲对桑吉说："你父亲年轻时，打猎和寻找走失的牛，很远很远，他就能看见。"母亲又对父亲说："可现在不打猎也不放牧了，挖虫草，就得看着近处细处了。"

父亲吃饱了，把刀插回鞘中，抹抹嘴，翻身仰躺在草地上，用帽子盖住了脸。

桑吉看着父亲，桑吉总要不由自主地把眼光落在父亲和母亲身上。父亲用帽子盖着脸，耳朵却在一上一下地动着。这是他在逗桑吉玩，这相当于电视里那些人说我爱你。父亲不说，他一上一下动着耳朵，逗桑吉开心。

桑吉眼尖，在父亲耳朵边发现了一粒破土而出的虫草芽。

他把鹤嘴锄插进土中，对父亲说，别动别动，取出一只胖胖的虫草。

然后，他揭开父亲脸上的帽子，把那只虫草举到父亲眼前。

父亲很舒心，对母亲说："这个孩子不会白养呢。不像你姐姐的儿子呢。"他们说的是桑吉16岁的表哥。小学上到三年级就不上了。长到十四五岁，就开始偷东西，只为换一点儿钱，到乡政府所在的镇上，或者到县城打台球。他偷过一头牛，还和另一个混混儿偷卸掉停在旅馆的卡车的备用轮胎，卖到修车铺。也不走远，就在修车铺门口的露天台球桌上打台球，台球桌边放一打啤酒，边打边喝。打到第三天，就被抓到派出所去关了一个星期。

四处浪荡的表哥常常不回家，饿得不行了，还跑到小学校，来吃桑吉的饭。

星期天下午，学校背后的草地上，他曾经对表哥说："你来吃我的饭，我很高兴。"

表哥一边狼吞虎咽，一边说："那你是个傻瓜。"

桑吉很老成很正经地说："你来吃我的饭，说明你没有偷东西。所以我很高兴。"

表哥说："傻瓜！那是因为这地方又穷又小，偷不到东西！"

桑吉很伤心："求求你不要偷了。"

表哥也露出伤心的表情："上学我成绩不好，就想回去跟大人们一样当牧民，可是，大人们也不放牧了。有钱人家到县城开一个铺子，我们家比你们家还穷。你这个装模作样的家伙，敢来教训我！"

桑吉不说话。

表哥又让他去买啤酒。一口气喝了两瓶后，表哥借酒装疯："读书行的人，上大学，当干部。等你当了干部再来教训我！那你说，我不偷能干什么？"

桑吉埋头想了半天，实在没有想出什么好办法，就说："那你少偷一点儿吧。"

表哥很重地打了他一巴掌，唱着歌走了。那天，表哥把学校的一台录音机偷走了。再以后，学校就不准表哥再到学校来找他了。

校长说："学校不是饿鬼的施食之地，请往该去的地方去。"

多布杰老师说："你信不信我能把你揍得把一个人看成三个人！"

表哥灰溜溜走了。多布杰老师的眼神变得柔和了，他对桑吉说："你现在帮不了他，只有好好读书，或许将来你可以帮到他。"

从此，表哥不偷东西了。他当背夫，帮人背东西。帮去爬雪山的游客背东西，帮勘探矿山的人背东西。最后，又帮盗猎者背藏羚羊皮，盗猎者空手出山，他却被巡山队抓个正着，进监狱已经一年多了。

父亲提起这个话头，让桑吉想起表哥。

他想起多布杰老师的话："你表哥其实是个好人。可是，监狱可不是把一个人变好的地方。"

他想等虫草季结束，手里有了钱，就去城里看表哥。表哥和姐姐在一个城里。不同的是，一个在学校，一个在监狱。他想给表哥买一双手套，皮的,五个指头都露在外面的。表哥戴过那样子的一只手套。那是他捡来的。但他喜欢戴着那样一只手套打台球，头上还歪戴着一顶棒球帽。对，桑吉还要给他买一顶新的棒球帽。但不给表哥买项链。表哥的项链上挂着一个塑料的骷髅头，表面却涂着金属漆，实在是太难看了。那是来自一个暴烈的电子游戏中的形象。

他坐在草坡上，坐在太阳下想表哥，表情惆怅。

母亲埋怨父亲："你提他不争气的表哥干什么？你让儿子伤心了。"

父亲翻身起来，摸摸他的脑袋："虫草还在等我们呢。"

这一下午，桑吉又挖了 10 多根虫草。

晚上，回到帐篷里，母亲生火擀面。锅里下了牛肉片和干菜叶的水在沸腾，今天晚餐是一锅热腾腾的面片。

桑吉拿一把小软刷，把一只只虫草身上的杂物清除干净，然后一只只整齐排列在一块干燥的木板上，虫草里的水分，一部分挥发到空气中，一部分被干燥的木板吸收。等到虫草贩子出现在营地的时候，它们就可以出售了。

父亲抽签回来的时候，面片已经下锅了。汤沸腾起来的时候，母亲就往锅里倒一小勺凉水，这样锅里会沉静片刻，然后，又翻沸起来。如是者三，滑溜溜香喷喷的面片就煮好了。

父亲又抽到一根短棍。

父亲对桑吉说:"我也学你算了算。"

惹得桑吉大笑不止。

桑吉大笑的时候,帐篷门帘被掀开,一个人带着一股冷风进来了。来人是一个喇嘛。

女主人专门把一只碗用清水洗过,盛一大碗面片恭敬地双手递到喇嘛面前。喇嘛不说话,笑着摇手。

一家人便不敢自便,任煮好的面片融成一锅糨糊。

往年,虫草季结束的时候,喇嘛会来,从每户人家收一些虫草,作为他们虫草季开山仪式诵经作法的报酬。但开山第一天就来人家里,这是第一回。喇嘛不说话,一家人也不明白他的意思,大家便僵在那里。

喇嘛开口了,也不说来意,却说听大家讲,这一家叫桑吉的儿子天资聪慧,在学校里成绩好得不得了。喇嘛说,这就是根器好。可惜早年没有进庙出家,而是进了学校。学校好是好,上大学,进城,一个人享受现世好福报。如果出家,修行有成,自度度人,那就是全家人享受福报,还不只是现世呢。

说这些话时,喇嘛眼睛盯着帐篷一角木板上晾着的虫草。

那些虫草,火苗蹿出炉膛时,就被照亮;火苗缩回炉膛时,就隐入黑暗,不被人看见。桑吉挪动屁股,遮住了投向虫草的火光。

喇嘛笑了:"果然是聪明种子啊!"

喇嘛还说:"知道吗?佛经里有好多关于影子的话。云影怎能把大山藏起来?"

桑吉心头气恼,顶撞了喇嘛:"看大山要去宽广草滩,不必来我家窄小的帐房。"

父亲念一声佛号:"小犊子,要敬畏三宝。"

桑吉知道,佛,和他的法,还有传他法的喇嘛,就是三宝。父亲一提醒,自己心里也害怕。在学校,他顶撞过老师,过后却没有这样的害怕。

父亲对喇嘛说:"上师来到贫家,有什么示下,请明言吧。"

喇嘛说:"年年虫草季,大家都到山神库中取宝,全靠我等作法祈请,他老人家才没动怒，降下惩罚。"

父亲说："这个我们知道，待虫草季结束，我们还是会跟往年一样，呈上谢仪。"

喇嘛脸上的笑容消失了："山中的宝物眼见得越来越少，山神一年年越发不高兴了，我们要比往年多费好几倍的力气，才能安抚住他老人家不要动怒。"

话到了这个份儿上，结果也自然明了。喇嘛从他家第一天的收获中拿走了五分之一的虫草，预支了一份作为他们加倍作法的报偿。

喇嘛取了虫草，客气地告辞。这时，他家的面片已经变成一锅面糊了。

第二天，他们上山时，喇嘛们又在草滩上铺了毯子，坐在上面摇铃击鼓，大作其法。

桑吉对父亲说："今天晚上喇嘛还要来。"

当天晚上，喇嘛没有来。

他们是第五天晚上来的。这回是两个小沙弥，一个摇着经轮，一个手里端着只托盘，也不进帐篷，立在门口，说："20只，20只就够了。"

桑吉禁不住喊道："20只，600块钱！"

母亲怕他说出什么更冒失的话来，伸手把他的嘴捂住了。

四

虫草一天天增多。

晾干了的虫草都精心收起来，装进专门在县城白铁铺订制的那只箱子里。箱子用白铁皮包裹，里面衬着紫红色丝绒。晾干的虫草就一只只静静地躺在那暗黑的空间里沉睡。一个星期不到，不算还晾在木板上的那几十只，箱子里已经有了将近600只虫草。也不算躺在文具盒里的那3只。

明天是在这座虫草山上的最后一天。

在村主任家帐篷前抽签时，父亲还是抽到了短木棍。父亲没有声张，心里高兴，嘴上却说："也该我去守一回路口了。"

回到家里，他却喜形于色，说："看来今年我们家运气好着呢。"

母亲说："要是女儿考得上大学，那才是神真真地看顾我们了。"

父亲净了手，把小佛龛中佛前的灯油添满，把灯芯拨亮。

这天晚上，桑吉躺在被窝里，又给他的3只虫草派上了新用场。

他想回学校时该送多布杰老师和娜姆老师一人一样礼物。他想起星期六或星期天，太阳好的时候，老师们喜欢在院子里，在太阳地里洗洗涮涮。多布杰老师涂一脸吉列牌的剃须泡，打理他的络腮胡子，娜姆老师用飘柔洗发水洗自己的长发。他想回学校时，买一罐剃须泡和一瓶洗发水送给他们。

3只虫草，一共才90块钱哪！

为此，他心里生出小小的苦恼，怕因此就不够给表哥买五指皮手套的钱了。

甚至睡梦里，也有小小的焦灼在那里，像只灰色鸟在盘旋。

早上起来，父亲当纠察队员去把守路口了。桑吉和母亲上山去。这座山四围除了向西的一面属于另一个村子，其他三面鼓起的肚腹都被反复搜索过两三遍了。所以，这一天收获很少，他和母亲一共只采到十几只虫草。桑吉提议，不如早点儿下山，收拾好东西，明天早点儿转到新的营地。

母亲坐下来，让桑吉把头靠在她腿上，说："去那么早干什么？没有祭山仪式，谁都不能先上山去挖虫草。"

桑吉说："去得早，可以多找些干柴，多捡些干牛粪，我们家的炉火就比别人家旺。"

母亲说："有你这样的儿子，我们家怕是真要兴旺了。"

桑吉改用了汉语，用课堂上念书的腔调说："旺，兴旺的旺，旺盛的旺。"

他笑了，对母亲说："还能组什么词，我想不起来了。"

母亲爱抚他的脑袋："天神啊，你脑袋里装了多少我不知道的东西啊！"

回到帐篷里，桑吉把晾在木板上的3只虫草收进文具盒里——这是他脑子里已经派了很多用场的虫草。

然后，再去溪边打水，母亲说了，今天要煮一锅肉。大块的肉之外，牛的腿骨可以熬出浓浓的汤。

桑吉把牛腿骨放在帐篷外的石头上，用斧子背砸。骨头的碎屑四处飞溅，一些鸟闻声并不惊飞，而是聚拢过来，在草地上蹦蹦跳跳，争着啄食那些沾着肉带着髓的小碎屑。母亲倚在帐篷门边，笑着说："鸟不怕你呢，你能聚拢生气呢。"

桑吉更加卖力地砸那些骨头，砸出更多的碎骨头，四处飞溅，让鸟们啄食。

虽说是沾肉带髓,但到底是骨头,鸟们都只浅尝几口,便扑棱棱振翅飞走了。桑吉这才收了手,脱下头上的绒线帽子,头上冒起一股白烟。

母亲说:"瞧,你的头上先开锅了。"

母亲从他脚边把那些砸碎的骨头收起来,下了锅。肉香味充溢帐篷的时候,桑吉把在这座虫草山上的收获清理完毕了——不算他那3只,也不算他要单给奶奶和姐姐的那12只——他们一家三口在这座虫草山上的收获一共是671只。一只30块。三六一万八,三七二千一,加起来是两万零一百,还有个三十,他对母亲说:"哇,一共是两万零一百三十。"

母亲笑得眉眼舒展。

这时,父亲刚好弯着腰钻进了帐篷,说:"你高兴是因为钱多呢,还是因为儿子算这么快?"

不等母亲回话,父亲又说:"来客人了。"

果然,帐篷门口,还站着一个人。

这个人穿着一件长呢大衣,戴着一顶鸭舌帽,是个干部。一抹浓黑的胡子盖着他的上嘴唇。

这个人用手稍稍抬了抬帽子,就弯腰进了帐篷。母亲搬过垫子,请他在火炉边坐了。

这个人盘腿坐下,表情严肃地盯着桑吉:"那么,你就是那个逃学的桑吉了?"

桑吉说:"期末考试我照样能考一百分。"

这个人说:"你不知道我是谁吧?我叫贡布。"

桑吉说:"贡布叔叔。"

这个人说:"我是县政府的调研员,专门调研虫草季逃学的学生。"

桑吉问:"调研是什么意思?"他真的没有听到过这个词。

调研员说:"你逃学的那天,我就调研到你们学校了。你逃学一星期了。你之后,又有7个人逃学。"

父亲插进来,想帮儿子申辩,但他刚张口,嘴里发出了一两个模糊的音节,调研员只抬了抬手,他就把话咽回去了。调研员说:"你不要说话,我和桑吉说话。桑吉是一个值得与他谈话的人。"

桑吉还是固执地问："调研是什么意思,我没听说过。"

调研员从母亲手里接过牛肉汤时,还对她很客气地笑了一下。他喝了一口汤,吧嗒一下嘴,作为对这汤鲜美的夸奖。这才对桑吉说："视察。"

桑吉的眼光垂向地上："视察。你是领导。"

调研员哈哈大笑："这么小的孩子都知道领导!"他又说,"不要担心了,我不是来抓你回学校的。"

桑吉这才放松下来："真的吗?"

"你听听外面。"

这时,桑吉才注意到今天黄昏的营地有一种特别的热闹。一群孩子加入营地,带来了一种生气勃勃的热闹。学校确实放了假,各家的孩子都回到营地里来了。男孩子们身上带着野气,无缘无故就呼喊,无缘无故就奔跑。女孩子们跳橡筋绳:一二三四五六七!七六五四三二一!

桑吉冲出帐篷,加入了他们。

但他的同学们并不太欢迎他。他们怀着小小的嫉妒。他逃了学,期末考试照样会得一百分,而且,营地里都传说,他起码挖了一万块钱的虫草。大家围成一圈在草滩上踢足球,大家都不把球传给他。可是,当球被谁一个大脚开到远处时,就有人叫:"桑吉!"

他捡了球回来,大家还是不把球传给他。

这使得他意兴阑珊,只想天早些黑,早点儿回家。

回家时,他看到父亲正蘸着口水数钱。数十张,交到母亲手上,再数十张。最后父亲笑了:"两万零一百三十元。"

母亲却忧虑:"村里商量过的,虫草要一起出手。"

调研员笑了,把钱袋裹在腰上:"我这就去村主任家吃饭,把他们家的虫草也收了。"

母亲从锅里捞了一大块牛肉,包好,要调研员带上。他说:"留着吧,哪天我到你们家来吃就是了。"

那意思是他一时半会儿不会离开。

调研员拍拍桑吉的脑袋:"这些娃娃放假回家挖虫草,我要在这里盯着他们,别在山上摔坏了,别让狗熊咬伤了。"

父亲说:"您放心吧,山里没有狗熊已经十多年了。"

调研员提着他们家的虫草箱起身了："这只是一个比喻。你们家下一个虫草山的收获也给我留着。"说完，他一掀帐篷门帘，出去了。

　　桑吉说："他没有付箱子的钱！"

　　桑吉记得，红丝绒，加白铁皮，加薄衬板，加手工，一共花了差不多300块钱。为了这只箱子，父亲在白铁店坐等三天，看着店里的师傅做出来的。每天下了课，他都到那个店里去陪父亲。第一天，师傅把剪出来的白铁皮敲打成了一个长方体，有了箱子的基本模样。第二天，又给箱子内部安上了木衬板和红丝绒。第三天，是盖子和箱子上的铁把手。最后，安装上了一把锁。这把锁是桑吉从捡来的一只破公文包上取下来的。常常，从外地来这个镇上的人，走后都会留下点儿什么不要的破烂货。开车的留下一只旧轮胎，驴友留下一根登山杖。也是一位来学校检查工作的干部，他留下的是一只四角都被磨得泛白的公文包。桑吉不知道自己为什么卸下了那把锁。那时，他并不知道父亲打算为装虫草而做一只讲究的箱子。但父亲告诉他，此行来镇上，是为了做一只装虫草的箱子时，他就拿出了那把锁。

　　桑吉说："虫草挖出来，在我们手上就十来天时间，为什么要一个箱子？"

　　父亲说："给我们带来一年生计的东西，不能就装在一只旧布袋里。"

　　三天后，一只箱子就做出来了。

　　还装上了那把锁。

　　白铁店老板嘲笑他们："装一把没有钥匙的锁干什么？"

　　父亲说："没有钥匙的锁也是锁，聋子的耳朵也是耳朵。"

　　真的，有了这把锁，不管有没有钥匙，那就是一只像模像样的箱子了。里面像是可以装着珍贵的物品了。

　　可是，现在调研员拿走了这只箱子。

　　桑吉追了出去，在村主任家帐篷门口，他从后面拉住了调研员大衣上的腰襻。

　　调研员说："我没有多付你们家钱吧。"

　　桑吉说："箱子，你不能带走箱子。"

　　调研员说："箱子？我只拿了虫草。"

　　桑吉说："你只能拿走虫草，不能拿走装虫草的箱子。"

调研员明白了："你得告诉我，这些虫草我是捧在手上还是含在嘴里。"

桑吉说："收虫草的人都自己带装虫草的东西。"

桑吉其实不知道调研员带着一只讲究的箱子，接上电就恒温恒湿。不是装虫草的，是城里人装雪茄烟的箱子。调研员的这只箱子就放在他的汽车里。他本来要在村主任家吃了晚饭，再串几户人家，把收来的虫草装进汽车里的恒温箱里，明天早上再把箱子还给他们。

现在，调研员觉得他是个好玩的娃娃，便说："你在镇上的超市里买过东西吗？"

桑吉说："买过。"

"说说你买过些什么东西？"

"糖，还有墨水。"

"对了，超市的人让你把包糖的纸和墨水瓶还给他们了吗？"

桑吉摇了摇头。

调研员说："嘿，小伙子，你是在摇头吗？你不知道黑夜里我看不见吗？"

桑吉说："你只付了虫草钱，没付箱子的钱。"

调研员笑了，他不进村主任家的帐篷，转身往他停车的地方走。隔着老远，刚看得见车窗玻璃上的反射光，他按一下手里的钥匙，车灯闪烁的同时，还吱地叫了一声。

调研员打开车子的后厢门，车里灯亮起来，照见一只箱子，闪着黑黝黝的金属光泽，箱门上还有两只手表那么大的表盘。调研员说："小伙子，开开眼，这样的东西才配叫箱子。"

他打开箱子，从里面取出一只塑料盒，把虫草装进里面，塞进了那只漂亮的箱子。

桑吉以为调研员这下该把白铁皮箱子还给他了。但调研员没有这个意思，他问桑吉：

"用完了墨水，你把瓶子还到超市了？"

这回，桑吉不说话也不摇头，他不敢说，他和同学们把空瓶子放在学校围墙上，当弹弓的靶子了。

调研员说："我知道都被你们打碎了，围墙外，满地是玻璃碴子，当我不知道吗？好小子，你来追我，我以为你要为逃学交一份检讨书呢。是的，我不要这只破箱子，但我告诉你，这是我买虫草买来的包装。"

桑吉终于露出了请求的口吻："你有这么漂亮的箱子，把这箱子还给我家吧。"

调研员点了一支烟，脸上露出要为难人时的表情，说："看在你是个成绩优秀的学生的份儿上，我没让你为逃学写检讨，难不成又让你白拿回箱子吧？"

桑吉知道，他脸上露出这样表情的时候，不意思意思，那是拿不回这只箱子了。

他咽了口唾沫，有些艰难地说："我给你虫草。"

调研员弯下腰："虫草，你给我虫草？"

"我换这只箱子。"

调研员问："多少？"

桑吉提高了声音："3只，3只虫草。"

调研员把烟头扔在地上，用脚把那一星火踩灭了，说："成交！"

桑吉抱起了箱子，调研员说："小伙子，你既然开始学习交易了，就该先把虫草拿来。"

桑吉跑进帐篷，从枕头下拿出了那只铁皮文具盒。回来时，调研员又燃起了一支烟。他看着桑吉打开文具盒，看到了里面躺着3只白白净净胖乎乎的虫草，他细心地把3只虫草拈出来，放进了那只箱子里，和这几天一家人换了两万多块钱的虫草们混在了一起。

桑吉抱起了白铁皮箱子。

调研员在他身后说："等等。"他从车上拿出一包糖果，还有一个漂亮的笔记本，掀开桑吉抱在怀里的箱子盖，放进了里面。他啪一声合上箱盖："祝贺你交易成功，一份奖励。"

调研员拍拍他的脑袋，往村主任家的帐篷去了。

桑吉抱着箱子回家，在星空下，他的泪水流了下来。他想着那3只白白胖胖的虫草。想着他打算送给表哥的无指手套，想着他得空着双手去看望表哥。想着也不能买剃须泡和飘柔洗发水送给两位老师，他的泪水就下来了。他望望天空，星星在他的泪眼中，闪烁着更动人的光芒。

他在晚风中站了一阵，等泪水干了，才走进自家的帐篷。他对父亲和母亲说："我把箱子要回来了。"

五

第二天，各家收拾帐篷时，调研员发动了车子。他特意把车开过桑吉身旁，摇下车窗，像对大人一样和桑吉打招呼："我过几天还回来，把你们家的虫草给我留着。"

桑吉别过头去，不想跟他说话。

桑吉这个样子，让他父亲很着急："领导在跟你说话。"

调研员这才对父亲说："我喜欢这个孩子，我回来时要带份礼物给他。他喜欢什么东西？"

父亲说："书。"

调研员转脸对桑吉说："一套百科全书怎么样？"调研员压低了声音说，"那你可赚大了。知道一套百科全书多少钱？八九百呀！告诉你吧，当你喜欢一个人，就意味着要在买卖中吃大亏了！"

他一脚油门，汽车在草滩上摇摇晃晃地前进。桑吉看到过汽车开上草滩被陷在泥里的情形，他想，这辆车要被陷住了。更准确地说，是桑吉希望这辆车被陷住。但是，这辆车摇晃着，轰鸣着，冲出了地面松软的草滩，上到了路上。调研员又向他挥了挥手，车屁股后卷起尘土，很快就转过山口，消失了。只把尘土留在天幕之下，经久不散。

父亲用责备的口吻说："人家喜欢你呢。"

桑吉说："我不喜欢他像个了不起的人物和我说话。"

但是，他心里已经在想象那套百科全书是什么样子了。这是他第二次听见有一种书叫百科全书了。有几个登山客来过学校，送了他们班的学生一人一只文具盒，还和他们拍了很多照片。他们说，回到城里后，最多不过两星期，他们就会寄来这些照片和一套百科全书。可是，两年过去了，学校也没收到这些人许诺要寄来的东西。

在新的虫草山上，桑吉老是在想这套百科全书。

这时，调研员正在赶路。路上，遇到了堵车，他骂骂咧咧地停下车来。

他骂骂咧咧是因为心里不痛快。

前不久，他还是县里的副县长。干部调整的时候，人们都说他会当上县长，再不济也能当上常务副县长。可是，调整后的结果是他成了这个县的调研员。都知道,一个干部快退休了,需要安顿一下,就给个调研员当当。他才四十出头,就成了调研员。当调研员的第一件事,就是调研乡村学校虫草季放假的情况。调研员也是配有司机的。但他心里不痛快,自己开着车就到乡下来了。也是因为心里不痛快,他一到桑吉上学的学校,就说,虫草,虫草,学生的任务就是好好念书,挖什么虫草。结果他把学校的虫草假给取消了。一周后,他的气消了许多,朋友打电话告诉他,弄些虫草,走走该走动的地方,至少还可以官复原职吧。于是,他又给学校放了一周的虫草假。他说,不放怎么办?草原上的大人小孩,都指望着这东西生活嘛。

在桑吉他们村的虫草山下,他收了五万块钱的虫草。眼下,他正开着车,急着把这些新鲜虫草送到一个地方去。因为路上堵车,他是天黑后,街上的路灯都在新修的迎宾大道两旁一行一行亮起来的时候,才进到城里的。这个夜晚,他敲响了两户人家的房门,村主任家的虫草送给了部长,桑吉家的虫草送给了书记。

桑吉的虫草在书记家待了三个晚上。

第三个晚上,书记回来晚了。书记老婆便提前把放在冰箱里的虫草取出来。

她细细嚼了一根,觉得是好虫草。

这时,书记回家了。

书记老婆说:"今年的虫草不错啊!"

书记说:"那就包得漂亮一点儿,哪天得空儿给书记送去。"

老婆笑着说:"书记送给书记。"

书记老婆教书出身,这几年不教书了,没事,喜欢窝在家里读书。所以,才说出这样的话:"怎么没人写一本《虫草旅行记》?"

书记也是在职博士,论文虽然是别人帮忙写的,到底大学本科还是亲自上的,回家还要上上网,他在电脑前坐下,鼠标滑动时,随口说:"你读不到,本地经济文化都欠发达,没人写小说,更不要说官场小说。"

老婆收拾好虫草,却留下了几十根,仔细装在一只罐子里。书记摇摇头说:"小气了。算算管着多少座虫草山,算算这时节有多少老百姓在山上挖这东西,总得有三五万、十来万人吧,还怕没有虫草!"

老婆说:"就图个新鲜,补补气。"

"我中气十足！"

"那就再提提！"

早上，车到门口来接书记上班。老婆把茶杯递给秘书："第一遍水不要太烫了。"

秘书说："可是新虫草下来了。"

到了办公楼，第一个会，就是虫草会。虫草收购秩序的会。合理开发与保护虫草资源的会。

书记坐在台上讲话，他面前放着透明的茶杯，茶杯里浮沉着茶叶，茶杯底卧着一只虫草，好像是想探头看看下面的人。下面的人面前桌上也放着茶杯，有些茶杯里也卧着虫草。麦克风里的声音嗡嗡响着，杯底下的这些虫草似乎都在互相探望。

桑吉的3只虫草在书记家被分开了。

两只进了一只不透光的塑料袋，躺在冰箱里。一只躺在书记的杯子里。开完会，书记回到办公室，一口气喝干杯子里的水，又捞起那只胖虫草，扔在嘴里嚼了。嚼完，他一个人说："这么重的腥气。"

正好秘书进来，接着他的话头："原本就是一根虫子嘛。"

书记说："虫子？你是存心让我恶心？"

秘书赶紧赔不是："书记，我说错了。"

书记的恶心劲过去了："我还用得着你来搞科普啊！"

这时的桑吉正在山上休息。

他用手臂盖着脸，在阳光下睡了一会儿。刚一闭上眼，他就听见很多睁开眼睛时听不见的声音，青草破土的声音、去年的枯草在阳光下进一步失去水分的声音、大地更深处那些上冻的土层融冻的声音。然后，他睡着了。他又梦见了百科全书。他醒来，揉揉眼，回想那书是什么样子。但他想不起来了，怎么都想不起来，这让他懊恼了好一阵子。在又挖到了五六只虫草后，他想通了。他甚至咯咯地笑了起来，他对自己说："你只是梦到了一个词，一个名字。你怎么会梦到没见过的东西的样子呢？"

天气越来越暖和，草地越来越青翠，雪线越升越高，虫草再长高，下面的根就干瘪了。这也意味着这一年的虫草季该是结束的时候了。

虫草季结束的这一天晚上,一个收虫草的贩子还在营地为大家放了一场电影。电影机把光影投向银幕的时候,满天的星斗就消失了。那是一部什么样的电影呢?这些挖虫草的人是无从描述的。几乎没有他们可以清晰描述的电影。电影里的几个人说着这里大多数人听不懂的汉语普通话,从一个房间到另一个房间,从一部汽车到另一部汽车,从一座楼到另一座楼,说话,不停地说话,生气,流泪,摔东西,欢笑,然后接吻。对于挖虫草的人们来说,那些人生活在一个不真实的世界,一个与他们毫无关联的世界。但是,既然虫草季已经结束,每户人家挖到手的虫草都一根根数过,这一个虫草季挣到的钱都已经算得一清二楚。在帐篷里是坐着,在电影屏幕前也是坐着,那就和大家一起在这里坐着吧。看到后来,观众群中甚至发出了一阵阵笑声。因为什么事也不为,就喋喋不休地说话、奔跑,也真有些好笑。接吻的时候,因为碰到鼻子,而得伸出舌头才够得着别人的嘴唇也真是好笑。再后来,起风了。受风的银幕被吹成了半球形。银幕向前鼓,那些苗条的美女都向前鼓起了大大的肚子。风转一个方向,银幕往后鼓,银幕上所有人不管在哭还是在笑,都深深地往前弯下了身子。这情形,同样惹得人们大笑不止。风再大时,银幕和银幕上的人们被撕来扯去,这样,电影晚会便只好提前结束了。

回到自己家的帐篷,炉子里燃着旺火,肚子里喝进了热茶,母亲突然笑起来。母亲边笑边说:"那个人……那个女人,那个女人……"

父亲也跟着笑了起来。

桑吉没笑,他不会为看不懂的东西发笑。

他又打开那只箱子,那只让他付出了3只虫草的箱子,把里面的虫草数了一遍。这一个虫草季,他要写一封信,告诉姐姐,这一个虫草季,他和父亲、母亲三个人挣到了差不多五万块钱。

他不在纸上写信。他要等回到学校,在多布杰老师的电脑上写。姐姐给他留下了电子邮箱的地址。姐姐的学校有计算机房,她可以在那里的电脑上收到信。他要告诉她,只差两千多元,他们家这一个虫草季就收入了五万块钱。他要告诉姐姐,趁这个时候,就是向父亲一次要两千块钱他都不会心痛。

这天晚上,帐篷里来了两拨人。

一拨是放电影的人。他们来放电影是为了收虫草。
一拨是寺院里的人。
这两拨人都没有从他们家收到虫草。
寺院的人问:"那卖给放电影的人了吗?"
父亲说:"要不是上面的干部要,我们家的虫草一定是卖给你们的。"
寺院里的人不高兴,骂道:"这些干部手真长。"
这时,外面响起了汽车声。
是调研员,他把汽车直接开到了桑吉家帐篷跟前。
这一回,他带着一个虫草商。
虫草商是他的朋友。
以前,虫草商是个副科长。他也是个副科长。
虫草商辞职下海时,他成了教育局局长。虫草商发了,他当了副县长。虫草商请他吃饭喝酒,说:"这也是共同进步之一种。"
可是,一不小心,他就成调研员了。虫草商发了更多的财。他又找虫草商吃饭喝酒,他说:"这回,我掉队了。"
虫草商打开大冰柜,拿出一包虫草:"那有什么?跑跑,送送,一下又追上来了。"
那天,他去送了自己买的虫草回来,找到还住在县城的虫草商:"跑了,送了,真的管用吗?五万多块钱啊!"
"你不知道别人也送吗?"
"我没亲眼看见过。"
"人家收了吗?"
"收了。可是我没有钱了。"
虫草商是他朋友:"再收二十万的虫草,不就赚回来了?"
"我没有钱了。"
虫草商从床下拖出一只脏口袋,踢了一脚:"从里面取二十万。"
脏口袋里沉沉的全是钱。一万元一扎,调研员取了20扎。虫草商又把袋子口扎好,踢回了床下。
虫草商说:"我跟你去,收了,卖给我,给你五万块。"
调研员说:"还不是变相受贿?"

"我找你办事了？"

"没有。"

"如今我真要办什么事的话，你的官小了。"

就这样，两个人一起下乡来收虫草。

两个人来到了桑吉家的帐篷跟前。

看见调研员，桑吉真还露出望眼欲穿的样子。

调研员不慌不忙地数虫草，然后看着桑吉的父亲带着心满意足的神情一张张数钱。

然后，调研员和他的朋友又钻到别人家的帐篷里。

很晚了，桑吉还不想睡。他心里记挂着调研员要送他的百科全书。

父亲说："睡吧，干部没有压价就很好了，就不要指望他还送你东西了。"

桑吉不肯睡。他把头埋在两腿之间，失望快把他压垮了。

这时，夜已经很深了。父亲说："我要睡了。"

桑吉不动。

父亲过来叫他睡觉，他摇摇肩头，把父亲的手甩开了。父亲叹口气，自己躺下了。

这时，他听到吱的一声叫唤，他知道那不是动物，那是调研员打开了汽车遥控锁的声音。然后，是明亮的灯光晃动。

桑吉出去，调研员和他的朋友正在车边搭帐篷——游客们露营时搭的那种登山帐篷。

桑吉看着他们戴着头灯，在帐篷里铺上防潮垫，打开睡袋。

调研员准备要睡下了，这时，头灯照亮了桑吉的脸。

他拍拍脑袋，说："看看，我这记性。"

调研员钻出帐篷，说："就让你看一眼，看我是不是说话算话的人。"

他带着桑吉来到汽车跟前，说："知道吗？我待在你的学校那几天，把你的作业全部看了一遍，我跟你们校长说，这个地方，一时半会儿是不会出这么出色的好学生了。"

然后，一个纸箱出现在桑吉面前。就在汽车后排的座椅上。调研员把车顶灯打开，让他看见了纸箱上就写着"百科全书"的字样。调研员拿出一把小刀，把封住箱子的胶带拉开一条口子。桑吉拉开胶带，扒开盖子，眼前是整整齐齐的一排书烫金的背脊。

调研员摸摸他的脑袋："我没有食言吧？"

桑吉点点头："你没有。"

"你老爹没对你说干部说话都不可靠吗？"

桑吉说："明年我要再给你10根虫草。"

调研员笑起来："10根虫草就能换来这些书？不用了，反正这些书也没人读。"

桑吉爬上车去搬书箱，调研员把他的手按住了："不行，明天我把这些书放在学校。你回去上学就能得到这些书，不回去，你就得不到。懂吗？我要你好好上学。"

桑吉说："我现在就想看。"

调研员从后座上翻出一件大衣，扔在他身上："那就在车上看吧。"

桑吉就留在车上看书。

这些又厚又沉的书上字又小又密，却又有那么多的照片。这个晚上，他靠着这些照片几乎看遍了整个世界。看见了巴黎的埃菲尔铁塔，看见了南极洲的冰和企鹅，看见了遥远的星球，看见了雪花放大后的漂亮模样。他还知道了草原上几种花好听的名字：报春、杜鹃和风毛菊。只是，他没有找到虫草。书是外国人编的，他想，一定是他们那里没有虫草。但想想又不对，他们那里也没有南极洲和企鹅，但书上有。后来，他在车上抱着书睡着了。

早上，车窗上结满了霜花。

桑吉对打开车门的调研员说："我爱这些书。"

调研员说："现在，把它们装回箱子里，你回到学校就会得到这些书。"

桑吉往箱子里装书时，还舍不得不看那些图片。所以，人家把帐篷拆了，收拾进车的后备厢里，他还有两本书没有装回箱子里。

汽车摇摇晃晃开动起来，他还在车后追出去好长一段。

那一天，全村的人都拆了帐篷，都带着卖虫草的钱准备回家。

所有人都显得喜气洋洋。

快到中午的时候，主持感谢山神仪式的喇嘛们才来到。他们说，是因为在别村的仪式耽误久了。但村里人都知道，是因为这一年，他们在这个村没收到多少虫草。所以，仪式结束，村里人都给了喇嘛们比平常多一些的供养。

全村人高高兴兴回去，桑吉却一心只想早点儿回到学校。

百科全书对他不再是一个词，而是一个实在的丰富无比的存在了。

百科全书里有着他生活的这个世界所没有的一切东西。巨大的图书馆，大洋中行进的鲸鱼、风帆，依靠着城市的港口，港口上的鸟群与夕阳。

回到村里，新修的定居点，看着那些一模一样的房屋整齐排列在荒野中间，桑吉心里禁不住生出一种凄凉之感。他心下有点儿明白，这些房子是对百科全书里的某种方式的一种模仿。因为住在这些房子里的人并没有另外的世界中住着差不多同样房子的人那样相同的生活。

桑吉知道，那是百科全书在心里发生作用了。

奶奶拄着拐杖立在家门口等候他们归来。

桑吉把自己的额头抵到奶奶的额头上时，他闻到一种气息，一种事物正在委顿时所散发的干枯气息。

父亲解开腰带。

他腰带上结着的每个疙瘩中都是一扎钱。父亲从中取出一张，让桑吉到齐米家去。

齐米家开着一个小卖部，出售电池、一次性打火机、方便面、啤酒、香烟、糖果和鸡蛋糕。

他用50块钱在小店里买了啤酒和鸡蛋糕。

一家人就在暖和的阳光下坐下来，父亲享受啤酒，奶奶和妈妈享受鸡蛋糕。

桑吉趴在草地上，看着奶奶瘪着嘴，嘴唇左右错动着，消受软和的油汪汪的鸡蛋糕，心里生出比晒在身上的太阳还要暖和的感觉。他在想，一颗牙齿都没有了的人，直接用牙床磨动是什么感觉。

奶奶还不断扬手，把手里的糕点抛撒给在周围叽叽喳喳起起落落的小鸟。

桑吉开心地笑了。

他对着奶奶大声说："奶奶，我明天就要回学校去了！"

奶奶对着他不明所以地微笑。

他又说："奶奶，我有一部百科全书了！"

三只虫草

奶奶当然听不懂什么是百科全书，但她依然咧着嘴，把眼睛眯成一条缝向着他微笑。

六

可是，桑吉没有得到百科全书。

回到学校，他就问多布杰老师，调研员是不是真的把书留给了他。

多布杰老师表情严肃："还是认识一下你逃学的事吧。"

他知道自己心里对此并没有什么认识，只是像所有犯错的学生那样，低下头假装害怕与后悔，抬起左脚用靴底去蹭右脚的靴子。然后，用蚊子哼哼一样的声音说："我错了。我检讨。"

多布杰老师说："别人认错我相信，你认错我不相信。"

这是他爱多布杰老师的重要原因。于是，他抬起头来，把询问的眼神投向多布杰老师。

老师说："如果你觉得是错的，你一定不会去做。"

桑吉从书包里把作业簿掏出来，他把逃掉的那些课上该做的作业都做完了。

多布杰老师在画画儿，他用画笔把递到跟前的作业簿挡开："不上课也能完成作业，你是想让我知道你有多大的天才吗？"

桑吉又从书包里掏出一大把糖果，放在调色盘旁边。

多布杰老师放下画笔，剥开亮晶晶的玻璃纸，扔了一颗在嘴里："你劳动挣来的，味道不错！"

桑吉这才敢说话："我的百科全书。"

多布杰老师说："原来这书是你的啊！"

"我的书在哪里？"

多布杰老师说："那个人架子可是有点儿大，他还送书给你？"

桑吉说："我的书在哪里？"

多布杰老师说："他就到我办公室来了一趟，说要看你的作业。他夸奖你了。"

桑吉着急了："老师！"

"对了，你的书是吧。他倒是交了一箱书给校长。"

桑吉不等多布杰老师把话说完，就冲出了房间。出了房门，拐弯，第三间房，就是校长办公室。桑吉见门虚掩着，便一头冲了进去。

校长坐在一张插着国旗的办公桌后面，背后是一张世界地图。听到脚步声，他抬起头来，不等桑吉开口，就挥挥手，说："忘了进门的规矩吗？出去！"

桑吉退到门口，把虚掩的门小心推开，喊："报告！"

校长拖长声音说："进——来。"

桑吉进去，以立正的姿势站在校长的桌前。

校长抬头说："原来是你。"

桑吉说："我的书，我的百科全书。"

校长说："你是不是送检讨书来了？"

桑吉说："我已经在多布杰老师那里检讨过了。他说调研员送我的百科全书在你这里。"

校长用笔敲打着桌子："对，是有一套百科全书，我以为调研员是送给我们学校的。我们整个学校都没有一套百科全书，他怎么会送给你呢？"

听了这话，桑吉的泪水便冲破了眼眶。他根本没料想到事情会是这样。等到泪水冲出眼眶，他才想起警告自己不能哭，但这警告来得太迟了，他只能抑制着自己不哭出声来，但泪水却止不住哗哗流淌。

这下，校长有点儿不知该怎么办了："好好说着话，这娃娃怎么就这样了！"

桑吉觉得很丢脸，便转头冲出了校长办公室。他也不敢回到寝室，怕这样子让同学们看见，他转头冲上了校门外的山坡，一直到泪水停在了眼窝，不再往外流淌，才又回到学校。校长正在给办公室的门上锁。

桑吉说："我的书。"

校长一边说话，一边往家走："正说话你跑什么跑，又想逃学吗？回去交份检讨书上来！"

这时，天上响了两声雷。这是这一年最初的两声雷。然后，就有点儿要下雨的意思了。

校长站在屋檐下看着天边云朵疾速地堆积，他说："不哭了？你说是天帮着我吓你，还是帮着你吓我？"

桑吉说："调研员说他要把送我的百科全书放在学校，让我回学校时取。"

校长说："那他为什么当时不给你？"

"他怕放在牛背上驮,会把书弄坏。"

天上噼里啪啦降下了雪霰而不是雨水。校长站在屋檐下,桑吉站在露天里。雪霰落下来,落在他肩头和身上的,都蹦跳到地上;落在他头上的,就窝在头发中不动了。

校长说:"站上来。"

桑吉不动。

校长说:"他是放了一套百科全书,可没说要送给你。我还以为是配发给学校的。说了那么多年,每所学校都要建一所图书室,终于见到一箱书,居然有人跑来说是他的。"

"就是我的。"

"等他下次来调研时,我们当面问个明白。"

桑吉真是又要哭出来了。

校长身后的玻璃窗上,现出一张有些浮肿的脸,那是校长老婆的脸。那个女人没有工作,包洗全校学生的被褥。她不犯哮喘的时候,被褥半个月一换。要是她哮喘发作,那就没准儿了。当她的脸显得如此饱满的时候,说明她的呼吸又被憋住了。

桑吉说:"校长你回去吧。"

校长说:"亏你好心,不缠着我了。"

桑吉说:"等调研员来再问他吧。"

"我不就是这个意思嘛!你回去吧。"校长把家门推开,又回过身来,说,"就算是学校图书馆的,你也可以借阅呀!"

桑吉进了校长家。

校长让他在燃着炉火的客厅里等着,自己进了里间的房子。桑吉站在火炉边,烤冰冷的双手,鼻子闻到满屋的草药味,耳朵却听到了里屋传来哮喘声。校长很快就出来了,手里拿着一本百科全书:"这是第一册,我知道你爱书,可不能耽误了考试啊!"

桑吉抱着书,冒着雪霰,奔跑着穿过老师宿舍和学生宿舍间的那片空地。回到宿舍,爬到床上,他迫不及待地打开了厚厚的书本。直到晚上十点,灯灭了,他才依依不舍地合上了书本。这个晚上,他久久不能入睡。听着高原上强劲的风掠过屋顶,听着起码是三四里外镇子边缘的藏獒养殖场里,那些野兽一样的猛犬在月光下低沉的咆哮，他眼前却晃动着那本书中所描写的宽广世界。

　　第二天早上，虫草假后学校重新开学。

　　全校学生排队集合，广播里播放着国歌，因为音响的缘故，雄浑的音乐显得有些单薄，升旗手把国旗在校园中缓缓升起。校长讲话。

　　校长讲了一个故事，一个学生爱书的故事。这个故事听到一多半，桑吉才听出这似乎是在讲昨天自己追着校长如何讨要百科全书。不同的是，在这个故事中，昨天那种不愉快的情形消失了。而是一个学生听说学校有了一套崭新的百科全书，等不及学校图书室正式建成，就缠着校长要先睹为快。

　　校长的结束语是："同学们，我们为什么要等待？难道图书室建不成我们就不会产生对书籍的渴望吗？"

　　操场上整齐排列的学生队列中响起了嗡嗡的议论声。每个人发出一点点儿声音，混同起来，就像是有一大群看不见的虫子在天空中飞舞。待到大家都把眼光投到他身上时，桑吉才意识到校长讲的是自己。那么多眼光投射聚集到他身上的时候，他禁不住浑身颤抖。

　　他没有想到，因为书，自己竟然成为了一个故事中的人物。

　　这得以让他用一种不是自己的眼光来看待自己。

　　这有点儿像从镜子里看见自己。

　　桑吉看见了一个人站在故事里。

　　校长讲完话，操场上的人散去了。这一天的风很小，懒洋洋地有一下没一下地吹着。假期结束后新换的国旗在微风中轻轻翻卷。教室里学生们拖长着声音朗读课文。桑吉不喜欢用这样的腔调念诵课文，他喜欢按自己的节奏在心中默念。在他自己的节奏中，藏文字母像一只只蜜蜂轻盈飞翔，汉字一个个叮咚作响。这一节课，他没有念诵课文。

　　他坐在一教室拖长声音朗读课文的同学中间，他看见了故事里的那个桑吉。

　　那个桑吉穿着一件表面有些油垢的羊皮袍子，袍子下面是权充校服的蓝色运动衫，赭色的面庞，眼睛放射着晶莹的光亮。这两年，这个六年级学生个头的生长猛然加快，原先宽大的皮袍，缠上腰带，拉出一两道使袍子显得好看的褶子后，都盖不住膝盖了。当然，他也可以只穿校服。但那蓝色的运动装，在这个季节却显得过于单薄了。桑吉看见故事中那个桑吉，眼睛里燃烧着热望。真像忽闪忽闪的炉膛中的火苗一样灼人、一样滚烫。百科全书中说，那些面临大海的冰川，有朝一日就会震天动地地崩塌下来，在海洋中激起巨大的波浪。百科全书中相关的词条还说，那些海里有巨大的鲸鱼，那些冰山上有成群的企鹅。相比于其他学生，桑吉有一个特别的本事，他能把那些看起来本不相关的词条连接起来，就像他能把一篇又一篇课文连接起来。他恍如看见海上冰山崩塌时，鲸鱼愤怒，企鹅惊走。桑吉恍如看见这世界奇景的眼睛如星光一样闪烁。

上午的四节课很快就过去了。挂在操场的那个破轮胎钢圈敲响的时候，同学们奔向饭堂，他却跑出学校，奔向了学校背后的高冈。此时的桑吉觉得，那些正被春草染绿的连绵丘冈，丘冈间被阳光照耀而闪闪发光的蜿蜒河流，也像百科全书一样在告诉他什么。

那一刻，他两腮通红，眼睛灼灼发光。

这时，一匹马晃动着的脑袋伸到了他面前。马背上坐着一个喇嘛。

喇嘛翻身下马，坐在了他身旁。

桑吉还沉浸在自己营造出来的那种令人思绪遄飞的情绪中，所以不曾理会那个喇嘛。

受惯尊崇的喇嘛不以为意，文绉绉地说："少年人因何激越如此？"

桑吉抬手指指蜿蜒而去的河流。

喇嘛说："黄河。"

桑吉说："它真的流进了大海？"

喇嘛说："是啊！生长珊瑚树的大海，右旋螺号的大海。"

喇嘛又赞叹："一个正在开悟的少年！"

喇嘛劝导他："聪明的少年，听贫僧一言！"

桑吉说："你说吧。"

喇嘛："河去了海里，又变成了云雨，重回清静纯洁的起源之地。所以，我们不必随河流去往大海。"

桑吉说："我就想随着河流一路去向大海。"

喇嘛摇头："那一路要染上多少尘垢，经历多少曲折，情何以堪！情何以堪！少年人，你有这么好的根器，跟随了我，离垢修行吧！"

桑吉站起身来，跑下了山冈。

不一会儿，他又气喘吁吁地抱着那册百科全书爬上了山冈。他出汗了，整个身体都散发着皮袍受热后腥膻的酥油味道。

喇嘛还坐在山冈上，那匹马就在他身后负着鞍鞯，垂头吃草。

桑吉把厚厚的书本递到他手上。

喇嘛翻翻书说："伟大的佛法总摄一切，世界的色相真是林林总总啊！"

桑吉说："我不当喇嘛，我要上学！"

喇嘛起身，摸摸他的头，桑吉觉得有一股电流贯穿了身体。

桑吉说："三年了，我在收虫草、祭山神的喇嘛中间没有见过你。"

喇嘛翻身上马，声音洪亮："少年人，机缘巧合，我们才在此时此地相见。"

桑吉心中突然生出不舍的感觉，因此垂头陷入了沉默。

喇嘛勒转了马头："少年人可是回心转意了？"

桑吉摇了摇头，抱着书奔下山冈。

这时，他觉得饿了。同学帮他留了饭。他端着饭盒狼吞虎咽的时候，还从窗口望了一眼山上，那个喇嘛还骑在马上，背衬着蓝天，是一个漂亮的剪影。

同学说："乖乖，我们都以为你要跟他走了。"

多布杰老师也来了："就跟班觉一样。"

桑吉问："班觉是谁？"

"以前的一个学生，一个跟你一样聪明好学的孩子。"多布杰老师说，"不过，也许你比班觉更聪明。"

多布杰老师拿着装着长焦距镜头的照相机，靠到窗口想拍一张山丘上那马上喇嘛的剪影，可是那个人和他的马都消失了。山丘上，青草的光亮背后是蓝天，蓝天上是闪闪发光的洁白云团。

桑吉接过相机，从长焦的镜头里凝望天空。镜头把天上悬垂的静静云团一下拉到面前。镜头里，远看那么静谧的云团是那么不平静，被高空不可见的风撕扯鼓涌着，翻腾不已。

一个星期后，星期六，桑吉看完了第一本百科全书。他没有回家，他走进校长家去换第二册。他没有想到，校长拒绝了他。校长说："就这么几本书，大家都想借，你说我该借给谁？我只好一个人都不借。等着吧，

三只虫草

等图书室办起来你再来吧。"

桑吉说："本来就是我的书。"

校长冷笑："你的书？调研员来，我代表学校请他吃肉喝酒，他连谢谢都没说一声，扔下这几本书就走了。他没说声谢谢，更没说这书是给某个学生的。"

桑吉心里冒起了吱吱作响的火。

校长说："回去做作业吧，马上要小升初考试了。"

桑吉想说我恨你。但他想起，父亲和母亲都对他说过，不可以对人生仇恨之心。

校长问："你想说什么？"

桑吉脸上露出微笑："我不怪你。"

校长说："你——不——怪我？"

桑吉肯定地说："我不怪你。"

校长说："你是想说你不恨我吧？"

桑吉说："等上了初中，我到县城问调研员去！"

其实，那时桑吉是有些恨意的。因为临出门时，他听到内室里传来校长家那个三岁多的孙儿的啼哭声。然后，那个哮喘病的奶奶，就把他还去的那本书放在了那个哭泣的孩子跟前。孩子不哭了，用一双脏手去翻动书中那些图片。

校长并不尴尬，说："将来他肯定比你还爱书。"

桑吉不忍再看，因为那孩子脸上挂着的鼻涕眼泪正慢慢下滑，就要滴落到他心爱的书上了。

那个身心俱疲的奶奶，把身子靠在床上，闭目休息。

桑吉跑出了那间房子。

他很愤怒，他跑到多布杰老师房子里。

多布杰老师不在。他肯定是到乡卫生院找那个新来的女医生去了。

于是，他去了娜姆老师那里。

老师静静地坐在窗下的阳光里，表情严肃。

录音机里放着仓央嘉措的情歌："如果没有相见，人们就不会相恋。如果没有相恋，怎会受这相思的熬煎。"

老师听着歌，眼望着窗外，连他进屋都没有看见。

桑吉改变了主意，悄悄退了出来。

七

桑吉决定马上就到县城去找调研员。

桑吉所在的这个小乡镇离小县城有100公里远。他在多布杰老师房门前贴了张条子，说他回家去看奶奶了。

然后，他跑到街上，到回民饭馆买了两只烧饼。

第一炉烧饼已经卖光，他得等第二炉烧饼出炉，于是就在附近的几个铺子闲逛。美发店的洗发女坐在店门前染指甲。银饰铺的那个老师傅正对小徒弟破口大骂。修车店的伙计们看他晃悠过来，就把橡胶内胎收拾起来。他们这样做不是没有理由，学校里调皮的男学生喜欢这些橡胶皮，自己做弹弓，或者割成长长的橡胶条，用来送给女生们跳皮筋。那些嘴碎的女生就在水泥地上蹦蹦跳跳：三五六、三五七、三八三九四十一！或长或短的辫子在背上摇摇摆摆。在这个中国边远的小乡镇上，还流行着一句话。一句在这句话的发明地早被忘记的话。桑吉见修车店的伙计用警惕的眼光看着他，并把破轮胎内胎收拾起来，便说出了那句话："向毛主席保证，我从来没有拿过这破烂玩意儿！"

那些人说："原来你就是那个爱说大人话的桑吉。"

桑吉知道，自己作为爱说大人话的桑吉和一看书就懂的桑吉的名声，已经在这小镇上广为流传。

桑吉满意地点了点头，然后来到了白铁铺前。

铺子里，敲打白铁皮的锤声叮当作响。

老师傅用一把大剪子把铁皮剪开，他的儿子手起锤落，那些铁皮便一点点儿显出所造器物的形状。最多的是小火炉子。也有人拿来烧穿了的铝锅，在这里换一个锅底。现在，这位师傅是在做一只水桶。桑吉喜欢白铁皮上雪花一样的纹理。老师傅认出了桑吉，停下手中的剪子，拿下夹在耳朵上的烟卷，点燃了，深吸一口，像招呼大人一样招呼他："来了。"

桑吉说："来了。"

"这回又要做个什么新鲜玩意儿？"

看来，铺子里的人还记得他和父亲来做的那只箱子。

桑吉摇摇头："我就是看看。"

"是啊，你不会再要一只同样的箱子了。"老师傅说。

他儿子也停下了手中的活计，说："我还以为很多人学着要做一只那样的箱子，可就只做了那一只。"

桑吉坐下来，仿佛看见两年前来做这箱子时的情形。又想起这只箱子引出来的这些事，这才有点儿像个故事的样子了。

这时，隔着几个铺子，回民饭馆戴白帽子的小伙计用擀面杖嘡嘡地敲打案板，这是在招呼桑吉，烧饼好了。故事还在继续。桑吉在店里讨张纸，把两只烧饼包起来，装进双肩包里，就上路了。他的脚前出现了一只空罐头盒子，他便一路踢着这破铁盒子往前走。直到镇外的小桥上，他把这盒子踢到了桥下。两只黄鸭被从河面上惊飞起来，在天上盘旋着，夸张地鸣叫。

后来，桑吉遇到了一个骑摩托的。摩托车后座上坐着一个姑娘。姑娘的手臂紧紧环抱着骑手的腰。摩托迅速超过了他，等他转过一个弯道，看见摩托停下来在等他。

骑车人问："你就是那个桑吉吧？"

桑吉说："你说是那就是吧。"

"你这是要去哪里呀？"

桑吉回答得很简洁："县城。"

"我到不了县城，但我可以带你一段。"

桑吉看看那个姑娘，说："坐不下，你请走吧。"

那个姑娘笑笑，从车后座上下来，拍拍坐垫。

桑吉骑上去，那姑娘又推他一把，让他紧贴着骑车人的后背，自己又骑了上来。

摩托车启动了。

他本该感觉到风驰电掣带来的刺激。

多布杰老师骑摩托时，有时会带上他，让他不时发出又惊又喜的尖叫。

但这回他全没有飞驰的感觉。他只感到自己被夹在两个壮实的身体中间，都要喘不上气来了。那个姑娘坐在他身后，伸出双臂抱住骑手的腰。姑娘一用劲，他的脸就紧贴到骑手的背上，而姑娘富于弹性的胸脯紧贴在他的背上。摩托在坑洼不平的路上每一次颠簸,都让他受到那软绵绵的撞击。他当然知道那是什么东西。终于他开始大叫:"我受不了了,我要下去!"

摩托车停下,桑吉终于从两个火热的身体间挣脱出来,站在路边上大口呼吸没有这两个人身体气息的新鲜空气。

摩托车手拍一下姑娘的屁股,跨上了摩托。摩托车载着两个哈哈大笑的人远去了。

桑吉边走边想了一个问题,长成大人后,是不是每个人都要让身体把自己弄得神魂颠倒?他当然不能得到答案。

一只盘旋在天上的鹰俯冲而下,抓起一只羊羔飞到了一堵高崖之上,让他结束了对那个无聊问题的思考。

走了差不多两个小时,他遇到了一辆拉矿石的汽车。

卡车司机往他手上塞了一个打火机,往他面前扔了一包烟。桑吉每15分钟给司机点一支烟。

点第一支烟,桑吉就给呛着了。他还把香烟盒上"吸烟有害健康"的字样念给司机听。司机大笑:"妈的,又当婊子,又立牌坊!"

桑吉大致知道婊子是什么,比如是镇上美发店门前染着红指甲,总对着镜子做表情的懒洋洋的年轻女人。但他不知道牌坊是什么意思。

他问卡车司机,司机皱着眉头想了好一阵子,说:"妈的,我说不出来。就像一张奖状吧。"

司机为此还有些恼怒了:"你这个小乡巴佬都没见过那东西,我怎么给你讲?"

桑吉不服气:"多布杰老师就可以!百科全书也可以!"

司机转怒为喜:"看不出来,你还是个爱读书的娃娃!那你可以对没见过那东西的人说出那东西!"他还问,"等等,你刚才说什么书?"

"百科全书。"

"那是种什么书?我儿子就爱看男女乱搞的书!"

桑吉带着神往的表情说:"百科全书就是什么都知道的书!"

"你有那样的书?"

桑吉有些伤心:"我现在还没有。"

司机把才抽了一半的香烟扔到窗外,摸摸他的头:"你会有的,你一定会有那样的书！"

桑吉笑起来："谢谢你！"

司机说："有人让你不舒服，有人让你起坏心眼，但你是个让人高兴和善良的娃娃！你一直是这样的吗？"

桑吉想了想，说："我也有不高兴的时候。"

"哦，人人都有不开心的时候，在这个世界！要多想好事情，让你自己高兴的好事情！"

桑吉想："这个叔叔说话一直都用感叹号。"

在一个岔路口，一个巨大的蓝色牌子指出了他们要去的不同地方。司机要去省城，把矿石运到火车站。姐姐上学的那个学校，夜深人静的时候，可以听到远远的火车汽笛声。而他要去拐向左边的县城，他的旅程还剩下20多公里。

司机从驾驶室伸出头来，说："你会得到那个什么书的！"

桑吉回报以最灿烂的微笑。

他又走了多半个小时，后来，是一台拖拉机把他带到了县城。

桑吉问他在县城里遇到的第一个人："调研员在哪里？我要找他。"

那是个正在恼火的人："我要找一个局长，一直找不见，你还来问我？我去问谁？"

桑吉问第二个人："我是桑吉，请问调研员在哪里？"

那个人问街边柳树下立着的另一个人："什么是调研员？"

那个望着柳树上刚冒出不久的新叶的人摇头说："我不知道那是什么东西！"

倒是另一个坐在椅子上打盹的人说："是一种官，一种官名。"那个人睁开眼睛，问桑吉，"你找的这个官叫什么名字？"

这时，桑吉才想起自己并不知道调研员的名字。

那个人摇摇头："这个冒失娃娃，连人家名字都不知道呢！"

桑吉想起来，调研员自我介绍过自己的名字，但他却想不起来了。

又有一个人走来，说："找官到政府嘛！政府在那边！"

果然，桑吉就看到了县政府的大院子。气派的大门，院子里停着好些亮光闪闪的小汽车。

可是保安不让他进到那个院子："你都不知道找谁，放你进去，我还要不要饭碗了？"

桑吉想说央求的话，却就是说不出来。

这时，他看到了调研员开到虫草山下来的那辆车。他有过目不忘的本领，所以，现在看到那辆车的号牌，他就清清楚楚记起来。桑吉对保安说："就是坐那辆车的调研员！"

保安说："是他！昨天刚走！高升了！"

桑吉和保安当然都不知道，这个人由副县长而调研员，又调到另一个县任常务副县长去了。

桑吉问："他什么时候回来？"

保安说："回来？回来干什么？不回来了！"

这时，调研员已经坐在另一个县政府会议室里了，上面来的组织部长正把他介绍给参加会议的100多个干部。部长说了很多赞扬他的话，接下来，他又说了些谦虚的话。

天边霞光熄灭的时候，路灯亮起来。

桑吉走在街上，双腿酸痛，他得找个过夜的地方。

桑吉不知道，他的3只虫草，一只已经被那位书记在开会时泡水喝了。

那天，喝了虫草水的书记精神健旺，中气十足地讲了一个多小时的话。讲资源开发与环境保护的辩证法。讲了话，他转到后台的贵宾室,对秘书说,讲这些话真是累死人了。这时，坐在下面听报告的主管矿山安全的常委进来报告，开发最大矿山的老板要求增加两百吨炸药的指标。书记说，我正在讲对环境友好，你们却恨不得把山几天就炸平了，他要增加炸药指标，那得先说税收增加多少！

常委出去了，书记回到办公室，拿起杯子，发现杯子里水已经干了。身边没有人，秘书见常委进来，自己回避了。书记也不想起身自己从净水机中倒杯水，就把杯子里卧着的虫草倒在了手心，送进嘴中，几口就嚼掉了。

卧蚕一样的虫草有一股淡淡的腥味，书记想，这东西就是半虫半草的东西。即便是嚼碎了，仍感到肚子里有什么东西在蠕动，这使得他突然恶心起来。

这时，又有人敲门，他忍住了恶心，坐直了身体。

晚上回家，书记显露出很疲倦的样子，他老婆说，某常委陪着个矿山老板送来了5公斤虫草。

书记说，前些日子不是还有人送来一些吗？合到一起，叫个稳妥的人给省城的领导送去吧。书记又踌躇说，现在关于他要栽的传言多起来了，巡视组又要来省里了，你说这个时候送去合适不合适？

书记老婆说，年年都送，就这一回，送，不送，有什么分别？

书记举起手，做一个制止的姿势，要权衡，要权衡一下。

他老婆冷笑，读过《红楼梦》吧，一损俱损，一荣俱荣，不在这一次了。

于是，桑吉的那两只虫草，和别的上万只虫草一起，从冰柜里取出来，分装进一只只不透光的黑色塑料袋，躺在了一只大行李箱中。

分装的过程中，两只虫草被分开了，分别和一些陌生的虫草挤在一起。这些虫草都在从虫到草的转化过程中。也就是说，在秋天，卧在地下黑暗中的虫子被某种孢子侵入了，它们一起相安无事地在地下躲过了冬天的严寒。春天，虫子醒得慢，作为植物的孢子醒得快，于是，就在虫子的身体里开始生长。长成一只草芽，拱破了虫子的身体，拱破了地表，正在向着被阳光照耀的草地探头探脑，正准备长成完完全全的一棵草，就遇到桑吉这样挖虫草的人了。那只僵死的充满了植物孢子的虫子便进入了市场。

袋子里这些虫草挤在一起，彼此间甚至有些互相讨厌。虫子味多的，讨厌草味多的。草味浓厚的，则讨厌那些虫子味太重的。

这些虫草先坐汽车到了省城，却没有进省城领导的家。门上的人就拦了路，说这些日子，领导不在家里见人了。送虫草的人说，以前他都是要过过目的。回说，都什么时候了？走！走！烦着呢，过目就免了。所以，这些虫草只到了人家院子里，停在楼门口。这部车加了一个司机。老规矩，车上的货直接送到机场。在机场停车场，司机打开行李箱，从中取出了一包。更多的虫草坐上飞机，从省城去往首都，然后进入一个深宅大院中的地下储藏室。

这个房间有适合这些宝贵东西的温度与湿度。

这个房间里已经有了很多很多的东西，光是虫草，起码就在5万根以上。这是去年的光景。2014年，情形不同了。手机微信里，老百姓的言说中，有种种的传言。司机在望得见机场候机楼的地方停下来，坐在车里看了一阵飞机的起起落落。一个司机开口说，送不送到，他多半是不会知道了。两个司机就掉转了车头。

这时，天大亮了，进城的时候，太阳从他们的背后升起来，街上的树影、电线杆影都拉得很长。司机停下车，敲开了一家小店的门，把一袋虫草递进去。这一袋足有1000多只虫草。小店老板说，好几万呢，没有这么多现钱，还是打到你那张卡上吧。

司机说：不会又拖拖拉拉的吧？

小店老板说：哪能，银行一开门马上就办。

老板离开店去银行前，从屋子里把一个灯箱搬出来。上面写着：回收名酒、名烟、虫草。

这也是往年的老规矩，今年却有些不同了。司机一把拉住那店老板，到了车尾，打开后车门。店老板一看那么多虫草，刷一下白了脸，我店小，我店小，你们还是去找个大老板吧。两个司机焦灼起来，一时间哪里去找一个稳妥的能吃下这么多货的大老板？立时站在当地，急得满头大汗。

桑吉不知道正在发生的这些虫草的神秘旅行。桑吉不知道，他的那两只虫草被分开了。一只本该去某个地下室，不见天日，这回却落在两个司机手里，等待一个新老板。这些虫草如何出手，如何继续其神秘的旅行，又是另外一个离奇故事了。

桑吉在县城的街道上晃荡时，黑夜降临了。

他饿了。他很饿了。他花了6块钱，在一个小饭馆要了一碗有牛肉有香菜叶的热汤，吃自己带在身上的两个烧饼。那个小饭馆里的服务员笑话他："你这个傻瓜，带两个冷饼子干什么？我们这里有热烧饼。"

老板娘把服务员骂走了。老板娘又往他的海碗里盛了大半瓢汤，说："慢慢吃，不要理他！"

饭馆靠墙的桌子上，放着一台电视机，里面正在播放县电视台的点歌节目。当一个个点歌人的名字出现时，饭馆里稀稀拉拉的几个本地顾客就说："妈的，这也能叫歌！"

为某某某和某某新婚点歌。

为某某新店开张点歌。

为某某某生日点歌。

喝汤吃烧饼的人就笑骂:"这孙子是给他的局长点歌!"

然后,是某某虫草行为众亲友和员工点歌。

歌是当地人都听不懂、只能看懂字幕的闽南语的《爱拼才会赢》。

饭馆里的人开始谈这个虫草行老板。说,原来就是个街上的混混儿嘛。说,刚去收虫草时,被人把牙都打掉了嘛。说,英雄不问出处,人家现在是大老板了。

这时的桑吉面临的是另一个问题,自己身上只有一张10元钱,掏出来付了牛肉汤钱,就只找回来皱巴巴的四张一元钞了。

老板娘把这四张零钞从围裙兜里掏出来,拍到桑吉手上,他马上意识到,在举目无亲的县城,靠这四块钱,他肯定找不到一个过夜的地方。

高原上,一入夜便气温陡降,桑吉没有勇气离开饭馆,走上寒冷而空旷的县城的街道。

店里的顾客一个个离开了。

服务员关掉了电视,老板从里屋的灶台边走出来,坐在桌子边点燃了一支烟。他看看桑吉,对解下围裙的老板娘说:"逃学的娃娃。"

老板娘便过来问他:"娃娃,说老实话,是不是偷跑出来的?"

桑吉不知怎么回答,只是使劲地摇头。

老板娘放低了声音:"是不是偷了家里的东西想出手啊?"

桑吉更使劲地摇头。

"是不是带了虫草?"

提到这个,桑吉的泪水一下就涌出了眼眶:"调研员把我的3只虫草拿走了,说换给我一套百科全书。可是,校长说,那是给学校的。我来找调研员,可是他调走了,当县长去了!"

"是他啊!他怎么会要你3只虫草?"老板娘脸上突显惊异的神情,"什么,你用虫草换书?"

老板站起身来,把燃着的烟屁股弹到门外:"这个世道,什么事都要问个究竟,回家!娃娃今晚就睡在店里吧。"老板指指那个服务员,"跟他一起!"

老板和老板娘出了门,哗啦啦拉下卷帘门,从外面上了锁。

那个孩子气的服务员先是做出不高兴的样子,把桌子拼起来,在上面铺开被褥，自己躺下了。等老板和老板娘的脚步声远了，消失了，才问桑吉："你真没有带一点点儿虫草出来？"

桑吉说："我真的没有。"

服务员拍拍被子说："上来吧。"

桑吉脱下袍子爬上床。

服务员说："滚到那边去，我才不跟你头碰头呢！"

桑吉就在另一头躺下了，他刚小心翼翼地把腿伸直，那边就掀开被子，跳起身来："妈的，你太臭了！"

桑吉还不知道怎么回应，小服务员却弯下腰，满脸兴奋地说："给你看样东西！"

他踮起脚，把天花板顶起来，取出一只小纸盒子，放在桑吉面前："打开！打开看看！"

桑吉打开了那只纸盒子，里面整整齐齐睡着一排排紧紧相挨的虫草："这么多！"

"我两年的工钱！一共两百根！每根赚10块，等于我给自己涨工资了！"

服务员又把虫草收起来，把天花板复原，这回，他自己把枕头搬过来，和桑吉躺在了一起。他说："等着吧，几年后，我就自己当虫草老板！"他望着天花板，像是望着一个遥远的地方，"我今年15岁，等着吧，等我20岁，收虫草时就让你给我带路，介绍生意！"

桑吉笑了："那时我都上高中了。"

"妈的，我还以为到时候可以雇你呢。"

桑吉问他另外的问题："你不用把钱拿回家去吗？"

这个15岁的小服务员用老成的语气对他说："朋友，不要提这个问题好吗？"

小服务员要关灯睡觉了。

桑吉提了一个要求："我想再看一会儿电视。"

小服务员说："爱看看吧，我可不陪着你熬夜。"说完，用被子盖着头睡了。

桑吉拿起遥控器，一个频道一个频道按过去。他惊奇地发现，县城里的电视机能收到的台比乡镇上的多多了。当然乡镇的电视机又比村子里的电视收到的台要多。

这个晚上，他从县电视台收到了央视的纪录片频道。画面里，蔚蓝的大海无尽铺展，鱼群在大海里像是天空中密集的群鸟，军舰鸟从天空中不断向着鱼群俯冲，人们驾着帆船驶向一个又一个绿宝石一样的海岛。这部片子放完了，是下一部即将播放的新片的预告。一部是战争片，飞机、大炮、冲锋的人群、胜利的欢呼。一部是关于非洲的，比这片草原上的人肤色更黑的人群、大象、狮子、落日，还有忧伤的歌唱。

桑吉想，原来电视里也有百科全书一样的节目。

接下来，广告。桑吉没有想到的是，这是一条关于虫草的广告。一个音调深沉的声音在发问："你还在泡水吗？你还在煎药熬汤吗？你还在用小钢磨打粉吗？"

桑吉这才知道，人们是如何吃掉那些虫草的。泡在杯子里。煮在汤锅里。用机器打成粉，再当药品吃下。

这样的结果让桑吉有些失望：神奇的虫草也不过是这样寻常的归宿。

早上，桑吉醒来时，那个小服务员已经在通炉子生火和面了。

桑吉又多睡了一会儿。他躺在床上想家，想学校。直到老板夫妇开卷帘门的声音响起，他才赶紧起身穿上了袍子。吃完早饭，老板吩咐小服务员把桑吉带到汽车站。老板娘把一张10块钱的钞票塞到他手上，说："买一张汽车票够了，回学校去好好念书吧。"

老板又给他两只刚出炉的烧饼，说："算算，两只烧饼6元，一顿早餐12元，一晚上住宿费20元，一共欠我44元。"

小服务员插嘴说："还有我的被子钱10元！"

老板笑着望望天花板："那就用你赚的钱替他还，我想你们已经是朋友了。"

八

回到学校，桑吉问多布杰老师："为什么县城的电视里有那么好的频道？"

多布杰老师说："你的问题太多了！你只要好好读书，考到那些大地方去，就没有这些问题了！"

桑吉知道，多布杰老师说的是对的。

马上要小升初了，他也不问百科全书的事了，一门心思按老师的布置认真复习。

然后，考试。

然后，什么也不干，等待考试的结果，和录取通知。

这期间，被省里老大家司机卖到回收店的那只虫草，被一户普通人家买去了。他们一共从那个小店买去了20只虫草，价格是50块一只。这家的老人被医院宣布已无药可救。他们把老人接回家里，请了中医来看。中医的意见是提气，提气的药都是很贵的，人参和虫草。这家人就买了20只虫草，每次两只，炖在汤里，给老人提气。桑吉的那一只，炖成了第八碗汤。那碗汤，老人没有喝完。他头一歪，嘴半张着，汤却慢慢从嘴角淌下来，顺着脖子流到了胸脯上。

这个桑吉不知道。

那时，他回到家里等通知。有一天，他突然要父亲带他上山去。他想看看真正长成了一株草的虫草是什么样子。

父亲笑了："我只知道挖虫草时虫草的样子，我想没有人知道长成草的虫草是什么样子！"

桑吉不相信，但他问遍了全村的人，真的没有人认得出长成草的虫草是什么样子。

桑吉想，明年虫草季，他要留下一株虫草，做一个鲜明的记号，隔一段时间就去看一眼，这样，自然就知道虫草后来长成什么样子了。他就带着这么一个想法回学校去了。

考试成绩下来了。

桑吉考出了这所学校办学以来最好的成绩，被自治州的重点中学录取了。

姐姐寄来了一张漂亮的明信片，预祝他高中时可以考到省城的中学。

后来，是毕业典礼。

父亲穿着干净的白衬衣，牵着马来接他。

桑吉去多布杰老师和娜姆老师那里告辞，还带上了父亲带来的新鲜乳酪。

多布杰老师把那包用新鲜的橐吾叶包裹着的乳酪塞到他手上："作为这个学校最好的学生，你该去看看校长。他会高兴的。"

桑吉有点儿不情愿，但他还是去了校长家。

见到他，校长真的很高兴，拍着他的脑袋说："有出息，有出息。我来这个地方还是个刚从师范学校毕业的年轻人，现在老了，要退休了。你考得这么好，我很高兴，很高兴。"

桑吉被感动了，把乳酪放在校长面前的茶几上，认认真真地对校长鞠了一躬。

他直起身来的时候，看到校长里屋的床上，他那患哮喘的妻子倚在床边，看着他们的孙子高高兴兴坐在床上，面前摊着一本百科全书。那孩子正伸手把一张纸从书上撕下来。孩子举起手中带着画片的纸，高兴地摇晃。

桑吉转身跑出了房间。

多布杰老师对桑吉说："你要原谅他。"

桑吉不知道，自己会不会原谅校长。

直到新学期开始，桑吉踏进新学校的图书室。他说："我要借一套百科全书。"

图书管理员告诉他："百科全书是工具书，不外借，但可以在图书室查阅。"

桑吉便在桌子前坐下来，等人把那厚重的书本放在他面前。

走出图书馆时，他说："我明天还要来。"

晚上，他从学校的计算机房给多布杰老师发了一封电子邮件。他在信里说："我想念你。还有，我原谅校长了。"

地球之眼 |石一枫|

原载《十月》2015年第3期，《北京文学·中篇小说月报》2015年第6期转载

1

在我大学时认识的那些狐朋狗友里，后来混得最差的叫安小男，混得最好的叫李牧光。这本来没有什么值得多说的，人嘛，都有混得好的和混得不好的。尤其是如今这个年头，两个阵营之间的差距越拉越大，几乎有变成两个物种的趋势了。不过我想指出的是，混得最差的安小男原来可没有那么差，相应地，混得最好的李牧光原来也没有那么好。他们在学校里的状况和后来的境遇恰好相反。当然，这也没什么奇怪的。社会嘛，通行的标准肯定不是上学时的那一套，否则"混"这个词也就没有那么准确而传神了。

那么我想说的究竟是什么呢？恐怕是安小男和李牧光之间那段奇特的雇佣关系。

还是先介绍一下安小男。他本来跟我不是一个系的，念的是"电子信息和自动化"，但是宿舍离我很近，就隔着一个水房。对于理科生，我们这些读文科的往往有一种偏见，认为他们大脑发达但是思维狭隘，生活很没有情趣。当我们像孔雀开屏一样每天不知道瞎咋呼些什么的时候，他们却在实验室里吭哧吭哧地埋头干活，课余时间也就是守在电脑前面打游戏或者下"毛片"。埋头干活是为了拿学分，打游戏是为了放松大脑，下载"毛片"是为了在右手的帮助下抚慰肉体，他们所做的一切事情都有着简单而

明确的目的。也就是说,做什么事情都必须要"有用",这是他们普遍信奉的生活哲学。然而安小男却好像和大多数理科生不一样,他跟我熟起来,恰恰是通过讨论一些"没用"的话题。

当时正是盛夏天气,学校的考试季快到了,我闲散了一个学期,如今只好捧着复印来的笔记到图书馆里死记硬背。这种工作是很折磨人的,往往还没有背上两条名词解释,我就会不停地打哈欠、流眼泪,然后不得不跑到楼下去抽一棵烟。一棵不够就两棵,两棵不够就三棵,其间还要喝汽水买零食,再瞄两眼穿得比较暴露的女同学,一个晚上下来,浪费的时间肯定要比背书的时间长得多。有一次正坐在水泥台阶上发呆,背后忽然有人叫了我一声:

"这位同学。"

一回头,便看见一张又瘦又黄、胡子拉碴的脸,让人想起北京人用来搓澡的老丝瓜瓢。我想了想,似乎是在宿舍楼道里见过这人,便问他:"有事儿吗?"

"你是历史系的吧?"

"是啊,咱们共用一个厕所。"

"你对中国历史一定很有见解。"

"至今还比较懵懂……期末考试可能会挂。"

他又说:"那么就是说,你主要在研究中国社会的当下问题喽?"

我有点儿被搞晕了,但也只好敷衍道:"这就更不是区区不才所能关心的啦。"

这人却热情地一拍我的肩膀:"你太谦虚啦——咱们谈一谈怎么样?"

说完就一屁股坐在了我身旁的台阶上,瘦膝盖尖锐地顶到下巴上,脸却45度角上扬,呈现出一副很有情怀的样子。我更加惶惑了,同时还稍微有了一点不安,不自觉地把身体往另一侧挪了挪,问他:"你想谈什么呢?"

"谈一谈中国的历史、现状,以及中国会向何方去?"

"这也太宏大了吧。"

"那么就谈谈中国人的道德问题好了。你觉得当前的形势是不是很严峻,我们这个社会的道德体系是不是失效了?"

面对他那诚恳而热情的目光,我哼唧了半天,说:"这又太抽象了。就算我想谈,你又让我从何说起呢?"

"怎么会抽象呢?我的问题非常具体,而且离每个人都并不遥远。"他说着,突然把手往半空中的某个方位一扬,"比如说那里,很可能就存在着严重的道德缺失。"

我顺着他的手,也朝斜上方45度角望了过去。我看到远处的围墙之外,一幢碉堡般的建筑物耸立入云。那是我们学校的"三产",一个在中关村乃至全北京都很著名的电脑城,里面每天川流不息着形形色色的高科技二道贩子。而现在已经是晚上8点来钟,电脑城通体黑黢黢的,只留下顶端的一圈儿航空警示灯正在有规律地明灭着,仿佛这幢大楼正在呼吸。分明是指路明灯,他是怎么看出道德问题来的呢?

"恕我肉眼凡胎……"

那人一拍膝盖,"咳"了一声,语速飞快地对我讲解起来:"国家规定,离地高度90米以上的建筑物航空警示灯,其闪光频率应为每分钟20至60次之间,有效光强不低于1600坎德拉——坎德拉也就是一种光学上的计量单位。然而根据我的实地测量,这幢大楼上的警示灯是每4秒钟才闪烁一次,也就是说每分钟只有15次。更危险的是,光强也根本没有达标,在下雨或者大雾天气,很难对几百米上空的飞机起到提示作用。我还查了一下,国内生产信号灯的厂家很多,达到法定标准也并不需要多么先进的技术,那么采购的人为什么非要选择这种不合格产品呢?这分明就是拿了回扣嘛……这不是腐败又是什么?而腐败的根源难道不是道德败坏吗?"

作为一个高中"分科"以后就没有再翻过物理课本的人,我固然对他的那些技术用语感到糊涂,而好不容易听明白大概意思之后,糊涂的感觉却越发加剧了。我仍然想不出来几盏劣质信号灯有什么值得大书特书的。说句不好听的,就是真有一架飞机晕头转向地撞上了我们学校的电脑城,那儿离我睡觉的宿舍也还远着呢。进而,我不得不把眼前这位仁兄归入了"校园神经病"的行列。在我们这所号称兼收并蓄的大学里,这类人还是比较常见的。其中的女神经病症状倒还温和,顶多是到比较英俊、比较有风度的老师(比如中文系的一位著名诗人)课上去发发春,当堂朗诵几首题为"翡冷翠"或者"我底爱人"之类的诗歌什么的。男神经病就要激烈得多,我在上"中国思想史"这门课的时候,曾经见过一个"超实用主义民间哲学家",他提出了一个论调,说的是应该把社会上那些"没用的人"统统消灭,肉做成罐头,脂肪用来生产力士香皂,皮拿去做鞋。他宣称,如果国务院采纳了他的建议,那么中华民族的伟大复兴也就指日可待了。然而所谓"校园神经病"大多数是一些半流浪状态下的旁听生,还有那些考了几年研究生都没考上的落榜者,年龄也都在三四十岁上下,而这人明明是个热门专业的在校生,他发哪门子神经啊。

更加让我纳闷并且懊恼的是,图书馆门口进进出出这么多人,他干吗非要找我来"谈一谈"呢?难道我看起来比别人精神不正常吗?

于是我截断了他的话头:"打住打住,我可没工夫听你瞎咧咧。"

"我知道你是个谦虚而低调的人。"他居然露出了委屈的神色,"如果你觉得我的分析不够深入,没有触及本质,你可以反驳我,但不能把我扔下不管呀。我确实很想听听你的见解。"

听起来好像我对他、对中国社会负有多大的责任似的。我差点儿急了:"凭什么呀?你想跟我聊天我就必须得陪你聊吗?这不是牛不喝水强按头吗?你把我当什么了?三陪?你给我钱了吗?"

对于我的一连串问话,眼前这人却不慌不忙,从随身携带的旧帆布包里拿出一摞书来。上面的几本分别是《中国大趋势》《中国可以说不》《中国何以说不》,而压在底下的那本则名叫《谁敢不让中国说不》。看到那色调花花绿绿,仿佛刚拍扁了一只老鼠的图书封面,我突然傻了眼,又好像明白了什么。

"这难道不是你的著作吗?我在楼道里见过你连夜整理书稿。"

他没说错,那本跟风烂书的确出自我手,但这么说又有点不全面。实际情况是,我在上个学期想和女朋友郭雨燕去九寨沟旅游,顺便在路上把她给"办了",便经人介绍从一个书商那儿领了这个活儿,打算用挣来的钱支付路费、门票和宾馆的房费。书里面的内容全是我到网上扒下来,再胡乱拼贴到一块儿的,至于署名,我给自己取了个颇有"民国范儿"也颇有自知之明的笔名,叫"老放"——比起"老舍"和"老残",我所干的事儿和通篇放屁也没什么区别。顺便说一句,这本《谁敢不让中国说不》刚一上市,雇了我的书商就破产跑路了,说好的报酬也没给我。又过了没多久,郭雨燕认为我这个人既无能又言而无信,一怒之下把我给踹了。真是赔了夫人又折兵，还导致我在考试的紧要关头遭到"热心读者"的滋扰，这都是什么事儿啊。

　　与此同时，我又想到了前女友郭雨燕那小狐狸般的眉眼和一对大胸，不免感到了真诚的哀伤。我站起来，茫然四顾，想找个由头甩开身边这人。恰好这时，我的身后又扬起了一个清脆的声音：

　　"咦，你怎么会认识他这种怪胎？"

　　我再次回头，看到的却是我的表妹林琳。她是比我低两级的数学系学生，长了一张白白嫩嫩的娃娃脸，眼睛又黑又亮，眼窝还有点儿异族风情的凹陷，看起来好像用气枪"砰砰"两声，把两颗葡萄打进了一坨奶油里。兄妹两人都考进了同一所著名的大学，这很可以被传为一段佳话，也说明我们家族的基因比较优秀——可能主要来源于我姥爷那边儿，他当过"反动学术权威"嘛。然而我这个表妹自打入校伊始，就对我鼻子不是鼻子眼睛不是眼睛的，几乎见面如仇人。当然，我也有做得不对的地方，我曾经以林琳为诱饵，勒索那些暗恋她的傻小子们请我泡酒吧、打台球、到小西天的中影公司放映厅看进口大片，甚至还打算召集全体有姐姐妹妹的男同学，组建一个"换亲俱乐部"，把"因为太熟而不能下手的资源"转化为"可以下手的资源"。林琳在毫不知情的状态下，已经被我同时许配给七八个人了。

　　而这时，我的第一反应是，难道林琳也认识这人，并且也认为他是一个怪胎吗？可再一打量，她说话时的眼神明明是看向我身旁那人的。也就是说，她在向对方宣布我是一个怪胎。我不由得气哼哼地说："我好歹也是你哥。"

　　"狗屁哥。"林琳同样气哼哼地说，"摊上你这种哥，我算是倒了血霉啦。"

　　然后忽闪着大眼睛对那人说："你是安小男吧？我在去年的高数冬令营里见过你。你解开那道函数方程的思路，我一直都没有想明白……"

　　那人却露出了和刚才我如出一辙的惶惑，然后又转换成了乏味。他把我的著作和其他几本书一起放进包里，站起来说："问我也没用，我也讲不明白。你自己查查书去吧。"

　　说完拍拍屁股就走了。

　　作为一个长期被本系男生像狗似的围着"嗅"的漂亮女孩，林琳遭受到这种待遇，恐怕还是破天荒头一回。我心里升起了古怪的快意，顺便问她这个安小男是什么来头，脑子到底有没有被驴踢过。林琳却鄙夷地瞥了我一眼，说："就你，还看不起人家呢？"

据林琳介绍，安小男的确是个"神人"，这里的"神"是神奇的"神"，而非神神道道的"神"。他简直可以被称为近几届理科生中的传奇：高中曾经获得过奥林匹克数学竞赛的金牌；从来没上过高等数学、理论物理的专业课，但考试的时候随随便便一写就是满分；可以背诵小数点后一千多位的圆周率……他还是个电脑高手，不管多复杂的计算机编程语言，只要看一遍就无师自通。据说电子系的系主任，一位年近七十的老院士曾经摩挲着他的脑袋，笃定地说：

"这里面装着半个硅谷！"

这话说的，倒令我感到那位"民间哲学家"的思想应该修正：需要活体利用的其实是安小男这样的奇才，只要把他的大脑像杏仁豆腐一样一勺一勺地挖出来，就够中科院之类的单位忙活上几十年的了。

林琳又问我："他找你做什么？"

我矜持地说："事实上，他有一些问题向我请教。"

林琳的眼神更加鄙夷了，仿佛在看《围城》里自称"被罗素请教过几个问题"的野鸡哲学家褚慎明。而我也的确疑惑起来：安小男为什么会对《中国可以说不》《中国何以说不》以及《谁敢不让中国说不》这样的狗屁玩意儿感兴趣呢？经过一番思索，我的答案是：这恰恰可能是因为他太聪明了。作为一个奇才，"自然科学"这个确定性的、答案一望可知的领域令安小男感到了乏味，而"人文思想"的本质则是混乱的、含糊的，想不明白的东西更能容纳他那无穷无尽的智力，也就更让他觉得有意思。就像老鼠特别爱啃桌子腿一样，是因为桌子腿好吃吗？不不不，只是由于老鼠的牙齿过于发达。这样一想，我在感到滑稽的同时，又有了那么一点肃然起敬。

总而言之，经过那天晚上的一面之交，我和安小男就熟悉了起来。一个楼道里低头不见抬头见，我在此后又被他频频骚扰，请教一些历史学以及有关"中国社会"的问题。他的请教常常发生在厕所里，有时我们正在并排尿着，他突然就撇过来一句：

"农耕文明是否终将被海洋文明打败？"

或者我正在蹲坑，他从隔板外面撇过来一句："官僚体制是否扼杀了中国社会的创新能力？"

他那虚心向学的态度令我越来越不好意思了，而在这期间，又发生了一个让人哭笑不得的小插曲：我表妹林琳写了一封信，逼我转交给安小男。那封信我毫不犹豫地拆开来偷看了，内容很简洁，说的是她有几道数学难题一直没解开，想请安小男帮她讲解一下；还说希望安小男能和她结成"对子"，在晚自习期间一起探讨、共同进步。言辞虽然纯洁，可是其心昭昭——对于文科生而言，恋爱的发端是借书，对于理科生就变成解习题了。

"你是不是对他有'意思'啦？"我直截了当地问林琳。

林琳还想抵赖："你管得着吗？"

"当然要管，狗屁哥也是哥嘛。"我苦口婆心地劝她，"我知道在你看来，安小男有很大的优点，这个优点就是聪明。可是找男朋友又不是数学比赛，聪明不是唯一的标准，否则你直接找台586去谈情说爱不就得了吗？对于男朋友，还是需要看看长相，看看性格，看看他有没有……魅力嘛。"

"可我恰恰觉得他有魅力。"林琳涨红了脸说，"他那副呆头呆脑的样子再配上聪明得冒尖儿的脑袋，让我觉得帅极了。"

这个小书呆子，对男性的口味也真够古怪的。我劝她不动，只好冷笑两声，抱着看热闹的心态把信交给了安小男。而安小男自然是看不出林琳的潜台词的，他哼唧了几声，极不情愿地说："我是看你的面子才去的。"

当晚他便离开了男生宿舍，到理科楼后面的小自习室去和林琳会面了。这两个家伙待在一起会闹出什么样的笑话呢？我躺在下铺饶有兴致地猜测着。到了晚上9点多钟，安小男回来了，他敲开门告诉我"任务已经完成"，我表妹的数学难题全被他解开了。

"除了数学题，你还解开了别的什么没有？"我相当下流地问。

他好像没听懂一样，继续汇报道："不过，其他的事情，她让我很为难。"

我更加好奇并且焦急了："她让你干吗了？"

安小男说："我们从自习室出来的时候，她突然对我说，大家都是爱学习的人，所以不要在勾勾搭搭上浪费时间，如果我喜欢她，那么就亲她一下好了。"

"你怎么做的？"

"她把脸一仰，眼睛一闭，我就趁机跑了……这不直接回来了么。"安小男摊摊手说。

我"咳"了一声，穿鞋出门往外就跑。安小男居然把一个向他求吻的漂亮女孩孤零零地扔在了大街上，这他妈的是人干的事儿吗？好找歹找，我总算在食堂斜对面的冷饮店里找到了林琳，这时候她已经咕噜咕噜地喝下去了三瓶酸奶。好在林琳并没有因为羞辱而大哭，她只是眼神儿发直地盯着呈等边三角形排列的瓷瓶，幽幽地说了一句：

"他比我更不愿意浪费时间。"

后来林琳就再没动过谈恋爱的念头，一心念书，考 GRE，没过两年就出国留学去了。而经过这件事情，我对安小男倒有了点儿模模糊糊的好感，对于他在人文学科方面的兴趣，也不得不郑重对待了起来。为了不至于误人子弟，我劝他扔掉从地摊儿上买来的"说不"系列，转而到图书馆里找几本"有营养"的书籍进行深入学习，比如汤因比的《历史哲学》、斯塔夫利阿诺斯的《1500 年以后的世界》和费正清的《剑桥中国史》之类的。那些书我只是听说过却压根儿没看过，但是既然被公认为名著，那么想来应该是不错的。况且它们还有一个共同的优点，就是厚，都是能压弯一根勃起的阳具的大部头，这有利于更多地消耗安小男的时间和精力，让他少来烦我。

在这么做的时候，我本人也承受着一定的思想压力。我有时会想：我间接地助长了安小男把他那得天独厚的大脑浪费在"没有用"的事情上，这会不会导致我们国家错失一个诺贝尔奖，甚至让整个人类的科技进步都将蒙受巨大的损失呢？再举个历史八卦作为例子，抽水马桶是英国女王伊丽莎白一世的侍臣哈灵顿爵士发明的，但如果女王在当时勒令爵士先生去研究点儿别的，那么我们今天就还得忍受厕所里的臭气熏天。但我也安慰自己：万一安小男本来会变成一个邪恶的科学家，发明出一种能够毁灭地球的机器、电磁场或者计算机程序呢？那么我的所作所为就相当于把全世界人民给救了。

在跟安小男的接触中，我倒是越来越有科学精神了。

就这样又熬过了一个学期，暑假来了又走，我们这茬儿学生迎来了大四学年。重新回到学校之后,我特地昼伏夜出了好几天,为的是躲开安小男。躲他有着另外的原因:按照他的认真劲儿以及智力水平,那几本大部头应该全都"啃"完了吧?如果他再来缠着我"谈一谈",而我却一问三不知可怎么办?那这人可就丢大了。事实上,随着阅读的深入,他上个学期问的那些问题已经让我越来越头疼了。身为安小男在人文领域的指路明灯,我既感受到了荒唐的虚荣,又不知不觉地心虚了起来。我担忧自己这个"伪劣产品"会像电脑城顶端的引航灯一样,被他有理有据地揭穿。

然而躲是躲不过的,我总得拉屎撒尿嘛。那天晚上10点多,我夹着本书溜出了宿舍,正好在厕所门口撞上了同样夹着一本书的安小男。只不过我手里的书是看了第三遍的《笑傲江湖》,而他的则是法国历史学大师布罗代尔的《十五至十八世纪的物质文明、经济和资本主义》。狭路相逢,我心下一凛,在那一瞬间多么希望他考一考我东方不败的男朋友叫什么名字,或者华山派共有几人为了修炼《葵花宝典》而把自己给阉了。

那当然不太可能。安小男的眼神依然热切,拉住我说:"跟你说个事儿。"

"你问吧。"我又瞥了瞥他的书,心里绝望地打着鼓。

安小男却说:"我想从低年级的专业课听起,把历史系的所有课程都听一遍,你说怎么样?"

我吃了一惊:"你图什么呀?"

"当然是解决问题喽。"他用食指指了指太阳穴,但那动作却像是朝着自己的脑袋开了一枪,"你给我推荐的那些书我全读了……都很好。但是对于我心里的那些疑问,他们似乎都说了点儿,但又都没说清楚。再来问你呢,恐怕也不是个事儿。说句不怕得罪你的话,你和我一样年轻,和你探讨一下问题,共同进步是可以的,但要想答疑解惑,恐怕还得求助教过你的那些老师。他们都是真正的专家,我想我有必要系统地接受一下他们的思想。"

也许安小男已经看出我是个不学无术的混混了?他的话让我一阵失落,同时却又感到释然。但随后,我却真切地为他担忧了起来:"可是咱们都已经大四了啊,马上就要找工作或者考研究生了,哪有时间去听外系的课呢?况且你还要听全本儿的。"

"那就申请延期毕业嘛。"安小男挥了挥手说,"实在不行我就转系,从历史系的大一开始念起。我查了学校的规定,这在理论上来说是可行的。"

他那既淡然又决然的态度,简直让人想起弃医从文的鲁迅先生。也许一个天才的脑袋,就是和我们这样的俗人不同。但我仍然本着一个俗人的善意,继续劝解着他:

"这恐怕有些不妥……你应该三思而后行。没必要为了爱好把专业都扔了啊,那可是你将来吃饭的手艺。"

安小男却说:"我意已决。"

说完,他就错开身子走了出去,而我也没再说些什么。这一来是因为我感到自己至今仍然缺乏和他这样一个"神人"沟通的能力,二来则是因为我已经快憋不住了,再废话裤衩上就要多出一个"柿饼"来了。后来不出我所料,安小男的延期毕业和转系申请果然闹出了不小的风波,他本人也成了我们毕业季里一桩奇闻的主角。

首先是安小男的母亲,一个肉联厂洗肠工,从河北H市赶到了北京。她冲进我们学校的校务办公室,怒斥有关责任人"没有抓好学生的思想教育工作",导致她的儿子眼看就要自毁大好前途,去钻研"连猪屎都不如的没用学问"。她质问校方,如果安小男真的转了系,那么谁能为他注定穷酸到底的未来负责?又有谁能为一个含辛茹苦的寡妇的晚年生活负责?如果只是学生家长闹一闹,那还不算什么,但是经由这一闹,安小男的问题就演变成了电子系和历史系两个团伙之间的矛盾。没过几天,电子系的系主任,曾经断言安小男的脑袋"装着半个硅谷"的老院士也向学校施加了压力。他表示,一般的学生倒也罢了,但是如果把安小男埋进了故纸堆,那实在是一种资源的浪费。老院士的言辞固然委婉,但也使得我所在的历史系深受侮辱,老师们抗议说,你身为一个知识分子的楷模,怎么说话的逻辑也像家庭妇女一样呢?这不还是在说历史作为一个冷门学问,不如电子、信息、自动化之类的"格致之学"有用吗?进而不又是在说人文学科的人不如理工科的人有用吗?你们这些理工科也太欺负人了,盖大楼你们先盖,拿项目经费你们比我们多几十倍上百倍,连买汽车都能从项目里面报销,到了这时候还不忘踩我们一脚,让不让人活了?

本来是一个学生的一厢情愿,只要稍有阻力,那么说不要也就可以不要的，但是本着不争馒头争口气的精神，历史系的老师却怂恿历史系的领导，跟电子系"杠"上了。他们向校方递交了一份意见：学生选择专业，本是个人自由，又所谓失之东隅，收之桑榆，焉知损失"半个硅谷"，换不来一个范文澜、陈寅恪或者钱穆？进而又大谈历史学乃至全体人文学科之重要性，并上升到了国家民族的高度。搞文科的人都是善于言辞之士，那份意见写得冠冕堂皇，让校方也不好反驳，于是决定破例为安小男举行一个多方面试，大家来决定一下这个学生到底待在哪个系比较好。

没承想，那个面试会议又把风波推向了新的高潮。在会上，电子系的班主任先代表老院士发了言，说的还是人尽其才那一套。安小男表情呆滞，无动于衷。接下来，历史系颇有名气的商教授便闪亮登了场。我们系的老师里，能在学校外面混得开的人物不多，这位商教授就是其中之一。大家公推这样一位人物出面，可见是想先声夺人，让对方知道我们历史系也不全是碌碌鼠辈。

商教授保持着他在电视机里的一贯作派，先轻轻胡噜了一下大背头，又抖了抖"五彩洒线揉头狮子"对襟唐装，然后才循循善诱地开了口。他问道："这位同学，你贵姓？"

"姓安。"

"那么我可以叫你小安子吗？"

不得不指出，这话说得实在有些轻佻。而商教授这个人，向来的确是轻佻的。对于轻佻，他还专门发表过一番解释：既然我们这个社会的风气，就是把轻佻当有趣，而人在任何时代都在追求有趣，都在尽量活得不那么沉重，那么轻佻一下又何妨呢？他还引证说，许多历史上的名士，譬如阮籍、金圣叹和唐寅，骨子里都是些轻佻的人。这么一说，他的轻佻好像就有了传承与深度。再加上这套作派在电视上和领导干部的圈子里都很受欢迎，那么商教授更可以理直气壮地插科打诨下去了。

果不其然，商教授一开口，原本凝重、尴尬的会场气氛登时轻松了下来，许多人脸上不知不觉地泛上了一丝笑意。有些人就是有这样的本领，他们很善于改变周遭的"气场"。现在，全体教职工都在等着欣赏这位电视名人的表演了。

对于商教授的问话，安小男的反应先是愣了几秒钟，然后磕磕巴巴地说：

"这不妥吧。"

过了一会儿又补充道："您又不是慈禧。"

此言一出，现场的人们就真的忍俊不禁了。不要说学校教务处的领导，就连电子系那两个满脸"常量函数"的教师代表都互相看了一眼，嘴里"扑哧"一声。本来嘛，地球又不是围着一个学生转的，搞得那么兴师动众干什么？而得到了安小男不经意间的"配合"，商教授就更加胸有成竹了，他笑容一敛，将谈话引入了正题：

"还是说说你平时都看一些什么书吧——我指的是在课余时间里。"

安小男便将我开给他的书目一一报上名来。要知道，这些书连许多历史系的研究生都是没有读完的，就像很多中文系的研究生却没有读过《红楼梦》一样。商教授眼睛一亮，有些惊奇也有些技痒，便当堂考问起安小男的学问来。

一考之下，令人惊奇，安小男对答如流。他不仅能够把商教授提到的具体章节精确地复述下来，而且对于关键的段落还能全文背诵。他原本是木木讷讷的模样，一谈到书本却像插了电一样，眼珠子里往外喷射的全是精光。如果不是商教授及时打住，那么他可能会孜孜不倦地说下去，直到两个嘴角下方越积越多的白沫流到脖子里去。

"大家都看到，情况已经很清楚了。"商教授轻轻地吁了一口气，转向了校方代表，"这位小安……同学在历史方面达到了相当的造诣，虽然他的阅读稍嫌不成系统，还有点凌乱，但是他对重要著作的熟悉程度已经超出了我的想象。兴趣才是最好的老师，我想如果不是对历史有着浓厚的兴趣，他是不可能付出这么多的时间与精力的。而学校作为一所人才培养机构，为什么要扼杀学生的兴趣呢？这是不负责任的。当然，搞教育的都有爱才之心，电子系诸位同仁的心情，我们历史系也能理解。不如由我个人来提一个折中的方案：我们给予小安同学电子系和历史系的双重学籍，他继续在电子系读研究生，同时还可以到历史系来念本科，由我本人亲自担任辅导老师。现在的大学教育不是提倡打通，提倡跨学科吗？历史上那些真正的大师也都是通才：笛卡尔既是一位数学家，同时也是一位哲学家；爱因斯坦发现了相对论，同时也热衷于演奏小提琴；杨振宁获得了诺贝尔物理学奖，同时也爱好着古典诗词以及翁帆女士……"

商教授好不容易正经了片刻，终于又在发言的结尾流于轻佻。但这轻佻却是恰到好处的轻佻，它让在座的众人哄堂一笑，有了皆大欢喜之感。既把安小男的人留在了电子系，又保全了历史系的面子，多么完满。只要这种长袖善舞的人物在场，那么什么问题都不是问题。校方的领导们满意地点了点头，宣布"再回去研究一下"，假如对学生好，对学校好，"特事特办也是可以的"。

大家欠起屁股，已经准备离席了。但没想到，安小男却在这时候又开了口。他的话是对商教授说的："我还没决定去不去历史系。"

难道今天的会不是为了你转系才开的吗？这时候说这种话，不是消遣人么？商教授不免一愣："什么意思？"

"我是说，在系统学习历史之前，我想再问您一个问题。"安小男说。

"你也想考考我吗？"商教授饶有兴致地笑了，"一个问题够吗？"

"就一个。"

"那你说。"

"历史到底有什么用？"

商教授又一愣，但过了半响，笑容便重新圆熟起来："历史当然不如电子有用啦。但是兴趣嘛，喜欢嘛，如果再纠缠于有用没用，是不是有点儿俗了呢？"

"您没听懂我的意思，可能我没表述清楚。"安小男舔了舔嘴唇，直视着商教授说，"研究历史是否有助于解决中国的当下问题？"

"比如说什么问题？"

"比如说中国人的道德缺失问题。"

"明史鉴今当然也是一种思路……但是我想，没必要把历史学理解得这么直接吧。"

"可是有些问题明明是绕不过去的。或者我再换一种问法，您对中国社会的腐败和道德缺失有什么看法？想过怎么解决它们吗？"安小男说。

"这就是另一个问题了。"商教授的眼神便开始迷离了。他一定感到了和我当初一样的惶惑。

"在我看来，这是一个问题。"

在安小男的锲而不舍之下，商教授又吁了口气，看了看与会者中有着领导头衔的那些人。历史系的党委书记还没有走出门去，据说这人有可能要提成主管文科教学的副校长了。于是商教授陷入了另一种逻辑，这种逻辑就是容不得轻佻，但也容不得过分郑重的了。

"你可以去看一看上个月《新华文摘》上的一篇文章，是我今年刚写的，其中也有一部分谈到了知识分子应该如何面对今天的现实。"商教授说，"我认为我们应该分清主流和支流，比起繁荣的、蓬勃的历史主旋律，这样那样的问题都是小小不言的。"

"也就是说，可以不关心吗？"

"我们更应该关心的是主流，或者潜心于自己的专业……"

安小男一字一顿地说："我认为您很无耻。"

他说话的声音并不大，但在会场上却有如炸雷。一些人被定住了，另一些人则逃也似的加快了脚步离开。商教授着实是蒙了，他半张着嘴，瞪着安小男，僵在了原地，连话也说不出来。

接着，安小男便抬起了一只手，手指尖利地指着商教授的鼻子，开始了滔滔不绝的大鸣大放大批判。他质问道，中国社会已经沦落到了怎样的一个地步，难道您没有看到吗？难道您不忧虑吗？如果是一般的人也就罢了，但您作为一个学者，一个在公共领域拥有话语权的知名人士，居然选择了鸵鸟策略甚至是睁着眼睛说瞎话，这是何种用心？安小男还说，他之所以对历史产生了浓厚的兴趣，正是由于认为比起中文、哲学和社会学等等其他人文学科，历史最有希望解决他的"核心问题"，但今天看来他错了。中国的历史学家并没有他所希望的那样高大，他们归根结底还是一群"没用"的家伙。

谁能想到，安小男的历史研究之路沿着汤因比、费正清和布罗代尔等等大师绕了一圈儿，又绕回了在那个盛夏之夜和我讨论的领域。他挥斥方遒地发表了10来分钟的演说，直到商教授也面色铁青地溜走了，会场上空无一人，才喘息着停下来。据说此时的他已是满脸热泪，他居然哭了。

毫无疑问，转系的事儿被彻底搞砸了，而安小男也在文科生之中出了大名。再顺便说一句，那位商教授曾经把我们折腾得不善，他自己忙于上电视和走穴，基本上不给学生上课，但到了考试的时候却摆出铁面无私的架势，把题目出得非常难，一定要"挂"掉一批人才过瘾；基于这个情况，大家虽然认为安小男有可能疯了，但也不得不感到大快人心。一时间，大家争相到电子系的宿舍去瞻仰、声援安小男，每天都有人隔着门帘对他挥挥拳头：

"干得漂亮！"

按照众人的理解，安小男之所以突然发飙，正是因为那个"小安子"的玩笑——那让他觉得受到了侮辱，进而失去了自控能力。再细一想，他对商教授的指责虽然突兀，但又来得多么刁钻，多么让对方无所适从。一个研究过西方现代主义思潮的同学阐释道，按照福柯的理论，疯子虽然和正常人驴唇不对马嘴，但是他们的思维其实有着严密的内部逻辑，一旦进入那个逻辑，正常人的经验和智慧便丧失了作用，甚至也有可能会被搞疯掉。这也是以商教授之机智老辣，却被一个小毛孩子诘问得张口结舌的原因。

在这种时候，我却越发感到自己有必要躲开安小男了。作为一个骨子里很""的人，我对于那些具有狂暴因素的人与事，向来抱以本能的敬而远之。然而还得怪学校宿舍的布局以及我们排泄系统的生物钟，躲了一阵，我终于又被安小男堵在了厕所里。

那是一个清晨，我刚冲完水，正迈着发麻的两腿从隔扇里挪出来，正好撞上安小男也站在小便池前。他迅速抖了一抖，提上裤子拦住了我的去路，眼里满是悲伤。

我抠了抠眼屎，仍旧不知说什么才好。安小男却先开了口："我想，你应该理解我。"

"理解你什么？"

"我的初衷并不是想去故意捣乱，更没有针对商教授个人的意思。"他的一边嘴角抽搐了两下，"我很真挚，的确是希望历史学，希望研究历史的人能够帮助我解决困惑。"

"对不起，我们都让你失望了。"

"怪我，我不该强人所难……我太幼稚了。"

安小男说完，抛下我转身走了。而我却沉默地站在原地，生出了一种类似于羞愧的心态。那感觉，就好像急匆匆地方便完了，才发现自己闯进了一间女厕所一样。

2

相比于安小男,后来混得最好的李牧光虽然和我是一个系的,住得也离我近得不能再近,但我对这个人的印象却一度是模糊的。这倒不是说他没有特点,恰恰相反,李牧光正是由于特点太过鲜明了,才导致我最初和他的交流极其有限。

第一次见到他,是在新生入校的时候。因为我属于北京生源,所以不必提前几天赶过来安家,而是卡在了录取通知书上规定的最后一天,才背着铺盖卷走进了宿舍。当时屋里看似没有人,大家或许都去参加"入学教育"了。我草草铺好了褥子,又到水房涮了涮脸盆,突然瞥到窗台上摆着一只"爱华"牌双卡收录机,还是那个年代最新的款式呢。我一时手欠,便按了播放键,喇叭里随即传出了鼻音浓重的"牛津腔"英语:

约翰先生,今天的培根煎得怎么样?

爱丽丝小姐,我们来跳一曲华尔兹吧。

看来这台收录机主人还真爱学习。我无言地笑了笑,把机器关了,这时却听见一声呻吟从我床铺的上方传来。然后,上铺的被窝里钻出了一个人脑袋:

"哥们儿,几点了?"

这人一嘴东北腔,同样也是鼻音浓重。刚才居然没发现自己的脑袋顶上就躺着一个活人,这让我先被小小地吓了一跳,随后便不好意思起来。人家正在睡觉,我却在宿舍里东搞西搞,太不合适了。

我抬手看了看表:"下午4点多了……吵到你了吧?"

"没事儿没事儿。"那人长得倒还周正,是一张东北人里常见的国字脸,肤色也颇为白嫩,只不过睡得有点儿肿胀了。他把一条光溜溜的胳膊也拔了出来,指了指双卡收录机,"你要听就接着听,抽屉里还有磁带,音乐的也有,相声小品二人转的也有。"

看来他是那台机器的主人,我就更不好意思了:"那多吵呀,你怎么睡觉?"

"我不怕吵,在哪儿都睡得着。"他说完,把身子往被窝里一蜷。

我看了看他杂草丛生的天灵盖,又扭脸望了望窗外,轻声叫他:"那我先出去,你知道别的同学在哪个教室吗……哥们儿,哥们儿?"

上铺无声无息，这人居然一转眼就又睡着了。

到了晚上，和宿舍里的其他同学见了面，才知道我上铺这人名叫李牧光，是从赵本山的故乡"铁岭那旮旯儿"来的。同学们又啧啧称奇地介绍道，自从到校以来，他就一直在睡觉，已经连睡了两天两夜了。何以要睡这么长时间？这时李牧光终于不情愿地起了床，他一边睡眼惺忪地刷着牙，一边对大家解释，这是因为报到之前，他们家人带他到欧洲和澳大利亚玩了一圈儿，偏巧地球又是圆的，纵横几万里，时差把他的生物钟统统搞乱了，所以需要用睡觉调整过来。这个理由有些牵强，但却暴露了李牧光的另一个情况，就是他的家庭条件很不错。我考上大学以后，父母只是给我买了块手表，并且还不是瑞士的，而是日本"精工"，就算"以资鼓励"了。其他两个来自广西和贵州的兄弟更惨，拿到录取通知书之后的第一件事情就是走亲串邻地借债。再瞧瞧人家这日子过的。

一个同学问："欧洲什么样？"

李牧光打了个哈欠说："上车睡觉，下车拍照，全忘了。"

有一个同学问："你爸是老板吧？"

"算不上，也就是给国家打工的。"

说到这儿，李牧光哐吧哐吧嘴，又从柜子里拽出一只沉重的纸箱子来。嚯，那里面真是五花八门：真空包装的酱鸡腿、卤牛肉、整只鸭子，进口蛇果、红提、山竹和哈密瓜……这些大概是李牧光的父母给他留下来的，难道他们怕儿子吃不饱饭吗？李牧光嚼了两块饼干，然后又看了看我们，招招手说：

"愣着干吗，大伙儿一块儿呗。"

我们这些没出息的家伙便一拥而上，吭哧吭哧地吃了起来。这个聚餐会刚进行到一半，李牧光突然又伸了个懒腰说："你们慢用，我就不陪了。"说完爬上床，不到半分钟，又没声儿了。

谁也没见过这么爱睡觉、这么能睡觉的人。此后的日子里，我更加为李牧光在睡眠方面的造诣而惊叹。每天早晨大家出门去上课，他正在被窝里酣睡；中午大家回来，他仍在被窝里酣睡；勉强被我们拽起来，极不情愿地到食堂扒拉两口饭之后，他总算有了一点精神，于是便会在园子里东逛逛西逛逛，到球场去看人家打会儿篮球，但才过晚饭点儿就又困了，火急火燎地跑回来睡觉，好像刚上了一个大夜班似的。课他自然是不怎么上的，不管是本专业还是公共课，考勤表上缺席的记录都占了大多数。大二的时候，全体学生被拉出去军训，李牧光正在太阳底下站着"军姿"，突然就像一段枕木一样拍在地上，不省人事了。教官被吓了一跳，以为他中暑，休克了，然而我们几个同宿舍的人却一点儿也不着急。我们知道，他只是睡着了。

这基本上就是李牧光大学生活的常态。套用一句伟人的名言来说，一个人能睡觉不难，能天天睡觉也不难，但要是能天天都睡得像李牧光这样惊世骇俗，那可就难了。日子久了，对于宿舍里永远有一个人在睡觉，我们从不适应到适应，又从适应过渡到胡思乱想，甚至还有了一种恐怖的感觉。大家都担心突然有一天，李牧光会无声无息地睡死在被窝里。于是我提议，每天早上出门之前，都要有一个人去探一探他的鼻息，如果不幸真的发生了，那就赶紧通知校医院的太平间。我们不能允许他臭在屋里。

这个习惯一直保持到了大学毕业。

我也不免好奇：难道李牧光一直都是这么嗜睡吗？假如中学时代也是这么睡过来的，他又是如何考进我们这所赫赫有名的大学的呢？难不成他像电子系那个传说中的安小男一样，也是一个天才型的人物，而学校为了保护天才，才特批了他不需要上课、写论文，甚至不需要考试吗？

事实当然并非如此，天才怎么会像那些抱着小孩卖黄色光盘的妇女一样，你走到地铁A口冒出一个，走到地铁B口又冒出一个。有一次班级聚餐，我们的班主任老师被灌醉了，才吐露了李牧光背后的真相：他父亲是东北一家重工业大厂的一把手，专门在厂里为我们学校设立了一个理工科的"创新基地"，说白了就是赠送一块地皮，供学校在当地开办形形色色的收费班，贩卖注水文凭；而这么做的条件，是学校要给李牧光一个免试入学名额，并且保证他顺利毕业。换句话说，李牧光虽然不是天才，但是他爸却是天才——搞钱的天才、搞关系的天才，而那些天才要比智力上的天才更加畅通无阻。

不过这个信息流露出来，我们虽然在理性上感到了不公，但却对事不对人。再看到李牧光安然高卧的时候，并没有谁会真正地讨厌他。平心而论，李牧光其人除了舍生忘死地爱睡觉之外，身上并没有一点儿"各色"的、让人不愉快的东西。他的脾性随和极了，压根儿没显露出过公子哥儿的骄娇二气。有的时候大家闲得无聊，就用报纸卷成小棍，去捅他的鼻子，捅得他喷嚏连天的，但人家却一点儿也不生气，打完喷嚏哼哼两声"不要搞我，想吃什么柜子里有"，然后就继续睡过去了。还有一次，我对面床上那位兄弟也不知怎么弄的，把半壶热水浇到了李牧光的被子上，他被烫得嗷的一声坐了起来，愣了片刻，憨笑道：

"我尿炕了吗？"

除此之外，自然还有物质上的收买。如前所述，李牧光那装满了吃食的百宝箱，大家是可以随意享用的；他那台"爱华"牌双卡收录机也早被宿舍里的两个英语狂人霸占，练听力用了。世纪之交，个人电脑在学生中间普及了起来，别的宿舍都是大家凑钱集体购买，还有为了你掏多点我掏少点而打架的，李牧光却大手笔地一人买了两台，一台台式机，一台笔记本。这两台电脑，他这个长睡不醒的人几乎从来没有摸过，而我们却可以用台式机打游戏时用笔记本下"毛片"，或者用笔记本打游戏时用台式机下"毛片"。

说来也惭愧，我吃着李牧光的，用着李牧光的，心里还不止一次地嘲弄和诋毁过李牧光，但整整四年，我却从来没跟这个人进行过深入的交谈，更别提交心了。我对他说过的话，仅限于"你果然还在睡""你居然也会醒"和"给我用""给我吃"这样的层面，而他的回答则基本上是"哦""嗯""好"以及无声无息。我毫不怀疑，只要大学一毕业，我就会把李牧光给忘了，就像他同样会在睡梦中把我也给忘了。然而临到毕业时的一件事，却使得李牧光认定我是他"最好的朋友"，而交到我这样一个朋友，是他大学期间唯一的收获——当然，作为一个永远长眠的人，他也不可能有别的收获。

那又是在盛夏季节，我再次迎来了一年中最繁忙的时候。只不过以往是忙于应付考试，这时却在忙于投简历、找工作。我们历史系的毕业生可比不得理工科，到各大招聘会上稍微一打听，就会发现自己的出路少得可怜。而我的成绩本来就不怎么样，又不是党员和学生干部，形势便更加不容乐观，也就更加需要勤勉。有一天夜里12点，我才刚刚结束了一个位于昌平县城的企业面试，坐着长途车赶回城里。这时宿舍已经熄灯了，屋里充满了此起彼伏的鼾声和臭脚丫子味儿,我本想直接脱了衣服上床,却忽然听到咯吱一响,李牧光的脑袋探了下来。

"小庄……庄博益,你睡了吗?"他问我。

四年以来,我只见过李牧光在不该睡觉的时候闭着眼,可从来没见过他在该睡觉的时候睁开过眼。我不由得哆嗦了一下,甚至觉得天有异象,马上就快地震了:

"你他妈的要吓死我?"

"对不住,对不住。"李牧光的眼睛在黑暗中闪闪发亮,"不过我的确睡不着……也有个事儿想找你帮个忙。"

难道李牧光也在为找工作的事儿发愁吗?我没好气地说:"我能帮你什么忙?你应该找你爸说去。"

"这事儿他也帮不了我,只能找咱们同学。"他的语气突然变得可怜巴巴的,"我也问过宿舍里的别人,可他们都不愿意。"

"别人不愿意,我为什么会愿意呢……到底什么事儿?"

李牧光就磕磕巴巴地说了。原来他爸按照很多成功人士的育儿之道,决定送他去美国留学。为了办这事儿,老头子亲自跑了趟得克萨斯,给他联系了一所州立大学,并且以慈善家的身份留下了一笔不菲的捐款。按说这已经足够把路"蹚"平了,然而快办手续的时候,外国佬那种特别"死性"的毛病却又犯了。他们提出,李牧光就算可以不参加入学考试,但总得提交一篇本专业领域的论文,否则没法儿向所谓的"学术委员会"交代。

"你们学校的委员会,难道不是归你们这些校领导管的吗?实在不行我就跟你们书记谈。"李牧光他爸什么时候受过这种刁难,他一怒之下,简直口不择言了。

对方表示,那个委员会还真是有权把任何学生拒之门外的;而他们已经对李牧光很宽松了,如果不是因为这两年财政吃紧,哪能随便糊弄一篇文章就可以入学。至于"书记"这个说法,对方问道:"那是什么东西?"

于是压力就转嫁到了李牧光的头上。他爸打来电话,让他火速"攒"出一篇论文来,再翻译成英文。这让李牧光感到很无辜:"我又没想出国,是他们非逼着我去的。这时候事情没有完全搞定,却又来折腾我,有这么不负责任的父母吗？"

我只好顺着他说："就是，他们太不知道心疼你了。"

"可是我也只好给他们擦屁股。"李牧光又说，"我这个着急呀，上火上得牙床子都疼了。今天我已经问了好几个人，但他们都说正在找工作，根本没时间替我动笔。"

"可我也在找工作呀，我的牙床子也在疼。"我说。

"别人不管我可以，但你可不能不管我。"李牧光急道，"谁让你是我的下铺呢，咱俩睡得最近，交情也就应该最深。再说我不会让你白干的……我给你钱。"

"不要说得这么赤裸……"我眨眨眼，"多少钱？"

他说了个数："两万够吗？"

我仰着头，像一只坐井观天的青蛙，和李牧光对视着。过了半晌，我说："够了。"

我之所以答应了李牧光，首先是因为两万块钱对于一个学生来说，实在是一笔无法抗拒的巨款；而第二个原因，就是我突然想到，那篇文章其实并不需要我来写——再说我也不认为自己有能骗过美国佬的水平。说定之后，我和李牧光分头安然入睡。第二天他照常没有起床，而我则披上衣服，蹲在厕所门口守候安小男。

7点来钟的时候，安小男果然出现了。这时候却是我追着他问了："你对历史还有兴趣吗？"

"实话实说，已经没有了。"

"话不能这么说。"我开导他说，"你其实只是对历史系以及历史系的那些人没有兴趣了，但对于历史本身，你一定仍然是乐于思考的……否则也不能解释你为什么一口气读了那么多书啊。"

"可我正是因为历史系的人而对历史丧失了兴趣，我不认为那些人所搞的学问，能够解释我的困惑。"安小男把逻辑拽回到自己的轨道上，然后看了看我说，"你到底想说什么？"

"我想说的是，凡事应该有始有终，你可以写一篇文章，谈一谈你前段时间研究历史的心得。"我进而扯起了谎话，"我正在给出版社编辑另一本书，是《谁敢不让中国说不》的姊妹篇，名叫《中国想说不，谁也拦不住》。你对历史学的思考，是我见过最独特也最终极的，仆未尝闻有为道德而研究历史者。我认为这本书里如果没有你的文章，那么将是一大遗憾。"

安小男的眼神陡然凝聚起来："你真这么认为？"

我点了点头，他也随之点了点头。

然后我补充道："对了，稿费五千。"

半个月后，安小男果然交给我一篇洋洋洒洒，长达几万字的雄文。那篇文章我大概扫了一眼，所用的材料和大多数论点都注明来自我向他推荐过的那些书，但安小男对它们进行了重新整合，从而指向了一个终极的天问：中国人的道德水准是如何不断降低的？他从秦王扫六合、五胡乱华和竹林七贤一直写到了五四运动，写到了"文化大革命"。在他看来，中国原本是有道德的，但中国的历史却是一个不断击穿道德底线的过程。一穿再穿，时至今日，我们的民族已经相当于穿着开裆裤上街了。客观地说，安小男的文章存在着严重的硬伤。首先，他将历史解释成了一个有目的、有意志（也即消灭道德）的过程，这已经近乎阴谋论了。要知道，吾国吾民除了败坏道德之外，还在春种秋收，男耕女织，需要忙活的事儿多着呢，谁那么有闲心专门和道德这个劳什子较劲。其次，他絮絮叨叨地说了八百多遍"道德"，但却并没有对道德进行起码的辨析——是儒家道德还是法家道德？内心道德还是社会道德？在他看来，"道德"似乎是一种先验的天成之物，在人类的蒙昧阶段保存完好，一进入文明社会就腐化变质了。但据我所知，原始社会不说别的，起码婚姻制度的基本形态是：看上哪个女的就"给丫一闷棍"，哥儿几个把她扛到山洞里轮流上——这道德吗？

看来天才也是有局限性的，安小男在理工科方面的智慧并没有平移到人文社科领域。或者说，他那种一根筋、特别"轴"的性格恰恰说明老院士制止他转系是正确的。我有些担忧这样一篇文章是否能够通过美国学校的审查，但转念一想，我又何必替李牧光那么尽职尽责呢？再说了，也许美国人会非常喜欢这种中国人自爆家丑的态度——就像他们很喜欢张艺谋的《大红灯笼高高挂》一样。于是我没有耽误，又拿着文章找到了我的前女友，外语学院的郭雨燕，请她将其翻译成英文，翻译费五千元。挟着巨款之威，我顺便企图和郭雨燕重修旧好，并且再次提起了去九寨沟旅游的计划，但是郭雨燕干脆利索地请我滚蛋：

"你这种人，一起玩玩儿倒是挺有乐趣的，过日子就太靠不住了。"

"谁也没说要奔着过日子去呀。"我说着"香"了她一记，又揽住了她的腰，"我们就是玩玩儿也可以嘛，纯娱乐。"

郭雨燕脸色泛红，一对大胸起伏了两下，但随即却嘤咛一声，将我推开。她正色道："这就是你的爱情观吗？太不道德了。"

他妈的，怎么又是道德。安小男不是已经得出结论，中国人早就全无道德可言了吗？可见他那篇文章的确是大谬特谬。

随着我的彻底失恋，我们这茬儿学生也最终毕了业。朋友或仇人们像狂风里的杂草一样飞向天南地北，转眼之间大部分都成了陌路人。李牧光如愿以偿地拿到了美国的入学通知书，连最后的聚餐都没参加就上了飞机。临走之前，他给我们留下了两台电脑、一台双卡收录机、几身簇新的西服，还单独交给我一个装满了钱的厚信封。我有点好奇，帮助他通过审查的，究竟是安小男那篇旁征博引的文章呢，还是郭雨燕那流利而精确的英文翻译？抑或这两者都不重要，美国佬既然拿了他爸的钱，所谓提交论文仅仅是走个过场罢了？当然，对于既成事实，我们也没有必要像历史学家那样一味追寻原因，否则生活将会变得更让人疲倦，也更让人难以适应。

讽刺的是，出国之后的李牧光倒是与我交往得日益密切了起来，并且真的发展成了他所谓的"朋友"。恨不得刚一下飞机，他就开始给我写信，告诉我自己在美国的见闻和生活状况。这也能够理解，人毕竟是需要回忆的，到了陌生的环境里，往事就会焕发出原先所不具备的温馨色彩。而李牧光的大学四年几乎都在睡觉，可供他回忆的，似乎只剩下了和我之间的那点儿交往。于是他美化了我们的一手交钱一手交货，将我给他"攒"文章说成了两肋插刀的朋友之义，又把他给我两万块钱说成了自己的仗义疏财。他的信上没有一点儿美国气息，反而发散着越来越浓厚的东北味儿：

咋说呢？咱们兄弟就啥也不要说了。

自从我有了手机之后，他和我的沟通方式就变成了打越洋电话。每周起码一次,一打就是一个小时,先声称"啥也不要说了",然后说的话却比我们睡在上下铺的四年还要多。这个期间,李牧光的谈话主题变成了抱怨。他抱怨美国的白人看不起他,黑人居然也看不起他;中国留学生里比他更富的看不起他,那些穷得连二手"丰田"都买不起的家伙居然也看不起他。作为一个肤色、体格和智力都不占优势的外乡人,他在美国可真是受够了委屈。更加让他忍受不了的,是他在中国都可以尽情享受的自由,在美国却受到了粗暴的干涉:

"他们还不让我睡觉。"

"谁?"

"我那个印度导师,还有美国房东。"说到这儿,李牧光都快哭了,"有一次我在屋里睡了三天,房东就报警了。他们说这是病,必须得治。"

我想了想,第一次给了他真诚而善意的忠告:"我也认为你应该配合治疗。"

再后来,也许是度过了初来乍到的不适应阶段,李牧光的电话总算渐渐少了下来,每次通话的时间也变短了。但这并没有影响到我们的"交情",当他父母来北京,我总会跑一趟他们下榻的豪华饭店,为他们磕磕巴巴地讲解一遍美国补药的说明书——都是李牧光寄过去的,其实也就是些深海鱼油和褪黑素什么的,想来"吃错了药"也没什么危险;而过了两年,我的表妹林琳考入了美国名校斯坦福大学,我指派李牧光开着他的"凯迪拉克"横穿了几个州,去接林琳入学、给她安顿住处、采购生活必需品并且由他埋单。能交上这么一位有钱有闲,又傻乎乎的热心肠的朋友,这也是我在表妹面前唯一一件有面子的事儿了。

林琳专门打电话感谢我,说的话和《围城》里赵辛楣对方鸿渐的评价刚好相反:"你这人虽然讨厌,但还有点儿用处。"

3

直到这个阶段,安小男和李牧光之间还没有发生直接的交集。我想介绍的发生在他们之间的雇佣关系,指的也绝非安小男那篇被我克扣了大半稿费的文章。一个"枪手"有什么稀奇的呢?在我毕业之后,找到的头一份差事,是在一个市属机关当秘书,工作内容就是给副局长写发言稿。而像我这样的编制内"枪手",在各级单位里数不胜数。

再说一个笑话，我所"跟"的那位副局长本来是一平谷桃农，普通话不太标准，总是把"我们"说成"碗们"，而恰好我们的局长又姓郭，于是他朗读稿件的时候就变成了：

"碗们要团结在锅的周围，坚决解决好老百姓的副食供应问题。"

这份工作我干到第二年，就死活坚持不下去了。坐在单位的会议室里，我感到自己真的是一只碗，叮当乱响地空空如也，只等着从锅里分出一点肉汤来。然而锅身边积极踊跃的碗又太多了，他们有的会往锅里倒米，有的是从更大的锅里空降下来的，还有的镶着金边妩媚多姿，并且不惮于随时和锅跳到同一个水槽里去洗澡。看起来，我这只缺了口的破瓷碗是很难熬到出头之日了，于是我咬了咬牙，放弃了这条许多人眼里的"人间正道"，跳槽去了一个地方电视台下属的节目制作公司。

随着广电系统的市场化改革，如今的制作公司完全采用项目制，拍一个片子拿一份钱，不想干活的时候，在家躺半个月也没人管你。虽说碗们和锅的关系仍然颠扑不破地存在着，但在这个管理相对松散的单位，我的生活状态总算轻快了一些。我先是当记者，跑了一段时间的社会新闻，然后又转入了编导岗位，很快混上了一个导演的头衔。

斗转星移地又过了几年，随着财务上的宽裕，我在通州买了房子，接手了一个朋友的二手"大切诺基"，染上了把玩檀木佛珠和沏功夫茶的爱好；为了让自己时时刻刻"更像个导演"，我还留起了络腮胡子，每天出门之前都给自己扣上一顶镶有红五星的绿帽子。总而言之，我终于变成了自己既向往又厌恶的那般模样——一个满嘴跑火车的文化混混。

大概是北京刚开完奥运会的时候，我的不知第几任女朋友，一位社会学专业的在读研究生向我建议了一个新选题：中关村和学院路一带的"校漂"人群。这个群体和那两年受到大量关注的"蚁族"又有不同，他们之所以不是学生还赖在大学周边，原因是多种多样的：有人纯粹是毕业之后收入低，贪图食堂的价格便宜；有人是因为还保持着华而不实的精神追求，喜欢隔三岔五去听听讲座什么的；还有人是因为怎么也跨越不了从学生到社会人的心理转变，索性就拒绝长大了。凭着直觉，我感到这些人里也许能挖出点儿什么东西，弄不好还能再骗个国际上的二流奖呢。况且，我也迫切需要拓宽题材。

说做就做，我"撒"出去几个聘来的实习生，让他们为我搜集汇总了一批"校漂"的典型人物，然后带着摄像扛着长枪短炮，逐一进行采访。工作进行得出奇的顺利，那些"素材"形形色色，但有一个共通的特点，就是都不把自个儿当凡人，表现欲也特别强。他们对着镜头手舞足蹈，或抒情或明志，令我不得不临时调整思路，将一部绷着块儿装深刻的纪录片改换成了喜剧风格。我还特地留心寻找了一下当年见过的那个"民间哲学家"，很可惜，留校任教的同学告诉我，那人因为偷窃了几十件女生内衣，已经被移交公安机关了。

几天以后，前期采访工作大致告一段落，我在母校的留学生餐厅请全组人员吃了顿饭，准备回去整理录音。但在席间，一个比较负责任的实习生小张告诉我，在她搜集到的采访对象中，还有一个没有"采"到。

"不是都没落下吗？"我翻了翻名单说。

"那个人比较孤僻，不愿意透露自己的名字，也死活不愿意上镜。"小张说，"不过我总觉得这人身上有故事。他没工作，也从来不到学校的课堂去听课，每天就是在学生宿舍里窜来窜去，保安把他当成捡破烂的，往外撵了好几回，但每次撵出去，没两天他又回来了……"

"没准真是个捡破烂的呢？或者在倒卖偷来的自行车？"

"我见过他一次，绝对不像。"小张笃定地说。

我时常教育手下的孩子们，干活儿一定要有始有终，哪怕一个镜头没拍到也不能收工。我也对他们说过，真正有意思的素材往往是锲而不舍地"抠"出来的，而非随便拍一拍就能捕捉到。小张的态度倒好像将了我一军，于是我让其他人先吃，自己跟着她走出了餐厅。

小张所说的那人的住处，就在我们学校西门外的"挂甲屯"一带。那儿的居民把平房加盖成摇摇欲坠的简易小楼，再按间甚至按床位租给住户。这么多年过去了，这个城中村仍然又脏又破，熙熙攘攘，土路的两侧摆满了卖鸡蛋灌饼、麻辣烫和羊肉串的摊子，不时有戴着厚厚的眼镜、满脸木然的年轻人夹着书本匆匆而过。小张带我穿街过巷，拐进了靠近圆明园西路的一个小院儿。她在一扇紧闭的门上敲了敲，半天无人应声，又不甘心地透过窗帘缝往屋里打量。

"干吗的？"一个穿花睡裤的矮胖女人拎着一网兜蔬菜进来，警觉地看着我们。她大概是小院儿的房主。

"这儿的住户不在家吗?"我指指那扇门说。

"我出门的时候还在呀。"房主说,"难道又被抓走了吗?"

"什么人抓他?警察?"

"不是警察,是学校里的人。"房主撇撇嘴,"给我惹了不少麻烦呢,要不是看他孤苦伶仃的挺可怜,早把他撵出去了。"

我对小张努了努嘴,和她走出了小院儿。院门对面,是一间污水横流的公共厕所,从刚才起,那股恶臭已经把我熏得很烦躁了。我没好气地对她说:"八成就是个小偷什么的。我上学的时候,就在宿舍里撞上过一个,哥儿几个撵着他满学校乱跑,最后差点儿没跳湖了。"

小张却瞪大了眼睛,朝我身后望去,同时抬起了随身携带的微型摄像机:"就是他就是他。"

我不由得回过头,看见一个又黄又瘦的人。他的头发长可及肩,脏得都打绺了,身上穿了件分不出颜色的双排扣西服,脚踩一双塑料拖鞋。他的手里攥着一卷卫生纸,卫生纸耷拉下来一截,随风摆动着,倒是这人周身上下唯一鲜亮的颜色了。

我像被什么奇异的情绪击中了,半晌没说出话来。他却在红五星绿帽子和络腮胡子之中努力地辨认着我的脸,片刻之后,眼睛里流露出了单纯的、近乎天真的惊喜:

"你是庄博益?"

"安小男?"

他扭头看了看小张,伸出一只因干枯蜕皮而处处斑驳的手,急促地摆动着:"念及同学的情分,你就别拍我了行吗?"

真没想到,我和安小男久别重逢,居然又在厕所门口。我让小张关了摄像机先回去,自己跟着他走进了那间小平房。房屋低矮,进门时必须得低头,否则会蹭一脑门子灰;屋里有一床一桌一椅,看起来都是二手市场淘来的旧货,此外再无他物。坐在25瓦灯泡的下方,安小男便显得更加肮脏,也更加瘦弱了,但如小张所言,他绝不像个捡破烂的和小偷。如果让我说,他倒像个80年代的流浪诗人兼过度手淫犯。

他那手足无措、局促不安的模样也让我心酸。要知道,我们可是名牌大学的毕业生，作为改革的同龄人，我们虽然没占到什么改革的便宜，但是比起那些更年轻的后辈，吃改革的亏也还算吃得比较少的——起码找个相对体面的工作不难做到。那些和我一样不学无术的家伙都已经有资格在办公室里大搞性骚扰了，而安小男可是理科生里公认的天才，脑袋里据称"装着半个硅谷"，他怎么会混到这般田地？

因为害怕刺激到他，我没有直接发问，而是延续拍纪录片的思路，迂回着和他谈起了眼下的学校生活——都是些琐碎细节。安小男告诉我，学生第一食堂那著名的冬菜包子已成绝唱，图书馆地下室的录像厅也停业了；原来被我称为"肉香阁"的澡堂子却还开着，尤其是女部，飘出来的香味儿越来越浓了，"但洗澡的早已不是原来的人了吧"，他咂吧了一下嘴说，那一瞬间居然显得有些风趣了。

总之，学校是雕栏玉砌应犹在，我是前度刘郎今又来，安小男则已经乡音不改鬓毛衰。看到他的状态倒还平和，我终于开口："毕业之后就再也没见过面……我还以为你留在电子系读研究生了呢。"

"也是命，也是活该。"安小男垂下头去苦笑了一声，"我还得感谢你呢，当初刚毕业的时候，是你那五千块钱帮我在北京安了家。"

我扫了一眼他的"家"，脸上发起了烧。幸好安小男没有察觉，他自顾自地讲了下去。当初本科毕业以后，他固然没有进入历史系，而电子系力邀他继续读研究生，还开出了免试英语、政治的条件，却也被他拒绝了。之所以作出这样的决定，和兴趣、追求之类的东西无关，起作用的只是一个简单的因素——生计。在安小男10岁出头的时候，父亲就去世了，他是靠母亲在肉联厂洗猪肠子拉扯大的。天长日久，母亲的手已经被碱水烧坏了，眼睛也被熏得迎风流泪，视力大大下降，眼瞅着这份活计都做不下去了，幸亏熬到了儿子大学毕业，手里攥着的又是一份热门专业的文凭。供养安小男上学读书，在他母亲看来就是为了改变家里的生活状况，只要能实现这一目标，那么就算回了本儿，含辛茹苦没有白费；相反，如果不能立竿见影地赚出真金白银，那么再多的头衔也是扯淡。

"我真是干不动活儿了。"他母亲对他说，"手像咬了几千只蚂蚁，这我能忍，但眼睛要是瞎了，拖累的反而是你。"

在此后的择业过程中，也是母亲的意见起了主导作用。安小男没有进入对口的通信公司或者大型国有电子管厂，他母亲的理由是，前者不是有保障的铁饭碗，而后者的效益不好，工资太低。选来选去，她主张让安小男去银行上班。一个纯粹的理工科，到银行又能做什么呢？这是因为刚好在这期间，金融机构开始大力推进数字化办公，他们需要安小男这样的人才提供"技术支持"，说白了也就是当局域网的设备管理员。

于是安小男穿上了黑西服，胸口别了一只镀金领带夹。本来这份工作还是很实惠的。首先工资可观，旱涝保收；其次活儿也不多，办公室里遇到的技术问题在他看来都是小儿科，最麻烦的不过是重装系统和恢复硬盘，实在不行还可以开单子重买一台电脑，反正单位有的是钱。那段时间，安小男的生活过得相当滋润，他在西单附近分到了一间精装修的宿舍，宿舍里堆着工会发的鱼、肉、水果、成袋的大米，他还能每月定期往家里寄一笔钱，不仅足够母亲在H市衣食无忧，而且还能攒下来"将来结婚用"。

但是变化发生在3年前。某一天的午休时间，安小男所在的那个支行行长突然打来了电话，想约他谈谈。这还是他头一次受到顶头上司的单独召见呢，安小男有点懵懂，但还是准时推开了行长办公室的大门。

支行行长正在屋里看文件，他抬起手来向里摆了摆，示意安小男进屋，又向外摆了摆，示意安小男把门关上。安小男把半个瘦屁股坐在写字台对面的沙发上，眼巴巴地看着领导给他倒了杯茶，给他拿出了一包中华烟，又将写字台上那只沉重的水晶烟灰缸放在他身旁的沙发扶手上，这才意识到了什么。他立刻跳起来，慌乱地躬着腰说：

"我不渴，我也不会抽烟……要不您喝吧，您抽吧。"

行长被他那拘谨的样子逗得哈哈大笑："我就喜欢你们这些搞技术的人——实诚，心里没那么多道道儿。"

然后又草草问了安小男的工作以及生活情况。安小男一一答了："谢谢您的关心。"

支行行长话锋一转："向你咨询一个技术问题。"

安小男说："您说。"

支行行长说："通过你那台主机，能否掌握行里每个人的电脑数据，以及他们都用电脑干了些什么——比如聊天、转账、炒股……"

安小男说："从理论上来说，只要使用特定的软件，那么就是可以做到的。因为行里的网络是通过我这台服务器对外连接的,这就相当于我这里是公共汽车的调度站,每一辆车的行驶速度快慢虽然有差别,但是路线和停靠站点全都被我记录着。"

支行行长满意地点了点头:"那么交给你一个任务吧。"

安小男说:"什么任务?"

"去搞一个你说的那种软件,花多少钱我给你报。"支行行长说着,又把一张打印纸递到他面前:"这个名单上的人,你从今以后把他们上班期间收发的所有邮件、用通信软件和别人说的话都保存下来,每周拷贝给我过目。"

安小男就傻了。他不知道行长让他做这个是为了什么。这是在严肃工作纪律,落实考勤制度吗?可门口分明已经安装了指纹打卡机,办公室里也设有不留死角的摄像头,总行还会定期派出检查人员,一旦发现谁用单位的电脑玩游戏或者炒股票,立刻通报批评。再说所谓的纪律和制度,说到底都是执行给上面的人看的,又何必那么较真儿,非得将监控细致到每一封邮件和每一段聊天记录呢?

"我当时首先的反应,是这个领导吃饱了撑的,多此一举。"安小男对我说。

"你太稚嫩了。"我笑着回答他,"他给你的那个监控名单上都是什么人?肯定有一个是单位的其他领导,比如副行长什么的吧?剩下的都是这个领导的直接下属或者有裙带关系的员工吧?这哪儿是执行纪律,明明就是在搞人嘛。你们行长想要通过你的技术优势,把他的对头们搞串联的动向掌握在手里,如果还能抓到什么黑材料,那就更好了……"

"还是你聪明。"安小男由衷地说,"我当时就没有想到这一点。"

"后来想明白了吗?"

"想明白也晚了。"

"你是怎么答复你们那位行长的呢?"

安小男当时的举动是——凝视了行长片刻,像垂死的鱼一样"啵"地吐了个泡儿,然后说:"您这么干很不道德。"

行长同样凝视了安小男片刻,然后抬起手来,往外挥了挥,示意他出去,又向里挥了挥,示意他把门关上。但是我也猜到,事情当然不可能这样过去。

在行长眼里，安小男就算没被对立面提前收买，也已经属于那种"知道得太多的人"，如果不能加入自己的阵营，那么就万万留不得了。没过多久，上面来了一纸调令，将安小男调离了技术部门，发配去总行直属的信用卡中心做推销员了。

而我突然问道："对了……那个时候，你是不是还在看书呢？"

"什么书？"

"历史书。还有那些思想神棍写的骗人玩意儿。"

"当然不了。"安小男说，"不是告诉过你嘛，我已经对历史学失望了。"

"那你又何苦扯什么道德啊？"

"我也不知道。"安小男在昏黄的光线下垂下了脑袋，油毡一般的长发散发出一股霉味儿，"我当时只是觉得特别别扭，特别难受，好像被人掐着脖子，往肚子上擂了两拳，如果再不说点儿什么就要喘不过气来了。于是我就说了。"

我又想起了他在商谈转系事宜时，对商教授的那次发飙。安小男虽然对历史学失去了兴趣，但促使他去研究历史学的终极目标，也即"中国人的道德问题"，却还像华老栓的那包洋钱一样，往腰间一摸，硬硬的还在。调动了工作岗位之后，他的生活就走上了下坡路。信用卡中心属于新组建的市场部门，人员构成大多是编制外的合同工，效益考核也纯粹是计件工资，拉进来一个客户算一分钱。为了多拿提成，大家各显其能，有到各种展会门口摆摊的，有到人多密集的场所扫街的，还有像出租车司机一样隔三岔五到机场趴活儿的。但无论在什么地点面对什么人，你都必须要放得开，要有一张好嘴皮子，让目标客户在极短的时间内对你产生亲和感。而这恰恰是安小男的劣势，他实在不知道应该和那些人说些什么，更不知道如何让人对一样他不感兴趣的东西产生兴趣。他也曾经把同事们的那套推销词语记在心里，一蹴而就地对着目标客户全文背诵，但还没等他把书背完，人家却早已带着莫名其妙的表情走开了。连续几个季度的考核下来，安小男始终是单位里的最后一名，他不仅工资被扣得所剩无几，还要遭受同事们的奚落乃至敌视，因为他的推销成绩严重地拖了别人的后腿，连累大家一块儿跟着挨批评、扣奖金。

终于，在信用卡中心新一轮的竞聘组合即将展开时，安小男又一次承蒙领导单独谈话了。这次仍然有茶，有中华烟，有水晶烟灰缸，而当他再一次如梦方醒地客气起来时，领导的话却是："两条道儿你自己选：要不你自己走，要不我们请你走。咱们这儿任务太重，竞争也激烈，不是养大爷的地方。"

就这样，安小男被迫从银行辞了职。

"然后你没再找别的工作？"我问他。

"找了，但没找着。推销的岗位肯定是干不了了，我说我还能做技术，但人家都不信，因为原先那个行长给我写的鉴定是'业务水平无法胜任'。"

"那么你回到学校来，是打算重新考研究生吗？"

"考上也念不起呀。"

"你现在靠什么生活呢？"

"感谢母校，还是有办法。"

安小男告诉我，他失业之后，单位的宿舍自然也没了，于是便来到这里租了间小平房。茫茫北京，他真正熟悉的地方只有学校，走投无路之时也只能回到学校附近。几乎所有的学生在上学期间都恨过自己的学校，但毕业之后一旦混得不如意，却又把学校当成了避风港。他们甚至是在自我欺骗，感觉只要回到当初的状态，那么生活就还有希望。这也是我在拍摄这部"校漂"的纪录片时总结出来的共性。总算是天无绝人之路，安小男闲散了半年，手头的一点积蓄差不多快花光了，却意外地发现了一个在学校里靠山吃山的新门路。以前银行的人事干部给他打来了电话，吞吞吐吐地求他代替自己19岁的儿子参加高等数学考试：

"我看过你的成绩单，理科全是满分，所以请你千万不要谦虚。"

前同事愿意为"这一单活儿"支付"市价"，也即5000块钱，恰好和我当初把李牧光的论文"转包"给安小男的价格是一样的。由此可见，那时候的李牧光的确是一个睡糊涂了的冤大头，想找枪手也不先打听打听行情，从而给我留下了巨大的利润空间。没过几天，安小男拿到了用自己照片制作的假学生证，走进了考场。他第一次干这种勾当，固然紧张得满头大汗，但实际的操作过程却波澜不惊。公共课都是好几个系的学生混考，几百人的阶梯教室里基本上谁都不认识谁；况且大家都在埋头答题，即便是同班同学之间，也不会留意谁该来没来，谁不该来却来了。他只用了半个小时就做完了卷子，并故意答错了几道题——这是出于雇主的要求：

"我们只要七八十分就够了，太高了容易暴露目标。"

有了良好的开头，后面的路也就平坦了。通过成绩不好的学生们的口口相传，安小男变成了中关村一带几所大学中赫赫有名的"枪手"，雇主们对他的评价普遍是：待人诚恳，业务精湛，要价合理，不留后患。还有人在校内论坛上主动为他打广告：小男小男，考试不难。他的名气甚至传到了外地，就在去年，一个上海富商的孩子专门为他买了头等舱的机票，请他过去为其斩获了复旦大学微积分竞赛第一名的奖杯。这个行当的经营周期和地坛庙会上卖羊肉串的有相似之处，都属于干三天顶一年，安小男只会在期末的考试季里马不停蹄地赶场，其他的时间则都在学校周边闲逛，或者干脆窝在屋里。

不过作为一个枪手，安小男也有着明显的缺点。首先是他的穿着和外貌越来越不修边幅了，身上还散发着呛人的霉味儿，这导致他很容易在考场上引起怀疑；其次就是他过于注重"售后服务"这个环节，每次从考场出来拿到钱，都要苦口婆心地把考试题目向对方讲解一遍，然后再进行一通思想教育：

"连这都不会，你对得起父母吗？"

听到这里，我不禁哑然失笑，但才笑了一声就生生咽住了。我看到安小男的脸上浮现出了货真价实的痛苦，他讲到自己的失业和窘迫困境时都是心平气和的，但现在却两眼湿润了起来。如果只看那双眼睛，你甚至会把安小男当成一个不慎失足的纯情少女。

"我知道你觉得我虚伪，我也知道替人代考本身就是弄虚作假。"他打着磕巴说，"所以我每次劝那些学生好好学习的时候都是真心的，如果他们都能用功点儿，也就不用把父母的辛苦钱花在这种事情上了……"

"那样的话，你就连这碗饭也吃不上了。"我打断他，扯开了话题，"你妈怎么样？"

"暂时还过得去。"安小男舔了舔嘴唇告诉我，他的代考收入除了维持最基本的生活开销，其余全部寄回了H市，并且是分月寄的。他至今没有把失业的消息告诉母亲，因此反倒庆幸母亲的眼睛越来越不好，已经没法儿坐火车来北京看他了。而每年春节回家的时候，只要临时换一身西服，

地球之眼

也能大致搪塞过去。这么大的事儿，居然被他瞒了个严实。

"所以说嘛，别再把道德什么的当压力。"我顺势替他开脱道，"道德的标准也不是绝对的，得视情况而定。你的处境是饥寒交迫而不是衣食无忧，你面对的又是赤裸裸的生活而不是宗教审判，况且你还有一个母亲要赡养——凭什么要求你的灵魂像那些有钱人的后脖颈子一样雪白呢？那反而不道德也不公平。"

"你真是这么想的？"

"那当然，而且一直都是这么实践的。"我说，"只要警察不来找你的麻烦，那你就是一理直气壮的良民。日子已经过得不容易了，咱们都得活得尽量轻松一点儿，也务实一点儿，对吧？"

安小男这时却咧开了嘴："可是警察没准儿已经盯上我了，上次替人家考完力学出来，有个助教带着保安跟了我一路，还把我叫出去盘问了半天……他们说以后再看见我就报警。"

"那也不用怕，咱们再想想别的出路。"

那天一直聊到了傍晚，我带着安小男离开挂甲屯，到以前开在学校东门外的胡同里、后来又移师到海淀体育场一侧的"千鹤"餐厅吃了顿日本菜。没有想到，如今的安小男也开始喝酒了，而且量还不小，我们一共要了五六瓶糯米酿制的清酒，差不多都被他一个人给喝了。酒足饭饱，我又提出找个地方"咯吱咯吱洗干净"，便强拽着他打车去了一家洗浴中心。酒劲儿被冷风吹上了头，安小男的情绪也终于开朗了一些，他踉跄着走在门口的几个"罗马人"中间，手四处乱指着，像小孩儿一样卖弄着学识：

"这孙子叫屋大维，这孙子是恺撒。"

他身上的泥都快结成壳儿了，搓澡师傅表示必须得收双倍费用。趁他正在搓着，我便穿好衣服走出了洗浴中心，到街拐角的自动提款机上取钱。先取了一万，这是当年我利用安小男的文章从李牧光那儿赚的；又加到一万五，这是把给我前女友郭雨燕的那份儿也添了进去；最后又加到了两万，这是每天的提款上限。我从脚边捡了个塑料袋，将那摞钱胡乱包了，揣进洗浴中心里递给安小男。

他正坐在休息间，赤身裸体地摩挲着两扇瘦排骨，好像一只洗干净又燎了毛，只等下锅的菜狗。看到袋子里的是钱，他惊慌地推回来："这怎么使得……你已经对我够好的了。"

我感到了心酸，脸上再次发烧，硬是将钱推回去："都是同学，客气什么。你先换一个像样点儿的地方去住，再给我留个联系方式，我看看能不能帮上你。"

安小男的嘴像鲶鱼一样一瘪一瘪的，似乎马上又要哭了。我的心里五味杂陈，不禁动情地胡噜了一下他的满头杂毛，又用力搂了搂他的肩膀。这个举动倒惹得旁边两个膀大腰圆的汉子好奇地打量了过来，在他们眼里，我们也许很像一对正在上演爱情悲剧的同性恋人。

4

在此之后，我又断断续续地找过安小男几次，有时候请他吃顿饭，有时候给他送几件剧组里配发的工作装。那两万块钱他没有用于换房子住，而是都寄回了H市，支付他母亲治疗眼病的费用了。他继续住在挂甲屯厕所边的平房里，等待着下一个考试季的来临，并提心吊胆会不会被校方抓个现行。

我也帮他找过工作。很遗憾，我们那个工作室的经费非常有限，因此才只能剥削那些"有志于艺术"的实习生，而要想添加一个全职的岗位基本上是不可能的。至于我问过的其他同学那里，情况就比较气人了。那些家伙平常都吹得天花乱坠的，可是真赶上事儿，却一个比一个缩得快，给我的答复不是"能力不济"，就是"掣肘奈何"，还有人反过来开导我：

"为了那么一个人，你犯得着吗？"

这固然也没什么不正常的，世上有贫贱之交，有富贵之交，但最让人无法想象的就是富贵与贫贱之交。让我不舒服的是，他们对我的义举也揶揄了起来。"上次我想在你的片子里插俩'软广'，你张嘴就要10万，这时候却他娘的扮演起了爱心大使——"一个自己开了个小公司的同学刻毒地挤对我说，"告诉你，就你兜里那俩钢镚儿，想沾染真正的富人癖好还早着呢。"

更让我不适应的，反而是和安小男的交往本身。他看我的眼神已经不对劲了，刚开始是羞怯和感激的，后来就渐渐地变成了崇敬。那崇敬之中似乎又藏着什么严肃、高远的东西,仿佛崇敬的并非我这个人,而是我所代表的某种抽象观念。他不会认为我对他的关切是出于什么伟大的情怀,进而把我看成"道德"的楷模了吧?

"我在大学期间所做的最正确的一件事,你知道是什么吗?"在五道口一个挤满了韩国人、"西巴"之声不绝于耳的串儿吧里,安小男奋力地用嘴撸着一根烤火腿肠,喷散着酒气问我。

"是当众痛斥了商教授吗?"

"不不不,是那天在图书馆门口和你打了个招呼。"

"这实在不敢当。"我躲着他的目光说,"事实证明,我帮助你学习历史什么的,明明都是浪费时间。"

"那些都是鸡毛蒜皮的小事儿,不值一提。"安小男用竹签子"点"了我一记,"我的意思是,我很庆幸能交到你这个朋友,这让我不再那么孤独了。"

我忍不住打了个寒战,突然有一种冲动,那就是向安小男坦白,我之所以愿意帮助他只是因为"黑"过他的钱,如今心里突然过意不去了——假如非得把这种情绪称为"负罪感"的话,其性质也仅仅类似于一个立志减肥的胖子在酒足饭饱之后的后悔与自责。但我又在话要脱口之际憋住了。告诉他实情又有什么用呢?当务之急,其实是寻找到一条门路,改变安小男的处境,帮助这个已经被现实逼到墙角的人"跳出来"。

恰恰是在这个当口上,另一个曾经把我视为"唯一的朋友"的人空降到了北京。

李牧光回国之前并没有通知我,但降落之后的第一件事,就是给我打了电话。从那鲸鱼腹腔一样拥挤、杂乱的波音777机舱内,我先是听到了乱糟糟的美式英语、澳洲英语、印度英语和粤语、上海话,随后,在一片全球化的南腔北调之中,一个东北铁岭口音抑扬顿挫地宣布:

"惊喜不?我南霸天又回来啦!"

事实上,我已经有两三年没怎么和李牧光通过信儿了,偶尔在网上聊两句,也是浮皮潦草地匆匆而散。看起来,李牧光已经完全适应了美国的生活。他建立起了新的交往圈子和业余爱好,更重要的是看似弄明白了自己在那边应该干点儿什么,以及能够干点儿什么。而这样一想,他能够念及旧情，首先找到我，就足以令我受宠若惊了。

我立刻放下手头的事儿，奔向机场接他。在一群因为不熟悉新航站楼而晕头转向的海外赤子中，我一眼就发现了李牧光。他正穿着一身80年代华侨风格的白西服和花衬衫，精神矍铄地东张西望。看见我之后，他高呼了一声小沈阳味儿的"long time no see"，张开双臂将我淹没在"迪奥"男士香水的气息中。

"先看看这几个宝贝吧，他们是贝贝晶晶欢欢莹莹和妮妮。"我被呛得喉咙发痒，挣脱出来指着远处广告牌上的五个"福娃"介绍道。这就有点儿没话找话的意思了——我突然对眼前这个李牧光感到陌生。

"网上不是说还有丫丫么，她没来？"

"这不你丫来了么……"

李牧光哈哈大笑，用力地拍着我的肩膀："兄弟，你还是那么风趣。"

开车回城的路上，我递给他一张剧组长包的酒店房卡："还没订房的话就先到我那儿歇会儿吧，想必你也累了……"

"不累不累。"李牧光挥着手说，"我在飞机的头等舱里都没睡，好几年没回国了，太兴奋了。"

我惊愕地张大了眼睛。难道李牧光还有睡不着觉的时候吗？睡不着觉的李牧光还是李牧光吗？突然间，我总算反应过来他哪里令我感到不对劲了。一个一天到晚都在睡觉的人是萎靡的、淡漠的，就算站着，好像也已经完全垮塌了，过去的他就是这种样子。而今天的李牧光却是如此的亢奋、躁动和兴致勃勃，身上除了香水味儿之外，还散发着既强烈又炽热的能量。他俨然已经脱胎换骨了。

我自然问到了他是怎么治愈嗜睡症的："他们电你了吗？给你注射什么药了吗？"

"电倒是没电。药吃了不少，不过也没什么用。"李牧光不堪回首地摇了摇头，随后又笑了，"倒也真奇了，本来所有人都觉得我那毛病是治不好的，但是突然有一天，我自己反而不想睡觉了。好像我已经把一辈子的精神都养足了，突然就想去吃、想去玩儿、想去找女人、想去干点儿事业了。"

"就那么自然而然地——好了，没有什么具体的契机吗？"

李牧光歪了歪脑袋，好像思索了一会儿："如果说契机，可能是我爸退休吧。退休了也就是没权力了嘛，我妈打电话告诉我的时候都哭了，说他们不能再像以前那样什么事儿都照顾我了，还说我也该长大了，以后就得靠自己了……他们还给我寄了笔钱，让我学着投资去做点儿生意。打这之后，我总感觉身后有一群狗撵着我，日子过得快了，人也有精神了。"

这倒是个合理的解释：地无压力不出油，人无压力爱犯困。别说李牧光了，我们所有人身上的精气神，又何尝不是被狗撵出来的。只不过在有些人屁股后面追着咬的，是一群得了狂犬病的疯狗，个中滋味就与李牧光这种公子哥儿不同了。不管怎么说，我还是要祝贺他，并且尽量利用好和他的交情——从那身"阿玛尼"西服和"瑞摩瓦"旅行箱看出来，他很可能已经是个相当成功的买卖人了。

随后的几天，在李牧光的要求下，我开车带着他满北京地找乐子。这些年，从世界各地尤其是欧美窜回来的中国人越来越多，我身边的不少朋友都会隔三岔五地接待一批外国还乡团，并且把这种事情当成了负担。他们抱怨说，有一类从海外回来的人很难伺候，那些家伙既像原来一样爱面子，又新学会了斤斤计较；既什么都没见过，又要装作什么都见过；既要蹭吃蹭喝从来不掏钱，又要指桑骂槐地暗示国内的种种不好。总而言之，他们同时具备着中国人与外国人的双重没出息和双重不满意。但李牧光可绝不是这样的人，他的作派与其说像个海归，倒不如说像个土财主：

"只要是国内有而在美国享受不到的，你就尽管带我去。"

每次折腾完，都是李牧光抢着结账，我和他争过两回，他差点儿跟我急了：

"看不起我是不是？看不起美国人民是不是？"

还训斥我："别以为世界上的钱都被你们中国人挣了。"

我问他："你入了美国籍了？"

"那当然，现在国家荣誉感正强着呢。"

能够这样爱美国，可见李牧光的确在那边混得很开。几天吃吃喝喝下来，我便开始打探他"发的是哪一路财"，这一趟回来又是做什么的。

"中国人在美国还能做什么生意，无非是老三样：餐馆、洗衣房、倒买倒卖。"李牧光爽快地回答我，"我是最后一样，只不过玩得比一般人大一点儿。刚开始,我在洛杉矶的一家玩具批发公司干活儿,老板是我爸的朋友,他带了我两年,教会了我一些门道,然后就收手不干,搬到迈阿密去享受生活了。我趁机买下了他的公司,又扩大规模,在一个'帽儿'里新开了家玩具城,占了整整一层楼。这趟回来当然是跑货源,中国是世界工厂嘛。我过两天就要到义乌去了,如果能跟那边的商业协会谈好,绕过中间商直接发货,一个芭比娃娃就能省下 10 美元呢。"

我仿佛看到成千上万个芭比娃娃身穿着一模一样的花裙子,浩浩荡荡地跨过太平洋,前往天使之城,走进了李牧光的玩具大观园。接着,他又向我介绍了正在经手的各种玩具的产地、价钱和受欢迎程度:小丑鱼尼莫、机器人瓦力、凯蒂猫、胡迪和巴斯光年……看来他这个老板的管理风格是亲力亲为,事无巨细都要了解和掌握的。他谈论起生意的精明劲儿,也让我再次感到恍惚,怀疑眼前这人和当年在我头顶长睡不醒的李牧光究竟是不是一个人。

也就是在这时候,我动了把安小男引荐给李牧光的念头。我尚未想明白在李牧光的生意里,安小男那样一个人到底能有什么用处,但既然李牧光看起来不像大多数同学那样势利,又"做人正在兴头上",那么就算他不能帮安小男谋个职位,出于同学之谊施以援手也是很可能的。但我并没有立刻采取行动,而是鞍前马后地送走了李牧光,又耗过了一个多星期,等到他从义乌回来,才打电话约上了安小男。

那天算是我为李牧光回美国而设的送行宴,除了安小男之外,还叫上了以前历史系的几个同学。大家都惊愕于李牧光的巨变,但也旋即就适应了全新的李牧光,进而拿出场面上那一套,驾轻就熟地和他套起"瓷"来。在纷飞的名片和酒杯中,安小男表现得比那天面对摄像机时还要无所适从。他佝偻着腰,深陷在沙发椅里,下巴都快与桌面齐平了,歪着脑袋一会儿看看这个,一会儿看看那个。别人说话他插不进嘴,别人问他什么也完全接不上茬儿。或许他一直搞不明白我把他弄到这种场合是为了什么。

"这哥们儿不是那个——那个谁么?"菜走了大半,李牧光仿佛才发现了饭桌上还有一个安小男。他眯睨着,把酒杯举了过去。

"咱们着实不认识。"安小男颤颤巍巍地举起酒杯,却没跟李牧光碰,径自干了。我知道,他的举动并非有意失礼,只是因为面对陌生人的紧张。

"庄博益的兄弟就是我的兄弟。"李牧光不以为意地笑着，又问，"哥们儿在哪儿发财呢？"

"失业。"安小男小声地如实答道。

"实业救国吗？具体是哪一行？"

"不是实业是失业，没工作。"

"那就是自由职业者嘛——你太会开玩笑了。"李牧光还替他打了个圆场。

但安小男认真地纠正道："的确是失业。"

他的态度好像在和谁负气，更加与酒桌上的气氛格格不入了。旁边的几个人侧目而视，已经不加掩饰地冷笑了起来。李牧光倒被闹了个大红脸，讪讪地起身去了卫生间。

我趁此机会跟了上去，在走廊里拦住他："刚才那人，你觉得怎么样？"

"哪人？"

"失业那人啊。"

"他失业也不能赖我……不过看起来倒是个老实人，不像其他几个人那么滑头。"

"这就对了，你果然是块干事业的料，很有识人之明。"我恭维了一句，随后介绍起安小男这个人来：他是我们的同级校友，他是理科天才，他恰恰是因为太"老实"才被打压成了一个失业人员，他还要供养一个两眼昏花的母亲……自然，我略去了李牧光去美国学校的入学论文是安小男捉刀这一环节。现在再提这事儿，对我们三个人都没什么好处。

"那么你的意思是……"李牧光迟疑着问我。

"能不能扶他一把，帮他撑过这个难关。"

"这种事儿干吗找我？你也知道，我是个买卖人，不是开粥棚的。"

"但你是我所认识的混得最好的人。"我赤裸地说。

这恐怕也是我能想出的最义正词严的理由了。我说完，就像真的站在了某种道义那一边，以审视的眼神直勾勾地看着李牧光。自从在心理上变成了一个成年人以来，我就很少如此诚恳而郑重地对人说过什么事儿了。

李牧光却淡淡地笑了。

"你这不是要挟我么？"他耸了耸肩膀说，"我招谁惹谁了，混得好什么时候也成罪过了。"

在那个瞬间，我很想向他阐述一个逻辑：如果这个世界的运行规则就是零和游戏，那么混得好也许还真是有罪的。就像墙角里只有一撮面包屑，胖老鼠吃了，瘦老鼠只能眼巴巴地看着；还像这两只老鼠只够一只猫填饱肚子的，黑猫吃了，白猫便只能饿肚子。但李牧光那慵懒的笑容又让我心虚了一下，随后换上了习以为常的、漫无边际的微笑。这可能是条件反射，但也可能是深思熟虑的结果——前面说过，我很害怕变成一个偏激的人。我还怀疑自己是不是被安小男身上那种既沉郁又凄凉的气质给催眠了，这可不是个好现象。

于是，我们寡淡地咂吧了一下嘴，肩并肩地回到席上，继续吃，继续喝。那天的晚饭一直持续到了夜里，很多人都喝得语无伦次了，安小男则是自己把自己灌高了。他到卫生间里吐了两趟，皱巴巴的衬衫上沾着来历不明的液体，脸却越来越白，两只眼睛泛出血丝来。幸好有两个人的老婆打来了电话，异口同声地威胁他们"再不回来就甭回来了"，李牧光这才把杯中酒一干，瞥了瞥我说："就这么着吧？"

大家出了餐馆的大门，又在几根朱红的仿古柱子之间疯癫地熊抱了一番，口中说的无非是"何日君再来""常回家看看"或者"狗富贵，猪相忘"之类的套话。等别的鸟兽都散了，我凑近李牧光，拍了拍他的肩膀：

"再去喝壶茶？"

"要喝就到我那儿喝去吧，别再单找地方了。"李牧光仍然懒洋洋地笑着，又对不远处正在发怔的安小男歪歪下巴，"你要叫上他也可以。"

李牧光的确变得很精明，他已经料到了我接着想要做些什么，而他的意思分明是那桩事情还"有缓儿"。我欣慰了一下，赶紧过去拉住安小男。

"我就算了吧……"安小男两眼往地上溜着说。

我硬生生地扯着他："你就权当再陪陪我吧。"

李牧光的住处离餐馆不远。我们溜溜达达，影子被路灯拉长复又缩短了几个来回，一起走进了长安街畔的那家老牌五星酒店。记得李牧光的父母来北京的时候，常住的也是这一家。喝了两杯客房服务送来的"锡兰伯爵茶"，大家很快气定神闲下来。抓住这难得的清静时刻，我又把话头拽回到刚才的主题上，对李牧光反复强调安小男是多么的需要帮助，又是多么的值得帮助。但我已经学乖了，不再企图论述这种帮助是一种责任，而是将它渲染成了一种乐善好施、一种只有李牧光这个级别的成功者才配拥有的美德。我的有些话已经说得很肉麻了，就连"你拔一根毛比我们的腰都粗"这样的名句都引用了出来。

"哪个部位的毛呢？"李牧光还在打哈哈，脸上却泛上了颇为享受的神色。

"任何部位。"我一挥手说，"只要你舍得拔。"

说这些话的时候，我是一点羞耻之心也没有的。反正我是在替安小男央求李牧光，出卖的也不是我的自尊心。而安小男的头却一再地低下去，几乎低到了地毯的羊毛里去。他的手还在用力地抠着皮沙发的边角，发出轻微的啵啵响声。他的这副样子让我觉得自己有点儿残忍，但又不得不时时扼杀着自己那令人反胃的同情心。

说到底，我是为了他安小男好。

终于，李牧光逗够了闷子，瞥了安小男一眼："别光人家说呀，你的态度呢？"

安小男歪头看了我一眼，没有说话。他站起来，为李牧光把茶杯斟满，又从写字台上拿过一只"高希棒"牌南美雪茄，连同水晶烟灰缸一起放到了李牧光的手边。这是安小男在社会上混了那么一遭，学会的唯一的"礼数"。做完这些，他对李牧光近乎羞惭地笑了。

李牧光点燃了那根狼烟弥漫的屎状物，轻轻地感叹了一句："你呀，还真是个老实人。"

"咱们谁也不忍心看着老实人受委屈，对吧？"我赶紧说。

李牧光点点头，站起来说："再说了，庄博益的面子我也不能不给。"

"你的意思是——"

"给我看仓库，你能吗？"李牧光对安小男说。

我心里升起的悬念顿时坠落了下去，甚至觉得李牧光是在开一个恶意的玩笑了。我一个没忍住，叫了起来："这也太屈才了吧？要看仓库你找一老头儿、找一残疾人不就行了吗，用得着找安小男吗？再说了，你在国内又没有厂子，你让他到哪儿看去，把他带到美国去吗？"

"你听我解释嘛。"李牧光摇着雪茄，不紧不慢地娓娓道来，"我说的看仓库，可不是一般的看仓库，而且正因为不用去美国，所以才非得找个过硬的技术人员不可。还是从头说起吧,我公司的仓库有两个篮球场那么大,地方就在洛杉矶港口附近的一个物流基地里,是一次签了几年的合同整租下来的,不光我的货得从这儿进出,同时还租给其他人用。这么重要的产业,当然得找人看着啦,但是美国那鸟地方,劳动力的质量实在令人堪忧,所有的穷人都是被宠坏了的家伙,又懒又滑。我曾经一次性地雇了两个黑人、一个白人和一个墨西哥人,让他们两人一组双班倒,结果差点儿被气死。有一次物流基地里闹水老鼠,他们却喝多了睡大觉,导致几箱芭比娃娃被啃得七零八落的,简直像遭到了集体奸杀似的。还有一次,他们居然串通一伙越南流氓,把我的一批玩具给偷出去卖了……就这样的货色,我他娘的居然还要给他们发福利、上保险,而且要像伺候大爷一样伺候他们。尤其是那俩老黑,连训也不敢训他们一句,否则他们就要上法院去告我种族歧视。这他妈的是什么世道,还有没有天理呀?比来比去,还是咱们自己的同胞靠得住,世界上再没有人比中国人更勤劳勇敢的了,所以我下定决心,一定要把仓储这一块的业务外包到国内来。"

说到这儿,李牧光的语调就激愤了起来。但我仍然没听出个所以然来,忍不住插嘴问道:"你的意思是把仓库挪到国内来吗?"

"那怎么可能。"李牧光像看傻子一样扫了我一眼,"我的玩具都要在美国卖,吃饱了撑的在中国盖什么仓库?仓库还在美国,但看仓库的人要在中国。"

"这怎么可能?"

"这并不难。"一直像闷葫芦一样的安小男这时却突然开了口,"我们只要通过互联网建立一套可视系统,把摄像头安装在美国的仓库里,监视器则设置在中国,完全可以实现远程监控。不光是监控,如果把电子报警器和美国的保安公司、警察局对接,一旦仓库里出了什么意外,报警也完全可以通过网络来实现。"

"对啦。"李牧光一拍巴掌,激赏地看了一眼安小男,继续对我说,"在这方面,他就比你灵光得多。其实我这个想法也是受别人的启发,现在美国的很多行业已经这么干了——比如那些推销电话,常常就是雇了一帮印度阿三从新德里打过来的;还有我前些天新换了一辆林肯车,号称有真人实时导航系统,结果接通了一听,妈的,马来西亚口音。一个马来西亚土鳖教我在美国怎么开车去比弗利山庄参加安吉丽娜·朱莉出席的新款服装发布会，多神奇！不过我在美国也咨询过专家，他们说如果要实现我的这个创造性计划，就必须在中国找一个技术过硬的人，因为这边的监控终端得由他来建立和调试——你行不行？"

他的最后一句话就是问安小男的了。而安小男眨了眨眼睛还没说话，我就已经代为回答了：

"当然行。"

"那么恭喜你。"李牧光笑着向安小男伸出了手，"从今以后，你就是外企雇员了。"

5

随后的两天，李牧光痛快地和安小男签订了劳务合同，然后又痛快地和我告别，登上如同鲸鱼插了翅膀的波音 777，返回美国了。没过多久，他往国内汇了一笔钱，让安小男租房子、买设备，将他们商量好的那个"监控中心"的中国分部建立起来。他还专门给我打了个电话，让我帮他"看着点儿那小子"：

"如果他想从我这儿揩油的话，那就打错主意了。美国的财务制度和你们中国可不是一码事儿。"

这个态度令我隐隐地感到不快，但也只好担保道："安小男你又不是没见过，那就是一榆木脑袋，让他在钱上做手脚还得现教呢。再说你让我监督他，但又焉知我是不是个老实人呢？"

"知人知面不知心啊。我爸他们单位以前有个干部，日子过得节俭极了，连过年也舍不得炖一锅肉，可后来一查才知道，人家在北京和上海买了七八套房子——那钱又是从哪儿来的呢？"李牧光哼哼冷笑两声，但大概听出了我的不满，又安抚我说，"至于你，我是一百个放心的，咱们是朋友嘛。"

他干净利索地挂了电话，却把我留在一派类似于懊恼的情绪里，莫名其妙地生了会子闷气。在和李牧光接触的这些日子里，我一边重新对他熟悉起来，一边却又感到他比以前更加陌生了。他的神态和语气里有了一种毫不掩饰的倨傲之气，并轻而易举地重新定位了和以往故交的关系，把人与人之间的平视一律改为俯视，那架势不言而喻——我和你们不是一个阶级的。与此同时，他又展示出了令人直打寒战的精明。就以他和安小男之间的雇佣关系为例吧，这个念头李牧光也许早就盘算好了，但他一直不说，而是在我反复央求之后才以施舍的姿态答应。如此一来，便可以顺理成章地开出那些苛刻的、对他大为有利的条件了：安小男是拿不到各种保险的，如果需要加班也没有加班费，工资更是只有李牧光原先雇佣的一个黑人保安的三分之二，仅为区区一千美元出头而已。李牧光对此的解释是，黑人看仓库是需要上夜班的，而安小男人在中国，美国的夜晚恰好就是中国的白天，夜班补助也就可以免了。这样算下来，安小男每个月就要替他省下几千美元的人工成本，李牧光真是赚大了。

　　当然，我并没有把李牧光的这些变化理解为加入美国籍的结果。决定人身上某些特性的，往往不是国籍而是阶级。在全世界的无产者联合起来之前，全世界的资产者已经率先联合了起来，他们的嘴脸也大抵如出一辙。试想换成一个中国富人同学，就会对我保持平等，对安小男出手大方吗？情况恐怕更甚。所以不管怎么说，我还是应该替安小男感谢李牧光，正是因为他的创意和实践精神，才让安小男重新有了工作。再考虑到中美两国之间货币以及"人"本身的价格差异，这份工作甚至称得上差强人意。

　　如今的安小男终于搬离了挂甲屯，结束了校漂生活。在我的帮忙张罗下，他在中关村以北的上地附近租下了一个写字楼里的开间。房间大概有三四十平米，里屋的墙上挂着七八台液晶屏幕，此外还有保证时时畅通的网线以及高性能电脑主机；外屋则是洗手间和一张单人床，他下了美国的班，足不出户就可以睡中国的觉。在设置那套监控系统的时候，安小男再次显露了一个理科高才生的素养。他指挥李牧光那边的技术人员将摄像头安置在最合理、最精确的位置，保证偌大的仓库不留一个死角；他还修改了软件程序，升级出一套可以迅速切换视角的操作方法，这样一来，同一个屏幕可以分别显示几个摄像头的视角，当某一个摄像头损坏或者被挡住之后，它附近的摄像头也能及时填补空白。总之，这套系统的精髓正是：让安小男像身临其境一样，在那两个篮球场大的空间里明察秋毫。

监控屏幕里每天显示着什么样的内容呢？无非是一个又一个庖丁解牛般的黑白图像：水泥地、墙角、货架、通向走廊的安全门……把这些切片拼合起来，就得到了仓库的全貌。只不过是一个单调呆板的巨大长方体而已。但一想到这个长方体位于太平洋的彼岸，位于上万公里以外的我们的脚下，就不由得让人心里生出一种奇妙的感觉。

在高清晰的微观摄像头里，我还见过工人们往玩具包装盒上打价签：一个芭比娃娃14.99美元，一个Hello Kitty16.99美元，一个会摇头晃脑的机器猫略贵一些，是19.99美元。美国的物价的确令我们眼红，我曾经给一个亲戚的孩子买过一模一样的"进口"芭比和Hello Kitty，国内商场的售价几乎高了一倍不止。而据我所知，我们国家东南沿海的打工妹们忍受着化学原料的毒气，冒着手指和整张头皮被机器绞掉的危险，生产出了这些人见人爱的小玩意儿，出厂价也就是二十几块人民币。

很显然，安小男非常珍视这份工作。他几乎变成了一个网上所说的"技术宅"，周一到周五的整个白天都坐在监控台前，两眼聚精会神地盯着美国夜晚的仓库。这其实不是一个轻松的活儿，那些图像几乎永远是寂静的、一成不变的，我曾经替上厕所的安小男盯过一会儿，才不到5分钟就心烦意乱地走起了神儿。别说是水泥地和货架子了，就是换成哪位性感女演员的艳照，让你直愣愣地盯上几个钟头，恐怕也得看吐了。

但是安小男却能做到绝对的忠于职守，永远不会审美疲劳，并且很快就立下了一件奇功。那是在一个中国的正午美国的子夜，一个弯腰驼背的白人老头儿溜进了仓库，先是蹦脚乱跳地自言自语了一阵，然后又哆哆嗦嗦地拿出一只打火机，企图引燃货架上的纸箱子。安小男利用网络报警系统接通了物流港的保安室，片刻就有两个屁股像八仙桌面一样大的胖子冲了进来，上演了美国警匪片里才有的场面：掏枪顶着嫌疑人的后脑勺，将其按倒在地，双手背后铐成了一条肉虫子。

"那人就是被安小男顶替的老保安，因为失业了，所以丫疯了，妄想报复我。"李牧光兴冲冲地给我打电话，"这套监控太管用了，所以我总是说，干活儿还是中国人靠得住。"

我向安小男传达了李牧光的褒扬，但对被抓住的那个老头儿的身份，我却缄口不言。

这事儿过后，安小男的工作积极性更高了。当他再坐到那排昆虫复眼一般的监控屏幕对面时，脸上几乎泛起了少女怀春般的红晕。他是如此的专注和激动，就连呼吸都变得沉重了。这人从来就没在人际关系中扮演过强势的一方，更没有支配、掌控过谁，但通过这套监控系统，他一定获得了巨大的心理满足——那也是一种权力的滋味。

俯瞰一切，全知全能。毫不夸张地说，在那个仓库里，安小男扮演的角色简直可以比拟上帝。

这一切也令我获得了莫大的成就感。安小男其人能够重新走上正轨，和我对他的关心不也是密不可分的吗？再扯得远一点儿，我所从事的纪录片工作，说起来是以"记录人生、改变社会"为宗旨的，我们这个行当的人假如说还有一点儿职业理想的话，也应该是给寒冷者以温暖，给绝望者以希望。但这个观念几乎没有实现过，在操作的过程中，我所做的无非是不停地退让、妥协、谄媚，乃至于一个庙一个庙地拜菩萨，从那些头面人物的手指头缝儿里抠出一点项目经费来，说白了和要饭也差不多。然而在安小男身上，我却意识到自己还有着影响别人生活的力量，意识到自己似乎还是一个有用的人。在这种信心的激励下，我或许也将有勇气去结婚、生孩子、承担起一个家庭的责任来——当然，前提是得在那些急功近利的小娘们儿里发掘出一个值得我"爱"的。

而当安小男的状态彻底安定下来之后，我便不得不离开北京，到外地跑了一圈儿。

出发之前，我专门到上地的办公室看了看安小男，给他带了一盒从楼下"屈臣氏"商店买的眼药水："敬业归敬业，也不要太废寝忘食。"

安小男"嗯"了一声，捋了捋仍如乱草一般，但总算干净了一些的头发，从怀里掏出一个牛皮纸信封递给我："里面是这两个月的工资，李牧光给我打过来的是美元，我已经换成了人民币。你路过河北的时候，能不能顺便弯到H市一趟，把这些钱给我妈带过去？她眼睛不好，去银行取钱很不方便。"

我自然一口答应，并在两天之后就把这事儿给办了。紧邻H市不远，就有一片刚刚竣工的大学城。那儿基本上就是一块镶嵌在华北平原上的水泥疙瘩，到处都是明晃晃的道路和操场，连一棵树也见不着。大学城里聚集着省内几所三流学校的低年级本科生,他们因为被发配到这种地方而心情颓丧,像一群走错了门的鸡一样仓皇地闲逛。在取景的时候,我们还遇到了一个突发情况:几个农民工攀登上大学城的主楼,悲愤地呼号着什么,频频作势欲往下跳。一打听,才知道是开发商一直没给建筑方付清尾款,导致他们的工钱也被拖欠了。但在当地政府工作人员的陪同下,这样的场面肯定是没法抓拍的。

晚上又被几个头头脑脑拉进宾馆狠"撮"了一顿,到了晚上 9 点左右,我才有了空暇,下楼拦了辆出租车开往 H 市的老城区。这地方在很久以前还作过一个诸侯国的国都,并流传下来诸如"纸上谈兵""一枕黄粱"等等名声不太好听的成语,但如今已经看不出一点儿王城的气象了,整个儿就是一个巨大的工厂宿舍区。安小男家坐落在一条格外破旧的巷子里,车都开不进去。我下车步行,因为没有路灯,几乎在坑坑洼洼的土路上崴了脚。

由于提前打了电话,安小男他妈并未惊讶,热情地接待了我。这个当年勇闯校办公室的肉联厂洗肠工衰老得很厉害,头发像七八十岁的人一样苍白而稀疏,软塌塌地贴在天灵盖上。她的眼睛一翻一翻的,明显是在努力地看却又看不清楚,在狭窄的斗室里必须摸索着桌沿才能行走。

我把装钱的信封放在桌上,本想客气两句就走,但她却死活不依,非要让我喝壶茶。她摸到厨房去烧水的时候,我便只好歪在塌陷的布面沙发里,打量这间兼做客厅和卧室的房间。像所有独居的老年人一样,安小男他妈在屋里摆满了杂七杂八的破烂儿,床脚的夹缝里居然塞着一台竹制的老式婴儿车,难道她正期待着用它给安小男看孩子吗?而在一只矮柜上方的白灰墙上,我看到了密密麻麻地悬挂着的奖状和照片。

"你是有出息的人,能拍电视……"安小男他妈的声音从满是中药味儿的厨房传来。

"安小男更不赖,挣的都是美元了。"我敷衍着她,起身踱到那扇墙边端详。

红底黄边儿的奖状自然都是安小男获得的,来自五花八门的数学和物理竞赛;照片则是他们一家人在过往的不同时期拍摄的,在昏黄的灯光下具有浓郁的复古意味。有两张 8 寸的合影吸引了我的注意,照片的主角是一位四十上下的男人，穿着笔挺的西装，戴着一副金边眼镜，长相也很精神。他不是在主席台上领奖，就是正向某位年迈的大人物进行讲解，俨然是那个时代报纸上频繁报道的"青年改革家"或"科技标兵"什么的。这人无疑是安小男他爸。在另一张生活照里，他正在给儿子过生日，父子俩一人捧着一块奶油蛋糕，满嘴白胡子明媚地笑着。

我突然想，如果这男人还活着，那么一家人的生活就不会是现在这副模样吧？或许安小男的脾性也不会发展成后来那样。从心理学上讲，许多性格有明显缺陷的人，都是少年时代没能生活在一个完整的家庭里造成的。

安小男他妈沏好茶，又絮絮叨叨地拉着我聊了很久。她感谢我这么长时间来一直照应着安小男，并让我提醒安小男除了埋头干活儿，还得注意和领导、同事搞好关系。"他现在跳槽到美国公司去了，我觉得挺好，听说那种地方的人际关系单纯一些，更适合他这样的人……他爸当年就是在这方面吃了亏。"说到这儿，安小男他妈的神色有些凄然，又有些恍惚，但马上岔开话题：

"他也该找对象结婚了——还有你也是。别光顾着挣钱，多少钱也买不来一个家。"

我走的时候，她还给我带上了好几张下午烙好的糖饼，让我路上吃。她坚持将我送出门外，又陪着我在漆黑的巷子里走了一小段，走的时候手扒着墙，小步慢慢挪着，仿佛每一步都不知道应该先迈左脚还是右脚。

那是我第一次以辛酸的感情理解了"邯郸学步"这个成语。

离开安小男家后，我们的剧组一路南下，途经郑州、武汉、长沙，边走边拍，终于在深圳结束了工作。至此已经在外面奔波了两个月有余，每个人都蓬头垢面，乍一看很有漂泊感。在这期间，我的生活发生了两个小小的变化，一是原先那个女朋友跟着一个搞金融的跑了，二是我导致了组里的实习生小张受孕。奇妙的是，这两件事之间并不存在逻辑上的因果关系，所以我们三个当事人谁也不觉得亏欠了谁。小张的妊娠反应很强烈，才两周就开始哇哇大吐，恨不得把苦胆都清空了，而且还有小产的迹象。到了深圳之后，我只好让剧组里的其他人就地解散，自己陪着她到医院保胎。我们已经商量好，等她一毕业就结婚，把孩子生下来。作出这个决定之后，我的心情倒是颇为激荡，乃至于充满了初为人父的悲壮之感。记得夜里躺在宾馆的床上，我拉着她的手说了好多煽情的话，有几次把自己都快感动哭了。

小张一句话就戳穿了我："不要试图给自己的每个举动寻找意义——累不累啊？我和你别的那些女人相比，唯一的特殊性就是恰好在你即将折腾不动了的节骨眼上插了进来，相当于击鼓传花的最后一棒。"

比我们小十岁的那代人都是天生的现实主义者，早早儿就把什么都看透了。她们让我欣慰，也让我惭愧。

又拖拖拉拉地磨蹭到北方的天气暖和了，我才带着小腹微微隆起的未婚妻回到了北京，但也不再出去和各路魑魅魍魉厮混，而是把自己那套房子好好布置了一番，过起了深居简出的生活。小张的研究生论文答辩在即，一旦通过就可以和我去"扯证儿"了。她在正式上任之前便已经很进入状态，不但把我饲养得越来越肥嫩，而且还严格地限制了我能跟什么人交往、不能跟什么人交往。她也算在我那个圈子里混过，对我周围人的品行相当了解，好几个德高望重的老艺术家都被列入了黑名单。

"你那群所谓的朋友里，也就安小男还算个老实货色。"她如是评价道。

但即便是这个老实货色，我也有很长日子没见面了。就连美国仓库放假休息的周六周日，他也忙得团团转，根本没工夫出来和我消磨时间。正所谓天将降大任于斯人，安小男在沉沦数年之后，终于迎来了事业的"黄金期"，这还得益于李牧光那敏锐的商业嗅觉——他让安小男为洛杉矶那个物流港里的每一间仓库、每一条过道和每一间办公室都设计好"跨国监控系统"，再由自己出面推销给附近的企业主们。他还有个长远而宏大的计划，就是把那些设备贴牌批量生产，行销到所有人力成本高昂的国家和地区去。不管在中国还是美国，什么东西一旦沾上了"高科技"又沾上了"国际化"，利润都会像苹果手机一样打着滚儿地往上蹿，李牧光迅速地在玩具生意以外拓展出了新的滚滚财源。而在这一轮的雇佣关系里，他对安小男也变得仁慈多了，答应每售出一套监控系统，便返给他5000美元的提成，当然这也只是整个销售额里的小小零头罢了。

安小男甚至不必前往美国进行实地考察，只需要对着那些房间的3D图形，把监控系统的设计方案做好，再用网络传给李牧光就算大功告成。至于监控终端设在哪个国家、哪个地区,也可以由购买系统的美国老板们自行决定。在短短的几个月时间里,地球的各个角落如同雨后春笋一般,冒出了十几二十个和安小男干着同样工作的人,他们端坐在印度、马来西亚、菲律宾、墨西哥或者中国的电脑屏幕之前,注视着美国一隅的风吹草动。闭着眼睛想一想,这是多么壮观的场景啊。

"不要老说我们美国人在监控全世界,"李牧光给我打电话时说,"全世界人民也在监控着美国嘛。"

又过了不到两个月,李牧光再次乘坐着鲸鱼一般的波音777,声势浩大地空降到了北京——对于这种行程,他现在已经不再称之为"回国",而是改口叫作"访华"了。仍旧是到了机场,他才给我打了电话,但这一次却不再叫我出去鬼混。跟在他身旁东跑西颠的人变成了安小男。

他们先是结伴去了西安的高新区,然后又依次到华北的几个大中型城市溜了一圈儿,此行的目的是为投资建厂选址,有可能的话还要跟当地政府洽谈一系列相关事宜。既然监控系统已经打开了销路,就需要找一个国内的厂家进行规模化生产,把采购来的摄像头和主机贴上统一的商标。美国发明出来的玩意儿总是要在中国制造,这条法则就像地球总是自西向东旋转一样不言自明。然而我却想不明白,要建厂干吗不去东北啊?那儿是李牧光的老家,他爸虽然退了,但想必余威还在,再加上和他们家沾亲带故的人非官即商,办起事情来总是要方便得多。

"恰恰因为父母和亲戚都在那边,所以才多有不便嘛。"对于我的疑问,李牧光解释道,"越是家门口越要注意影响——你这个人还是幼稚。"

我也算在中国的江湖混迹过一些年头的人,如今却被一个美国人训斥为"幼稚",这不免让人啼笑皆非。而没过两天,又有一个消息传了过来:李牧光为厂子初步选定的地址就在H市。这就不能不说是一个巧合了。据说当地的官员常年苦恼于经济发展和钢铁绑定在一起,污染大不说,这几年的销路也不大好,一吨钢材才赚十几块钱。他们早就叫嚣着要"转型升级",却拉不来合适的项目,如今正好和李牧光一拍即合,不光口头承诺了税费方面的优惠,而且就连地皮也是可以低价出让的。李牧光他们在H市盘桓的时候,我特地打了个电话,请他去安小男家里拜访一下,最好再拉上一两个政府里的干部作陪。我的用意很简单,是想让安小男的母亲见证到儿子的确"出息了",而且对老人以后的日子也有好处——哪怕能招徕一伙儿学雷锋标兵,逢年过节给她刷锅刷碗擦擦玻璃也是好的。

"这个也不用你说。"李牧光回答我,"你这朋友既然跟着我干,我就亏待不了他。"

但不久之后,安小男却一个人先回来了。打电话时一问才知道,他到H市只是作为"技术总监"走个过场,向当地的有关领导"汇报"一下监控系统的功能以及原理。而当洽谈涉及股权、地皮和人员安置等等关键阶段时,就得李牧光亲自出面了——那想必是个漫长而艰难的扯皮过程,尤其是在李牧光打定主意让自己的叔叔出任新厂长的前提下。

我再次见到安小男,就是在自己的婚礼上了。小张的肚子已经骇人地鼓了起来,如果再不早点儿办事儿,恐怕将来就得让亲儿子来给我们当伴童了。好在现在的婚庆公司很高效,服务也很周全,还能定做用钢丝把裙子高高地撑起来的孕妇婚纱。婚礼的地点是在一个酒店的露天花园里,我与小张并肩走过草坪,感觉自己正挽着一只雪白的蘑菇。来宾们自然对着她那奉子成婚的肚子指指点点,被请来当证婚人的一个"央视"春晚副导演更不靠谱,他摇头晃脑地指导我们互相戴上戒指,然后宣布:

"祝福你们仨!"

好歹把仪式进行完,我还得在人群中不停地穿梭寒暄、被人打趣。转到同学的那一桌时,我一眼就看见了被几个人勾肩搭背地簇拥着的安小男。人们对他的态度明显变了,那副亲热劲儿就好像在对待熟识已久的老朋友。这也是可想而知的。安小男"咸鱼翻身"的消息经我添油加醋地扩散出去,几乎成为一个现实中的小小奇迹,一个美国梦的中国翻版。

"啊呀呀,你放了道台了,还说不阔?"有个家伙正狠摇着安小男的肩胛骨说。而安小男一定还不习惯这样的恭维,他双手交叉抱在胸前,茫然失措地四处望着。直到看见了我,他的眼睛才亮了一下。

我过去和那帮人喝了杯酒,解围似的把安小男揽出了人堆儿,在一蓬浓郁的月季花边聊了起来。

"李牧光还在H市吗?"

安小男舒了口气说:"还在。他投资的条件挺苛刻,两边还在僵持。"

我又说:"你怎么不趁机在老家多待两天?你妈还好吗?她烙的糖饼料

真足，咬一口能烫后脑勺。"

"你要喜欢吃，下次让她再给你做……我爸活着的时候，每次听完高英培的相声都要吃糖饼。"安小男笑了笑，又吸溜了一下鼻子，"李牧光让我先回来，一是因为公司的仓库还得有人看，二是让我再改进一下那套监控器材，现在的成本还有点儿高。"

"得加班吧？"

"昨天又熬到3点多钟。"

李牧光果真是疑人不用，一旦用了就往死里用——还是那句话，他们那个阶级的人大凡如此。这时我如果斥责他"剥削"，反倒显得矫情了。于是我说："累点儿无所谓，能挣着钱就行。既然荣升了什么总监，他给你的工资也该涨了吧？他答应的那些提成兑现了吗？"

安小男近乎难为情地点了点头。

"那就好。"我说，"手头宽裕的话就赶紧买套房子，现在北京的房价涨得厉害，人家都说晚买俩月白干一年……还有，你妈让我劝你找个对象。我老婆有几个同学正好闲着呢，比如那个，我看就还行——"

我朝隔壁桌边一个把自己涂抹得如同雕花萝卜的姑娘指了指。那姑娘正在奋力地对付着一堆冷盘，看见我们粲然笑了，嘴里差点儿蹦出俩潮州肉丸子。

我也扑哧了一声，正想认真地寻觅出两个可以被称为"果儿"的姑娘，安小男忽然说："你结婚了，我给你备了份礼。"

"搞那么'虚'干吗？"我笑道，"要是钱的话就直接塞前台那捐款箱里吧，美元也收。"

"除了钱还有别的。"安小男匆匆跑回座位，从桌子底下抱着一个纸箱子出来，"我亲手做的，你们的孩子生出来之后也许用得着。"

这时小张也好奇地凑了过来，我们两个打开箱子，看见里面分门别类地绑着几个摄像头和数据线什么的。分明是一套仓库监控系统的具体而微者嘛。

"这有什么用呢？"我不免感到荒诞。

安小男解释起来："你想呀，你很忙，小张学历这么高，也不可能不出去工作吧？到时候孩子放在家里，只能请保姆来照顾。可现在信得过的保姆太不好找了，她万一要是不给孩子按时喂奶呢？要是给孩子吃安眠药呢？所以我就专门给你们设计了这套婴儿用的监控系统，环绕着小床360度无死角，而且还有体温遥感器，孩子发烧的话也能报警。你们在外面一开电脑，就可以随时掌握孩子的情况了……"

他那认真的样子让我们同时哈哈大笑了起来。小张向安小男道了谢，然后又指着我说："你还不如帮我把他也上了监控呢，他那个行当里不三不四的女人太多了，这人意志又不坚定，他每天上班我都提心吊胆的。"

"这就是所有正房的通病——刚扶了正就过河拆桥，也不想想当初是怎么'扑'我的。"我笑着跟小张"逗"，"但是归根结底还得怪我，魅力太大了无法抵挡。"

小张反唇相讥："咱俩谁'扑'谁呀？谁在器材间里痛哭流涕地哀求人家'暖一暖我的灵魂'呀？当时就应该把这段给你录下来。"

我们两个你一言我一语，但安小男却茫然地抬起了眼睛，看向了北京阴沉沉的天空。他好像正在走神，从周围的气氛里"间离"了出去。小张便有点儿讪讪的，对安小男说了句"多喝点儿"，然后就挺着肚子找她那帮女伴去了。

我拍了拍安小男的肩膀，换上了诚恳而体贴的口吻："谢谢啊——看到你能越过越好，我也很高兴。"

但这时，安小男却舔了舔嘴唇，说出了一句让我目瞪口呆的话："我不想干了。"

6

安小男的话虽然让我惊诧，但却又有似曾相识之感，就像一出彩排了几遍的拙劣话剧。只不过第一次和他演对手戏的是商教授，第二次是那个银行行长，第三次就变成了我。但我招他惹他了？我可以说是唯一真心想帮他的人啊，他怎么就这么不让我省心呢。

"为什么啊？"带着近乎委屈的情绪，我叫了出来。

"我有心理负担……"安小男的眼神游移起来，仿佛正在斟酌词句。

我突然想到了被安小男协助逮捕的那个酒鬼老头儿："难道你是因为不忍心抢了美国老弱病残的工作吗？这就是妇人之仁了。咱们第三世界国家人民哪儿配同情美国人啊？那国家的福利好得很，当个失业的穷人幸福着呢。"

"不是这个原因。"他说。

"那么就是李牧光逼你干过什么事儿……比方说除了仓库以外，还监视监听什么人？"

"也没有。"

"那你抽什么疯啊？你的心理负担是从哪儿来的？"我索性任由酒劲儿发作，指着安小男的鼻子质问道，"别身在福中不知福了，你这份儿工作多让人羡慕，你自己知道么？你还有什么不知足的？"

安小男似乎无话可说地点了点头。但他随后却又说道："工作本身当然没有问题，只不过……"

"只不过什么？"

安小男猛然直视我，目光炯炯，"你知道李牧光的钱是哪儿来的吗？"

"不是卖玩具挣的吗？"

安小男的口齿也加快了，但却远比我要冷静、清晰得多："我看过他的入库单和出货单，他那个公司处于整个儿玩具流通环节的末端，利润已经被其他公司瓜分得差不多了。就以一个芭比娃娃为例，中国出厂价大约3美元，到了他手里已经涨到了将近15美元，而他还要应付税收、场租和每个季度一轮的打折促销，再刨除美国那昂贵的人工成本，能打个平手就算万幸。还记得他曾经跑到义乌，想要绕开代理商低价拿货的事情吗？当地的商会害怕得罪几家垄断性的贸易组织，根本没敢答应他。总而言之，李牧光靠他玩具生意的营收，根本不可能赚出现在这么多的钱——你知道他在H市谈的那个项目投资有多少？连厂房带地皮他都想买，起码要拿出几千万人民币。"

我尽力跟着安小男的思路，大概听懂了他的意思，突然又含糊了一下，打断他问道："你说你……看过李牧光的流水单据？"

安小男"嗯"了一声。

"他怎么会让你看这种东西？你一个技术人员，他吃饱了撑的才会请你查公司的账。"

"说起来也是凑巧。那些材料李牧光本来是不可能给我看的，他每次核对完货物，都会把单据放回仓库旁边的办公室里。但这一阵他不是回国了吗？他待在H市而我又回了北京的那几个白天——也就是美国的夜里，我继续在办公室监控着仓库。恰好这期间，公司到了一批货，是他手下的一个业务经理接收的，那人大概比较马虎，签完字就顺手把一摞单据都扔在了货架上，结果被风卷了一地。而等到我上班打开摄像头的时候，看见仓库里乱七八糟都是纸张，还以为出了什么事儿呢，赶紧用摄像头的放大功能拉近了看，结果就大概了解了李牧光公司的经营情况。"

我这个技术方面的白痴又提出了新的疑问："摄像头都在天花板上，那些进货单和出货单上的字迹想必又很小，离得那么远能看清楚吗？"

"对于专用的高清摄像头来说不是问题。"安小男笑了笑，"没听说过吗？在伊拉克战争期间，假如一个萨达姆军营里的士兵正在吃橘子，美国卫星能够清楚地拍到他手里的橘子有几瓣。类似的技术早就开始转入民用了。"

"再过两年，我们剧组的器材没准儿也该更新换代了。"我跑题道。

但安小男板起脸来问我："咱们还是说回李牧光吧，既然现在的公司利润很薄，他的钱到底是哪儿来的呢？"

"也许是他在开玩具公司以前挣的呢？"我含糊道，"再说李牧光家里也给了他一笔启动资金……"

"可他告诉过我——你一定也知道，李牧光在做玩具生意之前患有神经性疾病，他一直在被强制治疗嗜睡症。"安小男敏捷地打断了我，"倒是你说的后一件事情可以作为解释，但那恰恰是让我怀疑的地方：李牧光的父母再怎么混得好，也是国企干部，他们的收入保证全家丰衣足食并不奇怪，然而聚积出那么大的一笔财富就说不通了。"

"你的意思是……"我几乎是在明知故问了。

"这里面有问题。"安小男笃定地抿了抿嘴，"道德问题。"

时隔多日，我再次听到他的嘴里迸出了那两个字。此时给我的感觉，"道德"这玩意儿简直就像一种罕见的隐疾，它蛰伏于宿主体内，无形无迹，但一有机会就会不可避免地发作。在这喜庆的、觥筹交错的婚礼现场，我从安小男身上嗅出了前所未有的不合时宜的气味，仿佛他不是地球上的一个活生生的人，而是从哪个遥远的、未知的世界流窜过来的。他站在草坪上，却好像两脚悬空，只是一个飘飘然的人影。

接着，我的心里升起了一团厌恶。这厌恶并非针对安小男，但恰恰因为没有具体指向而让我格外恼火。我瞪着安小男，一字一顿地说："你这是病，得找个心理医生看看。"

"你说的是道德吗？"

"不是道德，而是你这种把一切都和道德扯上关系，再和一切较劲的怪癖。这和卫道士有什么区别？搁一百年前你是不是也得哭天喊地地阻止女人天足寡妇改嫁呀？你刚过上几天安稳日子啊，这么快就好了伤疤忘了疼了？"我冷笑了一声又说，"而且你刚看出李牧光他们家有问题呀？告诉你，我早就看出来了，从他刚一入校上大学就看出来了。但我们能怎么办——你又能怎么办？不为他那五斗米折腰吗？那好，你要有骨气的话就抡圆了抽丫一大嘴巴，搬回你的小平房里去，你妈的眼睛也干脆甭治了，省得看着你糟心……我也懒得再管你了，我管够了。"

在我的逼视下，安小男的脑袋便低了下去。他的嗓子里发出了"吭、吭"的声音，好像一个挨了批评正在吭泣的小学生。片刻以后，他才重新扬起脸来，表情却很平静，甚至称得上淡漠："你说得也对。"

我乘胜追击道："我对在哪儿了，你错在哪儿了——不要口是心非，要深刻反省。"

"日子得过下去，而且得好好儿过下去，你说的就是这个意思吧？"他嗫嚅道，"可我老管不住自己，成天都在乱想……我辜负了你对我的好意，我以后不这样了。"

他的声音很细小，让我一下子就心软了。于是我不知是叹了还是舒了一口气，搂住了安小男的肩膀。我挟着他往人群中走去，路上调整情绪，又掀起了一轮场面上的高潮：

"请允许我敬你们一杯！"

"为什么不呢？"大家雀跃着拥了上来，间或还有砰砰的开香槟酒的声音在半空中回荡。

那天我用七八种酒连续干了无数杯，但不知为何根本没有喝多。和身边那热火朝天的气氛相反，我的心里只感到空寂、落寞，甚至有一丝寒意在周身游走，让我不时像刚撒完尿似的打个哆嗦。安小男大概提前走了，不知何时我一回头，就发现他的座位上已经没有人了。到了下午3点多钟，折腾够了的宾客们才零零落落地散了个干净,我终于也疲了,叉着两腿坐在椅子上一边抽烟一边看着满地狼藉发呆。小张则在当场开箱盘点收上来的份子钱,不时向我通报一声谁给多了下次得找机会把人情还上,谁比较"鸡贼"红包里的票子还不够自助餐的人头费呢。

过了一会儿,她走到我面前,递过来一个沉甸甸的纸包:"你看看这个,也没写名字。"

我打开一看,里面居然是美元,而且都是百元大钞。小张说她大致点了点,足有五千之多。

这五千美元大概是安小男从监控系统上获得的第一笔提成收入,而他也没换个信封,就给我送来了。我把纸包还给小张:"甭管谁的,来则收之,收则花之。你不是一直想出国玩一圈么?留着那时候用吧。"

"我是真没看出来,你们那群人里面居然还有这么值钱的友谊。"

"要是友谊犯得着用钱来衡量吗?"我惨笑道,"也许这是宣布跟我绝交呢。"

这之后的很长一段时间,我便再没见过安小男,就连电话也没通过一个。他仍在上地附近的那个写字楼里为李牧光工作着,同样没有再来找过我。分析一下我们互相敬而远之的心态,从我这边来讲,是因为他那顽冥不化的"道德感"令我感到疲惫和无所适从;而他呢,则是为了不得不继续端着眼下这个饭碗而羞愧,并害怕来自我的冷嘲热讽吧。所以说人呐,真没必要把自个儿的调子定得太高,除非你已经做好准备和生活决裂了——这也是义士们只有在刑场上的那两句豪言壮语才具有说服力的缘故——没有功德圆满的最后一枪,其他时候再怎么喊也作不得数。

实话实说,我这些年也没少"掰"过朋友。有些人是因为利益上的纠葛而翻了脸,还有些人也没什么具体的冲突,仿佛突然之间就话不投机了,然后互相在背后说对方"俗"。我本想用以往的经验来处理和安小男的疏远,宽慰自己"谁离了谁活不了",但我居然没有做到。每当看到什么有关于我们母校的新闻,甚或在夜阑人静无法入睡之时,安小男那张老丝瓜瓢般的脸总会无声无息地浮现出来,不动声色地搓着我心里的某个污痕累累的部位,搓得我的灵魂都疼了。安小男如芒在背,安小男如鲠在喉。但这样的感受我也不好意思对任何人提起,就连和小张都没说过,因为我无法接受自己对安小男的古怪感情被她往"基情"方面引申——这丫头怀孕期间闲得没事儿,看了不少日本电视剧,特别热衷于在男人与男人之间捕风捉影。按照她现在的理论,世界上根本就不存在同性的交情这码事儿。

"你注意点儿胎教行不行?我们家可是三代单传。"我怒斥她,"再说对于龙阳这事儿,你不认为教唆和歧视一样可耻吗?"

又挨了些日子,我们的儿子终于顺利出生并且满月了。四面八方的闲杂人等咸来相贺,我索性又到外面摆了几桌,给了他们凑在一起说吉利话的机会。小张的奶水很足,那天饭还没吃到一半就又快喷了,于是赶紧抱着孩子离席。我也愈发觉得正常的繁殖能力似乎没什么可值得显摆的,对那些有口无凭的祝福更是提不起道谢的兴致,便默默地喝起了闷酒。我就这么成了一个孩子的父亲,但是除了把他制造出来之外,我还为他做了些什么呢?我是否曾经尝试过使他大驾光临的这个世界变得更美好一点呢?这样的疑问让我感到沮丧,越发地不想搭理人了。

正在低着头若有所思,身边似乎有人站了起来,朝着包间大门的方向打招呼:"你怎么才来?"

"这么大的喜事儿,你也不早点儿告诉我。"进来的人热情地嗔怪我。

我抬起头来,赫然看见了李牧光。他穿着一身簇新的西服,越发显得身材高壮挺拔,方脸上挂着温润的笑。我赶紧对他解释:"也不知道你是在外地还是外国……"

"甭管在哪儿也得专程来一趟——我可不像你那么薄情寡义,觉得我这朋友可有可无。"李牧光在我身边坐下,从皮包里掏出一样东西,"给咱们儿子的。"

他递过来的是一枚巴掌大的纯金长命锁,我一接,被那分量吓了一跳——居然是实心的。这些金子足够换一辆越野车的了。

我下意识地推让着:"太重了,这要挂上对小孩儿颈椎不好。"

"没劲了啊,看不起我是不是?"

我只好把那块金疙瘩揣进兜里,和他寒暄了起来。除了这份大礼,今天李牧光的态度也让人觉得奇怪——他那种居高临下的语气不见了,哼哼哈哈的样子几乎可以称得上谄媚,全然不像一个少年得志的国际"新贵"。我打量着他,他也打量着我。我们的屁股一个比一个沉,直到把所有的客人都耗走了，李牧光站起身来，把门关上，回来后掏出烟来，双手笼着火儿为我点上。

我还在没话找话地试探他："H市那厂子筹备得怎么样了？"

"还行，土地批文已经快拿到了，他们还准备以我的这个厂子为试点，在H市城区打造一个高新产业园。"李牧光宣告着好消息，语气里却陡然没了喜色。

"那应该恭喜你才是——可惜我拿不出那么厚的礼。"我作势要举杯。

他摇了摇手，两眼迟疑地眨了眨："但我有点儿别的事儿想请你帮忙。"

帮什么样的忙能值得上偌大一个金锁呢？我郑重起来："什么事儿？"

"安小男的事儿。"

我心里怦然一跳，说："我也很久没跟他联系了。"

"但这种事儿还非得你去跟他谈谈不可。"李牧光下意识地往别处瞥了瞥，压低了声音说，"我怀疑他正在查我。"

"查你什么了？你什么时候发觉的？"

"就在最近。以前我觉得他就是一傻乎乎的理科生，现在才发现这人太阴了。自打我从H市回到北京，他就老套我的话，问的全是他不该问的事儿，比如我在美国的哪个银行存过钱，我洛杉矶的房子是全款还是贷款，还有我和供货商的结算周期。这还不算最过分的，就在上个星期，东北那边的亲戚突然告诉我，他居然还在刺探我们家里的情况……"

"他跑到东北去了吗？"

"那倒没有。他通过电话和网络联系上了咱们分配到辽宁工作的那些校友，还拐弯抹角地找到了我上高中时的几个朋友，说什么他是公司人力资源部，要为我建立信息档案。这借口也太他妈拙劣了，美国是最尊重个人隐私的地方，哪个外企的人事部门需要掌握老板他爸担任过什么职务、交往过什么人、经常到哪个球场打高尔夫、打完球到哪个会所洗澡啊？好在我这人平日里手面还算大方，因此那些人就算嫉妒我也不愿意得罪我，扭脸就把这事儿告诉了我……而我一猜就猜到了是安小男。我爸都退下来有些日子了，除了他，早已经没人对我们家的事儿感兴趣了。"李牧光越讲越激动，又烦躁地咬了咬牙，咀嚼肌像马一样涌动着隆起，"到现在我都不知道这孙子这么干究竟有什么目的，而身边潜伏着这么一个人，实在太让人难受了。就跟裤裆里盘了条蛇似的，谁知道它哪天不高兴了会照着你最要命的地方咬上一口。我已经好几天都没睡好觉了，早上醒来一把一把地往下掉头发……你知道我现在最怀念的是什么时候吗？就是大学的时候躺在你上铺——完全没有烦心事儿，想睡多久就能睡多久……"

这时候我突然想，也许李牧光治愈了嗜睡症真不是一个明智之举。人醒了就要折腾，从而把自己折腾进无穷无尽的麻烦之中，但折腾一圈儿的结论，往往不还是那句"浮生若梦"吗？早知如此，何必要醒。然而我也知道，现在可不是抒发那些旧式文人感想的时候。又不知是怎么搞的，李牧光所说的事情让我产生了某种暧昧、含混的好奇，但他那火燎屁股般的焦虑模样却引不起我丝毫的同情。

于是我盯着他的眼睛说："这有什么难办的，你是老板他是员工啊。如果他让你不舒服，让他卷铺盖卷儿滚蛋不就得了么——也不必在意我的面子，我对他已经仁至义尽了。"

李牧光嘟囔道："事儿恐怕还不能这么说……我现在还不好解雇他。"

"为什么呢？"

"一句半句也说不清。"

"你该不会是怕打草惊蛇吧？"我嘿嘿干笑了两声，仿佛是在为自己那极其有限的逻辑推理能力而得意，"可不可以这样理解，安小男没准儿已经掌握了你——或许还有你家里——的什么事儿，而这些事儿又是不大适宜让太多的人知道的，所以你既讨厌安小男又害怕安小男，怕他被惹急了反倒会把事情捅出去。至于你想让我帮的忙呢，自然就是说服安小男别找你的麻烦，你甚至还打算让我出面替你收买他，用钱堵住他的嘴……"

李牧光的额头上冒出一排虚汗，他抬手擦着，趁势挡着眼睛说："可以这么理解。"

"那么好了，"我两手一摊，"你还应该告诉我，你害怕被安小男知道的到底是什么事儿？"

"有这个必要吗？怎么你也调查起我来了。"李牧光梗了梗脖子，白了我一眼。

我不慌不忙地又对他说："你要搞清楚情况，你既然想请我帮忙，那么总得对我坦诚一点儿吧，把我蒙在鼓里当枪使算怎么回事儿？再打个不一定恰当的比方：犯人的作案过程可以瞒着法官，但绝不能对他的辩护律师说假话。"

李牧光张开手指顶着太阳穴，好像在忍受头痛，喉咙里忽然发出了小狗一般的呜咽声。现在我算看出来了，这人从来就不是一个心理强悍的狠角色，他曾经摆出来的精明和傲慢，只不过是仗着有钱虚张声势罢了。只要面临足够大的外部压力，他便会像孩子一样乱了分寸。果然，李牧光又磨叽了两下，随后便吞吞吐吐地向我交代了起来。正如安小男所推测的，他从来就没在玩具生意里赚到过什么钱，而他也并没指望靠做正经买卖发家致富；开那个公司只是个幌子，其作用是把他爸积累下来的财富转移到美国去，说白了就是利用国际贸易来"洗钱"。而追根溯源，李牧光家里的钱又是从哪儿来的呢？积累财富的过程往往要比转移财富更加简单粗暴——无非是提成回扣、资产贱卖那一套，相当一部分曾经辉煌过的国有大厂都是被这些人生生玩儿垮的。

当然，这都不是什么新鲜事情。就连李牧光也委屈地说："不是好多人都这么干么。"那语气就好像我的询问都是多此一举似的。但我的心里却冒出了一种酣畅的、简直可以称之为快意的情绪。这倒不是因为曾经不可一世的李牧光终于又在我面前服软认小，而是因为，这是我第一次听到在中国发了不义之财的那一小撮人亲口认账——此前从来没有过。

"该知道的你也知道了，那么你是不是可以……"李牧光满脸涨红地问我。

我眯着眼睛看了看他，缓缓地把那枚金锁拿出来，咚地一声拍在桌上。然后，我尽量铿锵地对自己作了个评价："我这个人吧，缺点是做人的底线偏低，但优点是还有点儿底线。"

李牧光反而笑了："真没想到，咱们俩的交情这么不牢靠。"

"在这种事儿上你跟我扯交情，本来就显得居心叵测。"我用贾惜春的台词反诘他，"我清清白白一个人，不想被你这样的人带坏了。"

我的态度不仅坚决，而且颇有几分豪壮。按照我的脚本，李牧光应该窘迫地、耻辱地离开，或者当场撕破脸，对我大发雷霆也可以。而不管哪种情况，我都将会成为某种意义上的胜利者——就像上中学时戒除手淫一样，哪怕满脑子里肉体横飞，可我最终"守住了也就光荣了"。

但没想到，李牧光非但屁股纹丝不动，而且把身子往椅背上一靠，坐得更加舒展了。他又点上了一棵烟,透过浓郁的烟雾似笑非笑地打量着我。他的神色反倒让我不由自主地感到了虚弱,并且对刚才的那番表态自我反省了起来:我有想象中的那么昂然而坚定吗?我把李牧光"崩儿"回去,是出于自己的本意吗?另外,难不成我在潜移默化中受到了安小男的洗脑,因此处事态度也开始"安小男化"了?

我正在颠三倒四地踌躇着,李牧光却幽幽地撇过来一句话:"就算咱们两个人的交情不值什么,你还是要考虑一下三个人的交情嘛。"

"怎么成了三个人的事儿……还有谁?"

"你表妹林琳啊。"他轻巧地说。

我的眼睛仿佛往外鼓了一鼓:"跟她有什么关系?"

"我们已经结婚了,就在我上次回美国的期间。"李牧光再次对我亲热地笑了,"论起亲戚来,我现在得管你叫表舅子了,难道林琳没告诉过你吗?"

没想到会插进来这么一个突然性的消息,我的头都大了,猛地抓住了李牧光的衣领子:"她从来没跟我提过……这丫头只跟我说过,她正在斯坦福大学读博士。你妈的王八蛋,居然敢勾引我表妹。"

"都是一家人了,别把话说得那么难听。"李牧光把我的手拨开,脸却凑得离我更近了,"再说我也没勾引她啊,是你表妹自己来找我的,她哭着喊着想嫁给我,拦都拦不住。"

"别扯淡了,我表妹是个女学霸,她怎么可能看上你这种暴发户。"

"可我是个国际暴发户啊,拥有美国国籍。"李牧光说,"说白了吧,林琳除了一门心思念书之外,还一门心思想留在美国,而她的留学签证又马上就要到期了,所以她突然找到我,想要跟我假结婚——你也不要太吃惊,这种事情很常见,唐人街还有专门的中介在做这种生意呢,只不过给留学生们介绍的都是美国的孤寡老人。所以说,哪怕是名义上的丈夫,林琳能找上我还算不错呢,且不提钱,哥们儿起码体健貌端,比那些肯德基上校似的洋老头儿可强多了。"

难道不找他李牧光,我表妹就要嫁给肯德基上校和麦当劳叔叔吗?我憋着口气说:"照你的说法,你娶了她还是帮她的忙啦?"

"这首先当然是看在你的面子上喽。而且我也不是白帮忙,如果林琳成了我的妻子,我可以用她的名义开个银行户头,用来处理我的那些……款项。她家底清白，无论是中国还是美国政府都不会怀疑到她头上。"李牧光说，"还是说回你表妹的情况吧。我再给你普普法，按照美国的现行规定，结婚之后必须通过两年的审核期而不被移民局发现破绽，她才能拿到独立绿卡。而这期间如果我向美国政府揭发她，会发生什么情况呢？对于我这个美国人来说无非是罚点儿款，大不了再交点儿律师费罢了，而她呢，驱逐出境都是轻的，并且还有可能因为婚姻欺诈而被判一年监禁——你可以自己到网上去查，最近有一拨儿串通美国水兵假结婚的东欧女人就被这么处理了，这案子在美国很有名。"

我都快听不下去了："李牧光，你他妈的威胁我是不是？"

"我是想提醒你血浓于水，不过你要是把这理解为要挟也无所谓。"说到这儿，李牧光终于露出了优雅的、全然无耻的笑容，"我知道我的做法有点儿不地道，但对于你来说，眼下的当务之急应该是和我这个妹夫搞好关系，否则你表妹的苦日子可就来了。试想林琳要是真坐了牢，你们一家人尤其是你姥爷得有多伤心啊……据我所知他老人家都八十多了，这两年身体还不太好。而我想让你做的事也并不难，你对安小男有恩，他又把你看成唯一的朋友，你的话他一定听得进去。"

接着，李牧光伸出两根指头，轻柔地推着那枚长命锁，让它像一只金光灿灿的小乌龟一样爬到了我的近前。我低头盯着那坨金子，看得头晕目眩，而李牧光却拍了拍我的肩膀，再没说什么就走了。

那天回家之后，我所做的第一件事就是尝试着联系林琳，但她在美国的手机居然停机了，再打她在斯坦福附近租住的公寓电话，一个外国老太太告诉我，她几个月之前就搬走了。于是我又去找林琳她爸，我的前姨父。这儿要补充一句，我表妹的父母早就离婚了，她爸娶了自己的女秘书，她妈没过多久就心肌梗塞去世了，我们一家人都认为林琳她妈是被她爸给气死的。而那位老花花公子对女儿的情况知道得比我还少，他连林琳进了哪所大学读博士都没搞清楚：

"她在斯坦福吗……这么说我女儿和克林顿的女儿还是校友呐。"

"嗯，您和克林顿也有相同的爱好。"我说。

把亲戚们问了一圈儿，居然是从我姥爷家固话的来电显示里找到了林琳的新手机号码。她曾经给我姥爷打过一个电话，也没提她结婚的事儿，只是简短地问了个安。但或许是"隔辈亲"的心灵感应吧,我姥爷一口咬定林琳是心事重重的,并让我一定要劝她"凡事看开点儿,实在不行就回来"。我哼哼哈哈地答应着,出门用手机拨通了林琳的电话。

电话通了,中国的傍晚连接了美国的黎明。林琳半晌才开口,她这一次没叫我"怪胎",也没叫我"混混",而是低低地唤了一声:

"哥。"

记得我最后一次见到林琳,还是在机场送她去留学,那时她还是个俏皮的小甜姐儿,临走前狠狠地扯住我的耳朵揪了一记。而现在,她连个招呼也没打,就把自己给嫁了。我也沉默了一会儿,才说:"才知道你结婚的事儿,但你别指望我会恭喜你。"

"李牧光告诉你了?"

"嫁得好呀,挑了个有钱的主儿。"

"你应该知道,我和他结婚可不是为了钱。"林琳的口气随着我一起变冷了,"再说他对婚前财产做过了公证,就算我们离了,我也分不到他一毛钱。"

"只为了个美国户口,就把自个儿嫁了?"

"可以这么说。美国经济不景气,大学和研究所的预算都削减了一大截,我熬了8年才熬到一个博士学位,可还是找不到工作,要想继续留下也只能通过结婚办个身份了……比起雇来的人,你这个同学还算靠得住,更重要的是愿意帮我的忙……我想,干脆就别浪费时间了。"

林琳的话让我想起了当初她与安小男的那场约会闹剧。"别浪费时间",那时候她也是这么说的。她到底是聪明还是傻呀?

我问她:"然后你允许他使用你的名字去开账户什么的?"

"反正我名下也没钱,随他怎么使去。"

"你这是图什么呀?混不下去了回来不就得了吗?"我恶狠狠地说,"是不是人一到那边脑子都变笨了?现在不比以前了,美国有的中国也有,这边挣钱的机会没准儿比那边还要多呢。"

林琳却没跟我吵,而是缓缓地对我说:"我也有我的难处。家里的情况是一方面,我没妈了,爸也等于没有了,当初之所以决心要走,就是这个原因。其实快毕业的时候也不是没想过回国,但事到临头又犹豫了。我已经不年轻了，回去的话得重新习惯想想就让人头疼的人际关系，还得打起精神来和那些比我年轻得多的孩子们竞争，这对我来说实在是太难了……我是个两头不靠的人，如果回去的话仍然没找到出路，那就算彻底失败了，可我承受不了失败，只能硬着头皮在美国扛下去……站在我的处境想一想，你说我还能有什么办法？"

说着说着，林琳就抽泣了两声。我和她隔着一个太平洋，却仿佛看到了她的眼泪亮晶晶地滑落了下来。我又想起了我们小的时候，因为家里大人都忙，一到寒暑假就被送到姥爷家相依为命。那时候林琳老和我大吵大闹，还曾经为了半根糖葫芦把我的脸挠出过一片血道子，但我要是真的烦她了，不跟她说话了，她就会一声不吭地跟在我身后，脸上默默地滚着泪水。她说我不理她就是欺负她。

我的鼻子一酸，对林琳说："不管怎么说你也是我妹。如果李牧光趁机欺负你，你就告诉我，我他妈坐着飞机到美国跟他拼命去。"

林琳更加响亮地抽了抽鼻子，想对我咯咯笑两声，但却完全笑跑了调。她又说："别担心我和李牧光的关系。假结婚嘛，我们只是走了个手续，其实还是互不相干，更没在一块儿住。我已经搬到了西雅图，在这边的大学里找了份短期代课的工作，而且跟他说好了，一旦拿到绿卡，就跟他离婚。"

我愕然了一下："你还挺坚贞。"

"我只是求他帮忙，但绝不想把这事儿变成卖淫。"林琳说。

7

再引申一下我对李牧光所说的那句自我评价：假如我这人的优点是还有点儿底线，那么缺点却是底线偏软，随便被什么外力一捅，往往便汤汤水水、乌七八糟地漏了一地。既然不仅低而且软，那么再奢谈底线不仅形同放屁，而且还会给自己带来许多不必要的困扰。和李牧光的那番对峙反倒令我更加明确了这个道理，因此受他之命去说服安小男的时候，我尽量把自己调整成了漠然的、就事论事的心态。我一再提醒自己不要再被安小男的情绪所蛊惑。

随着北京路面的大拆大建，上地那地方几乎变得令我认不出来了。原先窄小、坑洼的柏油路被大幅度拓宽，路边新增了许多奇形怪状的建筑，有一栋大楼竟然像是正在缓缓降落的飞碟。越来越多的高科技公司把总部搬到了这里，原先的那些近郊农民则摇身一变成了房东，和新迁入的外来者们既互相羡慕又互相蔑视着。安小男所在的那幢写字楼显得旧了一些，但他的办公环境却经过了扩充和改造，面积达到了 100 多平方米，俨然是个相当正规的跨国企业驻华办事处。毛玻璃门上悬挂着李牧光公司的名头，屋里的空间分成两块，一块仍是联通着美国仓库的值班室，另一块则是"产品研发部"，还新雇了两个技术员，在安小男的带领下对监控设备作进一步的调试。

我推门走进办公室的时候，安小男正举着一只摄像头，对一个 20 多岁的小伙子讲解着什么。这场面倒令我对完成任务有了信心：看起来他仍然是很在乎这个饭碗的。而当安小男扭过头来，我们的见面还是不免尴尬——毕竟相互冷落了不少日子，这时都不知道该怎么打招呼了。

我搓了搓手，讪笑道："正好到这边来办事，想到好久没见你了……"

"我挺好。"安小男僵着脸说，"你也挺好？"

"瞧瞧你，真像个领导了。"

"卖出去的产品得做售后，李牧光怕我一个人忙不过来，就又找了两个帮忙的。"安小男放下手里的东西，抄起工作台上的外套说，"这儿太乱，咱们到楼下的咖啡馆聊吧。"

"不用专门招待我，给我杯白水就行……"

他却没理我，径直领我走出了办公室，来到电梯间。铁门合拢，短暂的失重感从下半身袭来，他忽然又说："我怀疑那些人是李牧光派来监视我的。"

员工和老板之间互相提防到了这个地步，所以才会苦了我这个中间人。我感到自己就像三明治里的那片奶酪，在两块面包之间夹得紧紧的，横竖躲不过被咬一口的厄运。而酝酿好的那些话却不知从何说起了。

在咖啡馆里坐定之后，安小男直接抛过来一句："你也是李牧光请来的吧？"

他再怎么不通人情世故，但果然还是个聪明人。我坦诚地点了点头，反问他："你真在调查李牧光？"

安小男没说话，这就等于了默认。

我说："何苦来哉呢？"

"最开始就是因为好奇吧。"安小男说，"你也知道我这人有点儿……怪癖，对什么事儿都爱刨根问底。"

我问到了关键性的地方："那么你掌握了什么……信息了吗？"

安小男清脆地嗑了一记牙花子："很抱歉，这就不能告诉你了。"

他那警惕的样子，明显是彻底把我当成李牧光的人了。我脸上红了红，但也只好硬着头皮继续说："我知道你眼里揉不得沙子，特别有原则和——道德。我这个人呢，没什么骨气，但是非好歹还是分得清楚的，所以能和你做朋友，我感到很荣幸。但我也想问你一个问题——假如世道真的出了问题，我们又能怎么办呢？跟丫死磕吗？那好像也改变不了什么。人生下来不是为了当斗士的，我们要吃饭，我们的家人也要吃饭，能当个好儿子、好丈夫和好爹就已经不容易了。让李牧光他们那些人富去吧，反正他们黑的是全国人民的钱，平摊到咱们头上顶多相当于俩钢镚儿掉下水道里了，不值得心疼。再说个你举过的例子，咱们学校电脑城楼顶上的那圈儿灯，它就算不合格，大楼不还在那儿戳着吗？可见个人觉得天大的事儿，其实并不影响世界照转……"

"处在你这个位置，当然可以事不关己高高挂起了。"安小男突然打断我，"但你有没有想过，一旦李牧光那样的人祸害到我们头上会怎么样？谁能承受得起啊？"

"你……具体指的是什么呢？"

安小男说："上次参加完你婚礼之后，我也用你的话劝过自己，但事情随后的进展让我忍不下去了。你知道他在H市的厂子选定了哪块地址吗？就是我妈现在住的那片宿舍区。政府早就想要拿那块地方开发房地产了，正愁找不到由头，恰好他的项目就来了。他们的计划是把附近几平方公里的民房统统拆掉，一小部分用来建科技产业园，其余的都盖成商品楼往外卖。至于以前住在那里的退休工人，只能被赶到郊区的安置房里去，那里基本上就是一片孤零零的荒地，连公共汽车都不通，上医院要徒步走上十几公里。这些老工人招谁惹谁了？他们苦哈哈地干了一辈子，许多人都落下了一身病，结果却像没用的牲口一样被赶出家门自生自灭……而这都是因为李牧光……"

原来还有这样一层关系。大约安小男想做的事，是找出破绽并停掉李牧光的投资项目，从而保全那一片老宿舍区。我躲着他的眼睛，继续找着说辞："拆迁的事情对你的影响其实并不大。你现在的收入不低，完全可以给你妈在H市城区买一套像样的房子，哪怕就是接到北京来也行，这边的医疗条件更好。如果手头实在紧的话，我还可以替你去跟李牧光谈谈……"

"但我们家的那些邻居呢？"安小男再次打断了我，"我能管我妈，谁来管他们呀？我爸死得早，我妈的身体又不好，自从我们退掉了以前的房子，搬到那片宿舍区，就一直受到邻居们的照顾。记得高考之前我从楼梯上滚下来摔折了腿，还是邻居们用三轮车把我拉到考场的。现在我是不为钱发愁了，但却把他们抛下不管，这道德吗？"

安小男再次说出了"道德"这个词，但这一次，质问的对象却变成了他自己。他的手臂横放在桌子上，面前那杯一口没动的咖啡里，泛起了一圈又一圈的涟漪。他的眼眶也空洞地撑大了一圈，好像突然坠入黑暗之中的夜盲症患者。这时我的心里已经很清楚，对这个状态的人是没法"讲理"了。或者说，我这种人根本没资格与他理论。

可是李牧光不容我退缩回去。我今天出门之前，还接到了他的电话："等着你的好消息。"然后他又对我说，美国移民局已经开始对他和林琳的婚姻进行核实审查了。于是，我换上了那种饱含感情但实则无赖的口吻："安小男，我对你也不错吧。"

"你对我有恩，这我忘不了。"他简短地说。

"那么我求你为我考虑一次，就权当是你报答我了好不好？"在羞愧和感伤的双重情绪下，我的嗓子居然哽咽了。这到底是真情流露，还是在进行某种夸张的表演呢？我本人也说不清楚。接着，我就把我表妹林琳和李牧光的那场非事实婚姻告诉了安小男。如果李牧光不高兴了，便会把林琳送进监狱，他真有这样的权力，也有这种狠劲儿。讲完之后，我又补充道："林琳你还记得吧？这么多年以来，只有一个女孩曾经表示喜欢过你，那就是她。"

安小男半张着嘴，点了点头。

"我知道这是个不情之请，也知道我的要求不那么——道德。"我接着说，

"但我实在没办法了。今天这件事提得太突然,我不指望你能现在就答复我,只希望你再做什么事情的时候,还记着有我这么个朋友,好吗?"

说完,我就低下了头,看着自己面前那半杯咖啡里的涟漪。水波一圈又一圈地扩大,仿佛地球正在蠕动。在斯皮尔伯格的电影里,这样的波纹总是预兆着什么惊天动地的危险,比如将会蹿出一头恐龙,或者火山快要喷发了。然而很遗憾,时间不知过去了多久,当我恍然地抬起头来,安小男还是我对面那个木然的安小男。我们的世界未曾发生任何改变。

我叹了口气,欠起身来叫服务员结账。但这时,安小男却摆了摆手,示意我继续坐下。他干哑、迟疑地开了口:"有件事我也一直想告诉你,但始终没说……是关于我爸的。"

我疑惑了一下:"我见过他的照片……"

"搬到现在那片宿舍区之前,我们三口人住在当地一家建筑公司的家属院儿里,我爸是那单位的土木工程师。"安小男断断续续地讲了起来,声如锉铁,但音调悠远,"记得10岁以前,家里的日子还是挺好过的,福利好,房子大,更没为钱犯过难。因为有个设计方案受到了省里领导的表扬,我爸很年轻就被提拔成了公司的副总,但没想到厄运从此就来了。以前他只管埋头画图纸,并不过问工程的具体进度,但进了管理层之后,却发现公司的几个领导没有一个不贪的。他们把钢筋的标号降低,用来路不明的劣质水泥代替品牌货,居然连地基的深度也敢改,克扣下来的钱都揣进个人腰包里了。那些人还拉我爸入伙,表示可以把赃款分给他一部分,我爸不敢答应,他们先是笑话他傻,后来还集体排挤他……这也好理解,假如所有人都在贪的话,不贪的那个就破坏了生态,成了众矢之的。为了避开这些人,我爸提出不再参与公司层面的决策,回到原来的岗位上继续画图纸,但那些人仍然没放过他……后来终于出事儿了,他们公司承建的一个会展中心发生了垮塌,砸死了几个工人。事故的原因是使用了不合格的建筑材料,可那几个领导却买通了监察部门,还走了上层关系,硬把责任扣到了我爸头上,说是他的设计方案不合理导致的。我爸被就地免职,还被公安局监控了起来,死者的家属也一天到晚上门来闹,说要让他一命还一命,我和我妈连家门也不敢出……"

咖啡杯里的涟漪忽然停了。安小男的身体离开了桌子,直直地靠在了沙发座的椅背上。他闭上了眼睛,我张了张嘴却没发出声音。

漫长的几秒钟之后,安小男重新开始说话:"刚才讲的那些,是我后来才听说的事实。而我记得最清楚的,还是最后一次见到我爸时的情形。当时是晚上,我正趴在客厅的餐桌上做奥数题,看见我爸打开他书房的门走了出来。自从出了那件事,他在几天之内老了十几岁,连头发都白了大半,在日光灯下银光闪闪的。我抬头望望我爸,没敢说话,我爸却破天荒地朝我笑了笑,低头看看作业本,问我学到了哪一课,有什么不明白的东西没有。我就一道题接着一道题地对他讲了起来,他歪着脑袋好像在听。等我讲完了,我爸忽然俯下身子抱住了我,问了我一句和数学题不相干的话。他说:他们那些人怎么能这么没有道德呢?这个问题我根本听不懂,当然没法回答,而我爸说完,就慢慢地走出了家门。他走得弯腰驼背,连头也没有回……20分钟之后,单位保安敲我们家门,告诉我妈,我爸从19层办公楼的顶端跳下去了。"

说到这儿,安小男再次闭上了眼,如同正襟危坐地睡觉。无须他再作什么解释,我已经明白了他的意思,甚而可以说终于明白了他这个人。他爸那句关于"道德"的感慨如同天问,在安小男的心里种下了缠扰毕生的魔咒。从此他一直致力于求解那道难题,仿佛一旦解开,父亲就能死得其所。

"刚开始我和我妈一样,恨的只是我爸生前的那些领导和同事。但后来渐渐就变了,我觉得我爸所说的'他们'并不是那几个具体的人,而是世界上的所有人;我爸讲到的'道德'也不是一件事情上的对与错,而是笼罩着整个地球的神秘理念。但道德究竟是什么呢?它既然那么重要,为什么又会被人轻而易举地忘却和抛弃呢?一看到这个词我就想哭,一说到这个词我的心就会发抖,在我看来,我爸不是死于自杀也不是被人害死的,他是为一个浩浩荡荡的宏大谜团殉葬了……为了解开这个谜,我曾经求助于历史和人文学科,可最后还是失败了。你还记得我写过的那篇文章吗?我在里面说中国人已经没有道德可言了,但那只是在承认失败,是为了让自己认命。其实我不是那么想的,因为那种痛彻骨髓的感觉仍然存在。在没有道德的社会里,怎么会有人为了道德而疼痛呢……"

这时,安小男神态毫无过渡地变得暴烈,他的一只手还在胸口撕扯着,手肘撞到了桌角发出闷响,使得咖啡中的涟漪变成了海浪,热腾腾地泼了出来。接着，安小男便哭了，头两声凄厉如狼嚎，被邻桌的两个女孩惊异地看了一眼之后，就变成了汩汩不息的呜咽。他的眼泪在脸上奔涌着，像个受了天大委屈的孩子。

这人几乎完全失控了。我赶紧掏出张钞票压在杯子底下，走到桌子对面，试图扶着他站起来。我们撕扯挣扎了一会儿，才跟跟跄跄走出了咖啡馆。马路上是明朗的艳阳天，铺天盖地的光线之中，卡车扬起的尘埃像海里的微生物一样漂浮着。一家饭馆里走出了三个同样脚下拌蒜的男人，他们中的那个胖子喝多了，正豪迈地发表演讲，呕吐物就顺着他的嘴汹涌地漫过了胸膛。一个小个子男人被胖子夹在腋下，同病相怜地对我投来一笑。

"怎么有人活得那么容易，有人就活得那么难呢……"安小男已经哭得浑身抽搐了起来，两脚在路面上毫无方向地漫舞着。

我没再和他说话，近乎坚忍地把他架回了"监控室"里，扶到窄小的单人床上躺下。那两个小伙子关切地过来询问，我把他们都推了出去，反手拉上了门，将安小男关在了里面。整理着被他浸湿揉皱的外套往外走时，我突然想，随着这次说客任务的结束，我和安小男的友谊也可以寿终正寝了吧。不管他以后是继续与李牧光为难，还是因为我而隐忍下去，都不是我能够管得了的事情了。我们已经互相摊了牌，他不可能再对我这种混混高看一眼，我也无法理解一个幼年丧父之人的创痛。我们从骨子里就不是一条道儿上的人，道不同不相为谋。

但晚上回到家，躺在床上之后，我却还是不由自主地想着安小男这个人。在我看来，他虽然口口声声地宣称着"道德"，然而他是否能对这个词作出一个哪怕是个人主观意义上的定义呢？恐怕是做不到的。他敌视李牧光的"道德"和本科时怒斥商教授的"道德"是一码事吗？这两者是否又和他拒绝银行行长的"道德"一脉相承？安小男想必给不出答案。"道德"让他在20年来备受煎熬，却又在他的脑海中长久地面目模糊。虽然他曾经用他那理科天才的大脑去剖析研究过它，但归根结底不过是被他爸死前的一句感慨蛊惑了、催眠了。按照我惯有的那种嘲讽性的、自以为世事洞明的思路，安小男的生活可以被定义为一场怪诞的黑色喜剧，而我也可以一如既往地从几声苦涩的冷笑中重新获得轻松。

但我没能做到。夜已经深了，窗外的天空静谧、幽深，连风的声音都没有。

孩子吃饱了奶，和保姆睡在隔壁，小张正靠着枕头看书，脸色在台灯下分外光洁。在这安详得暄软的氛围里，我却感到了浩大无比的悲怆，仿佛肉体以外的东西都被震成了粉末。

随后的几天，我到一家贵金属商场卖掉了李牧光送的金锁，又将一份还没到期的理财产品赎了出来，然后把那些现金换成了美元。如果安小男真的和李牧光决裂的话，那么我应该提前为林琳作打算。据我所知，美国请律师打官司是很贵的，这点儿钱恐怕还是远远不够，但我能做的似乎也只有这么多了。

然而日子一天接一天地过去，无论中国还是美国都风平浪静，并没有什么突发消息传来。一个多月以后，一直没跟我联系过的李牧光终于打来了电话，他的腔调又恢复了原先的志得意满：

"还是你行，帮了我的大忙了。"

李牧光告诉我，根据多方打探以及安插在公司里的"眼线"的汇报，安小男已经彻底放弃了对他的调查。不仅如此，安小男的工作态度也比以前更加任劳任怨了，每天除了监视仓库，就是坐在电脑前废寝忘食地调试修改那些监控器材的操作程序。随着他从李牧光的心腹大患变回了左膀右臂，量产版的跨国保安系统定型在即，而H市那片厂区的兴建计划也通过了主管部门的审批，只等着半年以后正式开工了。"现在还有一点小小的麻烦，以前那些居民不想搬走，纠集起来静坐示威了几次。但是梅花欢喜漫天雪，冻死苍蝇未足奇，"美国人李牧光居然引用了两句毛主席诗词，"这些小打小闹能成什么气候？在你们国家，政府决定的事情是不能阻挡的，大不了抓几个判几个，推土机就轰隆隆地开过去了。"

接着，他专门提到了我的表妹：林琳已经拿到了婚内绿卡，一年多以后就可以升级为独立绿卡，有资格在美国定居下来。届时他也将信守承诺，和林琳离婚。至于我，他表示已经和H市内的一家文化公司达成协议，拍摄一部宣传他这个"华人企业家"的专题片，并请我担任导演："费用你可以随便提。"

"另请高明吧，我手头还有俩别的片子没剪完。"我说。

"你挂名也行……我就是想谢谢你。"李牧光故技重施地说，"你要不答应就是看不起我。"

"那不敢，我他妈配看不起谁呀？"我不由自主地衰颓了下去。

与我相反，李牧光的声调陡然高亢了起来："你也不必跟我打马虎眼，我知道你是怎么想的。你觉得我的钱来得不干净，觉得我这人不那么……道德，对不对？这些我都承认，但我还想向你说明一点，钱来得不干净不等于用得不干净，更不等于以后永远来得不干净。佛教里不是还说放下屠刀立地成佛吗？所以别纠缠于我以前干了什么，还得看看我以后会干什么。一直以来，我就想找一个合适的项目，把手头的钱投到光明正大的生意里去，我亏过本也被人骗过，现在总算抓住了机会……当然这还得感谢安小男。为了生产监控设备，我已经注册了新公司，等它一旦开始盈利，我就不是从前的我了，我会变成下一个比尔·盖茨、乔布斯和扎克伯格……"

李牧光说得如此诚恳，如此梦幻，仿佛手中握有不容辩驳的信念与真理。但我的脑子更乱了，同时还感到了累，累得连听人说话都成了一种莫大的负担。我嘟囔了一句："随你大小便吧……反正我是不想掺和你们的事儿了。"说完便挂了电话。

就此，我与安小男和李牧光都断了往来，而他们也不约而同地没再打搅我的生活。随后的一段日子里，我的工作也发生了一些变化。我放弃了"体制内"的身份，从电视台的节目制作中心跳槽到了一家才上线没多久的视频网站。新东家并没有给我提供更高的工资和制作经费，但却不会粗暴地干涉我的拍摄题材。很多过去一直酝酿着的构思终于得以实施，居然在小范围内获得了不错的声誉。与此同时，我的儿子也在茁壮成长，当我在外地拍片子的时候，小张会打开结婚时安小男赠送的那套微缩版的监控设备，让儿子在摄像头前为我表演种种人类奇观：翻身、打哈欠、乱哭乱叫，第一次坐立，第一次尝试爬行，第一次学大人做鬼脸……

在这种时刻，我才会想起那两个曾经的朋友。半年的时间一眨眼便快过去了，H市的科技园是不是即将正式动工了呢？看来老宿舍区已经无可避免地面临拆迁，而安小男终于没有作出让李牧光担心的举动。他是彻底无能为力了呢，还是被我说服了？我的"恩情"能对他起得了那么大的作用吗？也不知为何，我总是隐隐觉得我们三个的事情还没完，就像人已散曲未终，仍然有一股潜流在我们之间流淌，酝酿着冲出地表的爆发。

虽然早有预感，但那一天终于来临时，还是让人猝不及防。当时是中秋节前后，我正带着剧组在江苏拍摄化工厂排污造成的海鸟灭绝，突然接到了李牧光的电话。这一次，他一句寒暄也没有，劈头就问："安小男去哪儿了？"

我反问他："他不是在你公司上班吗，你问我干吗？"

"他跑了，一个招呼也没打，我让人找了好几天都没找到。"李牧光咬牙切齿地说，"说实话，是不是你把他藏起来的？"

我突然火了："你他妈什么意思？他在的时候你找我，他不见了你还找我？我又不是专业给你擦屁股的。"

"反正我要是出了事儿，你表妹就别想在美国待下去了。"李牧光又骂了句脏话，摔了电话。

我一头雾水，同时心里窝火，但还是从手机电话簿里找出安小男的号码，拨了过去。电话没通，一个电子娘们儿告诉我："您所拨打的电话已停机。"

这之后的两天，我心里一直都是惶惶然的。而到了第三天，小张突然也打了一个电话过来。她还没开口却先呜咽了两嗓子，然后喊叫着让我立刻回家。

我还以为是儿子生了病呢，便道："别怕别怕，有事儿慢慢说。"

"你在外面得罪什么人了？要不就是安小男，他干吗要连累你？"小张说。

我心里咯噔一下："到底怎么了？"

小张顺了几口气，才把事情说清楚。原来就在刚才，有三个东北口音的男人来我们家敲门，声称是网站派来给我送月饼的，没想到小张才一开门，他们就闯进屋里来，不仅把每个房间都逛了一遍，还恶狠狠地问我们"把安小男藏到哪儿了"。这几个男人虽然没有身穿整齐划一的黑西装，但是有的剃着个大光头，有的领口底下露出一根龙或者带鱼的尾巴，看起来很像"道儿上"的人。小张自然被吓得魂不附体，抱着儿子只是摇头。好在小区的物业恰好上来收物业费，他们才一声不吭地走了。

我费了好大口舌让小张放心，又建议把她姐叫到家里住两天，总算把她安抚下来。随后我又给安小男打电话，但仍然是停机。这个时候，我已经猜到了什么，便克服着烦躁又给李牧光打，没想到他的电话也关了，听筒里传出一片忙音。

两个人都找不着了，让我像没头苍蝇飞进了微波炉，沉浸在随时会被烤熟的危机感之中。这一天剩下的时间里，我也无心干活儿了，草草让大家收了工，把自己憋在宾馆里坐一会儿，卧一会儿，又打开电脑到网上溜达一会儿，总之是安生不下来。一晃到了晚上9点多钟，一条已经被转发了两万多次的微博辗转出现在我的页面上，标题像所有热门消息一样耸人听闻：贪官家族转移财产，芭比娃娃惨遭肢解。内容则是一组连环画似的高清照片，图中的男人在大部分时间里侧对着镜头，只露了半张脸；他从货架上搬下了一箱玩具，拿出里面的数十个芭比娃娃，然后粗暴地扭断了她们的脊椎，导致她们的胳膊腿散落一地。从娃娃们的腹腔里，则掏出了一捆一捆的钞票，估摸是大面额的美元，此外居然还有10来根金条……图下配了说明，指出这组照片是在美国洛杉矶的一家仓库里拍到的，照片里的主人公名叫李牧光，身份既是美国人，又是一名东北国企退休领导的儿子。我又放大一张图片看了看，在右下角的角落里，发现了截屏过程中留下的时间标记。照片拍摄在几个月以前，正是李牧光对安小男最为寝食难安、提心吊胆的那个阶段。具体时刻则是中国的黎明、美国的傍晚，仓库里的美国搬运工人已经下班离开，中国电脑屏幕前的安小男又还没有上班。在不是人来人往就是被摄像头严密监控的仓库里，只有这段时间是个空当。

微博是用"天眼"这个网名发出的，一经推送便呈几何级数扩散。网友们除了一如既往地调侃、骂街，还人肉出了李牧光及其家人的各种背景资料，并推理再现了他们利用玩具贸易洗钱的全过程：随着我们国家反腐力度的加强，领导干部的账号已经被严密监控，这使得他们不敢再像过去那样通过金融渠道大摇大摆地转移资产，手里的钱也成了烫手的山芋；比起那些把现金在家里堆积如山、放到发霉的贪官们，李牧光一家的手法倒是独辟蹊径，他们在国内把钱和金条塞进了即将出口的玩具体内，再把这些玩具的批次和箱号告诉李牧光，一旦在美国接了货，剩下的事情就方便了。这么干不光安全隐蔽，而且还省去了被洗钱机构抽头的烦恼。

不出所料，安小男终于"出手"了。李牧光费尽心力地要挟我去说服他，只不过把事情往后拖延了不到半年而已。H市的科技园用地应该还没有正式开工吧？考虑到这桩丑闻的恶劣影响，那个项目八成是会被临时叫停的，老宿舍区从而也避免了拆迁。至于跑到我家去找安小男的那些男人，我倒认为不太可能是李牧光指使的，而是他爸或者哪个气急败坏的叔叔伯伯所为。他们这么做，当然是想用威胁的方法逼迫安小男删掉微博，但这个想法却太幼稚，太不了解今天的互联网了。一条信息只要发出，就会和它的主人毫无关系，它更像是游弋在宇宙中的一颗彗星，到底是在茫茫的时空里销声匿迹，还是天崩地裂地把地球撞出一个大洞，都不是人能够决定的了。

而我随后的一个反应，则是得赶紧去一趟美国。在事情的连锁反应里，林琳是那条被殃及的池鱼，就算救不了她，我也要看她一眼。

8

这几十年以来，最多中国人前往的国家就是美国了。无数有志之士像不远万里前去交配的信天翁一样飞越太平洋，摇身一变成了遍地精英或者遍地土鳖。然而"去美国"这个行为却又存在着一个悖论：最多人去的地方有可能是最难去的地方，甚至要比越狱还难。因为那里不是中国的旅游目的地国家，我申请下来护照之后还得到大使馆面前，结果没聊两句就被"毙"了，原因是我声称前去游览，却说不出几个风景名胜，支支吾吾了半天才憋出了一句"要看湖人队的比赛"。对面那洋人和蔼地告诉我：

"在家看转播吧。"

但我总不能告诉他们，我表妹马上就要坐美国的牢了，我是去试图营救她的。排在我前面的一个老头儿更活该，他被儿子儿媳叫过去看孩子，可提出申请理由的时候不说"我孙子在美国"或者"我孙子是美国人"，而是说："美国人是我孙子。"这种故意颠倒的语序让精通汉语的签证官大为不爽，随便扣了顶"有移民倾向"的帽子便撵了出来。

老头儿一边往外走一边愤愤地说："孙子才想当美国人呢。"

经此一拖，时间又过去了一个月。这期间我着急上火，又给安小男、李牧光和林琳轮番打了无数个电话，但却一个人也找不着。我还开车奔波几百里，去了一趟安小男在 H 市的家，可把门拍得山响又在楼道里守了大半天，也没见着半个人影。后来还是一个穿着秋裤出门倒垃圾的邻居告诉我，安小男好像悄悄回来过一趟，连夜把他妈接走了。至于去了哪儿，就没人知道了。

"他是不是欠债了？除了你之外，还有几个东北人来找过他，模样凶得很。"邻居唏嘘道，"这孩子小时候多老实啊，怎么看也不像出格的人……"

我无法解释，便岔开话题又问："这片儿不拆迁了？"

"你也听说了？拆迁公司都进驻了，但又突然停了。"穿秋裤的大叔说，"为了这事儿，我们还在楼道口放了挂炮呢。"

微博事件正在飞速发酵，不久之后网上有了正式的消息，李牧光他爸已被"双规"并接受调查，而他本人却凭借美国国籍继续逍遥法外；由于中美两国尚未签订引渡条款，流失的国有资产被追回的希望非常渺茫。这条新闻也让人们对那些给外国人当了爹的官员们产生了更大的愤怒。到了那年冬天，事情总算有了转机。我拐弯抹角地联系上了同样定居美国、正在波士顿"中美文化交流中心"供职的前女友郭雨燕，请她把我塞进了一个"文物保护考察团"的名单里。于是再次面对签证官的时候，我的理由就变成了"到你们国家看看我们的宝贝"。

也是有缘，在这个考察团里同行的还有一位故人，正是历史系的商教授。此人与时俱进，最近靠"歪批历史"从电视明星转型成了网络红人，因而轻佻的风格愈演愈烈。自打坐进飞机的头等舱，他就招猫递狗地和空姐打哈哈，唯恐别人认不出他来，浪费了胸前那杆"万宝龙"签字笔。听说我这个过去的学生混成了导演以后，他还屈尊纡贵地莅临了一帘之隔的经济舱，和我探讨了许多90后才感兴趣的时新话题。

飞机已经升空，我们的屁股下面是浩瀚的太平洋。看着这位在三万英尺高空乱舞的恩师，我蓦然生出了何似在人间的荒谬感。商教授侃得兴起，我忽然打断他问道：

"您还记得安小男吗？"

"记得记得。"商教授热忱地呼应着我，"也是媒体圈儿的对吧？我还看过他对文怀沙做的访谈，问题问得特犀利……你们是不是老管他叫小安子？"

除了外号，没有一样对得上的。我苦笑了一声，没再搭茬。谁想商教授却又反过来问我："对了，你们那些同学里，是不是还有一个叫李牧光的？"

我瞪大了眼睛："是啊，您认识他？"

"当然不认识。"商教授摆了摆手，脸上浮现出一丝高深莫测的得意，"前些天突然有网站的'推手'发过来一条微博，让我转一下，说的好像就是国企领导往海外转移资产什么的。现在这种事还真吸引眼球，我和别的几个大V动了动鼠标，一转眼就成了新闻，听说还在东北那边揪出来一个窝案……又过了一阵才知道那个李牧光以前也是历史系的学生，可我怎么一点儿印象也没有啊？"

"他从来没上过课。"

"怪不得。"商教授又说，"后来他们家的亲戚还找到了我，说要给我10万块钱，让我把帖子撤了。"

"您答应了吗？"

商教授昂了昂下巴，愤慨地说："这些蠹虫——居然想用一点小钱收买我，我有那么无耻吗？"

万里奔波到了美国，落地之后的行程倒是非常简单。我们被拉到一个不知名的小博物馆亮了个相，就算完成了出资机构的任务，此后的时间尽可以自由玩耍。商教授在国内当够了华威先生，到了美国却执意"追求内心的宁静"，非要到梭罗隐居过的瓦尔登湖去"度过一个沉思的午后"。他这么一提议，其他几条大尾巴狼纷纷响应，而我则趁机脱了队，先去找郭雨燕。

我的前女友如今住在波士顿郊区的一个小农场里，她每天要开车去"downtown"上班，是她的白人老公接待了我。这个富裕农民长得像个结结实实的肉球儿，大脑袋下面连接着一根名副其实的红脖子。他大概听说了我和郭雨燕以前的关系，对我的态度热情而又存有芥蒂，一再套我的话，还警告我不要对"swift"存有什么念头。可见中国人在美国的名声也不怎么样，几乎成了乱搞男女关系的代名词——就像当年的美国人在中国一样。我被问得泼烦，便用结结巴巴的英语回答他说，我和郭雨燕不仅现在很清白，而且当年也很清白，"连睡都没睡过一觉，就原装出口到你这儿来了。"

那家伙登时放心了，居然还说："多么遗憾。"

然后他邀请我一起进行他最喜爱的运动：端着双筒猎枪到他的农场里

去打土拨鼠。看到那些可爱的啮齿类动物刚一探头就被轰得血肉模糊，我实在是胆寒肝儿颤，而郭雨燕的老公却兴奋得又蹦又跳，简直像个迷恋暴力的呆傻儿童。他还请我喝了地窖里封存了几十年的波本威士忌。

好容易等到门外传来停车的声音，郭雨燕从一辆巨大的凯迪拉克汽车里跳了出来。朱颜辞镜花辞树，她也和我的大多数女性同龄人一样，不可避免地显老了：小狐狸脸上涂着厚重而斑斓的妆，变成了刚遭了三昧真火的狐狸精；一对大胸倒是越发蓬勃，可惜看不出肉的质感，分明是用钢丝撑起来的。

她进门也不看我，径直搂着丈夫响亮地接吻。我则直言不讳地用汉语问道："你怎么找了这么个二傻子？"

郭雨燕一翻白眼："你们这帮中国男的又好在哪儿啊——看着倒是一个比一个精，其实成天琢磨的还不是吃亏占便宜那点儿烂事儿？没劲。"

郭雨燕的老公问："你们在说什么呢？"

郭雨燕回答他："他说你可真是一个 tough guy。"

肉球儿鼓着胸脯子说："那当然。"

接下来，她便谈起了我这趟来美国的主要目的。郭雨燕已经在办公室联系了北美地区的几个中国同学会，打听到了林琳现在在哪儿："她已经不在西雅图了，而是搬到了加利福尼亚……听说她遇到了麻烦，正在那儿打官司。"

看来最坏的事情还是发生了，我心里一凛，问："是移民局把她告了吗？"

"那倒没有。移民局的程序不是起诉而是直接遣返。"郭雨燕说，"听洛杉矶的一个同学说，好像是她把她刚结婚没多久的老公告了。"

这个信息让我始料未及。按理说，林琳的绿卡捏在李牧光的手里，只要对方翻脸，她就完全处于被动地位，拿什么和人家打官司啊？难不成李牧光在气急败坏之余，还对林琳使用了家庭暴力吗？这让我更加揪心了。

还好，郭雨燕虽然对我的态度冷嘲热讽，但帮起忙来总算热心。她给了我林琳的新地址，又上网为我订好了机票，并让肉球儿开着他的福特皮卡送我去机场。当天晚上，我就从美国的东海岸飞到了西海岸，又换乘了曾经载着杰克·凯鲁亚克横穿大半个美国的"灰狗"巴士，来到了距离洛杉矶城区几十公里的一个小镇。

此时天已彻底黑了,镇上一片寂静,只有酒吧和中餐馆还灯火通明。我循着落满了阔叶的街道找到了林琳的住处。那是一幢红砖垒砌的二层小楼,楼前像许多美国人家一样,有草坪装点门面。我按了门铃,一个华人老太太开了门,用粤语问我"雷海冰果"。

接着,像有心灵感应一样,林琳便从老太太身后的走廊里走了出来。很没出息,我的眼睛湿了一下,令她的面貌在瞬间变得模糊。当我眨了眨眼,林琳已经站到了我的面前。她竟然没什么变化,还是洋娃娃般的皮肤和又大又黑的眼睛,更让我意外的是,她的脸上一片笑吟吟的,完全看不出身处水深火热之中的样子。

"你现在不是个搞艺术的吗?怎么肚子鼓得跟个腐败干部似的。"这是我表妹在分别多年之后对我说的第一句话。

"你倒驻颜有术,用了什么神奇的化妆品吗?"我说。

"读书读的——人在学校里都不会变老。"林琳说着,便把我领进了她租住的那个小套间。

"我很担心你。"我进门之后说。

"我知道……谢谢你。"林琳低了低头,好像抽了抽鼻子,但旋即又笑了,"你来得倒巧,下个星期我就不在这儿了。"

"去哪儿……"

"伦敦。"她说,"还没来得及告诉你,我已经被帝国理工学院录取了,准备到那儿去读为期6年的自动化专业,拿第二个博士学位。"

我惊讶得几乎跳了起来,简直觉得她是在存心开玩笑。但是再看看屋里,的确有几个大箱子堆放在地板上,外面剩的不过是笔记本电脑和几件日用品。

我扯着嗓子问:"你不是正在打官司吗?"

"官司打完了,我胜诉了。"林琳说,"李牧光答应跟我离婚,还赔给我一笔损失费,支付在英国的学费和生活费富富有余。"

"这到底是怎么回事儿……我的脑子有点儿乱。"

林琳便又笑了,但这一次,她笑得若有所思:"说实话,我也没闹清楚是怎么回事儿。我只知道我重新自由了。"

林琳把她这半年多来所经历的事情告诉了我。在和李牧光结婚之后,他们保持着相安无事的两地分居，只有在移民局例行问话的时候才一起去做做样子。李牧光这个名义上的"丈夫"在美国和中国忙得团团转，也压根儿没工夫去滋扰林琳。但是一个多月以前，突然有其他留学生警告林琳，李牧光可能"出了事儿"，让她加点儿小心。而林琳这个书呆子又不会去上国内的网，她下意识地去查了查自己的银行户头，却发现账号里的钱已经统统被转走了。接着，李牧光醉醺醺地找到了她，宣布要和她离婚，还要向移民局告发她。他还告诉林琳："要恨就恨你那个流氓假仗义的表哥吧，谁让他和别人一起串通起来搞我——这对他又有什么好处？他他妈的就是嫉妒我。"林琳也听不出个所以然来，但还是被对方那副丧心病狂的样子吓坏了，并且为有可能到来的牢狱之灾忧心忡忡。然而就在这个时候，匪夷所思的事情发生了：一封匿名邮件发到了林琳的信箱里，内容是数十张李牧光和不同肤色女人做爱的艳照。

"那些女人一看就是妓女，他们的样子别提多恶心了。"林琳作了个呕吐状说，"幸亏我不是和这种人真结婚。"

林琳继续告诉我，她虽然不知道这些照片是谁发来的，但却条件反射地想到了应该怎么利用它们。她雇了一个律师，抢先一步对李牧光提出了离婚诉讼，理由是对方婚内不忠，生活放荡。自然，李牧光也图穷匕见，揭出了他们假结婚的事实，但这时候形势已经发生了逆转：结婚是真是假还需要移民局进一步调查，照片上的淫乱场面却是铁证如山；法院还怀疑他是在为了逃避责任而胡搅蛮缠。而在美国这种极其强调保护妇女利益的国家，即使他在婚前做过财产公证，一旦成为"过失方"也会吃不了兜着走。官司三下五除二就宣判了，林琳得到了大笔赔偿。一旦手头有了钱，因为离婚而失效的绿卡反而是小问题了。

"如果我愿意，可以用那些钱来直接办理投资移民，不过我可不想过得像个暴发户，还是接着上学比较舒服。"稀里糊涂地变成了小富婆的林琳说，"只要有学可上，在美国还是在英国都是无所谓的了。"

"那么李牧光呢，他现在在哪儿？"

"从法院出来就没见过他，好像是藏起来了……听说他的生意出了很大的麻烦，在中国一个什么项目的投资亏了个一干二净，被迫把美国的公司也给卖了。后来，连离婚协议都是由他的委托律师代发的。"

我暗暗舒了一口气。而至于这些反戈一击的照片究竟从何而来,我心里已经有了答案,只不过还有一些技术上的问题需要确认。好在我面前就坐着一位理工科的双料女博士。

我对林琳说:"我还是好奇这些照片是怎么拍下来的。照片上的地点应该是李牧光的公司,而大多数写字楼都会装有监控设备,这是没问题的。可李牧光难道是个傻瓜吗?他要是在办公室淫乱,肯定会提前把那些摄像头关掉才对啊。这么大张旗鼓地现场直播,不成了黄色录像的演员了嘛。"

林琳给出了相当专业的解答:"监控设备既然可以关掉,也就可以重新打开,而它一旦联网的话,都是能通过电脑来远程控制的——当然,前提是操纵它的人对这套设备的源代码极其熟悉,又通过病毒或者其他黑客手段入侵了李牧光办公室的电脑防火墙。一旦入侵成功,就算李牧光关掉了摄像头,他在这房间里的一举一动都有可能出现在地球上的任何一台电脑屏幕里。这么做的难度当然很高,但在理论上是可行的。"

我点了点头:"还有一个问题……通过那封匿名邮件,可以追查到发件人的位置吗?"

"也不容易,但理论上也可行。"林琳说,"一般情况下,只有军方和警察的专业设备才能做到,但如果是精通计算机和互联网技术的高手,也可以用民用电脑进入邮箱的服务器,定位出某一封邮件的发送地址。那些人还常常受雇于大公司,做点儿商业间谍什么的勾当。"

"你在美国的同学里,有这样的人吗?"我问,"我付钱。"

林琳看了我一眼:"有倒是有……不过你有必要非得这么做吗?反正我已经离开了李牧光,我这个当事人都没有好奇心了,你又何苦呢?"

我说:"这涉及一个朋友。"

林琳没再说什么,坐在电脑前打开了聊天软件。没过一会儿,她告诉我,联系上了一个每次考试之前都能从教授的电脑里把试题"黑出来"的印度裔同学,对方对这趟活儿的报价不高,只要 1000 美元。她已经替我把账转了过去。我点点头,走出她的房间,站在草坪上抽了棵烟。

美国小镇的天空透亮而悠远,满天星光交替明灭,竟有蠕动之感,这是在国内大多数地方都看不到的。我站在这地球的另一面,怀念着我的朋友安小男。他的工作是在电脑前监视着美国,但却从来没有来过这里;然而他却神出鬼没地改变了周边那些美国人和中国人的生活。做出了这一连串事情，他心里的积郁会减轻一些吗？

戏剧性的是，他报答我、帮助了林琳的手段，其实和当初那位银行行长交给他的任务如出一辙。曾经拒绝过的事情，如今却主动为之。

经由他这个人，我对于身处其中的这个世界的观念，似乎也发生了震撼性的改变。毫无疑问，在那钢铁洪流一般运转的规则之下，我们都是一些孱弱无力的蝼蚁，但通过某种阴差阳错的方式，蝼蚁也能钻过现实厚重的铠甲缝隙，在最嫩的肉上狠狠地咬上一口。

抽完烟，我到小镇边缘的汽车旅馆订了一个房间，然后才步行回到林琳那里。才一进门，林琳就告诉我，事情搞定了。印度人的活儿干得很漂亮，他在谷歌地图上用箭头标记了发件人的具体地址。我转动着鼠标，把电脑上的地球放大，再放大——亚洲，中国，华北平原和燕山山脉，北京城区，海淀区中关村一带的几所高校……终于，箭头指向了一个叫作挂甲屯的地方。

没想到是挂甲屯，理所应当是挂甲屯。

当天晚上，我提前订好了从洛杉矶回北京的机票。第二天一早，林琳借了房东那辆又老又破的"庞蒂亚克"汽车，从旅店送我去机场。我们兄妹的异国相聚就这么匆匆结束了，而下次再见面，就有可能是在伦敦或者别的什么国家的城市里了。

临别前，我像小时候一样抬起手来，把林琳额前的刘海胡噜乱了。她的眼圈分明一红。我问她："你就准备在全世界的学校里混下去吗……也不为以后作一下打算？"

"我是个规划能力特别弱的人。"林琳说，"以后的事情那就以后再说吧。"

然后，我们尽量轻描淡写地告了别。10来个小时之后，我回到了北京。地球的另一面仍然是白天，但由于在飞机上一直都戴着眼罩昏睡，我并不困。上了出租车之后，我让司机把我拉到了挂甲屯。

因为学校周边的特殊生态，这里的住户仍以年轻的闲杂人等为主，街道和房屋也持续着乱七八糟。我循着记忆在窄小的土路上缓缓穿行，与一张张仿佛当年自己的面孔擦肩而过，找到了当初见到安小男的那个小院儿。公共厕所仍在院子的斜对面散发着浓郁的气味，但这一次，安小男却没有攥着一卷飘荡的卫生纸走出来。我走进了院门，正好撞上了那位习惯于穿着睡衣去买菜的女房东，便问她安小男有没有搬回来住。

"没有。"女房东笃定地回答，但又歪了歪脑袋说，"但我前一阵还见过他呢……应该又回到这一片儿了吧。"

电子地图的精确范围大概是几百平方米，也就是说，安小男总会在附近的这几条巷子里窝着。然而即使是在几百平方米之内，大大小小的出租屋也多如牛毛，想要找到他并不容易。我一边乱转，一边安慰自己：就算今天找不着，还有明天和后天，时间多的是。

但刚这么想，路边的一个门脸便吸引了我的注意。土路拐角的街口，开着一家"香辣鸭脖"和一家"黄鸡焖米饭"，鸡鸭之间夹着一幢矮小的小平房，格局分为里外两层，外面是个玻璃柜台，柜台里摆着几台电脑主机和主板、硬盘之类的配件。在学生聚居的地方，这种专修电脑的小店本不稀奇，但柜台后面那个女人的侧影却分外眼熟。我放慢脚步，缓缓地挪动着脚步，认出了安小男他妈。她正面对着一台14寸黑白电视，不知是在看还是在听。

那么安小男一定是在里屋吧，我看见刚好有一个男人走了进去，说他的车总是被邻居划破了漆，想买一套摄像的玩意儿"抓他个现行"。然后，里屋那杂乱的工作台前便出现了半个背影。的确是安小男。他正弯着腰从地上的纸箱子里往外翻着什么，同时问买主需不需要上门安装。

我心里一热，几乎脱口喊出他的名字，但随即却硬生生地止住了自己：我来这里，只不过是想看一看安小男这个人是否还在，看到了，心愿也就了了。我不确定自己是否应该拖泥带水地和他把交情续上——如果李牧光家里的亲戚和手下仍在锲而不舍地寻找安小男，他们是很可能通过我把他挖出来的。况且，安小男这样的人最好的结局，不正是和所有的朋友"相忘于江湖"吗？

正这么想着，柜台后面的安小男他妈却缓缓地转过了脸来，朝着我和蔼地笑了。我慌了一下，本想回报给她一个笑容，但马上便发现她的目光是全然空洞的。她的眼睛即使还没有接近失明，也不可能从这么远的地方辨认出我来了吧。那个笑无非是她对街上来来往往的人们的本能反应。

我掉头就走，卷着风离开了挂甲屯。一路上从小跑变成了飞奔，扛着行李来到母校北墙外的那条大宽马路上，这才停下来，扶着电线杆子喘息。

而当我重新直起腰来，忽然发现手边的水泥柱上，镶着一张写有"图像采集"字样的蓝色标牌。再往上看过去，一枚360度的摄像头正不动声色地悬在我的头顶。

我盯着它，如同在与苍穹之上的一双眼睛对视。

万兽之夜 |孙　频|

原载《钟山》2016年第4期，《北京文学·中篇小说月报》2016年第10期转载

一

　　整个事情只剩了一个开头，一个结尾，如今首尾相连，摆在那里像一条畸形的怪鱼。而中间的一截，已经被斩下、砍掉、拔除了。
　　她都能看到那段被截下的肢体上跳动着一簇簇血红色的神经，使整具死去的肢体艳若桃花。尽管如此她也还是明白，它已经死去，并且，它正在腐烂的途中。一种比死更鲜艳更锋利的腐烂。
　　车窗外是孤寂黢黑的旷野，有一两点鬼魅的灯火从窗前一闪而过。李成静坐在这夜行火车的车窗前独自看着窗外。陈列在卧铺上的人们都睡着了，如同集体被装进了一只大抽屉，只有她一个人被锁在了外面。她孤独地坐在那里，外面的夜色穿过玻璃在车厢里流淌着，整节车厢仿佛一只贮满水的大鱼缸。那些熟睡的人们带着鼻息和梦话在水底飘摇着，每一种梦话都是一个秘密，都挂着一把乡音的锁。只是那些钥匙已经永远丢失在了时光深处。她独自沉在水底，那些梦话就在她身边游来游去。
　　这是个冬夜，万物凋零，草木成灰。时间如枯骨沉睡于大地之下。
　　她想，早在一年前她被公司外派时，她就已经预感到会有这样一个冬夜了。现在她果真一个人荒凉地坐在这车厢里，忽然再次感到了来自季节深处的嘲讽。光阴像所向披靡的坦克一样慢慢往前推动，春天发生的事情只不过是冬天就储备好的一个阴谋。

一年前在机场,她就感到这种恐惧了,她拖着两只行李箱对送她的赵同反复说,一共也就派出去两年,两年总等得了吧。

赵同还是他那副半笑不笑一只嘴角翘起的表情,这副表情让她在最早认识他的时候,曾一度觉得全天下男人都应该以此为标准,长一张不够对称的脸。赵同是教哲学的,有一段时间她特意跑到他课堂上去旁听他讲拉康与德里达。

"一份被封装加密的文字,必定有待接收,必定自有其目的地,即使它的目的地或者接收者是发送者自己。其次,只要有人接收,它就达到了目的地,因为它的目的地不是既已规定的某人,凡是它所到达的地方都是它的目的地。最后,它一定会到达目的地,而不管收信人是否知道它所传达的信息,即使收信人以为自己不知道,其实他(她)也是知道的。"

是的,不管信会不会到达,收信人自己从来都知道它会到达。

因为怕他不给自己打电话,她便每晚都抢先一步把电话给他打过去,或多或少聊几句,便感觉又多了一点安全感。而这些电话往往在打完之后才会真正生效,它们在夜晚自顾自地膨胀、肥胖,体积径直扩大了好几倍。然后,它们像婴儿尸骸一样浸泡在空荡荡的房间里,痴肥苍白地瞪着她。

电话里可说的话越来越少,她惊恐地发现自己开始找话刨话说,她对他说,我住的这楼前有棵大树,树上总是落满了喜鹊,每只喜鹊有手提包那么大,一开窗户就想飞进屋,一点都不怕人,听说喜鹊能吃掉兔子,吓死我了。

哪有手提包大的喜鹊,把它们轰走就是了。

人家要能轰走就不和你说了。

那就把窗户关紧。

我觉得我这里缺一台榨汁机,每天应该喝点新鲜的果汁。

那就买一台嘛,榨汁机又不是什么难买的东西。

你就不会送我一台啊。

我送你还得给你寄过去,多麻烦,你自己买一台不就行了。

你连个榨汁机都不肯送我。

又来了。

……

今天想我了没？

嗯……

到底想了没有？

嗯……

到底是想还是没想？

你到底要怎么样？

你多说一个字会死吗？

……

多说一个字不会死的。

她站在那里已经感觉到自己在摇摇欲坠，但手里还死死抱着那电话不肯撒手，电话的屁股上拖着一条长长的电话线，好像那根线是设好程序的轨道，她唯一可做的就是沿着这轨道一路冲下去。

有时候她像蝙蝠一样竖起耳朵捕捉着他电话里的背景，辨别着可有什么蛛丝马迹游弋进来。有一天她忽然听到背景音里似乎有个女人的声音，她的心脏猛地抽搐起来，像一只巨大功率的水泵把全身的血液都抽到了心脏里，她忽然听到自己的声音又尖又干，且步履踉跄，这声音像是刚刚从沙漠里逃生出来的。很干，很渴。

但她还是不敢相信这是自己的声音：赵老师，这么晚了还和别人在一起，不是在给女学生辅导论文吧？

赵同说，我正在外面和一个朋友谈点事情，你先睡吧。

不会是这么晚了还在探讨学术问题吧？你们真是够敬业的。

你先睡吧。

对方已经咔哒一声挂了电话，她感觉自己咣当一声被推进了一只黑匣子里。在黑暗中独自坐了半天才渐渐活了过来。她先是冷笑，然后呆呆地看了会儿窗外的黢黑，再然后为了安慰自己，起身翻出一包爆米花，找出一部古老的科幻片，四仰八叉地歪在沙发里，开始大口吃着爆米花看电影。这部电影是她用来哄自己开心的御用电影，她喜欢这部电影里的男主角，一个开始时装作人类，但最后不得不乘着宇宙飞船离开地球的外星人。当第一千零一次看到那艘银色的宇宙飞船渐渐消失在太空中的时候，她的泪忽然就流了下来。

这眼泪本来是给刚才电话里的赵同准备的，可是她就是真的流泪了他在电话里也看不到。事实上，赵同已经像这个外星人一样乘着宇宙飞船提前离开了，或者说，他其实从来就没有真正来过地球。他对她的在乎程度甚至于还不如窗前那提包大的喜鹊。它还时不时隔着玻璃盯着她，或者只是盯着她脖子上那条闪闪发光的项链出神。

　　"他（她）不知道自己知道，信总是会达到其目的地，像是被压抑的东西一定会回来。"

　　她已经忘了电影里在演什么，她只是需要盯着一个地方，然后哗哗流着泪。她忽然如此想念他当年的哲学课堂，那些虚无而闪闪发光的课堂。那些课堂，仿佛是神对人的抚摸。

　　第二天她买了一盒巧克力给他寄了过去。妥协和屈辱让她在这一天里都感觉身体不适，像生病了一样。她的身体从来就不是庙宇，不足以让她在其中祭祀一个男人，而现在它简直从庙宇变成了一幢空房子，眼看着就要年久失修，了无人烟。

　　她在心里隐秘地盼望着，他也能回赠她点什么，随便什么都好，哪怕十几二十块钱的小东西，只要是他派遣出的经过旅途一路颠簸投靠到她脚下的，她都会怜爱地收养起它们。给它们水喝，把它们养大养肥，直到它们看起来就像爱情的亲戚。可是，他没有任何给她寄出礼物的迹象，她甚至在心里默默地倒数过三二一，幻想着过几天会有一份礼物从天而降忽然砸到她。可是，没有。没有。没有。

　　为了惩罚他，她又给他挑选了一件衬衣追加过去。她要让他在她面前债台高筑，让他终于感觉到愧疚，直到他有一天忽然追悔不已地回头来求得她的宽恕。

　　她等待着他收到又一份礼物的惊喜，起码他应该用雀跃的声音告诉她，他很喜欢这件衬衣，她如此了解他的喜好、颜色、款式，他应该迫不及待地谢谢她。但是三天过去了，五天过去了，她投出去的核弹并没有爆发出任何威慑力，相反，它好像不幸沉到海底，独自悄悄熄灭了。她一直等了六个晚上，在第六个晚上已经过了十点的时候，她还站在黢黑的窗前发着呆，那盒巧克力和那件衬衣经过几天的发酵，已经在她体内进行了新的化学反应，形成了一种新的物质正腐蚀着她，她听到自己身体深处的某一根骨头断裂开了，有什么在那里呻吟着，好像在那里关押了一只小动物。流浪猫。仓鼠。或别的什么。

疼痛饥饿地啃噬着尊严，她终于鼓足勇气冲到桌子前抓起了电话，然后把那个熟悉得不能再熟悉的电话号码用力掷了进去。

喂。他声音平静而安稳，如同一个圈套。像是他在那里等她的电话已经许久了，这让她忽然间打了个寒战，她感觉到有什么更可怕更庞大的东西正悄悄向她靠拢过来。她对着电话说，给你寄的衬衣收到了吗？

他还是可怕的平静，收到了。

她的音阶却在他的平静里陡然飙高，以至于她都能感觉到自己瞬间就变得面目狰狞。不，不要这样，她绝望地想阻止自己，但她已经听见自己在电话里喊道，既然收到了，为什么连告诉都不告诉我一声？

……

他不说话，他居然没有来安慰她或寻求安慰。一种腐蚀性更强的物质从她身体里分泌出来，眼看要将她彻底掏空。她听到自己的声音被撕成了一缕一缕的。她走风漏气地无力地说，为什么连告诉都不告诉我一声……

他开口了，她忽然就听见他说，小静，我们分手吧。

那是一种极端平静的声音，平静得不像人的声音，更像一艘来自外太空的宇宙飞船，威严，冰凉，遥远。是那艘要接走他的宇宙飞船？他不是早就乘飞船走了吗？而她不是早已经暗暗知道这个事实了吗？可是她还是觉得自己一定是听错了。嘴唇忽然无比干裂，她艰难地舔舔嘴唇，声音更加嘶哑干旱，你说什么？

他又说了一遍，我们分手吧。

她抱着电话慌乱地匆忙地笑了一下，仿佛是笑给他看的。然后她听见自己用可笑的干巴巴的声音问了一句，为什么？她居然要问一个已经乘上飞船的人为什么，她简直像从来不认识自己。然而她身上那道干裂的口子还在继续扩大……你记不记得你抱着我的感觉……你带我去逛街……我走不动了你背我回去……你记不记得……那道口子越裂越大，她的身体成了一只巨大的蚌壳，现在这裂开的蚌壳一定要把里面所有的软体动物都倾倒出来，一直到把自己彻底腾空为止。

然而他打断了她，这些记忆我都不会忘掉的，它们又不会消失，可是，我们真的该分手了。

她像急于扑过去抓住一个人的手臂一样，紧紧抓住了他的话尾，她慌不择路语无伦次地对着电话那头的那个外星人说，我给你寄礼物只是为了让你高兴，我没有别的意思。你要是觉得不好，我以后就不给你寄礼物了。她急于把所有真真假假的错误都包揽在自己身上，因为她生怕他真的像个外星人一样就要飞走了。

但她分明已经听到他发动宇宙飞船的引擎声了，他说，其实这话我早就应该对你说了，只是一直不忍心，怕你难过。你最近总是给我寄礼物，我不是不感谢你，只是我心里更多的是恐惧，我不想再让你付出。

她已经开始大声抽泣起来，她没有想到她寄过去的那些礼物，她派出去的大使，那巧克力和衬衣居然都已经背叛了她，已经酝酿出一种全新的阴谋。她抽泣着说，对不起，对不起。对不起？她居然为自己寄出去的那些礼物道歉，好像她是一切的始作俑者。

他的声音从太空里飞旋着落下，雪花一样落了她一身，小静，你从没有想过为什么我们在一起这么久了还没有结婚的原因吗？其实不是因为你不想结婚……也就是说，真正的原因是我。是的，是我不愿意结婚。尤其是最近一段时间，我已经把这个问题想得很清楚了，我觉得我不需要婚姻里的东西。婚姻的本质就是让人失去自由，它是违反人性的。可你是要婚姻的，因为你和别人一样，需要急着给自己的生活下定义，命名让你们不再焦虑，这是一种意义快感。可我不需要这种命名。总有些东西更重要，比如自由。

她开始由抽泣转向了愤怒，她冲着电话喊道，你以为你现在还是在课堂上给学生们讲哲学课吗？

电话那边停顿了一下，然后用更冷静的声音说，你看，我们其实根本就不是一路人。你连什么是自由都不理解。不过你从来就没有去理解过。你只会去套用别人已经定义好的生活模式，不管那是对是错。

她几乎要咆哮起来了，她说，我是不懂，但我不会用自由的幌子去遮盖一切！

电话那头的声音听起来是凛冽苍白的，像冬夜落在地上的月光。他说，那就这样吧，不必多说了，希望你以后能幸福。

他真的已经整装待发，真的要乘上那艘银灰色的宇宙飞船了，他从此以后就要彻底消失了。她感到了前所未有的恐惧，无常的恐惧，孤独的恐惧，不再被爱的恐惧，一切将不得不从头开始的恐惧。她很早就问过他，人用什么可以抵御对无常的恐惧？他说，信点什么，不管是什么，一定要在内心里真心信点什么。

现在，他正在离她远去。

她觉得自己整个人都要扑进电话里了，她试图拦住他的去路，她跌跌撞撞地绝望可笑地问了他另一个问题，你告诉我……你是不是有别的女人了？

……

他的回答居然是沉默。她再一次感到了他的庞大、遥远还有面目模糊。

我认识她吗？

不认识。

你爱她吗？

……说不上。

那你为什么要和她在一起？

需要。

我被外派的这一年你们是不是一直就在一起？

晚上我给你打电话的时候她是不是就睡在你身边？

有时候。

……

她抱着电话几乎站立不稳，可是她仍然不肯把它扔掉，似乎只要扔掉它，他也就从她身上彻底连根拔起了。她不肯扔掉它，又觉得自己像抱着一枚定时炸弹，不知道这炸弹还会发出怎样的威力。她对着它大声抽泣起来，想让他听到她的哭声，幻想着他还会安慰她，幻想着他忽然心软了。以前她在他面前哭的时候总还是有效的。然而这次他只是安静地听着她的哭声，并不说什么。他在耐心地等她哭完。

一种更黑暗更豪奢的东西像水银一样灌满了她的全身，要把她铸死在那里。她忽然明白了这哭泣的无用，戛然收住了哭声。

你……会和她结婚吗？她听到自己的声音里也灌满了水银。银白色的带着毒性的声音。

不会。她有家庭。

有家庭？她的指甲都要嵌进那部电话里了，然而，她此刻似乎已经对疼痛上瘾了，再疼些才好。她反复盘旋着，一定要残忍地向最里面窥视。她说，你居然找了一个情人？

……

你情愿找一个情人是为了什么？就是为了既享受性爱又可以不结婚么？她听到自己的声音里长满了牙齿，还有新鲜的嘲讽。

对，我和她可以不结婚。婚姻对人有太多束缚，人必须结婚只是一种符号，它是被人的语言和观念虚构出来的，并不是一种真实的东西，它的消亡是迟早的事。但那些真实的东西是永远不会消失的。

她冷笑起来，原来这种奸情就是你口口声声要的自由？

我们真的没有再谈下去的必要了。自由就是你无权干涉别人，别人也无权干涉你的选择。

直到他已经挂断电话很久了，她还一直抱着那部电话像抱着他声音的尸骸。仿佛她不知道该如何处置它，又仿佛她还在那里侥幸地等待着，他会再次把电话打过来，像从前一样对她说，不吵了，好么？

可是这电话整个晚上都没有再响起。

一个被绑架走了的男人，连头都不回。

二

李成静整个晚上都没有睡着。她在黑暗中躺在床上，那部电话就静悄悄地躺在她身边。被阉割了声音的电话看上去孤独而丑陋，如挂在她身上的一只空荡荡的断肢。

分手意味着，如果她惧怕孤独，就得再次从看台上跳进茫茫人海里，四处游弋着只为了捕捞到下一个男人。然后按照程序，他们先是用各种电子产品交流，用电子产品的上瘾之处是可以不发出任何声音地说话，原来不发出声音也是会上瘾的，看来人类终将连说话的力气都省掉。

然后，他们将开始约会，男人会把她带到请前任们吃过饭的地方，把请每个前任吃过的饭菜再请她一次，他谙熟它们的味道、价格，以及谙熟该用什么样的味道和价格来应对她。当他在同一家饭店请第十个女人吃同一道菜的时候，饭店老板不给他打折都不忍心了。她将是几分之一或十几分之一，最糟糕的境地是几十分之一，将是那个庞大分母里的一个个位数。

她已经感觉到了，这个时代里所有的人都正在变成分母。一座巍峨壮观的分母的牢笼。分母们一起买房，一起生孩子，一起离婚，一起独身。当浩大的分母们聚集在一起时，即使是暴动也会变得温柔，整个混乱的世界都会在瞬间变成一道有解的数学题。

而他却将变成某种自由飞行的不明太空物。一个提前替人类废除了婚姻制度的男人会不会也觉得孤独和恐惧？还是像一个独自守着疆土的国王？她看着那部喑哑的电话，它发不出一点声音，它就像从她或他身上砍下来的一部分，龟缩在那里，已经幻化成了一只青铜的兽。

她决定回北方找他，明天就回，她得和他再好好谈一谈，她要去拯救这个外星人。

深夜她给他留了条短信，明天我去看你吧。阉割了声音的语言让她觉得安全，似乎这样就可以避开对方的语气，可以让两个人都藏在语言下面窥视着对方。也许这个世界已经开始厌倦声音，正在向无声化进化。就像当年的一部分鱼，因为厌倦海水而爬上岸进化成了猴子。

早晨的时候他终于回了短信。看到手机上的提示，她忐忑了半天不敢看，因为不知道他会说什么，竟有了正在等待判刑的感觉。最后把心一横、牙一咬，才终于打开了那条短信。不用来了，好好生活吧，我们已经把该说的说清楚了。她扔掉手机，任由自己在被子里痛苦地扭曲成一团。他居然不肯给她留一丝缝隙，是不是他在埋葬她的同时已经让另外一个女人接了她的班，而她却一定要从棺材里跳出来，一定要复活，一定要与她的接班人装作不期而遇？

"在象征秩序中，信件持有者是一个绝对虚弱的位置。"

她必须得去找他一趟，就是情知自己也许已经在他那里死了，心里却还是不愿相信，就是死了也一定要亲眼见到自己的尸骸。更重要的是，她必须承认，她仍然幻想着，也许在见面之后一切又有了转机，也许她又会在他那里死而复生。虽然心里已经作了决定，却并不敢立刻订一张机票直直飞过去，似乎过去看他这件事终究是一件见不得人的事，不适合光明正大地冲过去。犹豫再三，最后她用迂回迟缓的方式，买了一张当天晚上的卧铺火车票。这趟车要晃荡整整一个晚上，天亮的时候才能到达终点站。已经多年不坐这种慢速的火车，而此刻她却满意于这种速度，似乎这路上的速度越慢，就越能拉长和稀释她去找他的恐惧与悲伤。

订好行程之后，她又冲到商场给他买了一件外套，快要过年了，应该给他带件礼物。抱着那件价格不菲的外套走在路上，她愈加忐忑不安，忐忑之外周身还多了一层羞耻感。似乎她怀里抱着的正是要去贿赂他的证据。

她一路抱着这件外套走回去，因为是给他买的衣服，所以衣服提前散发出了他身上的气味。回想起从前拥抱在一起时他身上就是这个气味，她的泪又落下来了。等到晚上上火车的时候，她只带着手提包和这件外套便上了火车。

火车上，她坐在窗前不时抬头看看这件衣服，它被码在行李架上正一路俯视着她。在这北上的路上，她感觉与这件衣服竟生出了惺惺相惜之感，好像它是从她身上裂变出来的一个孪生姐妹。车灯灭了，她坐在黑暗中觉得有些冷，便从行李架上将它取下，抱在怀中来取暖。它身上的纤维伸出无数只手来细细地抚摸着她，她拥抱着它，一边畏惧着这长夜还不过去，一边又恐惧于终将到来的黎明。

火车到达终点站的时候是早上七点四十分。她想他也许还没有起床，他要看书，总是睡得很晚，自然起得也晚。北方的朔气割着行人的脸，她孤零零地在车站徘徊了一会儿之后，走进了火车站附近的一家肯德基，要了一杯热茶，坐在了一个靠窗的位子上。那件厚厚的显得笨重的外套放在了她对面的椅子上，她看着它，这与她相对而坐的孪生姐妹。

八点半了，按照他往常的习惯，应该起床了。她紧紧握着手机，做了几个深呼吸之后才一咬牙，终于把他的号码拨了出去。铃声响了很久很久他才接起电话，他接起电话的声音略带不耐烦。她心里一抽搐，浑身的血液开始往心脏里涌。他说，怎么了？

她努力做出一种欢快的音调，她过度活泼地说，起床啦？知道你肯定起来了。你猜我现在在哪儿？

……你想说什么。

告诉你吧，我已经到火车站了，我坐了一晚上的火车呢。我现在就过去看你好不好？她努力让自己的声音蹦蹦跳跳，努力让自己欢呼雀跃，努力要像个跳高运动员一样蹦起来，然后忍痛从他接下来将要说的话上面一步跨过去。

你怎么不和我商量一下就自己过来了？她从声音里都能听出他正在皱眉。果然，他并不欢迎她。她的全身开始迅速变凉，变凉，血液正哗哗离开心脏，离开她的身体。

但她仍然在挣扎，她对着手机更努力地笑，向求饶一样对他说，我来都来了，我们见一面好吗？你今天上午有时间吗？我们再谈谈好吗？

她能听到他的眉头皱得更深更结实了，他说，前晚上我把该说的都说清楚，你觉得还有见面的必要吗？你说服我的结果是我们不分开，然后我们结婚。但我们其实根本不是一种人，不是同类在一起会加倍孤独的，婚姻什么都解决不了，真的。

她听到自己的声音像一个踉跄前行的乞丐，你和我见一面吧，我还给你带了一件礼物。

他在电话里长长叹了口气，你根本听不懂我在说什么。

她静静地流着泪，声音却还是努力地不顾一切地活泼着：我给你买了一件衣服，很适合你呢，我看第一眼就知道适合你。

他的声音哑下去了，听上去灰涩干燥：你不要再送我什么礼物了，我其实很怕你再送我什么东西。就是因为你一直在送我礼物，才让我下了决心，我不能让你再投入了，这样只会让我对你更愧疚。你理性想一想，见面真的没有必要，因为我们解决不了根本分歧。我这几天很忙，也真的没有时间和你见面。对不起，你还是回去吧，好好生活。

她忽然就失控了，她抽泣着对着电话大叫起来：不要和我说对不起！我只想知道，和你那个情人在一起时你就不再孤独吗？

对方已经咔哒一声把电话挂断了，她觉得自己说了一半的话被生生掰折在了电话里，她愈加悲愤，再把那个号拨过去，他不接，呃一声挂断了。她再拨，对方已经关机。她被一堵厚厚的墙猛地弹回到了椅子里。

她扔下手机，颓然缩在那把椅子里。周围的人都在看她，就连蹲在她对面椅子上的那件外套也在默默看着她。它居然连一个被送出去的机会都没有了。一件价格不菲的男式外套，此刻因为无人收留看起来像面灰头土

万兽之夜

脸的镜子，它照出了她那张绝望的脸。她对着它大声地抽泣着，似乎它此刻是她唯一的亲人。

就是在抽泣的时候，她还是发现周围一圈人正兴致盎然地看着她，她有一种被看猴戏的感觉，于是拿起随身带的手提包躲进了洗手间。她在洗手间里足足大哭了有20分钟，哭到外面排队上厕所的人开始敲门了，才出来冲了个脸。等到冲完脸再回到刚才的座位上时，她忽然发现少了点什么，再一想，是刚才就放在她对面椅子上的男式外套不翼而飞了。

那张椅子上空荡荡的，任何痕迹都没有留下。她一时恍惚自己是不是坐错了地方，再环顾一下四周，发现没有错，只能是这里。她忽然明白了，是趁她去洗手间的时候，那件衣服被人偷走了。她在椅子上呆呆坐了几秒钟，脑子里把这件事情的性质迅速分析了一下。拿走衣服的人一定就是刚才坐在她周围的人里面的一个，这个人有可能还坐在周围，也有可能一拿到衣服就迅速离开肯德基了。而这件衣服对她的意义又是什么？她不远千里把它带过来是为了送给赵同，更准确地说是为了讨好赵同，说服他不要和她分手。而现实的处境是赵同连见面的机会都不给她，她无法亲手把衣服送到他手里。她可以采取的措施只有三种，一、围追堵截，堵在他门口等他回家，无论他要不要，一定要把衣服硬塞给他。二、她把衣服丢进垃圾桶，自己返回去接着去工作，接着再找新的男人。就当把几千块钱扔进了垃圾桶。三、她是怎么带来的，就怎么把它再带回去。当然，她不能一直把它压在箱底，日后或许会把它转送给自己的下一任男友。如此一来，她又感觉像一个将死的人在为自己准备隆重的后事。

可是现在这三种情况都不会成立了，因为第四种情况像一块石头横着飞了过来。它居然被人偷走了。一件物体的价值往往是在丢失的瞬间才突然跳出来，此时这件衣服的价格就像一根骨头一样惨白地硌着她，以至于让她忘记了就在前一分钟还曾有过把它丢到垃圾桶的想法。

她再次环顾了一下四周，在她周围零零散散地坐着十几个人，有几个是像她一样刚下火车提着行李在这里吃早饭的，有几个是连早饭也不吃就光坐在椅子上发呆的，估计是天寒地冻无处可去的闲人或者是在这里等人的人。有个女人正坐在椅子上专心致志地化妆，大约是在为即将来接她的男人准备一张无可挑剔的脸，看样子大约是网友约好了第一次见面。还有两个人是专门跑到肯德基来睡觉的,因为趴在桌子上,看不清长着一张什么样的脸。除了那个化妆的和那两个睡觉的,其他人都在用正面或侧面的目光窥视着她。看来他们其实都看到刚才发生什么事了。他们看她的目光躲闪中有些按捺不住的期待,一般在一场好戏开始的时候观众都会持有这种表情。

那件衣服,她又想起了昨晚还在火车上把它抱在怀里取暖,它纤维的肌理仍然残留在她手心里,像一个人的体温。孪生姐妹的惺惺相惜再次涌上心头,她霍地一下站起来,对着周围这圈人茫然喊了一句,你们看到谁拿了我的衣服?没有人吭声,好像他们集体失去了耳朵。只有几双闪烁不定暗藏笑意的眼睛像小刀一样,从她身上划过来,再划过去。有一种凉飕飕的痛。

她孤零零地站在一群坐着的人中间,她发现自己此刻正像个侦探一样在收集他们的目光,有几个人的目光明明就湿漉漉地黏在她背上,可是只要她一回头,那目光立刻就不见了,还有几个人故意撞到她视力范围内,拥挤一番忽然又鸟兽散。还有一个男人一直在盯着她看,眼睛里却是空空的,好像压根儿什么都没有看到。他干坐半天了,没有动也没有点任何吃的,也许只是在这个冬天的早晨蹭点温度罢了。

他们都坐着,只有她一个人站着,这样看过去,他们就像一个整体,甚至就像一个人,一个体型庞大的人与她对峙着。她想,是啊,有什么奇怪的,现在的人们已经不再习惯发出声音了,不再习惯打电话,不再习惯告诉旁边的人钱包已经被偷走了,不再习惯任何需要声音的方式。声音即将成为又一件被人们自行阉割掉的器官。

这种沉默让她感到了某种恐惧,她背上拂过一阵阴森森的感觉,像孤独地站在一眼井里。她觉得自己也许应该早点离开这里,就在这时她忽然注意到一个年轻女孩子正一边偷看着她,一边用一只手摁了摁放在椅子下的提包。这是个很轻微的动作,轻得像一只苍蝇飞过,可是她此刻高度紧张如蝙蝠,竟然敏捷地捕到了这个小动作。

她心里冷笑一声,一句话都没有说就径直走到那女孩身边。女孩有些紧张地看了她一眼,什么都没有说,那只手又摁了一下提包。李成静都奇怪自己从哪里借来了这么多底气,她一语不发劈手拎起对方那只黑色的提

万兽之夜

包,二话不说就往开拉拉链。女孩蹦了起来和她抢包,一边抢一边嘴里嚷着,这是我的包,你凭什么翻我的东西!李成静一言不发只是死命往开拉拉链,女孩子扑上来拼命护住那道拉链。周围的人们只是默默地围观着她们,没有人说话,也没有人过来把她们拉开。似乎每一步情节的发展都不过在他们预料之中。

这几日积攒下的悲愤和委屈在她体内开始发酵,那是一种很安静的类似于植物发芽前夕的发酵,无声无息,她不想生气,甚至不想说话,但是她觉得自己此刻浑身都长满了可怕的力气。她终于一把抢过了那只包,刺啦一声拉开了拉链,提包像被开膛破肚了一般,里面的东西开始往出流,那件外套露出了一角,然后整个都露出来了。所有的眼睛包括店里服务生的眼睛都盯在了这件外套上。李成静一言不发地把这赃物从里面拽了出来。只听那女孩子站在那里大声地自言自语:我看见座位上没人了,只放着这件衣服,就以为没有人要了……

她没朝女孩子再多看一眼,她甚至都不想知道她到底长什么样,她先是对着空气大义凛然地一笑,然后把那件外套往胳膊下一夹就大步往门口走去。

三

她不由得敬佩自己行事果断,这件衣服居然能失而复得。方才查获赃物的豪迈炙烤着她,出了肯德基的门一头扎进北方的寒风里竟也没有觉得冷。她拎着手提包,怀里抱着那件男式外套匆匆往前走了几步,好像急匆匆地要去赶路,要去办什么要紧事。走出十米之后,方才燃烧在身体里的那点柴火已经开始熄灭,开始渐渐变冷了。她在路边站住了,这才发现自己根本不知道现在该去哪里。更要命的是,这件她不知道该如何处置的外套又跟着她回来了,此时还被她抱在怀里。简直是赖上她了。

赵同不要它,如果真的再带着它回去,这对她来说分明是一种双重的侮辱。她站在那里,看着不远处的垃圾桶,可是,她真的把它就这样扔掉吗?她踌躇着,忽然想起了刚才在肯德基里偷衣服的那个女孩子,它都被偷走了,为什么还要问她要回来呢?事实上她偷走这件衣服不是正好帮它解决了一个去处的问题吗?她居然又生生把它要回来了。这样一想,顿时觉得自己刚才在肯德基里的举动真是愚蠢。更何况，她努力回忆着刚才那女孩的穿着打扮，想来也定是个可怜人。不是穷人谁会稀罕拿一件别人的衣服？这样的早晨，也只有穷人们才会在肯德基里待着，蹭一早晨的空调而舍不得买一杯热茶喝。刚才，就在刚才，她居然那么大义凛然地对待了一个穷人。

　　她忽然就觉得自己不可原谅。

　　正好一个白发苍苍的流浪老人走过来，旁若无人地开始翻捡离她不远处的垃圾箱。她想，如果此时她把这件价值几千块钱的外套扔进垃圾箱里，那正好就算是送给他了。可是，可是，刚才就在肯德基里，她还那么不留情面地对待一个穷人，现在一转身倒又立地成佛了。更何况这里四下无人，没有人能见证她的慈悲，未免还是有些落寞。略一犹豫，她下了决心，转身又向肯德基折回去。她决定还是把这件外套送还给刚才那女孩子。

　　一则是因为她也许真的是个穷人，起码是一个比她更穷的人，需要这件衣服，或者是她的男友需要这件衣服。总算有人需要这件衣服，也让他赵同明白，不是所有的男人都和他一个品种。二则是她实在不知道该怎么处理这件衣服，这样也算给它一个归宿吧。

　　进了肯德基，那女孩居然还坐在刚才的位子上，正低着头看手机，那只黑色的大提包还像只大狗一样静静地垫伏在她的脚下。她一进门，便有两双眼睛殷切地落在她身上，大约是认出了她就是刚刚走出去的那个女人。她目若无人地坐在了女孩对面的椅子上。女孩抬起头一看是她，脸色立刻变了，一边紧张地看着周围，一边喃喃地说，我真的是以为没人要了，我不知道你去了洗手间，我看见放在那里就以为是别人落下的，我就……

　　李成静打断了她的辩解，她知道此时有几双眼睛正在她身上游来游去，便有些自豪，还有些紧张，觉得这样的事情还是要有场排练才更熟练。她把衣服往那女孩面前一推，声音不高不低地说，没事，这件衣服我就送给你了。女孩更加惊慌，似乎认为这一定是个新的圈套，她连连摆手，语速急促混乱，不不不，我真的不知道你去了洗手间，我真的以为是别人落下的，真的，我真的以为……

　　她的声音带出了哭腔，而她愈慌乱，李成静便愈镇定。她靠在椅背上，终于开始像个上帝一样细细打量起了对面的女孩子。女孩年轻得让她嫉妒，20岁出头的样子，圆脸上有不少雀斑，好像很多天没洗过头发了，一绺一绺油腻的齐刘海遮着眉毛，身上穿着一件半旧的红色羽绒服。

她想这女孩子一定是想在过年时送自己的男朋友一件礼物，但是没钱或者是舍不得买一件像样的礼物，这时候正好看到她坐在肯德基里和赵同在电话里吵架，然后又失魂落魄地去了洗手间。便顺手牵羊地把衣服藏了起来，想着等她离开肯德基，衣服便归她了。

又想到这女孩的男友穿上这件新衣之后欣喜若狂地抱起女孩，然后，他们会接吻，再然后，他们会做爱。两副那么年轻的身体。而这件衣服将像个间谍一样夹在他们的性爱中间，背负着她身上的悲伤与嫉妒旁观着这对年轻的情人。赵同对它来说已是回不去的故乡。

女孩嘴里歇了几分钟，偷偷看了她一眼，又继续：姐，我要知道这是你的衣服我肯定就不拿了，对不起，我真的不知道衣服是你的……我……

李成静觉得自己周身都是发酸发涩的，连舌头也像被腌制过的，她再次把那衣服使劲往前一推，有些费力地说，衣服真的送你了，你拿走吧。女孩又不说话了，眼睛从刘海下抬起偷偷看着她，她正揣测着她的用意。李成静忽然就觉得很疲惫，疲惫而无聊，她飞快地说，衣服真的送给你了，反正也没人穿它了，总不能浪费了。说完她不再看那女孩一眼，站起来就往出走，一边走一边想，确实，还是做好人舒服。可见这个世界上没有谁是情愿做坏人的。

再次出了肯德基的门，冬日的阳光惨白地照在她身上，她忽然感到格外空虚和孤独。现在身上除了一只手提包，两只手里是空的，她终归是帮那件衣服找到了归宿，可是她自己呢？她茫然站了一会儿，掏出手机摸索着赵同的那个电话号码。如今这个世界对每个人的保存方式就是一串数字，一串串电话号码像墓碑一样指示着下面有一个个人。那些久不联系的号码便逐渐废弃坍塌了，即使心中祭奠也无人修理。

她在寒风中站立良久，终于还是拨出了那个电话。他不接，她再拨，他还是不接，他由着她自己晾干、曝晒，成灰，最后连灰也被风吹走。电话里空寂的忙音响了足足有一个世纪那么久之后，她主动把电话挂了，开始往火车站的进站口方向走。人群裹挟着她挪动，她几乎是被推着往前走的，这给了她一种被包裹起来的安全感。她跟着队伍一直走到查票口的时候，才发现自己还没买回程车票。不过现在就是去排队买票也肯定买不到当天的票了。

她语无伦次地说，我急着要回去，我现在就得上车，我一上车就补票，相信我，让我先进去吧。她有一种类似于生病的感觉，周身在收缩、坍塌，一切正朝着心脏的那个地方游弋。玻璃后面那个穿制服的人面无表情地摆摆手，没有票不能进站。她哀求着，我一上车就补票，我肯定不会逃票的，你相信我吧。制服摆摆手，往后退，下一个。她还站在那里不肯离去，后面的人推搡着她，让开啊，别堵着别人。

她忽然一言不发就往里冲，玻璃后面的制服立刻跳了起来：拦住她，别让她进去！那个人，就那个穿黑衣服的女人，她要逃票。旁边有另外两个制服走过来，像抓越狱的犯人一般，一把抓住她就往外推，一直把她推到了门外。推的力气大了些，她在众目睽睽之下倒退几步然后跟跄倒地。

冬日的阳光再次追打下来，舞台灯光一样聚拢在她身上，她周身已经收缩成一团的肌肉、血液，还有神经，忽然就炸裂了，炸得空气里到处都是，血肉横飞，绚烂夺目。她当着人来人往艰难地从地上爬起来，忽然就跳着脚，尖着嗓子大叫起来，我就是想上车补个票怎么了，我补票都不行吗？我就是急着要离开这里怎么了，我就是一刻也不想多待了，我怎么了，我就违法了吗？忽然高跟鞋的鞋跟崴了一下，她再次摔倒在地。

周围人轰的一声笑了，他们看起来很满意。他们在枯燥的火车站围观着她，好像她是一头刚刚从动物园里侥幸跑出来的动物。动物园里那些饿得皮包骨头的动物们，棕熊因为冬天也要被观赏，长年不许冬眠而瘦成了一副骨架。吃树叶的长颈鹿日夜像牛一样麻木地咀嚼着干草，强迫自己长出四个胃。被拔掉牙齿的鳄鱼忧伤地浸泡在污浊的水池里不动。猩猩们在人们的观赏中露出红屁股交配。魁梧的大象则对着观众露出硕大的生殖器排泄着粪便。此时在这个城市里，她就是一头刚刚从动物园里逃出来的动物，裸露，低级，野蛮，不文明，任人类从各个角度观赏和践踏。她的高跟鞋，她的香水，她的丝袜，她的职业经理人身份，都在那一个瞬间里迅速沉没到了水底，变成了远古生物的骨骼化石，迟钝苍白，锈迹斑斑。

她倒在地上，地面冰冷坚硬，像面巨大的镜子，她甚至看到了自己缩成一团的倒影。手机也跟着摔了出去，她趴在地上终于摸到了它，泪忽然就落了下来，落在了那只手机上。此时她真想把一只手臂伸进这手机里，拼命把躲在手机后面的那个男人拽出来，然后告诉他，哀求他，你不要走，你真的不要走，你为什么情愿和一个有夫之妇在一起却一定要和我分开。这时候忽然有只手落在了她身上，她心里一阵剧烈的抽搐，难道是赵同真的来找她了？他终究还是来找她了。猛一回头却发现，是肯德基里那个拿了她衣服的女孩。

女孩一言不发地把她从地上扶了起来，然后像扶伤残病人一样扶着她从众人面前慢慢走过，一直走到了肯德基门口。她想，她居然还敢进去？那女孩倒是一脸的若无其事，一只手拎着自己的黑提包，另一只手还要扶着她上台阶。她挣脱她的手臂，倨傲地说，我还没残疾呢，谢谢你。女孩说，先进去再说吧，外面太冷了。今天是小年了，能不冷吗？她说，你以为肯德基是你家开的啊，不买人家的东西还要赖在里面不走。嘴里说着，还是跟着女孩进去了，外面确实冷，西北风随时会把人撕掉一层皮，她的手已经开始变僵硬。

肯德基里的人少了一半，除了那两张牢固地长在肯德基里的面孔注意到她们又回来了之外，基本没有人注意到她们进来。两个人拣了一张靠窗的桌子坐了下来。冬日里干瘦的阳光透过一层玻璃进来之后，立刻变得肥大松软，棉絮一般罩在她们身上。女孩说，姐，你渴吗？你喝点什么吧。

她只是呆呆地颓唐地看着窗户外面，有时候她觉得这些快餐店最大的功德其实不是提供了快餐，而是为人们发明了一处无处可去时的去处。就这样呆呆地坐在窗前什么都不做地看着外面的人流也不错，拥抱的人，流浪的人，哭泣的人，独自微笑的人，看久了会恍惚觉得自己是从空中俯视着他们的高僧。

女孩去了又回来，只给李成静点了一杯热牛奶，自己什么都没要，又坐在她对面看着她。李成静用两只手捧住那只装牛奶的纸杯取暖，像正捧着自己的一颗心脏，眼睛却还是看着窗外。她像是正坐在那里自言自语，为什么有的人宁可孤独终老都不肯结婚？你说他老了怎么办，你觉得他就真的不害怕孤独吗？他就愿意一个人住进敬老院？我不相信，你信吗？

然后她又猛地把目光从窗外抽回来放在了对面的女孩子脸上，她困惑而急切地看着她说，你是不是也觉得我很糟糕？觉得我居然逃票？我是买不到票，但我会上车补票啊，我怎么可能逃票？你不觉得我其实还是一个好人？你说是不是？她用目光急切地拽住那女孩，要求她为她作证。证物就是她送给她的那件衣服。

女孩想了想，低头从提包里取出了什么东西，慢慢放到她面前。李成静一看，又是那件男式外套。只听女孩子说，我知道你这衣服是打算送人的，这么好的衣服，是我不该拿你的衣服，你还是收回去送人吧。李成静愤怒地把那件衣服往前一推，说，我说送你就送你了，难道你以为我是和你闹着玩的吗？对面的女孩讪讪地抠着指甲，不敢抬头，那你为什么会这么难过？

李成静避之不及地把那件衣服又往女孩身前推了推，似乎一定要和它划清界限。她语气僵硬，嘴角略带嘲讽，你拿了这件衣服是想送给你男朋友吧，你送他礼物他一定会高兴的。这衣服本来是要送给我男友的，可是他连见都不愿见我，我千里迢迢地过来看他，给他送礼物，可是他连见都不见我，因为他要和一个不能结婚的女人在一起。我今天就回去了，这衣服我也不想再带回去，你就帮我收下，当礼物送你男友吧。

女孩的眼睛忽然在刘海后面奇怪地亮了一下，好像眼睛最里面有一盏明灭可见的灯笼。她慌忙又低下头去，像是不愿看李成静的眼睛，她低头抠着指甲说，你今天肯定是买不到回去的票了，今天都小年了，票不好买，要不，今晚你就先住我家里吧。

李成静疑惑地看着她，住你家？

女孩慌忙抬起头，迫不及待地说，对啊，就住我家，我家今晚就我一个人，我一个人会害怕呢，你就住我家吧，住外面的宾馆旅店又贵又不干净，住到我家我给你换上全新的床单被罩。

李成静再一次上下打量着她，说，你家就住在这城里？那你一个人在火车站干什么？

女孩说，我在广州打工，这是回家来过年，今天早晨刚下的火车，在硬座上坐了一晚上腰都要断了，所以下了车就先在肯德基歇了会儿……

既然是回家，你男友怎么都不来车站接你一下，亏你还想着要送他礼物。李成静从自己的声音里听出了从痛苦下面泛起的轻微的快乐，还有比快乐更轻微但更摇曳生姿的幸灾乐祸，它们像一条血红的鱼尾在水面上倏忽扫过，却在水中留下了一阵浓烈的血腥味。

她忽然发现此刻的她是如此需要援军的力量,如此需要由他人的不幸组装成的援军。是的,现在她只要看到拥抱在一起的恋人们就会心生仇恨,就恨不得把他们统统都赶到火星上或者干脆把她自己赶到火星上去。她现在只想听到别人的悲伤和愤怒,她像一个饿了很久很久的饕餮,现在最好还有长篇的关于悲伤的传奇来款待她。她期待地看着对面的女孩,希望她能给她讲述出一段不幸的感情来。最好,她也是被男友刚刚抛弃了。

女孩转脸看着窗外,目光忽然之间阴沉下来,她说,我没有男朋友,这件衣服我拿了本来是想送给我父亲的。

故事刚开了个头就急转直下,朝着另一个方向奔去。原来不过是个还有孝心的女儿,只是,连送父亲的礼物都要用偷来的东西,这实在是有点……不过也不是今天,是这个世界早就失去秩序了,哲学教授光明正大地和别人的老婆睡在一起,还要以一种哲学的姿态告诉她,婚姻是必定要消亡的,他只不过是个人类的先知罢了。从这个角度讲,哲学与通奸已高度融为一体,甚至难分彼此,也真是人类社会的一大进步。他独自一人提前奔赴到共产主义社会了,搞得大跃进似的。但想来那感觉大约和一个人住在火星上差不多,也真是够孤独的。

女孩像是知道她在想什么,也不看她,只是阴郁地看着窗外一棵光秃秃的槐树,我上学不多,初中毕业后就不上学了,16岁的时候就开始在广州那边的工厂里打工,我每个月的工资基本上都寄到家里来了,只给自己留不多一点吃饭的钱,所以自己一直都攒不下钱……厂里的男工们知道我的情况,都不愿和我谈恋爱,怕要是和我谈恋爱了,他们的钱也被吸到我家里去。

两个人都盯着那棵树,不知道接下来该说什么。冬天的树周身没有一片树叶,只留下骨骼一般交叉的树枝。她们投在玻璃里的两片倒影正好挂在这树枝上,魂魄一般。李成静又把那衣服往她面前一推,不管你送给谁,这衣服我都送给你了。真的,拿去吧。

这时女孩忽然转过脸来看着她,目光里有一种很奇异的东西把她的眼睛撑得满满的,她吓了一跳,只听女孩说,姐,今晚就住我家吧,陪我住一晚上就好,我一个人害怕,就一晚上……你叫我小秦吧。

四

　　这是一套破旧的一室一厅，顶层，连着一间阁楼。

　　整栋楼房藏在城西郊区废弃的钢厂后面，这种工厂曾风云一度，后来纷纷在90年代末倒闭破产，工人们集体下岗。想来这房子应该是这工厂80年代为职工们建的宿舍楼。公交车晃到孤零零的终点站之后，抛下这两个最后的乘客便扬长而去。她跟在小秦后面曲里拐弯地穿过好几条街道，狭窄的街道两边都是低矮破败的平房，很多门口摞着高高低低的蜂窝煤和大白菜，不时有人钻出来把污水泼到街上，然后盯着这两个路过的女人放肆地看。还有的门口站着女人，女人们戴着扇子一样的假睫毛，嘴唇血红，嗑着瓜子面无表情地看着她们走过，乳房几乎要从低领毛衣里跳出来了。路面上的水很快结冰，李成静好几次差点摔倒。每次刚要开口，走在前面的小秦像是用后脑勺看到了，立刻回过头可怜巴巴地看着她说，快了快了，马上就到了，姐你坚持住再多走两步啊，前面一拐弯就是。结果又过了一条街，还是没到。

　　周围越来越荒凉，李成静心里有了几分恐惧，心想自己今天不知是中了什么蛊，敢跟着一个刚刚认识还偷过她东西的女孩回家。现在撤走也还来得及，她总不能在半路上把她给绑架了。可是她发现自己居然还是不自觉地跟在女孩身后，好像她们中间浮动着一块隐形的磁铁。她一边跟在后面一边设想着可能出现的最糟糕的情况，自己和她无冤无仇，甚至还送了她一件衣服，最多，最多她真的有什么同伙把她给绑架了，自己身上又没带多少现金，那他们就要让她供出一个来解救她的人。在这个城市里，她唯一可以供出的名字就是赵同。她跟在女孩的后面恍惚觉得自己正朝着一个人质的方向走去。它立在那里，像月光下一套可怖的银色盔甲，谁穿上它谁就变成了暗夜中的人质。想到这里她打了个寒战，她忽然明白自己敢跟着这女孩来到这郊区的真正原因了。

　　她平生第一次发现，原来，人渴望危险时产生的快感并不亚于渴望快乐时产生的。这个渴望危险到来的过程就像是把刀锋埋进自己身体里，再拔出来演示给别人看，以作为一种惩罚。这样想着，竟对未知的危险暗自生出了几分向往。

穿过那个破败的工厂院子，忽然眼前出现了一排巨大的白杨树，粗壮无比的树干上长满了大大小小苍老的眼睛，好像工厂废弃工人们下岗之后，这些无人搭理的树便只靠了日日夜夜的疯狂生长来打发无边无际的时光。树上所有的眼睛正无声地盯着这两个外来的女人，李成静又迟疑地站住了，小秦指着树阴里隐隐露出的一角灰色楼房说，姐，就在后面，到了。

这藏在杨树后面破败的楼房看上去灰头土脸的，也无人修缮，好像在这里隐居很多年了。两个人一直爬到了六楼，一室一厅的狭窄房间，屋里的摆设简陋异常，两把人造革的旧折椅，几只小板凳，暗红色的圆桌，布沙发破了，吐出里面肮脏的海绵，掉了漆的平面柜。因为窗外有大白杨的缘故，屋里的光线有些昏暗，再加上这些古老的家具，一走进这房间竟有一种走进时间深处的感觉，阴森森的。屋里静悄悄地空无一人，像是这房间在这里等候她们已久了。

李成静打量着周围问，这就是你家？怎么住在这么偏僻的地方？那你父母以前应该是这厂里的工人吧。

小秦嘴里含混地嘟囔了一句什么，走到阁楼的门前把那扇木门锁上了，然后又马上换了一种轻快的语调，姐，我这就给你换床单被罩啊。你等着，我马上就换。她从柜子里取出一套折叠起来的床单被罩给李成静看，她用旅店里的老板娘才有的口气说，这可是新的，姐，给你用。你就睡里屋的大床，平时我父母睡。我睡外面的沙发床。李成静狐疑地问，那你父母呢？他们都不在家？小秦已经快步走到了里间，声音还滞留在客厅里，他们这几天出门去了，不在家里。

你父母原来都是这钢厂的工人？

嗯……

是不是后来都下岗了？

嗯……

是在90年代末吗？

嗯……

那他们下岗后靠什么生活？

嗯……什么都做过。

她并不抬头和李成静说话，似乎对这个话题没有太大兴趣，看上去只是在聚精会神地换床单。那床单好像浩瀚无边，居然半天也换不完。

李成静在狭窄的屋里慢慢走了一圈，厨房窄得只能放下一个人，洗手间的水龙头坏了，在漏水，在上面绑了一块毛巾，毛巾吸饱了水，使这水龙头看起来像一只兽的脑袋。通往阁楼的一扇油漆斑驳的小木门紧紧闭着，刚才已经被小秦从外面锁住了。她忽然有些懊悔为什么要跟着这女孩来到这么破的地方。对新环境最初的紧张感消失之后，赵同再一次杀了回来。她想到她现在其实离他很近，她想到无论如何这个男人曾经离她很近很近，几乎是她的亲人，活在这世上，每个人都只有那么几个亲人。可是现在，他一定要把自己从她的世界里彻底抽走，消灭，蒸发。

她盯着那扇出去的门，她心里那个深不见底的地方在流泪，也许，也许她应该冲出去找他，然后不顾尊严地告诉他，她还爱他。可是一想到他此时可能正和另一个女人幽会，接吻，做爱，她便又对着那扇门连连冷笑起来。

里间的小秦看到她站在门口，忽然便一步从里屋蹿出来，挡在了她面前。李成静吓了一跳，连着往后退了两步。小秦紧张地护着那扇门，嘴里说，姐，你要去哪里？

不去哪里……

快中午了，我给你做饭吃好不好，你想吃什么？

……

姐，你刚才想和我聊什么来着？对了，你问我我父亲都做过什么，是吧？他做过很多很多工作，几乎什么都做过。我给你讲啊，我记得有一年他借了钱要在村边开养鸡场。为了让鸡多下蛋，鸡舍里的灯泡24小时都亮着，这样鸡就以为永远是白天，就不会睡觉，就没日没夜地吃饲料和下蛋。可是这样它们半夜也得吃几次饲料，我父亲一个人就住在鸡场，半夜要起来喂好几次鸡。你是不知道，鸡养在一起最怕的是受伤，只要有一只鸡受伤流血了，其他鸡就会一拥而上啄它，啄瞎它的眼睛，直到把它啄死。鸡场里还有很多老鼠偷吃鸡蛋，我父亲就养了一只黑猫，那只猫除了嘴巴是白色的，其他地方都是黑色的。它在鸡场里只吃过两样东西，就是打碎的鸡蛋和老鼠。靠着这两样食物它长得好大好强壮，浑身的毛都发着油光，看起来就像一只骄傲的豹子。我父亲特别喜欢这只猫，它半夜回来就钻进他的被窝里。后来，后来有一天晚上，它忽然跑到我父亲面前叫了几声，就转身出去了。直到几天后我父亲才发现它已经悄悄死在了一个角落里了。它可能吃了老鼠药……猫知道自己要死的时候，就会把自己藏起来，不让人看到它……那天晚上，它围着我父亲叫了几声，原来是在和他道别。

再后来呢？

再后来鸡场传染了鸡瘟，我父亲养的那些鸡几天之内就全死光了。听到哪里发了鸡瘟，那些收购死鸡的人就都赶了过来，用一点点钱把死鸡收走，再卖给饭店啊食品厂啊什么的。所以，这么多年里我们家的人从来不吃鸡肉。

养鸡是在乡下吧，那你们后来怎么又住到这钢厂了？

小秦的身体还堵着那扇门，她小心翼翼地观察着李成静的表情，看她不像要走的样子，这才放松下来。她一旦放松下来，整个人便像一堆苍白滞重的肉摊在了门口，她呆呆站着，再一次听不到李成静正在说什么。

李成静叹了口气，离开门口，坐到了椅子上。今天对她来说，是一个难熬的日子，她一个人撑不下去，需要有人不停地和她说话，不管这个人是谁，只要能不停地和她说话就能暂时把赵同的魂魄驱赶开。小秦见她坐到椅子上了，这才离开那扇门，声音又比刚才欢快了些，她拉开一台旧冰箱的门，张望着里面问李成静，姐，你今天想吃什么，想吃什么我都会做，我很小就会做饭了……姐，今天是小年……我们吃饺子好不好？

你打算包饺子？

话音刚落，她便看见小秦怀抱着一大包冻饺子站在了她面前。小秦说，这是我母亲提前给我包好的，她出门前给我冻在了冰箱里。

冰箱的门还没来得及合上，李成静悄悄往里瞟了一眼，空荡荡的冰箱像一口山洞，里面什么都没有。她便说，好啊，那就吃饺子。

肥白的饺子盛了满满一盘，两人围坐在圆桌旁边，小秦不停地给她夹饺子，姐，你多吃点。她的语气殷勤中带着点羞愧，大约是为她早就知道这顿午餐将是冻饺子而羞愧。但李成静觉得享受，现在她需要别人对她的羞愧。这点羞愧让她在吃饺子时都有了一种微醺的感觉。她像个醉酒的人一样忍不住又想落泪，她感觉整个世界此刻都欠了她，现在她对他人的愧疚是如此饥渴。

小秦，你觉得结婚这件事重要吗？

当然重要了。不过我到现在连一次恋爱都没谈过。没有哪个男人会和我谈恋爱的。

看你说的……你说一个男人为什么情愿和一个情人在一起都不愿和自己的女友结婚？

轻松吧。现在的人都想图个轻松。

你觉得孤独是不是最可怕的？

不是。

那是什么？

……

你说他以后生了病怎么办？谁去照顾他？

快吃饺子吧。

你觉得他像不像一个傻瓜？

像。

最后他的情人一定会抛弃他，因为人最后都会回归家庭的，你信不信？

信。

他会在生病的时候都没人照顾他，当他病得像一条狗的时候都没有人管他。我要等着看他住进敬老院，坐在轮椅上和敬老院的那些老头老太太们一字排开地晒太阳。

嗯。

可是……你真的觉得人必须结婚吗？

再吃几个饺子吧。

……和我说说话好吗？你觉得人最害怕的到底是什么？

……

饺子吃光了，小秦一边在厨房里刷碗，一边大声地和厨房外的李成静说着话。姐，你觉得我家的饺子好吃不？我在广东那边最想念的就是我母亲包的羊肉胡萝卜饺子，我在那边想吃的时候怎么找也找不到。所以不管我什么时候回家，我母亲就只给我做饺子吃，她总是提前就包好了，然后冻在冰箱里等我回来，这样我一回来就能吃到。

冬日里午后的阳光透过白杨树的枝杈，雪团一样软绵绵地砸在玻璃上。

屋子里幽暗的光线中兀自流转着一种迟钝与煦暖,李成静独自坐在圆桌旁边不禁有些昏昏欲睡,但厨房里的小秦一直在和她大声说话,她打了个盹儿,忽然就被惊醒了。

她觉得哪里不对劲,好像有一种很阴森的东西忽然把她叫醒了,她坐在那里又想了想,忽然明白了,是小秦说话的声音。狭小的客厅离厨房一共也没有几步,小秦却在厨房里用一种奇怪的大声和外面的她不停地说话。就好像是,在狭窄的厨房里挤满了看不见的人,而只有小秦看到了,她是为了把这些看不见的人赶出去,才故意这样大声和她说话。

她心里某个地方忽然打了个激灵,她盯着那扇出去的门看了几秒钟,然后悄悄站起来向那扇门走去。厨房里的声音又一路追了出来,姐,你是不是累了,你要不要先睡会儿?姐,你到里面的床上睡吧。这时李成静已经站在了那扇门前,她无声地把一只手放在门把手上一扭,不动。再扭,还是不动。门从里面被反锁了。

厨房里的小秦还在不停地大声说话,姐,你睡着了吗?睡的时候把被子盖上,不然会感冒的。半天没有人回应。她猛一回头,忽然发现李成静就站在她身后,她吓了一跳,手里的盘子差点砸到地上。李成静冷冷盯着她的眼睛往里看,为什么要把门反锁上?她听到自己声音里散发着一种生铁的气息,与此同时,她的目光飞快地打量着局促的厨房,然后她看到一把旧菜刀正摆在案板上。她觉得自己的目光里也全是生铁气,以至于在碰到菜刀的一瞬间都有一种金属撞击的铁腥气。铁腥气在屋子里缓缓流动着,酸而冷。

小秦并不放下那只盘子,她把那盘子像枚月亮一般扣在自己腹前,好像这样就可以让她们之间多一重障碍。她脸上没有太多表情,声音里忽然就没有了刚才佯装出来的响亮,她只说,你想多了,我们家的人都是一回来就把门反锁上,习惯了。

李成静倚着门纹丝不动地盯着她,习惯?你们家人为什么会有这么奇怪的习惯?

她手里摸着那只盘子,目光四处乱躲,语气却越来越冷,这里是郊区,这里治安不好,随手反锁门更安全些有什么不好吗?

李成静觉得她此刻必须愤怒了,她把她锁在屋里,居然还敢这样反问她。她死死盯住小秦说,你以为你把门反锁了我就出不去了?

这里是郊区，你出去了连车都打不到。

李成静冷笑起来，她居然开始威胁自己了。冷笑的同时又忽然感到了自己笑声里的虚弱，如果这女孩真的有什么同伙，她今天怕是真要插翅难逃了。但她听到自己声音外面的那层壳仍然是硬的，连车都打不到？你什么意思？这是要绑架我吗？说完这句话她自己都吓了一跳，她忽然想到自己今天为什么会跟着这女孩来到她家里。其实她真正不可告人的目的，就是冲着这个危险来的。而现在，这个危险真的要被从瓶子里放出来了吗？她感到了恐惧，与此同时，却又感到了一种嗜血般的渴望。生怕它被放出来，却更怕它不被放出来。

小秦站在那里，两只手死死抓着那只盘子，好像只要一松手盘子就会自己跑掉。她的目光四处乱撞，唯独不看对面的李成静，她的声音听起来已经带着哭腔：你真要走也没人能拦住你。

李成静心里哆嗦了一下，声音却还是像铁器一样追打过去：那把钥匙给我。

……

给我！

……

你信不信我会报警。

她说出这句话的时候，整张脸向上仰起，用鼻孔对准了对面的人，甚至连她自己都感觉到了鼻孔中正喷出的热气。她心里对自己大声喊道，不要这样，不要这样！这时只听站在对面的人用近于哭泣的声音喊了一句，就在我挂起来的羽绒服的口袋里，你自己去拿吧。

这样的声音让她又一阵难过，但同时却像别人露出的伤口一样加倍激起了她嗜血的快感，她在那一瞬间里终究还是看到了自己面目狰狞的一面。这狰狞让她痛苦，但她还是坚持向挂在衣架上的那件红色羽绒服走去，钥匙果然在口袋里。她打开门，拎起自己的手提包就往出走，她的背后悄无声息，她站在门口终于还是忍不住回头看了一眼。小秦就站在她背后，她站在那里没有任何要上来阻拦李成静的意思，她的眼泪已经淌了一脸，嘴里却没有发出一点声音。

李成静跨出那扇门，往前走了几步，开始下楼梯。她忍不住又回头看了一眼，门还开着，女孩还一动不动地站在那里，她上身穿着一件起了球的黑色毛衣，一条紧绷绷的牛仔裤勾勒出她短粗的大腿，满脸的泪水使她看起来丑陋异常。她站在那里还是不肯发出任何一点声音，只是用两只空荡荡的眼睛直勾勾地看着李成静。李成静试图迈下一级台阶，那眼睛跟着她，她又往下走了几级台阶，女孩已经看不见了，那两只眼睛却还是湿漉漉直勾勾地黏在她背上。她注意辨别着楼上传来的声音，但是没有任何声音，一点声音都没有。她甚至怀疑只要她现在回过头去，顶层那间破旧的房子连同里面的女孩已经一起消散了，只留下一缕薄薄的山间晨雾。

她已经拐了弯往下走，却觉得那两只眼睛还是一路追着她，像两只狗的舌头一样正拼命舔着她的手、她的背。她拼命想甩掉它们，可是不行，它们绊在她的脚步里，咬着她的衣角。楼道两边的房门看起来已经久无人住，有的挂满蛛网，蹲在门口的大白菜状如干尸。走到三层楼的时候，她站住了，从楼道的窗口看着外面。窗户上的玻璃早没了，亘在西北风里像一道伤口。她从这窗口静静看着外面的白杨，白杨后面是破败的工厂，工厂后面是低矮的平房。这是一处奇怪的三岔口，城市、农村和破败的工厂在这里交会，形成了一片干涸的浅滩，又繁衍出了这浅滩里特有的生物链。在来的路上她就看明白了，那些住在平房里的多是些外来的打工者和低级的妓女，还有可能里面藏着杀人犯、劫匪、赌徒、被人群抛弃的艾滋病人，还可能藏着这个钢厂下岗之后没有活路的工人们。他们租不起市里的房子，便自然而然地汇聚于此，租那些廉价的平房。就像这世界上所有的河流终会相遇，相遇成人间之外的另一重人间。

在这个世界上有人在思考婚姻究竟是不是在反人类的同时，正有人花二十块钱花五分钟刚从低等妓女的身上爬起来。然后妓女对他说，快穿起你的裤子，下一个马上就进来了。

"花儿可以有一万种颜色，
每一种都来自污泥。
任何一个冬天和任何一个夏
天一样，
其实都不过是，
你栖身的土壤。"

她就那么在窗口久久站着,像是在等着那楼上的女孩终究会追下来拦住她,就像她的两只眼睛一样。但是,她再听不到楼上有任何动静。只有西北风刮得整座楼都在摇晃。

最后,一咬牙一跺脚,她开始往楼上返。

五

顶层的门还开着,门里的人还以那个姿势站在那里。她看起来像座石像一样立在那里,脸色灰白,没有眼泪,也没有任何表情。

李成静进了门反手把门关上了,然后看着呆呆立在那里的石像说,你说我是不是好人?

我把那么贵的衣服都送你了,你反锁了我,我还要回来找你,你说我是不是好人?

有时候我一个人住在外面也会觉得害怕,然后我就对自己连说三遍,长这么大你做过坏事没?如果没有那你怕什么?我就是这世上一个最普通的好人,我永远不会去做坏事,所以你要是敢绑架我,你家三代之内肯定都没有好报,你信不信?

……

我就回来看看你能把我怎么样。

……

小秦一动不动地看着她,也没有说话,只是静静地流泪。李成静感到自己的眼泪也要掉下来了,怕被对面的女孩看见了,连忙假装翻自己手里的提包,翻了没两下,一大滴泪还是吧嗒一声掉进了包里。

李成静坐在沙发上,客厅里那台破电视被打开了,两三个穿着古装的人正在里面走来走去。小秦出出进进地忙着给她倒水,又给她找吃的。最后找出了一包看起来年代久远的花生。小秦有些羞愧地说,姐,家里找不出别的吃的了,我给你剥花生吃吧。这花生还是能吃的,就是不那么脆了。说着她把花生一粒一粒地剥开了,把粉色的花生米一字排开摆在桌子上,又从里面挑出品相端正的,像贡品一样摆到了李成静面前。

李成静端坐在那里感觉自己正坐在一个新鲜的祭台上,不无得意,更多的却是如坐针毡。眼前趴在桌子上挑花生米的小秦让她觉得就像一只猫为了讨好自己的主人，正把自己最好吃的东西，那些捕到的老鼠一一上供给她。她畏惧地看着那堆越堆越高的花生，说，不要剥了，我不喜欢吃花生，真的。

小秦抬起那张圆脸惊慌地看着她，姐，那你想吃什么？你觉得什么有意思？你会打牌吗？要不，你会打麻将不？两个人也没法打麻将……对了，姐，我给你跳段肚皮舞吧，我在广州的时候专门花了几百块钱学过肚皮舞，听说肚皮舞能让女人身材变得特别顺溜。姐，你有没有发现我下身太胖。上身还好，就是腿太粗了，屁股又大，整个人长得像个梨。

说着她便忽然站起来，一下就把身上的黑毛衣脱了，露出了里面的一件红色的紧身小背心，李成静吓一跳，忙说，快穿上，要感冒了。小秦忙说，怎么会，不会，肯定不会的。她活动了一下筋骨然后开始冲着李成静扭腰送胯，她光着肩膀拼命扭动着肥胖的下半身，看起来像一只底座肥大的天鹅俑。她立在那里不像一个活的人，倒像一种随时准备把人击垮的全新存在。她一边卖力地扭动着屁股，一边偷偷瞟着李成静的表情，嘴里说，其实当初学的时候我就想好了，不能心疼那几百块钱的学费，学会了跳舞是好事啊，以后就是跳给自己家里人看也不错，省得买票看了，你说是不是？

她把屁股收回来准备再次送出去的时候，被李成静喝止住了。李成静坐在那里，脸色煞白，看起来比那跳舞的人还要疲惫。她说，坐下，和我说说话吧，说说话就行。

我怕你无聊。

说说话就行。

姐想说什么？

你从小就在这里长大的吗？

不是……去年才搬过来的。

去年？那之前你和你父母都住哪儿？

很多地方……搬过很多次家了。

为什么？

……

那你们为什么要搬到这么偏僻荒凉的地方来？

……

这楼老得已经快没人住了。你们住这里是不是因为这里房子便宜?

……嗯。

再和我聊聊你父亲吧,你说他做过很多事情,他还做过什么?

他什么都做过……不过后来的几年里就只做一件事情,就是不停地搬家……我母亲就跟着他不停地搬家,从一个地方搬到另一个地方,然后再搬,再搬。

小秦的眼睛里已经蓄满了泪,却只是在那里蓄着,并不落下来。她用这两只浸泡在泪水中的眼睛看着李成静,使这两只眼睛看上去有一种黑白分明的寒意。李成静心里某个地方忽然就疼了一下,她想避开对方的眼睛,可那两只凛冽的眼睛还是毫不躲闪地看着她。显然她知道自己已经暂时占了上风。

那堆花生没有人再去剥了,它们温钝安静地挤成一团,挤在渐渐昏暗下来的光线里,仿佛一群背着壳在赶路的海底小生物。它们要在天黑前赶到自己的栖身之所,就像人类一样,要在天黑前守着自己的巢穴和烛光。

窗外已是黄昏,白杨树的枝杈正在变暗变斑驳变阴森,树干上的那些眼睛也在慢慢瞌睡下去。小秦看看桌上座钟显示的时间,忽然就站起来说,姐,该吃晚饭了,吃了晚饭好早点睡觉。李成静正要问需不需要出去买菜时,小秦又站到了那台冰箱前,她侧过半边脸看着李成静,似乎这样就可以尽量少和她对视。她扶着冰箱的门,犹豫了半天才说了一句,姐,晚上还吃饺子可以吗?

……还吃饺子?

我妈给我包了好几顿的饺子,都冻在冰箱里,可以连着吃好几顿呢。

楼下有卖菜的吗?我下去买点菜吧。

姐,就委屈你一下了,家里除了饺子也没别的好吃的了。

为什么不下去买点菜呢?你不下去我下去。

……附近没有卖菜的。

没有卖菜的你们平时都吃什么?一年四季吃冻饺子?

姐,就委屈你了。

算了算了,就吃饺子吧。

又是中午那个白瓷盘子,又是满满一盘饺子。李成静吃了两个饺子,忽然感觉自己正在这房间里乘着某一种诡异的环形轨道缓缓行驶，所过之地之时都不过是一种循环。冰箱、饺子、门，都是循环。然后她更可怕地发现，就连她们的话题也如轨道上的火车，驶过几个交叉口之后，再次庄严地滑进车站。

你说人为什么要结婚？

嗯……要生小孩吧。

小孩就可以让人不害怕？

……

你说人活着到底在害怕什么？

姐……你是不是想说，你男朋友正在干吗？

和他的情人在一起约会。

你恨他不？

你说他们约会的时候会做什么，做爱？

……还是吃饺子吧。

你说他们现在是不是正在做爱？

小秦刘海下面的眼睛忽然就变硬了，她恨恨地说，这是人家的事，和你有什么关系？

李成静看着窗外，窗外的最后一缕天光落在她脸上，她的整张脸像蜡烛一样被点亮了，然后那疯狂的光亮倏忽而过，她坐在那里，开始渐渐暗淡下去。整个人散发着一种非人间的绝望。她慢慢向女孩转过脸去，满脸是泪，她说，我这辈子都不会告诉他，就算一辈子不结婚我也愿意和他在一起，我愿意不要婚姻。但我永远不会告诉他，这是对他的惩罚，也是对我自己的惩罚。

小秦坐在那里沉默半晌，说，不吃了吧？然后开始收拾盘子。这时候屋里的光线变得更昏暗了，小秦几下便洗完了盘子，她不安地看着窗外的夜色说，姐，天要黑了，你快去洗洗脸吧。说完她又从抽屉里找出两根蜡烛，这里经常停电，说不来过会儿又停电了，停了电我们就只能睡觉了。今晚可是小年夜。

果然，大约快到八点钟的时候停电了。李成静咕哝了一句，你们在这种地方居然也住得下去？这时候她在一团骤然降临的黑暗中忽然听到小秦发出了一种古怪尖利的声音,姐,你在哪儿?

她看不到她人在哪里,只被这声音吓了一跳,一瞬间里的感觉是这声音不像是人嘴里发出来的,倒像是忽然从人的肉身里刺出来的某种恐怖的植物,就是在黑暗里,她也闻到了它身上的这种恐怖的气味。她忙说,我在这儿呢。小秦那边传来窸窸窣窣的声音,接着,火柴擦亮了;接着,蜡烛也亮了。

小秦就站在桌子后面,一只手抓着火柴,另一只手里擎着一支红色的蜡烛。她的整张脸是从烛光里浮出来的,在黑暗中看过去,就像一只浮动在黑暗中的人面气球。光和黑暗在她脸上筑起一座奇怪的建筑,在每一道光影的褶皱里她都看得出这桌子后面的人正在害怕。最后她看到了她的眼睛,那两只细长的眼睛此时忽然变得很大很空,在烛光里,黑色的瞳孔像猫一样变成了一条线,一个尖利的点。这双眼睛正死死看着她。

李成静吓了一跳,说,小秦,你没事吧。

那个人还站在那里一动不动,手里瑟瑟擎着一支红烛。

她向小秦走过去,你怎么了?

小秦还站在那里,全身发着抖,她忽然说了一句,姐,你今晚就跟我在一起。

我不是就在这儿吗?两个大活人,有什么害怕的。

姐,你今晚不会走吧?

怎么会,都这么晚了,我去哪儿?……你父母也是,就把你一个人丢下不管,这破楼本来就没几个人住,又遇上停电,一个人还确实有点害怕。

姐,你跟着我一起去检查一下门锁好了没有。

门不是中午就已经被你反锁上了吗?你忘了?

小秦嘴里哦了一声,却还是擎着蜡烛慢慢向门口走去,她走得很慢,就好像那门口正藏着一个人,使她不敢走近,又必须走近看个究竟。她慢慢挪到门口,试了试门,确实反锁了。李成静说,这下放心了吧,停电了什么都不能做,我们就睡觉吧。

小秦嘴里说着好,却举着蜡烛站在那里不动,她把蜡烛举过头顶,紧张地四下里张望着,毛茸茸的烛光从她的头顶泻下,她看起来像一座立在黑暗中的青铜烛台,孤独荒芜锈迹斑斑的烛台。周围的家具拖着巨大的影子，无声地蛰伏在黑暗之中，正悄悄地打量着她们。小秦忽然拉住了李成静的一只手，那只手像蛇一样冰凉。她一只手死死拉着李成静，另一只手举着蜡烛慢慢在屋里走了一圈，当走到柜子边、门后的时候，她便用蜡烛仔细照一照后面的阴影。好像在每件家具每扇门的后面都可能藏着一个看不见脸的人。好像这房间里的每一团阴影里都可能藏着什么。李成静的那只手被她牢牢抓着，看她举着蜡烛找东西的样子，背上不禁有种阴森森的感觉。她说，你在找什么？

没什么……就是检查一下。

检查有没有人藏着？你不是说你父母都不在吗？那屋里除了我们俩还能有谁？

是啊，还能有谁。

那你怎么还在找？

我就是检查一遍，就一遍，检查完我们就睡觉。

你门窗早就锁好了，还有什么人能进来？

我怕他们白天就藏好了，晚上才出来。

你别吓我，你说什么呢。

李成静背上出了一层冷汗，仿佛也觉得周围的阴影里正立着一圈密密匝匝的人影看着她们。她们举着蜡烛，拖着自己长长的影子把所有的地方都检查了一遍，包括卫生间和厨房。可是除了大团大团的阴影，什么都没有找到。最后李成静说，这下可以睡觉了吧，你说我睡里面你睡沙发？

她走到卧室门口的时候回头看了一眼，小秦还举着蜡烛站在那里不动，她那张看不出表情的脸正浮在烛光之上，姐，让我和你睡一起吧，我害怕。李成静犹豫了一下才说，那好吧，反正也就将就一晚上。

小秦把蜡烛蹲在了床头的桌子上，那只蜡烛已经剩下一小截了，灯芯变老，蜡烛在哗哗流泪。小秦伸出一只手指去拨弄灯芯，手指伸进烛火里了也没有立刻抽回来，好像她根本没有感觉到烛火的烫手。李成静说，把蜡烛吹灭，我们睡觉吧。小秦没有吹那蜡烛，只说，它自己着一会儿就灭了。

两个人在一条被子里躺下了，身体上的偶尔接触让李成静浑身不自在，她往一边让了让，在两个人中间空出一条通道来。最后的烛光无声地跳跃在墙壁上、天花板上，像很多魂魄拥抱在一起取暖。然后，烛光渐渐暗淡下去。最后，烛光终于熄灭了。

小秦又往李成静那边靠了靠，李成静又往一边躲了躲，两个人都没说话。两个人就这么一动不动地躺着，像是过了很久很久，以至于李成静怀疑这身边的女孩已经睡着了的时候，窗外开始有人放烟花，缤纷的烟花飞进夜空炸开，整间屋子瞬间被照亮了。就是在这一瞬间里，李成静忽然发现躺在身边的女孩正一动不动地盯着天花板，眼睛睁得大大的。她吓了一跳，问了一句，你还没睡着？

嗯。

我也睡不着，那就聊聊天吧。

嗯。

今夜是小年夜，这边放鞭炮的人可真少。

嗯。

快过年了，时间过得真快，不觉又一年。

嗯。

你说……我男朋友现在在干什么？

……你想让他干什么？

和那女人在一起做爱？你说偷情是不是确实更符合人性？我一遍一遍地在脑子里想他们做爱的情形时我难过得快死了，我恨不得把他们杀掉，可我还是要去想，就像上瘾了一样停不下来……你说他和这女人做爱的时候会想起我吗？

……不知道。

你觉不觉得他其实很可笑？他居然以为他拥有几个哲学概念就是自由的。他居然以为人是可以自由的。他其实就适合活在他的课堂里，以他那种隐秘的方式活着，他根本就不适合活在人群里。可我还是爱他，我想起当年经常去旁听他的哲学课，那感觉就像基督徒来到教堂。人要活下去总得真心信点什么，你说是吗？

她甚至已经不再需要听众，只是需要不停地往下说不停地往下说，只有在这个不停地往下说的过程中，她才觉得舒服了一点安全了一点。

这时，躺在身边的小秦忽然在黑暗中昂起了头，像一条警觉的蛇。她竖起耳朵，像在黑暗中捕捉着什么动静。听了半天，忽然用一种压低的声音悄悄问李成静,姐,你有没有听到有人在敲门?

李成静在黑暗中屏息听了听,屋子里除了那只老式座钟的滴答声,再没有了别的声音。她狐疑地看着这个身边的人,这个人的面孔已经融化在黑暗中了,只留下两束目光单独地可怖地走来走去。她说,什么声音都没有。你怎么一晚上都疑神疑鬼的?

姐,真没有?

那双眼睛忽然在黑暗中变大变清澈,变得像两只湖泊。她知道对面的人在流泪,却忽然觉得很疲惫,她扭过脸去,说,真的什么都没有,睡着就好了。

姐,谢谢你今晚能来陪我,谢谢你。要是我活不过今晚了,你也千万不要骂我。

那双眼睛变得更大更晶莹了,李成静几乎一下从床上跳了起来,你胡说些什么,今夜可是小年夜,你快少讲这种不吉利的话。

姐,我真的怕我活不过今夜。

……你到底怎么了?

六

有时候我会恨我父亲,有时候又觉得他太可怜。我老家的那个村子多年以前地就被征得差不多了,剩下的地也很少有人会种麦子,因为辛辛苦苦种一年地也卖不了几百块钱。农民们越来越觉得没有活路。我父亲属于那个村子里最早开始试着折腾活路的农民,那时候我还很小,他曾经蹬着一辆三轮车带着我和弟弟,去方圆几十里内的村庄集市上卖批发来的袜子;曾经在村口办过养鸡场;曾经在夏天贩卖过西瓜,晚上就和西瓜睡在一起,一斤西瓜只能挣两分钱;曾经贩卖过木料,给村里人盖房子用。后来,他认识了镇上信用社的一个人,通过贿赂那个人借到了信用社的一笔贷款,他用这笔贷款开办了一家小型铸铁厂,算是当年最早的农村企业,办这个厂子赚了些钱,他成了当年的农民企业家。我记得我家是全村最早接上电话的人家,我父亲当时还买了一辆二手吉普车,开着车在村子里出出进进。

……后来呢?

他为自己的农民企业家身份自豪,一心想办出更大的厂子赚更多的钱。

他就买了几块地扩大厂子规模，把村子里的年轻男人们招进厂子当工人，给他们发工资，那时候他走在村里的时候，全村人当神一样看着他。可是这种好光景只持续了几年，几年之后，这种设备简陋技术含量不高的农村企业就纷纷倒闭。铸出来的零件因为不够精细，逐渐失去了订单，全部积压下来生锈，变成废铁。当时我们村子附近开铁厂开砸的还不少，不止是我父亲一个人，多数人开砸了也就认命了，大不了再回去种地。可是我父亲就是不认命，他坚定地认为自己可以东山再起。

……

信用社的贷款因为还不清成了死账，再贷款出来是不可能了。他就问亲戚朋友们借钱，几乎把所有的亲戚都借了一遍，给每家打了欠条，按了手印。最后实在借不出来了，可他还是不认命，他觉得自己迟早能翻身。他完全变成了一个赌徒，坚信自己一定能把所有丢进去的钱赢回来。后来，因为有个中间熟人的牵引和担保，又因为他曾经办过三个最成功的铸铁厂的名声和厂里保留下来的设备，他融资到了一百万的高利贷。因为承诺的利息很高，很多邻村包括县城里的一些人，把自己攒了一辈子的积蓄做投资想多赚点利息，有的是养老钱，有的是准备给儿子娶老婆的钱……

后来……

不错，一百万打了水漂。我后来才知道，那时候整个时代都已经在淘汰农村企业了，只有我父亲不认命。在最后的阶段，整个厂子里只剩下了他一个人，他日日夜夜住在厂里，靠我母亲给他送饭。他一个人还要每天检查机器，测量模型的尺寸，还要搬生铁开炉。他已经成了一个艺术家，而不再是一个农民企业家。就是这样，厂子最后还是彻底倒闭了。厂子里的设备和废铁全部被搬空，而高利贷的利息每天都在长，一年以后已经远远不止一百万了。就在那一年，我四岁的弟弟被人绑票，因为我父亲拿不出钱，我弟弟……就那样没了。

……

为了躲债，我父亲带着我和母亲离开老家，四处躲避，我们一年一年不停地搬家，每次都找那种最偏僻最破旧的地方住，就是为了不让追债的人找到我们。可是无论我们躲在哪里，每年小年夜的晚上，都会有人找上门来追债，因为过了小年夜，就进正月了，欠债的要还债。这十多年的时间里，我父亲先后被追债的人剁掉了两根指头，被刺瞎了一只眼睛，还有一条腿被打骨折后就瘸了。他们没有杀了他是因为还幻想着有一天能要回自己的钱。我父亲残疾后就再没有了任何挣钱的想法，就只是一天一天地活着，活一天就是一天，可他还是要活着。他不再是企业家，也不再是艺术家，就单单成了一个为活着而活着的人。有时候我甚至希望他早点死了，那些人也许就会放过我和我母亲了，但我母亲说，不可能，父亲欠的债，儿女也要还的。可有时候我又觉得我如此爱他，如此可怜他，以至于我经常因为梦到没有了父亲而哭醒。所以我想为他准备一件过年的礼物，让他过好这个年。每个年对他来说都可能是最后一个。

……你送他礼物是应该的。

这些年里，开始是我母亲出去给人帮工挣点小钱养活我们，后来是我16岁就开始到广东打工，每月给他们寄钱养活他们。最近两年我总是在小年夜前就赶回家里，我让我父母躲出去，我怕那些来讨债的人又找到他们，为难他们。

你为什么不和他们一起躲起来？

……总要留下一个人去面对的。

今夜就是小年夜。

……是。

两个人在黑暗中静静对视着，整个房间忽然变得很小，似乎周围所有的黑暗都有了重量，正带着超过自身体重的重力向她们压过来。然后，李成静听见了自己陌生异常的声音，也许他们今年不会来了，睡吧。

他们来了就会杀了我的，我知道。

不会，杀人是要偿命的。李成静听见自己忽然在黑暗中尖叫起来。

姐。这时候，小秦在黑暗中无声地坐了起来，声音忽然变得异常平静。他们来了。

果然，那扇反锁的门外传来了几声敲门声，声音不大，却清晰无比。

她们两个人都没有动，只在黑暗中默默对视着。停顿了几秒钟之后，敲门声再次响起。敲得并不是那么急，仿佛敲门的人很有耐心似的，只是一下一下地敲。李成静感觉她们像被装进了一只铁皮鼓里，有人在外面敲鼓，这里面便装满了鼓声，鼓声在黑暗的神经里发酵，又比外面的鼓声凭空凶猛了十倍、一百倍。好像在屋子里四处都是游弋的心脏,到处都是心脏跳动的声音。

你……去开门吗?

嗯。

你就不会不开吗?装作里面没人。

他们过会儿会把门砸开。

为什么不报警?赶紧报警。

是我们欠了他们钱。

那他们会怎么样?

……

我今天真是倒霉,被你生生拉到这样一个地方来。你不说就让我陪你过一夜吗?

对不起。

他们会杀人吗?

……

他们会不会把我俩都杀了?

……

还是会剁掉我们的一只手?

……

你说,会还是不会?

……

可是我和你根本没有任何关系。没有。

对不起。对不起。

门外幽灵一样的敲门声一阵紧似一阵,仿佛长出了很多牙齿要咬碎这扇门。李成静开始感到头晕开始觉得窒息,她本能地看着卧室里唯一的那扇窗户,她忽然意识到,刚才一瞬间里她竟想从那里跳下去逃走。这时候小秦开口了,声音冰凉冷静:你就在这屋里,不要动也不要说话,也千万不要开门,我告诉他们,家里只有我一个人。

你真要去开门?

小秦已经光着脚走到卧室门口了,她准确地找到了那扇门,像是不用点蜡烛也不用灯光就能把这屋里的每个角落看得一清二楚了。

你真的要去开门吗？

小秦已经走出卧室，然后把卧室的门掩上了。李成静连忙跳起来躲在门后，再从那道门缝里使劲辨别着外面的动静。靠着那扇门她听到自己牙齿发抖的声音。

敲门声戛然而止。一个男人苍老的声音和一片杂沓的手电筒的光柱扑了进来，她从那道门缝里使劲听着：你爸呢？

我爸不在家。

又躲出去了？去哪儿了？

不知道，我在外面打工今天才到家。

以为躲起来我们就找不到他了？

那你们找吧。

听你这口气还真是你老子养的。你们这坏了良心的全家，你知道你们借的都是什么钱？当年口口声声骗我们厂子能赚大钱，结果呢，那些钱都是我们一辈子攒下的一点血汗啊，有的是老人们的棺材钱，有的是准备给儿子娶媳妇用的，有的是要供孩子上大学用的，就这样全都给你们家搭进去了。你们还不了钱了就躲起来就装死，我就想问问，你们全家睡觉的时候会不会做噩梦？你们每天吃饭就能咽得下去？

我爸妈都不在，我也不知道他们去哪儿了。我也没钱，你们想怎么样就怎么样吧。

看来你是一定要给你老子出头了，以为我今晚不敢卸了你一条胳膊腿是不是？

我没有钱。你们随便吧。

李成静用手死死抓住门，简直连指甲都要镶嵌进去了，她把全身都趴在那道门缝上听着外面。小秦的声音听起来冷静而迟钝，像用木头做成的，连一丝恐惧都听不出来了。她好像忽然之间就什么都不怕了，又好像她已经提前把自己的害怕用完了，用得连点儿底都不留。不只是害怕，她好像连血液连心跳都没有了，她就像一件空荡荡的皮囊一样挂在这午夜。

你老子能把你一个人留在这儿也真是有种，他到底躲到哪儿去了？

我不知道。

那欠我们的钱呢？到底什么时候还？

我们没有钱。

能还多少是多少，快过年了，你老子不会一点钱都没准备下吧？

我只攒下这么多钱，你们都拿去吧。

这是几个钱？

三千块。

打发叫花子吧？连我们一路找你们的路费都不够。

那你们随便吧，想砍掉我的胳膊腿或者杀了我也随你们。我们已经连过年的钱都没有了。

她的声音已经不再是冷静不再是平坦甚至不再是悲伤，李成静感觉这声音像一盏孔明灯一样正在黑暗中慢慢飞起来，它不顾一切地旁若无人地歪歪扭扭天真烂漫地往上飞，然后飘在所有人的头顶之上，俯视着这要债的男人，也俯视着自己。她也许已经像个观众一样，准备好观看自己的那具皮囊像诡异的木偶一样，被摘掉胳膊、腿或者脖子。然后她的尸体躺在她苍白的断肢旁边，仿佛一双母女，没有人知道她躺在这里，也没有人会报警。所有的时间在残酷而安静地盛开，而她就这么静静地躺着，直到腐败。消散。无。

接着，李成静从门缝里看见两柱手电筒的光束像兵器一样在房间里来回乱劈，然后是两个男人的嗡嗡低语声，再然后是真正的兵器碰撞时溅出的冰凉酸冷的金属气味。她浑身打了个寒战，仿佛这金属气味只是一只守门的石狮，在它的后面，一道被闭着的门正被悄悄打开，更多的东西正在被放出来。

她悄悄把门缝拉大了些，她看到锋利杂芜的手电光里小秦正背对着她，她只能看到她一个黑黢黢的背影，但边缘清晰，像是被剪下来贴在那里的。她背对着她一动不动地站着，看起来有点倨傲有点倔强，还有点无所畏惧之后的可怕平静。她能分辨出她短粗的双腿、油腻的头发，还有起球的黑毛衣。她站在那里像一个随时准备谢幕的小丑，像一件刀枪不入的笨重家具，像一个高傲的上帝，又像一种彻底失去了恐惧的可怕存在。

原来有人竟可以失去恐惧。

这失去了恐惧的人类看起来已经不再像人，更像上帝或者魔鬼。

她在门后作了个长长的深呼吸之后，忽然就推开门向着那堆交缠在一起的光和人走去。卧室里突然跳出来一个人，让两个男人都吓了一跳。他们用手电筒久久地打量着她，然后那个年轻的男人又扛着这条光柱把卧室里也扫视了一遍。他嘴里嘀咕着，操，连电都没有。年长的男人站在原地，手里拎着一把寒光闪闪的刀，指着李成静问，你是谁？小秦把脸向李成静转过来，姐，你不是已经睡着了吗？怎么又起来了？然后又转向那男人，她是我一个干姐姐，我家就我一个人，她是来陪我过夜的。

谁也没想到李成静忽然就顶着那道惨白的手电光，上前一步说，他们家真的没有钱，你们要不出钱的。你们就抓了我做人质吧。话音落地其他三个人都愣住了。小秦忙说，姐，你进去睡觉吧，没你的事。两个男人又拿手电筒一遍一遍打量着李成静，似乎觉得其中有诈。

手电光在她脸上晃来晃去，像有很多只金光闪闪的脚正从她脸上踏来踏去，她甚至看不清另外三个人到底站在哪里，只知道他们的声音和呼吸就在她身边。她一开始觉得眼睛被晃得睁不开，觉得有无数把箭镞正向她射来，她站在那一片光的箭镞里疼痛着、死亡着，到后来忽然开始有了享受的感觉。她觉得此时的自己就像一个被钉在十字架上的耶稣，她迎着那手电光微笑起来，她听见自己的声音在这光束里明亮地流转：你们真的要不到钱的，不如你们把我绑架了，然后给这个人打电话，他是我男朋友，你们就对他说他女朋友被人绑架了，让他立刻拿着钱过来救她。

她说着举起了自己手里的手机，她的手里竟一直牢牢擎着一只手机。她指着手机屏幕上一个明灭可见的电话号码，对那两个男人说，就是这个号码，你们给他打，就说我被你们绑架了，我叫李成静，他叫赵同。两个男人看看手机，又看看她，都没有说话也没有动。

她举着那只手机就像举着自己身上一只血淋淋的器官，她说，你们快打呀！没有人动，她使劲对他们诡异地笑着，泪却哗地下来了，她语气急促，像是在发烧，浑身都在发抖：求求你们了，把我绑架了吧，你们把我捆起来，然后给他打电话，就说我被绑架了，让他拿着钱过来救我，他一定会来的。

那个年轻的男人在年老的男人耳边嘀咕了几句什么，然后对李成静说，那你自己打，就说你被绑架了，让他拿钱过来。李成静痛苦地摇着头，他看到我的电话都不会接的，你们给他打，多打几次他一定会接的，我了解他，现在他肯定还没有关机，他总是睡得很晚。

年轻男人用刀指了指小秦，拿你的手机打。小秦看看李成静，拿过自己的手机，拨出了那个电话。电话是通的，但没有人接。李成静的脸已经痛苦地抽搐成一团，她急切地命令着：你再打，再打，多打几次，他会接的！我知道，他还是个好人，他不是没有感情，他一定会来的。

果然，打到第六次的时候，赵同接起了电话，找哪位？

小秦把手机递给年轻男人，年轻男人和年老男人对视了一下，都没有接手机，仿佛手机是一堆正在燃烧的炭火。四个人包围着这只手机，只听见手机里的男人又用犹疑的声音问了一句，哪位？

大约是感觉这炭火马上要熄灭了，年轻男人一把抓过手机，大声对里面的男人说，你是赵同吧，你女朋友李成静被我们绑架了，快拿着钱过来救她。他的声音因为紧张和故作凶狠听起来有些滑稽，像是一个未上道的劫匪正在为想象中的抢劫做一次彩排，中间竟结巴了好几次。

他的话音还未落，电话里的男人已经咣当一声把电话挂了。嘟嘟的忙音像只诡异的红舞鞋一样从四个人的神经上跳来跳去。年轻男人拿着挂断的电话有些意犹未尽，似乎做劫匪的瘾才刚刚起了个头就被迫中断了。他重新用手电筒打量着李成静，似乎忽然对这女人的长相发生了兴趣，语气略带嘲讽，你说你男朋友肯定会来，是你说的吧？李成静感觉到自己的身体里裂开了无数的黑色小洞，每一个小洞都足以像血盆大口一样把她吞没，她迎着那手电光束，冰冷地说，让我来和他说。

七

她用自己的手机打过去，赵同不接。她再打过去，他还是不接。她不敢朝另外三个人的脸上多看一眼，只用两只手紧紧抓着自己的手机，好像那手机是一只斑鸠，带着体温，随时会飞走。她越发用力地把那个号码掷进电话里，似乎越用力便可以更快地得到对方的回应。但电话尽头里的山洞仍然严丝合缝地关着，他不接电话。

她忽然抬起头，胡乱找到了小秦的那张脸，她其实并不敢确定那就是小秦的脸，她拼命对着那张脸解释着，他一定是现在很忙不方便接电话，你说是不是？小秦没有吭声，好像根本没听见。两个站着的男人在这冗长的剧情面前好像也有些疲乏了，年长的男人把手里的刀先放在了地上，拉过一把椅子坐了上去，开始以观众的身份观看着李成静。

她继续打了几次，赵同还是不接。年轻男人终于有些看不下去了，你就别打了吧。李成静迎着手电光抬起头来，脸上因为没有了血色而接近于透明，她对他们空空荡荡地笑了一下，好像在向他们致歉，然后又自言自语地辩解道，他肯定会接的，他只是以为我在开玩笑，他一定以为我在恶作剧。

三个或坐或站的观众都不去接她的话茬，她则继续孤单滑稽地一遍一遍地拨打那个电话，原先已经弥漫在房间里的血腥气，忽然之间被一种戏谑的舞台剧气氛暂时代替了，但观众们显然正在失去耐心。就在这时，电话终于打通了，李成静站在一束手电光里，就好像舞台上投给她的追光灯，她倨傲地站在那里，捧着电话，两只眼睛蒙着一层闪闪发光的泪影，在那一瞬间里她近于炫耀地看着他们，他接电话了，他终于是接电话了。只听见电话里传出赵同疲惫的声音：你到底想干什么？

你听我说完，你一定不要挂电话。我被人绑架了，就在城西郊区的废弃钢厂宿舍，你快过来接我吧，我只想见到你。

大半夜的你还有心思开这种玩笑。

是真的，真的真的真的真的真的。

不要再开这种玩笑考验我了，我们已经分手了，你自己好好过吧。就是为了你自己好，你也不应该再和我有联系，更不要再和我开这种不高明的玩笑了。

你怎么就知道我是在开玩笑？

李成静对着电话歇斯底里地大叫起来，三个观众都静静地看着她，没有人说话也没有人动。

要是没别的话要说，我就挂了。

李成静已经泪如雨下，她死死抱着那只电话。泪水一直流到了明灭可见的屏幕上。不要挂不要挂，求求你了不要挂掉，你听我说，我今晚很害怕，我真的很害怕，我从来没有这么害怕过，你过来接我吧，我只想和你在一起，你来接我吧好不好？今晚我可能会死，可能会被人砍掉一只胳膊，我很害怕，你过来接我吧，算我求你了。

你是不是晚上喝酒了？今晚我要不是在等一个重要电话早就关机了，别胡闹了，快睡吧，睡一觉就好了。

等一个重要电话？李成静听见自己的鼻孔里发出长长一声鼻音，她流着泪冷笑起来，接着她听见了自己尖酸凛冽的声音：这么晚了还在等这么重要的电话，是等着和你那情人的约会吧？

你又来了，我说了，人都应该是自由的，你没有权利干涉我的自由。

李成静鼻孔里连连冷笑，在灯光里喷着雪白的霜气，自由？你觉得人是自由的？你真觉得每个人都是自由的？你信不信，你信不信我明天就把你偷情的事情告到你的学校，告到你校长那里，让你们全校师生都知道你的丑闻，你照样还可以自由是不是？

连三个观众都不忍再看下去了，年轻男人低头摆弄自己的手机，小秦开始认真揪自己毛衣上的线球，年长男人则两手抱肩，低头欣赏着自己放在地上的那把刀，显然刀刃是来之前刚开过的，雪亮雪亮。

李成静这时候好像忽然明白过来自己刚才说了什么，她在心里拼命地阻拦着自己，不不不不不不不不不不不不不不不不，不要这样，不要这样，求求你不要这样丑陋，求你了。她痛苦地弓下腰，把自己扭成了一团抽搐的血红色的肉，她大颗大颗地滴着眼泪，对着电话无声地张开嘴又闭上，张开又闭上，却发不出一点声音。这时屋里所有的人都听见了电话里传出一个没有任何感情色彩的声音：你真可怜。

然后便是苍白清冷永恒的忙音，这忙音像大雪一样在房间里翻飞着，旋转着，像是要把所有的人都静静覆盖掉，像是要把这房间埋葬为一片宁静的墓园。

李成静扔了手机，先是蹲在地上，然后整个人都瘫在了地上，她对着地上那只已经没有了任何声音的手机失声痛哭，你怎么就能相信，你怎么就能相信我的话，你怎么就能相信我真的会去你的学校告发你，你就这么不了解我吗？为什么你一点都不了解我，为什么？我真的只是很害怕，我今晚真的很害怕很害怕，我只是想让你把我带走，真的，相信我，我只是想让你把我带走。只要你还在我身边，我就什么都不怕了……

年长的男人坐在椅子上终于说话了，姑娘，我看你还是算了吧。不要再打了。

李成静抬起脸来困惑地寻找着他的声音，两只手电筒不知什么时候都已经关掉了，房间重新掉入了黑暗，她看不清他们的脸，只能看到三个或坐或站的剪影静静地立在黑暗中。她已经不再管他们是谁，他们是谁已经不再重要，她对着他们伸出一只手去，仿佛那只手很干，很渴，很饿，你们觉得我是个坏人吗？你们是不是觉得我很像个坏人？我竟然去威胁他，恐吓他，我居然这么逼真地像个坏人，你们真的把我绑架了吧，这是我应得的，你们把我带走吧，你们随便处置我吧，砍掉我一条胳膊或腿都可以。我必须让他相信今晚是真的，我必须让他相信我没有撒谎。

要真的把你绑架了，其实我们也不知道该怎么办，每天还得供你吃喝，还得怕警察抓我们。和你说句实话吧，这是我和我儿子第一次出来要债，因为今年轮到我们家了。秦建强当年欠的人家太多了，我们就每年轮流出来要债，不管要到要不到，这已经是我们这些人活着的一种寄托了，都习惯了。当年我们的钱全被套进去，这些年里我们缺吃少穿，不能盖房子，不能给30岁的儿子娶媳妇，但一年又一年，总还能在心里给自己一点点念想，这个世界上有笔钱总归还是自己的，只是暂时不在自己身上罢了。也有的人心里扛不过这道坎，知道钱这辈子都要不回来了，几十年攒下的血汗钱就这样打水漂了，再也没有了活下去的盼头，就自杀了，上吊的喝药的跳河的。他们秦家离开村子后的这些年里，已经有五个老人先后自尽了……我们本来是被人欠了钱出来要债的，我们不过就是些本分的庄稼人想要回自己的钱，这一绑架你，我们就真成罪犯了，被警察四处通缉，钱要到要不到就先不说了，只是晚上怕连个安生觉也别再想睡了。

他又在黑暗中把脸转向小秦，今夜是小年夜了，我看你一个姑娘家独自扛着也不容易，你能还多少是多少，就当是打发我们父子回家的路费吧。要债的事就交给明年的人吧，我老了。

他又踢了踢躺在地上的那把刀子，说，别看这刀子磨得还像个样，都是准备好吓人的，我这辈子不是被逼到这个份上，连杀只狗都下不了手，何况是人。

小秦站在黑暗中始终没有动也没有说话，只是安静地薄薄地立在那里。

窗外爬起了一轮焦黄的残月，像窗花一样冰凉地贴在玻璃上。就着这一点微弱的月光，伏在地上的李成静看到扔在地上的那把刀正散发着幽冷的寒光。她与那把刀静静地对视了一会儿，然后，她忽然用一只手抓起那把刀，在黑暗中向自己的另一只胳膊砍去。

屋里的其他三个人同时听到了金属砍到骨头上发出的沉闷的钝响，然后就是鲜艳的血腥气。这血腥气蛰伏了一晚上，终究还是被人放出来了，弥漫在整个房间里。两只手电筒再次被打开，灯光慌乱地惊恐地在屋里乱撞，被收进光束里的人脸、眼睛、衣角、手、毛孔、伤口、鲜血、白骨，像一堆被剪辑在一起的凌乱的胶片，在这个深夜的月光里无声上映着。

小秦跌跌撞撞地跑开拿过来一条毛巾要替她把伤口扎上，李成静一把推开她的手，她扶着自己那只不停流血的肩膀，仰起脸对那三个人乞求着：你们快给我拍张照，给他发过去，一定要让他看到，让他知道我今晚没有骗他。我可以分手，我可以，我真的可以，但我不能让他以为我是个坏人，是个骗子，以为我什么都不是。

八

父子俩下楼的脚步声渐渐远去，远去，直到最后彻底消失。小秦趴在门上一直听着他们的脚步声渐渐走远，最后彻底没有了，她才转过身来，像个刚刚睡醒过来的人一样迷茫地打量着周围，好像忽然不知道自己究竟身在何处。甚至连她看李成静的目光也是陌生的、困惑的。她无比疲惫地站在门口，一句话都没有说，就那么呆呆地站着。焦黄的月光从她脸上碾过，映出两行泪痕。

忽然她像想起了什么，跌跌撞撞地向那扇通往阁楼的门扑过去。那扇门上还挂着锁，她慌里慌张地找来钥匙，把门开了就往里冲。李成静拖着包扎起来的肩膀跟在她后面，有一道狭窄黑暗的楼梯通往上面的阁楼，没有灯光，两个人都脚步踉跄，薄薄的楼梯空空地发出回声。上了楼梯，就着月光李成静看到这上面是一间狭窄的陈旧的阁楼，屋顶是斜坡的，有一扇不大的窗户透着月光。这时候小秦已经把桌子上的一支蜡烛点着了，就着烛光，李成静看清楚这间很小的阁楼里只放着一张单人木床和一张木头桌子。桌子上除了蜡烛还放着两只空饭盒和两双筷子。木床上安静地睡着一个人，盖着被子，被子上还放着一本书。在地上还铺着一床褥子，褥子上有个人蜷着腿朝里睡着。在离地铺不远的地方摆着一只很大的红色塑料尿壶，里面的尿已经满了，散发着刺鼻的尿骚味。

睡在地上的人听见动静，便缓缓把头扭了过来，李成静看到，这是一张苍老的男人的脸，满头白发，他只用一只眼睛看着她们，他的另一只眼睛只剩下了一个阴森的黑洞。李成静往后退了一步，小秦则一步抢到了床前，她摇了摇床上睡着的人，妈，快醒醒，他们走了，快醒醒，你饿了没？我给你煮饺子去。

妈……妈，妈，你醒醒啊，你怎么不说话，你怎么了？

睡在地上的独眼男人爬起了半个身子，用一只独眼看看李成静，又有些畏惧地看着小秦，他说，你妈昨天夜里说她忽然觉得很害怕，说她从来没有这么害怕过，我说也不是头一年这样了，让她忍忍。后来我们听见他们来了，她就不敢出声音了，我们吹了蜡烛就这么躺着，不敢出一点声音。

妈……你看看我……

你看我一眼。

就看我一眼。

妈妈。

奇葩奇葩处处哀 |王 蒙|

原载《上海文学》2015年第4期，《北京文学·中篇小说月报》2015年第5期转载

一

生日与金婚的喜庆，结束时候沈卓然感到了微微的茫然：天下没有不散的筵席，也没有因为待会儿散就不快乐的自找别扭的喜庆。为之喜庆的是积累，是成绩，是路程漫漫，是越来越老喽，呜呼乐哉！其实呢，也是过往，告别，不复返，然而还顶得住。当初，从来没有想到过，也没敢想象过，自己能与淑珍共庆五十年婚礼，那时候从来没有想到过，也没敢想象，自己能健康地活到哪怕只是六十三岁，更不要说七十四岁了。斯大林威震寰宇，才活了七十几？他难忘瘦弱多病的少年时代。如今，却已经度过那么多年头，清清楚楚，足斤足两，全部进入有去无回的历史。回忆仍然温暖缤纷哭哭笑笑，而永恒的极光，冷得灼人，亮得睁不开眼，略含几分酸楚。

没有想到自己能够有今天的光景，像真行啊似的。岁月的长河其实没有亏待他。他有了光景，然后缓缓的失落与深深的记住相互平衡，毕竟还是幸运。说来脸红，出现了一个恶心的说法：成功人士。孙中山活了59岁；李白61岁，安徽省马鞍山采石矶水中捞月仙去。苏东坡与马克思都是享年64岁多一点。王勃与李长吉则是仅仅20多岁就拜别人世。凯撒大帝58，拿破仑51，秦始皇千古一帝49岁驾崩。英国军情N处的尼尔伍德则是41岁被开来驾鹤西去。与他们相比，他姓沈的算个啥，何德何能，至今还活得这样欢蹦乱跳？

他至少已经经历了不止一次的狂欢与兴奋。歌曲如醉如痴,鼓掌腾云驾雾,口号动地惊天,彩旗霞光万道,集会腾沸燃烧,铁树开了花,哑巴说了话,奴隶挺起胸,恶霸伏了法,天翻身,地打滚,你还想干什么?

最近的一次兴奋是1980年,处处机会,在在成事,梦梦皆圆。卖瓜子创业,爆米花大亨,闯红灯成了经验,花钱送礼开绿灯。解放再解放,转变观念一拨拉就中,笑语恭喜发财,呼唤突破松绑,是欲望的满地,是转变的大言,是起飞的嘈杂,是机遇的俯拾,是中心与基本点的布局,是新局面出现,普天同庆、大快人心、喜上眉梢、奔走相告,又一个美好天真十载。

一辈子的重大经验就是别高兴过了头,乐极生悲,福兮祸之所伏。果然在劫难逃,又有人陷入了困惑与迷失,几乎重新拾起已经戒了21年的吸烟习惯,想买个意大利石楠木、或者厄瓜多尔轻木、或者百年铁树牌海柳烟嘴。

就像从前那样,不仅有香烟而且有烟斗,不仅有烟头而且有翠玉嘴烟袋,不但有马(莫)合烟而且有国粹内画鼻烟壶。

他对淑珍说:"你的好运使我这一生转危为安、转弱为强、否极泰来、笑到最后、笑得挺好。你的稳重救助了我的机敏高速。我们已经年逾古稀,我们有精神也有物质,有热情也有身体,有二代也有第三代,有级别职称也有真本事,更有人缘……"他底下还说了一些儿童不宜的话,淑珍笑骂说:"别缺德喽!"

他不愿意再往下想,不愿意再想后来的事。但是他坚信好有好报,坏有坏报,因果报应,绝对不爽。你可能不自觉,你可能至死糊涂蛋,解不开事儿,你没有怨天尤人的理由。物极必反,月盈则亏……在那个快乐的金婚加寿辰的晚上你口出狂言,你得意洋洋,几乎是小人得志。你也有当上了暴发户的心态,甚至作出了九十大寿时乘邮轮游历巴塞罗那、威尼斯与塞浦路斯的预告,你这就是得意忘形,是自取灭亡啊,难道不是?

是淑珍支持了你,陪伴了你,坚持了你,兴旺了你,发达了你。从1957到1978,二十多年,所有的磨难都因淑珍的存在而不再是磨难,那只是携手共艰危的稀罕经历,是小儿解闷的游戏,是打入冷宫自己过家家,是人生相濡以沫的甘美,是相依为命的温暖,是却道天凉好个秋、人不堪其忧、俺也不改其乐的坚强与爽利。苦乐在我，淑珍在我，夫复何求？

再也没有想到，金婚庆贺两年以后是淑珍的葬礼。不堪回首的生老病死，医院里的长队，手术室外的煎熬，病房的一夜一夜……这只可能是沈卓然的罪孽铸成。他近几年太猖狂。年轻时候他想当作家，当头一棒之后他明白了自己只是文学与艺术远未入室的庸才。中年以后突然来了机会，他被选拔到一个领导机关，他的文字能力与二十余年来的谦虚谨慎习惯使他深受好评与器重。芝麻开花节节高，转眼他就成了司局级干部。好景不长，他又遇到新沟坎，他开始沉默寡言，不求有功。却得到了此生从未有过的舞台，现在时兴叫平台的，他成了人五人六儿，他得了不是头彩也是二或者三名，虽然不是瞎猫碰上了死耗子，却也是绝对戏剧性地幸运出奇，他的柳暗花明足以让嫉妒他的老兄气恼下去。

二

在满坡松柏的山岭下，在刚刚启用的墓葬新区，他站在青石镌刻的墓碑前泪流满面。究竟是什么样的罪过罪孽罪恶，让他在这样一个老来志得意满的时刻失去了淑珍呢？

沈卓然想到的第一件事是大跃进时期山区下放劳动时候毁掉了一支体温计。

和童年时期半饥半饱的日子里一样，在农村他长针眼，他长疖子，他发烧，他拉肚子，还长口疮。得了病他去村口唯一的一位残疾人业余中医那里。他去了，大夫让他试体温。当着他的面，体温计从一个婴儿的肛门中拔出来，业余中医用自己的上衣下摆擦了一下体温计，递给了卓然而且要求他衔在口中，并且解释说，门窗漏风，室温太低，腋下试体温怕靠不住。卓然对这种说法不怎么信服，但又不宜于与农家医生作某种论辩探讨，听农民、学农民才是思想改造。才一犹豫，窗外有人叫唤，医生推门而出，冷风扑面而来，嘭的一声，医生关紧了房门。卓然看到土炕灶眼边放着一把轻声呻吟着的生铁水壶，便拿着温度计凑过去，用一点热水想冲洗一下温度计，就在一点点热水触及温度计的水银管的那一刹那，他听到了一声极轻微的啪啦，他的手一抖，毁了，他看到了温度计玻璃管的小小裂口。

这时医生回来了，看到了拿着温度计发呆的沈卓然，他什么也没有问，从沈卓然手里接过温度计，瞟了一眼，说了一句："呵，坏了。"拉开了室内仅有的三屉桌抽屉，找出了另一个黑乎乎的温度计，照直对着沈卓然的嘴巴送过去了。

沈卓然相信，哪怕医生对着原来的温度计的破口疑惑地看一眼，更不要说如果他提出任何疑问了，他一定会坦白自己的"罪行"作出赔偿而毫无隐瞒。问题是医生视为理所当然地在两秒钟内处理完了这一切，而且沈卓然乖乖地叼住了卫生状况更加可疑的另一支温度计，他无法张开自己的嘴……错误就这样铸成了。对一个山村农民、复员荣誉军人、另一个哑女子的丈夫、方圆几十公里唯一的医疗救助人士，他竟然做出了这样的事。他流下了羞愧的眼泪。

人最好不要有什么错，有了错赶快改，不然你可能错过时机。如果你十年二十年后再谈这个温度计的问题，第一，你可能已经无缘与他们相见。第二，你去谈了，像是你有神经病。第三，如果你对学长对组织对公众谈这件事，他们不会受理，说不定他们会觉得怪怪的。如果是新世纪当中，你会被认为是在干扰发展、改革、反腐、法治、金砖或者G10的"大方向"。

他想到更久的以前，还是"国府"时期，他刚刚上初中，一位要求严格，而且喜欢标榜自己的大不列颠牛津音的高个子英文女教员遭到了班上几个上课打瞌睡、考试打小抄的同学的不满。这位老师是旗人，应该是个格格，修长身材，浓眉大眼，一脸自尊睥睨，使沈卓然倾倒。她名叫那蔚阒，为了她的姓名她与班上几个同学较起了劲。同学们称"蔚"为"卫"，她非得要人家读为"郁"，并给大家讲"蔚"的wei与yu两个读音的通用与区别，讲得有几个学生出声地打哈欠。为了那蔚阒的"阒"读什么，她也费了大劲，动了肝火。有几个男生痛恨这位风度不凡的女教师。几个学生策划着制造机关暗器，要出出此位过分出色、从而惹起了本能的普遍反感仇恨的女教师的洋相。木秀于林，风必摧之。几个不守纪律、不爱学习、不讲卫生、穷困破烂的捣蛋鬼，不知不觉中对此位教师恨得刻骨。而且他们相信，面对这样一位风度高雅的女老师，全班至少是男生必定会苦大仇深，尽欲除之而后快。他们谁也不避讳，公然大吵大叫地切磋、设计、进行祸害老师的阴谋——更正确地说应该是阳谋活动。

问题在于，只上了两个多月的课，沈卓然已经获得了女教师的偏爱。

他学得快，发音也好，他非常注意老师以之骄傲的牛津式发音、唇齿舌的位置与声带的音区，还有腔调与味道。老师多次在课堂上叫他起立诵读，给全班同学作榜样。学外文对别的孩子是灾难，是负担，对他们来说把"水"读成"窝特儿"是违背天理，把"老师"读作"提彻尔"是装丫挺的洋蒜，而卓然觉得学外语是别有天地，其乐无穷。而且孩子们从那蔚阆显摆牛津音的言论里本能地感到了她的崇洋媚外，是崇拜在中国贩卖鸦片、带头发动侵略压迫宰割残害古老中华的打着米字旗的老牌英帝国主义。

在一个贫困、饥饿、混乱、褴褛、獐头鼠目、孱弱佝偻、萎靡醒龊、斜视斗鸡眼、罗圈腿癞痢头的时代，出来一个亭亭玉立、高高大大、自信自足、眉目端庄、一举手一投足都充满优雅和美丽的英语女教师，这简直是与时代为敌，与众生为雠，为社会所难容。她这是为了提醒他人的卑贱与不幸，为了污辱与压迫众生才出现在这个时间这个空间的一位异类。

偏偏这位异类喜欢与其他同学同样孱弱，但具有一种学习与上进精神的小小沈卓然，那老师的一再表扬使身体单薄、智商有余、胸怀大志的沈卓然也难以在班上立足了。当一堂新课全班同学没有几个人跟得上进度，当绝望的老师不得不再次叫起沈卓然作示范朗诵的时候，班上出现了嘘声与其他怪响，还有大荤大素的谩骂。人同此心，心同此理，全班男同学清晰地喊叫道："操性劲儿你，自大多一点儿——臭！"

事隔多年，他已经想不起来几个坏家伙是怎样设计祸害那蔚阆老师的了，他们用了一个破搪瓷缸子，里头装上了红颜色水，他们似乎还找了一把破扫帚，还有一个字纸篓，还有一根橡皮筋，还有一个脏得不能再脏的板擦，用他们的说法是"我们有机关"……一天，那老师来上课时候，一推教室的门，板擦落到老师肩上，升起一股尘烟，呛得前排同学咳嗽，污水洒在老师背部，缸子落到地上叮叮当当，一把扫帚绊了老师一下，橡皮筋噔地一弹，还好，没有触及老师的身体。

而且发出了笑声，诡计的胜利打破了枯燥常规，调剂了表格化的千篇一律的课程生活，引起了惊喜，怒放了恶之花、坏之鬼，跳起了闹之舞。你无法不为之喝彩，你无法不为之一粲，哪怕紧接着是摇头与顿足。沈卓然也笑了十分之一秒，而且最要命的是，这十分之一秒，他的目光正好与那老师的痛苦不解狼狈的眼神相遇。

这都没有什么，最最离奇的是，最最感动卓然、激起卓然、麻木卓然的是在兹后的规模空前的调查处理当中，几个坏小子一致指证：说是他沈卓然设计了制作了置办了行使了暗害教师的机关暗器的全部操控。这样离奇的说法让沈卓然骤然失去了辩解能力与愿望，他只有目瞪口呆，他干脆是失声，他的嘴唇乱动却连个"不不不"都说不出来。直到次日上午，好久以后他才恢复了说话发声的能力。其他的同学也装傻充愣，哆哆嗦嗦，哼哼唧唧，吭吭哧哧，噫噫吁吁。他上了人生一课：有些时候，精彩源于荒谬，气势来自无耻，流畅基于谎言，荒谬绝伦远比实话实说强大有力。年满花甲以后他叹服的是，六十年了才明白：果然好人不知道坏人甚至是不太坏的人有多坏，而坏人也无法想象好人甚至是不太好的人有多好。

1949年以前，学校里没有书记，但是有校长、教务主任、训育主任与事务主任。校长带上三位主任与那老师来到他们的班上处理机关暗器事件，那老师面带沮丧，愤怒的情绪盖不过失望与惭愧，校长与三位主任气势汹汹，表示不查出是谁做的暗道机关，绝不罢休。

坏小子们指认祸害老师的原来是他，是老师的宠儿沈卓然，其他同学谁也不说话，是默认还是抗议，是劫持还是自愿，是无能还是无耻，沈卓然无法判断。他能判断的是自己没有辩诬的起码自卫能力，在颠倒是非的诬告面前，他只能是伏法或者干脆是伏非法。

明白了还是不明白？说不定他的外语成绩正是他受到全班同学厌恶的原因。用洋泾浜的发音读英语的学生，怎么容得下对于所谓牛津音的揣摩与模仿？揣摩与模仿牛津音的人不是汉奸、英奸，也一定是装大头蒜，是臭显摆，是不仁不义，是散德行，是决心与爱国爱家爱本省的孩子们为敌，是自绝于学校班级与同龄同窗，是人皆得而诛之蔑之灭之收拾之的臭狗屎。

事隔多年他想到，这还应该归咎于旧中国的男女生分校分班制度。那时候上小学，一、二、三、四年级男女混编，一上五年级叫作高小的，男生女生分家。中学就更不要说了，男生女生，性别隔离，要到上大学以后才有可能与异性同班上课。见到那蔚阃这样的自命不凡的女性，自卑自怜发育不良青春躁动已经开始遗精与自慰的十三四岁的男孩子怎么能不咬牙切齿，见到得宠的沈卓然怎么能不灭此朝食，怎么能吞下那一口鸟气！

沈卓然挨了校长一个耳光，明明白白，他此生有被诬陷的命！他怯懦，所以被诬陷，他习惯性遭诬陷，所以更怯懦。他的左耳朵一直听力不佳，直到 60 岁右耳也开始听力减退，才渐渐平复了由于两耳听力不平衡引起的不平衡感与屈辱感。

在他接受体罚的时候他听到了那老师喊了一句话，那老师应该是说"不可能是沈卓然……"她说着话流下了眼泪。

但是挨耳光的他只觉得两耳"嗡"的一声鸣响，一片片从内而起的嘈杂与混乱，还有他的痛不欲生的对于自己的怯懦的痛恨痛惜痛悔，已经埋葬了他，他完全无法听明白那蔚阗是在说什么。如果她是说"该打！这个没有良心的孩子"呢？

也许这件事与弄坏乡村医生的温度计的事性质不同。那件事是他对于他人的损害，他没有挺身而出，不，谈不上挺身而出，他没有起码的诚实与责任感。他是一个逃兵，他缺德！

而这件事他是被损害者，长大以后，在国家大搞改革开放以后，他渐渐从境外的价值观念当中参照到，至少是在欧美，被损害而没有勇气抗争的人让人轻蔑到不齿的程度。

三

正好是在被冤屈被责打的那个晚上，沈卓然做了此生的第一次春梦。

被压抑的怯懦，转化为荒诞的性幻想，不知这一层弗洛伊德是不是发现了。

他似乎是在委屈地哭泣，他哭出了声音，感到他的眼皮上满是泪渍。他觉得一阵温暖，一阵柔软，他忽然明白他是伏身在那蔚阗老师的胸口上痛哭，老师紧紧地搂抱着他，拍抚着他的颈背，轻揉着他的腰眼，又摩挲着他的屁股，他像一个猴子攀援树木一样地在女神一样的老师身体上爬上爬下。他又像一条光溜溜的水蛇一样地在女神的水域与水草当中穿来穿去。他也像一只自惭形秽的受了伤的小熊猫仔，在大猫的拥戴下减轻着疼痛与伤势，小心翼翼地伸开了腰腿。他在老师的怀抱里疗养、成长、沉醉、扩大、丰满、充实、热烈、渴望、雄起、爆炸，山洪决坝，泉水叮咚，天摇地颤，温热而又卑贱。

然而在快要醒来的时候他突然觉察，不是女神，不是象鼻神也不是神鱼，而且，不是老师，更不是明晰的那蔚阒这个高大的女人，春梦中与他这个臭小子厮缠在一起的是巷口猪肉店的胖人的女店员，捏着割肉利刀，他鼻子里充溢着猪油的气息。他似乎想吐。

这是人生？这是成人礼？是神仙的醇酒也是傻小子的呕吐，是青春的销魂也是半大小子的流里流气，是飘飘然也是屁滚尿流，是美妇人也是挥动屠刀的"月半了一"（胖子），是不无大志的青年先锋也是猥猥琐琐的鼠辈包。那时候他和一帮臭小子同学，认为不应该用"胖子"之类的词儿形容异性，他们以白痴式的聪明用拆字法编造了"月半了一"密代码，流露了他们对于胖大女子的垂涎。

一首诗？一个梦？一次遗失？一个罪恶？一种龌龊？他为什么，竟是这样！

一些年过去了，中国是天翻地覆，历史从头开始。沈卓然听说那老师到了朝鲜前线，她参加了对于美军战俘营中中国人民志愿军与朝鲜人民军被俘人员的解释工作。在停战谈判的最后一个分歧上，双方协议，由印度部队接管号称联合国军的战俘营，由中朝方面派出人员前往说明解释，并在中朝美韩印几方面观察下由被俘人员自己挑选他们是愿意回到原属的中朝方面，还是准备留到美韩方面另作道理。

……已经记不清是战后的哪一年哪个场合了，已经成为中学教师的多年以后，沈卓然见到了那老师，她更加风度翩翩，她穿着当时比凤毛麟角还凤毛麟角的欧洲出品外衣。他听到了老师讲述她在朝鲜的惊心动魄的经历，更多的是介绍在莫斯科硬碰硬反对苏修的得意之笔。尤其令人兴奋的是，沈卓然还见到了老师的体面的夫君，他与她在朝鲜相识，他们俩在战火纷飞中建立了终成连理的爱情婚姻，他们现在都是外事官员。他也报告老师，他小沈已经结婚，他的妻子是纯洁如玉、善良如羔羊的淑珍。在这次见面的时候，沈卓然说到了旧事，说到了他的被冤枉。那老师不等他起头便断然说，我当时就判定，是他们冤枉你，我由于校长的野蛮愤而辞职。沈卓然为之泪下，那老师却是哈哈大笑。这笑声似乎刺伤了一点点沈先生。

……他与淑珍谈起了他与那老师在这个场合的见面，他甚至谈到了他的冤案，然而他没有谈他挨了一个耳光，更没有谈他少年时期的见不得人的春梦，他将这一段回忆引导向忆苦思甜的正确方向，指出所谓"中华民国"

的体罚恶制与品德教育完全失败。

这也是他对不起淑珍的一件事，他不诚实也不坦白，他这也是怯懦。他越来越明白了，为什么中国的圣贤对于勇敢的定义，首先不是敢于冒险、敢于斗争、敢于胜利、战胜对手，而是知耻，是指勇于战胜自己。

更怯懦的事在后面。1966年政治运动中那蔚阆的外交官夫君出了大事，被揭露出里通外国的罪行，他似乎已经成为革命的最危险的死敌。发牛津音的那蔚阆当然面貌可疑。她遭到激进少年的毒打，远比板擦与污水的洗礼升级得多。一天晚上受了伤的她不知怎么找到了住在远郊的沈卓然家，她要求在沈家躲一个晚上，她说否则那样斗下去她会丢命。

他可以找出一百个理由不接受那老师的暂避一时的要求，他与淑珍的房子总共只有17平方米。他与淑珍的孩子已经8岁，已经上学。街道"小脚侦缉队"近在咫尺。革命的群众专政天网恢恢，目光如炬，覆盖如天幕。我们应该坚持两个相信，这是两条根本的原理，不应该躲避。坦白从宽，抗拒从严，抗拒革命就是反革命，当然。两条道路由你挑。我们要经风雨见世面。为人不做亏心事，不怕半夜鬼叫门。大风大浪并不可怕，人类社会就是在大风大浪中发展起来的。我们自己也并不平安。我们不知道明天会发生什么事情，我们确实帮不了你。如此这般，这个那个。他泥塑木雕，用一副死鱼眼睛看着那蔚阆，他这是此生的第二次失声，失魂。干脆只能说是神经官能性聋哑病发作。

……在那个时候到一个朋友家避风，这本身也是脑梗、智力短路！这正是企图引领一峰骆驼穿过针眼，这也是抓住一棵稻草支撑自己正在下沉的身体，结果当然是让稻草与自身同沉10公里深的海底。这是显然的强人所难，鸵鸟藏头闭目，实则是害人害己，骗人骗己。这是臆想狂，这是十足的颠倒与错乱。

沈卓然的泥塑木雕只用了两分半钟，那蔚阆胡乱地说着口齿不清的"对不起了"。他奇怪的是，虽然那老师比他年长近二十年，他并不认为这位高大上的女子的到来可能获得淑珍的同情与理解。而事实上，尽管没有同情与理解，而且明明看到小沈所抱的冷酷僵硬的态度，淑珍真诚地挽留了那蔚阆，前后10分钟。只有在淑珍真诚挽留的时候那老师的脸上显出了一点点血色，她从淑珍身上毕竟获得了些许的人情与温暖。

四

沈卓然与那蔚闽的故事本应到此为止，时过境迁，他不再为自己的少年奇冤与被扇耳光面红耳赤。他不再为自己的少年春梦羞赧低头，他不再为，他也并没有理由为自己没有能在困难的时刻帮助那老师而责备自己。

然而在淑珍的葬礼上出现了署名那蔚闽与李济邦的鲜花花篮。是阿里巴巴快递服务送来的。这几十年，谁谁发生什么事都是正常的，但是女老师姓名的出现使沈卓然立即感觉到五味俱全，是他的少年时期的懦夫罪过贻害到淑珍。他的一生首先不是成功的一生，而是惭愧的一生，忏悔的一生，所以他没有资格与淑珍继续牵手行走下去。他害了淑珍啊！

与此同时，他也纳闷于李济邦的姓名是不是那蔚闽的原装丈夫，他忘记了，他记得那老师当年提到自己的先生的时候发了一个上声字的音，他可能姓李，是的，但也可能是姓古，姓郝，姓钮，姓管，姓仇，主要是第三声。他常常记住他人的姓氏的一二三四声部，甚至记住一首诗句的音调，可能是咪、迷、米、密，但是记不住诗句，记不住人家的确切姓名。

姓氏为第四声的老师与她的第三声的夫君，甚至于没有留下自己的联络方式。他上百度与谷歌敲查二位的姓名，无内容显示。

我对不起淑珍，他在墓碑前流出了眼泪。

更加对不起的是他对淑珍一生的干扰，淑珍是建国初期的归侨生，她原在印度尼西亚，由于新中国的号召力，她不顾父母的阻拦毅然在16岁回到祖国，她的黧黑的皮肤，圆而大的黑眼睛、长睫毛，尤其是厚嘴唇、大嘴，带来了赤道的阳光、东南亚的风情与海外赤子的情怀，她也使北方的臭小子们为之神魂颠倒。她的好学、谦恭、礼貌、诚实、专注使她成为"三好学生"的标兵。一到18岁，她就成了本校党组织的重点培养对象，而且她已经是新一届学生会主席的热门人选。

就在这个时候灾星出现了，灾星就是沈卓然，灾难就是沈卓然公开了给淑珍的信。

卓然曾经醉心于文学，成果是无。他唯一自信的是他给淑珍的信，他相信如果他把这些信保存下来，也许能够使他得到出版与招摇撞骗的机会。至少，他的信是无法抗拒的，他的信是美丽的真诚，是人生的花色，是青春的强劲,是奇花异卉珍禽宝贝火种灵药,他的信会让任何一个女孩子甘愿献出自己。

一个崭新的时代的开始会是这样的,你相信我我相信你,你相信所有的美好与光明,而以美好与光明的代表身份说话与做事的人相信你正在走向美好与光明。那时候每个人都认为你想干什么就可以干什么并且能够干得成什么。他们相信科学的发展会使去世的亲人重新复活。他们相信政治的发展会消除一切的差异与不平,全世界的男女老幼黑白棕黄红同吃一锅全家福,同饮一缸蒸馏水,同跳一曲欢乐舞,同写一部同读一部比荷马比屈原比莎士比亚比李白普希金雪莱拜伦所写都伟大百倍的伟大史诗的日子正在到来。那么,给一个刚满18岁的高中女生写求爱的信,又能有什么可质疑的呢?

那是一个没有麻烦只有畅想的时代,那是一个没有怀疑只有相信的时代,那是一个没有背叛只有忠诚的时代,那是一个在自己这里只有爱情、在敌人那边只有仇恨的时代。

然而在那样一个美好的时代,一封封像花束一样芬芳,像夜莺的歌曲一样动听,像天空一样爽朗,像清泉一样纯净,像星光一样闪烁,像海潮一样汹涌的情书,给淑珍带来太多的扰乱了。

从此她的功课尤其是考试成绩每况愈下,她的睡眠状况日益恶化,她对于政治上进、党课学习、社会活动参与、学生会工作的积极性渐渐消褪。

而在婚后,如果没有他,淑珍本来有更多的选择,更好的前途,更充实的人生。

然而淑珍不这样看,她说,在与他相好之后,她追求的是正常,是普通,是平平淡淡平平常常的日子,是生活,是一辈子的厮守,是永远的手拉着手,是一起看电视和看电影,呵,那拉着手看《斯大林格勒大血战》与《库班的哥萨克》的日子,那坐在一张小台子上点了木樨肉与干烧鱼的日子,那烧热了灶火,在生铁锅里用葱花炝锅,有辣椒下锅引起惊天动地的喷嚏的黄昏,那乘着无轨电车走过路灯照耀下的寂寞的报刊亭与红绿旋转强劲发光的商场的时光,那几经煎熬,仍然永不分离,那进了被窝,沈卓然小声喊着口号"团结紧张严肃活泼",逗得淑珍笑出了眼泪的夜晚,那两人同时唱起《森吉德玛》与《小河淌水》,互相纠正互相配合,有时还唱起《苏丽珂》与卢前作词、黄自作曲的《本事》二重唱的欢愉……多么幸福，多么值得，多么甘美！

他们一天天、一点点年纪大了，更加喜欢唱什么"当年年纪小"了。"为了寻找爱的归宿，我走遍整个国土"，"记得当时年纪小，我爱唱歌你爱笑"，"梦里花落知多少"，还有只有他们俩懂的暗语：关于旗手，关于电扇，关于火镰火石，关于山坡与森林，关于糯米填充的鸡肠子，关于学毛著就会立竿见影，关于列宁创办的《火星报》与托洛茨基创办的《真理报》，还有样板戏里的"谢谢妈"与《海港》中韩小强的咏叹调"我沾染了资产阶级的坏思想"。每当沈卓然说到"沾染了坏思想"的时候两个人就笑，坏思想一提乐翻天，贫贱夫妻百事欢，最最美好的时光他们是在最最狼狈的处境下创造与享用的。

有几次沈卓然轻描淡写地后悔当年对灾难中的那蔚阗老师的冷酷无情，称许当时陌生的淑珍对于他的老师的热情，他问："为什么你的表现要比我好一百倍？"

"是吗？"淑珍全无感觉，"那只是常理啊，一个友人，一个教师，教过你，你还说过你喜欢她，你应该为她做点什么呀，做不了什么也还是要做点什么呀……难道能够是别的样子吗？"

那时沈卓然自以为懂得了政治，懂得了形势，懂得了处境，懂得了策略与手段，懂得了最新"两报一刊"社论；而淑珍什么都不懂，淑珍只懂得待客，懂得善良与文明的起码常识。他那个时期常常给淑珍讲解"两报一刊"的精神，淑珍听不进去，淑珍的逻辑与它们格格不入。

上苍给你多少快乐，就会同样给你多少悲伤，上苍给你多少痛楚，就会同样给你多少甘甜。没有比这更公道的了。

而恰恰是上世纪90年代他有点"小康"、"中康"、"巨康"了，他成了讲解古典文学与唐诗宋词的电视名嘴，动辄三万五万地进账之时，淑珍患了不治之症，原来他俩只有相濡以沫的贫贱之福，却没有芝麻开花节节高的发达时运。

我造成的，我造成的，沈卓然痛不欲生，他检讨自己的小人得志，他忏悔自己的胆小怕事，他承认自己的卑微渺小，他确有不敢成仁取义的犬儒主义、机会主义、实用主义、活命主义，他当不了胡志明也当不了切·格瓦拉，他对不起毛泽东，也对不起淑珍应该更熟悉的她的出生地印度尼西亚共产党总书记艾地，艾地同志是被苏哈托军人集团处决的，后来马来西亚游击队的领导人陈平同志也失败了。是他罪衍妻室，干扰了东南亚，使他终于老年丧妻，天塌地陷，一步没顶！

我的心太"软"，港星唱起来听着似乎是"心太懒"，我的心太懒。我已经丧失了平平常常的快乐的基础。沈卓然弯下腰，给墓碑行礼，小风拂来，他听到了一声低语："不必，不必，也许，或许……"他匍匐在地痛哭。

这是刚刚开发出来的一块墓园，背靠青山松柏，面对梯田式一层层一排排预留的墓穴，方圆百米，只有淑珍一个墓穴有了主人。这里有一种宽绰，有一种安详与平和，有一种业已完成的宁静与圆满，在这里你会听到微风传来的低语。

五

然而他睡不着觉，这也是报应。他至少说了五十二年的嘴：他具有惊人强大的睡眠能力，他一沾枕头就"着"，他可以利用5分钟打盹，他可以大会上、汽车上，起飞前起飞中起飞后持续打起呼噜，他一辈子没有吃过安定、舒乐安定、速可眠、眠尔通，他是愈睡愈精神，愈精神愈出活，愈出活愈能睡。他还忽悠说，养生的关键是睡眠，悠悠万事，唯睡为大。

尤其最最缺德的是他无意中折了一回当地一个大红人的面子，大红人，女，海归，企业家，慈善家，教育家，爱国党派的省级学长，省政协副主席。他得到荣幸去陪红人吃佳宁娜潮州菜馆，副主席滔滔不绝地讲述自己每天要做多少事，日理不够万机也有八千八百机，她说她一天只能睡四五个小时觉，可能说到这里她意识到了一直是自己女声独唱，便扫了一眼，看到沈卓然，觉察出他也是个频繁出镜者，便礼贤下士地说："沈先生这样的知名人士，您还能睡什么觉哇！您说说，您一天能睡多少觉？"

沈卓然蔫蔫地答道："9到10个小时……"

他看到，大红人的脸色立刻变了。

是他太不厚道了，他本来应该嘿嘿哼哼两下就过去了，不该诚心撅红里透紫的副主席呀。终于，他遭报应了。

在淑珍走了之后，他干脆在深夜大睁着眼睛，不睡，不醒，不哭，不笑，不思，不愁，不惊……什么都不，百不千不，他干脆感觉自己的并不存在，他已经感觉不到自己存在的必要，已经失去了存在的理由。回家晚了，他已经不需要给淑珍打电话。一个新的饭局，他已经没有淑珍可以商量去不去和如果去的话送什么礼物。遇到一个讨厌的人，他已经没有可能向淑珍说一句刻薄的话解恨出气。没有了淑珍的呼应、疑问、分担、惦念、抱怨和庆幸，他的活与不活究竟还有多少区别的必要？

沈卓然哪里去了？他似乎在问自己。沈卓然并没有随淑珍而去。沈卓然确是魂不守舍。色空空色，沈非沈，卓非卓，然不然。沈卓然不是沈卓然，没有淑珍陪伴，他怎么可能是姓沈的卓并然？也就没有必要怀疑自己不是沈卓然了。沈卓然变成了一片空白，家是空白，生活空白，口腹空白，阅读空白，言语空白，共享空白，睡眠空白，失眠其实也是空白，生命的痛苦还是空白。

睡不着他干脆集中精神想，比如说，我压根儿就没有出生，比如说淑珍就压根儿没有出生，比如说，这个入夜无眠的糟老头子，压根儿就不是我，这儿不可以是也没有理由是第一人称，而只是，最多是第二人称与第三人称。一切都会迎刃而解。"无我原非你，从他不解伊。肆行无碍凭来去，茫茫着甚悲愁喜？纷纷说甚亲疏密？"这是《红楼梦》，至于无碍与茫茫纷纷，也许还只是后话。

谁让他夸夸其谈地在电视讲坛上大讲元稹的"唯将深夜长开眼，报答平生未展眉"呢？谁又想得到，转眼到了"闲坐悲君亦自悲"的当儿，而"百年"竟并没有"几多时"啊！

淑珍却是走得英勇。她早早留下了遗书。她得知难以挽回以后坚决要求停止某些无益的抢救器具操作，她表示并无遗憾与懊悔，她讲了对于此生特别是卓然的满意之情……她说她不惧怕任何新的经验，包括到另一个世界去。卓然最最不能忘记的是淑珍的遗容，那么安详，那么从容，那么平常得大气盎然！

是卓然对不起她呀，对不起，对不起，其实他仍然有不轨之梦，其实他仍然有看图片看电影而思有邪的可笑复可悲，虽然绝无什么不妥的行为，是感恩心涤荡了他的胡思乱想，其中包括对一个欧洲女歌手的特殊感觉……

他也曾吹嘘自己的健康，70多岁了还能够连打几局网球，还能中速跑步800米，还能吃一斤半肉片的涮羊肉，还能盛夏在深水海面上游泳1700米。因为他少年时代太弱，他尤其注意保护自己，他不敢尝试任何的不健康的癖好与方式。

这一切都随着淑珍的远去而一去不复返了。他的两腮开始凹陷，他的头发开始干枯脆落，他的膝盖动辄吃不上劲，他的口气日益浊恶，他的视力听力明显下降，莫非我也该走了？我是一个软弱的，明白地说，怯懦的人。"守着窗儿，独自怎生得黑？"李清照《声声慢》里这两句话，小时候他以为是李词人叹息自己长得太黑，明明说是独自怎生得黑嘛！为此，他与淑珍之间有多少调笑！后来知道是说独自怎样挨到天黑！他更愿意将"黑"解释为语助词，那就是说，守着窗户，好一个"守"字！孤孤单单一个人，怎么得了，怎么活下去噢！

果然，独自很难活下去。有些事情你一直认为是很远很远，凡是认为很远很远的事情都会突然变得很近很近，就在你的身上，就与你同桌同室同床同声同气。不，死神并不狰狞，死神并不穿黑色的道袍，死神也绝非冰冷，死神很活泼、很亲热、很——你甚至于可以说"他"很随意，是你的老朋友。他向你调皮地一笑，眨眨眼，问道："怎么样，哥们儿，还不过来？"然后向你张开了双臂。

然而老沈不甘心，他不相信自己已经行将就木，他还没有准备好立即随淑珍而去，他猛吃各种催眠中西药物，包括医生告诉他某种进口好药，是重要的学长同志也会服用的。

他仍然觉得自己没有睡着，其实事后证明他睡了好久。他23点躺下，4点半醒过来，如果没睡着他不可能安静地连续躺卧5个半小时，且无辗转反侧。睡眠过程中他的耳边一直淅淅沥沥，他听着似雨又像耳语更像虫鸣的声音。人生是一种起伏扬抑的噪音。他一直想着"我仍然睡不着觉""仍然我觉睡不着"，却突然张开了眼睛，看到了窗帘缝子中透过来的晨光，而且，最重要的是，耳中响起的不再是淅淅沥沥的声音，雨陡然停止，耳语突然远逝，鸣虫突然冻僵，而一种城市特有的类似轰隆轰隆的机械性金属性吵闹声响接管了他的被睡眠的单调郁闷的呻吟延续。他的耳闻进行了彻底切换，他现在的醒证明了他的可能低效与无感觉，却仍然不容置疑地睡被入睡数次后他的身体状态略有改善,他吃了一次猪肉大葱饺子,他吃了一次打卤面,他吃了黄花鱼,就了一点泡高丽红参的药酒。

他腹痛如刀绞,他被诊断为急性胆囊炎,他做了急诊手术。由于是急诊手术,术前没有来得及倾泻胃肠,手术后便秘,前后5天没有排便,急急使用开塞露,乃至超量,一旦破门而出,犹如堤坝崩溃,四面喷薄而出,全身全床都是粪便。儿子刚从国外赶回,与他共战一宵,闹了个不亦乐乎,他甚至想到了生不如死的命题。值班护士可能熟悉这出戏,只慷慨地发给家属一卷卷卫生纸,绝不吝啬,人则远离他的病房,眼皮也不向此房间动一动。

但他还是感谢致敬于医护人员,疼痛,麻醉,手术,刀光之灾,血污,无微不至,使他从痛不欲生渐渐回阳,穿戴雪白的护士们用熟练的操作清洁着处理着拾掇着他的伤口和带伤的躯体的这一部分与那一部分,包括他自己也不喜欢多看一眼多摸一下的部分,使他渐渐康复,一天好似一天,她们是真正的救苦救难的天使。

出院不久,一位病友,一位年龄级别与待遇都比他高的新结识的伙伴来看望他,并且向他提出了再次建立自己生活的建议。简单地说,要给他介绍对象,告诉他立马就可以娶上一位资深的貌美护士长。这样,他主诉的一切苦处,失眠、失魂落魄、头沉头晕、孤独、惊悸、虚汗、脚心冰凉、食欲减退、给正在国外边工作边求学的独生子增添了太多的负担(四个月前刚为他的母亲赶回来一趟,这次又赶回来与他一道进行粪便大战)……都会迎刃而解。

"夫人去世了,你还活着,为了去世的夫人,你也必须好好活着,为了儿子,为了国家人民老天爷,哪怕是什么都不为,只因为你还没有死,你明明是大活人一个,你只能好好活着,你没有其他任何不同的选择……这里我要明确地告诉你,不论是谁,是多么孝顺的孩子,是朋友,是领导,是特级护理员,谁也代替不了老婆,老婆老婆,是生命的基石,是男人的保命稻草。因而……所以……必须……完全用不着……"口若悬河的病友说。

"毕竟现在不是唐宋元明清民国,'五四'运动已经过去九十年,而'五四'前一年鲁迅就发表了《我之节烈观》,就是在旧社会你也不存在不节不烈的问题……"厅长级病友对他掬诚以告,按此人的水平,不,说不定此公已经享受到副省级待遇。

厅长副省级友人往他手机里发送了一张彩照，这张彩照十分养眼，美与不美，俗与不俗，一抹夕阳，一捧残霞，一朵欲萎的鲜花令沈先生心痛，令沈先生心乱如麻，血压升高，失眠更失，不安更不。淑珍，淑珍，你怎么走了啊，你一走，我怎么全乱了套了啊！

六

这是一张稍长的瓜子脸，也许是葵花子？她长着一双有点像京剧坤角那样吊起来的"丹凤眼"，她有一种端庄，一种凝重，一种瘦峭，她名叫连亦怜，十分的可爱与不俗。她说话的声音很小，话也不多，如怨如慕，如泣如诉。她常常低着头。她刚刚50岁，比沈卓然小20多岁。她的样子楚楚可怜，只有熟悉中国古典文学的人才懂得"怜"字在古诗中的地位，它比爱更古老，比爱更幽雅，比爱更男权却也充溢着男子的柔情与担当，甚至还有一点戏耍的心坎上的欢愉。怜就是保证，就是允诺，就是永远对得起女子的起码的男人的诚实与决心，是好好地吃，好好地咂滋味，是上海人吃大闸蟹。怜还是对宝贝，对宠爱，对弱者柔者美者的一百种义务，一百种照顾，一百种珍惜，一百种"阴秀软丝"（您可以去查英汉字典）。风月无边，美味无边，浪漫无边，恩爱万千。

沈卓然的说法，祖国认字的人对汉字深情如海。连亦怜，你找不到这样招人爱怜的女性芳名。连与怜同音不同字，本身就包含着一种纠结和期待，一种凄美和缠绵，一种上颚与舌头的性感，一种结合的暗示，一种如莲的喜悦。连就是合，合就是连。中间加上一个发音部位靠前的亦字，嘴张不太大，说起话来好像要流口水，亦就是溢，亦就是嬉戏，亦就是羁縻，亦就是枕边喁喁吁吁。连与亦与怜匹配得天造地设。哪怕只是为了发音学科研，为了文化爱国主义，为了品鉴汉语与姓名学，他也不能拒绝与她会个面。而且那个病友是要请他与她到家里便饭。

介绍说，亦怜是大专毕业专门学护理的医院护士长，她的先生病故，她有一个儿子，患慢性病，为照顾儿子她已于两年前提前退休，现在每月还有退休金3000多元的收入，享受社会医疗等保障，在银行有3万元左右的定期存款。她一直沉默寡言，埋头做事，从无是是非非。丈夫死了七年，不断有人给她介绍男友,她只有一个要求,对方必须有200平米以上的属于自家名下的住房。她很简单,很实在,完全靠得住。

沈卓然未以为意地一笑,他说:"我的住房建筑面积是198平方米,不够数啊。"

厅长从老沈的一笑中看出了一点轻蔑,他急着说:"不,这当然不是问题。第一,你的住房设计比较经济,房屋使用面积超过了百分之七十,足用140平方米。第二,你有固定车位,你的车位占地3.5平方米。无论从哪个意义上说,你是十足老称的200平方米住房拥有者。"

厅长觉得老沈的表情仍然不够认真笃敬,他说:"你需要一个护士,医护人员对于你是无价的救星。她呢,女人嘛,五十了,女人五十在择偶上的处境等于男人的'n+1/2n',也就是说恰恰与75岁的男子匹配。天上地下,没有比阴阳调和更大的原则,阴阳和谐,才能齐家治国平天下长治久安。你不用说了,你是人五人六。她呢,大专生,退休金,无房户,她还能想些什么呢?还想要什么?学问?名声?级别?权力寻租?……"

第一次会面是在厅长家里。正是身为客人的连亦怜为厅长夫妇与他们的病友炒了几样菜,同样的西芹香干肉丝,同样的广烧鱼,同样的宫保鸡丁与同样的榨菜汤,你如同进了东兴楼或者听鹂馆。同样的焖米饭,软中筋道,米香绵绵,也使老沈赞叹不已。厅长说:"你教文学的不会不知道,当代一位著名的女作家说过,炊艺是通向家庭幸福的金光大道。"

沈卓然果然点了点头。

一周以后连亦怜住进了沈卓然家。本来,没有想到事情"发展"得这样快。

那是当年与淑珍恋爱的时候,那个夏天,他在公园里突然吻了淑珍的脸庞,淑珍说不,淑珍不高兴,淑珍能够说不,有说不的权利,也有不高兴的理由。那时候她向他异议的是:不该发展得这样快。发展问题,后来这成为他们夫妻俩的一个风情趣话。有时候办完了好事,在意态涎涎、情致飞飞之时,他会问她,他们俩人发展得是不是快了还是慢了?发展呀发展,我的好人,如今天人相隔,发展烟消云散,笑语无踪无迹,夫复何言?

就在这个时候出现了连亦怜,对于76岁,被丧妻之痛已经压得如老杜之"老病巫山里""老病已成翁"的老沈来说,她恍如天人,她就是从画面上走下来的巧姐,给庄哥洗衣做饭,给庄哥带来佳馔、清洁、整齐……

给庄哥带来枕席之欢。枕席之欢,迷人的说法,传统文化万岁!她在本市没有住房,她是借住在亲戚家。堪怜,甚怜,好端端一个上品的、无懈可击的女子,竟然50岁了连个正经住的地方都没有。他规规矩矩地说,她可以住在他家里,她可以拥有自己的房间,他不会随意去骚扰。

她没有说是也没有说不,没有点头也没有摇头,但是她没有走,不但给他做了他喜欢吃的手擀打卤面与黄瓜鸡丝粉条,还擦洗了他们房里的家具,扫净了犄角旮旯的尘灰,擦拭了并且摆正了墙上的挂钟照片书法与山水画,然后,不管沈卓然的劝阻,她跪在地上擦地板。一晚上只说了一句话:"今天晚上我儿子有人管。"

入夜,她给他铺好了被褥,她摆的是两个枕头,两床棉被,共用一张薄毯,两个依偎得那样近,不似新婚,胜似新婚,使沈卓然心神荡漾,脸颊绯红。他掐自己的耳朵,想证明这究竟是古稀老人的艳遇,还是少年臭小子的春梦。他有一些不安,他不但想到了淑珍也想到了那蔚阆,他还想到了有过一面之缘的欧洲女子。亦怜与她们各自的纯洁、优雅、活泼大异其趣。对于老沈来说,亦怜柔软如柳絮,空灵如云朵,光滑如丝锦,顺应如和得揉得恰到好处的面剂儿,婉转如二胡曲。他最大的享受是大病之后发现自己仍然活着,仍然男子,仍然有气有力有欲有"坏"。同时,他从来没有过这样的失落心情,他感觉到的是色即是空,空即是色,他的感觉是什么都与当年一样,什么都已经今非昔比,他的好日子一去不返,受想行识,亦复如是。

他得到的是一百一的服务,是毫无瑕疵的第三产业的一丝不苟,是顾客即上帝的职场信条百分百遵守践行。然而她离他很远,她的眼神十分清醒。她的眼皮时而略略上翻,她似乎在内视,她一直在专注,在琢磨,她努力地保持在自己的世界里。她的动作是争取被动,像善于跳交际舞的陪舞舞伴,像风,像空气,像影之随形一样地围绕,完全无我无己,唯愿君得心应手。她几乎完全不出声音,她听任摆布,她轻如羽毛,她了无痕迹。同时,老沈分明发现,无论如何,爱咋的咋的,是她复活了沈某人,她挽救了沈,她带给沈新的生命。

发生了这一切以后,沈卓然更加疑惑,是发生了还是没有发生,当然不是与淑珍的酸甜苦辣的半个多世纪的日子,甚至也不是趴在那蔚阆身体上的春梦,也不是欧洲女子的风情万种……她给他带来的是尽善尽美的安排与敬业。完满的服务后面有一种悲哀的矜持。矜持的冷静中有一种遥远的尊严,一种艰难,一种带伤的坚忍。这在某种意义上更激发了沈卓然的渴望。因为他不能完全满足:他反省自己,君子求诸己,他的不满足也就是她的不满足,他老了,毕竟。他没有能燃烧起震荡起酣畅起迷醉起楚楚可怜的连亦怜,他气喘吁吁之中想着的是下一次,是他的有生之年,他仍然需要女人,却不仅是温顺与侍奉,他需要的是女人的生命之火,就像鱼需要水流,庄稼需要地气,他当然需要女人,因为他还活着。

而最最神秘之处是,从亦怜的某些动作,某些表情,特别是从她的微微摇头与嘴角的微微嗫动中,从某种隐蔽的私密的女人气息里,他想起了高大自如的那蔚闽老师来。这个感觉使他一惊。

他陡然一惊,陡然一想,这究竟是一种什么样的眼神呢?即使她是在做爱。

然后她去冲澡,她没有说话。

"你,好像,不喜欢说话……"

"发展早超过了说话了哟……"

七

从"灭亡"到"新生",沈卓然的76岁的经验与巴金早期的两部长篇小说的标题吻合。他由衷地感激亦怜,感谢上苍,感谢淑珍的在天之灵护佑,感谢命运对于一个男人的恩赐,一个忠厚的有点才俊的不无怯懦的男人,离不开一个稳定的不慌不忙的哪怕是间谍一样的冷静的女子,离不开一种女性的容忍、沉静、节制、周到,医疗还有炊事。其实老沈也是喜欢吃的,他在淑珍去世以后几次反省自己的饕餮,他太喜欢参加公款宴请,从东坡肘子到牛排,从白斩鸡到炸乳鸽,从全家福到佛跳墙,从清蒸石斑鱼到葱烧海参,后来又从澳大利亚龙虾到泰国燕窝、鲍鱼、鱼翅、阳澄湖大闸蟹,他吃得太多太多,吃出不止一样毛病来了。吃多了有罪,他深信,在众生还远远没有温饱的时候。

他毕竟不能常在馆子里。他自己也会烧几样菜,做几样面食。口腹,身体,荷尔蒙,精神,话语,生活,一切的一切,一切的一,在大势已去以后,是尘埃落定,落在一个亦怜身上,天下定于一,老沈也定于一。他活着,过去靠的是淑珍,现在只能是靠亦怜。连亦怜,连亦连,怜亦怜,不怜亦怜,不连亦怜,不连亦是相连,连即怜即缘,缘即怜即连即黏即娴即绵。连吧连啊怜呀怜呀缘绵娴绵呀你呀你呀我呀我呀她呀她呀怎么能没有她呀!

连亦怜为他策划与执行了所有的保健项目,早晨,按摩与冲澡,喝凉开水800克,牛奶、鸡蛋、肉松与香蕉、黑面包,降压降血脂药品。散步,太极拳。午餐后半个小时补钙……晚餐后的牛奶与长效白义耳阿司匹林。

连亦怜的到来改变了他家的气味,她立即添置了药用酒精与碘伏,酒精棉与碘伏棉、龙胆紫、红汞水、伤湿止痛膏药,创可贴与薰衣草精……听诊器、血压仪、一些急救药品也摆放在方便的地方。他叹息万物的沧桑多变,也感觉到了随时贴身的医疗保证。

她是美女、大厨、菲佣、老婆、保健员、护士、天使的完美集合。想到这里沈卓然想跳起来。

他接受了亦怜的儿子。儿子有一种官能的疾病,由于先天的某种元素缺失。他服用着昂贵的进口西药,和她妈妈一样的娴静文雅,当然是更加苍白与衰弱。他似笑非笑,似悲非悲,似存在非存在,似实体似影形。他绝对不惹人嫌恶。这样的20岁的男孩,甚至于引起老沈的某种欢喜和佩服,这里头有境界也有克己。他想起淑珍的榜样。淑珍一辈子的最大特点是怕给别人添麻烦,她的第一信条是克己,其次是克己,第三仍然是克己。

啊,离得越久,越发现淑珍的非同凡响。她的非同凡响就是她的平淡与普通,她的高度的普通与平淡正是她的出类拔萃。她从来不计较不上心自己的私利,除了尊严。她从来不找任何人为自己办事,她认为每个人自己的事已经需要够多的努力与辛苦,尤其是她一辈子从不在人的背后说人的坏话,包括政治运动的检举揭发。别人说了她呢,她一筹莫展,她完全不懂得一个人为什么可以用绝对不友善的态度信口开河,编造传播,尽情诽谤,到头来把自己的卑劣暴露无遗。

"怎么会这样呢?"淑珍完全想不到也不明白这个世界上为什么会有无牵连无因果关系的恶意人种。她只需要常识,她只接受常识,谁也唬不了她,却极容易地唬住卓然。一个说法不符合常识,她也就不再放在心上,她也就感觉不到什么不快或者痛苦，她对沈卓然说："有你呢。"她对其他人的表现干脆不以为意，视如无物。沈卓然受到了感动，便也说："有你，这个世界是多么好啊。"

也许，只不过是无邪，只不过是不解，只不过是停止在某一条常规的线上。就像小学生看不懂高能物理的计算题，她和他怎么可能为答不上那关于为什么人生会有许多不良这一繁复的提问而苦恼呢？

只有感激。毕竟沈卓然是个善良的人。这一辈子他连一只鸡都没有宰过，他连一个麻雷子或者二踢脚也没有点燃过。他最多只吸了两口的香烟点响一挂小鞭。他最不愿意的是说他人的坏话，他相信向你说他人的坏话的人，见到他人一定说你的坏话。他相信他得到了上苍的怜惜，得到了淑珍的在天之灵的保佑，他在孤独了一年之后，一个女人，一个对于老年男子来说金不换的护士长与美食大厨家庭服务大师悄悄地走了进来，不但是美食，而且是美女，经得起看，经得起品尝与消化营养，年轻20多岁，一声不响，服务周全，天衣无缝。她从早到晚不停地辛苦，勤勉过所有的家宅服务员小时工。连亦怜说："我恨活儿。"恨活儿？沈卓然听不懂这个俚语。两次这样说了之后，沈卓然才明白，见到该干的活儿却尚无人去做，亦怜感到的是恨与仇，只有通过劳动让此活儿从她视野里消失，她才感到愉快与安然。这是恨，也许更正确的说法是憾，古汉语中恨常通憾事，恨不相逢未嫁时，就是憾不相逢未嫁。后主的"人生长恨水长东"，苏轼的"长恨此身非我有，何时忘却营营"，长恨岂不就是长憾？

有了亦怜，不再自苦，不再恐惧，不再一味恨憾，不用再咀嚼寂寞的凄凉，不必再质疑活下去的理由。男人的理由是女人。

他带着亦怜与他的亲友见面。他把亦怜的照片发给国外的儿子，他得到了祝福，但也有人据说背后说他的不是，他正在兴奋中，他对负面的说法完全不介意。

他带着她旅行，为此雇了专人照顾她的病儿。带她去了杭州西湖，去了苏堤花港观鱼，乘画舫去了西溪湿地，到楼外楼吃了醋鱼与梅菜扣肉。带她去了长沙，去了橘子洲头，看了青年毛泽东的意气风发的半身像。去了西安，登了大雁塔，会了方丈法师。去了深圳，看了邓小平塑像，吃了粤式下午茶。去了武汉琴台，听了古琴曲《高山流水》，买了孝感麻糖，当然还看了长江大桥一桥二桥三桥、黄鹤楼与鹦鹉洲。他还与另外的一批朋友约定好，第二年春夏之交，他要与亦怜同游厦门、泉州、南京玄武湖、中山陵、苏锡常、河南南阳汉画像石、山西的隋塔、悬空寺与乔家、王家大院。

沈卓然准备好了一切手续，准备四月给淑珍做好清明节的祭祀以后，大约四月中旬办好两个人的婚姻登记，"五一"宴请两桌友人，举行规模适当的婚宴，重新建立自己的幸福生活。然后，走东南亚几个旅游胜地。

沈卓然完全想不到，这时连亦怜女士提出了一系列事宜。

八

连亦怜提出了以下几点：

第一，签订房屋赠予协定书，将沈卓然现住的198平方米公寓楼住室的产权证房主姓名更改为连—亦—怜。

第二，沈卓然现有的78万元人民币定期存款，全部转账到连亦怜的中国工商银行账户与银联卡上。

第三，目前有时过来照顾老沈的他的堂妹沈秀华，回自己的家，今后不再来此处。

第四，沈卓然的儿子提供法律文件，说明他在其父即沈卓然去世后，不会提出任何继承乃父任何财产的要求。

第五，沈卓然现在拥有几件比较值钱的物品，钻戒两枚，玉石三颗，书画作品两件，金饰七件，全部赠予连亦怜所有。

几件事连亦怜讲得清晰明快，如数家珍，老沈乍一听，觉得很新鲜，很爽利，有几分幽默，他笑了，他想说："怎么那么逗呀……"但是连亦怜的认真，达到了感情的沉痛、坚决，达到了心态的稳重、条理，达到了逻辑的分明与铁定程度，使沈卓然倒吸一口冷气。她，这个金不换的家庭主妇，这个侍候他做到了无微不至的女子，怎么瞬间变得这样严密、肃穆、精悍、悲壮、深文周纳，干脆应该说是伟大，是运筹帷幄，决策战略的大将风范，是精雕细刻、滴水不漏的大匠谨严，是一句顶一句、出口成章、出口成法成令的权威口吻，是清楚干净、字字千钧的文气文风。继幽默感以后，老沈的反应是想鼓掌，想喊万岁……不但坏人不知道好人有多好，一般低卜小的人子也绝对不知道高大上的人物有多高多大多上。好你个连亦怜呀,你真是刺刀见红,一针见血,翻天覆地,扭转乾坤的奇女子也!

"那就是说,我变成一个彻底的穷光蛋,您可以随时把我赶到街头桥洞下边……"

"不会的,您的好心,我会回报。我写保证书,拿到公证处。我这一辈子,什么罪都遭过……可从来没有说话不算数。再说,您还有活期存折,还有卡,还有现钱……"

"您是从一开始就这样计划的吗?难道,半年来的共同生活您还觉得我靠不住吗?"

"我可怜巴巴到这种程度,只想找一个好人主子,还能有什么计划?您是局级,您有职称,您有房,您有头有脸,您什么都有,您不可能知道我什么都没有的困难,我受的苦,我丢的人。没法说给您。'饱汉不知饿汉饥',饱汉不知道什么叫孤儿寡母的日子。我只有我自己,老沈哥,你不觉得我是值得你出大价钱的吗?"

半年过去了,两个人同床共枕,同杯共饮,出则同行,入则同室,她第一次叫了他一声"哥",老沈感动得落了泪。连亦怜说:"到我们这个年纪了,当然更明白,经济才是基础,是含墒含肥的沃土,您能不明白这个吗?"

原来她还会这样说话,而且说话的自始至终,她的眼皮没有往上翻。她说话有自己的明确的思路,老沈越是觉得说法奇特,就越听起来言之成理,而且说得坦白老实,透明玻璃人一般。可能这样想的不止连亦怜一个人,这样清楚明白地说出来的,除了小怜,他还真没有听见过。

俩人的缘分就是这样告终的。沈卓然的拒绝是按照常识通理,他不能接受这种全面剥夺的方案,这甚至使他想起了土地改革中一种叫作"扫地出门"的对于没有重大恶行的地主的处理。

但是随着光阴逝去,卓然确实有时候也问自己,是不是他并非全然不可以答应她的条款。他应该多一点信心,对自己,对亦怜,对人类,对社会,对薄命的女子。舍不得孩子套不上狼!人活一辈子,房呀钱呀财产呀到底有什么用?活到他这个坎儿上,赠给一个自己确实喜欢的女人,让她感受一下人生世情的温暖,给她点正能量,这究竟有什么不好?人只能以善求善,以爱求爱,以信任求诚恳,以无私求奉献,以觉醒求幸福。怎么可能以设防求真诚，以自我保护求爱情，以斤斤计较求成全呢？人能活多久？人能和几个女子赤条条陶然忘机地搂在一起？如果到了这个份儿上还要步步为营、马其诺防线，活这么大岁数与再活下去还有什么劲？

真上了当，他也不是没有办法，他什么地位什么能量什么话语权？她何足挂齿？

从另一方面来想，她的自持，她的稳健，她的坦白，她的清楚，他摇摇头又点点头，他难以接受又不能不喝彩。她的向上翻眼与有时绝对不翻眼……他此生第一次碰到一个毫不装扮，一五一十地表达自己对于利益的关心的人。她的知者不言，言者不知；知者不博，博者不知；知者不辩，辩者不知，她的此处无声胜有声，她的喜怒不形于色，她的每临大事有静气……她的我有一定之规，如果她有机会，过去叫"条件"，现在叫"平台"了，上苍给她一个平台吧，她绝不是苟苟碌碌者。她至少可以当个副省长。

她绝对是一个好人，她讲究的是商业道德，提供样品和售前服务，一切都光明正大，不藏不掖。她只是没有学会修辞的技巧与曲折路径。她既没有艺术的含蓄也没有政客的豪言壮语。她未免直白赤裸。她不是阴谋家。如果她是谋略家，如果她懂得"将欲取之，必先予之"的道理，哪有婚姻登记前明目张胆地进行商业谈判的道理！先登记上，底下的一切根本不成问题。他儿子在美国，能管他多少事？她堂妹说不说也要回农村，人家一大家子人呢。她只管嫁给他，他还能跳蹬几年？多少中产以上的老男人，最后不是落在哪怕仅仅一个保姆手里？CCTV12介绍过多少案例，子女再孝顺，起不了那个全天候陪伴侍候老爷子的保姆的作用，谁又能晓得孤独寂寞的老男人从保姆身上得到多少陪伴与慰安，体贴与抚摸，老而不死的局级待遇与正高职称拥有者啊，多少人最后把一切财产给了保姆而且引起了多少民事乃至刑事官司！

亦怜如果痛痛快快地嫁给卓然，她所要求的一切的一切，本来不会有任何问题，但是她为什么一定要明说，一定要竹筒倒豆子，干脆利索，直来直去，婚前就闹它个一股脑儿！她为什么这样明火执仗，急于求成，什么都摊到桌面上，违背了模糊数学，距离陌生，谦谦君子，点到为止的审美原则。这样一说，她不但当不了副市长，副科长也不够资格喽！

这个机会就这样失落。来如春梦，去似朝云。她最后的掏心窝子的言语，虽不铿铿，却也余音绕梁，落地有声！机已失，时不来，老沈呀老沈，惨矣哉！

九

在喜出望外的幸福感中，老沈已经带着亦怜与自己的所有至亲好友见了面，也向他们宣布了即将"五一"节举行婚礼的喜讯，特别是对于一位曾经共事过的老学长，他更是详尽地向他报告了他的丧偶后的状况。老学长曾经专门给了他一个电话，说是对连亦怜的印象颇佳，祝福他们。

好事告吹的结局令老沈不无狼狈，他只好再一一通知，他尽量轻描淡写，他说是对方面临了一些新情况，新困难，她可能需要远走他乡，她可能另有考虑，毕竟此事谁也不需要就和谁，这个那个，先不办了，吾老矣，不办也就不办了吧。他的亲友们都为之唏嘘，同时鼓励："像你这种情形，正是钻石王老五！没关系，再找一个吧，我们城市里，条件好的待婚的成年女性，太多了，我现在就可以给你说两三个……"

老沈哭笑不得。老年人的婚恋问题，好像还很有新趣。他的一个老同学，丧偶后曾经考虑过续弦，被两个孩子骂了个狗血喷头……从此失魂落魄，低头缩颈，形如槁木，心如死灰，就在今年"五一"，他老沈预定的续弦日子，此公心梗离世，咦！

月前他还与亦怜一起去看望过这个倒霉的老爹，他对老沈说悄悄话："听说，对你的迅速再婚也有不好的反映……"唉，您说什么呢，现在对此公的反映是不是就好了呢？

只有对关系亲密、也是老沈最佩服其道德文章的老学长，老沈说了全部实情。老学长表示完全理解，也支持老沈的处理方式，他说搞得这样露骨，让"我们"即包括学长本人很难接受。市场经济市场经济，婚恋也彻底市场经济化了，这总是让人心里别扭。也许是小连碰到过什么特别的人，特别的事？也许她受过什么伤害和歪曲？一般地说，有点利益方面的务实考虑，倒也是正常的……老学长叹息。

不久，学长亲自向老沈介绍了一个知识型女性，"找个念书人吧"，学长摇摇头又点点头。起码不会与老沈谈商业条件的吧？该人是学长的一位朋友的小妹妹，今年已经六十出头，是当年科技大学的高材生，有过一段辉煌的经历，结过婚，有个孩子，可惜的是她命途多舛，丈夫40多岁正是各方看好的时候因交通事故亡故，一直是一人带着孩子，也还踏实，后来她的孩子移居国外，把老娘扔下，她有点受不了……如此这般，热心的朋友们为她张罗个老伴儿。

"她为什么不出国找她的孩子？"老沈嗫嚅着说，说了又觉得不合适，学长是好意，他又有与小连的事情在先，他并没有摆出一副为淑珍坚守的姿态，人家去不去国外找儿女，他打问得着吗？

幸亏学长没有听清楚，学长说了，听力渐差，最近的听力测验，结果是降了200多个基点。沈卓然马上恭维说，凡是老年后听力下降的人，都是寿星。

老沈与知识型女性聂娟娟见了一面，她戴着眼镜，头发花白，脸有点大，眼小，但是极其有神。下巴颏上的一粒黑痣看上去不那么可爱，但是一说话，她的谈吐就令老沈倾倒。她自我介绍说，她在科技大学就读期间，是大学的"三好学生"，市里的"五好青年"，省里的"青年社会主义建设积极分子"。她的毕业成绩，所有课程均属优等，一门"良加"的也没有。可惜她毕业的时候赶上了政治运动，不是由于她的原因而是她哥哥的原因，她被分配到了边疆做教师，教非所学，学非所用，为此，她奋斗了二十年，终于调回本市，能够教她当年学的东西了。她的课程全校有名。改革开放后她获得过两次创新奖，一次郭沫若奖，一次严济慈奖，她还是全国妇联评出的"三八红旗手"。她在牛津大学量子科学讨论会上语惊四座，她在德国汉堡大学被提名为莱布尼兹奖候选人。就在国外开会的时候她的丈夫出了交通事故，三天后身亡，她受了刺激，在医院里住了3个月。她从此每况愈下，但是，她讲的课仍然轰动全校全市全省。

她是不是有点喜欢吹牛呢？沈卓然想。

沈卓然约女教授到街口的一个鹿港小馆吃饭，要了两碗馄饨，一条清蒸鲈鱼，一客牛肉河粉。餐馆名称像是台湾品牌，环境布置得小巧温馨。聂娟娟从一坐下便显得颇为不安，且一再劝告沈卓然少点一点菜，"就点您一个人的吧，我吃不了……"果然，想不到的是聂娟娟除了用筷子搛了三个小小的馄饨吃下去以外，任何其他东西不吃不喝，还说她已经一再说过,她的饭量就是这样。说是她从来不吃鱼,她从来不吃牛肉,吃了鱼与牛肉就会得肠胃炎。说是她的吃饭很讲究,不吃韭菜,不吃胡萝卜,不吃香菜与芹菜,不吃红皮洋种鸡蛋,不吃大葱,不吃荞面,不吃花椒,不吃凤爪与鸭掌鸭舌……说得沈卓然又敬又乱又疑惧。唯一的此次与聂教授的共用午餐实际上不怎么用午餐,使沈卓然产生出一系列语义学上的困扰来。许多东西不吃,这能叫作"讲究"吗?不可能饱的食量,能够叫"饭量"吗?这能叫正常吗?"我就是这样",当真"就是这样"吗?一个女性,学历很高,运气很糟,生活很孤独,这样的怪人为什么学长要介绍给他?但是与她说话确实很有趣,比与亦怜无话可说有趣,比突然听到亦怜赶尽杀绝的商务条件有趣。

与亦怜一起,他始终觉得不无陌生。而与娟娟一起,他脑中马上涌出了"奇葩"两个大字。她的奇奇怪怪的一切,使他大开眼界,学而后知不足,识而后知不识,天下之大,无奇不有,尤其是对女性,他自己真是太无知,太坐井观天了……就拿三个馄饨来说吧,第一,这是什么用意?她说她是一米六六身高,不矮呀,一顿午餐三个馄饨,是正常人饭量的八分之一,这里面有什么内涵或者背景,有什么动机什么暗示表白?难道这是一种克己?谦让?复礼?分寸?第二,这是不是一种特异功能?他的这个年纪的人应该还记得,1948年中华民国的国统区报纸电台纷纷报道重庆女子杨妹九年来未曾进食的故事,马上各地都有细妹子跟进,纷纷声称自己从小不吃东西或基本上不吃东西。整个一个国统区,正过着民不聊生、食不果腹的日子,碰到了你不吃我也不用餐的大好梦境,全民为之轰动,连国民党当局也为之激动,组织了专家组去调查,据说调查结果是在杨妹肛门上发现了粪便,粪便化验中发现了粮食残渣,科学家们作出了不食少女杨妹实则进食的结论。同时人们不死心,有专家分析说,杨妹进食远远少于常人,本是不争的事实,此点对于食品匮乏的我国,仍然有很大的意义。设想一下,如果全国百姓自觉节省口粮菜肴三分之二或五分之四点二,粮食供应形势立马好转,匮乏立马转变为富庶,其乐何如哉!

莫非聂娟娟是当代中国的杨妹升级版?沈卓然更感觉有乐儿啦。唉,一辈子沈卓然过得太憋屈,他应该接触更多的人,他应该接触自己完全不熟悉的女子,他应该一心去寻找奇葩,发现奇葩,研究奇葩,呵护奇葩。

他当然不可能全无邪念,但他毕竟还有文明人的规则与道德意识,他不会做出不体面的事。人活着是为了知道,我知故我在,比我思故我在更靠谱。人应该识遍五颜六色,尤其要知道一点奇奇怪怪的葩华。你不是元首,你至少应该知道几个元首与他们的妻子女友,比如克林顿的绯闻与卡扎菲的女子卫队,杰克逊与他的女佣。你不是科技专家,你也应该知道牛顿、爱迪生、霍金和乔布斯。你不懂飞行航海,你也应该知道麦哲伦、哥伦布、戴维斯、麦克康奈尔。你不是杨妹,但是你已经听说了科学家的最新理念,人们的进食应该减少到三分之一,现在,一位一顿午餐只吃三个馄饨的量子物理学家,教授,女知识分子就与他坐在一起,侃侃而谈,娓娓动听,谈天说地,妙语如花,而且大致上是不吃不喝,反正她的不吃不喝不会给沈卓然带来任何损失,不会改变老沈的产权证与定期存款姓名,而只是带来节约俭省;她是空前的节能低耗减排型社会人士,何乐而不为呢?朋友,就是朋友罢了,而且,女性就是女性,他老沈可以不去抚摸聂娟娟的身体,他老沈可以不去与聂教授拥抱接吻摩擦舐吮,他仍然感到了一种前所未有的愉快,一种舒适,一种补充,一种对于寂寞与孤独的排遣。即使是牛皮哄哄也仍然不失层次,不失素质。你好,杀猪捅屁股,门道独特的聂娟娟奇葩女士,什么时候我也听听量子物理学,听听19世纪末20世纪初物理学天空上的两朵乌云。欲穷千里目,更上一层楼;欲作高端人,先识女教授。我老沈的有生之年,有生之年攒劲噢!

十

聂娟娟很喜欢给老沈打电话,她的电话常常给沈先生以又惊、又喜、又乱、又疑、又晕、又累、又好玩的出其不意的感觉。夏天,她早晨五点四十来了电话,很惊人。幸好,老沈的习惯接近农民,他五点三十分就起床了,10分钟后接到聂娟娟电话,他甚至觉得是天意,天不灭沈,一睁眼就热热闹闹忽悠上了。她在电话里大谈她的儿子,说他在硅谷取得了骄人的成绩,说是他被邀到比尔·盖茨私宅去作客,像我们的领导人的待遇一样。还有,她的儿子,一个电脑软件天才,被一个厚嘴唇的马来西亚女孩、一个嘴唇更加宽厚而且皮肤如黛黑绸缎的海地女孩、一个墨西哥裔拉丁女孩、还有一个土生土长的美国加州一米八身高的女孩所同时追逐。聂娟娟大笑，说我儿子真有桃花运，"英特纳雄耐尔"就这样来实现。又有一次说是她儿子打算给她汇 10 万美元过来，被她严重制止。她说："老沈，你想想，我要 10 万美元做什么？我一个人，我有 10 平方米的房子就够用了，我骨质疏松，我经常失眠，我喜欢唱歌，我不看电影，从小就不爱看，我现在每顿饭只吃四分之一两至半两粮食，我不吃红皮鸡蛋，只吃白皮，更不吃鸭蛋，我最多吃一个鹌鹑蛋，最好是吃半个。吃水饺我只吃一个，吃小笼包子我只吃三分之二个，吃馄饨我只吃一个半。上次是你请客，我不得不吃三个，吃太少了会让你失望。吃完了我差点撑死。我不喝牛奶，我不喝豆浆，我不喜欢豆子气味儿，我从来不吃冰棍更不吃冰激凌，我绝对不能吃梨也不吃榴莲，榴莲有一股鲜屎味……喜欢吃什么，我喜欢吃栗子，每次只吃三分之一粒，我也喜欢喝棒子面白薯粥，每次喝一调羹……"

又有一次，聂娟娟在电话里说，"我要请你吃饭，我们这边有一个淮扬菜馆，他们的狮子头我能一次吃掉五分之一。砂锅鱼头够我这样的人二十六个吃饱，你能不能找几个好朋友，一起来吃鱼头？淮扬菜的排骨黑里透红，咸里发甜……还有雪菜炒干丝。"这使老沈大感不解，您吃得如此惊人的少，谁好意思让您请客？您推荐的菜要那么多人才能吃完，我上哪里找这么多食友去，其实若真是我的食友，最多仨人也就吃光了，你为什么要说够二十六个人用？看来，此言差矣，此言怎讲？谢谢了，您……

类似的话，再说一遍，老沈就感到了自己脑部的供血不足：热情、天真、寂寞、孤独，呦呦鹿鸣，食野之苹，我有嘉宾，鼓瑟吹笙，是渴望友谊还是虚张声势，是没话找话还是借题发挥……人是多么有趣的动物啊，女人更是多么有趣，多么神妙的物种啊。女人的话语，不似歌曲，胜似歌曲，不似魔咒，胜似魔咒；女人的旋律，不是后现代，远远后于后现代；女人的邀请，不是演戏，而已演戏；女人的大笑，谁知道是舒适还是苦大仇深？女人的哭泣，谁知道是怨怼还是高潮不期而至？

尤其是聂娟娟动不动讲一些物理学、电子学、遗传学、天文学、材料力学方面的术语，突然间演变成世界各大学的学术动态，演绎出英、法、德、俄语名词。她大笑着说莫斯科大学的一位教授给她写了求爱的信，她认为这纯粹是开玩笑，她相信全世界精神不正常的人数量超过精神正常的人的百分之五，越是所谓自由的欧美，精神病就越多。她问，您自由了，您由着自己的性子发展,您想怎么着就怎么着,您能不患精神分裂,您不撒癔症您想让谁谁撒癔症呢您?说到最后她又提起,她还接到了一个巴西原非洲裔黑人教授的示爱信,她说着说着大笑起来,笑得她在电话那边咳嗽,她的咳嗽似乎引发了哮喘,她在电话那头发出了牛吼和铁匠炉拉风箱的声音,呕呕的,呼呼的,似乎要把肠子呕出。老沈吓坏了,老沈知道,邓丽君在香港就是这样哮喘病发作而过早地离去了的。

老沈对聂教授横生怜悯之心,邓丽君去世了,那么多歌迷为之悼念。如果是聂娟娟哮喘去世呢,头几天,也许谁也不会在意。这几天呢,刚刚有个人惦记她,就是同病相怜的沈卓然啊。

聂教授来了电话,老沈也得给人家去个电话。他去电话的时候聂教授更加兴奋,说的话更加广泛,漫无边际,天南海北,穆桂英杨家将,爱因斯坦相对论,杨振宁、翁帆、李政道、邓稼先、周啸天、伦琴、玛丽·居里、索尔·珀尔马特,也谈到了柳永与王实甫,龚自珍与聂绀弩,杨绛与钱钟书,台湾的钱穆。

聂娟娟说:"您知道咱们省的诗人孙醒吧?本来北欧的院士告诉他,是他要得诺贝尔文学奖的,一不留神,让莫言得上了。反正他早晚会得的,也不是挪威的也不是丹麦的,反正人家都知道了,五年以后孙醒获奖。他是我小学同桌的同学!此外还有某某、某某某,近年都有获奖的希望。都告诉咱们了。"

聂娟娟是无所不知的奇才!

有一次他们在电话中谈起了"革命样板戏",聂娟娟唱了一段《杜鹃山》里柯湘唱的"家住安源",然后问:"我唱的像不像杨春霞?"更想不到的是她接着唱了一段《海港》里方海珍的唱段"想起党眼明心亮",她唱道:"午夜里,钟声响,江风更紧……"使沈卓然大吃一惊,《海港》里的唱段没有几个人记得,如果不是聂娟娟学唱与提及,饰演方海珍的名角李丽芳的名字老沈早已经忘到了九霄云外。而且聂娟娟的嗓子是那样清亮干净甘甜,如村姑,如天籁,来自话筒的另一端。真是相闻恨晚啊!

凑趣的是老沈竟然能唱一段《海港》里沈小强的唱段:"我沾染了资产阶级的坏思想(昂),轻视装卸工作不(乌)应(恩哼)当,我不该(咳)辜负了先辈(嘿)的希(意)望(啊昂),我不该(咳),听信那吃人(恩哼)的豺狼!"他一边唱,电话那边的聂娟娟一边笑,告诉他,不是沈小强,是韩小强,"你怎么非得把样板戏里的落后人物改成与自己一样的姓呢?"

"那一年,我把样板戏上人物自我检讨的唱词都学会了,除了韩小强,还有杜鹃山上的雷刚,他的轻举妄动害了好同志田大江,雷刚哭腔唱了一段,荡气回肠……"

他们俩人聊得可真痛快。 然后他们又就一个问题争论了起来,聂娟娟问:"你记得样板戏《杜鹃山》当年正式公演的时候叫什么名称吗?"老沈说:"不记得有什么变化呀,一直叫'杜鹃山'呀!"

"不对,正式作为样板戏演出的时候叫'杜泉山',那时候的人真有意思,可能是觉得'杜鹃'太古雅也太悲伤,您当然懂啦,杜鹃就是子规,就是'归不得也哥哥',太苦啦……"老沈听到了电话那头的哭声。这次通话,历时1小时14分钟。

"还有你知道最早,《杜鹃山》里的起义武装的头儿是谁吗?最早他不叫雷刚,他的名字要好玩得多,乌豆……"在1小时14分钟电话撂下5秒钟以后,娟娟又拨来电话补充他们俩人的记忆。

这是一种完全崭新的体验:神经质,不无卖弄,万事通,出色的记忆力,阴阳八卦,中外匪异,文理贯通,古今攸同。二人的通话话题扫荡文史哲理化生亚非拉生旦净末丑,重视大事也重视细节:信息量、新知新名词与旧事旧说法。"旧学商量加邃密,新知培养转深沉",虽不深刻专一,仍然狼奔豕突,自成一脉。东拉西扯,信口开河,江水滚滚,波浪哗啦。为艺术而艺术,不无炫耀,言迷茫便迷茫,顾影自怜。痛快淋漓中自怨自艾,一拍即合中其妙莫名,互相欣赏中彼此费解,你我吹嘘中左右为难。还有超越饮食男女,绝不谈情说爱,也不是柏拉图,未必是用概念的撞击取代器官的摩擦亲热。又不是刑场上的婚礼,没有准备喋血青史。不是林觉民的与妻诀别书,不是刘青锋、金观涛他们的"公开的情书",述而不作,翻印必究。这里是一种混乱的、模糊的、跳跃的、打镲的、超越一切实务的安慰与享受,抚摸与滋养。如果说这也是一种老年人的爱情的话,这是无爱的爱情,这是行将消失的晚霞余晖。这是仍旧的落日照大旗,马鸣风萧萧。这是蒙头盖脸、天花乱坠、相激相荡、出神入化、谈笑风生、内容空洞、色即是空、空即是色的爱情,或绝对非爱情。玛丽莲·梦露没有这样的爱情，柳梦梅、张君瑞没有这样的爱情。罗密欧与朱丽叶，没有这样的爱情，安娜·卡列尼娜与卡门，也没有过这样的爱情。文学、戏剧、电影与连续剧中这样的爱情还没有出现过，因为它不是爱情。

老沈喜欢起聂娟娟来，没有柔情，没有肌肤的亲昵，没有私密与私处，连性器官与第二性征的想象神游意淫也没有。没有服务，没有温存，没有接触粘连，没有偾张与分泌。没有生活细节，没有炊艺、枕席、画眉、搔痒痒、捏肩揉颈，没有脸面、五官、嘴唇与躯体，更没有舌头。不是相濡以沫，没有沫，不濡，而是相悦于神游瞎忽悠，相悦于言语的狂欢，试探寻觅，资讯重组，虚虚实实，连蒙带唬，冷饭重新热炒，热菜迅速冷冻，抡起纪念碑，扬起积淀的尘埃，记忆翻滚，旧事加温，年事推移，喜怒哀乐日益淡却，也就是日益醇厚发酵变酸变香变苦。不，又不全然是神游忽悠，是生活，是口腔与哮喘，是神经元与肺活量，是什么都记得，什么都生动，是80岁重温18岁的无限依依，是永远的泪痕与笑靥，是拥有过与告别了的一切，是"我们都年轻过"的温暖，是"我们都记不清了"的悲凉，是"我们都是倒霉蛋"的风流偶傥，是我们都是精英，都是才俊，终于都是废物垃圾的痛惜……是难辨的记忆，是或有的往日，是往事不堪回首，往事岂可忘记，往事仍然多情，往事尽在无酒的酒兴、无主题的主题、无共同的共同、无携手的携子之手、与子偕老当中，慢慢温习，慢慢远去。

而经验使我们彼此靠得紧紧的：不是一家，亲如一家；不是自己，犹如自己，这百十年，我们的共享的回忆太多、太多了。啊，爱情，共同的记忆，共同的叹息，共同的胡诌八侃，共同的再怎么赶也赶不上趟儿了的鲜活的生命。

原来，经验的凸凸凹凹，粗粗细细，经验的曲线与伸缩可以是性感的，质感与多汗、多味的。智慧、风格、谈吐、夸张的想象、信口的胡言，都是魅力，都是撩拨，都是力度冲动，都性感起来活活要你的命！谁想到过这个！古往今来的小说家、性学家、青春偶像与影视女星、毛片角色、娱乐记者……竟然还没有表现过这种体验！

有那么一点激动了，虽然老沈不过是老沈。

十一

忽然，他找不到聂娟娟了。

聂娟娟突然失联！

连续一星期又一天，老沈没有得到聂娟娟的电话，他打电话过去也屡屡被"现在无人接听，请稍后再拨"的软件自动提示所结束。

老沈急了，他不惜去打搅因身体欠佳已经卧床多日的老学长，要聂娟娟的地址，原来娟娟只给他留了电话却没有说地址。老学长问询他们来往的情况，老沈说她是一个很好的谈话伙伴，如此而已，还没有想下一步。学长听了很兴奋，10分钟后让老伴给他回了电话，告知了他聂娟娟的住址。

按照获得的地址，沈卓然花了162块钱，打出租车到了地儿，他大吃一惊，她的住处不但在远郊，而且她的房号说明，她住在一间小小的地下室里，在那里租房住的人，都是农民工。在农民工居住区，聂娟娟的住房也是最狭小最寒碜的。尤其不可想象的是，地下室过道里弥漫着一种浊腐气味，有葱蒜与韭菜味道，有厕所与洗衣房味道，还有一种特有的浴池或者足底按摩间的气味。

沈卓然努力要求自己做到镇静，镇静，再镇静。他毕竟走向耄耋，又经历了与淑珍的生离死别，刚刚经历了与连亦怜的大起大落，他已经处变不惊，他无变可惊了。

他塌下心来作了力所能及的调查研究，还是毛主席说得对，没有调查研究，就没有发言权。对于聂娟娟，众说纷纭，莫衷一是，但也有共同点，同一个楼区的打工的邻居们，一致称她为卖晚报的老太太。卖晚报？是的，她每天下午3点半起，在一家清真涮羊肉馆子前卖晚报，据说能日进30元到50元。沈卓然一听，只觉头晕眼花。她，她不是教授吗？她不是有退休金吗？

"不，不是为钱，人家是玩儿，是解闷儿，老太太最愿意的就是直着脖子在那儿吆喝'晚报嘞晚报嘞，又一个贪官坐监狱嘞！'叫什么来着？人家说，那是体验生活。人家说过，荷兰哲学家斯宾诺莎不也是这样吗？他倒是不卖晚报，他磨镜片。还有中东国家的一个大诗人，他的职业是理发师。"

了不起，农民工的素质也大大提高了。

都知道她是教书的，有的管她叫老师，这样称呼的多；有的管她叫教授，这样称呼的少。所有邻居包括一名管理人员，都说聂老太是个大好人，亲切朴素，与群众打成一片。她饭量小，这是真实的，没有人有不同看法。有一次一天她只吃了两个枣子加一小杯开水。有一次她买了一块烤白薯，吃了两天。还有就是她已经在这里居住了五年，这里的打工仔、打工妹、打工姨，随着雇主的变动搬来搬去，只有聂老师坚守在此地不变。有一位打工妹从这里已经三进三出啦，每次回来都看到聂老师、聂教授、聂老太，风光依然，头发日益白掉，声音仍然清脆爽朗。

聂老太为什么住到这里来了，说法不一。有的说，她原来有一套单位分的公寓单元房，近 90 平方米，用不着，太孤单，卖了，于是到这个都市里的乡村，农民工的居住区落户，每月只花房租 1000 元。她与大家亲亲热热。有的说可能是她的孩子在国外遇到了什么麻烦事情，需要老娘的破产支援。有的说，她根本就没有孩子，或者孩子早已经在国外没了，不然五年当中，谁看到过她的孩子回来过一次？一套单元房的价款都给了孩子了，起码 350 万元，可邻居们不知道她的孩子是男是女，是男是女哪能完全不管老娘亲呢？美国人也不能这样呀！听说美国人虽然不知道孝字，倒也并不六亲不认。而且聂教授学问那么大，她的孩子，有不懂事的吗？还有，人家经常是不吃不喝呀，嚼裹不费呀，又能看家又不费养活，哪个孩子不欢迎这样的老爹老妈！

有人大胆提出，聂老太说话没有什么准头，她结过婚吗？她当真有过儿女吗？谁敢保证？立马有人出来说，他就敢保证，他与聂娟娟面子大，他在聂老太那里看到过老太太与自己的先生和孩子合影的照片，她男人穿着呢子大衣，人家牛着呢。人家儿子，长得又像妈又像爸，模样俊着呢。

那么现在聂老太哪里去了呢？管理人员告诉了医院的名称与方位，老太太病了，住医院了。

天色已晚，沈卓然一头雾水，提醒自己要考虑考虑。聂娟娟对他讲的话里至少有百分之七十或者更多是虚构的，她的邻居农民工们也都知道她说话没有准儿，同时他们一致认为她是大好人，他们更一致同情她，说她这样的有学问、善良、亲民的孤寡老人天上没有一个，地上没有第二个。他们中没有任何人认为她的谎话连篇是个什么问题。他们既不是人事科又不是派出所，何必非知道她的真实经历不可？邻居们还一致同意，她太命苦，她生活在城市，她上过大学，她教过大学，她又有组织又有户口，但是她命苦，比农村的打工人员还命苦。

沈卓然满意于自己的公关能力，他居然在与陌生人接触中得知了这么多情况。越知道得多他越糊涂，到底是怎么回事？有点离奇。有点找不着北。有点超出了他一辈子的生活经验与理解能力。他似乎又愿意有所惦记，有所牵挂。妻子天人相隔，儿子大洋相距，工作早已退休，讲课可有可无，朋友不少不多，话语可说可不说，会议可出席可不出席，死亡或早或迟，早也谈不上太早，因为他已经转眼八十，迟也不可能太迟，八十过了九十还能过吗？九十过了，九十五还能过吗？一百了，一百又当如何？不信你老小子能混上一百一！他已经刀枪不入，他已经胜负无别，他已经生死相接360度，他已经在淑珍走后经历了小小艳遇，他已经搂紧过亦怜，进入过亦怜，最后只怕是无怜无连无亦无义无情可言⋯⋯呜呼哀哉。

那么，现在有这样一个奇葩让他惦念，这是多么幸福，这样才不至于弄成个不可承受之轻。

那么聂娟娟呢？聂娟娟是谁不是谁？有意还是无意说谎，与他有什么关系？同是天涯沦落人，相逢何必曾相识？何必相知？怎么可能相知相识？知与识何必一一核对？何必求真求实求是？人生本来嘛也不知，你又对人家娟娟说了多少真实呢？你说了你弄坏温度计的事了吗？你说了你梦中爬到了那老师的身上去了吗？你说过"文革"中你对那老师的冷酷无情了吗？命运是真实的吗？遭遇是真实的吗？《郑风》"女曰鸡鸣，士曰昧旦。子兴视夜，明星有烂。将翱将翔，弋凫与雁"是真实的吗？韶乐与《东方红》是相知相和的吗？《离骚》与《古拉格群岛》是真实的吗？唐明皇、杨贵妃、白乐天的《长恨歌》与"埃及艳后"的故事是真实的吗？吴妈碰上了阿Q，瞎猫碰上了死耗子，沈卓然遭遇了聂娟娟，就不能演绎出崔莺莺、杜丽娘、林黛玉、爱玛·包法利夫人们的惊天动地的爱情来吗？

如此这般，已经是17点了，沈卓然想起了自己没有吃午餐，他找了一个小馆子，叫上了娟娟的几个邻居，要了两份馅饼、两盘扬州炒饭、每人一碗雪菜肉丝汤面，还有一盘凉拌鸡毛菜一盘麻婆豆腐一个牛腩锅仔，一起吃饭，更加确信了"人民"对于聂娟娟的肯定与赞扬是可以信赖的。人民，只有人民，才是动力，才是标准，才是幸福，才是依据。

一位十七八岁的男孩子说："我带您去看老太太吧。"

终于找到了六人一间的病房，护士不让老沈进病房，说是女性病房天黑后不准男性人员探视，老沈不得不拿出电视明星的派头，说明自己是在电视上讲过白居易和苏东坡的老师，偏偏整个一个医院，没有一个医生护士勤杂工人有闲心收看什么诗词歌赋讲座。老沈还强调，自己找到这个病房很不容易，一个单程的"的"费就是多少多少，护士立即予以驳斥，您为什么不早一个小时来？老沈无言以对。

这时有一个女中学生前来陪病人妈妈的，认出了沈卓然，表达了对他的敬意，帮助沈老师向院方讲情，费了九牛二虎之力，老沈总算进了屋。

与电话里滔滔不绝的聂娟娟判若两人，她无言，她基本上闭着眼睛，对老沈的到来反应麻木迟钝。对什么病的询问也不回答。老沈看到了她的一条腿被吊起来，询问是不是摔了跤，造成骨折，聂娟娟影子一样地哼哼着回答"有，可能是"。

老沈自然也就凉了。他坐了10分钟，只是枯坐而已。

他告辞，"嗯"，聂娟娟对他的告辞回答得比较痛快，似是卸掉了一个负担。他沈卓然来得毕竟太冒失了。如果是英国人，绝对不可能当这样的不速之客。中国文化，没有受到邀请而自来的客人却也可能是颇受欢迎引起意外的惊喜的人，他沈卓然仍然不是。显然，他的到来给娟娟带来的是尴尬，如果不是痛苦，是打击，如果不是毁灭的话。

他向后退着告别，像日本人觐见天皇完事，从陛下那儿退出来的时候一样。他看到了娟娟的嘴在动，他连忙走了过去，他告诉娟娟，他的听力与他的老学长一样，正在急剧地下降，他因之没有听到她方才说的话。但是,她没有再重复自己的话,沈卓然看到的是娟娟的一滴眼泪。他的感觉是，娟娟也许真的快要走到生命的尽头了。

晚年巴金，喜欢用"生命的尽头"这个短语，沈卓然是从巴金那里学来这个相对婉转一些的说法的。

十二

一个月后，沈卓然接到了娟娟的一封信，可能是由于投递地址写得不清不全,可能是由于老沈住的这个小区物业管理混乱,也可能是由于电邮与手机短信微信的发达使邮政大大受挫,他用了这么长时间收到郊区寄过来的一封平信。

信上只写了八个字"谢谢你对不起再见"。

娟娟还在信纸上画了一个可爱的小兔子。为什么是小兔子呢?她属兔?还是她受了"花花公子"腰带标志图案的启发?

他询问手机的语音助手,软件用中英两种语言提示说:"对不起,没有这个电话号码。"

应该是,电话撤了。

他去找老学长,老学长已经病危,不能说话,不能交流互动。他问老嫂子,老嫂子说不知道这么个聂老师。上次传达聂女士的住址?早忘了。问别人,别人更不知道。他想再去一次老地方,最终并没有去。历史上的事往往重复两次,第一次是虚惊,是诈唬,第二次是真的没救了。第一次是狼来了?没有来。第二次是没人理?真来了。现在他与聂娟娟当真失联了。他想找好友,找阅历多见识广的朋友一起谈谈娟娟,他憋了太多的话。他已经约好了饭局,临时改了主意,没有经过本人同意,他不应该任意谈论一位女性与他的私人交往,与他的私人通话,他不是也绝对不应该是斯诺登,他不是 CIA 美国中央情报局,也不是 SIS 英国的军情六处,同样,他不可能去审干,也不会为此主办双规。他可以与娟娟谈话,可以不谈话,但是他不应该透露娟娟与他谈了什么。他尤其不可以找上朋友,找上能人一起来分析聂娟娟教授的虚实长短心态动机悲喜与隐痛。他最最痛恨的一种男人就是与某个女人发生了一些来往,八字还没有一撇,就拿出去说事,乃至是去卖弄自己在女生方面调情方面的成功。有的人甚至于拿出某个女人的动情的信给一帮只想猎艳的狗男人看,这样的男人狗彘不如,这样的男人应该毫不犹豫地割舌去势。

……想不到有这样的节奏与频率,娟娟的信才收到三天,一位已经告老的原人事干部大姐来找沈卓然,开门见山,要给老沈介绍对象。

老沈略显犹疑。大姐痛批道:

"你以为你是谁?你不是浙江文化名人章克标,百岁征婚。你不是唐朝武则天时期出生的名将郭子仪,要不就是东汉年间的长沙太守张仲景,八十得子。机不可失，时不再来，你还等什么？中国能有今天的发展，一靠政策，二靠机遇，你的问题，不需要政策，关键是看你自己抓没抓紧机遇。机遇不抓，等于什么也没有。今天的事今天做，咱们等不到明天！上面不是没有说过，要有紧迫感，要有计划有追求有日程有时限！人生绝对不可以往后拖！万事万物，赶前不赶后，这是我的信条，你打一下五笔字型试试，'赶前不赶后'，打出来竟然是'干部素质'四个字，绝了，哈哈哈哈咿乎呀乎唉……"

这位人事部主任，只是在退下来以后，才发挥了她作为长期接受"二人转"熏陶的东北人的口才，她讲得还真好，不服不行。

与聂娟娟确切失联后三十九天，沈卓然家里来了新女友，吕媛。吕媛身高一米七，块头很足，笑声爽朗，见第一面她就说："只要在穿衣镜前一照，我就想起'中国劳动人民还有过去那一副奴隶木麻么？没有了，他们做了主人了'。谁的文章？对，《介绍一个合作社》，毛泽东，1958 年 6 月，发表于《红旗》杂志创刊号上，写于 4 月 15 日，在广东执的笔。"

人与人是怎样的不同！淑珍是清水河。那蔚阒是云朵。连亦怜是家用智能电器。聂娟娟是一路神仙、一路无路可走的散仙鬼魂天才妖狐不幸的人。而吕媛像一部大吨位 L 系叉车，人、头与脸、胳臂、屁股、言语、气势、肺活量都是大号的。

吕媛原来是省直机关的理论教员，专讲马列主义基础与毛泽东思想概论，后来也讲过邓小平理论与"三个代表"重要思想，科学发展观的年代她退休了。但干了几十年，退下来，她仍然坚持天天看央视的"新闻联播""东方时空""焦点访谈"，坚持认真阅读《人民日报》第一版与理论版，坚持看《人民日报·海外版》的"《望海楼》时评"与《光明日报》强有力的"光明论坛"。

吕媛可能猜到了沈卓然的反应了，她说："他们本来要介绍给我一位有名的将军的，我想了想，我毕竟不太熟悉军事，听说您是一位学问家，我愿意与您结交共处。"她看了看沈卓然这 198 平方米，她说，"以后，你们家的粗活重活，蹬梯爬高，买菜买面，都可以交给我。"她的豪爽，痛快，义气，认同乃至轻信，溢于言表。沈卓然不由得给她鼓了鼓掌，啪啪啪。

初次见面，老沈略略一惊，他没有与这样雄伟的女性共处一堂过，虽然他本人，成人以后，尤其是改革开放以后，由于贪吃，由于后来的养尊处优，其实也并不算矮小瘦弱。吕媛一米七，老沈一米七一，吕媛75公斤，老沈76公斤，吕媛有房，120平方米，老沈198平方米。吕媛的退休金每月7200元，老沈的退休金每月8300元。当然，老沈有稿费与演讲费，问题是吕媛也有。如此这般，当然老沈略胜一筹，却仍然感到了吕媛的某种强势。加上她的自信，她的嗓门，她的畅快与阳光，甚至她的姓名让老沈想起著名的《后汉书》中所记载的马援来。老沈觉得吕媛不是善茬儿。

她向老沈自我介绍，五年前她检查出了癌细胞，她进行了5次化疗，她奄奄一息，受够了罪，她的体重只剩下了39公斤，她女儿作主把她搬到了深山里，她喝完全不一样的水，吃不一样的粮食，吃山上的灵芝，她连墓穴与骨灰盒都为自己准备好了，她的前夫来与她永诀，结果，她好了，她战胜了癌变，她女儿救了她的命。她不但为自己重新赢得了生命与健康，她也为她就诊的省肿瘤医院赢得了卫生厅的大奖，院长已经提升为副厅级干部，当选了省人大常委。她本人去年参加了老年时装队，老年乒乓球队，老年国际标准舞蹈队，她被评为全国"抗癌英雄"。为此，她首先感谢她的女儿，是女儿鼓励了她，告诉她不要退缩，勇往直前。而且，从1980年，由于她的前夫的"不老实"，她与他离异以后，她一切靠女儿，与女儿相依为命。抗癌的成功使她有信心重建爱情婚姻家庭，生命在我，生活在我，幸福在我，在我的女儿。她现在一切的一切都听她女儿的。

老沈不能不赞美她的胸怀坦荡，她的透底阳光，她本来可以不说自己生病的情况，至少这一般来说不会有利于她与老沈的关系的进一步发展，但是她对生活是从最最正面的角度来思考的，抗癌英雄与战斗英雄劳动英雄一样，是她的无上光荣，她太棒了。

于是老沈请她们母女俩一起吃云南饭，显然，女儿认为他老沈合乎标准。饭后第二天，吕媛打了一个电话不等老沈确认，打了个"的"，就带着随身物品住进了老沈的家。

老沈的家从此变成了吕媛的家，吕的声音更洪亮，吕的主意更多样，吕购买各种过去老沈从来没有问津过的小食品小商品，从不商量，也不跟沈卓然要钱，或等着老沈掏钱，她自己有着大把大把的票子。日本带把茶壶、眼镜架、印度象鼻佛像、马来西亚胡椒糖、广西长寿乡香猪腊肉，把老沈闹得眼花缭乱，欲罢不能，欲停无术，了不起啊，她是真不把自己当外人呀。

吕媛如果晚生二十年，她也许会成为体育举国体制的另一项成果，她应该去从事女子拳击，乒、乒、乒，击倒世界女子拳击冠军米娅·圣约翰。

而现在她的冠军性格表现在她的指点江山上，她一会儿抨击省报的一篇报道标题不通，一会儿讥笑省电视台著名主持人读的别字……电视台名主持人将"士大夫"读成"shi da fu"，而吕媛认为应该读作"shi dai fu"，问题在于那个字多音，老沈拿出汉语字典来，说明"大"在这里读成"da"或者"dai"，都是允许的，只有在"大夫"当医生讲的时候，才只能将"大夫"读作"dai fu"。结果他遭到了吕媛的痛击，吕媛跺着脚说："老天爷呀，原来你也念不准这个字！"

"《现汉》是国家语文委编纂的，你总得听国家语文委的呀！"

"国家语文委的乌龙多了，这些年他们改了多少字的读法写法了，屁！"老沈受惊。他的这198平米的房里，还没有出现过这样雷霆万钧的语势。

同时老沈也渐渐感到了吕女士的"二"与"糙"。洗完碗筷，厨房是一地水迹。冲完淋浴，卫生间到处水汪汪。打开抽屉，拿完东西，关上抽屉，仍然留上一道缝。"你再多一毫克的力气就可以把抽屉关得严丝合缝了，为什么偏偏硬是不肯关好呢？"

吕媛仰天大笑，她说："这就是俺的风格啊，想俺吕媛，仰不愧于天，俯不怍于人，俺对得起你！俺女儿说了，沈伯伯是好人，妈妈你可以嫁给他！"

"可我没说要娶你呀，你女儿作你的主，也罢，你女儿并不能作我的主呀……再说，我也没有见过你这样的女人呀……"话已经说出来了，但是分贝不由自主地降下来了，吕媛根本没有听到老沈说话。最后，五天之后，老沈向吕媛摊牌：不希望"发展"得太快。他总算尝到发展过快不便的滋味了。

老沈终于受不了吕媛的喧宾夺主了。他决定说出自己的话。他说感谢她与她的女儿对他的肯定，然而他自己并没有想好。他说与她见面自然是可以的，请她们母女吃饭也可以，但是"我并没有邀请您搬进我家。我没有觉得感情到了那一步。您的主动使我感觉到的是被动。三天来，您与我同床共枕，我没有激情也没有要与您拥抱亲热的感觉，对不起。是的是的，您并没有打呼噜，您在床上也没有打嗝放屁，我说的不是那个。我只是说，也可能是由于我老了，老伴去世了，近三年不断地有朋友介绍我结识一些女性友人,都很好,都可爱,都有长处……但是我觉得是我自己把自己搞得很累很紧张,我相当疲倦,我已经不行了……"

吕媛的脸色变了,她说:"我知道,就是那个小娘儿们的祸害!她是害人精呀,她是诈骗犯啊,她是艾滋病啊,你带她去查一查,我保证是阳性反应啊!"

十三

此话的出处在于,就是那天上午,连亦怜来了。

连亦怜说:"我只是从您这儿一过,顺便跟您说一句话。我看到您这里有一位姐姐,我更踏实啦,您!您也甭惦记,我很好。我下礼拜二结婚,您知道咱们省的房地产大王李二虎吧,不,不是他,是他爹。他爹八十六,两米二的个子,得了中风,口眼歪斜。可是他喜欢我,他需要我,他拉着我的手不松开。李二虎给了我一处房子,还有100万块钱。我不是坏人,我从来没有想欺诈谁,欺诈李二虎与欺诈您一样,没门儿!货卖与识家,物有所值。您是好人,您没有蒙过我,我也没糊弄过您。您知道吗,咱们这种岁数的婚姻,有多少欺诈,多少骗局,多少黑暗!一个老家伙,借了别人的房子假装他的房产,幸亏叫我查出来了,我没有上他的当。还有一个,拿假的银行储蓄存单给我看,我一看号就知道是假的了,我没有说破,不要逼得狗急跳墙,现在坏人不少,我们孤儿寡母不是坏人们的个儿……"

她讲了一点自己的故事。她是旗人。她妈妈是一位后来成了上流人物的格格的非婚生女。她太祖姥姥临去世的时候看出了1949年后国家的变化,她的遗嘱是她的女儿即亦怜的姥姥必须找一个根正苗红的共产党员夫君,否则谁也不嫁。她的姥姥于是一直拖到32岁才结的婚,但是她29岁时与一个人好过,生下了她妈妈,却因为不符合太姥姥提的条件忍痛中断了这个婚事,把生下来的孩子即她的妈妈扔到了深山里。

几经周折,她与妈妈考证出了自己的身世,她们找到了姥姥,她没有想到姥姥冷酷无情而且振振有词,姥姥咬牙切齿地说:"我对你没有母女的感情,也没有母女的关系,我的感情早已经被摧毁得一干二净了,这不是我个人的事,这是历史,这是沧桑,这是大时代的小小悲哀,不值一提。

而且，我没有钱。你不要以为我当了外交官就有钱，不，没钱。我不能给你钱，你们出身于劳动人民的家庭，这就是我给你们的最大贡献，最好的礼物，我无情，我无情，我早就无情了，我的丈夫，贫农出身，老八路，外交官，又怎么样？运动一开始就斗垮了，他自杀了，我找谁去？你们踏踏实实，你们健健康康，你们到底还想要什么？"

……连亦怜说，她的要求很纯正，无非就是生存的保证，无非是生存权，无非是让儿子得到护理和有限的治疗。她儿子的疾病就是贫困造成的，她本来还生过一个孩子，因为供应匮乏得了更重的病，死了。她说沈是高等人，沈是大知识分子，沈是讲文明理想爱情道德的人，她对不起沈，她是讲穿衣吃饭尤其要命的是住房的人，"我很下等，我低层次，但是我不害人，我从来不说假话，我只求满足我与有病的儿子的生存需求。"

沈卓然掉了泪，这使吕媛大发雷霆。连亦怜走后，沈卓然才想，也许她姥姥就是他所不能忘怀的那蔚阒？能是这么巧吗？世界能是这样小吗？转来转去，像一头毛驴子，它转不出五尺见方的磨房。

他暗自抱怨吕媛，您究竟是谁？您吃的哪一门子醋？您又优越个啥？他下了决心，当晚与吕媛摊牌。

吕媛听了他的话又羞又怒，她说道：

"和我在一起，哪个老朋友不说是你占尽了便宜？我本来是要与将军，不，是中将，再过若干年就是上将，我本来是要当上将军夫人的。总共咱们国家有多少上将，你知道吗？我舍了他跟了你，我哪一点配不上你……"

沈卓然后悔自己刚才说话太直白，对于女性，他的话打击太大，太伤人，他低头嗫嚅："您处处绰绰有余，您远远胜过我，不是说配不上，只是说俺配不上您，俺孱弱，俺不行，俺从小就怯懦，俺上对不起父母领导，下对不起子女群众，如今尤其对不起女朋友。俺没有什么希望，可别耽误了您……这几天您花了好多钱，我这里预备了8000块钱，您带上，八就是发，我祝福您！"

吕媛当然没有要沈卓然的钱，她拂袖摔门而去。

一周之后，吕媛给沈卓然来了电话，态度平和文雅，她缓缓地说："没事。买卖不成仁义在。我只是关心您，我没有任何其他的目的，但是我不放心您，毕竟咱们有咱们的缘分。您去一趟医院吧，我认识一位主任大夫，看您的病一定有把握,您有中度的抑郁症,您是性冷淡,您的内分泌有问题,您已经不男不女啦,您需要补一补……"

沈卓然唯唯诺诺,不住地称是,他相信吕媛打了整一周的腹稿,心里至少讲了二十次,把这几句话说出来才能活下去。正像连亦怜把财产视为生存的保证一样,吕媛的生存前提是把要说的话必须说出来,尤其要把他"已经不男不女"这个关键句刺刀见红地展现出来,这话说出来有多解气!舒服!他则诚恳地向吕媛表示,完全正确,他就是有抑郁症和性冷淡,他有问题,他不健康,他早就暴露了缺陷,他感谢她的关怀,他需要她的介绍,下周他准备星夜起床,排队去挂专家号,他准备购买高丽参、虫草、枸杞、鹿茸、鹿鞭、蛤蚧、鹿血、干桂圆、肉苁蓉……

他多么希望把自己补成原子弹啊!他这最后一句表决心的话没能说出来。他不能再说伤害女性的话了,一个男子如果连续说伤害女性的话,那个被伤害的女性,应该有权利使用冷兵器杀死他。

十四

吕媛的名字就此别过,其实吕媛挺好,女人都是奇葩,吕是力量型葩。连是周密型葩。聂是才智型葩。那老师是贵族型葩。淑珍则不仅是葩,淑珍是根,是树,是枝,是叶,它提供荫庇,提供硕果,提供氧气,提供生命的范本。没有奇葩,这个世界将会窒息。没有奇葩,一切是何等的乏味,生命将会是何等的干枯和重复,人的定义将会是何等的单调与空洞:一种两条腿的,需要吃东西,并把食物变化为黄褐色软棍状恶臭物质的,生下来就注定了要嗝儿屁着凉灰飞烟灭的动物!

与女性奇葩相比,男人,臭小子,臭男人,头脑简单、自我中心、贪婪拙笨、粗野凶霸、好勇斗狠、自以为是、侵略扩张、无情无义,有时候又是拘拘谨谨、鼠目寸光、哆哆嗦嗦、呆呆木木,有什么好!男人最多知道个一三得三,三八二十四,女人却知道三三十三点,六六二百五,七七巧没个够。男人只知道云沉了下雨,雨下了出小苗,女人却知道有没有云,天上都能下鲜花,下馅饼,下神仙也下玉面狐狸精与她的情人牛魔王!

那么,他上学时候已经不能释怀的那老师,究竟后来这几十年怎么过的呢?老沈设想了无数版本,升一级再升一级。如果她当真就是连亦怜的姥姥呢？没落的贵族、垂死的优雅、空荡的羽毛、渐失的体面、或有的机遇、必须的灾祸、少女的失身、无情的了断、恐惧与毁灭、手段与谋略、拐点与难点、坚忍与厚颜、顽强与美丽、阴冷与克制……为什么老沈，不，小沈要想起她来呢？为什么对她念念于心？一日为师，终身为母。一日入梦，梦中的情人。她如果还活着，也已经年近人瑞，俱往矣，我们曾经年轻过，活过，只是当时已惘然。她应该已经，不然是即将安息，极乐，她应该平静早已，她应该早已神佛，安息吧，可爱与可怜的那老师和她的女儿，或者是不被接受不被承认的女儿，还应有她的不被承认不被接受的女儿的女儿，与他睡了几觉的，不一定是她的外孙女，其实是不是外孙女并没有必要弄清楚，是就是非，非也是是，有也是有，没有也是有的人生奇葩们啊，我爱你，我爱你们，我不配爱你！

渔阳鼙鼓动地来，源源奇葩动地来，黄尘清水三山下，更变奇葩如走马。奇生奇，葩生葩，奇葩还将叩响沈卓然的家门。

……

一个自称39岁的女孩子，穿着浅色套头衣与咸菜色瘦腿裤，梳着男孩子式的三七分发型，扭动完美的苗条身躯，背着一个大书包，一见沈卓然就用恰到好处的湘妹子口音说："沈兄，我是送货上门来了！"

她开出一系列名单，张书记，李领导，周秘书，王主任，赵校长，邢老师，冶局长，郅先生，徐总经理，邵台长，衣制片人，于经理，劳作家……她的手机上显现着他们的电话，他们都是沈卓然最信得过的好友，但是她不希望由他们来介绍。介绍？笑话！谁介绍过芳汀与珂赛特给冉阿让？谁介绍了茶花女给阿尔弗莱德？又有谁介绍过契诃夫的"带小狗的女人"给德米特里·德米特里耶维奇·古罗夫，在至今多事的克里米亚的雅尔塔镇？

"就是王宝钏的彩球，也比如今的介绍更火爆！"她发挥说。

"我觉得我到您这儿来，不用介绍。"她无比自信、先锋、潇洒。

"我听过您的讲课'……茂陵刘郎秋风客……三十六宫土花碧……忆君清泪如铅水………'您讲得太好了。我更喜欢听您讲李商隐，'红楼隔雨相望冷'与'从来系日乏长绳'……"

新出现的，对于卓然来说全然是少女型、新潮型、"70后"型又是洞庭湖型的乐水珊，她的比奇葩更奇葩的启动方式取得了很大的成功。她证明了自己,她畅谈李长吉与李义山,正中沈卓然的中脘穴。正在迅速地衰老着的沈卓然立刻感觉良好了起来,他的脸上出现了甜美的笑容,他的双目开始放光,他的嘴角变得柔和轻快,他的咳嗽马上停止,他的眉头立即舒展,他又加上了自己的体会,他说:"隔与冷是李商隐笔下的雨的特点,这与其说是由于雨不如说是由于他的心情。而他的心情平心而论,与其说是由于他的遭遇,由于他在牛与李的党争之中站错了队,不如说是由于他的脆弱,脆弱的另一面是敏感,敏感的成果则是艺术,艺术透露了脆弱却又治疗着脆弱,因为有诗词的美,语言的美,悲哀的美。消灭对于美的感觉比消灭一支部队还难。一个人,即使是老死的时候,垂死的时候,如果想到他应该死得绝美,死就不那么可怕了,他就开始战胜死亡了。美成为抚摸也成为解释,成为旋律也成为节奏,成为小心翼翼也成为浩浩荡荡,成为弱懦也成为骄傲。你难以摧毁一个诗人的心,你难以摧毁一首诗的结构与构思,你甚至于摧毁不了一个句子。三军夺帅易,匹夫夺志难,夺美夺诗更难,原来的黄鹤楼早已坍塌毁灭,有崔灏与李白的诗黄鹤楼就永垂不朽!人们对于美的感觉更个人也更隐蔽……"

奇葩自称名乐水珊。她强调说,她是湖南人,湖南人被称为湖南骡子,她有自己的牌理,从来坚持做她自己。她喜欢老年人,她这二十年接近够了浅薄、暴躁、愚蠢、幼稚、来如阵风、去似一个出溜屁的小伙子。她觉得老头远胜臭小子。她觉着老人就是一首诗,老人就是文化,就是传统,就是内涵,就是古器的光辉,就是惊人的苏格拉底脸上的皱纹,好古敏求。三下五除二,干脆说,她愿意成为沈卓然的伴侣,老人就是马克思的络腮胡须。她愿意爱沈老师,服侍沈老师,爱抚沈老师,陪伴沈老师,直到明天,直到明天的明天,直到终极,直到另一个世界……她没有任何要求,她没有任何计划,她没有任何条件,只是在沈老师得便的时候希望与他老谈谈唐诗宋词……

"张书记、李领导、周秘书、王主任……您给他们打打电话,他们都了解我,他们说我爱学习,有智慧,有前途……没什么,我辜负了他们的厚望,我现在的单位是大元文化发展公司,我们的董事长是于书记的儿子……挣够了钱,我有兴趣的是研究中国古典文学。我没有经济问题、作风问题、纪律问题、和谐问题……各种各样的黄色、白色、黑色段子,我不看也不转。

这又有什么奇怪的呢？有各种各样的人，有的人即使带着身份证和介绍信，即使有你的老领导给你打电话，他仍然可能是坑害你的骗子。有的人即使与你同床共枕一百天一千天一万天，你仍然可能摸不着她的底细。有的人即使你把他选成了高官英模，你仍然想不到此后哪一天他会原形毕露，成为一条断了脊梁骨的癞皮狗……有的人，就像辣椒一样灼热，像阳光一样光亮，像珠玉一样圆润，像李白一样性情，像我一样天真直率清明痴迷。"

如此这般，乐水珊当天就住到了沈卓然家。就与沈卓然睡在了同一张床上，当然，她睡得晚了一些，她上床的时候沈卓然已经鼾声大作，虽然并没有什么其他亲热，老沈这个晚上仍然睡得分外踏实与喜上眉梢。乐水珊好像轻轻拍了拍老沈的脑门，摸了摸睡眠中流出了些许口水的老头子，又轻推了沈卓然一下。沈卓然感觉到了，他抱歉于自己的鼾声，又幸福于少女的手掌轻抚轻摸轻推如天使。朦胧中他觉得乐水珊的手相当粗糙，这是劳动人民的手。当然，安琪儿再次降临喽！老沈幸福得呻吟了一声，眼角沁出泪珠，就像重温少年时期的春梦。尽管幸福满意得欲死欲瘫欲飞欲散欲随风飘去，沈卓然并没有振奋张目雄起。经过了一番超强度历练，特别是经过了聂娟娟教授的非人间的非此岸的超度点燃与提升引领，再经过吕媛的临床诊断与义正辞严的黄牌警告，沈卓然一年前已经不灵了。该有的老化退化反应，三高三低，硬化弱化，增生脱落，他哪样也不缺少。他失去了不用伟哥，胜似伟哥的豪迈了。人生易老，光阴无情，门前河水尚能西？休将白发唱黄鸡！诗词是救不了您的啊！

十五

安琪儿的降临果然带来了新气息。乐水珊嘴里哼哼着英文歌曲，嚼着日本纳豆，拨拉着莫扎特巧克力球，有时甚至是嚼着槟榔，唱着曾因汉奸罪长期服刑的湖南老乡黎锦光作曲的《采槟榔》，不停地拨着听着写着最新款的S5三星手机。虽然看不见与小乐通话通信的对方，也听不清时不时飘到老沈耳朵里的小乐的话语，但是家里出现了杂货店加电话间加小吃店加文化站加卡拉欧开歌厅包间的混合气息。而小乐与手机在一起时的表情，嗔怒、嬉笑、逗趣、欣然、嗲娇、摇头、翻眼、吐舌、错齿、噘嘴、挥手、转身、鬼脸，像在演戏，像在考电影学院的表演班，像在走舞步，像后现代的有中国特色的东方芭蕾,给老沈家带来了无数新一代的生活、动感、气息。

也带来了完全不同的生活习惯,铺天盖地的零食休闲食,各种各样的半制成品,速冻饺子、包子、馄饨、元宵、汤圆、肉夹馍、咸鱼夹烧饼、三明治、比萨、馒头、火烧、速食面条、米线、河粉、肠粉,还有各种的豆、各种的球、各种的片、各种的脯、各种的脆、各种的颜色、各种的味。老沈的家一下子就欢势起来了。

老沈家里有一架国产星海牌钢琴,原来是小孙子学琴时用过,那永不复返的黄金时代,那时家好月圆,三代人团聚一堂,其乐融融。然后,它沉默着成为沈家盛世的纪念。小乐的到来使之时或响出两声《少女的祈祷》《致爱丽丝》,后者由于成为太多的人的手机彩铃,已经使国人的听觉器官饱和膨胀欲呕。老沈懂得有些成功给真正的艺术带来多么无解的灾难,就像百分之百地大获全胜会给帝王、将军、学者、作家、斗士、宗教领袖、奥林匹克冠军带来奇祸一样。他走到正在弹琴的小乐那里,向她摆摆手,示意她停止她的节奏不精准、琴键发声也已经失常多年,而小品曲本来精彩,因精彩而普及到令人难以忍受的催吐弹奏。

乐水珊果然很乖,吐了一下舌头,停弹,关上钢琴盖,抱歉地向老沈乖巧地一笑,站起,走开。

老沈想起了儿子儿媳在,孙子在,尤其是淑珍在他身旁的幸福时光,泪眼婆娑。不,他已经得不到多少真正的幸福了,太阳落山明朝还会爬上来,花儿谢了明年还是一样地开,我的青春一去不回来。孙儿当年的钢琴无论弹得多么混乱无序,他得到的是天伦的快活,是幼儿的朝气蓬勃,是祖孙三代的连续与整体感。小乐呢,她弹得哪怕能直追郎朗,他得到的却是好景不再的永远的失落唏嘘。失落了的熨帖是泼出去的水,找不回来喽,您老!

他渐渐发现了一点蹊跷。小乐做饭马马虎虎,速食半成品,微波打一打,开水泡两泡,给他端了过来。她自己想吃尝两口,不想吃干脆只给自己的炊事成果一个美好的笑容;然后把剩饭倒入专门的厨余垃圾袋,她在垃圾分类方面做得很先进科学,潮。

小乐每晚最快乐的事情就是打发他上床入眠,给他倒一杯开水,给他放好纸巾，给他整理好被褥与枕头枕巾，不厌其烦地帮他吃完降血压血脂与补钙补维生素 E 的保健药物，相当殷勤地推荐他吃一到两片马来酸咪达唑仑俗名多美康片，说明这种药如何先进，如何她听说过，许多他们敬爱的首长与大师，人大代表与政协委员，书记与主任都吃这种药。

有时候老沈本来没有想吃安眠药，看到小乐那天使般的笑容，听到那入情入理，温柔敦厚的语句，轻柔磁性、如抚如击的声音，感受到了乐水珊的人气人息人温人和人力人意，他觉得小乐劝他服用的不是化学药片，而是关怀，是仁义，是温柔，是 21 世纪的科学与人文前景，是生命的安慰与将息，是男人的干枯最需要的滋润与浇灌的露与雨。

在他服用多美康的一刹那，他好似看到了小乐的一种调皮与得计的表情，这个表情使他微微地不舒服了一下。他在乐水珊的注视下闭上了眼睛。

凌晨四点未半的时候他醒了过来，他想起了一个词，叫作"控制"，"精神控制"。他觉得自己吃了一只苍蝇。他发现小乐睡得十分克己，只占用了两米宽的双人床的一条边缘，他不能不明晰，这个年龄比自己的独生子还小一岁的孩子，其实离他很远。

从此他断然拒绝了睡前服用多美康。他有意无意地注意起小乐的生活规律。他逐渐发现，正是在他一般情况下入睡的晚十点半钟以后，小乐的真正生命活跃了起来。各种电话绵延不断。他隐隐约约地听到她那里讲的话与生意有关。她有时讲英语，她有时讲的应该是西班牙语，她有时讲广东话与闽南话。她会不会是间谍？他打了一个激灵。

他甚至于一天假装想吃药了，假装早早地入睡了。然后他悄悄起来，走近小乐打电话的那间书房，他听到了各种商业用语。有趣的是，虽然他多次提醒小乐电话应该优先使用声音质量信号优良而收费低廉的座机，小乐非常"自觉"，她坚持只用她自己名下的手机三星 S5。

一周以后，他得出结论，当然，不用心怀侥幸，事实如此，事实无情。小乐到他这儿来的目的是寻找一室写字间加半室临时住房，她是一个胸怀大志的犟骡型湘妹子，其实，成为当下中国的成功人士的外部条件，她是一点点也没拥有。但是她具有常人没有的智力与决心，敢于采取常人不会采取的手段，走与众不同之路，她的目标是成为中国信息产业与文化产业的巨鳄巨星。沈卓然不能不为她的精彩绝伦而鼓掌叫好，沈卓然不能不为她的狡诈与自己的想入非非而老泪纵横,惭愧无比。 他沈卓然在发妻死后,做的是引狼入室、引狐入室,哪怕是引蒕入室、引仙入室,转眼间发展到招商引资、招标融资、自由行、众奇葩百花齐放、登堂入室的地步了。他彻骨地悲痛起来。

"……无边落木萧萧下,不尽长江滚滚来。万里悲秋常作客,百年多病独登台……"这是老杜的诗。多么贴切啊,只消稍动几个字:"无边落木萧萧下,不尽奇葩滚滚来,万事悲摧犹忆旧,百年期至叹何来?"

他还想把开头两句"风急天高猿啸哀,渚清沙白鸟飞回"改成"雾重天低悲厚霾,山荒猿走鸟无回",最终还是放弃了这消极的话语。他接受孔孟的教导,要把握的是:乐而不淫、怨而不怒、哀而不伤。

次日,他裁下一张16开宣纸,用京东网售的自来水毛笔将他前面胡写胡改的四句诗写了下来,约了乐水珊到附近一家湘菜馆吃剁椒鱼头、炒干豆角和吉首酸肉,还请小乐同酌了两杯湘泉厂出的"酒鬼"酒。他与乐水珊聊了一回画家黄永玉与他构思"酒鬼"包装的经过。他拿出他胡改的诗页说是送给水珊作纪念。小乐只惶惑了半分钟,说话也有点走神,她立即回过神来,表示感激沈卓然老师对她的创业维艰的支持,她明天九时半以前一定离开沈家。她还掏出八张百元钞票,表示这是她对八九天来在沈家的挑费的小小感谢。

产生了极大的争执,双方互不相让,也就是双方互让,绝对不妥协。老沈急了,急不择话,说:"你还干了那么多活,你还花钱给我买安眠药,你还侍候了我,你还自费买了那么多糖豆儿……"

第二天早上,八点刚过,乐水珊不听阻拦,清扫干净了沈家以后,撤退得干干净净。次日,沈卓然收到水珊邮汇来的800元汇票。这事使沈卓然心乱如麻,全身刺痒疼痛,后背上出现了许多疙瘩,只觉腰背的皮肤已经不长在自己身上,只觉后背扣上了一个疙里疙瘩的牛皮革盾牌。盾牌上金属浮雕一样的疙瘩们,几乎失去了对于他的手指搔动的感觉,只有疙瘩内部的一股火烧火燎在困扰着他。

十六

开头,沈卓然以为自己患的是荨麻疹,过去,他很得意,别人读不出

"荨"字的正音,说成什么"寻麻疹",而他读成"前麻疹",很有些上过大学,读过中文系,知道"茴"字有不止一种写法的优越感。但不久前,国家语言委员会以一不做、二不休的气概决定,干脆以国家的名义宣布将错就错、约定俗成,"荨"干脆不念前,而念"寻、旬、循、巡、荀"了,他差点没晕倒。

他以为是荨麻或前麻疹,他以为是吃剁椒鱼头吃的,他以为湘菜太辣,不适合他这种老年人,就像生气勃勃的创业大干型不到40岁的湘妹子不应该使他色令智昏一样。有女如荼,静女其姝,湘女奇葩,衰男其误,他怎么丢人丢到了这步田地!

他还有点低烧,他去看了急诊,急诊大夫只有内科,病人自述说自己由于吃辛辣菜肴得了荨麻疹,还似乎有小的感冒,他过去也患过这种病,他的皮肤属于过敏型,他需要开脱敏药、助消化药与中成药"连花清瘟胶囊"。他甚至于没有让医生看他的后背。由于他的年龄的增值作用与他的小有社会地位,医生对他百依百顺,稀里糊涂把他打发回家了,回家后他的后背后腰变成了硬甲了。

又三天后确认是病毒性带状疱疹,长在背上,正是典型的民间所言"缠腰龙",北方名龙,南方称蛇,毒蛇缠腰,疼痛钻心,不能入睡,不能咀嚼,不能咳嗽,不能行动,连医生都说,发现得太晚了,他的反应超出了常人。

这也是奇葩。缠腰龙是病毒疾病的奇葩,他的主观主义、自以为是、不懂(医学)装懂,也是老头子的奇葩!

甚至在他病得求死不得,求生不能的状态下,仍然有新老友人同事领导老乡亲戚来找他这个钻石王老五提亲。提出的对象有退休的驻外女参赞,有专练软功的获得过巴黎杂技奖的老杂技演员,有说话尖刻的涉嫌口头异见人士,有混血儿,有老年间劳模附传媒报道资料。他几乎是哭着求饶,他说他要登报声明,年老体衰,谢绝黄昏爱恋,他准备写血书拒绝任何关心,他的血书数据化摄像后,准备在微博上发布。

还有当年做讲座时结交的电视台一位好友,邀请他参加电视相亲节目"为爱向前冲"与"我们约会吧"。关于他的种种传闻,已经使他在公众中树立了风流时尚的形象。当然,与他的经验相比,约会吧,太保守;往前冲吧,太夸张。如果爱,就住过来吧,这才是他的经验,未免放肆。其实,住过来就住过来，连"吧"字都根本不需要。伟大祖国，已经何等进步了啊！只有几个海外华人，还对伟大的步子嫌慢呢。

"缠腰龙"干了他一年，搞得他筋疲力竭，身心俱疲。又搞得他若有所得，精神世界进入了新的制高点。在急剧衰老的混乱过程中，他记得有一次自己似是收到了那蔚阗的讣告。他哭了一场，却在事后再找不到讣告了。他仍然坚信他的对于收到讣告的印象是确凿的，合乎逻辑的，认真的，靠得住的。那么聂娟娟呢？她的讣告会不会寄给他？

他作了决定，不但委托儿子，而且委托本单位的老干部处，在他沈卓然死后，不要忘记给连亦怜女士、聂娟娟女士、吕媛女士、乐水珊女士发送讣告。

他给各朵奇葩定了位，连亦怜是画中人，聂娟娟是神仙，吕媛是英雄，乐水珊是先锋前卫。还有那蔚阗是骊山圣母，老母，梨山老母，要不就是瑶池的王母。

在思考"寻麻疹"与"前麻疹"的过程中，他谴责自己，吕媛对语文委的不敬，他也不是没有过。关键是，他们都老了，他们常常活在昨天，他们习惯了怎么念怎么写。可别人不是这样的习惯了。这也是"无可奈何花落去，似曾相识燕……"归来还是没来？

他给连亦怜写了一封信，询问她是否可能正是那蔚阗老母的外孙女，还有是不是她的外婆于近日离世，她外婆的治丧人员是否给他发了讣告。他没有得到回答，但是他的感觉是，他已经洞察了一切。

他还有一个最有兴趣的问题，解答不了他老沈觉得自己将死不瞑目：连亦怜的名字是谁给起的？怎么起的这样好？如果你母亲是被抛到山村里的弃婴，上哪里作这么入耳动心、精微温顺的命名去？

在他与淑珍结婚五十八年，淑珍逝世六年的时候，他到了淑珍墓上，他惊异于死神的运转效率，原来刚刚开发出来的大片备用空地，转眼间满堂满座地成为过世者们的集合家园。沈卓然费了老大的劲才找到淑珍的墓，其实五个月前他还来过。五个月后不但增加了墓主墓碑，而且改变了道路格局，以增容扩用。沈卓然痛哭流涕。他说：

"我不是坏人，我绝对不会做对不起你的事。在你的有生之年，我有男人的纯生理反应，我有过一闪而过的念头，而已。但是我从来没有过认真的对于女人的深入体贴与关注，我从来没有用私密的、密不可分的眼光向着哪位动人的女子讨答案。

"但是要了解人生，不能不了解女人，不能不多了解一点女性。我不能怨她们，她们都有她们的理由，她们都有她们的精彩，她们也都有着太多的痛苦与想说而完全没有说出的话。她们的问题永远无解，与女权主义，与普世价值，与后现代完全无关。她们都是耀眼的奇葩，她们是对生命的奖赏，是给所有男性的热情的拥抱与响亮的耳光。她们也可能有刺、有毒、有假。她们都有自己的可爱。同时，除了你，再不会有什么奇葩与我枝结连理。

"无论如何，她们是干净的，比男人更好些。她们也更注意洗涤，手、身体、脸与下体与情感，她们的干净使我看到了历史的进化，我并不悲观。

"但是她们当然不属于我。不是她们对不起我，是我对不起她们。我已经成型，已经定影，已经保持得太久太久，已经充满了排异排他性，已经没有接受新的生命元素的可能。我这种平庸的，羸弱的，渐渐衰老的，生活在昨天的孬种，无法适应源源而来的奇葩们的纷呈异彩，异彩就是冲击与推进。我的生命正在靠近尽头，我已经无力接受新的奇葩的拥抱与贴紧。

"我仍然感谢上苍，感谢淑珍的平常心的无法战胜的力量。弱水三千，我只求其一瓢。奇葩三百，我珍重其缘分之一次。感谢晚年俺与绚丽奇葩们不平凡的邂逅，使我老而弥喜，弥丰，弥奇，弥色。感谢她们让我了解了更多的生命的奇妙与人生的滋味，特别是女性们的百态千姿，啊，每一个女子不分老幼，个个皆是风情万种，套路千般！多么丰富啊，我亲爱的奇葩们！也感谢当初给了我奇思妙想的那老师，没有圣母的领路，哪有此后的幸福！

"请允许我用男人的名义向所有的女性奇葩们道歉与忏悔。敬礼，奇葩们！何必言原谅，用不着太瞧得起我们就够了。我们其实不配接受你们的美丽与温存，细心与关爱。我们迟钝，我们自私，我们粗糙，我们自以为是，就像我明明患的是带状疱疹，而偏偏自以为是荨麻疹一样，还以为众人皆浊而我独清，众人皆误而我读音正确得很！我耽误了自己，我伤害了旁人，是我无面目对江东姐妹，无颜面对天下奇葩。而没有了奇葩，臭小子们有多么恶心多么贫乏，呸！

"世上有好人有坏人,有粗人有细人,有聪明人有傻人,有善良人有狞恶人,尤其有一种最最煞风景的人,叫作无趣的男人!上苍保佑我们与无趣者们距离远远些再远些,上苍尤其要护佑女人们永远与无趣的他们脱离接触!

"生活万岁!爱情万岁!妇女万岁!奇葩万岁!奇葩奇葩我爱你!我怎么搞的硬是配不上你……"

他俯倒在淑珍的墓碑前,天旋地转之中他感觉他见到了淑珍,接着拉住淑珍的手。在淑珍走后,他多次盼望与她梦中相逢,莫非他已经进入了好梦?一切都与六年前一样,与十六年前一样,与永远的青年时代一样。

他知道淑珍已经与他天人相隔,同时他分明觉到,淑珍的手仍然那样温暖,柔和,亲切。他们俩笑嘻嘻地一同说:

"很有意思。"

他笑着,笑着,渐渐拉着淑珍的手飘浮而起。

把灯光调亮 |张抗抗|

原载《上海文学》2016年第10期,《北京文学·中篇小说月报》2016年第12期转载

一

好几个月过去了,卢娜总觉得这个人出现得有些蹊跷。

所谓蹊跷,只是一个说法。让卢娜郁闷的是,这人走后好多天,自己竟会常常想起他来。

这人是书店的一位陌生顾客。讲一口还算标准的普通话,面生,一听一看,就知道不是本地人。本城常来的买书人,卢娜差不多都认识。顾客顾客,是店家的客,光顾之后走人。在本地方言里,"过客"和"顾客",是同一个发音,意思也差不多了。

他进门时,朝卢娜客气地点了点头,算是打过招呼。此后无话,独自一人站在书架前一排排看过去,他蹲下去又站起来,一本本看得仔细,拿出来又小心地放回去,有时还把书翻开,翻到版权页,查看出版日期,让卢娜想起上级部门来人"打黄扫非"。他下午四点多钟进店门,在书店里站了大半个钟头。其实每排书架的角上,都有弧度的木沿,专门给那些来蹭书看的学生坐的。卢娜很想和他打个招呼:你要看书,爽性坐下来嘛。想了想,又忍住。这种"书痴",时髦的叫法是"书虫",卢娜以前也见过几个,随他。

那天下午,到了五点多钟,他的购书筐已经满了,又回身去抱了几本,一起放在收银台上。卢娜一眼看过去,算出有二十多本。等着卢娜翻查的

辰光，他踱步走到店门外去，抬头朝着门楣上的招牌看，然后一字一顿念道：明光书店！

又自言自语：明光书店，这个名字，蛮好！

明光——卢娜心里忽然被狠狠地剌了一下。明光？自己有多久没喊这个名字了？

就这一声唤，像招魂一样，另一个人在刹那间就回来了。那个人站在卢娜面前，使她一时乱了方寸。卢娜用手指敲打计算机，一次次敲错，重来，还是错。有人招魂，就有人失魂落魄了。

他站在一边耐心看着卢娜结账，当她拿起那本精装的《宽容》扫码时，他开口问：

明光书店开业有几年了？这本书，你店里前后卖过多少种版本？卢娜的手指哒哒响，闷头答道：我的书店开了有十多年了，这本《宽容》，除了三联的老版本，起码还有过七八个版本，有中英文双语版、摄影艺术版，还有《房龙文集》呢，你买下的这一本，是三联去年新版的精装，前面的序言你有空看看，里面都写得蛮清楚的……

这人有一刻没说话，卢娜能感觉到他惊讶的目光。然后，他伸出手把这本书抽了出来，把书翻到扉页，摊开在她面前：

请问明光书店有书章吗？就是那种藏书用的书章，很多书店里都有的。你能不能帮我盖一个？我到这个县城好几天了，想寻一家像样的社科书店，我说的不是新华书店，就是明光这样的民营书店，还真被我寻到了。我第一次到这里，也算留个纪念。

她摇头：没有，对不起哦。

他显然感到意外，抬眼环顾书店，又说：明光书店，这么好的名字。读书就是给人带来亮光，你为啥不刻个章呢？有些书店，收银台上放一排书章，读者自己就可以盖……

卢娜有些愣神。明光书店开业十几年，她为啥一直没有刻个书章？她问自己。这些年，书店生意越来越难做，为了让那些爱读书的老顾客满意，她去省城进货的频率越来越高，事先还要上网做功课，反复选择图书书目，以便在第一时间让"性价比"最高的图书在"明光"上架。不过，忙不是理由，以前再忙，每逢端午，她也会亲自到小商品市场去挑选面料、蜡染、丝绸、蕾丝花边，做成各式各样的香袋，散发出好闻的香料气味，就像一只只小巧玲珑的五彩小粽子，送给书友和老顾客，作为明光书店的谢礼。还有中秋节，哪怕是自己设计的一张小小月亮卡片，也代表了"明光"的心意。但这两年，实际上她并不算太忙，甚至可以说越来越不忙了，顾客正一天天少下去，那些她千挑万选购入的新书，常常被冷落在那里，封面上连个手指印都没留下。

她当然不会告诉这位顾客，她不刻书章，是因为她从一开始就没想过刻书章。她不想让"明光"这个名字，被人盖在书页上，跟着别人走了，然后住在别人的家里，被别人的手指触摸……

不过，这位陌生客人的建议，让卢娜在那个临近黄昏的时刻，不得不面对着另一个人。他不会晓得，明光是一个人的名字，一个很久以前的人，确切说，是她童年的伙伴，消失在她高考落榜那一年。这个陌生顾客身上好似发出了一种超能电波，把那个被她假装忘掉的人，一下子吸了出来，像一幅放大一人高的图书封面广告，竖立在她面前。

这个轮廓清瘦、眉眼细长的中年人来过以后，他的身影常常无端从她眼前闪过，渐渐和另一张年轻的面孔叠在一起，难分彼此。卢娜忽然明白，她想的、等的那个人，其实不是面前这个买书人，而是当年的那个小男生。尽管"明光"每天都悬在店门的匾额上，漠然望着出出进进的顾客，卢娜却已经和那个"明光"生分了。是这个素不相识的人，把那个走远的人牵回来了？

那天傍晚，面对这个一下子买了二十多本书的人，卢娜拿不出一枚书章给他盖，觉得有点对不住，只好略带歉意地对他说：那我给你办一张优惠卡吧，今天就可以打九折。这几本，都是旧书，封面都被人看脏了，我按七折给你……

他笑着说，不用不用，开书店不容易。我在这里大概要住好几个月，假如不走，下次来，你再打折好了。

卢娜没有遇见过不肯打折的顾客，觉得这人有点好笑。转念一想，办卡是要填写他的名字和手机号的，他大概是不想让人家知道他的名字吧。下次再来？也就是说说罢了，他一下子买这么多书，要看上好几个月呢。真想问问他，为啥不去主街上的新华书店买书，他是从哪里听说明光书店的呢？

　　话到嘴边，又咽回去。卢娜心里其实还有更多问号，比如，他是做什么工作的？为什么买的都是社科类的书？《李光耀论世界与中国》、秦晖的《南非的启示》、徐贲的《明亮的对话》都是前两年进的货，封面早已被人摸得脏兮兮，每种只剩下最后一本，她却一直舍不得退货，倒好像是专门给他留的。王蒙的《中国天机》、托克维尔的《法国大革命与旧制度》，早几年前已经流行过了。他好像平时没有很多时间看书的，所以偏爱老书？卢娜有点感激这个人，他好像特地来给明光书店"清仓"呢。县城还有几家小书店，从来不进这种土布般的素封面道理书。所以本城的老顾客都有数，要买这种书，只能到明光书店里淘。这样一想，卢娜心里有点高兴，可见明光书店的牌子和名气早已传得很远了。卢娜用余光扫他一眼，她卖了十几年书，眼光很刁，只要看看他买什么样的书，就晓得他是个什么样的人，由此判断此人的学历和职业，十有八九是不会错的。不过，眼前这位顾客，让卢娜有点拿不定主意。县城附近有驻军，那里的军官士官都是书店的常客。可是这个人呢？一副文弱书生的面相，既不像穿便服的军官，更不像医生，也不像工程师，那么，他只能是一位大学教授了？当然是文科教授，理工男一般不读《巨流河》《没有宽恕就没有未来》这种书的。他买的都是历史人文类，连一本小说都没有，可见他也不是文学教授，而且是不会操作网购的那种老派教授。否则，卢娜倒有好几种最近大受欢迎的小说推荐给他，英国作家鲁西迪的长篇《午夜之子》、波兰小说家布鲁诺·舒尔茨的《沙漏做招牌的疗养院》，还有中国科幻作家刘慈欣的《三体》，年轻人都很喜欢。县城里现在大学毕业生研究生多的是，北上广刚开始流行什么好书，这里的读者就来电话催了……

　　这么啰嗦的问题，面对的又是一个陌生人，卢娜自然不好意思开口。她心想，卢娜你现在真是闲得要死了啊，这个人跟你半点不搭界，管他是教授还是工程师呢？

　　卢娜没开口，他却开了口。他抽出那本巨厚的《耶路撒冷三千年》，好奇地问她：这部书去年刚上市，你这里怎么能进到货？县城的读者，不容易买到经典书吧？我听说，《耶路撒冷三千年》连县城的新华书店都进不到几本，不要说民营书店了……

卢娜看他一眼,笑着说:卖书人总有办法的,不要小看了县城书店,这本《耶路撒冷三千年》,本店已经卖出去一百多本了……

她不想告诉他,为了让明光书店第一时间进到最新最抢手的书,她曾经动过很多脑筋。有个本城书友的女儿在北大读书,离五道口的"万圣书园"很近。那个女孩春节回来探亲,卢娜一次次叫她来吃饭,亲手做了梅干菜烧肉、鱼头炖火腿,就像亲女儿回来了一样。惹得邻居说闲话:小娜你儿子高中还没毕业呢!那女孩回北京后,每礼拜都会去一趟"万圣",把"万圣"的权威推荐"每周书榜"用手机拍了照,微信给她。卢娜再按图索骥直接去出版社进货,快捷度自然超高。按常规,民营书店只能从省城的博库书城及县新华书店进货,这一条,也被她七拐八弯地钻空子破了戒……书店书店,有了好书,才会有好顾客!是她的回头客支撑了书店,这个他总应该懂的吧?

在他惊诧的目光里,她亲自为他把书捆好,再套上了一只大号的塑料袋,这样拎起来就稳当了,不会把书角折皱。现在人工越来越贵,很多琐杂的事情,她常常都是自己做的。书店员工是体力劳动,拆包搬书上架,文弱小姑娘做不动;肯吃苦出力的年轻人,多半是从乡下出来打工的,连书名都记不牢,她哪里敢要呢?她见过网上一张图片,一家书店招聘员工的告示,只写了五个字——要求:女汉子。书店员工的工资低,很难招到合适的人,明光书店目前总算留住了两名职高毕业生,早上9点到夜里9点,两个人轮流倒班,样样要现教现学,老板当得格外吃力。

他拎起那袋书,说了声谢谢,却不走,犹豫了一会儿,又说:我还想麻烦你一点小事,有一本《我们需要什么样的文化繁荣》,是社会科学文献出版社出版的,作者叫王京生。有人推荐给我,我在省城没买到,刚才找了一会儿,也没有。但我蛮想看这本书,你能不能想办法帮我代购一下?

卢娜有点犹豫。她和省里博库书城批销部门很熟,再冷门的书都找得到。问题是……这种书一旦进了来,本城没有人会看的,他如果不来买,书就压在她手里了……

他好像看出了她的难处,解释说:这次他从省城来这个县城,是出长差,有一个大项目要完成,大概要蛮长时间。他平时喜欢看书,如今独自一人在外,只要晚上不加班,就可以把拖了好几年没看的书,一本本都补上。

他指指书袋,又说:你看这几本老书,我以前早就看过了,还想再看一遍……

她记得他好像提了一句新区。她晓得县城往东的一片沙洲上,正在建一座新的小镇,听说平整土地的基础工程都已经做完了,卢娜还没有抽出时间去看看。老县城三面环山一面临水,像一条狭长的船,搁浅在岸边。不想办法劈山填滩,再不会生出一寸空地。对于一座山区县城,政府举债发展是硬道理,不欠账发展就没有出路。这些消息都是店里买书的老顾客带来的。

卢娜不晓得说什么好,再说就是不相信人家了。一般情况下,她都愿意相信人家的。为了证明自己不是那种一心挣钱的人,她好心建议说:其实呀,你也可以到网上去寻,当当网、亚马逊,网上的图书,品种多,速度快……她奇怪自己怎么突然变成了电商推销员。

他想了想,认真地回答说:我不在网上买书,我一向都在书店里买书。我,想让书店活下去。

卢娜心里一震,一股电流从头顶瞬间传到脚底。我想让书店活下去——除了那几位明光书店的铁杆书友,隔三岔五给她发几条暖心的微信,鼓励她坚持下去,这句话从一个陌生人口里说出来,不由得让卢娜一下子对这位神秘的顾客增添了几分好感。他到底是什么人呢?卢娜有点好奇。

书店里暗下来,已经快要六点钟了。卢娜走过去开灯,啪嗒啪嗒,店里所有的灯都亮起来。不过,这几年,为了省电,她早已把所有的灯泡都换成了低瓦的节能灯。

他走到门口,回头看了看天花板,转过身,像是无心地随口说一句:书店的灯光好像暗了点,夜里来买书的人,看不清书名。你看,能不能把灯光调亮一点?

卢娜心里咯噔一声,好像有个暗角忽然被照亮了。对呀,自己怎么没想到这一层呢?等了他那么多年,挂了一块"明光书店"的牌子,不就是希望他哪一天回老家来探亲扫墓,路过这条小街,一眼就看见了自己的名字,然后,也就看见了她……书店的灯光那么暗,假如他偏偏天黑时经过这里,连个招牌都看不见,她不就全都白费心思了么?说白费心思也不对,她又不是为他开的书店,而是为自己!她没考上大学,不等于没文化,她只不过是借他的名字给自己一点动力罢了……

等卢娜回过味醒过神,眼前还没亮灯的昏暗小街上,这个人已经走远了。这是不是卢娜后来一直等他再来的原因呢?卢娜不知道。

第二天,卢娜把墙上的壁灯、天花板上的筒灯,全都换了灯泡,书店好像一下子睁大了眼睛。

二

好几个月过去,每天每天,上午下午,像往常一样,店里客人很少。

不是没有人,而是没有卢娜的顾客。街上的行人多的是,男人女人老人小人,一个一个,从她的店门口急匆匆路过。看上去,个个都像是赶长途汽车赶火车的人,急得一刻都不能耽误。当然,闲人也有,慢悠悠的脚步,从她的店门口,走过来又走过去。眼睛在额头下骨碌碌转圈,看东看西,看天看地,看着街对面的一家家店铺,服装店美容店手机店烟酒店小吃店足浴店,只要看到一家店,一个个的眼睛就像灯泡一样亮起来,只可惜,一线亮光都不肯落在"明光书店"四个字上。

他们难道都不识字么?官方统计数字公布说,中国的文盲还剩下总人口的8%左右……但卢娜知道还有一个数字:中国的人均阅读量,在全世界排在倒数十几名……

那些路人,难道真的看不见"明光书店"的招牌吗?卢娜不相信。门楣上浅褐色的匾额,"明光书店"金黄色的大字,清清爽爽明明白白。只要一抬眼就看得见。那四个字,当年她专门去省城,请美院一位书法家写的,十几年前,三千块钱的润笔费,可以买一台立式空调了。"明光书店"在县城的这条小街上,老字号不敢当,也算是有年头的"资深书店"了。七八年前,来店里买书看书的人,挤得转不开身,都说这书店好是好,就是小了点。如今,顾客一天天少下去,这个一层90平方米的店铺显得空落落,倒像是扩建了面积一样。

这些人,为啥就不肯多迈一步,走进书店来看看呢?哪怕不买书,翻一翻书也是好的呀。

记得书友会有个老书友说过:中国人虽有"耕读传家"的传统,但古人读书多半是为了"取仕"。今人谋官另有门道,不再读书取仕,人们也就不肯读书了。此话也许有一点道理?

那天下午，明光书店的"老板"卢娜，坐在书店临街的一小角窗边，望着街上的行人发呆。她在等什么呢？卢娜当然是在等顾客，就像一个蹲在水边等鱼上钩的垂钓者。这样说也不对，鱼竿是那个陌生的买书人亲手递给她的——他应承过还会来的，他应该知道卢娜在等他拿书。他要的那本《文化繁荣》，早就给他准备好了，是特地请人从省城快递来的。

也不一定是等他。卢娜心里知道，自己是在等一个永远不会到来的人。

书架书铺上的书，早已整理了一遍又一遍，没人动过，就没什么可整理的了。以前忙的时候，几个钟头一刹那过去，书架又被人翻乱了。那是以前的事了，辰光总归往前走，回是回不来的。卢娜是爱看书的人，如今清闲下来，按说应该把那本看了开头、最多看了一半的书，接着读下去。那本获得诺贝尔奖的白俄罗斯女作家维特兰娜·阿列克谢耶维奇的《我是女兵，也是女人》，就放在侧身的窗台上，露出一角书签。卢娜很喜欢这个女作家，她的文字背后都是血迹，却又不那么悲伤，而有一种力量。但此时卢娜却不想伸手把书打开。不想看书，是因为没有心思；没有心思，是因为有别的心事。心思和心事是不一样的。她撇开心事问自己：就连开书店的人，都不想看书，还能指望谁看书呢？县城不比省城和首都，喜欢看书买书的人，都是有数的。虽然明光书店办了书友会，每个会员都有打折的购书卡，可是，就这百十个固定的老顾客，如今也来得越来越少了，偶尔来了，也不一定买书。二楼有个茶吧，两圈围拢的小沙发。晚餐前，看书的孩子们都散了，晚饭后来的老顾客，多半是带朋友来这里谈事情的，她多少能挣一点茶水钱，只当补了书店的图书损耗。

卢娜此时没有心情看书，但也不想看手机。她把手机调到振动状态，任凭它在柜台上发出一阵吱吱的颤动声。手机这个小东西，如今变得越来越聪明了：导航、购物、打车、挂号、订票、查询……只要你想让它做的事情，它没有办不到的，像一个忠实的仆人，以最快的速度，为你搞定所有的事情。卢娜每天用手机微信处理所有的书店杂务，包括查询新书信息、订购添货付款、与省城及邻县的书店同行们交换图书信息……使用微信的成本，低廉到几乎可以忽略不计，比聘用一个四体不勤的大学生划算多了，所以，若是从经济的角度看，购买手机的投入，与它的产出相比，实在超值。

但卢娜仍然和手机保持着一定的距离。她与这个服务周到的"贴身秘书",始终无法建立起亲密无间的友谊。看它24小时躲在你的身边,像一个鬼精灵、一个影子一般跟着你,从办公室餐桌厨房卧室一直跟到洗手间,在暗中窥视你的所作所为,无处不在无所不知,简直可以说居心叵测。它看似乖巧驯服顺从,样样事情与你配合默契。然而,你在这个世界上做过的一切,都会在它那里留下痕迹与记录。你点击点击再点击你刷屏刷屏再刷屏你转发转发再转发……你与它朝夕相处形影不离难舍难分生死与共,它就这样渐渐控制了你,让你分分钟记挂它想念它,离开它一会儿工夫,就像离开了心爱的情人,魂灵都没有了……自从有了智能手机之后,她觉得自己的智商就开始直线下降,一有不明白,随时随地去问度娘。度娘姓百,长年累月住在手机里值班值夜,随叫随到百问不厌。从此,天下好像没有卢娜不知道的事情,她再也不需要去动脑筋想事情、记事情,手机像一只平面的卡通小老鼠,鬼头鬼脑尖牙利齿,成天贴着你的耳朵甜言蜜语,或是挡住你的眼睛,只许你看着它盯着它抚摸它,一个个旧日老友看似近在眼前,却又被它阻挡在千里之外。它一寸寸咬噬着你的时间,把你一点点咬成粉末啃成碎屑,然后让你不知不觉地被它一口口吞进微小的芯片。卢娜已经感觉到了,好像不是手机在为自己服务,而是自己在为手机服务。不是手机在侍候她,而是她在侍候手机,接电话回短信转发点赞充电交费响铃静音……不敢有一丝怠慢,生怕侍候不周错过了一个可有可无的消息。记得去年报纸上曾经有一场讨论:我们的时间都到哪里去了?问得好蠢,时间都到手机里去了!手机里有娱乐新闻明星结婚离婚出轨生孩子股票房市涨落楼盘开业养生保健新产品环球豪华游轮红海死海地中海冰岛巴尔干半岛巴厘岛济州岛欧洲足球联赛美国竞选伊拉克难民南美七胞胎婴儿……你只要抱着手机不放,就可以在第一时间获悉世界上每时每刻发生的事情。只要拥有一台4G,你即刻变成无所不知无所不能的先知。

  然而,卢娜对此始终很疑惑:一个人,真的有必要知道世界上那么多不相干的信息吗?一生如此宝贵有限的生命,难道就这样交付给一台只会发布新闻、查询信息的手机了么?如果一个人终身与手机为伴、患上了手机依赖症,岂不是会变得越来越傻越来越笨,变成一个根本不会用脑子的人?

  所以,卢娜除了书店业务联系的朋友圈和书友微信群,通常不看其他短信或微信。若是有一点闲空,她还是喜欢泡一杯清茶,在窗边的阳光下抱一本书看。手机屏幕在亮光下通常会有反光，而书籍恰好相反，书页喜欢让阳光照亮，一行行黑字像是在白云间飞翔起伏的大雁……坐在窗前，微风拂过书页，纸面上散发出一种干草的气息；指尖摩挲书页，指肚能感觉到纸张的润泽与温度。卢娜对这种感觉太熟悉，她就是在无数次摩挲书页的感觉中长大的。记得她12岁那年，母亲不知道从哪里捡来一本《爱丽丝漫游奇境记》，书的封面有点破旧，爱丽丝的裙子皱巴巴的，裙带上盖着一个椭圆形的图书馆蓝印。卢娜不知道母亲那时候已经生病了，母亲想让这个名叫爱丽丝的女孩来陪她。后来母亲去世了，父亲很快有了新的女人，就把卢娜送到了外婆家。过了几年，外婆也生病了，卢娜从十四五岁开始，就独自照顾瘫痪的外婆。下课回家、冬夏长夜、星期天、寒暑假，她一个人守着外婆，端茶送水服药喂粥，不敢走远。亲戚们很少来看望外婆，只有那个可爱聪明的爱丽丝，一直留在她家里，和她一起陪伴外婆。每天夜里，爱丽丝就会跑出来，带卢娜去神奇的兔子洞里玩耍，那里有一只会咧嘴微笑的神出鬼没的猫、一只长着鼻子眼睛的鸡蛋、一只伤心流泪的甲鱼、一条抽着东方水烟管的毛毛虫，还有一个凶狠的红心王后……

他就是在卢娜最孤单无助的日子里，像一本新书，出现在卢娜的家门口。卢娜守着煤炉给外婆煎药，被那只会讲干巴故事的老鼠逗得笑个不停，忽然，书页上的阳光，被一条细细的小黑影挡住了。她抬头，看见他伸手递过来半只剥开的橘子：喏，和你换！把这本书给我看看！

后来，他和她常常一起头挨着头，坐在门槛上看同一本书，爱丽丝的奇幻树洞，成了她和他共同的秘密。他曾用大人的口气对她说：小娜，不要怕那个红心王后，她只不过是一副扑克牌……

再后来，他给她带来新的书：《班主任》《青春万岁》《撒哈拉沙漠》《心有千千结》……再后来，是《人生》《古船》《呼啸山庄》《复活》……自从有了书本以后，卢娜再也不感到孤单了。从那时开始，卢娜知道书本是一个有呼吸有生命的伴侣，假如世界上所有人都抛弃了你，只有书本不会离开你。那些读过的书，会走进你的心里脑子里，和你成为同一个人。从他那里，卢娜知道了天下有那么多好书，可以去学校图书馆、县城文化馆借书，也可以省下零用钱去书店买书。上世纪80年代90年代那辰光，外国书中国书，多得像大湖里的鱼一样。高中三年，她差不多把所有中国当代作家写的书都看过了，结果离高考分数线只差了三分。那年夏末，他拿到了北京一所大学的录取通知，他们全家都搬离了这座县城。他说过，他会给她写信，给她寄最新的新书……然后，他就消失在那些从未降临的新书里了。

很长一段时间，卢娜痴痴等待着远方的来信，没有心情翻开他曾经送给她的那些旧书。但卢娜不得不去参加工作养活自己啊，商场邮局电影院好几个岗位招人，她却还是和书有缘，偏偏被县新华书店选上了。新华书店那栋二层楼的老房子，开在城中心最热闹的主街上，房产是国有的，每年卖教材吃饱到肚胀，每月奖金比合资企业都多。卢娜走进新华书店去上班，她忽然发现，没有他的世界里，依然到处都有书。她随手拿起一本书，书上说：书可以把人带到任何地方，人也可以把书带到任何地方。她想：书能够到达的那些地方，人却不一定能够到达。她当然是要去书能够到达的那些地方！当她从童书架上一眼看见了那本新出版的《爱丽丝漫游奇境记》，她觉得自己一下子就"复活"了。封面上的爱丽丝，穿上了崭新的漂亮裙子，那是一个新的爱丽丝，爱丽丝重新回来陪伴她，她从此再不寂寞了。

卢娜在新华书店当了四年营业员，后来结婚生孩子。老公是县城对面大湖景区旅游公司的轮船机械师，专管修理游轮船舱下面的机器。当初书店的同事介绍卢娜和他认识，见过几次后，卢娜一口答应了这门婚事。原因说起来也好笑，第一次见面，卢娜试探着和他谈小说，这个男人坦诚说，除了技术书科技书，他是没有工夫读闲书的。卢娜心中暗喜：假如未来的老公像她一样喜欢读书，以后家里的事情谁管呢？如果没人管家务，有了孩子以后，她肯定就读不成书了。于是她对这个男人提了一个条件：他可以不喜欢看闲书，但不许妨碍她看闲书。老公竟然痛快应承了。老公在一座新建的小区买了一套单元房，把卢娜婚前住的一楼一底的街面房出租了，那是"文革"后退赔给卢娜娘家的私产，外婆临终前，念着卢娜独自照顾她七八年，就把房子留给了卢娜，遗嘱都公证过的。等到卢娜的儿子满月后，老公说他打算把那份陪嫁的店面老房子，用来给卢娜开一家美容店，平时也方便照顾家里和孩子。

老公说到开美容店后的一天晚上，卢娜给老公说了爱丽丝的故事。她说自己12岁那年,爱丽丝就住进了这间老房子,爱丽丝比老公先到了十年,所以,她要用老房子开一家书店,让爱丽丝回来,在这里长住……老公惊诧地张大嘴巴看着卢娜,好像她变成了另一个人。那一刻,卢娜的老公才明白,这个女人不仅欢喜看书,原来她心里是有梦的。他晓得这个已经晚了,爱丽丝说来就真的来了。

等到老公下个月放假回来,书店已经注册下来了。再下个月,老租客已经搬走,清空的房屋,等着他帮她去装修。老公替她忙里忙外买建材,过了两个月,书店开业那天,老公亲自给她在"明光书店"的招牌下点鞭炮。卢娜每天走进书店,心里欢喜得就像走进爱丽丝的那个兔子洞,有多少奇迹在等着她发现呢?所以卢娜至今喜欢纸本书,因为书本早已和她的生命连在一起了。

说起来,那都是十几年前的事情了。卢娜有过几年卖书的经验,明光书店很快上路。虽说比起在新华书店当营业员,辛苦操心了好多倍,但是店小船小好掉头,自己一个人说了算,还是开心的辰光多。书店附近有个小学校,她就专门为学龄儿童办了个寄托班,小孩下午放学后,家里没大人的,都到书店来。二楼小书屋的小人儿,在窗下排排齐坐一圈免费看童话书,小红帽美人鱼皮皮鲁鲁西西,中国外国一样不缺,还兼卖些酸奶饼干小零食,小孩们来了书店就不肯回家,除非父母把童书买下了带回去看。没过半年,附近居民都成了她的顾客。也是赶上了图书销售的好年头,新书来了就走,很少压货。那时店里请了四个员工,除去工资水电,又不用交房租,一年下来,最好的月份,书店的纯利有好几万。顶要紧的是,卢娜的儿子放学后,就来书店做作业,其他地方从来都不去的。她在后墙的屋檐下搭了煤气灶,让员工小姑娘搭把手,煮饭蒸鱼炖肉炒菜烧汤,解决了大家的晚饭,顺便把自家儿子的教育也一起管了。

那辰光,每天晚上,儿子就乖乖伏在二楼做功课。老公专门为儿子在天花板上凿洞穿线,加了一盏伸缩灯,用的时候拉下来,不用的时候升上去。金黄色的灯光铺满了小桌子,墙上映出个小人的影子,躬身低头,像个专心念经的小沙弥。到了9点,书店打烊,卢娜牵着儿子的小手一起回家。四五月间,窗外的广玉兰开花了,藏在浓绿的阔叶里,圆月的晴夜,灼亮的月光洒在硕大的花朵上,树丛里好像挂起了一盏盏小灯,为读书人照亮……月色下，老远望见巷口老公的身影，来接他们母子，然后一手牵一个，走在月光下，三个人脸上的笑容，像月光一样亮晶晶……

那些年，卢娜觉得自己是天下最称心如意的女人和妈妈。她心想，自己兴许就是为了儿子才开了这家书店。让儿子从小就欢喜读书，长大了考北大清华。总有一天，那个日日悬在头顶上的"明光"会晓得，不是只有他才能考上博士，她的儿子一定比他更有出息，不像他那样留洋读了博士就从此没有音信，儿子将来肯定会记得年年回老家来看看。卢娜卖书一直卖到去年，才读到那本美国人写的《岛上书店》。当她一眼看到书里那句话：一个小孩，你把他放在什么地方，他就会成为什么样的人。她惊诧得差点叫出声来：哎呀卢娜你好眼光，十几年前你就晓得把儿子放在书店里长大，那个岛上的美国人，难道听你讲过故事？

书店二楼东窗外的天井里，有一棵广玉兰树，高过房顶，宽大的叶片绿得乌亮，像一把把小扇子。广玉兰的叶片肥厚，这扇子看起来有点重，春风秋风，风来了，满树的小扇子笨笨地摇起来，没有声响。县城的大街小巷，汽车喇叭摩托车自行车大屏幕广告理发店里震耳的音响餐馆门前长声的吆喝……没有一个地方不在发出各种响声。明光书店缩在小街的一个拐角上，就连窗外的广玉兰，都是规规矩矩的。书店书店，除了书店，世界上还有什么地方，会这样安静呢？所以，到书店里来喝茶的人，欢喜的是书店楼上的清静，即使不买书，卢娜也欢迎。她听说北京的锣鼓巷里，有一家砖墙石阶的"朴道书堂"，后院有个"阅读空间"，要买门票才能进去，那个空间里没有宽带没有WiFi，一点声响都没有，那才是读书人待的地方。

然而，明光书店的好时光一去不复返了，差不多从七八年前开始，书店的销售额就开始下降，像秋分以后的气温，一天天往下落。北京上海广州还有各个省城，时不时传来民营书店倒闭的坏消息。北大校门口曾经很有名的"风入松"书店，当年和"国林风"等几家书店一起被称为"四大天王"，据说"风入松"明明前一天晚上还亮着灯，第二天就人去楼空了，真好像应了南宋文人吴文英填的那首《风入松》："听风听雨过清明……"骤然间"幽阶一夜苔生"，听说北大学生还给"风入松"开了追悼会。还有北京的"第三极""光合作用"……上千平方米的大书店，说关门就关门了。书店关张，当然不是因为经营不善，是因为房租和员工工资一年年上涨，营业额一年年下降，连续亏本经营，哪个老板吃得消呢？这几年明光书店的资金周转不灵，常常拆东墙补西墙，老公交到她手里的月工资，转眼让她垫付了员工的工资。明光书店一直苦挨到前年，上头总算下了红头文件，对全国所有书店实行了税收优惠政策，明光书店算是柳暗花明了大半年。可惜减税架不住减顾客。利润扣除了店员工资和水电开销便所剩无几。从去年开始，书店已经开始严重亏损。到了下半年，说不定她连倒贴的私房钱都拿不出来，那就真的山穷水尽了。

每年春秋的旅游季节，老公在湖区忙得回不了家，等到放假回来，见她一副愁眉苦脸的样子，只好陪她一同叹气：小娜小娜，书店刚刚开门那辰光，你说书店里看书的人，多得挤坐在瓷砖地上，坐得屁股冰凉都不肯走。前年我帮你装了地板木楼梯，如今冬天不冷了，唉，怎么反倒没人来了？书又不是鸡蛋西瓜猪肉，价格涨上跌落，书不就还是那个书嘛，不会坏掉不会过期，怎么说卖不动就卖不动了呢？幸亏明光书店不交房租，要不然就连你也一道赔进去了。书店书店，命里注定，恐怕只输不赢了……

卢娜苦笑。除了"输"，书还能叫什么呢？书院书吧书楼，不都是读一个"输"字的音么？若是写成"黍"，没有油水；写成"黍"，是杂粮；写成"舒"，也不对，读书那么舒服，为啥现今那些贪图舒服的人，都不肯读书呢？开书店当然只输不赢了。前一段时间，她听人说新华书店的日子也不好过了，书店电脑设备坏了都没钱更新，员工的福利越减越少。卢娜心里有数，新华书店退休员工多，生老病死都要钱，书店也像人走长路，一副担子越挑越重。何况书店的书越卖越少，只出不进，好比胃肠出血的人，输进去的血不及流失的血，血管瘪掉了，命就没了……

老公埋怨归埋怨，却是从来没有逼她关门。卢娜心想，只要老公能容下书，她就能容下他。

卢娜挥了挥手，幅度很大地撩开眼前的一只小飞虫，像在驱赶那些烦心事。儿子蛮争气，高中两年下来，考试成绩一直在全年级前三名。可惜县中的教学质量总不如省城，明年要想考上重点大学，还要拼一把。她和老公商量过，万一儿子考得不理想，就让他申请去国外自费读大学。全家拼拼凑凑，头一年的二三十万还是拿得出来。再往后呢，就不好说了。读到博士毕业，学费加生活费，没有百十万恐怕下不来……想起儿子明年读大学的事情，卢娜心里有点纠结。

　　街上人来人往，仍然没有人走进书店。前几天曾经来过一家三口，男女都穿得时髦，女的拎一只香奈儿包，男的戴一串手指粗的金项链。那个八九岁的小孩，一进门直奔童书架去，捧起一本最近刚刚出版的童话《不平凡的约克先生》，坐在楼梯上就看起来。这套书一封五本，卢娜拆成单本，方便孩子们看书。那女的走到"家庭实用类"专柜，拿起一本营养食谱翻了翻，不过三分钟，脖子转过去，大声催小孩快点。小孩说，妈你让我看一歇歇，这本书真好看，我看一歇歇。女的不耐烦起来，说，你蹲坑拉屎呀？不是说好买一本就回家吗？孩子噘嘴站起来，拿起那本《伟大的约克先生》，又拿起《傻傻的约克先生》，两本都抱在怀里，空出一只手，又去拿《森林里的约克先生》，小手抱不住，哗啦一下全掉地上了。卢娜走过去帮他捡书，轻声说：这套书一共五本，你想要哪一本呢？小孩吞吞吐吐说：五本我都想要！那男的大步走过来，勾起食指，在小孩脑袋顶上敲了一记，呵斥道：五本？你想要五本？当饭吃啊？你看你看，封面上是一只小猪嘛，小猪有啥好看？越看越笨了喏！他抓起小孩的胳膊就往外拉，女的抓小孩的另一只胳膊。小孩用求救的眼神看卢娜，卢娜刚开口说一句：童话书都很薄的，加起来也就是大人一本书的量……女的抬头狠狠瞪了卢娜一眼：一只小猪猡要写五本书，你当是动物电视连续剧啊？小孩被拽出门外，手里一本书都没有了，哭喊声从书店门外传来，伴随着小轿车重重关门的声音。卢娜被震得心里一阵疼痛，眼泪都涌上来。其实，这种人她见多了，珠光宝气衣着光鲜，看上去家里一点都不缺钱，可就是不肯花钱买书。好像买了一本书，衣裳就会少一只角；买了一本书，身上就会掉一块肉。他们舍得花钱买进口水果进高档饭店，就是舍不得买书，几十块钱呀，不就是一盒高档烟、一份麦当劳的价钱啊……可他们只问这个物事有啥用场？便宜多少？划算不划算？卢娜每次遇见这种人，有一本书的题目就会自动跳出来:《你无法叫醒一个装睡的人》。哦，看这个书名起得多么聪明！不想花钱买书的人，就是那种赖床的人，床头一排闹钟震天响，假装听不见。这种人，恐怕一辈子都不肯为买书花一分钱。

　　偶尔，也会有相反的情况。上个月，店里来过一个女人，黑瘦，头发花白。她从一只环保布口袋里，摸出一张皱巴巴的纸片递给卢娜，一边小心问：

还没有过期吧？是我女儿给我的优惠券，一张券买几本打折书呢？我骑车从城西赶到城东，路上大半个钟头，今天多买几本，你再打点折给我好不好？卢娜接过优惠券看一眼，是那种不含店家赠送金额的打折券。为了这一张券的优惠价，她跑那么远的路专门来一趟。每次遇上这样的顾客，卢娜也一阵心痛。

那位妇女直奔《红楼梦》去，说自己想买一套精装本，想了好几年。原来的那部书太旧了，字都看不清了。把《红楼梦》买下后，又寻出了一本白岩松的新书《白说》……卢娜给她结账时，手一哆嗦，打了个七折。那女人又在店里来回走了一圈，回头又拿了一本冯骥才的《俗世凡人》，那本书很薄，她坚决不让卢娜打折了……

像她这样的顾客，不在少数。尽管钱包拮据，心里都是喜欢书的。假如每一位过路客，都像几个月前来过的那个人，一口气买二十多本还不要她打折，明光书店的日子就好过了。卢娜转念到那个人身上，心里有点烦，他要的那本什么《我们需要什么样的文化繁荣》，过了三个月再不来取，就很难退货了，等于死在她手里了。这种书，就算白送给县委宣传部门，人家也不见得识货。政府的人买书，零售也好团购也好，都像钱塘江涨潮一样声势逼人。前些年，宣传部突然来问有没有《万历十五年》。再有一年，县政府的官员忽然得了什么消息，一窝蜂到新华书店去买《旧制度与法国大革命》。其实，这本书那年刚上市，就有书友来通报卢娜，说它在北京很走俏，让明光书店赶紧进几本。卢娜心想，大革命与小县城有什么相干呢？心里不托底，先试试进了五本，没几天就被抢光了，又赶紧去添货。等到县政府那些官员十万火急寻这本书又到处寻不到的时候，终于想起了明光书店，寻到她这里，竟然还有几本存货。宣传部门就在明光书店一口气订购了一百本，县委县政府全体科级干部人手一册。书店老板当然喜欢单位团购，生意做得爽快。没想到那段时间，这本书热得在博库书城都脱销了，好像万历皇帝和路易十五马上要从棺材里爬起来，到本县来检查工作。

卢娜的图书信息灵通，除了业内的朋友推荐，主要还是靠她自己勤看勤记勤查。每天上午到了书店，先扫一遍京东网北发网博库网云中书城当当榜单开卷榜单，书店开门之前，她早已在网上浏览过一大圈了。所有的图书销售排行榜，动一动她都有数。各大出版社新书上市，凡是业绩好的，第一时间下订单,先买三五本试试,卖好了再进,快进快出。所以,不要小看县城的民营书店,信息时代,谁拥有信息谁就拥有读者和顾客。她还订《中国图书出版传媒商报》《中华读书报》《博览群书》这些和图书有关的报刊,只要有时间,短书评也是要浏览一番的。多年来,明光书店在读者里有个好口碑,都是她一本书一本书做出来的。哪怕有一个顾客订购一本薄书,只要说得出书名或是作者,卢娜都会千方百计去帮他寻来。她从不拖欠出版社和经销商的回款,哪怕把自家的钱垫进去。所以,批发商手里凡有好书,总愿意先发货给她。她开书店十几年,该做的、能做的,都做到了。可为什么,书店的营业额还在直线往下落?每天晚上9点,卢娜打烊关门,一盏盏顶灯壁灯筒灯,啪嗒啪嗒全都灭了,最后漆黑一片。书店消失在黑暗的街角,像一艘冰海沉船……

假如有一天,明光书店夜里关了门,第二天上午再也没人来开门了。那会怎么样呢?卢娜被自己的想法吓了一跳。其实,这个想法已经在她脑子里闪过好几次了,每次她都有一种被撕裂被剜剔的感觉,就像她前些年做过一次人工流产,活生生的一块肉,被搅成一摊肉泥从身体深处吸出来……

卢娜曾经看过一本新书《我们这个时代的爱与怕》。她知道自己爱什么,却不明白自己到底怕什么?越是怕的事情越是会来,谁知道明光书店还能坚持到哪一天?

三

这个平常的下午,书店依然没有什么客人。街上的行人对"明光书店"不肯多看一眼,更不愿多走一步踏进书店,卢娜对此已经见怪不怪。一般要等到周六、周日下午和晚上,书店才会多一点人气、生气与活气。渐渐地,卢娜觉得眼皮发涩,两只眼睛都睁不开了。她靠在收银台的桌面上眯了一歇工夫,梦见了电影里的泰坦尼克号还有冰冷的海水,有人把她推到了一条小舢板上,小船在海浪中一晃一颠,眼看就要靠岸了,又被一个浪头弹开去……

忽然,她听见了轻微的响动,好像是窸窸窣窣的脚步声,警醒地抬起头,见门口进来了几个年轻人。他们轻手轻脚在书店里像影子一样移来移去,总算挑了几本书，然后拿出手机，眼睛一边往她这厢溜，一边速速拍下了书的封面，动作快得像做贼一样。卢娜迅速作出了判断：这几个人虽然不是偷书的，也和偷书差不多。他们在书店选好自己喜欢的书，用手机拍下封面，然后转身回家上网去买。网上买书的价格，比书店差不多便宜了一半，现在的年轻人都把实体书店当成了一个不付费的图书体验店。网上买书不用出门，给你寄到家里，还只需付一半书款，真叫人想不通。这些年实体书店的销售量急速下降，书店一家家难以为继，就是因为最具购买力的年轻读者，大多转向了网购图书。卢娜到省城去参加民营书店协会的交流会，所有的书店老板都叫苦连天，就连新华书店的老总，在质疑网购图书这一点上，也和民营书店迅速结下了临时同盟，成了同一条战壕的战友。

但卢娜是懂道理的人，她知道网购是大趋势，那个托夫勒应该去写一本《第五次浪潮》。卢娜并不是绝对反对网购，她自己的手机上，也装了支付宝，收银台的角落里，就有一堆从网上买的铁皮书立，价格比文具店便宜一半。只不过，她认为网购也该有个规矩、有个法规条款的约束，不可以随意任意叫价的，尤其是图书。书价就印在书上，是出版社按照图书成本和利润计算出来的，实打实没有一点水分。网上和网下，用行话说，就是"地面店"和"空中店"，天上地下，卖的书，都是一模一样的（不像网购的衣物日用品，常有以次充好的冒牌货）。却为什么同书不同价呢？书还是那个书，网上打那么低的折扣，和实体书店的实价相差那么大，还有多少人愿意去书店买书呢？这样的商业竞争，实在太不公平了！

卢娜硬压着火，把脸扭过去，一边在心里安慰自己：这几个学生来"买书"，买的总归还是纸本书，是有油墨书香味道的纸书，不是手机和电脑屏幕上的电子书。学生去网上买书，为了省钱，省了钱就能再多买几本书，这样总比那些不读书的人好许多啊。网购图书折扣低，有利于低收入消费者，她能理解。卢娜之所以默许这些年轻人拿书拍封面，眼开眼闭不计较，为的也是这一点。她最怕年轻人捧着手机和iPad看书，那种光不是自然的亮光，也不是灯光，而是蓝幽幽的电子光，X光射线一般，从字面背后透出来，会把人的眼睛灼伤。再说，电子书摸上去冷冰冰硬邦邦的，哪里像纸本读物摸上去那么温暖那么柔软，在她看来，那根本不能称作书，只能说是机器，机器里装的并不是正儿八经的学问，而是玄幻穿越一类的畅销流行的娱乐性读物，就像麦当劳肯德基，偶然吃一顿，或充饥或尝尝无妨，若是顿顿麦当劳，肯定会营养不良。40岁出头的卢娜，对机器有着本能的排斥，对纸本书怀有一种偏执的热爱。儿子上了高中后，央求她给买一台iPad，她回答说：你考上大学之前，我宁可给你买一辆上万块的山地车，也不会给你买平板电脑，你死心吧！儿子委屈地咬住嘴唇，终于还是忍不住：妈，你真是老土了哦！还用英语说了一声：OUT！卢娜读过高中，听得懂OUT——她在店里听年轻人挂在嘴上的，没想到如今在儿子眼里，她也该出局被淘汰了？

她的年纪还轻呢，就已经老土落伍了？如今人人都在拼命赶潮头，只怕自己赶不上。然而，卢娜却不这样认为：说不定哪天钱塘江的潮头退了，落在最后的那条船，转身一掉头，最先驶入东海也说不定。书友会那些消息灵通的朋友，曾经对她说过，不要绝对排斥平板电脑，现在的电脑都可以下载经典文学作品，有一种叫作"掌阅"的手机阅读器，可以装上几千万字的图书，文史哲经样样都可以输入，出门旅行，再不用带那些又重又厚的纸本书，又便宜又方便。卢娜摇头。她相信，世界上只要还有造纸厂，就会有纸本书。只要世上还有纸本书，就会有人去书店买书，书店的书，看得见摸得到。一家书店，就像一座城池的瞭望塔，走进书店登上塔顶，望得见远处的来路和去路。去年冬天一个下雪的日子，她独自守着冷清清的书店，望着窗外飘飞的雪片，忽然觉得那一片片白雪就像撕碎的书页，被一双巨手抛甩出去，纷纷扬扬落在湖里河里，雪花淹没在浪花里，不见踪影……天刚擦黑，她就把书店的灯全都打开了，忽然听见有人在门口跺脚，后来门推开了，有人走进来，身上冒着一股湿重的寒气。那人揭下头上的绒线帽，原来是一位头发花白的老书友，大概有60多岁年纪了，羽绒服的肩膀后背都湿了一大片。他的手冻得红肿，掏出一块手帕揩去脸上的雪水，然后从塑料袋里拿出一本书递给她。她隐约想起来，这本《民国清流》，好像是不久前他刚从明光书店买去的。

他把书翻开，用手指点着扉页上用小楷工整书写的一行字，说：

就要过年了，没有东西送给你。今天刚好路过这里，就来送你一句话。

卢娜看清了扉页上的那行字：是谁在黄昏里亮起一盏灯——祝明光书店新春吉祥。

她知道这是台湾诗人痖弦多年前的一句诗，黄昏里那一盏灯，是书店。
　　卢娜的眼泪涌上来，喉咙被一股热气堵塞了，说不出一个谢字。老人走后，她看着地面上两个拖泥带水的湿鞋印，像两只风雨飘摇的小舢板，航行在茫茫书海里……她的泪水落在水迹上，分不清是雪水还是泪水。她心想，自己之所以能够撑到现在，多半是为了这些爱书的读者。前几年，有一位常来买书的中年女子，好像是搞室内设计的，面容姣好，衣着的款式色调搭配都很讲究。但她买书很挑剔，装帧封面的品相哪怕有一点瑕疵，她也是坚持要换一本的。她不是书友会的人，卢娜不知道她的名字。后来有一段日子，那女人没来店里，过了大半年又忽然出现了，卢娜差点没认出她，人瘦得脱了形，扶着门框，一条粉红色的长纱巾，从头顶到后脑，包裹得严严实实……卢娜不敢问她是不是病了，倒是她自己对卢娜说：我做了手术，正在养病，有很多时间可以看书。但我没有力气寻书了，你帮我推荐几本新出的小说，品相要好，故事不要太悲情……卢娜叫道：你为什么不打电话来？我可以把书给你送到家里去的呀！后来，卢娜常常去给她送书；再后来，那个女人去了省城的大医院；再后来，有一天卢娜收到一只小纸盒，打开了，里面是几本新书，一张印着玫瑰花的粉红色信笺飘下来，上面写着几行娟秀的小字：这些新书，我来不及看完了，寄还给你，也许还有别的人可以看。人生在世，读书是一件多么美好的事情……谢谢明光书店。
　　这几本书，都是她以前从明光书店买去的，封面还像新的一样。卢娜把她的信笺用一只白色的镜框镶起来，挂在书店一角的墙上。读书是一件多么美好的事情。是的，卢娜每天抬头看到这句话的时候，心里总是会微微一颤。即便就是为了她的顾客和书友，明光书店也没有理由不硬撑下去的，至少，她要撑到实在撑不下去为止……
　　所以，几个月前，当那个陌生人来买书那天，临走时对她说：最好把灯光调亮一点。她下意识地环顾四周，微弱的光亮下，飘过了她粉红色的纱巾。有一天晚上她来买书，书店这一线的店家，忽然跳闸了。她耐心等着她点亮了一支蜡烛，一边安慰卢娜说：不要着急，等一歇歇就会来电的，只要线路没有坏掉就不要紧……
　　把灯光调亮，自然没有错，但谁能保证电路不出毛病呢？不过，陌生人那句话，毕竟是暖热的。也许就是因为这句话，她一直在等待他再来……

卢娜记得，大概在半年前，她接过一个电话，是县里一家柑橘贸易公司的老板，也是她老公的一位远亲。老板一开口就是二十万块钱的订单，凡是古今中外的名著、历史地理经济军事，统统要豪华包装的精装本，书越厚越贵越好，他见过一套一套带锦缎盒子的那种，一盒就要好几万……卢娜一听就明白，老板是要买书当春节礼品。如今上头查得严，给官员送礼收礼是行贿，只剩下送书不违规，这点小心意，既风雅又安全……面对这笔即将到手的大生意，卢娜却并不领情，心说书是用来看的，什么时候图书都变成摆设了？不过，老板又补了一句：卢娜，这个订单数目不小，你有得赚了。你卖了那么多年书，晓得什么样的书拿得出手，买什么书，都由你说了算，我十万个放心。但我有一个条件，你听好了：书价嘛，你要按网上进货的价格，加一成给我。如果我让人到网上去买，肯定便宜很多。我把这个单给你做，是为了照顾你的生意，你老公关照过的……卢娜被他噎在那里，半天才缓过一口气。她想告诉他，网上卖的那些书，从出版社进价的折扣，都在三折左右，网上书店没有店面房租压力，按五折的价格卖出去，还有赢利空间。何况很多网站也是为了打广告赚人气，常常低价倒赔卖书，属于恶性竞争。而她这样的实体店，一般进货的图书折扣都在六折以上，即使全价卖出去，书店租金、物业管理、图书损耗，加起来占到成本50%，再加20%的人工成本，一本书的纯利，只剩下一折左右了……她拿着话筒，一时不知该和他怎么说。图书当然是商品，但这个商品的精神价值，恐怕比封底的书价，要高出多少倍呢，算不出来的！她虽然是卖书的，但卖书和卖柑橘，不是同一个生意经。

卢娜想了想，客客气气回答说：你还是到网上去直接进货的好，网上品种齐全，你想要什么都有的……她刚要挂断电话，话筒那边大声喊道：哎哎，好说好说，只要你去帮我买来，价钱好商量，你叫我到网上去买？我又不懂书……卢娜好气又好笑，心里舍不得错过这笔生意，又有老公的情面在里头，便顺势落台，和他讨价还价了一番，柑橘老板知趣地让了价，最后是卢娜五折从网上帮他进货，六折卖给他。礼品书到货，彼此皆大欢喜，这是卢娜去年做成的最大一笔生意了。

春节过后，恰好省城的出版物发行业协会举办一个"让城市留住书店"

的研讨会,也邀请卢娜去参加。那天细雨霏霏雾气弥漫,从城区和邻县来了几十个书店老板,大家的衣服都是潮乎乎的,寒气阵阵袭来,一个个的身子都缩了起来。轮到卢娜发言,她就把柑橘老板买书的事情讲给大家听了,她说没想到如今电商兼了批发商,看样子实体店以后要去网上进货,直接和电商合作了?

有人打断她说,目前国内电商和实体店的价格竞争,已经危害到整个书业的健康发展,你还说去和电商合作?据说很多发达国家,对实体书店都有严格的价格保护措施,比如说,一本新书上市,半年一年之内,网上买书不可以打折,就像电影院公映大片,三个月内不允许发行影碟一样……众人纷纷点头,议论说这么好的法规,可惜中国怎么就没有呢?政府有责任保护图书的价格稳定,市场经济也是要讲规矩的,不晓得中国以后会不会出台这个政策?

"纯真年代"书吧的经理盛绣接话:书店书吧书屋,统统姓"书",凡是姓书的,都是一家人,但现在民营书店好像是被领养的,不是亲生的一样……有人附和:现在书店等于体验店、图书馆,老板花钱开店,读者免费阅读;网上各路神仙打架,网下凡人小民受苦!有人叹气说:现在实体书店不开咖啡吧就活不成,简餐文具,都成了实体店的标配,其实都以非图书的行为在养活书店。这样搞下去,将来书店就快变成美容健身房台球屋棋牌室儿童乐园的"跨界"创意产业了……图书图书,宏伟蓝图变成唯利是图!

省里报刊发行部门的人说:现在社会的整体阅读生态环境不好,这几年城市道路一整改,就把书报亭都撤掉了。据说书刊的零售额下降了50%,书报亭开始赔钱,街上那些报亭一个个都不见了,下班就连买一份晚报都不晓得到哪里去买……

牢骚话说了一箩筐,大家心里越发惶然。

后来晓风书屋的褚经理发言。他们夫妻搭档经营的晓风书屋,已在全省开了十几家连锁店,每一家都是不同类型的主题书店。晓风在城区有一家分店,兼顾手工定制蛋糕烘烤饼干,读书人与不读书的人,都是欢喜的。小褚慢悠悠说:我觉得实体书店正站在一个十字路口,大家都在摸索方向。政府的职责、书店的经营模式、读者的阅读习惯,这三者缺一个环节,都是水桶的那块短板。政府应当有长远眼光，对图书资源进行整体合理配置，用购买公共服务的方式，来扶持实体书店。年年开"两会"，代表委员年年呼吁建议政府设立"全民阅读日"，阅读方面的具体建议，已经提了很多，我就不重复了。我想说的是书店自身的问题，我倒是不担心没人读书，我想得最多的，是他们到底在读什么？读了什么？书店怎样让读者知道什么是好书？怎么选书？如今书太多，普通读者一走进书店就头晕，不晓得哪一种书买了回去，才是自己需要的。我们卖书人要做的，就是把真正的好书送到读者手里。今后书业的发展趋势，不仅仅看流通效益，还要看书店的文化品位，所以书店自身的服务方式要改进，提高书店从业人员对图书的鉴赏能力，假如顾客提问，售货员一问三不知，读者掉头就走了，以后就对买书有排斥心理。我建议政府有关部门，能不能拿出一点资金，定期开办专业培训班呢？到了大学生的寒暑假，我们也可以主动招募、选择那些爱书的人，来书店做义工，做图书导购……

　　卢娜听得心里一阵阵发热，小褚的句句话都和她想到一起去了。晓风书屋进书的门槛高，对每一种书都要设立一个预期的"目标读者"，新书进货之前，提前做好功课，一本都不含糊，就像打靶射箭，不敢奢望命中十环九环，也不至于飞到靶向之外去。卢娜一向很佩服小褚的，自己什么时候能够做到晓风其中一家分店那么好，她就心满意足了。

　　最后新华书店的老板发言说：我同意小褚的意见，如今实体店确实是在垂死挣扎，但我们自己也要想办法转型自救，创造更多新的销售模式。比方说，可以用图书馆加书店的模式，为大企业、金融界、电子业的高收入员工，提供图书专项服务；零售书店也可以和新华书店合作，新华书店的品种齐全，小书店网点分布广、经营灵活，双方取其所长，加快流转率，把库存全部盘活……有人打断他，说新华书店当惯了老大，民营书店被"收编"，假如不按照新华书店的路数走，新华动不动就"断粮"，民营书店等于自投罗网，这个办法行不通……又有人抱怨，说一千道一万，归根结底还是房屋租金。依靠书店的自有资金，租不起好地段的街面房，只好搬到房租便宜的背街区位去，买书的人寻不到店面，客源越发减少，书店利润更少，变成恶性循环。有人提议，应该去找一位政协委员，为书店写个提案，建议设立一个全国性的实体书店基金会，政府拨款加民间募集资金，每年对城镇的大小实体书店,统一进行业绩综合评估。那些信誉好的书店,应当给予减免房租作为奖励。各地闲置的军产房、文化系统内部的空房、商业性楼盘的尾房,都可以想办法调剂出来给书店使用,也可以均衡社区的图书网点分布……

大家又七七八八说了很多,说来说去,除了网店电商的书价之外,大家最关心的话题,又回到书店的房租上头。有人说:房租房租,必将成为压垮实体书店的最后一根稻草!危言耸听啊,卢娜的明光书店虽然是私产,但她也赞成这个说法。

窗外的小雨一直不停,天空像大家的心情一样灰暗朦胧。会议结束前,省出版物发行业协会的秘书长,给大家简单介绍了去年年底深圳市人大刚刚通过的阅读立法。卢娜觉得新鲜,阅读立法?难道不读书就是违法吗?往下细听,才渐渐明白,这个立法其实就是《全民阅读促进条例》,是为了规范政府行为,也就是说,政府必须为公众提供阅读服务的人才资金以及基本场馆设施,保障市民的文化公共权利,否则就是"不作为"……卢娜早就听说,深圳的读书活动搞得特别好,2013年被联合国教科文组织评为"全球全民阅读典范城市"。她上网查阅过,深圳市有一座设备先进的中心书城,每个区有区一级书城,所有的街道都配备了功能齐全的书吧。全城的图书馆自动借阅系统,已经覆盖了所有的机关企业大专院校……深圳每年都有"读书月",延续整整一个月时间,举办百十种读书活动,图书不夜城、名家讲座、年度好书颁奖活动,最让卢娜感兴趣的是,深圳读书月活动,其中竟然还设了一个"领读者奖",专门奖给那些优秀的图书推荐者、书评家,以及民间自发的各种"读书会"……

卢娜觉得眼前渐渐亮起来,天空好像转晴了,一线橘色的夕阳,穿过厚厚的云层,投射到会议室的窗户上,大家都在兴奋地交头接耳,有人提议,出版发行业协会应该组织大家去深圳亲眼看一看,差旅费由各个书店自己承担好了。一时间,弥漫在会场上的愁云惨雾,渐渐飘散开去。

希望,亮光——卢娜在笔记本上潦草地写。又写:坚持!高贵的坚持!

自己呆呆地看了一会儿,却又飞快地涂掉了。

那天散会后,卢娜本想赶紧开车到城西去一趟,她听说,省城有一位作家用自己的工作室,开了一家叫作"理想谷"的书吧,免费为读者提供读书场所。"理想谷"一间大屋，三面墙壁，一格格图书一直顶到天花板上，中间是瀑布一样垂挂的青藤（也许是绿萝或青苔），楼梯呀地板呀，到处都是可以坐下来读书的地方，一伸手就能拿到书。每天都有人从很远的地方专门到"理想谷"来看书，一块钱一杯咖啡，可以坐一天……只要想一想那个场景，就让卢娜激动又感动。她早就打算去一趟，感受一下那里的氛围。但她刚出门，就被晓风书屋的小褚经理叫住了。

褚经理笑吟吟的，好像有什么开心的事情。果然，小褚给她透露了一个消息：刚才大家提的建议里，其中有一项，本省的有关部门已经领先了，专门设立了某项文化建设工程，拨出了一笔专款，给书店作为补贴和奖励，民营书店也有少量名额。本省是沿海经济发达地区，才能拿出这一大笔钱。不过，这个补贴是有条件的，书店的固定资产必须要在一百万以上、连续多年信誉良好，还有营业额呀纳税状况呀，有关部门都要对书店一一进行资产评估……卢娜的明光书店，房产是自主产权，县城的中心地段，一楼一底100多平米的房子，起码值个七八十万，加上流动资产，差不多就够百万了，其他条件都应该符合标准的……

面对这个突如其来的"好消息"，卢娜有点发蒙，好像寒冬腊月里，天上掉下一件厚厚的羽绒大衣，把她暖暖地罩在里头。她结结巴巴对小褚说：我不够的不够的，比我做得好的民营书店有的是，你看盛绣的宝石山"纯真年代"书吧，城市名片、文化客厅，好口碑好业绩好风景人人都欢喜，她的名气大、影响大，要评就应该评她……

小褚轻叹一声："纯真年代"是好，但她的书吧房产租期五年，当年为了装修，把她家的积蓄都花光了，平时书吧的收入，也就够维持日常开销而已，哪里来的百万固定资产呢？好多民营书店，都被卡在这一条上了，我不晓得这种规定是个什么道理。如果书店自己有百万资产，政府补贴也就不算是雪中送炭了。不说了不说了，我看你还是回去算算账，有个思想准备，尽量争取争取……

卢娜倒抽一口冷气。想不到她当年用自家房屋开书店，房产所有权在某一天能救她于水火？也是呢，那些租房开书店的小老板，等于月月在替房东打工。明光书店不用交房租，才苟活到现在。假如明光书店既要交房租又要养员工，恐怕早两年就关门大吉了。感谢外婆！感谢老公啊！

等她回到县城后不久，县文化局果然有人到店里来"视察"了一番，向她简单介绍了情况，还让她填了好几份表格，书友会的人给她写了读者评议，她还去银行开了纳税证明等等。如此折腾一番之后，不仅没有"好消息"传来，从此连消息都没有了。好像云雾里的那件羽绒服，塘边刚刚才开始养鸭子。一春一夏，即使等到鸭子长大，一寸寸绒毛填进大衣壳里，做成了羽绒服，又哪里就刚好披裹在自己身上呢？卢娜每天发愁操心的事情太多，过了一两个月，就把这个"好消息"，连同开会的热闹都忘在脑后了。在江南这个地方，一年四季，阴天下雨的日子，总归比晴天要多的。

这天下午，她望着那几个年轻人匆匆逃出书店的背影，真想对他们喊一声：要拍封面尽管来啊，说不定再过一年半载，明光书店关门了，你们连拍书的地方都没有了呢！

学生们走了以后，书店又冷清下来。卢娜坐在窗口，望着街上来来往往的行人发呆。她等的那个陌生的取书人，也许不会来了，过几天，她要记得把那本《我们需要什么样的文化繁荣》退掉。她等的那个老同学，也是永远不会回来了。她究竟还能撑多久呢？说不定哪一天，卢娜会到马路对面的那家装修公司去借一部梯子，亲自爬到书店门上，把"明光书店"那块木匾，从屋檐下摘掉。当他有一天终于想起回乡扫墓的辰光，这里是一扇紧闭的门，他再也寻不见她了。

四

这天下午，老公从湖区放假回家，亲自烧了几样小菜：春笋烧肉、油爆虾、雪菜蚕豆、清蒸鳊鱼，样样都是卢娜喜欢的。儿子临近高考，天天在县中晚自修很迟才回。但卢娜却没有胃口，吃了几口就放了筷子。她晓得老公是想同自己谈天，至少问问，书店这个月又亏进去多少。但老公见她不想说话，独自喝了几杯闷酒，什么也没说，早早就睡下了。

晚上卢娜翻来覆去睡不着，到了半夜，她一伸手，触到了老公的后背，顺手摸上去，猛地摇晃他的肩膀。黑暗中，她的声音听上去恶狠狠的：哎哎，我已经想好了，这样硬撑，越撑亏得越多，儿子要上大学了，家里等着用钱，书店还是早点关门算了！此话既出，她觉得自己的决心已经下定。这话不能让老公说，要由她自己说出来。这一回不说，等他下次回来，又是一两个月拖过去了。

老公睡得死，翻了一个身，好像还没醒，蒙眬中嘟哝一声：开店是你，关店也是你……

卢娜撒娇地蹬了他一脚：你到底管不管吗？

他总算醒了一半，口齿含糊不清：你再想想办法嘛，办法总有的……

卢娜赌气翻身，用脊背顶着他。他又不是不知道，所有她能想的办法，不但早已想过，而且做过多少次了：节日促销、新书推介、作家讲座对话、签名售书……到了如今，招数用完底牌出尽，已是黔驴技穷。在这个县城，就数明光书店的新书周转最快，上架几周假如一本卖不出，她立马退货。只是，从县城到省城，毕竟相隔百十公里，高速公路的图书运费，都要书店自己承担，进货退货的费用都打入成本，常年来回折腾也是吃不消的。亏得卢娜人缘好，几年来，书友们晓得书店生意清淡，一听书店进了好书，常常故意多买几本拿去送人。有一个中年人，好像是个中学语文老师，一到寒暑假就来买书，后来卢娜终于忍不住好奇问他：寒暑假人家老师都在忙着做家教，你倒有闲工夫看书啊？他这才说了实话：其实我也看不了那么多书，买回去都叠床架屋摞起来，家里堆满了，老婆有意见，我对她说：藏书可以保值升值啊，你看宁波的天一阁，以后传给子孙……他一边说着，一边笑起来：我也不全是为了帮你，家有书香，孩子也受熏陶的……

卢娜晓得，多年的老书友们，都在暗中帮她。但以人情来维持书店，总归不是长远之计。如今的书店，所剩无几的优势，大概也就是人们对纸本书的旧日感情了。老公毕竟不是这个行当的人，他不知道那些大城市的书店，也是各有各的难处。听说只有北京的"万圣书园"，只赚不赔生意笃定。那个老板自己就是个博学的读书人，书店里进进出出的人，都是正儿八经的硕士博士。万圣书园的咖啡吧和简餐，赚的钱都不如卖书的利润高。那是因为"万圣"就在北大清华附近，全国有几个北大清华呢？"万圣"是个唯一，不能用来做榜样。就说北京的"三联书店"，半个世纪多的老牌书店，首创了"24小时营业"制，留住了读者和顾客，赚足了人气。然而，通宵长明的电费，还有夜夜加班的员工工资，算算账，要增加多少经营成本？若没有三联那样殷实的家底，绝对做不下来。又听说贵阳有个"西西弗"书店，在广州、遵义等地开了十几家连锁，每一家都是同豪华大商城合作的，空间宽敞、装潢精美、分类精细……像卢娜这样的小书店，想都不敢想。再比如北京的"字里行间"书店，开张七八年，已经陆续开了十几家连锁。省出版发行协会有人去北京，见过"字里行间"的老板，"字里行间"采用年度会员制，为会员提供高端阅读服务，所以它有充足的财力，把每一家分店都设计得各具特色，这一家主打书法字画，那一家主题是童书玩具，再一家主营陶瓷工艺，家家都是个性化的书店风格，开在京城最好的黄金地段。这种精品书店模式，特别适合大都市的白领金领阶层。"字里行间"多年来和一家资金雄厚的书业集团联手做出版，出书与发行配套，内循环加外循环，与"西西弗"是不同的路数，真可谓"八仙过海、各显神通"了。其中一家"字里行间"，外墙是弧形的大玻璃墙面，内墙隔出一大圈书架，靠窗是雅致精美的文房四宝茶艺茶道，就好像一步踏进了高级会馆，进去就不想出来了。书店的中央空间，摆一张张小方桌，铺着豆绿色的餐布，经营纯正洁净素餐，闻不到一丝油烟气味，正合书店的品位。来买书的人，想品尝素餐；来就餐的人，顺便买了书带回去……真是各得其所。据说市政府有规定，豪华商圈必须配备文化产业设施，所以那座商贸大厦，给予"字里行间"这种品牌书店的房租价格，显然相当优惠……

可是明光呢？百十平米的一家民营小书店，简陋寒碜，无依无靠，靠的是卢娜十几年的死缠烂打不离不弃，她还能有什么绝路逢生的好办法？县城小书店的书，和那些大城市书店的书，除了书店规模不一样，但所有的书和读者，都是一样的啊。为什么卢娜救不了自己的书店，只能眼睁睁看着它在冰海中慢慢沉下去，自生自灭？前几天她看到一条网上留言：这个喜新厌旧、崇尚更新换代的年月，一家老书店倒下去，还有千百家新书店会站起来……看得卢娜从头到脚透心凉。

老公又睡着了，耳边是汽笛一般的呼噜声。卢娜在黑暗中睁大了眼睛，周围看不到一丝亮光。黑沉沉的海面上，风暴骤起，吞没了原来那一线微弱的航标灯。

卢娜没敢告诉老公，今天她的心情特别沮丧，是因为下午书店里，来过一个人。

此人不是那个陌生的买书人，当然更不是她等了多年的那个老同学，而是明光书友会的老会员，下班经过书店，给卢娜带来了一个新消息。老县城的居民，或许对这个消息会有一点兴奋，但是对于卢娜，却如灭顶之灾雪上加霜，她好像跌落在一潭冰水里，浑身瞬间冻僵，只有脑子被冷水刺激得异常清醒：县城东边的那个新区扩建规划中，政府将要把很多大单位搬迁过去，比如县中心医院、县中、农科所、文化局、县人大、政协办公楼、广播电视台、长途汽车站……总之，原先条件不好的那些部门，全都要陆陆续续搬进新区新楼去，新区将逐渐发展成未来的县城中心……

这个消息千真万确，县人大昨天刚刚通过的……说不定明天就登报上电视了！

卢娜差一点就要哭出来了：医院？学校？政府机关？电视台？这些单位都是目前支撑着明光书店最主要的客源。一旦搬走，等于釜底抽薪人气散尽，没有了稳定的老客户，书店还怎么开得下去？新区建成之后，老县城必然会逐渐萎缩、凋敝，那么，明光书店还有什么前景可言？

那人又说：新区大发展，老城肯定人心惶惶，我看你，还是早作打算的好……

那人走后，卢娜半天没缓过神，在椅子上傻坐了一会儿，心里焦灼如焚。她飞快地算了一笔账：假如这个消息是真的，最晚挨到明年，新区落定之后，书店的老顾客就将走得差不多了，书店亏空肯定越来越多，但亏损还是小数目，要命的是，新区投入使用之后，老县城的房价就会快速下跌，那么，自家这座老房子，那时再想出手转让，恐怕都卖不出好价钱了……

眼看已是山穷水尽，前头死路一条，她再也没有什么锦囊妙计了。将来县城老房子跌了价，弄不好连儿子出国留学的保底钱都搭进去——这才是促使卢娜今天突然下决心关闭书店的真正原因。

夜那么长那么黑，窗外连一丝月光都没有。卢娜翻过身，把脸贴在老公热烘烘的脊背上，绝望地抓住了他的手，那只手软绵绵松垮垮，她觉得自己无奈又无助，想哭却哭不出来。

第二天卢娜早早起床，没有心思做早餐，到街上去给老公和儿子买了两杯豆浆四根油条，放在餐桌上，便早早离家去了书店。她想让自己一个人静一静，仔细再仔细地盘点一番：店里现有的库存书、书柜书架沙发桌椅灯具电脑等所有的家当，总共能折算多少钱？上半年流水收入总共是多少？还要支付多少即将到货的新书款……她必须抓紧时间，趁着老城的人都还不知底细，速速把明光书店的"后事"料理完毕，然后把书店的房产尽快转让脱手，越早越好。书店关张后，她的工作不用发愁，新华书店那边早有人来打过招呼，欢迎她回去当部门主管，她肯不肯去还难说呢……

辰光还早，她开锁进店，觉得光线有点暗，顺手开了灯，一时灯光亮得晃眼。她抬头，看见了天花板上前些天刚刚新换的灯泡，心里突然一阵刺痛：把灯光调亮——把灯光调亮，不是愈加费电了么？她气呼呼地顺手把灯关掉了，省点电吧，能省一点是一点。这家昏暗的书店里，只剩下她的心里，还有一朵小火苗，那么小，那么弱，忽闪忽闪，飘摇不定，而今，这朵风里雨里挣扎太久的小火苗，也终于快要熄灭了……不怪我不怪我，她对自己说，我实在是已经尽力了哦……

就在这时，卢娜听见了手机铃声在响，她走到窗口去拿包取手机，发现原来书店东窗的窗帘还拉着，怪不得书店这么暗。她用手指划开屏幕的接听键，然后把窗帘唰地拉开了。

顷刻间，书店里洒满了亮晃晃的阳光，一格格在书架上跳跃，把书店染得一片金黄。还是出太阳好啊，她对自己说。把灯光调亮，就算再亮，也是夜里。她自嘲地笑了笑。

清晨的阳光下，手机里传来一个爽快的声音。电话是文化局的人打来的，就是上次让她填申请表的那个干部，让她赶紧到局里去一趟，要办手续——什么手续——你来了就晓得了——你还是说一下吧，我店里忙，走不开呢——是好事情，你中了头彩了，恭喜恭喜——对不起我从来不买彩票的，不要拿我开心哦——哎呀，你真的拎不清，就是省政府的那笔书店奖励基金，明光书店评上了！——我哪里评得上？你骗我——是真的，不是个小数目，你变百万富翁了，快点过来，上头还要核实几个数据呢……

卢娜终于听清楚听明白了，她的手抖了一抖，手机从掌心滑出去，落在一堆高高码起的书上。她站在窗口一动不动，整个人都好像傻了，然后肩膀轻轻地抖动起来，身子开始战栗。她伸出双手捂住了自己的脸，手心很热很烫，忽然又变得凉湿，泪水透过指缝，从脸颊上哗哗淌下来。她似乎意识到什么，往前挪移了一步。是的，她想躲开那堆书，怕自己的泪水把书弄湿了……她终于哭出了声，惊喜的抽泣，在晴天的阳光里，如急骤的阵雨一样砸下来……

天上云间飘荡的那件羽绒服，终于在寒风中落下来，披在了她的身上？一百万是多大的一笔钱啊？这么说，明光书店就要起死回生了？可以把这几年累计的债务亏空都补上了，早就想添置的新书柜，也有了着落。老公的工资不用再贴补书店了，积攒起来给儿子上大学交学费。退一万步说，假若书店继续赔钱，一年赔几万块，这笔补贴的钱，也够她再亏损十几年了……她一直想着能把隔壁那家闲置的小阳台买下来，和自家书店打通，在二楼的咖啡吧旁边，再扩建一个儿童书屋，就叫"爱丽丝奇境"，墙上都是爱丽丝那本童话的插图，天花板上全是爱丽丝那个奇幻王国的花草和小动物，孩子们放学了，尽管可以到这里来读书嬉戏做梦……卢娜已经完全忘记了老县城和新区的事情，思绪纷乱，忽喜忽忧，她仍然不敢相信，这样的好运气会降临到她头上。也不知道过了多久，她听见有人推门的声音，是员工来上班了。她赶紧用纸巾揩净泪水，换了一副喜气洋洋的笑脸，对员工简单吩咐了几句，顶着阳光去了文化局。

卢娜从文化局回到店里，已近中午。她从街上的灯具店里，买了一盒40瓦的飞利浦灯泡——把灯光再调亮一点！她要让明光书店的老顾客们，老远就看到书店的灯光，无论夏夜冬晚，每天每天，天刚刚黑下来，明光书店的灯光就唰地亮了。如果她的资金宽裕，最好把书店临街的窗户也扩大一倍，宽敞明亮的一长排玻璃，等到夜幕降临，玻璃窗内的灯光雪亮雪亮，明光书店就像一座透明的水晶宫，所有的书都在闪闪发光……总有一天，他回老家来看看，一眼就会看到明光书店。如果有那么一天，卢娜会告诉他：当年你说过，只有知识才能改变命运，是的，你做到了。你苦学的知识，改变了你的命运。但我不是。这么多年，书本没有改变我的命运，但改变了我。我办了明光书店，我的书店给人送去知识，知识可以帮别人改变命运……

这么一想，卢娜的眼泪又流下来了——不对！不是知识改变命运，是文化！不对，文化也不一定能改变命运，但可以改变人！我不再是那个高考落榜的自卑女孩，我活得对人有用，我充实、我知足……我一点都不比你差！

傍晚时分，卢娜和员工简单用过晚餐，正抬头欣赏着白天刚换上的新灯泡，她觉得明光书店从来没有这么亮堂这么美妙，灯光简直可以用"璀璨"

这个词来形容。她看过很多国外书店的图片，高低错落的书架、精致素雅的装潢，再配上明暗适度的灯光，那种弥漫着书卷气息的宁静氛围，充满了世界上所有其他场所都没有的神奇魅力。

就在这天晚上，明亮的灯光下，出现了一个人影。卢娜眯起眼，打量这个有点面熟的生客，忽然想起他就是几个月前那个要盖书章、要她代购《我们需要什么样的文化繁荣》的省城顾客。他快步朝她走过来，身后还跟着另一个人。他抬起头环顾天花板的灯池，笑容满面地说：嚄，灯光调过了？书店亮了许多哦！我老远就看见了。

他终于想起来取书了？他会不会再一口气买二十多本书呢？

接下来的事情，完全出乎卢娜的意料。好像所有奇怪的新鲜的事情，都集中到今天来发生了。这个人对卢娜说了很多话，后来，同他一起来的那个人，也对卢娜说了很多话。卢娜的头脑不够用了，一时反应不过来，几乎无法判断这究竟是好事情还是坏事情。她好像听见他说，县城新区的整体规划中，需要有一家书店，中等规模的书店。但是老县城的新华书店，由于种种原因，暂时无法搬迁。他想到了明光书店，他推荐了明光书店，明光书店的信誉度和知名度，开在新区再恰当不过了。新区将为书店预留500平方米门面房，作为公益书店，房租优惠到可以忽略不计。他今天就是和有关部门的人先来征求意见，也算考察调研，事情一旦列入规划，就按正规程序进行……

他还提到了城市发展战略，提到了公民的文化权利，提到了热爱、尊重、介入什么的，卢娜的脑子嗡嗡响，下意识嗯嗯地点头。只觉得他的话音一声声落下，头顶的灯光一盏盏亮起来，他的眼镜片也被灯光映得闪闪烁烁。卢娜忽然莫名其妙地觉得有点紧张，假如一旦停电，眼前的一切都会重新陷入黑暗中去？

卢娜渐渐冷静下来，望着灯光下地板上人与书堆的一条条暗影，心里有了些许疑忖。她暗自思忖：假如明光书店真的搬到新区去，那么县城书店的老顾客怎么办呢？新区那么远，总不能让那些书迷书虫书痴，为买一本书专门跑到新区去……再说，开了新书店，老书店还开不开呢？让她同时打理两家书店，哪里来那么多人力和精力？开张一家500平方米的新书店，装修就需要一大笔钱。这笔费用怎么出？政府有没有补贴？新区建成后，一年半载的，顾客肯定不会太多，书店十有八九会亏损，这笔亏空她背得起背不起呢？假如亏损都要她自己承担，她是不敢应承下来的。这个新区未来的新书店，就像那笔天上掉下来的补贴一样，把她刚刚想好的老书店发展计划，全都打乱了……

再说了，面前这个人，是否知道卢娜很快就要领到一百万补助的事情呢？他不会是和文化局串通一气的吧？因为卢娜得到了政府的奖励，他们才会选中明光去开新店？她心里一点底也没有。

卢娜定了定神，故意把话题岔开去，对那个人说：对了，你要的那本《我们需要什么样的文化繁荣》的书，我早就帮你买来了，你还要不要？

那人连连谢过卢娜，掏钱把书买下了。他说：你先考虑考虑吧，文化建设的事情，急不得，一个好项目，从创意到最后完成，需要反复论证，我们还要继续沟通的。又有几分抱歉地加了一句：上次买的那些书，还没看完，今天就不买书了。你把好书给我留着，过些天我们再来。

临走前，他给卢娜留下了一沓表格，请卢娜有时间填写一下。

又是表格，卢娜看了一眼，接过来，又飞速地看了一眼那个人。他到底是做什么的呢？看样子，他不是教授，而是个文化官员？至少是主管新城的规划师？现在的人，身份都比较复杂，不像从前那么一目了然。她在心里懊恼自己的眼光不灵，上次他连个跟班都没带，卢娜到底还是看走眼了。像他这样欢喜读书的"规划师"，莫非就是书友们闲谈中提到过的那种"体制内的清流"吗？卢娜吃不准。

那天晚上，卢娜回到家，和老公一五一十地说了今天书店里发生的一连串怪事。说了天上掉下来的大额补贴，说了那个神秘的顾客，又说了新区未来的书店。说来说去，说得她自己也绕进去了。卢娜索性摊开了两只手，上下颠着手掌说：喏，给你简单打个比方吧，假如去新区再开一家明光分店，就好比我一只手拿进了一百万补贴，又从另一只手里赔出去了。

老公点头不语。卢娜又说：这一进一出，不是等于还同原来一样嘛。

卢娜大声说：你听见没有啊？我昨天夜里和你说过的那些话，你听清爽了吗？

听见了，不过没听清爽。老公说，我当你是在说梦话。

卢娜有点恼，嗔怪地提高了声音：我想来想去，明光书店还是关门的好。

老店没开好,再去开新店,找死啊!那笔补贴,我给他们退回去!我不去新区开店,我要和老书店同归于尽!

老公嘿嘿笑起来,笑得卢娜心里发慌。结婚二十年,老公从来不和她吵嘴。他是一块牛皮糖,咬起来蛮吃力,经咬。

老公开口说:好了好了,我听懂了。反正你每天不是说梦话,就是说气话。卢娜,我晓得你开书店十多年,没一天好日子过。但是,假如你从此不开书店,恐怕就活不成了。

卢娜心里一紧。那个叫明光的博士,就算此刻站在她面前,也说不出这句话来。

命总比钞票要紧,你年纪还轻呢,我要你活着!

卢娜鼻子一酸,眼圈就红了。心里那朵奄奄一息的小火苗,呼地一下蹿上来,燃成了一蓬金红色的火焰。

那么,到底要不要去新区开分店呢?

我反正不欢喜看闲书的。老公慢吞吞说,你的书店,你自家作主!我只晓得,秦始皇焚书,后世的骂名都留在书里。嬴政也没赢过书去,他是输在书里头的,最后还是书赢了……

卢娜慢慢伸出双臂,环住了老公的腰,把脸贴在老公的胸前,他胸口散着热气,像一件厚厚的羽绒服,把她包裹起来。能坚持到哪天算哪天吧,她劝慰自己。心里那朵小火苗微微颤了颤,"噗"地蹿起了一团火焰。

隔着一条街、隔着几道墙,卢娜看见"明光书店"四个字,在夜空里通体透亮。

水电火电风电核电,只要线路没有被毁坏,灯光总归会重新亮起来的吧?

李海叔叔 |尹学芸|

原载《收获》2016年第1期，《北京文学·中篇小说月报》2016年第4期转载

1

那个黄昏，李海叔叔毫无征兆地来了。他把电话打到我家里，让我到北外环去接他。我是骑车去的，回来时，李海叔叔是跟我走回来的，我一路几乎没怎么跟他说话。他这是第一次到我自己家来，路上絮絮地告诉我，这座县城他曾经无数次地路过，但从来没有停下脚。我懂他的意思。县城西边的那条道是国道，是山里下山时的必经之路，一直朝南走，就到我的老家罕村了。叔叔无论说什么，我都没有吭声。好在叔叔并没有减少说话的兴致，他倒背着手，优哉游哉地走，夸外环的路修得好，绿化也不错，都快赶上承德了。就是最后这句话，让我心里硌硬了一下。我气鼓鼓地想，你儿女都在承德，承德的虱子就都是金眼圈。不得不承认，我当时促狭得毫无道理。原因只有一个，眼下的李海叔叔，是一个不受欢迎的客人。

叔叔打电话的时候，我正陪父母斗小牌。一岁多的女儿在摇椅里睡觉，被电话铃声惊醒，烦躁地大哭起来。听说李海叔叔已经到了城北，父亲把手里的纸牌横着丢在了桌子上，皱着眉头说："干啥来？"父亲的意思是，你没有必要来，这里没有人想你。或者，你根本就是不知趣，来得实在多余。父亲的情绪影响了我，父亲不喜欢的人也很难让我喜欢。所以陪叔叔走的这一路，我都打不起精神。

来到楼下，叔叔问我住几楼，我说住二楼。叔叔仰头往楼上看，说一楼脏，

二楼乱,三楼四楼住高干。我说,有房子住已经不错了,还管他住几楼?到了我家里,母亲还有一丝热情,给叔叔沏茶,端水果。父亲则坐在床边,望着窗外,一直都没怎么正眼看叔叔。叔叔跟他找话说,父亲就一哼一哈。这种尴尬叔叔显然是心知肚明,但他毫不在意。晚饭就是棒子面粥,没有因为李海叔叔到来而稍有改善。这也是父亲授意的。叔叔一边喝粥一边说,自己的五个孩子都出息,大女儿海棠一个夏天就买了五条裙子。她工作在保安公司,属公安局管。大儿子自贡工作在政府机关,很快就要提科长了。最小的儿子自奋也顶替他去了矿上做钳工,跟煤黑子一点边儿都不沾。去苦梨峪问问,一家五个孩子都在外工作的人家有没有?一个都没有!只有我李海一家!叔叔说得激动,两只眼球按捺不住要跳出眼眶。叔叔无论说什么,都没人接下言。父亲、母亲和我,以及我的女儿,我们都在各行其是。叔叔的声音就像锯条切割木头,有种嘶拉声,那种声音从他抻长的鸡皮包裹的喉咙里冒出来,听着那叫一个凄切惨淡。叔叔就像独角戏演员,没人喝彩依然演得十分卖力气。孩子哭着要吃奶,我有些难为情。但我的难为情母亲不懂,把孩子往我怀里塞,孩子像小猪一样往我胸前拱,我心一横,把衣扣解开了。

  房子只有29平方米,一大一小两间。里间我们一家三口住。外间兼作客厅,有一张折叠沙发,夜里放下来安顿父母。晚上十点叔叔也没有要走的意思,即使父亲话里话外一再暗示这里没有他的容身之地,外面不远处就有旅店,但叔叔置若罔闻。没奈何,我和爱人各奔单位,把床让给父母,父母把沙发让给了叔叔。转天早晨我来给孩子喂奶,发现叔叔已经走了。县里的医院新进了一台CT机器,这种机器据说只有北京上海的大医院才有。叔叔从河北的某个山村来我家,就是听说了这台新机器,他是专门来照CT的。

  "他没有病却来照CT,看来是钱多烧的。"父亲气哼哼地总结。

  母亲说:"你桌子上的那本书有用么?你叔叔也不问价儿,临走直接装进了包里。"

  我确认了是一本青年作家的短篇小说集,书名叫《希望之星》。首篇是我的《难得浪漫》,写这些年的情感经历。还真是巧,里面的一段内容,写的是我和自贡哥似是而非的故事。

  母亲唠叨说:"这么多年过去了,他还是把别人的家当成自己的家,把别人的东西当成自己的。一点变化也没有。"

我看见父亲"横"了母亲一眼。他不愿意母亲谈起这个人。

我赶紧说:"那本书我还有,他拿走就让他拿走好了,不耽误事的。"

叔叔来我家的事,我第一时间告诉了哥哥和姐姐。他们几乎不约而同地问,叔叔是空着手来的?我说,是空着手来的。哥哥说,他没有带兜子?我说,他没有带兜子。姐姐问,他没有给孩子钱?我说,他没有给孩子钱。他们就在鼻子里哼了声。我们这边的风俗,久不上门的客人是不兴空手的,就像初次遇到从未谋面的小孩子要给看钱一样。当然,哥哥姐姐所说的兜子还不是这个意义上的,这一点,我在后面专门会讲到。那个时候,叔叔大约已经有四五年没有跟我家联系了,如果不是他主动来,我们差不多都把他忘了。

他成为一个话题在我们嘴边挂了一段时间,后来,终于不再提起。

2

关于李海叔叔的故事,实在是太漫长了。

我最早的记忆,是六岁或者七岁那年害眼病,在炕上躺着。父亲上窑回来,在院子里喊,来客了!来客了!

父亲嘴里的喜气,把全家人都调动了起来。哥哥担起水桶去挑水,母亲和面,姐姐烧火。然后是咣啷咣啷擀面条的声音。我在屋里就能听见一家人热火朝天。我的两只眼都被药膏糊住了,父亲让我喊叔叔,我坐起来,举着脑袋睁眼瞎一样喊了声,却没看清叔叔长什么样。叔叔拍了拍我的头顶,在炕上撒了一把糖,我摸到了一颗剥开放进嘴里,真甜。

那种奶香味,一直甜了我好几年。

这顿饭,只有父亲和叔叔两个人上桌子。事后据姐姐说,母亲只下了两个人的面,多一口的富余也没有。面条是姐姐擀的。父亲和叔叔吃完,盆里就只剩下井拔凉水空空荡荡,还有寸把长的一截面条漂呀漂。姐姐说,断条了,面还是有点软。母亲说,是煮的时候绕到了笊篱上。叔叔连说捞面好吃,擀面、切面、煮面的工夫和火候都恰到好处,吃到嘴里滑溜却不失韧性,是他吃过的最好的面条,比矿里的食堂做得好。这在当时简直是最大的赞美,想想吧,姐姐擀的面条好过矿里的食堂。那可是个大矿,有两千多口人。姐姐做的面条居然能打败那么多人，想不自豪都难！叔叔还特意赞扬了那卤，炒了两个鸡蛋放到炸好的花椒油里，那种香味简直要把房盖顶了去，不好吃才怪！

母亲对姐姐说："你叔叔夸你呢。"

姐姐的得意似乎就在脸上挂着，说："叔叔爱吃我擀的面，以后常来。"

叔叔说："那晚上就再擀一次吧。"

姐姐高兴地说："好！"

晚上的面条，母亲又减了一半的面。母亲和面的时候，父亲就去菜园子里给烟叶打尖儿。不打尖儿的烟苗就往高里蹿，长得像树一样。饭熟了叔叔却不肯上桌，说要和大哥一起吃。"大哥"就是我的父亲。母亲说，你大哥在菜园子里干活呢。叔叔问菜园子在哪里。母亲迟疑了一下，说："在甜水井边上呢。"

叔叔说："我去找。"

母亲说："你不认识路。"

我从炕上爬了起来，自告奋勇说："我认识路，我带叔叔去。"

说来也怪，叔叔没来时，我的眼睛肿得像烂桃一样，啥也看不清。这种情况已经有两三天了。叔叔来了一天，我吃了三块奶香味的糖，眼疾也大好了。叔叔牵着我的手，往菜园子方向走。我发现叔叔高身量，白皮肤，浓眉大眼，大背头一根不乱，穿一身毛蓝色的中山装，完全是一副干部派头。从打看清了叔叔，我就喜欢上了他。甜水井是我们这一条街的饮用水，哥哥挑水就来这里。路过几户人家，我话痨一样介绍这家人叫多头，那家人叫二灯，都是我要好的小伙伴。还说甜水井的井壁上有麻雀窝，有一天，我亲眼看见一只小麻雀从里面飞了出来，却不敢飞回去。小麻雀在井沿上喳喳地叫，等来了它妈妈大麻雀，大麻雀张开翅膀把它抱走了。这边有甜水井，那边就有苦水井。苦水井洗头头发是黏的，用梳子都梳不开。但队里的牲口不怕苦，它们统统喝苦水井里的水，喝得咕咚咕咚的。我也不知道我说的话叔叔爱不爱听，我不太好意思看叔叔的脸。他也实在是太高了，站在我身边，像一棵树一样。

父亲从老远的地方看见我们走过来，就用握着一把烟叶的手往回轰我们，说，你们先去吃饭吧，我干完了活再回去。叔叔说，我跟大哥一起吃。

父亲看着一大片烟地说，你先去吃，你先去吃。我干完还得等一会儿呢。叔叔就牵着我的手回来了。桌子上他一个人吃面条，又把那只盆子吃得空空荡荡。叔叔打着饱嗝坐在炕沿上抽烟，我失望地小声对姐姐说："以为面条能剩下一些呢。"姐姐说："馋了是吧？馋了就咬嘴里子。"我愤怒地叫了一声："姐姐！""咬嘴里子"的话，差不多就相当于骂人了，意思就是吃肉，也就是自己吃自己。姐姐这话说得足够刻薄，一下子让我知道了什么叫羞臊。

果然，父亲回来天都大黑了。父亲蹲在屋檐底下吃饼子。那饼子是白薯面和棒子面的混合体，黑乎乎的，一股霉腥味。我对那个味道深恶痛绝，手里掰碎了，却不愿意往嘴里填，饼子渣落在了地上。母亲毫不张扬地打了我一巴掌，看上去是虚虚晃了一下，其实手上是用了力道的，因为母亲的嘴角使劲扯了一下。若是往常，我会气得哭一场。姐姐就管我叫"哭吧精"，说我眼窝子浅，动不动就长泪短泪。但眼下，一切看在叔叔的面子上，我忍了。父亲三口两口就吃完了一个饼子，又举起一大碗稀粥喝了个精光。我呆呆地想，父亲为啥不早回来呢，早回来就可以跟叔叔一起吃面条了。父亲喝完粥，手拿空碗又发了一会儿呆。暮霭像纱帐一样笼罩了他，父亲黧黑的脸孔失去了柔和，眉目逐渐变得模糊了。

我不知道父亲在想什么。

爷爷在饲养场喂牲口，常年吃住在那里。父亲把碗递给母亲，说，我和李海先去饲养场。母亲应了声，把碗放到锅台边上，边走边用围裙擦手，来到了鸡窝旁。母亲蹲下身去，伸手就从里面掏出只公鸡，把两只翅膀掀起来叠在一起，给了父亲。父亲提着公鸡和叔叔先后走出了院子，到了外面，两人就肩膀并了肩膀。事后我才知道，那一晚父亲和叔叔到爷爷面前去行了跪拜礼。大礼过后，他们就成了结拜兄弟，理所应当的叔叔就成了爷爷的亲儿子。

两个人回来时，脸上的笑意都藏不住，一黑一白两张脸都冒着一种圣洁的光。若干年后我仍然想不好如何形容这种表情，我只能说，他们的那种笑容真的有些神圣。是那种羞怯的、含蓄的、隐秘的、温暖的种种元素，同时出现在两张丝毫不一样的面孔中，那种感觉，除了神圣，还是神圣！

父亲在屋里宣布：从今天开始，李海就是你们的亲叔叔！

母亲正倚在墙柜上纳鞋底，听了这话，脸上的笑容突然也变得神圣了！

母亲热切地说："那敢情好！"

我和姐姐在炕里边坐着，倚着被垛。我有些不明白，悄声问姐姐："老叔还是不是爷爷的亲儿子？"

姐姐撇着嘴说："当然不是。"

姐姐大我七岁，基本上她说什么我就信什么。父亲兄弟两个，爷爷也是兄弟两个。爷爷的弟弟我们叫二爷爷，家里没有孩子。听母亲说，二奶奶曾经生过一个丫头，起名领弟。意思是，领来一个弟弟。可领弟不仅没领来弟弟，连自己也没保住。二奶奶信鬼神，常年偷偷在卧室的里间磕头烧香。领弟从小就胆子小，有一天晚上出去解手，据说看见了通天扯地的大白人，结果把自己吓死了。二爷爷从打解放就在村里当干部，如今已经当了二十多年。二爷爷家拖累少，是我们这条街上最富裕的。老叔和老婶不待见爷爷奶奶，总往二爷爷家里奔，后来干脆两家并成了一家。吃食堂的时候，二爷爷家的粮食吃不完，我奶奶饿死了，我爷爷饿得全身浮肿，也没能得着二爷爷和老叔的照应。埋葬奶奶时，老叔像外人一样在人圈外看热闹。他对别人说，他要养着二爷爷和二奶奶，和我们这个家没有关联了。这些历史从父母嘴里传了下来，都快成传说了。

所以姐姐说老叔不是爷爷的亲儿子，我果真相信了。

姐姐悄声说："李海叔叔才是爷爷的亲儿子。他跪在地上磕了三个响头，又喝了滴了鸡血的酒，李海叔叔就是亲的了。"

我问："如果不喝滴了鸡血的酒，会是亲的么？"

姐姐说："当然不会。兄弟有相同的血，才会是亲的。否则，即便李海叔叔管爷爷叫爸爸，他也不会是亲的。"

我确实难以置信，问："李海叔叔叫爸了么？"

姐姐说："当然叫了。他是爷爷的亲儿子，当然叫爸了。"

我立刻热血沸腾，浑身的每一个细胞都似乎雀跃起来。我那么喜欢的李海叔叔成了爷爷的亲儿子，我的亲叔叔，世界上没有比这更美妙的事了！

我问姐姐："你高兴么？"

姐姐说："当然高兴！他下次来我还给他擀过水面，把面和得硬硬的。"

我想起了奶油味的糖果，心里有点沮丧。姐姐能给李海叔叔擀过水面，我能给李海叔叔做什么呢？李海叔叔的糖，让我分给了好几个小朋友，你可别以为我会一人给他们一块，我没有那么大方。我是把一块糖咬成许多瓣，最小的那一瓣，大概比芝麻大不了多少。

几年以后，李海叔叔第一次到我家来的时间，在我们家曾经引起过争论。爷爷说一样，父亲说一样，哥哥说一样，姐姐说一样。他们各有各的参照。比如，爷爷会说，队里枣红马下驹那年，枣红马喝了鸡汤么。父亲说，我那年上窑地，挣了450块钱。姐姐说，一天做了两顿过水面，这样的日子从来没有过。哥哥说，我是不是那年买了上海全钢手表？没人征求我的意见，其实我也有一肚子话想说。只不过，大人说话我老也插不上言儿。一家人在那里争论不休，母亲端着簸箕进来了，把一簸箕玉米棒子"哗"地倒在了炕上，我们一齐动手，刨的刨，搓的搓。母亲说，那年大旱，队里每人分了12斤麦子，我们全家才分了72斤。大家一下子不言语了。母亲说的是对的，那年叔叔临走时，把几斤白面绑到了自行车的后座上，怕不牢靠，找了根绳子五花大绑。

母亲是个特别能算计的人。只有那一年，我们家的麦子没有吃到年对年。

3

叔叔给父亲做过三个月的徒弟，他们是在窑厂认识的。

父亲每年春天，都要去河北那一带的窑厂做短工。父亲有打砖坯子的手艺，每月能摔出一万多块。而像他一样的手艺人，能摔出七八千块已经不错了。据说父亲在那一带有着很高的知名度。父亲每年出去务工，都要请大队会计吃饭，然后请小队队长吃饭，因为他要带着大队的介绍信和小队的请假条。这两样，都需要加盖公章。每年请人家吃饭都像过鬼门关一样，好酒好菜预备了，还唯恐人家不来。人家答应来，也不会来得痛快，要三请四叫才行。虽然父亲挣的钱大部分要交给生产队，再由生产队记工分，但毕竟还有剩余。你能用手艺挣活钱儿，这在当时，是遭嫉恨的。

有一天，窑主来找父亲，说，从今天开始你带个徒弟，叫李海。是附近矿上的"右派"，来窑厂改造的。父亲问窑主啥叫"右派"。窑主说，我也说不准，反正不是什么好人。父亲问"右派"做了啥坏事。窑主说，他疯狂反对毛主席。父亲立时仇恨满腔，咬着牙说，那就让他来吧，看我怎么收拾他。

窑主有点不放心，说，你就把苦的累的活计交给他干就行，还别把他累坏了。矿里说了，他是八级钳工，还得随时去矿上干特殊任务呢。

父亲与李海叔叔一见面，就觉得他不是干苦力的人。那样高挑的个儿，那样白净的皮肤，衣着那样整齐，哪能一天到晚跟泥水打交道呢？父亲听窑主说，李海这样的钳工，整个松山煤矿也没几个。所以他虽然是"右派"，却是个牛"右派"。在矿上，都敢倒背着手走路。平时这样走路的一般得是矿长级的人物。父亲佩服有本事的人，所以见了李海的面，就把他疯狂反对毛主席的事忘了。李海叔叔拿铁锹要锄泥，父亲马上把铁锹抢了过来。父亲说，你一边坐着就行，活不用你干。

坯场附近有草棚，李海坐在那里抽烟。也给父亲卷烟，点火，吸一口，然后插到父亲的嘴里。李海叔叔的卷烟纸，都是成条的，白的，寸把宽，一沓一沓的。不像父亲的卷烟纸，白报本、报纸、马粪纸，赶上啥是啥。父亲的两手都是泥，若是往常，父亲每天最多能吸两三支，洗手要跑很远的路，父亲也不愿意耽搁时间。否则那一万多块的砖坯，哪里摔得出来。砖坯是青砖没进窑烧制前的叫法，因为是纯粹的黄黏土，砖坯光亮齐整，码上去简直严丝合缝。自从李海叔叔一来，父亲多了帮手，反而降了速度。父亲有时一天能吸二十几支烟，吸得那叫一个心满意足。

李海叔叔爱说话，这也是父亲降了速度的主要原因。父亲要从草棚的方向往远处摔砖坯，一行四块，像排兵布阵一样。可如果离得远，就听不见李海叔叔说话了。为了能听见说话，父亲总是在拐过来时多耽搁一下时间。父亲听得很认真，是因为李海叔叔说的话他都觉得新鲜。李海叔叔先说自己是怎么当上"右派"的。厂里中层干部开理论学习会议，李海叔叔用烟头烫报纸。烟头燃尽了，李海叔叔把报纸拿了起来，被人发现报纸背面的主席像，正好被烟头烫出了个洞。父亲听得直打冷战，李海叔叔却像没事人一样。他说烫的是报纸，又不是活人，有人也许拿着报纸就去擦屁股了。厂领导找他谈话，说，多亏这是在内部发现的，内部处理，你就当个"右派"算了。若是被人宣扬出去，你就得蹲大牢，吃枪子。哪有当个"右派"这么轻松简单。

松山煤矿两千多人，出了三个反革命，"右派"却只有李海一个，还是矿里自己定的。矿里的领导告诉他，按罪行，他也应该是个反革命。可当时矿里正在搞一项技术革新，事关安全生产，正干到半截上，若真把他抓起来，任务就完不成了。所以给他好歹安个名目，到窑地来避风头。李海自己也说，要不是这个安全生产的任务，他估计该戴手铐了。

　　李海叔叔还爱谈他的家事。他在石家庄上的技术学校，考学的时候，他是年龄最大的学员。中专毕业，顺便也把城市姑娘马爱花搞到了手。马爱花在书店卖书，李海叔叔就每天到书店看书，其实一本书也没看下去，他的眼睛，始终围着马爱花的身影转。岳父岳母都以为李海叔叔是承德市里的人。他们私下商量说，远是远了点，城市小了点，但风景还不错，皇帝都愿意到那里歇着，将来咱们也可以到那里去当皇帝。既然姑娘乐意，那就把她高高兴兴打发了吧。结了婚才知道，李海叔叔的家在山沟里，离承德还有两百多里的路程。关键是，李海叔叔被分配到了松山煤矿，离石家庄也是十万八千里。等于是，哪儿都不挨哪儿。马爱花的工作关系转不过去，叔叔给她出主意，让她辞职。结果马爱花偷偷把工作辞掉了。这下岳父岳母不干了，大姨子小姨子不干了，大舅子小舅子也不干了，他们一致认为李海叔叔把马爱花骗了。他们声势浩大地支持马爱花离婚。马爱花也动摇过，那时他们已经有了一个儿子，有一天突然来了封加急电报，上写父亲病危。马爱花忙不迭地回了家。李海叔叔等一天人不回来，又等一天人还是不回来。李海叔叔心说不好，找到石家庄才发现，岳父根本没有病，马爱花跟同学去看电影了！李海叔叔让马爱花跟他回家，马爱花说，要在娘家待上几个月，好好享受享受，那个穷山沟能憋死人了。这还了得！李海叔叔赶紧找到邮政局，给家里发了个电报，电文只有两个字：回电。转天，连着三封电报都是加急的，上面都是相同的电文：孩子病危，赶紧回家！李海叔叔看着马爱花收拾东西，假惺惺地说，别着急，晚两天走没事。马爱花不满地说，孩子病了你都不着急，你还是亲爹么！两人奔波了一天来到了家门口，看见刚会走路的儿子正在追蝴蝶，孩子病危原来是李海叔叔临走之前导演好的！

　　李海叔叔说到得意处，笑得周围的空气毕毕剥剥直响。李海笑父亲也笑，周围干活的人不明白是怎么回事，跑过来看稀奇，李海便又当故事说了一遍，父亲在旁边默默地听着。父亲听第二遍，居然像听第一遍一样津津有味。

父亲佩服李海，还在心里拉近了与李海的距离。这个晚上，父亲请李海喝酒，两人就着一个老咸菜，居然喝到了后半夜。

是李海提出要与父亲结拜的。父亲觉得自己是粗人，配不上李海叔叔。可李海叔叔说，啥粗人细人，咱哥儿俩感情好，就是亲人。李海叔叔运气不错，当了三个月的徒弟没怎么干活。三个月后，厂里就把他调了回去，只是降了两级工资。他就是在调回去之前跑到我家拜亲的。父亲说，这也是李海叔叔的主意。李海说，娘没了，爹还在，应该去给爹磕个头。这个爹，指的就是我爷爷。

李海叔叔第一次来我家之后的许多年，我的大脑里是空白，就像那些岁月从没在我的脑子里走过一样。相似的记忆，总是有相同的场景，年复一年几乎都没有变化。李海叔叔每年都是正月初一来我家拜年。他工作的地方，是承德西部，家则在承德东部的一个深山区，紧临那条武烈河。从家到松山煤矿，或是到我家，是同等的距离，几乎都是一两百里的路程。春节放了年假，叔叔从煤矿骑车回家，在家过了年，再骑车来我家拜年。不是三年两年，甚至不是十年八年，一晃就坚持了二十多年。这样一份情感，想不珍贵也难。

初一下午三四点钟，父亲穿着簇新的衣褂，晃着肩膀攀上了河堤。我们这一条街的人都知道，父亲是去接叔叔了。我家到河堤大约有50米，但到远处的大桥，大约有一公里。父亲不会一直走到桥头，而是在离桥三四十米的拐弯处，来回溜达。我们猜，父亲这样做是为了掩饰内心的焦灼，他不愿意让叔叔看到他等候已久的样子。从早晨到现在，父亲都没怎么好好吃饭。他这一整天都因激动显得坐卧不宁。而这时候的家里，姐姐一准在擀面，母亲一准在烧火。大锅里的水哗哗翻滚着，不时添加，既为了暖炕，也为了耗损。因为长时间的沸腾，锅底会起一层白碱。只要李海叔叔一迈进家门，面条就得下到锅里，似乎让他多等一分钟，都是罪过。父亲接了叔叔许多年，几乎从没落空过。要知道，平时我们和叔叔几乎没有什么联络，都靠临走时的那两句对话。

父亲问，明年初一还来么？叔叔说，还来。

李海叔叔不单是我家的亲人，也是我们这条街的亲人。叔叔来的这天晚上，屋里通常没有我们的座位，炕上炕下都是人。女人爬上炕，男人排在炕沿上，挤的都只能放半个屁股。还有人在院子里打一晃，看屋里的人实在装不下，看一看，听一听，悻悻地转身往回走。逢到这个日子，我们全家人的脸上都是喜气，父亲母亲出来进去合不拢嘴。在我们的眼里，或者，在我的乡邻们的眼里，叔叔就是高门贵客，是见过大世面的人。他随便说点什么，都是我们不知道的。比如，他说煤矿的小火车，像条蛇一样在山里钻来钻去，很多人就想不明白，火车又没有腿，怎么就能走路。山上都是石头，怎么能在石头堆里掏出一条路，那些石头不会掉下来么？比如，叔叔还会说起大鼻子尼克松来中国访问，天还很冷，他吃完饭就在院子里搓煤球。有人问为啥让人家客人搓煤球，叔叔认真地说，他不能白吃中国人的饭，美国人都很自觉。

　　我跟小伙伴们踢毽子，因为叔叔的缘故，总是踢得心不在焉。身边不时有人凑过来问这问那，叔叔几个孩子，都叫什么名字。叔叔家待的城市大不大。婶婶是不是售货员。叔叔这次来有没有带奶香味的糖……只要是有关叔叔的话题，我什么都愿意回答。只不过，有的答案是叔叔讲过的，而有些答案，就是我编的。比如，叔叔的五个孩子中，两个女孩三个男孩，名字都让我们的耳朵起了茧子，所以这些问题回答起来一点都不费力。至于叔叔的家，我知道那是在深山区，有坡上坎下，家里的粮食，差不多就种一种大黄米，孩子们都没见过水稻和小麦。这是叔叔诉苦的时候我听来的，可听来的话，我却不愿意告诉其他小朋友。我只说，叔叔一家就住在大城市，有很高的楼，有很大的公园，旁边就是电影院。婶婶就在一个很大的商场卖点心，卖不了的点心允许统统拿回家里，家里经常都不用做饭。小伙伴的眼睛都直了，流着哈喇子看着我。她们实在想不出那样一种生活有多幸福，我们长这么大，就在代销店见过点心，实在是，指甲大的那样一块点心也没吃到嘴里过。

　　至于奶香味的糖，叔叔只带来过那一次。但在我的嘴里，一定是年年要带的。小伙伴多头是我的同龄人，气哼哼说，你叔叔年年给你带糖，可你就给我们吃过一次！我解释说，糖都被母亲锁进了柜子里，我没办法啊！

　　小伙伴排着队跟我回家看李海叔叔。她们大多躲在门帘后，扒着门框偷偷往里看一眼。叔叔用侉侉的声音招呼说，进来啊。结果他们都是耗子胆儿，谁都不敢进，哗啦一下全跑了。多头对我说，你叔叔长得真叫俊，简直就像周总理。我很得意，那种高兴劲儿，就像是真的周总理到我家来了一样。

4

叔叔一般在我家里住三天，初四一大早，就要上路了。初三的这个傍晚，是我家最为忙乱的。叔叔的后车座上夹着一个青灰色的旅行包，很大，能装进一个小孩子。母亲第一次提在手里掂了掂，就说能装个小孩子。母亲提前跟父亲商量，这个旅行包里装点啥呢？父亲说，还能装啥，粮食。他们家就缺粮食。于是母亲打开缸盖看了看，用一只瓢朝下一通，满满一瓢白面就出缸了。母亲把装满了白面的瓢放在缸盖上，回身再拉开旅行包的拉锁，才发现硬皮的旅行包里原来有内容。拿出一个布兜，还有一个布兜；拿出一个袋子，还有一个袋子；母亲一下子就掏出来七八个。当时母亲是在后院的储藏室里，是蹲着的。而我正在门前踢毽子，我发现，母亲突然"哎呀"了一声，一屁股坐在了地上。她显然是让那些布兜、袋子吓着了。她让我把父亲喊了来，两个人头碰头摆弄那些布兜袋子，嘴里咕哝着商量了老半天。最后一致决定，哪个布兜、袋子都不能空着走。烟叶、粉条、薯干、花生、瓜子、红小豆、白爬豆、芝麻、棉花、黏面、小米……只要我们家有的，不管是啥，统统带给叔叔。于是叔叔走的时候，自行车就像是全副武装一样。车把上，后座上，绑的绑，挂的挂，都是装满了货物的布兜和袋子。最多的一次，母亲曾掏出来过12个袋子。既有学生用的帆布兜子，又有临时用布条缝制的布袋子。母亲翻看了一下针脚，都是粗针大马线的。我说，婶婶的针线活不好，不如您的好。母亲说，别瞎说。你婶婶是干啥的，我是干啥的？你婶婶是在大城市当过工人的。在我们老家的语系中，凡是城市的、吃商品粮的人，都统称是工人。

实在没东西可装，母亲去邻家借了十个鸡蛋煮熟了，说给叔叔路上打尖用。母亲边煮鸡蛋边自责，叔叔在路上要走差不多一天的时间，过去从来没想起来过要给叔叔准备打尖的食物，叔叔这一天都要饿肚子。从那一年开始，十个煮熟的鸡蛋就成了保留曲目。为了能让叔叔满载而归，我们全家半年前就要口挪肚攒。比如队里分了花生，母亲提前会把给叔叔的一份单独放着。有时候我们嘴馋从袋子里偷着抠几粒，但会自觉不动其中的一个袋子,因为那是准备送给叔叔的。

数不清多少个正月初一,父亲在河堤上的暮霭中接到了叔叔。那个时候,父亲差不多在河堤上已经转了一两个小时。远远地看到一个骑车人过来,父亲停下了脚步,仔细辨别,觉得模样像叔叔,遂疾步往前走。叔叔戴着一顶狐皮帽子,帽子耳朵张开着,随着土路的颠簸,呼扇呼扇,从远处看,就像会飞的风筝。他一下一下紧着蹬车,看见父亲迎上来,越发加快了脚下的速度。我无数次地想象,他们的相逢应该像电影,有一种激动人心的力量,让围观的人湿了眼睛。可现实总是让我失望,他们的见面平淡无奇,他们只会平淡无奇。多是叔叔跳下车来,喊一声"大哥"。父亲应一声,就没事了。既没有拥抱,也没有问候。让看热闹的人很是失望。父亲接过叔叔的自行车往回走,这一天的等待就算结束了。连我似乎都能听到父亲那颗悬着的心"咚"地落地的声音。

爷爷给我起了个外号"电报车",是说我嘴快腿也快,总是第一时间跑回家,告诉母亲叔叔来了,然后再跑到饲养场,告诉爷爷叔叔来了,还要张扬地告诉我遇到的所有人,我叔叔来了!不知为什么,爷爷总没有我期待的那种对叔叔的热情,他与父亲刚好相反。饲养场有一间筒子房,爷爷靠在廊柱底下搓麻绳。我旋风一样跑过去,大声喊,爷爷爷爷,叔叔来啦!爷爷一张平静的脸看我,说,慢点跑,别栽了。我的印象中,爷爷从没回家看过叔叔,除了那次行大礼,叔叔也再没张罗来看过爷爷。这段时间里,爷爷仿佛是不存在的一个人。按说这事儿有点匪夷所思,只有我在写这部小说时,才发觉这绝对是个问题。可惜当时都被叔叔带给我家的热闹掩盖了,我们甚至没人想起爷爷这个人。

爷爷是夏天去世的。我已经记不起来是哪一年的夏天,三年级,或者四年级?我提着筐拿着镰刀去采猪草,在河堤上碰到了我的老师,老师叫着我的名字打趣说:"王云丫,你的眼窝没湿,不应该啊!"我不知如何应答老师的话,不好意思地笑了下。家里,爷爷直挺挺地躺在门板上,身上盖着青色的布单子。木匠在打棺材,大师傅在埋锅造饭,里外都是忙碌的人。父亲母亲得空偷偷抹一把眼泪。我很得意我的眼窝没湿,故意把脖子往上挺了挺。我刚走到河对岸,就看见有人在坡下一手推着车,一手搭着凉棚朝我看。我惊喜地对身边的伙伴二灯说:"快看!这人好像是我叔叔！"二灯在风中甩了一把鼻涕，嘲讽说："拉倒，你凡是看见体面的人都以为是你叔叔。"二灯的话根本没有打击到我，我眼睛盯着那人，拧着身子快步往前走。那人也一直在看我，往坡上走了几步，他首先说："这不是云丫么？"就听"哗"的一声，我被一股巨大的温暖包围了，叔叔出现得可太是时候了！我跑过去喊了声叔叔，告诉他爷爷去世了，家里正打棺材呢，大师傅正在埋锅造饭呢。叔叔说，那我回来得正好，怪不得这两天心里总是闹得慌。你去干啥？我说我去采猪草。家里的老母猪要下崽了，每天都会吃很多猪草。叔叔回家了，我挽着二灯的手臂往前走。我的甜蜜幸福与二灯的灰心丧气形成了鲜明对比，这一路我俩都没好好说句话，二灯始终跟我拧着脖子。爷爷去世的事并没有通知叔叔，叔叔能够赶过来磕头纯属偶然。叔叔也因为这件事声名鹊起。大家都说叔叔虽然跟爷爷没有血缘关系，却跑了这么远来让爷爷"得济"，比那个人强。

"那个人"，无疑指的是爷爷的另一个儿子，我的老叔。

关于"得济"，我稍稍解释一下。在我们老家那个地方，老人最大的"得济"，就是临死之前儿女能看一眼。或者，在灵前磕个头，送亡者上路。否则，你就是平时再孝顺，照顾得再周到，老人去世时你没在身边，这也是没得济。古语说的"父母在，不远游"，折射的可能也是这个道理。许多年里，老叔基本上与我家断绝了关系，所以爷爷去世时，根本就没见着他的身影。叔叔这次来，是来跟我家借钱的，没想到正好赶上爷爷的葬礼。

5

从打我记事起，我家就住在一个四合院里，是土改分得的胜利果实。正房的其中一间，住着二爷爷二奶奶，对面是生产队的粮库。我家跟老叔住东厢房，而西厢房住了一户外姓人。倒房里住的则是被分胜利果实的那家人，是个富农。印象中，他总揣着袄袖在院子里晃，终年挨批斗。斗争他的人让他管蒋介石叫爹，他不叫，被人打断了一条腿。

老叔和老婶就算过继给了二爷爷家，也没履行啥手续。他们只是持续地年复一年地不过来看我爷爷，我爷爷便对我父亲说，你就当没有这个兄弟吧。

二爷爷要了处宅基，要到外面盖房。某天我父母上工回来，才发现好好的房子被拆得只剩下了一半。砖瓦石料木材都被老叔扯走了。我家这一间半房子，侧面成了一个巨大的伤口，若是浇一场大雨，一准坍塌。母亲一下就哭出了声，围着房子疯了似的转来转去。父亲原本又要去河北的窑厂上工，因为房子成了这样，不得已留了下来。父亲安慰母亲说，要不也该盖房子了，孩子眼瞅就大了，不能总挤在一起睡，该分窝了。

要想盖房，先得拆房，计算有多少建筑材料能够重复利用。房子落了架，松木檩柁一敲梆梆响，父亲在这边忙碌，富农揣着袄袖歪着肩膀远远地看着，说劈成一半也比现在的木头结实。这整个一座宅院都是富农的爷爷盖的，据说松木都是用胶皮大车从东北拉来的。富农的话让父亲茅塞顿开，如果能把这些木材劈开，一层房的材料就都有了。父亲指挥帮工的人把木材抬到了院子的一个角落，老叔来了。老叔说，这房子也有奶奶一份，既然奶奶都过世了，就应该有他的老儿子一份。说完，走向那架最粗的房柁。父亲一看急了眼，连忙站到了圆木上。怎么也没想到老叔一猫腰把圆木抬了起来，一下就把父亲摔了个仰八叉！父亲摔在地上起不来，嘴里却不停地破口大骂。父亲骂人这一生也仅有这一次。不幸的是，爷爷就在不远处听着。老叔一看父亲态度强硬，灰溜溜地走了。我家的三间房子后来盖了起来，一看就是将就的，檩条和房柁都是白生生的茬口。这是1969年的事。

1976年的秋天，父亲从大队要了宅基，在苦水井附近盖起了一层四破五。这在当时的村里也是件轰动的事。儿时的伙伴多头家里经常因为这个吵架，多头妈说多头爸废物，一辈子挣不来活钱儿。瞧人家云丫的爸，一层四破五的大房，像气儿吹的似的眨眼就盖了起来。

但这层房命运也不长久。上梁时木材还是湿的。我们住在里面几年，房柁总像下雪一样飞一种奶茶色的粉末，有时直接就能飞到饭碗里。仔细一看才知道，原来是木头里面生了虫子。那些虫眼越来越多，房柁眼瞅着不能承重，父亲就在下面支了根木头，就像屋里长了棵树一样。后来这根木头也真发了芽，是棵柳树，顶住房柁的地方，长出了一簇绿生生的叶子。

1985年，父亲手里攒了些钱，决定把房子推倒重盖。这回是当作百年大计来盖的。当时我高中毕业以后在村里的服装厂上班，利用停电的时间，曾经跟父亲跑过几次木材市场。父亲选的木材，都是最贵的东北红松，每一根椽子都是红松的，俊俏笔直，连个疤痕都不带。我高中时的成绩不错，家里一直对我的高考抱着希望。可是我偷偷地学文科考了理科，是想早早步入社会体验生活写小说。写了四五年，浪费了若干纸墨和电费，却一事无成。母亲大字不识，却能从村里给我拿回退稿信——她是怕别人看见。

有一次父亲跟老叔吵架，因为什么忘记了。老叔指着父亲的鼻子说，瞧你的孩子，瞧你的孩子！老叔的意思是，你的孩子没出息。老叔主要指的是我，因为我总半宿半宿地开着电灯浪费电，成了村里人嘴里的笑话。没想到父亲理直气壮说，我的孩子怎么了，比你家的强！我的儿子当老师，我的闺女会写小说！这话简直惊世骇俗啊，大哥当的是民办老师，而我的会写小说真是不能当话说啊。我只发表过一首诗，赚了一块钱稿费，还让邮递员扣去五分钱。大喇叭一遍一遍喊我去取稿费，我不好意思去取，邮递员把稿费送到了我家里，我躲在屋里不敢出来，羞得恨不能找个地缝钻进去。可父亲不觉得我丢人，就那样骄傲地响声大气说出来，惊了一条街的人。

那层房父亲一共盖了七间。父母住一间，哥嫂住一间。姐姐出嫁了，但父亲特意给我辟出一间闺房。父亲说，我恐怕不能像多头和二灯那样早早就嫁人。只要一天不出嫁，家里就得有你住的地方。

父亲这句话，温暖了我一辈子。

6

有一年的正月初一，父亲没有接到叔叔。月亮升起来了，星星爬满了天空，河里的水因为结了冰，又被寒冷冻裂了，发出了咔啦咔啦的响声。零星的鞭炮清冷寂寥，厚重的夜色像水墨一样铺排，把村庄整个都包裹了。起初，我一直在河堤上陪父亲，后来实在冷得受不了，我先回家了。河堤与街道就是一个T字形，我把那条街走完，要拐弯，突然回头看了眼父亲。暗淡的星光下，父亲矗立在河堤上，像一棵长了腿的树。后来这棵树越来越矮，直至消失。我不放心，又跑回了河堤。堤上堤下河边对岸哪里有父亲的影子！我不敢大声喊，怕惊扰了这黑夜。对岸的堤上都是灌木丛，让夜色弄得鬼鬼祟祟。我跑回了家，堂屋里热气蒸腾，锅里的水也不知道添了几回，案板上的面条码放得整整齐齐，母亲和姐姐在包饺子，留待明天早晨煮。我气喘吁吁说，父亲找不着了，哪里都没有。母亲把情况听完，头也不抬地说，他一定是去大马路上接了。我恍然大悟。对岸的河堤下面是一大片高粱田，夏天我们在河里洗澡，曾经到高粱地吃甜棒。高粱田的那边，就是新修的大马路，一端通到天津，一端通到承德。叔叔每年都是顺着这条路来我家。姐姐问，这样晚不来，叔叔还能来吗？母亲说，是家里有事？是车子坏了？是煤矿没放假？真是急死人了。我坐在灯光的暗影里嗑瓜子，想着在马路上焦急等待的父亲，有点后悔一个人先跑回来。母亲说，你爸就是死心眼儿，等不来就别等了啊，这大冷的天！我抓了把瓜子装到兜里，说我去找他。母亲斥责说，黑灯瞎火的，丫头家家瞎跑啥。冻不起他就回来了，不用你去找！

父亲在灯影下吃饭的场景充满了忧伤，父亲怔怔的，半天才动一下筷子。面条挑了起来，却没往嘴里放。筷子搭在碗上，面条搭在了筷子上，开始还冒着热气，后来便成了冻僵的蚯蚓。叔叔初一没有来，初二也没有来。不知道叔叔为什么不来，那些给叔叔准备的东西都摆放在储藏间，一样一样，笸箩、簸箕、沙斗子，凡是能用上的东西，几乎都派上了用场，就像穆桂英摆的天门阵一样。叔叔不来，我们还不止是忧伤，还惶惶不可终日，总是担心着，惦记着，恐惧着。我偷偷对姐姐说，叔叔不会是死了吧？姐姐拍了我一掌，嫌话说得不吉利。可转过脸去，她就把同样的话对母亲说了，母亲却没有拍她。母亲说，我们今年可以多吃几顿烙饼了。

天都大热了，我们接到了叔叔写来的一封信，是写给父亲的。解释他今年正月初一没来的原因，是因为生了场大病。这封信只有半页纸，在我们家每个成员手中传阅。叔叔写的是连笔字，很好看，很大气。大家一起唏嘘，总算解开了心中的疑团。大哥那年新定了对象，脸上总有一层桃色水气。他对母亲说，给叔叔留的花生和芝麻不能过夏天，过了夏天就长虫子了，不如我给丈母娘家送去吧？母亲嗔怪地看了他一眼，答应了。信到我手里时，已经是最后一站了。我读初中二年级，开始对文字和行文敏感。我上下看了一眼，说，这信是三个月之前写的。哥哥姐姐不信，抢过去看，日期果然是二月十二号，若按阴历算，那时应该是年后不久。父亲表扬了我，说哥哥姐姐都是高中毕业，却不如人家初中生能看出门道。姐姐狡辩说，我还没看完呢！事后我们问过叔叔，是不是信写得早，寄出来晚？叔叔说不是。那么这封信就是在路上或我们大队给耽搁了。大队的信箱是一个绿皮筒，各种信件经常散落得到处都是。

经过全家一致协商，由我来给叔叔回信。这是我第一次写信，而且是写如此重要的一封信，我没法不认真对待。有好几天的时间，人在教室上课，脑子里就全是信中想写的内容。信写好以后，给全家念，改了又改，抄了又抄。比《红楼梦》批删的次数都不少，我就是从那年才开始看这部大书的。母猪下崽了，哥哥订婚了，姐姐用一尺布票三尺三的面料自己裁了条裤子。父亲不能出去务工了，因为他当了生产队的队长。林林总总，杂七杂八。总是写不全面，总有新的内容需要补充和添加。信写好后，密密麻麻足足四页纸。我最后一次给全家念时，磕磕绊绊念了足有半个小时。明明是写通顺了，可一念又觉得不通顺了。我着急，父亲比我更着急，他的脸上和手上都替我使劲，我一看他，就更紧张了。信念到一半，我都要虚脱了。那个晚上村里有电影，姐姐陪着我，在看电影之前把信庄重地投到了信箱里。电影看到一半，我突然"哎呀"叫了一声，信封上光注意写地址，忘了写叔叔的名字！我和姐姐赶紧挤出人群，来到了那只邮筒旁，信就在里面，可我们却取不出来。邮筒不知什么时候被人上了锁，过去明明是不上锁的啊！转天我们再来找，发现那些信已经被邮递员老吴取走了。好在老吴是个热心人，他到邮局发现了这封没有收信人名字的信，把信退了回来。

这封信开启了我跟叔叔的通信生涯。如果说，写信也可以算创作的话，这无疑是我最早的创作经历，我跟叔叔之间天上地下无话不谈。叔叔写的信，一点也不比我写的短，而且都是鼓励鞭策的内容。看信和写信，成了我那一段生活中最幸福的事。

7

又一个正月初一，叔叔不是一个人来的，后车座上坐了个小丫头，不用问我们也知道，她叫海棠，是我的妹妹。还有另一个更小的妹妹叫腊梅，比这个叫海棠的小了十分钟，她们是双胞胎。即使是双胞胎，叔叔也一定是带海棠来，因为在叔叔的嘴里，提到海棠的次数要比提到腊梅的次数多得多。海棠从大堤上走下来，我们这一条街都轰动了。当然我这样说有点夸张，所谓轰动，是指我们差不多大的丫头和小子，都从四面飞奔来，要看海棠妹妹长什么样。这个海棠可真是漂亮啊，两条麻花辫又粗又长，刘海弯弯曲曲,她是自来卷!一双大眼睛水汪汪,嘴唇红得像点了胭脂。关键是,她的皮肤青白青白的,真的就像鸡蛋清一样。光是这一样,一下子就把我们比下去了。我们都是上树捉鸟、下河捞虾的野孩子,脸都跟红高粱一个颜色。海棠坐在炕沿上,一只出生不久的小羊羔从柜子底下战战兢兢爬了出来,海棠惊奇地说,这是小狗吧?不怪海棠认错,这只羊羔太像小狗了。身上的底色是白的,却有黑的棕的花斑点,还没长犄角,一张俊秀的小脸毛茸茸,可不就是小狗么。海棠的这个笑话,被我渲染给了很多伙伴听,大家都乐得前仰后合。要说这有什么可笑的呢?许多年以后,女儿跟我出门看见一头牛,女儿说,这是大猪吧?都没有这么好笑。那种好笑一点都不带嘲讽或蔑视,相反,带一种羡慕和景仰。瞧,海棠不认识羊,人家连羊都不认识。这说明了什么?说明了人家生活的底子跟我们不一样,人家是城市来的!

天知道的,我给这一切打了掩埋。海棠不是不认识羊,只是没认出我家这一只。只要是山区,最不缺的就是羊,因为那里有天然牧场。

海棠不认识羊,成了她身上鲜明的特征。再加上她说话的声音就像小羊羔,更让我喜欢得不得了。我上厕所都要带着她,她实在是太有趣,太迷人了!我把所有的私藏与她分享——没头没尾的书(后来才知道是《青春之歌》,算禁书)、灯芯绒的布包、红油漆的羊骨、几块视若珍宝的手绢……海棠妹妹如果提出想要什么,我会毫不犹豫送给她,包括一件新做的花格褂子都舍得。但海棠妹妹什么要求也没提出,她仔细地替我把东西收好,放到了橱里。母亲正在做饭,喊我去后院拿一把柴火。别多拿,再有一把就够了。我应了声,拉着海棠妹妹一起去了。所谓的柴垛,早就夷为平地了,只剩下了一些碎的柴草节,一二寸长。海棠妹妹看着我把柴草节装到一只粪筐里,惊异地说,这能烧么?这能做熟饭么?我说,我们一直就烧这个啊!海棠说,我们一直以为大爷家的日子就像天堂一样,没想到烧柴都这么困难。我说,我们烧柴一直困难哪。这些柴还是我们捡来的,要跑十里八里的路呢。在饭桌上,海棠对李海叔叔说,爸,大爷家里没柴烧,你应该给他们拉些煤来。海棠直视着叔叔的眼睛,说起话来像大人一样。叔叔说,要说松山矿啥都缺,就不缺煤。新出的一种大同块比山西的煤好烧。海棠说,那就赶紧拉一车来吧。叔叔说,好,等我回去就操办。我看见爸妈兴奋地彼此看了一眼，我则崇敬地看着海棠，小丫头人不大，说起话来却丁是丁卯是卯。

　　过了不久，一卡车人同块就轰隆轰隆拉来了。叔叔说，他的几个徒弟挑了一晚上，保证里面一块石头也没有。母亲张罗做饭，叔叔说来不及了，他和司机都是偷着出来的，得赶紧回去。两个人连口水都没喝，又把卡车轰隆轰隆开走了。这个晚上，我家没完没了地有人串门子，他们都是来参观。煤堆在我家院子里，真跟一座山差不多。有人问父亲这车煤有多少，需要多少钱？既然李海在煤矿工作，应该能便宜不少吧？别人无论问什么，父亲都一脸幸福地摇头说不知道。其实连我都知道这车煤是五吨，不知道为什么父亲要刻意隐瞒。许多年以后，我终于明白了这里边的机巧。我问母亲李海叔叔是不是送给咱一车煤，母亲说，他送？那车煤一共200块钱，李海要走了220，说要给司机20块好处费。我说，可大家都以为李海叔叔白送了咱一车煤。母亲说，还不是怨你爸。咱花了煤钱的事，你爸不让对别人说。

　　但这车煤还是给叔叔找了麻烦，他在矿里挨批判了，罪名是"倒卖能源"。挨批判的事是叔叔写信告诉我的，他说他一边写信一边写检查。叔叔的信写得很轻松，一点也没因为写检查影响心情。叔叔是个有气度的人，这一点，特别让人崇拜。我特意把那封信藏了起来。没有告诉父母，是怕他们担心。我对自己说，王云丫，你已经长大了，得能扛点事儿了。

8

　　高三上了多半年，转眼就要面临毕业了。原来一直想脱离学校步入社会写小说，真的要面对这一天了才知道，到哪里去找写小说的门路啊！我们这所乡办中学教育质量差，连续几年没有高考上线的，大家都惶惶不知所终，我则开始烦闷和愁肠百结。偶然在《中国青年》杂志上看到署名潘晓的文章《人生的路啊，怎么越走越窄》，我似乎醍醐灌顶。这不是说我么，我的路就是越走越窄啊！我给叔叔写了封长信，信中散发着少有的悲观甚至绝望的情绪。就好像，我还没有踏上人生旅途，所有的路就成了断头路，没有哪条路能带我走向光明。而光明的路什么样，我又不知道。班里的团支书毕业就跟男同学结了婚，男同学是我的邻居，就住在我家前院。我出来进去绕道走，不愿意碰见她。其实是不想碰触她那种生活，仿佛是，那种生活原本是跟我不相关的，一碰触，我就看见了不远处的自己。

可还是有个男同学让我心动了一下。他姓胡，是不远处的柳河套村人。他经常让一个女同学把信捎给我。信是封好的，可我拿到手里一看就知道，封口曾被启开过，因为糨糊还是湿的。这样的结果我一点都不在意，等他的信成了一种慰藉。

过去，我对那个男同学并没有好感，他多少有一点好高骛远。是他信中的一些文字感染了我，他说他希望能遇到这样一个人，和他一起去走天涯。

走天涯的想法，契合了我心底的浪漫和虚无的感觉。

我把这些信息也汇聚到了那封长信里。没想到，一向温和的叔叔突然板起了面孔，给我回了封措辞非常严厉的信，他批评了我。他说，你还没有走在路上，怎么就知道路越走越窄？人生的路千条万条，你不走一走，怎么能知道哪条路适合你？叔叔说，我不知道潘晓是谁，但我知道她矫情。人有脚，就是用来走路的。你在雪地上反复沿着自己的脚印走走看，路只能越走越宽，绝不会越走越窄！

他把那个男同学说得一无是处，等于兜头给我泼了一盆冷水。冷静下来我好好想了想，高中三年我从来没喜欢过这个男生，眼下对自己妥协，纯粹是因为觉得无路可走。

信的末尾，叔叔邀请我出去散散心，说也把自贡哥哥叫过来，跟我做个伴。叔叔的这个邀请在我就像久旱逢甘霖，我太想出去走走了。在这之前，我从没出过远门。

自贡哥哥大我两岁。我们每天除了看电影，就是东游西逛。整座矿山坐落在山环里，附近山上的果子几乎都让我们尝遍了。我第一次知道有种苹果叫美夏，长着红艳艳的脸，个头不大，却很甜。我问自贡哥哥苹果为啥叫这样的名字？自贡哥哥说，夏天来了，它们就美了。我们在树上选最大、最圆、最红的苹果，吃够了，会偷几只装到口袋里。那里的老乡都淳朴，你若是吃，吃多少他都没意见。若是想带了果子出山，如果让他们看见，他们就不乐意了。

自贡哥哥提前走了，李海叔叔带我去城里串门子。是城市中心的一片小平房，我们拐进一条胡同，敲开了一户人家的门。出来开门的是梁叔叔，黑皮黑脸小眼睛，样子有点像马未都。我第一次看见马未都时，就吓了一大跳。叔叔介绍说，梁叔叔是剧团团长，我们今晚去看他导的戏。介绍我时叔叔的口气有一点特别，说这就是天津大哥家的二丫头。就好像，他们昨天还在谈论我。梁叔叔欠着身子往我脸上看，嘴里哦哦地应。看得出他和李海叔叔关系非常好，一句客套都没有。但我看出了别的一点什么，时隔多年，我甚至回忆不起梁家婶婶的样子，她只打一晃，就不见了踪影。但就是那一晃，让我感受到了我和李海叔叔并不受欢迎。好在叔叔不在乎，我是顾不上在乎。到城里的人家做客，我平生还是第一次。每顿饭都是梁叔叔下厨房炒菜，时隔多年我回忆，才醒悟梁家婶婶大概带着两个儿子回娘家了，因为两间小平房，根本住不下这么多人。我第一次知道鸡蛋还可以摊成饼一样装在盘子里，与盘口正好一样大。我们吃了饭匆匆去剧场，梁叔叔陪我们看戏。有个小生出场，梁叔叔说，这个丫头哪都好，就是个子矮，我给她定做了半尺高的鞋，在袍子底下遮着呢。我左看右看，也没看出这个小生是丫头。

李海叔叔做客做得很兴奋，他对我说，这都是好朋友，以后可以常来。

9

父亲当了三年的生产队长，生产队解体了。

开始是有风刮了过来，说别处早就包产到户了。我不信。我喜欢生产队，觉得生产队的集体劳动才是生活。我只是以学生的身份到生产队劳动过，大家比着赛地讲笑话，既动口又动手；比着赛地学偷懒；比着赛地占生产队的便宜。那种生活简单快乐有趣。高中毕业后一直想融入他们之中，但就是缺那么点勇气。从叔叔那里回来的路上，心一下就安静下来了。我对自己说，你没有退路了。是时候了，去参加劳动吧。即便是为了体验生活，也应该有行动了。我从大马路上下了车，一个人往家里走。走到家门口，正好碰见母亲牵着一头驴回家。是头好大的灰驴，大概不情愿被人牵着，头总往缰绳相反的方向挣脱。我帮着母亲把驴轰进了院子，问母亲要干啥活。我以为驴是从生产队借的。可母亲说，驴是咱家分的。那么多人抽勾（抓阄），一下子就让我抓着了。母亲的兴奋溢于言表，说队里一共就有五头驴，又有老，又有小，只有这头驴不老也不小。当然还有牛和马，可那是大牲畜，不适宜在家饲养。

就像倒憋了一口气,我一下就给闷住了。我刚下决心到生产队参加劳动,没想到这样的机会就永远失去了。我还有一件事百思不得其解,大片的土地被切割,机械化怎么操作?现代化怎么实现?各家各户守着自己的一亩三分地,人心就会散如沙。大家心不往一处想,劲不往一处使,要实现共产主义,还不得驴年马月!我整天瞎想,父亲却早早收拾好行囊出发了。母亲说,父亲一辈子挣的钱能压死一匹骆驼。父亲一生就对两样事有瘾,一是干活,二是挣钱。

终于不要介绍信,也不用请假条。我猜,父亲骑在那辆叮当作响的自行车上,心一定是飞起来的。村里建起了服装厂,我带着家里的缝纫机到厂里做了工人。工资不低,但我工作得不愉快。心里总像长了雾,看不清自己,也看不清别人。每天的工作时间是早晨六点到晚上十点,中间只有各半个小时的吃饭时间,要跑着回家,再跑着回来。我把那些所谓灵感的火花,都随手记录在衣服的卡片上。这年的正月初一叔叔是坐长途车来的,他把我关到了门外,说有重要的事跟我父母商量。叔叔走了以后母亲才告诉我,叔叔想跟我家结亲。我不明白,啥叫结亲?母亲戳了我一指头,"你叔叔看上你了,要你做他家的儿媳妇,你乐意不?"

我立刻心如鹿撞。这样的事,在我还是新鲜的。胡姓同学如春光乍泄,那一段很快就过去了。叔叔喜欢我,让我的心里甜丝丝的。后来我想,假如当时父母答应了叔叔,我可能也不会反对。毕竟,我喜欢叔叔,也喜欢自贡哥。自贡哥是一个漂亮的男孩子,我在他面前,甚至有点自惭形秽。他在山上给我砸野核桃,两只手都像生锈似的变了颜色。他只允许我摸白白净净的核桃仁,说女孩子要保护好自己的手。跟他玩在一起十几天,是我有生以来不一样的生活,那种生活轻松、愉悦、时尚、浪漫,我们赤着脚在小溪里淌水,鱼儿就在趾缝间钻来钻去。如果我不想脱鞋袜而又想过小溪,自贡哥二话不说就会把我背过去。我不知道自贡哥是怎么想的,我是喜欢跟他在一起的。但这个喜欢,跟想嫁给他肯定是两层意思。

母亲告诉我,叔叔提出这个要求时,父亲斩钉截铁回绝了。叔叔显然没想到父亲会拒绝得这般彻底,伤心得落了泪。他觉得,是父亲瞧不起他。在这之前,父亲一向是有求必应,叔叔就像是被父亲宠坏了的孩子,对父亲的拒绝没有一点心理准备。我也很难过。我的难过有点莫名其妙。我对父亲拒绝叔叔没感觉，仿佛是，父亲拒绝或接受都不关我的事。我的难过是因为叔叔，叔叔的难过让我觉得不能承受。换言之，我为叔叔的难过而难过。这里面的关系，除了我大概没有谁能够捋清楚。因为我是联络两个家庭的桥梁和纽带，所以父亲郑重其事跟我谈了一次话，明确表示，我不能嫁到叔叔家，叔叔再喜欢我也不行。"那个地方太穷，太远，太偏僻。现在我们家里的日子刚缓上一点劲儿，我不想你去受那个罪——你明白我的意思吗？"

我点点头，明白了父亲的话。多年后想起这件事，我仍觉得父亲是个了不起的父亲。面对这件事，父亲首先考虑的是事物本质，一点也没有被他与叔叔的感情所迷惑。

父亲可以散尽钱财，却没有舍下女儿。

只是，父亲没有想到的是，这个时代变化得快。有朝一日，叔叔的儿女们全都走出了穷山沟。

10

这一年的春天，叔叔给父亲写了封信。在这之前，收信人的名字一直是我。我把信打开，草草看了下，转手给了父亲。叔叔说，他家想盖房子，材料都准备得差不多了，但粮食不够，想跟我家借些小麦。父亲赶忙走进储藏室，掀开水泥做的缸盖看了看，父亲说："你叔叔盖房是大事，他家缺粮食，你们赶紧想法子给他送过去。"经过商量，我自告奋勇和哥哥每人一辆单车上了路。哥哥驮了只大口袋，里面大约有百八十斤小麦。我驮的口袋小些，也有五六十斤。那年是包产到户的第二年，我家分了七块地，种了七块麦田，每块地春种秋收的过程都可以写一本书。家里的缸啊囤啊都被小麦挤满了。哥哥做生意去过一次叔叔的老家，而我是第一次骑车走这么远的路。我们没有走通衢大道，而是选择了小路。哥哥说，小路要翻越两道山梁，但比走大路节省很多路程。

我刚出了县界，人就累得走样了。从我家到县城38里。从县城到县界25里。出了县界是遵化，到山里还有十几里的路程。而这些，还远没到翻越山梁。哥哥不得不走走停停，等着我。大概是因为不得法，我大腿内侧似乎是磨坏了，火烧火燎地疼。翻越的第一道山梁名叫半壁山，我抬头往上看一眼，都要晕了。别说推着车，车上有重载，就是让我单手徒步走，攀上去大概都会累残。大哥弓着腰推车，一手扶把，一手拽住后车座，一步一步朝上走。走出几步，大哥回头说，你先在下面等着，回头我帮你推。可我不忍心让大哥再攀爬一遍陡坡，我对自己说，你不是想体验生活么，这就是生活啊！我咬咬牙，使出吃奶的力气开始爬坡，无奈腿肚子抖得厉害，掌把的两只手也开始不听使唤，刚走出十几米远，就连人带车摔倒了。自行车压在了粮食口袋上，我躺在自行车上，轮盘在我身下哗啦啦转动。腰处有些硌得慌，可我一动不想动。天近正午，太阳白花花的。山峦叠翠，俊鸟高飞。我此时的感觉，是心脏响若重槌擂鼓，口干唇裂，大脑一片空白。山崖下就是大水库，一池碧水映着蓝天白云。可我是一步都不想再动窝，那种累，实在是连咬牙的力气都没有。

　　这时候，有辆马车停下了。车把式很响地"吁"了一声，拉动了车闸。他用脚碰了下我的脚，问我怎么了。我把脚收回来，坐起了身。车把式是位上了年纪的大叔，有双和善的眼睛。我说我实在走不动了。我看了看驾辕的那匹马，是栗子皮的颜色，有四条健硕的腿。我鼓了鼓勇气说，我要去苦梨峪，您能让我搭个便车么？车把式看了看前方，吃惊地说，苦梨峪在山旮旯呢，你们到那里去干啥？听说我们是去走亲戚，车把式说，我是本地人，都没去过那个地方，连路都不通。看了看粮食口袋，车把式说，他们还有门好亲戚，不容易呀。说完，把鞭子夹到腋下，弯腰把粮食口袋抱到了车上。

　　车把式说，前面还有闪坡岭，比这个坡还陡。你一个小姑娘驮这么重的粮食口袋，家里人可真舍得。我赶紧说，我哥哥还在坡上呢，大叔行行好，让我们一起搭车吧。大叔真是好说话，把车赶到坡顶，帮我们把车和粮食口袋一起搬了上去。我和大哥坐在两边的车帮上，伸手扶着自行车，两辆自行车叠放在了一起，口袋则竖在车厢里。大叔坐在车辕上，有一搭没一搭地跟我们说话。听说我们去山里送小麦，大叔回望了一眼，羡慕说，这不得有一百多斤哪！你们可真是实在人，这么老远愣能驮着来！大叔说起那个苦梨峪，大姑娘把筛子当镜子照，草帽底下遮住一块地，全家人穷得盖一床被。总之都是笑话山里人的。我们问大叔是哪里人，大叔自豪地说，是梨花镇人。苦梨峪就是属于梨花镇的，难怪大叔说起梨花镇那么有底气。车到闪坡岭，大叔早早跳下了车辕，也让我们从车上下来了。大叔解释说，不是我心疼哑巴牲口，是这坡太撅，多放只鞋牲口都费力。我说，那就把车子搬下来吧，我们推着。大叔说，换了别人我可不就叫他推着了，你这个小姑娘一路走来不容易。得，就让我的牲口受点累吧。我得意地看了眼哥哥，眉里眼里都是笑。哥哥说，你非要逞能来，要不是遇见这位大叔，看你不得哭一路。走到坡顶，累得大汗淋漓。回头看了一眼，顿觉双膝发软。若不是遇见大叔，就那两个粮食口袋能不能运上来，还真是未知数。

我们重又上了车，顿时觉得眼前风景如画。马蹄声敲击着地面，像是给画面伴奏一样。这一气大叔就把我们拉到了梨花镇，这里离苦梨峪还有七八里。把路指给我们，他就驾车去了另一个方向了。大叔说，我们都管苦梨峪叫断头村，再往里就没路了。

哥哥指着马车走的方向说，上一次他就是从那边来的。

到了村庄附近，路窄得只能放下一只脚。实在走不动，哥哥让我看着两辆车，他回村去搬救兵。哥哥再回来时，身后跟着一大家子人。自贡哥哥跑在最前边。婶婶的身后跟着海棠、腊梅和自强、自奋两个弟弟。我先看腊梅，发现她跟海棠长得一点都不一样。她没海棠漂亮，也没海棠洋气，神情很拘谨，是一个彻头彻尾的山里丫头。我第一眼见到婶婶，就发现她长得像电影演员李秀明，眉眼都非常像。《春苗》在我们村第一次放映时，半个村的小伙子都因为她睡不好觉。婶婶搂着我，心肝宝贝心疼得不得了。自贡哥接过了我的车，弟弟自强接过了大哥的车，大家热热闹闹往村里走，说起这一路的艰辛，转眼就成了云淡风轻。就连大腿内侧火烧火燎的疼，都不在话下了。叔叔家住的是石头房，低矮狭窄。院子是窄窄的一个长条，就栖身在一处石崖的下面。屋里没有顶棚，被烟火熏得乌黑皱裂。吃饭的碗要比我家的碗大一号。第一顿饭就把我吃撑了，黄米饭炒倭瓜，婶婶总是在我没防备的时候把我的碗填满，我咬牙吃了第三碗，一个没防备，婶婶一铲子黄米饭盖过来，又把我的碗盖满了。我实在吃不动了，只得剩了碗底儿。婶婶端过我的碗来吃得香甜，我的心里很过意不去。

在婶婶家待了几天，每天三顿饭都是黄米饭炒倭瓜。其实不应该说炒，应该是焖。倭瓜都是半大的，被婶婶切出厚厚的四方块，焖出来面乎乎的。

我怀疑除了放点盐，大概连油和葱花也没有。家里除了五个孩子，真的是一贫如洗。来时的新鲜和热闹很快就过去了，我从第二天就开始吃不饱饭，总觉得大黄米像沙子一样噎嗓子，倭瓜也难以下咽，闻上去总有一股铁腥气。为了防止婶婶突然给我的碗里添饭，我总要提心吊胆地躲避。有一次，一铲米饭都盖到了我的手腕上，把腕子上的皮肤都烫红了。

又一次吃饭我只吃了小半碗，婶婶忧心忡忡地看着，满脸都是愧疚。我跟她去坝台上摘瓜，她操着跟这里人不一样的口音，见了人就热切地介绍我。与叔叔在我家一样，我也成了这里最尊贵的客人。这种角色转换在瞬间就完成了，让我觉得神奇。一个女人问："这就是你大哥家的丫头？"婶婶说："是呢，来送麦子了。"那女人满是崇敬地看我，说："山外的日月好呢，看人家长得多水灵。麦子送来多少？"婶婶说："满满两口袋呢。"女人说："这下你家可有白面馍馍吃了，羡煞人呢。"婶婶抿着嘴笑，那笑容我至今也找不到合适的言辞形容。不是满足，也不是优渥，就是那样一种从心底漾上来的不是甜蜜胜似甜蜜、不是幸福胜似幸福的感觉，令婶婶的整张脸都放出光来。她们的对话我不大懂，但意思还是听得明白。没来由的，我就觉得自己尊贵了许多，再看这山这水这人这石头坝台果树庄稼，不由得脸上就有了淡淡的意味。那种意味不用别人告诉我，我是用自己的嘴角感觉出来的。

坝台上是瘦弱的庄稼秧苗，庄稼的空当栽种了些倭瓜。我对婶婶说，嫩的倭瓜炒了才好吃，用酱爆，或者用花椒油，炒出来都很香。婶婶置若罔闻。她还是摘了半老不老的青瓜让我抱着，用指甲都掐不透皮。手里有了分量我突然明白了，嫩的倭瓜必须养老了才能吃，因为，半只倭瓜就可以吃一大家子人。

走在窄窄的畦埂上，婶婶说："丫头，留下来吧。"

我愣了一下，没听明白。

婶婶那个样子回头朝我笑了一下，说："自贡是个好孩子……就是你得受委屈呢。"

我这回明白了，脸有些烫。我问："婶婶，您嫁到这里后悔么？"

婶婶说："后悔。咋不后悔呢？开始天天哭，天天哭，哭得眼睛起了一层皮。"

我问啥叫起一层皮。

婶婶说:"就是看啥也看不清楚。"

晚饭以后,横七竖八摆了一炕的人。婶婶跟我们扯闲篇儿。我说起村里服装厂的事,婶婶眼睛直了:村里都有服装厂?服装厂发工资么?我告诉婶婶,就是因为服装厂按时发工资,母亲总给我做"小锅饭"。她说,家里有你挣钱,我们可以顿顿吃烙饼炒鸡蛋。发了工资全交给母亲,但我有用项,会跟母亲讨。比如上个月,我发了72块钱。头天交给了母亲,转天停电,我跟伙伴要去县城玩,结果看上了一件呢子大衣,花了73块钱……

婶婶有点难以置信,问:"买了?"

我说:"买了。"

屋子里忽然一阵静默。

哥哥下炕大概是想去解手,插话说:"云丫现在是我们家的财主,比我工资都高。"

自贡哥干咳了一声,清了清嗓子才说:"要是苦梨峪也有个服装厂就好了。"

婶婶叹了一口气,说:"我们就是受穷的命。"

叔叔家的屋后是一处高坎,坎上都是灌木丛。从婶婶的言谈话语中,我知道了这里是宅基地,日后要给自贡哥哥盖房子娶媳妇用。午后哥哥他们打牌,我到附近转了转,没发现叔叔在信中写的建筑材料。也就是说,我没发现叔叔家盖房子的迹象。我家盖过房子,所以我熟悉盖房前的所有准备。自贡哥高考失利了,他正准备来年和两个妹妹一起考。叔叔正在等自贡哥的高考结果也未可知。一想到自己不用参加高考,就打心眼里觉得逍遥。我特意到坎上看了看,灌木丛结成了篱笆,连脚都插不进去。我心说,这要是在我家门前,父母白天没空,黑夜也会把这些灌木拔了去,深翻土地,铺排粪肥,种上蔬菜或庄稼。绝不会任由它们荒芜。这些疑惑我都存在了心里,甚至没有对哥哥谈起。婶婶正在劈劈柴,做午饭用。婶婶劈柴的动作就像个未成年的孩子,生疏得让人胆战心惊。斧头举得高,却总也落不准地方。柴棒子一拨楞,斧头险些砍在脚面上。许是这个家太缺少劳动力,看在我眼里的都是急就章,没有长久的生活准备或储备。比如,邻家劈好的柴垛捆好了码放,齐齐整整,想要做饭了,伸手就取。婶婶家则像个荒败的临时客栈，随时准备迁徙或闭门谢客。若不是丫头小子一个比一个漂亮得有生机和活力，这户人家简直可以称作惨淡。

最小的弟弟叫自奋，总是怯生生地看我，眼里有一种光放射出来。我清楚，这道光就如同我当初看叔叔一样。叔叔照亮了我，我也愿意照亮他。我招手让他过来，他第一句话说："姐，你当我嫂子吧。"我含笑看着他，摇了摇头。他仰头看着我说："你在这里能吃饱，我们全家都会让着你。"我摸了摸他的脸，这是一张酷似女孩的瓜子脸，有着尖尖的下巴。我没有告诉他"能吃饱"对我不是吸引，我还有别的追求。我拍了拍他的脸，说："你快些长大吧，长大了就到山外去找我。"

说了这话，我莫名地有了感伤，想起村里寄身的那个服装厂，其实我并不喜欢。

每次叔叔离开我家，我们说得最多的一句话，就是下次带着婶婶来。我们都想见婶婶，母亲尤其想见，一年不定要念叨多少次。结果是，她们终身都没能相见。母亲现在多少有点小脑萎缩，虽然还能玩小牌，但除了自己的儿女，她已经想不起惦记别人了。眼下婶婶就在我面前烧火做饭，人到中年，仍不失美丽。但婶婶做什么都显得笨手笨脚，灶灰抹上了额头，在锅上忙碌时，灶里的火差点烧到裤脚。婶婶曾在大城市的书店工作，许多年的岁月艰辛，婶婶仍眉目清朗。也许就是因为这一份清朗，才能让婶婶在这闭塞的地方隐忍了这么多年。我悄悄跟婶婶换了下位，别说几十年，我大概一年都很难坚持。

有爱情也不行。

我们回来的那个早晨，家里的母鸡忽然下了一个蛋，婶婶说什么也不让我们走，非得把这个鸡蛋吃了才行。灶下烧着火，鸡蛋打在了碗里，上了蒸锅。我们急着赶路，婶婶急着把这只蛋羹蒸熟，可越着急蛋羹越不熟。婶婶不时打开锅来看，那只碗里总是稀溜溜的。最后我也没能把蛋羹吃到嘴里。婶婶一直把我们送到村外，嘴里还在说，再等一会儿就好了。

远远离开了那个村庄，我长长舒了一口气。没想到叔叔家的日子这样艰难，我们家费尽心力帮了他们这么多年，原来什么问题也没解决。自贡哥的神情里有了自卑，我无意中看懂了那种自卑，心里"咯噔"了一下。我想是不是我的炫耀和张扬伤害了这个青年。那个陪我在山上玩了十几天的漂亮男孩，因为自卑而变得形象模糊。

我不愿意他这样。

事隔多年又想起那个鸡蛋，水煮、油煎，都比蒸蛋羹好熟。我没有吃到婶婶的那份心意，在我，是件值得庆幸的事。因为我看见了门帘后面那张眼巴巴的面孔，那是自奋，最小的兄弟。

我所有的关于这次苦梨峪之行的记忆，到这里戛然而止。有一次我跟哥哥偶然聊起这件事，我说："那次给叔叔家去送粮食，怎么去的我有印象，怎么回来的我却一点印象也没有。"哥哥说："我有。自贡不知从哪里借了辆自行车，我们出村才发现他跟了上来，然后一直把我们送出了大山，来到了遵化县城。我们在那里打尖，几个毛头小子总对你指指点点。我们以为他们不怀好意，自贡撸胳膊挽袖子要跟人家动武。后来才弄清楚，你的长头发上系了条花手绢，人家觉得你洋气，是在看稀奇。我们和自贡分手时，自贡嘱咐你把手绢摘下来，免得路上再有麻烦。"

我难以置信，"这样重要的事我怎么连一点印象都没有？"

哥哥说："谁知道你都记住了些什么？"

我说："我把手绢摘了么？"

哥哥说："没摘。你那时正臭美，哪里舍得摘。"

我不好意思地笑了笑。年轻时臭美的很多事都记得，却唯独忘了这件事。

11

记不得从哪年开始，叔叔说话的语风语调似乎就变了。到了80年代末期，我还苦苦地在那条文学的羊肠小道上求索。村里同龄的姐妹都出嫁了，乡邻们看我的眼神越来越复杂，而父母看我的眼神越来越忧伤。自贡哥哥和他的两个妹妹，都大学毕业以后参加了工作。大妹海棠跟我联系得多些，曾经带了男朋友给我相看，回去不久，他们就结了婚。随着家里经济条件的改善，叔叔明显来我家的次数多了。有时一年能来三四次。叔叔是一个喜欢喝大酒的人，一顿午饭能喝到下午三四点。这样的事情过去其实也发生，但因为是在年关时节，大家都闲，所以不怎么让人在意。有一次，叔叔来的时候正赶上秋收，一顿饭总也吃不完，害得父亲母亲没法下地干活。真正的抱怨就是从那时开始的。父亲第一次没有陪完这顿饭，就黑着脸起身离座了。叔叔醉眼迷离,一个劲地问大哥哪儿去了。没有人回答他,仿佛叔叔的话根本不值得回答。秋收的忙乱在我家尤其显眼,别人家的活计能拉开空当,我家则是集中在两三天内收完种完。因为窑厂还等着父亲淬火,父亲摔了一辈子砖坯,忽然无师自通地学会了烧窑淬火。淬火是技术活,就是把砖坯烧成熟砖,然后通过淬火变成青砖或者红砖。父亲从没失过手,如果失手,则变成夹生砖,青砖不青,红砖不红。

有一天早晨,霜雪让土地长了一层白毛毛。全家人都起床了,父亲却还在炕上躺着。母亲觉得奇怪,父亲应该是全家起得最早的人。母亲过去喊他吃早饭,父亲没有动静。用手拨拉一下头,父亲还是不动。母亲慌了,赶忙找车把父亲送到了附近的医院。我们那个时候才知道医学上有个名词叫脑溢血。好在父亲病得不重,输了几天液,人就转过来了。姐姐闻讯赶回娘家,我们俩商量给父亲做点什么好吃的。姐姐说,父亲爱吃馄饨,我们包些馄饨吧。于是和面剁馅,包了馄饨给父亲送到了医院。父亲吃了一个,说,这是馄饨么?这就是没尖的饺子。说完,把筷子放下了。我和姐姐面面相觑,都不知道怎么办。别说做馄饨,我们甚至都很少见馄饨。我们做的馄饨就是比照饺子做的。有一次叔叔到我家来,面条锅里下了几个馄饨,是他教我们包的。当时父亲对馄饨赞不绝口。

父亲在家歇息时,不停地长吁短叹。他一辈子没有这样无所事事过,面对突然出现的大片空白时间很不适应。他总是很烦躁,而烦躁对病情没有好处。母亲跟我商量,要不让你叔叔过来陪陪他?我也觉得这是一个好办法,叔叔会说话,父亲喜欢听他说话。叔叔如果能抽时间过来陪他几天,父亲一高兴,说不定病就好了大半。

我平生第一次到大队去打长途电话。电话机是那种带手摇柄的。先要了乡里的总机,再要松山煤矿,再要机修车间。我坐在排椅上等着。每次电话铃响我都心惊肉跳。拿起来听,是别的电话打进来的。广播喇叭喊谁谁来接电话,我就担心得不行,害怕把我的电话冲没了。大约过了一个多小时,电话又响,我拿起听筒,只听里面有个女声说,机修车间来了。我内心一阵狂跳,听到里面有人喊李海的名字,我激动得都要发抖了。我用很大的力气告诉叔叔,父亲病了,叔叔如果有时间,快过来看看他吧!叔叔问病情重不重,我说是脑溢血。叔叔说,有生命危险吗?我怔了一下,怕叔叔不来，果断地说：有！

可叔叔的到来并没有让父亲有一点点开心。他让父亲喝酒，父亲不喝；他让父亲吃饭，父亲不吃；他让父亲吃药，父亲也不吃。父亲的厌烦摆在了脸上，他总是把脸朝向里面，侧着身子，把后脑勺对准叔叔。两条腿编着十字花，我甚至能感觉到他赌气般的一动不动。叔叔一个人坐在炕头喝酒，喝得有滋没味。他只在我家住一宿，就匆匆回去了。母亲送他出了院子，我送他走到了河堤上。堤面上长满了父亲接送他的脚印，可惜那些脚印都被岁月的尘埃埋没了，肉眼看不出来。但那些脚印一趟趟的，都在我心里。从我家到河堤那50米，叔叔没有说什么，我也觉得无话可说。不知为什么，就有一种叫作隔阂的东西自动生了出来，阻碍了我和叔叔的交流。叔叔临走说了两句话：自贡哥哥的工资比他还高。海棠妹妹的一双鞋子花了两百多。我默然。我不知道叔叔说这话是什么意思？不管什么意思，这话茬都让我没法接。

现在想一想，这里面应该有嫉妒吧。

叔叔这次又是空手来的，而且没有撂下一分钱。过去是因为穷，现在叔叔已经富裕了，再这样一毛不拔，连我都有想法了。但我的想法不会对任何人说。我不说，家里人谁都不说，但我相信，谁的心里都是这么想的，包括我父亲。父亲这次态度如此冷淡，我不用猜也知道，原因就在这里。

那天，久不联系的老叔来我家，他是听说父亲有病特意上门来的。老叔给父亲放了20块钱。一张10块的，两张5块的，都有许多褶皱。20块钱真是不多，可那是老叔的心意。老叔是庄稼人，两儿一女过得都不好。大儿子信神，每天祷告念经，经常吃了上顿没下顿。女儿嫁在了当庄，年纪轻轻就得了脑血栓。老叔一辈子土里刨食，看上去比父亲还要苍老。老叔坐在炕沿上，几十年的干戈都成了书里的故事。父亲一下子眉目舒朗，20块钱仿佛就是一座桥，连接了以往所有岁月中的坑坑洼洼。那些坑洼原来只值20块钱，稍稍有点心情就可以填满。那晚老叔想回家吃饭，父亲说啥也不放他走。母亲炒了两个菜，父亲不喝酒，可他看着老叔喝。父亲的眼里都是情愫，似乎老叔是一朵花，怎么看都还嫌不够。老叔喝着喝着就掉了眼泪。爷爷奶奶去世他都没有过来磕头，不知道老叔的心情是不是与这些有关。

12

叔叔就像一个疖子长在了父亲的心里。父亲再也不提他,有时我们不小心谈到他,父亲会非常不耐烦。随之而来的正月初一我们甚至会提心吊胆,担心叔叔来,担心父亲给他难堪。还好,叔叔似乎从我们家的记忆里抹去了,连续几年都没音讯。面对这件事,母亲比父亲心态好。她说父亲傻实诚,宁可自己饿着也要让别人吃饱,这样的傻事你们都不要再做了。母亲说,伤人心呢。

我跟母亲认真地谈了一次叔叔。那些装满了的兜兜袋袋的花生棉花之类的东西不算,只说借钱和借粮,母亲告诉我,叔叔光钱就借了六次!最少的一次借了30块,最多的一次借了280块,差不多是父亲当窑工半年的收入。而且,哪怕是口头上,叔叔永远没提过一个"还"字!我大叫了一声,凭什么啊?叔叔是挣工资的人啊!父亲的钱都是受苦受累的血汗钱啊!我的眼泪不争气地掉了下来,我觉得,就是因为这些钱,我们让叔叔看轻了!叔叔拿到钱太容易了!叔叔拿着这些钱前脚出门,后脚说不定就去买酒了!母亲叹了一口气,说你爸是哑巴吃黄连,有苦都说不出。当年是看你叔叔穷,后来接济他都成了习惯,想停都停不下来。罢了罢了,你叔叔家也确实困难,就他那点工资养活一家六口,自己又好吃好喝,说句不寒碜的话,连你爸的零头都不如。我还是气愤难平,说起唯一的那次去叔叔的老家送小麦,那么远的路,那么金贵的粮……可叔叔说粮食盖房用,却分明是在撒谎!

母亲平静地说:"他撒谎的次数多了,我都不愿意提。"

我追问叔叔还在什么问题上撒过谎。

母亲说:"他有一次借钱说给你婶婶治病,后来自己说漏了嘴。"

我说:"我爸知道么?"

母亲说:"你爸不信我,他信你叔叔。"

我说:"他是不得不信了,就像开弓没有回头箭,他回不来了。"

母亲说:"不是,他是真信你叔叔。"

我说:"我们跟叔叔交往了那么多年,他当真从没拿过东西么?"

母亲认真地说:"怎么没有,他第一次上门拿了一包糖。你那时小,记不得了。那时的一包糖，可真金贵。"

我一下子记起了那股奶香味，甜了我好几年。

有关叔叔的一页就这么翻了过去，三年五年过去了，叔叔没再露面。我们就以为叔叔永远不会露面了。谁知他为了照 CT 竟然来到了我家里，还拿走了我家的一本书。我家的电话号码，是他从老家的大哥那里打听来的。

13

父亲是 1997 年冬天去世的。父亲去世那天，是他和母亲结婚五十周年纪念日。

我现在越来越有些迷信，就是从父亲的葬礼上开始的。老话总说生不由人，死不由人，可有些人的死亡日期，会暗合生命中的一些关键节点。这简直是一种明示。

父亲不止一次跟我说，他要存点钱，留给母亲用。他说母亲一辈子也是穷，但从来没有摘摘借借过，不管大钱小钱，手头从没断过。

母亲没有因为钱挨过"瘪"。

父亲的言外之意是，他百年以后，母亲也不要受穷。

每次听到这种话，我都很不以为然。我不耐烦地说："养儿养女是干啥用的，不是还有我们么！"

说这话时，是上个世纪 90 年代中期，应该是在李海叔叔出现之后的事。那时孩子小，父母一直住在我家。有一天，父亲出去剃光头，回来摇头晃脑对我说，他要去窑地给人家做帮工。说好了，一个月给 800 元。

我一听就急了。说您没跟人家说得过脑溢血吧？没跟人家说因为干活摔断过一条腿吧？没跟人家说腿里还有三根钉子吧？我把父亲狠狠闹了一顿，总算让他打消了这个念头。父亲孩子样地垂着头坐在沙发里，一脸的闷闷不乐。母亲狠狠白了他一眼，说："你说话他还能听一耳朵。若是我说，他早夹着铺盖卷跑了。"

我说："人都七十多了，还能跑到天上去？"

换来了父亲的一脸苦笑，那脸苦笑里埋藏着很深的寂寞。

我是正在上班时被人通知父亲病危的。我打了一辆出租赶回了家，同族的二娘正往外迈门槛，见了我摆手说，二姑娘快进去看看吧，抬头纹都开了。

我问二娘干啥去。二娘说，招呼人，给你爸穿衣服。

父亲直挺挺地躺在炕上，显然已经是弥留状态了。我重点看了他的额头，那些皱纹果然平展了，变成了一道道的白印子，脸上虚虚地浮着一层汗水，那汗水却是冰凉的。父亲闭着眼，呼吸若有若无。我附在他的耳边说："爸，我回来了，你听得见么？"父亲全无反应。怔了片刻，我又俯下身去，说："爸，我们要通知李海叔叔么？"

父亲的眼球在眼皮底下突然骨碌了一下，随之便有一滴泪水挤出了眼角。父亲的眼泪让我心疼了，我把脸贴在了父亲的脸上，痛哭失声。母亲从另一个房间抱着寿衣赶了过来，一把把我拉开了。刚好，父亲的嘴里扑出了最后一口气。

事后母亲说，人的最后一口气扑到谁的脸上，谁一辈子都是霉运。

父亲的葬礼简朴简单。村里那时都讲究要"吹"儿，唱大出殡，穿白戴白。我们却只是一块黑纱送别了父亲。我绝口不提我跟父亲之间最后的对话，这是我们两个人之间的秘密。没人想起通知叔叔，那时离叔叔最后一次出现在我家，已经过去了五年。

我偷偷对老天说，父亲这一辈子以助人为乐，还不止是资助了叔叔一家。无论谁家有困难，只要求到他头上，他都会尽心竭力。村里那样多的人家，没有哪家的房子父亲没搁过手。父亲是瓦工，还是木匠。

如果老天有眼，就降一场雪送送他吧。

从火化场回来，天空忽然飘起了鹅毛大雪。雪花稀疏单薄，却盛大，在空中且行且舞，像在进行某种仪式一样。我把脸贴在车窗玻璃上，贪婪地看着远处的旷野。灰白的天际，麦苗蛰伏在冻土里，大雪于它是一种温暖。可我相信，大雪就是为父亲降落的，因为在送行的路上，我一直在祷告，老天一定是听见了我来自心底的声音。

去往墓地的路上，六岁的女儿一直紧紧牵着我的手。我问："你知道什么叫死亡么？"

女儿干脆地说："知道，死亡就是埋坟。"

倒退几年，父母看我的眼神是忧伤的。他们从不抱怨，但心底的一些想法，会通过注视我的神情流露出来。因为我没结婚，又事业无成。虽然各类文字总在发表，但对我的生存状况没有丝毫改善。我在容留我的那个村庄显得越来越古怪。一个偶然的机会，我的小说改成了电视剧，导演在跟县里领导谈协议时信誓旦旦，说这部戏能拿飞天奖。整个外景选在了离县城不远的一个山区，我却一次片场也没去。我不喜欢电视剧，也不喜欢电视剧组。天气突然冷了，他们因为发不发一件军用大衣也能吵得天翻地覆。但县里的领导喜欢，他们专门有负责联系剧组的人。这个戏结束了，我的许多问题都解决了。这许多问题包括待遇，甚至婚姻。

我得用这些告慰父亲，否则，父亲在另一个世界也会惦记得合不上眼。

日子就是那样不经过，一转眼，又是很多年过去了。

14

自从家里买了车，每年东一趟西一趟跑高速就成了习惯。听说京承高速风景好，就一直憋着想看看沿路的风景。北京城里的奥运会正如火如荼，我们风驰电掣地与五环擦肩而过，一路飙向承德。去之前，我确实没有其他旅行以外的想法，承德不过是我周边的一座城市，与其他城市没区别。临行前，司机严先生提醒我，想想承德有没有要见的朋友，给人家带份礼物。我当时手头正给一件外套缝纽扣，多少有点不耐烦。我说："就是出去溜达一圈，哪有那么麻烦。"司机严先生就是个不怕麻烦的人，当然，他还有另一个身份，我丈夫。

我又说："承德对我没有吸引力，对于我来说，那就是个从没去过的地方罢了。"

我有一句口头禅：没去过的地方都要去一下，没走过的路都要走一走。

站在承德最繁华的一条大街上，我忽然有些恍惚。这些景物我熟悉，似乎在哪儿见过。高楼，公园，电影院，点心铺子。时光荏苒了三十几年，它们从我的记忆深处浮现了。似乎是，三十几年前它们已经是这个样子了，不曾有过一丝一毫的改变。没用费力气，我就知道了这种熟悉的感觉来自哪里，这座城市曾经让我做过梦，那些曾与许多小伙伴分享的梦，一直储存在儿时的记忆里。也许她们都忘了，但作为做梦之人，我不但没忘，年龄愈大，记忆反而愈清晰了。

那些梦当然与李海叔叔有关。

当年明明知道李海叔叔的家在深山区，可我却对小伙伴说，叔叔一家住在大城市，有很高的楼，有很大的公园，旁边就是电影院，婶婶在商店卖点心，家里的点心可以当饭吃……那座我梦中的城市，就是承德。眼下我置身在车流人流中，想起了很多遥远的往事。我踢毽子，周围有很多小朋友，他们都对叔叔和叔叔的家人充满了好奇……我想不明白我自己，小小的年纪为什么要撒谎，仿佛是，那种虚荣与生俱来。叔叔一家住在城市或住在山区，与我或我的小伙伴们有什么关系么？用现在流行的话来说，真是一毛钱的关系也没有！

叔叔因为住在城市会更被人额外尊敬？或者因为叔叔住在城市我会被人高看一眼？是的。当那块奶香味的糖被我咬成很多块分发掉，它来自城市或来自山村，给人的感觉是不一样的，这一点我有理由相信。因为首先，它给我的感觉就不一样。一颗来自深山沟的糖果，在大家的嘴里，味道会淡很多。事隔多年，我仍然清晰地记得当时的场景，童年的伙伴多头和二灯，分到芝麻那样大的糖块也欣欣然。如果她们知道我在糖果的出身上打了掩埋，就是把整块的糖果含在嘴里，她们也不会觉得多么甜吧。

是的，一定是这样！

可我们家欢迎叔叔，并不是因为叔叔来自哪里呀！我还记得那个傍晚，我被叔叔牵着手去菜园找父亲，父亲正在给烟叶掐尖儿。我眼疾初好，发现叔叔高身量，白皮肤，浓眉大眼，大背头一根不乱，穿一身毛蓝色的中山装，完全是一副干部派头。我的喜欢溢于言表，而那时，我对叔叔的背景还一无所知。

等等，这些表象莫非是在说明，叔叔自己就是自己的背景？我喜欢的不是叔叔，而是叔叔的背景？我是因为喜欢叔叔的背景而喜欢背景中的叔叔？

故事就是在行进的过程中人为地增加了原料和底色。我从自己，想到了父亲。父亲对叔叔的感情，初始肯定源于自然，但往深里走，添加了自己的元素也未可知。那年复一年的等待和迎接，现在想一想，是过于隆重和热烈了。叔叔就像一件展品，或一道大餐，或一个品牌，成了若干年里我们家正月初一的标志。有了这个标志，我们家才在众乡邻中显得不同，甚或，增加了几许荣耀。叔叔也一定从这种标志性的身份中悟到了什么，逐渐偏离了自己的航道也未可知。

于是叔叔之于我们家，或明或暗地成了一个象征。

我突发奇想，这其实更像一个合谋，把一份原本淳朴、纯洁、纯粹的情感扭曲了，变异了。时间是经，故事是纬，所有的人物穿行其中，都在随着经纬度的变化而产生裂变。只是那种裂变不是我们理想的方向，于是众多想法彼此纠结，成了解不开的死疙瘩。叔叔最后一次来我家，喋喋不休地说海棠妹妹一年买了五条裙子，潜意识里除了炫耀，也一定是在校正自己的身份。我们那时还在探讨叔叔有没有带来空兜子，事实上，叔叔早就从那种境遇中走了出来。他执意住在我家，不顾我父亲的冷眼，是不是一种最大限度地表白？甚或，他是蓄谋已久、下定决心来作最后的亮相？

再或者，他根本没有去照CT，照CT只是个借口？

我觉得眼前豁然开朗。

车子停在了马路对面，严先生从驾驶室里探出头来，像风一样朝我招手。我知道他是想让我上车，但我此时有了别的想法。我拦住一个行人问，你知道保安公司在哪里么？隶属公安局分管的保安公司。这是海棠妹妹的单位，叔叔最后一次来提了那么一句，重点强调了公安局。我没想记住，却留在了记忆里。我计划问三个人，只问三个人。如果三个人都摇头，我就上车走人。那人刚从一家手机专卖店里出来，看了看我，一转身，指着身后说，喏，那不是？我说，哪个是？他说，那个蓝牌子……那么大的牌子你看不到？我真看不到，我是不相信事情会是这样巧。我问有多远，他看了看我的脚，说你走十步，走十步就到了。我说，是公安局分管的么……那人大概嫌我啰唆，转身走了。

我计划走十步试试。朝严先生招了下手，示意他开车跟着我。于是我数着脚下的步子。果真有一块白底蓝字的牌子，大字写的是"保安公司专卖"，边上还有一行小字，写的是"承德市公安局"的字样。我一分神，数乱了脚下的步子，但真没有比十步更远。是一处窄小的门脸，与左右的光鲜比，这里仿佛倒退了二十年。门还是旧时的那种门板，塑胶的帘子扭扭捏捏，摸上去冰凉刺手。门脸寒酸，但是觉得寒酸得有气势，因为牌子比左邻右舍都大。我进到里间，是更显狭窄的一方天地，两边都是格子间，码放的是叠得整整齐齐的灰色保安服。原来这里是卖衣服的。一个女人面朝里侧身坐着，端着搪瓷缸喝水。长发，独辫，顶上的头发浓密，卷曲。听见动静，转过身来看我，又顺势站了起来。她的脸上似乎是笑了下，但那笑容有些羞怯，很浅，倏忽就没了。我忍着心潮澎湃，胳膊肘支在柜台上，含笑看她。她不开口我绝不开口。她迟疑地喊了声："二姐？"就愣在那里了。我努力平静着语调说："我打这里过，随便进来看看……没想到你就在这里工作。"

　　生活有时候就是这么有意思。有些寻觅踏破铁鞋，有些铁鞋不用寻觅。

　　我说："你都没怎么变，还那样。"

　　海棠终于找到了话说："二姐也没变。"

　　我说："我们有多久没见了？"

　　海棠仓促地说："你和大哥去我家送小麦……有二十年了吧？"

　　那一刻，我有些感动。她仓促应答的一句话居然是小麦，可见那次我和大哥的苦梨峪之行分量有多重。我特别想一把揽过她，跟她拥抱，跟她亲亲密密，就像小时候一样。可在心底，总有一种声音拒绝我那么做。有一种矜持在心里，在脸上，也爬上了肢体。我觉得，我应该矜持。这种矜持，是王家对李家的矜持。我有权利那么做。那一瞬间，心中涌起的是几十年的风雨波澜。我观察着海棠，她也没有跟我亲密的愿望和打算。这让我失望，很失望。既然她没有，我又何苦自作多情。我心里，淡淡地漾上来一股液体，酸的，涩的，有毒的，把我往事情相反的方向左右。许多年了，她没有主动给我写过信，没有给我打过电话。她是李家人，她是做妹妹的，无论从哪个角度讲，主动的都应该是她……可如今，站在她面前的反而是我，我除了矜持找不到适合的表情。

　　我说："送小麦不是最后一次，还有那次你带男朋友去我家……"

　　海棠有些窘，赶忙说："忘了忘了。可不是，那回是最后一次。"

　　我们的对话隔膜到毫无温度，就好像每天都要碰面的陌生人，打不打招呼都不影响彼此之间的距离。但我看出她有些慌，扑过去拿手机时，碰翻了脚下的凳子。电话接通了，她背转过身去，小声说："大爷家的二姐来了，你还记得吗？是大爷家的二姐，天津的……你快通知腊梅和自强……"这个电话应该是打给她丈夫的，我猜。海棠随后又摁了电话，这次声音放开了，敞亮地说："哥,大爷家的二姐来了,在我这里呢,你赶快过来吧!"

15

见到自贡哥,那种熟稔的感觉终于回来了。我们甚至抱了抱,是自贡哥主动的。他还开玩笑说:"妹夫不吃醋吧?"自贡哥是典型的官员体态,胖了,肚子腆出来了,眼睛让酒精泡浑浊了。自贡哥对严先生说:"没有大爷就没有我们一家的现在,我们嘴上不说,心里其实都明白。"严先生自然也知道自贡哥所说的大爷是谁,他见过李海叔叔。曾经因为李海叔叔住在我家里,三更半夜跑到单位找住处。我发自内心地笑了笑,说:"过去的事,不提了。"自贡哥说:"咋能不提呢?这些年两家少来往,但我们从来没有忘记大爷大娘。"他问大爷大娘身体可好。我说,父亲几年前去世了。母亲在老家跟大哥一起生活,她喜欢住家里的平房。自贡哥说:"跟我的老爹老娘一样,死活不肯离开那个穷山沟。"

腊梅和自强都拘谨,他们一个工作在物价局,一个在计生委。我问最小的弟弟自奋现在怎么样。自贡哥说,自奋最滋润,当年招工顶替去了松山煤矿,可很快就从那里下岗了。现在自己在老家当老板。去年新盖了一溜大房,给套别墅也不换。

自贡哥问,你们是不是刚到?我说刚到。自贡哥说,海棠赶紧去请假,我们陪他们两口子到处转转。我赶忙说,不用麻烦,我们自己随便走走就行,你们忙你们的。自贡哥说,这哪行,到了我的地盘,就得听我的。

自贡哥上了我们的车,坐副驾驶。三辆车浩浩荡荡往避暑山庄走。路上我问自贡哥,叔叔婶婶身体怎么样?自贡哥说,叔叔三年前得了脑血栓,一直瘫痪在床。婶婶就是受累的命,过去家里穷,缺吃少穿。现在家境富裕了,又要伺候瘫子。叔叔身体不行了,脾气却越来越差,不是哭叫就是骂人,吵得四邻不安。

我说:"叔叔今年也才七十六岁,跟我母亲同龄,都是属狗的。"

自贡哥说:"他总是喝大酒,不把身体喝垮不罢休。"

车内短暂地沉默了会儿。自贡哥扭过身来对我说:"二妹,我们从来没有忘记大爷大娘的恩情。真的。"

我的眼圈突然红了。父亲如果听见这句话,应该是个安慰。

严先生是个旅游迷。走进避暑山庄，就把我忘了。两个妹妹和一个弟弟跟在他后面走，不一会儿，就不见了踪影。自贡哥陪着我，我们之间隔着一个人的距离。太阳把我们的身影拉得很长，有好一阵，我们都不知道该说什么。看着气象万千的大园子，我笑了。自贡哥问我笑什么，我说，我从没来过这里，却为这里写过诗，还赚了一块钱的稿费，那是我赚的第一笔稿费。自贡哥问咋写的。我随口吟道：路旁条条翠柳，湖中朵朵荷花。如波深处笼轻纱，湖上漾舟度假。金山巍峨矗立，烟雨楼外生辉，如意洲里青松挺，游客如痴如醉。

哈哈，我自嘲。因为是发表的第一首诗，所以这么多年都还记得。

自贡哥惊奇地说，如波亭、金山、烟雨楼、如意洲，都是里面的景点，你没来过，是怎么知道的？

我说，我是听叔叔说的。他当年坐在我家炕沿上，曾经对避暑山庄如数家珍。后来我买了一块手绢，那上面是避暑山庄的旅游图，我每天晚上都看。后来上面的字都被水洗模糊了。我是没来过这里，可这里的景物，我记了一辈子。

二妹。

哦。

谢谢你。

这是怎么话说的？

当年支撑我们这个家的，除了大爷大娘，其实还有你。

我没做过什么。

那时候家里的那种难，你想象不到。我们唯一的乐趣，就是听我爸讲山外的事情。他走了，那些事情又重复讲，一直讲到他下次来为止。他每次休假回家，都会带一沓你的信，我们轮流念那些信，都被你的文采打动过。那些信装满了一个纸盒子，被我们宝贝似的收藏着。直到后来，里面住进了一只大耗子，那只大耗子又生了一窝小耗子。那些信纸，都被耗子撕碎做棉被了……自奋打开一看，就哭了。

我悲怆了一下，又笑了。信中那些幼稚到让人脸红的句子，那些像蜘蛛爬的字，每行都写不直。有些干脆是用尺子逼着写，就像有一道下划线一样。早些年若是知道它们享受了这般待遇，我会无地自容。

如今，一切都云淡风轻了。

我说，时光过得真快。

自贡哥说，那时的时光才真是漫长，我们跋山涉水去梨花镇上学，目的只有一个，能走出穷山沟，能和你平起平坐。腊梅因为不用功，挨了我爸一顿打。是用藤条打的，穿着厚棉袄，颈窝都抽出了血印子。老爸下手狠，打谁都往死里打。老爸对她说，你成绩这样差，以后谁都瞧不起你，山外的二姐也瞧不起你！腊梅说老爸偏向，带着海棠去山外的大爷家，不带她。她说若是带着我去山外的大爷家，我也会跟海棠的成绩一样好！

我扭过头去，没有让自贡哥看见我的眼泪。我们和他们，原来这样相像。一直都相互影响着，相互依存着，又相互错着位，走过了这许多年。若不是这次偶然见面，我再有想象力，也想不到这一点。

我庆幸这次的私字一闪念，让我和李家有了见面与和解的机会。

不过，话又说回来。自贡哥忽然拉了我一把，一辆汽车从我们身边快速开过，旋起的气浪吹飞了我的帽子。自贡哥赶紧跑过去捡了回来，笑着扣在了我的头顶上。他用轻松的语调说，老爹有这样那样的毛病，可是一个好老爹，一个伟大的好老爹。上学的事我刚才说了，他常挂在嘴边的一句话是：你们五个都算上，上到哪儿我供到哪儿，别管我有钱没钱，就是去偷去抢，我去做恶人。

我突然拍了一下自贡哥的肩膀。

他扭头问我干啥。

我想了想，其实没有预备要说啥。

自贡哥问我，你知道什么叫"打秋风"么？

我怎么可能不知道。我打小就知道，大概是家乡的一句俗语。我奇怪自贡哥怎么也知道。

自贡说，有些事你可能不记得了，那时你还小⋯⋯

我"喝"一声，说我就比你小两岁好不好。

自贡哥宽容地笑了下，接着说，家里穷，年都过得凄惶。每年大年初一老爹都去你家"打秋风"，很多年都不间断。我们在家里眼巴巴地等，从初一等到初四，老爹从不让我们失望，有时也能等到十只煮鸡蛋。十只鸡蛋六个人分，你知道怎么才能分得匀么？

……二妹，二妹，你怎么啦？

我无论如何也忍不住想哭一场的愿望，那种感情太复杂了……到底还是忍住了。可汹涌的泪水把自贡吓着了，他惶惑地问，我说错话了？

我没有告诉他是"打秋风"这三个字刺痛了我。那几十年的等待和期盼……不是这三个字所能涵盖。就说那十只鸡蛋，也不是简单的事。冬天母鸡都不爱下蛋，有时母亲要跑几户人家去借。为了还上人家的鸡蛋，家里的母鸡不知要受多少冤枉骂……我抹了一把眼泪，摇头说不是，不是你说的那样。自贡问，哪样？我没有解释。我情愿相信，时过境迁以后，这只是自贡哥当下的语境，他的话像掠过耳畔的风一样没有分量。

——这就是我们之间的距离。我想。

我们在承德耽搁了三天，李家兄弟几个全程陪同。我和海棠的关系一直很微妙，仿佛是，我矜持，她比我更矜持。我们都是参透了彼此内心的人。吃饭，旅行，住宿，都是她跑前跑后，忙前忙后。可我却感受不到她内心的温度，她更像一个称职的导游。这一点，让我很别扭。我主动与她攀谈，问起她的丈夫和孩子，她回答得简约而又冷淡：丈夫在人事部门上班，孩子在江南上大学。回答完，转身就去忙别的了。我思忖：莫非自己又居高临下了？那种有恩于人的嘴脸是让人厌烦。我努力调整着自己，心态、神情、脚步。我的心思总围着她在转，不知她是被我起初的矜持所伤，还是这些年形成了这样的性格。或者，她只是以一种报恩者的心态在尽责任和义务。想到后一点，我心里就很不是滋味。

我有些后悔，初次见面不该计较太多。

我跟严先生交换对海棠的看法，严先生说："海棠是多好的人啊，不温不火，不徐不疾，礼貌周到。是你对人的要求太高了。"

我说："我总觉得哪里不对劲。"

严先生说："你就爱瞎多心。"

谈起这两天所受到的礼遇。严先生说："过去你们总说人家忘恩负义，这次知道种瓜得瓜了吧？"

我有些心虚，说："别瞎说，谁说人家忘恩负义了？"

严先生说："当年李海叔叔在我们家喝棒子面粥，你忘了？"

我有点难为情。

我们回家的那个早晨，李家的三辆车都来了。后备厢里放满了东西，似乎是要把这些年的亏欠都补齐。我对自贡哥说，你这是干什么？自贡哥说，没事儿，现在咱有条件了。我无言地看着他们把东西塞进后备厢，又打开了车门，往车座底下塞。自贡哥说，我们这代比父辈强，赶上了好时候，他们一辈子活得太辛苦、太憋闷、太委屈。不怕二妹笑话，我们兄妹几个都参加工作了，老爹还非要跑去你家看究竟，看你们的日子过成了什么样。他这一辈子，算是跟你家摽上了。回到家来就长吁短叹，说你二妹都住上楼房了。我说老爹，你放心，将来咱也住楼房，而且一定要比二妹住的楼房高。为了让他满意，我们兄妹几个买楼都买顶楼。别管楼多高，统统高高在上。你说，这不是有毛病么？

"老爹还说了一句话，二妹你准猜不着。"

我问说什么。

自贡哥说："老爹说二妹虽然住楼房，但生活差。吃饭就吃一盆棒子面粥，还不如二十年前呢。"

我笑得收不住，却又悲从中来。

上车前，我和严先生逐一握手，腊梅跑过来跟我抱了下，因为毫无准备，我们甚至剐蹭了一下脸。海棠就在圈外垂手站着。她没有走过来，想了想，我也没有走过去。严先生跟她握手时，停留了足够长的时间。在车上坐好，扎好安全带，我揿下了车窗，重点看了一眼海棠。她真像临风的一株树一样。我挥手时，她也把手举了起来，却没怎么摇，敷衍地晃了下，就转过身走了。

车子要拐弯了，自贡哥还在朝我们望。

16

严先生笑了一下，又笑了一下。我说："你傻笑什么？"

严先生说："当年李海叔叔来咱家，是想看看我们过得怎么样。"

我白了他一眼，纠正说："不是我们，是我。"

严先生说："我说的就是你……演电影都不会有人这么编吧？好歹也是100多里的路程呢……他那时也有七十多了吧？"

他看了我一眼，手掌用力拍了一下方向盘，"简直比写小说还出人意料！"

我看着前面弯弯曲曲的盘山路，什么也没说。

每年的腊月二十三，我和姐姐都紧着备齐年货给老叔送过去。送晚了怕他自己去市场。老叔住的还是当年二爷爷盖的那座房，屋脊都塌了，瓦楞子上长满了野草。老叔的屋子四处透风，一只蜂窝煤炉子用来取暖，那一点点火光，看上去很可怜。老婶团坐在床上，围着两条被子。她因为腿病下不了床，一双新棉鞋摆放在床头，还是去年我买的。老婶见到我们就拉住手不放，连续几年说同一件事：我小时候在被子里围着，她在外面骗姐姐说，有人把你小妹抱走了，还不回去看看。姐姐就哇哇哭着往家里跑，每天不定要哭多少次。姐姐得意地对我说，那时就怕你丢了，明白吧？

每次从老叔家出来，我们都感叹，人老真是件无奈的事。想老叔年轻的时候，在生产队打头儿，管着全队四十几个劳动力，每天听着河对岸的火车鸣笛，或看着太阳收工。有一天是阴天，火车也没鸣笛，或者鸣笛声被风刮走了，总之老叔没听到。老叔带着这支队伍锄地，一直干到晌午歪。别人都说该收工了，老叔就是不信，老叔只信太阳和火车的鸣笛声。大家都累坏了，老叔一直都强打精神。回家的路上，老叔唱《小拜年》，一会儿男声一会儿女声，给大家解乏。人要是不老该有多好啊！姐姐慨叹。

从老叔家出来，自然就说到了叔叔。那些年，老叔是我们家的伤痛。后来，叔叔也成了这样的角色。父亲如果不是因为他们，说不定能多活些年，父亲去世那年，才七十三岁。父亲对叔叔态度的改变，自己得转多大的弯子！那真是要触及思想和灵魂啊！看到村里的老人在墙根底下晒太阳，我们都很羡慕，不知这是谁家的老人，他们的儿女多有福气啊。

姐姐问："老叔和李海叔叔见过面么？"

我沉默了。

我想起了某一年的正月初一，那时姐姐已经结婚了。老叔特意来看李海叔叔，家里贴了春联，地下都是瓜子皮儿。老叔穿着簇新的蓝布袄过来串门子，进屋就说："我来看看二弟，我来看看二弟。"

他管李海叔叔叫"二弟"。

那时李海叔叔刚进屋不久，一家子的热气都还围着李海叔叔转。因为老叔的到来，骤然就冷了。父亲坐在那里卷烟，叔叔也坐在那里卷烟。母亲、哥嫂和我都在屋里坐着，谁都不看老叔，谁都不跟他搭一句话。老叔靠在门口的墙上，一张脸羞臊得鲜红。他几乎没站稳脚跟，自言自语说了句什么，自己转身走了。

老叔走了，家里立刻一片欢欣。叔叔给纸烟点着了火，狠狠吸了一口，对我们说："还来跟我套近乎，没门！"

因为口音的问题，叔叔说不出那个"门"字的儿化音。但叔叔对老叔的态度，像火盆一样烤热了我们，我们觉得叔叔更亲了。

自贡哥经常有电话或短信过来，各种节日更是周到备至。那种殷勤让我觉得不好意思，有时候电话接通了，都不知道应该说些什么。姐姐还记着当年叔叔提到的两家结亲的茬儿，警告我别瞎联系，瞎联系不好。那天自贡哥又来电话，说有件事，不知道该不该说。我豪气地说：你说。自贡哥说，自从知道我和严先生去了承德，叔叔就中了心病，他每天都念叨我，说云丫该去看他了。说我们家兄妹几个，他就喜欢我。有一天，把婶婶说得不耐烦，婶婶说，你就死了心吧，人家不会来的。叔叔忽然把一碗粥整个扣到了婶婶的脸上，碗边儿把婶婶的眉骨磕了一个大口子，血把眼睛都糊住了。他骂婶婶是乌鸦嘴，说云丫原本是要来的，被你这样一说，人家就不来了。坏事就坏在了你这张臭嘴上！

我默默地听着，没有说什么。我能说什么呢？说什么都觉得不合适。陪着自贡哥叹了回气，就把电话挂了。后来自贡哥又来了三四次电话，都是暗示叔叔如何想我去看他的，我都没有接话茬。

我和姐姐住在一个小区里，三天倒有两头能碰面。有时候，我跟姐姐说闲话会说起这件事。眼下家里有车，交通这么方便，去看一下叔叔真不算回事呢。姐姐比我记仇，斩钉截铁说，不去，谁都不许去。这么多年没来往，断了就断了，还拉扯什么？姐姐埋怨我，你去承德就罢了，干啥非要找李家的人呢？如果李海不知道你去承德，也就不会有这些麻烦了。

我不得不承认，姐姐说得对。

每天的午后，隔壁都有一张小牌桌。我每个月都会过去跟人玩一两把，玩多了会有罪恶感。这天是周末，已经到了上班的时间，大家都没有结束战斗的意思。于是看热闹的拉下了窗帘，把这里变成了一个封闭的世界。

就在这个时候，我的电话响了。自贡哥吞吞吐吐说："二妹，想求你个事呢。眼看就要放十一长假了，不知你有啥打算？"我脑子里转了个弯儿，把手机夹到了肩窝里，边抓牌边决定先发制人，"肯定要出门的……跟人定好了先去上海看世博会，然后再走苏杭。怎么，你有事么？"自贡哥说："是这样……你跟老爹说吧。"就听自贡哥在那端说："爸，二妹在那边跟你说话呢。你说，你说话。"电话里突然发出了"嗷"的一声叫，很瘆人，把周围的人都吓了一跳。我愣住了，喊了声叔叔。李海叔叔颤抖的高音似乎是哭出来的，"云丫，你啥时来啊？我想你啊！"我说："有空就去看您。"叔叔像小孩子那样急迫，说："你定，现在就定。是明天，还是后天？"我脑海里出现了叔叔眼巴巴的样子，可我没法接他的话茬，只能假装听不见。我说："叔叔你好好的，我改天再给你打电话，我现在正在开会，不方便跟你多说。"说完，把手机关上了。大家都在等我出牌，我说了声"不好意思"。牌友问我家里是不是有什么事，我遮掩说，啥事也不如玩牌打紧。

牌一直打到了晚上，然后又去喝酒，又去唱歌，回到家已经很晚了。因为在歌厅又喝了些啤酒，身上难免有酒气。严先生素来不喜欢我在外喝酒，此刻冷着脸说，你越来越像官员了。我打着哈哈说，像官员好啊，我好想像官员。严先生厉声说："你为啥关手机？自贡哥打不通你的电话，还以为你遭谁绑架了！"我点着他的脑袋，借着酒劲说，你态度不好，我拒绝跟你说话。说完，我去洗澡，把水量开到最大。蒸腾的雾气很快把我淹没了。耳边突然响起一声瘆人的叫，那是李海叔叔，隔着时空突然像警报一样回响，让我毛骨悚然。我怕冷一样抱紧了自己的肩，眼里慢慢渗出了泪水。

17

姐夫从工作岗位上退了下来，整天一副郁郁寡欢的样子。姐姐对我说，我们开车到哪里去转转吧，散散心。我说，想去哪里？姐姐说，去哪里都行。你们把车开到哪儿，我们就坐到哪儿。过了几天，姐姐突然给我打电话说，你不是想去看李海叔叔么？去好了。我问她为啥改变了主意。姐姐答非所问："李海吃了我多少面条啊！"

可不是。姐姐都出嫁了，有时候李海叔叔来，我也要把她接回来，就为了擀面条。李海叔叔总说姐姐擀的面条好吃。

那时姐姐的婆家离我家，足有 20 里。

还是严先生开车，姐夫坐副驾驶，我们一行四人出发了。出发前，我给自贡哥打了个电话，说最近手里的工作终于告一段落，我们过去看看叔叔。说这话时，我一副完全放松的语调，不是刻意，是情不自禁。严先生批评我说话太过随意，我回敬说："你懂什么，随意才显得亲近。"这话当然言不由衷，严先生知道我此刻心里想些什么。感觉中，自贡哥应该对我们的即将出行惊喜交加，这毕竟是他期待很久的。可他却支吾了，连着说，你们到承德来，到承德来吧。我从这话听出了推诿，不高兴地说，我们是去看叔婶，到承德干什么？你们有事就忙你们的，都不用回去。

自贡哥说："不是，二妹……"

我说："如果不方便，我们不进家，就在村头转转。"

我的话说得有点赶尽杀绝。

自贡哥无奈地说："二妹误会了，我们哪能不回去呢。我们都回去，在家等着你们。"

很多年前的记忆轻而易举就回来了。我和哥哥每人一辆单车来送小麦。那时还是沙土路，到处坑坑洼洼。我们早晨四点从家里出发，足足走到天大黑。若不是路上好心人让搭马车，真不知道会不会被累死。姐夫惊呼，这样陡的坡你们能上来？我打开了车窗，石崖上正好闪出"半壁山"三个红色的大字，想是最近几年新刻上去的。我说，这里的坡不是最陡的，前面的闪坡岭更陡。

在车轮下，感受不到多少坡度，许是修路的时候路基抬高了。虽是九曲十八盘，但路面平整，几乎没有对头车。当年千辛万苦的奔波，如今就是踩几脚油门的事。我心里有淡淡的感伤，当年走这条路刚满十八岁，一晃就过去了三十年，可在我的感觉中，却像发生在昨天一样。沿路的村庄和景物，有的还有印象。这里没有过度开发，很多地方保持着原貌。只是闪坡岭上削掉了半座山，留出了把路拓宽的痕迹。姐夫一个劲地夸这条路修得好，空气没有污染。天蓝水绿林木森森，车在路上走，犹如在森林氧吧里穿行。

那座叫苦梨峪的村庄确实不认识了，有许多高大的房屋，还有不少别墅。

整个村庄坐落在武烈河边，下面就是河床，河水潺潺流过，是一处优雅的所在。自奋的七间大房盖得富丽堂皇，我们站在院子里，都有点被那种气势镇住了。右手第一间就是厨房，比我家的客厅还大，足有30平米。长条案上，摆放着不知多少盘碗，里面都是满满的内容。我吃惊地说：我们才来四个人……你们这是要做席面哪！自贡哥说，我们还有一大家子人呢，也不是光为你们准备的。腊梅和自强都带爱人和孩子来了，但没看见海棠。自贡哥没说海棠为啥没来，我也没问。房子有气势，居然还有几件硬木家具。严先生看见一只五斗橱就挪不动步了，他用指节敲了敲，说这是老的安梨木，不老根本出不来这么精细的花纹。我小声说，咱别小家子气好不好，好歹咱也是见过世面的。

我问自奋是怎么发的家。自奋从外窗台上拿来一块石头举给我说，二姐认识么？我接过来仔细看了下，像铁矿石一样是黑色的，但那种沉郁的黑色中，有金属的光泽。我说，这里是不是有金子？自奋说，二姐就是聪明，这就是含金矿石。我说，原来你是淘金人啊。自奋说，严格说淘金的是别人，我是管理矿山的。我说，给淘金人当老板？自奋点了点头。我问矿山在哪里？他朝北一指，说，如果用脚走，得走溜溜一天。

我说，真想去看看哪。

自奋说，那就住下来吧。二姐也好好体验一下淘金人的生活。

几个房间参观完了，我才突然感到缺了点儿什么。我问自贡哥，叔叔婶婶呢？

自贡哥说："还没来得及告诉你，老爹一年前已经去世了。"

我"哎呀"了一声，刚要说"你怎么不早说"，才想起我一直没有给他机会。"婶婶呢？"我问得特别羞愧。

自贡哥迟疑了一下才说："老娘去石家庄了，回娘家了。要不打个电话请她回来？"

我赶忙说："别。"

腊梅说："上周走的，下周就回来了。大姐、二姐多住几天，就赶上了。"

姐姐失望地叹息一声，说早知道这样，我们下周再来就好了。

她还没见过婶婶呢。

李家三兄弟都遗传了叔叔的喝酒基因。我们这边没人喝，三兄弟却自己斗酒闹得厉害。自奋因为是纯粹的东道主，英雄一样一口就是一大杯。自奋坐在我身边，搂着我的肩膀说，我可想二姐了，二姐是我的亲人。当年二姐临走时把蒸好的蛋羹留给了我，我多会儿想起来，心里都暖和和的。我说，我可不是故意留给你，是鸡蛋羹没蒸熟。自奋说，二姐的心思我明白，老嫌蛋羹不熟，其实就是想留给我吃。那哪里是一个蛋羹啊，是二姐的一片心啊！我想了想，确认他说的是心里话。否则一个鸡蛋的蛋羹不足以让人记三十年。

自奋举起酒杯来跟我碰，"来，二姐，兄弟敬你！"

说完，一杯酒又一饮而尽。

我劝他少喝点，自奋说，二姐三十年才来家这一次，我喝死都是应该的。说完，往后面的沙发上一靠，就打鼾了。

下午我们想打道回府，自贡哥仗着点酒劲伸开双臂挡在车前，说啥也不放我们走。姐姐姐夫跟我们商量说，大老远来的，要不就住一晚吧。严先生说，应该住两晚，这小地方山清水秀的真不错。结果晚饭又喝了起来。因为彼此熟络了，晚上的酒反而喝得轻松愉悦，姐夫和严先生端起了酒杯。大家热闹的时候，我起身离席，站到了院子里。山里的夜空没有光污染，星星都称得上璀璨。我仰头看着它们，不知道哪颗是父亲，哪颗是叔叔。现在他们老哥儿俩到了同一个世界，不知道是不是已经碰面，碰面了是不是彼此已经宽谅。屋里大概摔了一只茶杯，那种尖锐的声音很刺耳。我朝外走去。门口是一个下坡道，我深一脚浅一脚地走出来，突然有人喊了声：丫头！我一惊，循声望去，一个高高大大的女人在黑暗中走了过来，旋即，捉住了我的手腕。我借着星光看那人，那人一口侉侉的口音说："丫头，是我。"

我吃惊地说："是婶婶？"

天底下只有婶婶曾经叫过我丫头。

婶婶拉着我往前走，拐进一个胡同。手腕始终被婶婶捏着，我走得很不舒服。我说，我们这是要去哪儿？您不是去石家庄了么？婶婶气愤地说，我哪里去石家庄了，他们不就是嫌我丢人么。我说，您丢啥人？婶婶说，一群白眼狼，一个有良心的也没有。说着话，走进了一所院子。这里明显是个老宅院，窗子很小，屋檐下吊着许多红辣椒。走到屋里，一个年老的男人正在地下砸核桃，核桃仁已经装满了一只大海碗，看见我进来，那人顺便把碗端了起来，放到了炕上，说，你吃。

地上躺了老大一片核桃皮子，看得出，那人已经砸了好一会儿了。

婶婶用笤帚扫了扫炕，说，你吃，专门为你砸的。

屋里悬着一个大灯泡，亮如白昼。我环视了一眼周围，就觉得屋里的陈设仿佛让我走进了三十年前，那些个物件儿似乎都在记忆里。

那个年老的男人矮个、秃头、大圆脸，脸盘像熟透了的向日葵，有一种温暖的气息。婶婶介绍说，这是你新叔，你叔死了以后，我就嫁给他了。

我张口结舌看婶婶，发现婶婶一点都不怎么显老，与我记忆中的样子没多少分别。只是鬓边的头发白了，眼神里多了许多慈祥。可也多了凌厉。婶婶右边的眉骨有一道显眼的疤痕。我指着说，是不是碗磕的？

婶婶用手摸了摸，说是你叔磕的。几句话不顺他就发疯，他可是好不容易死了。他再不死，我就要熬死了。

婶婶坐到炕沿上，抓一把核桃仁给我。婶婶说："从年轻的时候嫁过来，就没过过一天好日子。不是缺吃就是少穿，大过年连顿饺子都吃不上，眼巴巴地等着从你家带回来白面。你叔晚上到，我们晚上包饺子。半夜到，我们半夜包饺子。孩子们馋啊，一年到头难得吃上一顿白面。有一次，遇上大雪天，车子骑不动，你叔一直走到大天亮，到家就像个冰人儿，手僵得张不开……一大家子人，那样多的活计，从来也没有人帮帮我……你叔不会干家务活，到死都不会……现在好了，你新叔，啥活都不让我干，我每天早晨一睁眼，饭做好了给我端到被窝来，我不想起来就躺到九十点钟。孩子们看见我就像看见仇人……丫头小子都想让我跟他们过，我现在还能当老妈子，就这也得看人家的脸色……现在好了，我就是个福老太太，谁也别想挡住我享清福！"

婶婶在炕沿上盘起了腿。一伸手，一支烟递了过来。随后，蓝色的一簇火苗凑到了鼻子底下。新叔用圆滚滚的一只手环住火机，然后又甩了甩。

我说："记得您过去不吸烟。"

婶婶说："还不是伺候你叔那几年愁的么？"婶婶使劲嘬了一口烟，把烟圈吐了出来。又说，"丫头，你说我嫁人丑不丑？"

我说："这是好事啊，自贡哥应该支持。"

婶婶说:"他支持?他把人家的门牙都打掉了。"

男人张开嘴,把牙上的一个豁口亮给我看。

我下炕,拉着婶婶说:"走,婶婶跟我回家。他们不能这样对待您。"

婶婶说:"那不是我的家,我不去。"

我说:"您的儿女,您不想他们?"

婶婶说:"不想。他们不想我,我也不犯贱。"

我想了想,说:"要不这样,您二老今天就早点歇着。明天一早,我和姐姐、姐夫一起来看你们。"

婶婶说:"不用过来了,我在街上偷偷看你们一眼就行了。"

我说:"不行!"

18

炕太暖和。我和姐姐一个在里、一个在外躲开了烟道,还是热得睡不着。见了婶婶的事,我和姐姐说了。姐姐和我一样,心中许多块垒一下子就被婶婶关于饺子的话冲没了。婶婶当年放弃大城市的工作来这个山旮旯,这一辈子的艰辛谁能体会,连叔叔都不能。我们商量明天怎么办。姐姐主张偷偷去看婶婶,给婶婶放些钱。我说,不行。婶婶不丢人,我们也不丢人,凭啥偷偷摸摸呢?我们就要大大方方去看。姐姐说,就怕因此让婶婶为难。我说,婶婶为难的日子已经过去了,自贡哥把那个老新郎官的门牙都敲掉了。我说得怒气冲冲,从被子里坐了起来。"自贡哥是政府官员,居然能做出这么没品的事,气死我了!"姐姐也坐起了身,说自贡是不怎么样。最不该把婶婶藏起来,让我们大老远来的见不上面。我说,婶婶还是有勇气的人,敢于把事情说出来。姐姐说,她就是勇气太大了,否则当年怎么会跟李海叔叔跑到这个兔子都不拉屎的地方。我说,现在可不是兔子不拉屎,是兔子爱拉屎了。不信明天早晨到武烈河边看看,保准到处都是兔子屎。

悲伤的氛围一下子就被几句戏谑冲淡了。我问姐姐:"爱情到底是个什么东西?婶婶这一辈子,似乎就是为了爱情活着的人。"

姐姐说:"屁爱情。她就是傻,被人骗了还帮人家生孩子。"

我"扑哧"一声笑了,说:"现在可是生不出来了。"

晚上睡得晚,早上都起不来。太阳出来老高了,一幢房子里还静悄悄的。

我和姐姐几乎一宿没睡。姐姐想出去转转，我说，千万不能出去，婶婶肯定在外面候着呢。姐姐说，那不正好？我说，等自贡哥起来，我们大大方方去看婶婶，看他怎么说。听见院子里有动静，我和姐姐穿戴整齐出去了。自贡哥在院子里伸懒腰，腰向后闪，更显得前边像扣了一口锅。

自贡哥热切地说："这么早就起来啦，怎么不多睡一会儿？"

我含笑看着他，"我昨晚碰到婶婶了，我们先去看看她。"

自贡哥脸上的肉突然痉挛了一下，整体往下拉了一厘米。他梗着脖子喊："自奋，自奋！"自奋应了一声出来了，边走边往衬衣里伸袖子。自贡哥说："你陪大姐他们到前院去。"自奋还想装傻，"前院……"看到自贡的脸阴得要下雨，一拧脖子，"我不去。"我说："不要你们陪，我认识路。"说完，拉着姐姐走出了院子。

来到了外面，我用电话叫醒了严先生，告诉他喊姐夫一起出来，我们去看婶婶。严先生说，婶婶不是去石家庄了吗？我说，别废话，快点出来。我们四个人走进那间屋子，就像罐头一样把里面装满了。婶婶慌得不知拿点啥东西给大家吃好，那种感觉，真是像极了三十年前。

婶婶一直都在跟我们说叔叔。在她的嘴里，叔叔简直是个混世魔王。尤其是有病瘫痪的那几年，他唯一的乐趣就是折磨婶婶，每天伺候他吃饭，婶婶就伤透了脑筋。婶婶做了什么，他不吃什么。然后就嫌婶婶不好好伺候他，敞着嗓门骂，半个村庄的人都能听得到。婶婶还得提防他什么时候动手伤人，掐一把，杵一拳，或者随手拿到什么东西就朝婶婶的头上砸。伤不到婶婶，他就几天不出好气。如果伤到了，让他见着了血，他会得意地高兴大半天，就好像自己很有作为一样。

姐姐说，叔叔这样不正常，还是因为有病吧？

那个新叔叔插话说，他就是成心的。

我看了他一眼，他说的话我不爱听。我推心置腹地说："自贡哥给我打了几次电话，我都抽不出时间来看叔叔。唉，不知道叔叔的病情这么严重，否则，我说啥也要过来看看他。"

说完这话，仿佛有谁在揪我的后脖筋，我突然有些心慌气短。

婶婶说："对了，他就是天天念叨你，一天到晚说云丫头要来了，云丫头要来了。那天自贡说让他跟你通电话，可只通了一下，就再也不通了。

自贡说你那里有事，可他不信，说自贡和手机合伙骗他，愣是把手机要过来，朝着玻璃窗砸了过去。结果手机摔坏了，玻璃窗也砸碎了。自贡一生气回承德了。他就整天哭啊闹啊不吃饭……"

我想起了那天的午后玩牌，听到了叔叔的一声叫，很瘆人。叔叔叮问我什么时候来看他，我匆匆说了几句谎，就关了手机。现在想来，连我那几句谎话叔叔也未必听到。此刻我的脸一定很红，可我淡定地问："叔叔到底是什么时候去世的？"

婶婶说："你先听我说……有一天晚上，他突然说想吃元宵了。我说这不年不节的上哪里去弄元宵？找了几家都没有黏面，你叔说，天津大哥家有，你去他家拿。我说你这是扯疯呢。天津离这里一百多里地，我咋去拿？我从来也没去过那里，也不认识道儿哇！他就不依不饶地又哭又骂，足足折腾了一宿。转天，我只得让自贡从承德送过来。第一个元宵，他吃得好好的。炉子上的水开了，我把元宵碗放到了炕沿上，转身去倒水。我倒水的空儿，他抓了两个元宵一下子都放进了嘴里，伸着脖子往下咽，我灌完水一看，他脸都憋青了，连话都说不出来。我一看事情不好，扔了水壶就跑过来，把他抱住了。我想把元宵给他掏出来，可哪儿掏得出来啊……就这么眼瞅着人就不行了……苦命的男人啊，我还没伺候够你啊……"

婶婶忽然放声大哭。

我和姐姐也都抹了眼泪。没想到叔叔的结局这么悲惨，被两只元宵要了性命。婶婶骂了半天叔叔，这一刻的感情流露，应该是最真实的。

叔叔在生命的最后时刻没有忘记我的父亲以及曾拿过来的黏面。那些黏面是高粱的，黏高粱。因为分得少，不值得去加工厂，加工厂碾出的面也不黏。一遍一遍推碾子碾轧是我童年悲惨的回忆，我总会想起磨道里的驴。它们可不像玉米那么好碾轧，不定要轧多少次，用箩筛多少回，比白面讲究得不是一星半点。每年春节母亲都蒸一锅黏饽饽，里面装满了豆沙馅。剩多剩少给叔叔打包，一起打包的还有红小豆。

那些个日子原来都沉淀在了叔叔的记忆里。

我们在屋子里说话，那位新叔叔就在院子里劈劈柴，手法娴熟，举重若轻。我忽然想起了第一次来叔叔家，婶婶笨手笨脚劈劈柴的样子。眼下这些活计，终于有人替她干了。

只是，岁月走得太深了。

19

我们从婶婶家出来，不知怎么的，气氛就觉得不对了，眼神就觉得不对了。一家人到处散落着，却没有谁看我们。自贡哥的笑脸非常勉强，说你们再住一宿吧。我和姐姐赶紧说，不了不了。我们从住的房间迅速拎出几件衣物扔进车里，然后告别。那种叫热情的情感不见了，一切都显得程式化、程序化。连告别的言辞似乎都是提前拟好的，显得特别机械。我们离开时，自己都觉得讪讪的，仿佛是，人家一直都好心待你，你却做了对不起人家的事。世界上没有比你们更差劲的了。关上车门，姐夫激愤地骂了句："连娘亲都不认，什么东西！快走快走！"可我还想看一眼这一家人、这一所宅院……我把脑袋伸到了车窗外，自贡哥虚浮的白脸在我眼前一晃而过。车子风驰电掣抛开了这座纠结了我们两代人的村庄，严先生是厚道人，嘟囔了句："我们去看婶婶，还是应该跟自贡哥讲清楚。这样私自行事，就太不给他们面子了。"

姐夫不以为然，"都是姥姥、姥爷（我父母）养大的,他们有什么面子？"

严先生说："我们这次来得这么仓促，说真的是对人家欠尊重……"

严先生摇摇头，脸上写满了遗憾。

姐姐显然不同意严先生的看法，从鼻子里"哼"了一声。

关于他们，关于我们自己，我什么也不想说了，因为说什么都于事无补。所有的事情看上去都符合程序甚至正义，但只有我自己清楚，这里面有太多的微妙不能对人言。我们这代人，到底跟父辈有着不小的差距。他们能把友谊保持几十年，我们却要通过计算才能得出结论。还不止是心态问题，应该说，骨子里已经成了一种习惯。

我主动坐到了副驾驶，是想好好看一看来时的路。这条承载了我们两家万千情感的路，如今彻底走到头了。姐姐、姐夫都发出了鼾声。我睡不着，我怎么可能睡着呢！我在想那些年的叔叔，和那些年的我们。叔叔年复一年地往我家跑，我们年复一年地焦急等待，现在回头看，感觉一切都值得回味和纪念。这样的等待，在人生中都不可复制。眼泪悄悄从眼角滑落。我想起了叔叔最后也是唯一的一次去我自己家，父亲给他冷眼能够理解，我有什么资格那么对待一位远道而来的老人呢？还别说他是我的长辈，曾经比亲叔叔还亲。他陪我走过了惶惑的青春时代，写的信如果汇集成册，可以出不知多少本书……我是两个家庭交往的最大受益者，自诩天生具有悲悯情怀……我到底是怎么了？

  叔叔临终前最大的愿望就是见我一面，可我面对叔叔的这个愿望，表现得足够自私和冷酷。这次的苦梨峪之行成了一面镜子，我好像一下看清了我自己。

  难道虚荣与虚伪是一对孪生姐妹？

  天空灰白，像是有雨似下非下。车到闪坡岭，我无意中朝车窗外看了一眼。见有个人骑辆老旧的自行车顺着路边走。那是个大个子男人，穿一件蓝工装制服。后车座上，夹了个空蛇皮袋子。我突发奇想，倒退几十年，这不就是李海叔叔么！我揿下了车窗玻璃，见那人不紧不慢蹬着自行车。到了坡顶，突然飞也似的滑了下去。

琴声何来 |裘山山|

原载《长江文艺》2016年第1期,《北京文学·中篇小说月报》2016年第2期转载

1

那个晚上有什么特别的吗？马骁驭回忆过好几次。仲春，下雨。似乎就这么两点可说的，其他一切平常。

他躺在舒适的床上，翻来覆去睡不着，莫名其妙的。有那么一会儿，他感觉自己睡着了，迷迷糊糊中似乎还飘了几缕梦影，但很快又意识到其实是醒着的，好像某根筋被谁拽着，不让他进入梦乡。

细思这一向并没什么烦心事，工作也还顺利，本该倒头大睡才是，怎么会失眠呢？想起最近看到的一个资料说，脑萎缩的其中一个特征就是失眠。马骁驭不禁哑然苦笑，自己才四十出头，不至于吧？而且，没成家没生子的，革命尚未成功，没道理萎缩。按联合国的规定，他还没到中年呢，还在青年的尾巴上。

应该是偶尔失眠，无须乱想。马骁驭拉开灯，打算找安定出来吃上半粒。原先他对安定很抗拒，后来听说他们学校一位九十多岁的老教授，一直是靠安定入睡的，好好的，既没糊涂也没痴呆，他也不再抗拒了，备了一小盒在床头。

窗外传来淅淅沥沥的雨声，那种暗夜里无边的响动，更让夜晚显得万籁俱寂。无论白天有多少烦乱，多少不公，多少悲欢，夜晚总是这样宁静，让醒着的人，很容易触到内心深处最敏感的神经。

听见他开灯拉抽屉，老贝闻声从床下窸窸窣窣地钻了出来，抖抖毛，定定地看着他，似乎有几分不解。老贝是母亲养的小狗，母亲走后就跟了他。十一年，在狗界已经是高寿了，但在马骁驭这里依然像个小孩儿。老贝最怕下雨，平时睡在马骁驭床边的沙发上，一到下雨就钻到床下去了，为此马骁驭在床下为它铺了个垫子。

马骁驭去客厅倒水，老贝也小跑着跟上，紧撵着他脚后跟，生怕跟丢了。爪子在木地板上发出窸窸窣窣的响声。这是他们两个共同的家。马骁驭吃了安定，站在窗前发了一会儿呆，雨哗啦啦地发出响声。春天竟然会下那么大的雨，有些让人惊骇。

他回到床边。顺手拿起手机看了一眼，啊，竟有五个未接电话！

难怪他睡不着。看来人和手机也是有感应的，即使是静音也能唤醒他。他连忙打开看，哦，不是老爸，还好。是他的大学同学吴秋明。五个未接电话都是吴秋明的。再看时间，最后一个电话是一点十分打的，差不多就是他起来吃安定的那一刻。

怎么回事？半夜三更的给他打电话，莫非是前两天会议上的偶遇，又让她想入非非了吗？想找他煲电话粥吗？想到这一点不免有些烦躁。他不想给自己找麻烦。

正想着，电话再次响起，因为取消了静音，铃声大作，即使有哗哗的雨声也很刺耳，屏幕上跳出吴秋明三个字，一声，两声，三声。马骁驭纠结着，要不要假装依然在熟睡中没听见？这一接，会不会给自己带来麻烦？

但他终于还是接了起来。

一个陌生女人的声音，请问你是马……那个马先生吗？

马骁驭说，我是。

他估计女人念不出"骁驭"两个字，只好叫他马先生了。

我是二医院急诊室，有位女士昏倒在这里。可能是你的家人，你能不能过来一下？

虽然现在电话骗局多多，但马骁驭凭直觉，相信对方真的是医院。他只是本能地求证了一下：嗯，这个电话是我同学吴秋明的，是她昏倒在你们医院了吗？

对方说，我不知道她的名字，她一个人来医院的，到急诊室就昏倒了。

医生正在抢救，我在她手机里翻到几个电话都打不通，就你的通了，你赶紧过来一下吧。是市二医院急诊室哈。

马骁驭只好说，好的，我马上过来。

马骁驭有点儿发蒙。居然遇到这样的事。虽然不是他想象中的麻烦，却是另一种麻烦。他和吴秋明毕业后几乎没联系过，仅仅因为前些天开会遇见了，才互相留了电话。也就是说，他的号码进驻吴秋明的手机不到十天，就派上了大用场。

吴秋明单身一人，他们班同学都知道，四十多岁的她始终单身。她这个单身跟马骁驭不同，马骁驭是离婚独居，她是从来没结过婚。独自一人，住在东郊的一个小区里，离市区，离她单位都很远（搞不懂她为什么选择那里）。这个二医院是离她家比较近的一家医院了，估计是半夜发病，没有救兵可搬。

马骁驭的家离二医院颇远，即使夜里不堵车也得开二十多分钟吧。但眼下别无选择，他只能去了。虽然事情来得很莫名其妙，本能却指挥着他迅速穿上外衣，拿上车钥匙。

老贝依然黏着他的脚后跟，紧跟不舍，一直跟到了门口。马骁驭蹲下来摸摸它的头说，你不能去，在家等我，外面在下雨。可是老贝不肯，大概它从来没见主人半夜三更丢下它出去过，何况还是雨天，它很紧张，一个小跑，抢先蹲到门口挡住去路。

马骁驭只好把它拎起来，放回到沙发上，厉声道，不许跟着！

老贝可怜巴巴地站在沙发上，目送他出门。

地下车库安静得像悬疑片里的案发现场，昏黄的灯光下一辆辆轿车蛰伏在车库里一动不动，车主们正在梦里神游。马骁驭打亮自己的车，电子车门发出的叽叽声尖锐地刺破了固体般的宁静，他心里忽地涌起一浪悲伤，一年前他为了母亲曾夜半奔向医院，未到天亮，母亲就撒开他的手，离去了。看着母亲平静的面庞，他当时竟有一种松口气的感觉，他想，妈妈终于不用再受痛苦的煎熬了。

可是他却把痛苦承接了过来，像得了后遗症似的，很长一段时间不敢去医院，看到医院的标志心口就发紧。哪怕是亲友病了，他也找各种借口不去探视。如同大地震之后的很长一段时间里，他都不能看到拆迁工地，一看到半倒塌的房屋心里就发慌、发闷。

今天只能去了。他平静地坐上车，系好安全带，将车缓缓驶出车库，驶入雨夜。

2

马骁驭和吴秋明是大学同学。

二十多年前他们进了同一所大学，在同一个系同一个班。但他们做同学时基本没什么交往，夸张一点儿说，马骁驭都没正眼看过吴秋明。不是马骁驭多么骄傲无礼，是实在顾不过来，总有一个接一个的美女遮挡住他的视线。马骁驭在大学里是风云人物，班长，校篮球队队长，文学社社长，最重要的是，他很帅，帅而高，帅而聪明，帅而有教养，是女生们梦寐以求的白马王子，碰巧他还姓马。可是吴秋明呢？是他们班九个女生里最不好看的那个，不仅长得不好看，左脸颊靠下巴的地方，还有一道伤疤。这伤疤让她的嘴显得有点歪，把她划入了丑女子的阵营。

进入大四后，班上那几个还没女朋友的男生坐立不安了，即使是毕业后去向的迷茫也压不住青春的慌张。可是男多女少，无法平均分配，更何况马骁驭这样的家伙还多吃多占。于是其中一个男生，再三考虑后就去找吴秋明了。他感觉他有九分的把握，就好像去他们村里那个冷清的供销社买牙膏，牙膏有点儿过期还有点儿脏，但大妈说，就剩这支了。没有选择，牙膏孤零零的，也是急于让他买走的样子。这位男生早就注意到，吴秋明没有男友，她总是和班上另一个相貌平庸的女生一起，打开水，去食堂，上图书馆。就在不久前，那个女生居然被政教系一个慌张的男生给拽走了。吴秋明便独自一人在校园里行走，用那个文雅的词语来形容，就是孑然一身。

该男生在某一个晚自习时间，勇敢地前去求爱，他信心满满，甚至有点儿当救星的意思。他在图书馆外的林荫道上拦住了吴秋明，直截了当地说，做我的女朋友好吗？吴秋明看着他，面无表情，好像看着路边的悬铃木。他以为她被意外惊呆了，于是又重复了一遍刚才的话，声音还稍稍提高了一点儿。这回吴秋明很清楚地回答了一个字，不。男生大为惊讶。他以为吴秋明会羞怯，会感激，会不知所措，唯独没想到她会拒绝，而且拒绝得那么淡定。

Why？男生忍不住冒出语气夸张的英语，还搭了一个耸肩的动作。吴秋明用汉语回答说，抱歉，我不喜欢你。男生下不来台了，尴尬地讪笑道，没关系的，我们先做普通朋友，互相了解，增加友谊。好不好？吴秋明依然说，不。我觉得没必要。

碰壁男从尴尬转为生气，拂袖而去，一个晚自习都在郁闷，都在想不通。他不明白吴秋明哪儿来的自信？当晚，他便在他们寝室的卧谈会上吐槽吴秋明（据说现在的大学生已经没有卧谈会了，晚上都各自玩儿手机或者ipad，或者用笔记本上网，互不交谈。光是这一点，就令马骁驭十分怀旧）。他吐槽时，自然是抹去了自己被拒的那一幕，只是假作旁观者的口吻说：靠，听说咱们班那个丑女子心气还高着呢，宣称非帅哥不找。

一说丑女子，男生们马上明白是指吴秋明，哗然了：不会吧？是没人要吧？故意给自己找台阶吧？就她那样还找帅哥？这不是跟自己过不去吗？肯定是看《简·爱》看出毛病了吧，还真以为有罗切斯特在等他啊。问题是她比简·爱难看多了。

舆论一边倒，让碰壁男心理平衡了一些。他冷笑道，我也是听说的，不信你们哪个去试试？肯定会遭拒。立即有个男生说，好，我去！为了满足你们的好奇心，本人出卖一回色相。不过，他又说，她要是答应了，你们得帮我解脱哈。

该男生已经有女友了，是高中同学，爹还是高干。他因此被班上男生戏称为快婿。快婿无聊生事，趁着女友不在身边，就去找吴秋明了。但事情的结果又一次出人意料，吴秋明也断然拒绝了快婿。理由依然很简单：抱歉，我不喜欢你。

快婿毕竟有点儿思想准备，于是追问道，那你能告诉我，你的理想男生是什么样子吗？吴秋明不说话，转身要走，快婿不甘心，追上去问，难道你是要找马骁驭那样的？

这话原本有些挑衅的意味，快婿预料吴秋明会生气，不理他。但吴秋明回头看了他一眼，冷冷地说，不可以吗？

快婿说，不不，当然可以。我的意思是，你也喜欢马骁驭？

吴秋明依然淡定地看着他说，喜欢，又怎么样？

然后转身就走了。其实吴秋明回答的都是反问句。但有时候反问句就是肯定句。何况快婿有了先入为主的看法。

这场风波后，班上的人都知道吴秋明暗恋马骁驭了。男生们在嘲讽了吴秋明之后，又开始起哄马骁驭，说马骁驭你真是老少通吃啊，美女丑女一网打尽啊。

马骁驭闻听此事，才去注意这个叫吴秋明的女生。当然，他肯定认识她，只是从未把她当女生好好看过。上课了，他看到她走进来，依然穿着件浅咖色的灯芯绒夹克，前面后面几乎差不多，微微低头，径直走向座位，如入无人之境。马骁驭特意查看了一下她的成绩，成绩不错，每次考试都能进入前三。也许这就是传说中的书呆子吧。

马骁驭是个有教养的人，爹妈都是大学老师，他制止了几个男生的起哄，并说大家应该尊重吴秋明，不要拿这事取笑她。每个人都有选择的自由。"亏你们还是学心理学的，怎么一点儿体恤他人的意识都没有？"他说这话时，心里是怀着怜悯的。这么一个女孩子，一手牌只有一张主（年轻），但也和其他漂亮姑娘一样心怀高不可及的择偶标准，今后的日子一定会很辛苦的。

马骁驭的怜悯，肯定是有着优越感的怜悯。从心理学上讲，怜悯本身就是从高向下的，或者说是置身事外的，同情才相对平等，彼此类似。但对于吴秋明的处境，马骁驭哪里能感同身受？好在他还善良，还有体验别人痛苦的能力。

到毕业，马骁驭和吴秋明也没有正面"交锋"过。马骁驭假装不知道，像对待其他同学一样对待吴秋明；吴秋明呢，好像也从来没说过喜欢马骁驭这样的话，照样一个人独来独往，悄无声息地进出教室，紧紧抿着略微有些歪的嘴唇，偶尔和马骁驭照面，也没有任何表示，不要说眉目含情，连笑意都没有。

就这样毕业了，各奔东西。

3

一开车上路，马骁驭发现雨挺大，比他在窗前听到的还要大。大雨裹着风，在路灯下飘飘忽忽，是一个他似曾相识的雨夜。

已经很久没有在这样风雨交加的夜晚外出了。这样的夜晚，会让马骁驭心情沉重，因为母亲去世的那个夜晚，也是这样的风雨交加，他接到医院的电话,慌慌张张开车赶过去,一边开车一边通知父亲,虽然父母已离异多年。

脑袋发沉,不会是安定起作用了吧?真要命。此刻本该躺在雨夜里呼呼大睡,却驾着车在风雨中前行。人的命运不知道在什么时候就突然拐弯儿了。也许是在前两天那个会议上拐弯儿的?那天他怎么也没想到会遇见吴秋明……

马骁驭使劲儿揉脸,抓头皮,恨不能抽上一支烟。雨刮器来回扫,前路还是一片迷茫,他瞪大了眼睛盯着。幸好是夜里,街上车辆稀少。

忽然,一把不知从哪儿飞来的雨伞,猛地打在他的车前窗上,那一瞬间马骁驭还以为撞到人了,猛踩急刹,雨伞飞到了路边,车轮却控制不住地打滑,斜到一边,撞在了路边的隔离带上,马骁驭整个人往前冲又被安全带拽回,但已是魂飞魄散。

一个女人从路边跑过来捡伞,捡起来后怯生生地站在路边,似乎等着挨骂。

马骁驭伏在方向盘上,心脏被惊得咚咚直跳,幸好是雨伞,要是人的话,后果不堪设想。他忍不住骂了几句。这骂的几句里,也有冲着吴秋明去的。你说这种事干吗把我给扯进去?难道在这个生活了二十多年的城市里,你就找不出一个比我更亲近的人?碰上这样的紧急状态,按社会关系排,首先是老公,没老公是儿女,没儿女是父母兄妹,没父母兄妹是同事,实在不济,才是同学,同学也应该是比较要好的女同学。怎么也轮不着一个天远地远的男同学吧。

当然,他心里也清楚,在吴秋明看来,他们不仅仅是男女同学关系,甚至连他们班同学,都认为他们之间是有故事的。何况,电话也不是她本人打的。她一定已处于无法自控的状态了,否则以她的矜持,是不会给他打电话的。

马骁驭下车,到车前看了看,车前的挡板撞了个大坑,右前灯也撞裂了。幸好轮胎什么的,都没事儿,要不这大半夜的,上哪儿去修?他拿出手机,拍了两张照片,好向保险公司交代。

捡起雨伞的女人依然站在路边,那眼神让他忽然想起了自己的前任女友,那个挺能"作"的女友。

马骁驭冲着她发火道：大半夜的，你在马路上晃什么晃？

貌似前女友的女人也被吓到了，连连说，对不起啊，风太大了，我没拿住。他本来还想吼一句，你知不知道你差点儿害死我！但雨水流进嘴里，让他闭了嘴，他挥挥手，意思是赶紧走你的吧。

女人就撑着伞，款款地走了，那步态，好像是出来散步。大半夜的，还冒雨，在大马路散什么步啊。这神经兮兮的行为，也是和自己的前女友极像的。前女友一到下雨的时候，就会提出要出去走走。有一天晚上，她也提出这个要求。马骁驭答应了，虽然很不情愿，但那时候正热恋，他还是很配合的。他们挽着胳膊，在人影稀疏的街道上走了半个小时，裤脚和胳膊都淋湿了。女友在他耳边说，我觉得爱情就是两个人一起撑一把伞，在下雨的时候相依着一起走。他听着心里发毛，不知怎么回应，如果说是的，感觉自己太矫情，这样的雨天，怎么也该待在家里，喝杯热茶。但说不是，是断然不行的，他只好轻轻吻了一下女友的脸颊，相当于女友给他发示爱微信时，他回一个动作表情。

关于爱情，人类有成千上万种表达，曾经打动过马骁驭的是塞林格的一段话："有人认为爱是性、是婚姻、是清晨六点的吻、是一堆孩子，也许真是这样的，但你知道我怎么想吗？我觉得爱是想触碰又收回的手。"如果以此界定，马骁驭早就不再享有爱情了，虽然他身边的女人没有断过，但那都是性的需要，或者，生活的需要。自离婚后，他前前后后谈过的女朋友，没有30个也有20个吧。发生过肌肤之亲的，也超过10个了吧。她们让他动心，仅仅是春心，没有一个是让他想触碰又收回自己手的。眼前这位喜欢下雨天散步的，已经是其中最让他珍惜的了。马骁驭想，问题不是出在女人身上，是在他自己身上，他的心已经长了厚厚的茧，脱敏了。

前女友貌美，还脱俗，不是一般的脱俗。每每两人在一起，马骁驭请求她做顿饭或者煲回汤时，她总是找各种理由拒绝。如果马骁驭说，我看人家那些女人……话还没出口她马上就会说，我干吗要和别人一样？我就不喜欢厨房！她宁可叫外卖，胡乱对付，然后用做饭的时间看书、听歌，甚至发呆。她说这样的人生才是她想要的人生。她从不要求他买名牌，不化妆也不烫头，穿着简朴，有时甚至过于简朴，一条牛仔裤，一件布衬衣加上一件卫衣外套，一个旧牛皮包已经发硬了，她好像对自己的美丽毫不在意,以至于马骁驭不得不主动给她买衣服,买鞋,买包。如果说她有生活欲望,那么也是按书上来的,比如"一生中要做的99件事",做过的她就勾掉。

马骁驭最初是极喜欢的,这么清纯,这么有文艺范儿,在物欲横流的今天,多么难得。问题是她并不是因为丑小鸭不打扮,她是个漂亮女人,虽然没漂亮到惊艳,却是别有韵味,很耐看,稍稍打扮下绝对是个美女。最让马骁驭欣赏的是她"腹有诗书"。聊天时,常会恰到好处地掉个书袋,令谈话趣味横生。他曾暗暗惊喜,都这个年龄了,竟然还捡了个宝。

但时间久了,他有点儿受不了。毕竟,日子是通俗的,人是要过日子的,人得通俗点儿才能把日子过下去。马骁驭承认自己是个俗人。"腹有诗书"之前要腹有大米。他们之间的最终爆发是因为大海。不是叫大海的人,就是大海,The sea。

前女友每天都说,在"一生中要做的99件事"里,她最想做的就是去海边看日出,在海边发呆,让海风吹乱头发,赤脚在沙滩上奔跑,让海浪亲吻双脚,趴在沙子上听自己的心跳,闭上眼睛让太阳覆盖全身……

感觉完全是书上抄下来的句子,语气词都没改。

马骁驭只得一次次地表态说:好,等我有假期了就带你去。

可是他的确忙,从冬忙到春,从春忙到夏。学院的现任领导还有一年就到龄了,他是候选人之一,但他的论文篇目还不够,而且他的课题还没完成。

前女友开始不高兴了,不高兴的具体表现是拒绝跟马骁驭亲热。他们在一起两三个月了,始终没有进入到男女最实质的交往,直截了当地说,始终没有做爱。马骁驭每每蠢蠢欲动时,她就打各种岔。状态最佳时,也只允许马骁驭亲吻,或抚摸。不高兴后,她连这个层次也关闭了,彻底拒签。

马骁驭在她这儿明白了一个道理,对女人来说,性和爱一定是紧密相关的,感情上的不满足一定会导致性事上的不积极。而男人是可以分开的。马骁驭终于意识到,这事比他的课题更紧迫。

有一天他咬咬牙,在网上买了两个人的往返机票,去三亚的。然后把信息发给前女友,前女友立即回复了无数个亲吻和红心,和各种手舞足蹈的动画小人儿,然后是一句"大海我来了!大海请张开你的怀抱!"马骁驭感到那种兴奋瞬间感染了他,他拿着手机都感到自己的身体发热。看来这付出很值得。接下来,马骁驭更是心满意足,到三亚的第一天晚上,和女友的关系就突飞猛进,达到顶峰了。

但核心问题并没有解决,马骁驭本人并没有看海的心情,哪怕是到了三亚也没有心情,他只是让女友每天去看海,去赤脚在沙滩上跑,去发呆,去让海风吹乱头发……总之,去做"一生中必须做的99件事"之一。他只是偶尔从窗口望望海,望望前女友的倩影,休息一下眼睛,然后就回到电脑前,要么赶论文,要么通过视频跟学生们讨论课题。他想,幸好有网络啊,还能继续工作。

哪知在返回的飞机上,前女友一直情绪不高。问她,玩儿得不开心吗?她幽幽地说,我终于明白了,你不是真的爱我。马骁驭惊诧莫名,这话从何说起?我要不爱你,能专门飞这一趟吗?前女友说,如果你真的爱我,怎么会舍得让我一个人去海边?面对无垠的大海你不知道我有多孤独?我多想靠在你的怀里面对大海,和你一起闭着眼睛晒太阳,那样才是最最幸福的。可是你却离我远远的,和电脑在一起。

马骁驭说,没有啊,我经常在窗口看你,而且,每天的大部分时间我都陪在你身边,一日三餐,还有整整一夜。

前女友依然充满忧伤地说,不,你带我来三亚,是为了应付我,是为了……达到你的……目的。并不是真的想陪我看大海。在你心里,论文比我更重要。我真的很失望,我看错你了。

马骁驭崩溃了。感觉自己花了冤枉钱,两个人的往返机票,加上酒店住宿,近两万元啊,只换来一个"应付"。

马骁驭感觉这个累,不亚于随时掏钱买名牌的那种累。照理说,他们的年龄相差不到十岁,前女友也是三十多岁的人了,不该有代沟的。那么,是三观不同?他们之间有个"三观沟"?还是最通俗的说法,性格不合?

结局自然是分手。虽然马骁驭很有些不舍,这一位,是他离婚后谈的无数对象里时间最长感觉最好的一个。但他的确没法满足她,因为不能满足,他们之间的距离越来越大,他几乎碰不到她的身体了,对他来说她真的变成了一个花瓶。一辈子那么长,按书上说的,这才做了不到30件事,还有60多件呢,早晚会分手的。

分手后马骁驭全力以赴埋头搞论文，搞课题，一年后如愿以偿当上了院长。这个时候，孤独涌来，欲望涌来，他需要一个女人，太需要了，于是，新一轮求偶活动开始。

4

那把飞来的伞，彻底惊醒了马骁驭，安定催生的睡意也撞成了亢奋。他开着只亮一个前灯的独眼龙车，快速赶到了医院。

医生果然在等他。上来就说，你总算来了，我们什么都准备好了，就等着你来签字做手术了。马骁驭说，到底发生什么事了？医生说，是急性阑尾炎，很危险，再不手术就要穿孔了。

马骁驭松口气，说，可我不是她家属啊。我就是她同学。

一个年轻护士说，是我给你打的电话，我翻她的手机，拨了前面几个号码都没通，只有你接了电话。现在手术不能等，你就签字吧。

马骁驭无奈，只能默默地拿过单子来。不看不知道，一看吓一跳。原来，一个手术潜在的危险竟有那么多！光是麻药可能引发的危险就有一堆。他有些犹豫了，自己能担起这个责任吗？

他问医生，必须手术吗？医生说，必须手术，否则穿孔就完了。她已经高烧了，各项指标都亮红灯了，不做手术过不了今晚。

吴秋明这时已经醒了，穿着手术衣躺在那里，看到他连忙说，马骁驭你就签吧，拜托了，你不签我只有自己签了。

马骁驭只好签字。他来医院，不就是为了签字吗？特殊情况特殊对待，如同战争时期。属不可抗力范畴。

然后就坐在手术室外面等。

雨好像停了，仿佛刚才的疾风骤雨，只是为了给马骁驭深夜进医院制造一种紧张气氛。走廊上空无一人，灯光反射在光洁的地面上，散发出不同寻常的幽静。每个病房都悄无声息的，偶尔有护工进出，蹑手蹑脚的。但马骁驭知道，绝对还有很多人没有入睡，在被病痛折磨。那样的幽静，是危机四伏的幽静，让他马上想起了母亲病重的日子。

母亲是去年走的，最后那半个月，他天天跑医院，几乎24小时守着。母亲并没有手术。在查出是癌症后，母亲坚定地表示不手术，不化疗，不放疗。她看了很多资料，认定现在医学对癌症是没有办法的，所有的治疗都只是折磨，最终还是得走。她说与其在医院里被折磨到走，不如在家享受最后一段日子。马骁驭无法违背母亲，对一个什么都很明白又很固执的女教授，你无法说服她。但是，癌症的确是可怕的。到后来母亲进入了昏迷状态，马骁驭只好再送她进医院，在医院里，她依然备受折磨，常常要靠打杜冷丁止痛，直到离世。

事后马骁驭想起这个过程，常常心痛自责。因为在决定母亲治疗方案时，他很无力，很没主见，他也不知道到底是手术好还是中医保守治疗好，只好顺从母亲。母亲离世后他时常内疚、后悔，认为自己应该说服母亲做手术的，也许手术了，可以多活几年。直到有一天，他听见一位刚经历了父亲患癌症离世的人说，从家人查出癌症那天起，你的所有决定都是错误的，怎么做都是错。因为你无法做两次选择，无法比较。他才终于放下了这个包袱。

整整一年，他活得沉重而又悲伤。父亲和母亲，在他考上大学后忽然离婚了，那时他才知道，父亲早就有了外遇，是母亲恳求他等儿子高考完再分开的。这让他对母亲充满了一种心疼的感激。他不知道母亲是怎么忍下来的，每天笑脸面对他，给他做好吃的，让他安心高考。而父亲的外遇并没有因为他的学问而上档次，和普通男人一样，他就是喜欢上一个年轻漂亮的女人，他为了那个年轻美丽的躯体和活泼快乐的性格离开了母亲。也许人到中年的他格外需要阳光照耀，他向葵花一样义无反顾地朝着阳光而去，不管背阴处如何杂草肆意丛生。父亲再婚后，马骁驭便一直和母亲住在一起，给了母亲最大的安慰。即使在国外的几年，他也和母亲每天通话，每周视频。这不仅仅是因为他想弥补父亲对母亲的伤害，更因为母亲还是他的朋友。所以母亲的去世，对他的打击是双重的。他不明白母亲这样一个优秀的女人，善良的女人，为什么要承受如此不堪的命运？尽管母亲去世后他的论文得了奖，也如愿以偿地当上了院长，内心的伤痛却无法抹去。这种伤痛无人能明白，无人能替代。他只能安慰自己，母亲走的时候是知道他要当院长的，很开心；虽然母亲始终为他的成家操心，他也不敢欺骗母亲，不敢带临时女友去见她，因为母亲能一眼看穿他……

……可是，他居然领着吴秋明去见母亲了，母亲幽默地说，这一位，不像是你的口味嘛，你们怎么会在一起？他结结巴巴地说，她生病了，我必须照顾她……

有人拍醒了马骁驭，他这才发现自己不知什么时候睡着了，安定终于放倒了他，他就那么和衣躺在医院的长椅上进入了梦乡，还做了个荒唐的梦，有点儿不像他的作派。

原来是吴秋明的手术结束了。

被推出手术室的吴秋明是清醒的，虽然面色苍白，她努力笑着对马骁驭说，真不好意思，深更半夜把你给折腾到了医院。马骁驭意义不明地摇摇头，吴秋明说，你可以回去了，我没事了。马骁驭说，刚做完手术，总得有个人在身边才是，你看我给谁打个电话？吴秋明说，没事，谁也不用打。有护士呢。

马骁驭听她这么说有点儿恼，走也不是，留也不是。看看时间，已经是凌晨三点了。即使不考虑工作，老贝独自在家也让他惦记。这时吴秋明终于说了句，我叫了我表姐的，她会照顾我，你放心走吧。

马骁驭这才松口气，不过心下有些奇怪,为什么不早说？害我纠结半天。吴秋明似乎看穿了马骁驭的心思，解释说：我表姐要从老家赶过来，可能马上要到了，你放心吧。

马骁驭这才释然，拜托了护士，然后匆匆离开。

无论从哪个角度讲，他也算尽心尽力了。

5

大学毕业各奔东西。

马骁驭在众多美女中徘徊，到毕业也没敲定。选谁都有遗憾，放弃谁都可惜。于是只身一人出国留学，一去经年。读完博士回国，依然单身。这期间谈过数次恋爱，包括洋妞，但都没到婚嫁那一步，而且越谈越没感觉了。有时候就是这样，没有选择很痛苦，太多选择也痛苦。最后，他居然是经人介绍才成家的，对方是个空姐，相貌不说了，脾气还挺好，家庭条件也很好。差不多一手牌全是主了。但奇怪得很，主多了也会输牌，仅仅两年，空姐就在飞行中有了外遇，跟别人通牌，让马骁驭输得很惨，妻子很快成了前妻。幸好他们还没有孩子。马骁驭重新成了王老五。

前妻离婚后曾打过一次电话，向他表达了歉意。但在道歉同时，也替自己作了辩解，大意是，我还是很珍惜我们之间的感情的，我也为此努力过。但我这样的女人，毕竟面临的诱惑太多。如果普通女人结婚后要面临三到五次的出轨诱惑，我就要面临三十到五十次。我已经抵挡住百分之九十九了，也算是为我们的感情尽力了。

马骁驭感到好笑，这纯属诡辩嘛，只要一次出轨，就无法证明你曾经抵挡住了百分之九十九。但他不得不承认她说得有道理。你娶个美女回家，本身就是高危行为，就是个潜在的事故苗子，你自己也得承担相应的责任。他大度也是颓丧地说，我不怪你，怪我自己。

班上同学得知他从美国回来了，搞了一次聚会，一是说要欢迎他回来报效祖国，二是说要宰一下他这个大海龟，还有一说是给王老五开个相亲会，希望他在同学里拆散一对。同学在一起说话总是没正经的。那天留在省城的同学都来了，有十好几个。马骁驭感觉大家都混得还不错，而且除了他，都成家有孩子了，甚至都有二婚的了。对他的王老五身份，男士们羡慕嫉妒恨，好一通攻击。女生们则嘲讽他揪着青春尾巴不放，在等着下一代长大。马骁驭只好推说在国外没条件，不想找洋妞，女留学生都难看，没有一个比得过他们班女生的。这下惹祸上身了，大家都说那好，我们班正好还有个女生空着呢，你娶不娶啊？肥水不流外人田哦。马骁驭连连说，不要乱说哈。

其实聚会一开始他就发现吴秋明没来，想问，又怕给同学们提供更多的口实。现在听大家说吴秋明也还单着，心里不免咯噔一下，但脸上是"那和我有什么关系"的表情，心里也想，我又没追过她，是她自己愿意单着的。

但不管怎样，吴秋明还是在他心里占了个位置，很小很小，仿佛隐形。每当他身边一个女人离开，另一个女人没有到来时，她才会浮现出来。他就会想，她怎么样了？结婚了吗？嫁给一个什么样的男人了？毕竟，那是一个喜欢他的女人。

据说当一个人得知对方喜欢自己时，本能反应就是喜欢对方。这在心理学上也是可以解释的，因为人的本质是自恋的，科学家研究表明，人一天百分之九十的时间都是在想自己。那么，对一个和自己一样成天想自己的人，怎么都会有几分好感。

以后马骁驭还参加过几次同学聚会，吴秋明都没出现，反而是班上另一个女生，一个当年喜欢过马骁驭的女生，向他展开了攻势，她几次暗示马骁驭，如果他愿意，她就离婚，因为她一直喜欢他。最初马骁驭还有几分动心，跟她约会了两次，毕竟是个漂亮女人，三十多岁风韵犹存。但两次之后马骁驭就闪开了。闪开的原因不是害怕破坏对方的婚姻，那婚姻不用他破坏已经名存实亡。而是他对那个女生本人没兴趣了。她和他在一起，总是说些很无趣很乏味的话，那些话题，让马骁驭一丝一毫也感觉不出她也是读过硕士读过二十年书的人。鸡毛蒜皮陈谷子烂芝麻的事被那张漂亮的嘴嚼碎了再吐出来，实在有种让人不忍直视的庸俗。大学时他们没机会接触，故无法判断她是一直如此，还是被生活浸泡成如此。马骁驭沮丧地想，哪怕每次在一起她能多说一句新鲜话，他也会多喜欢她一点。马骁驭无法把自己的后半生，交给一个这么无趣的女人。

两年前母校七十周年校庆，吴秋明终于出现了。女生们说，是他们年级主任亲自打电话请吴秋明，她才答应来的，她是年级主任的骄傲，从学业上说，她是他们这批最有出息的，读了博士，还考取了专业心理咨询师资格，另外还有好多社会头衔。

这个时候离他们毕业，已经过去十七年了。他们都是挨边儿四十或者四十出头的人了。

马骁驭跟吴秋明握手的时候，毫无悬念地发现，吴秋明老了，当然，自己在对方眼里一定也老了。毕竟他们都已迈向不惑之年。不过上了年纪的吴秋明，因为不烫头不化妆，有种书生气，反而缩小了年轻时与其他女生在容貌上的差异。加之略微长胖的缘故，嘴巴上的那道疤似乎浅了一些。当然，作为女性，她依然缺乏魅力。不过班上的同学对她都表现得格外尊重，除了他们已经成熟以外，更重要的是，吴秋明值得他们尊重。几个曾经调侃过她的男生，都恨不能将往事一笔抹去。

马骁驭做出很超脱的样子上前和她握手：嘿，你好。毕业到现在，咱们头一回见啊。

吴秋明也很大方地与他握手，说，可不是，白驹过隙啊。

马骁驭感觉她的大方不是装出来的，她的眼神和肢体动作，一点儿也没有他想象中的暧昧，或者含羞，或者尴尬。握在他手里的那只手跟其他同学没有两样。是同学的手，不是女人的手。

是不是她结婚了？对他脱敏了？但接下来马骁驭尴尬地得知，吴秋明依然单着，全班单着的只有他和她。连那个当初追过吴秋明的碰壁男，孩子都上初中了。

马骁驭单着还好说，总算是有过短暂婚史，而且要再婚也是分分钟的事。吴秋明却是从来没结过婚，俗称老姑娘。这可不一般，这说明她拒不凑合婚姻，还说明她很专一。

同学们都很知趣，没人把他们往一起撮合，因为，吴秋明手上一张主都没了。马骁驭虽然是个王老五，前面却有"钻石"作定语。他回国后在母校当教授，带硕士，依然帅气挺拔，好多女学生暗地里爱慕他，他如果想找个小自己十几岁甚至二十岁的年轻姑娘，都是轻而易举的事。只不过马骁驭给自己规定了底线，绝不和女学生发生情感瓜葛。吴秋明呢，在母校读到博士，然后在社科院做研究员。据说发表了很多论文，还出版了两本专著。这些都是同学中的佼佼者，可以说气质不俗，学养深厚。可是，哪个男人是被女人的学识打动的？

让人想不到的是，吴秋明那天还登台表演了节目，吹口琴。最初她上去的时候，很多同学的表情都是极为不解，甚至有点儿嘲笑的意味，意思是，你这不是找不自在吗？用现在的话说，你一点儿颜值都没有，怎么能在众人面前表演呢？可是等吴秋明的口琴声响起，大家的表情就变了，惊讶，赞赏，陶醉。吴秋明吹得真是非常好，不，不应该说吹，应该说演奏。她演奏了《千与千寻》《红莓花儿开》《梁祝》，还有《千里之外》。掌声非常热烈，而且是由衷的。

这其中就包含马骁驭的掌声。他暗暗惊讶，真没想到吴秋明的口琴吹得那么好，有点儿专业水平了。

王静声音很大地说，秋明，真没想到你还有这一手，大学里那么多次晚会你都没表演过，藏得很深呀。

吴秋明笑笑说，我也是毕业后才学的。

她笑着，脸颊泛红，也许是吹奏使然，也许是心情使然。音乐真有魔力，此刻的吴秋明，很有些楚楚动人。

同学会一直持续到晚上，晚饭的时候，吴秋明居然喝醉了。

本来喝醉是人之常事，有些人三天一大醉两天一小醉，可是放在吴秋明身上就会让人意外，因为她是一个那么有理性的人，她还是个心理咨询师，职业就是开导他人的，还能开导不了自己吗？据说吴秋明醉了后泪流不止，似乎勾起了什么伤心事。几个女同学都猜测她是因为马骁驭，毕业那么多年，重新见到马骁驭难免受刺激。睹人伤情。

　　事后，有个热心肠的女生，也是在学校跟她关系还不错的那个女生王静，就说要帮她介绍个对象，男方是个刚退休的公务员，年龄、经济条件都不错，妻子病逝，孩子上大学了。应该说非常合适。

　　还是找个伴儿吧，彼此照顾。大家都这么说。

　　但被吴秋明一口拒绝了，连见都不想见。

　　王静说，你这是干吗？非把自己搞得这么孤苦伶仃的，找个伴儿哪点儿不好？吴秋明说，我习惯了，我不想结婚。你们不用替我担心。王静说，可你才四十，后面的日子还长呢。吴秋明不说话。王静直截了当地说，莫非你还想等马骁驭？吴秋明又是那句话，不可以吗？王静说，你醒醒吧。吴秋明几乎是愤怒地说，我清醒得很。为什么我不能等他？等不等是我的自由！我妨碍谁了吗？你们为了他就要把我打发了吗？放心，我不会纠缠谁的，我还没那么厚脸皮。

　　马骁驭听了这段新鲜的八卦心情很复杂，既感动，也恼火。或者说恼火多于感动。因为吴秋明这样表白，他感觉自己莫名其妙就亏欠了她，被绑架了似的。他想，看来自己还是赶紧找个人成家吧，免得她再抱希望。且不说外貌，关键是自己对她一点儿感觉没有。又不是找课题小组搭档，他找个女学者干吗？

6

　　吴秋明手术三天后，马骁驭给她打了个电话。

　　他很想知道她手术后情况如何，毕竟是他签字画押的。其实头两天他就想打了，又怕显得过于关心，让吴秋明误会。对一个长期暗恋你的人，你不能不小心地保持着彼此间的距离。他便有意拖了两天。

　　电话打过去，吴秋明很快接了，告诉他，自己一切都好，再有两天拆了线就可以回家了，叫他放心。马骁驭抱歉说自己这两天太忙，没来医院看她。吴秋明一迭声地说,不用不用,已经太麻烦你了。

　　语气里有一种毫不掩饰她现在有人照顾,不再需要他的那种轻松。这让马骁驭多少有些失落。马骁驭转念想,也好,就算自己做了一回好事,不必拖泥带水的。

　　不过,半个月后,马骁驭还是接到了吴秋明的电话,说她已经出院回家了,要谢谢他,请他吃个饭。马骁驭先是有种被感恩的愉悦,跟着又有了一种万一被黏糊上怎么办的担忧。

　　但他还是很绅士地说,我来请你吧,庆祝你康复。

　　吴秋明说,那怎么行?肯定是我请你。公私分明嘛。

　　马骁驭听出了吴秋明的潜台词,答谢宴就是答谢宴,定性了。他便不再坚持。但在商量去哪家饭店时,两人都有些拿不定主意,马骁驭提议说,要不去彩虹西餐厅?那儿环境不错。吴秋明迟疑了。这迟疑是那么明显,让马骁驭后悔提出这样的建议。因为那个场合很小资,总是恋人居多。马骁驭原先和女友去过几次。他习惯性地想到了那里,吴秋明一迟疑,他一下子意识到不妥,搞得他有想法似的。

　　还好,马骁驭还来不及尴尬,吴秋明就说,就在我家吧,家里自在些。好啊!马骁驭立即回应,仿佛是为了否定自己刚才那个建议。吴秋明又说,我把王静和她老公也一起叫上吧?这次生病住院也麻烦了她不少呢。

　　马骁驭差点儿击节赞叹:太好了!

　　他赞叹首先是因为家宴。作为一个单身男人,他已经有太长时间没吃过家常饭了。其次是因为邀请王静夫妇,王静也是他们班同学。这就更让他放松踏实了。他努力保持着矜持追加了一句,那就得辛苦你了哦。吴秋明说,没事,我喜欢烧菜。

　　马骁驭忽然想起,问,你表姐呢?

　　吴秋明愣了一下,然后"哦"了一声,表姐呀,她回老家了。

　　看来她的确没有生活伴侣,生病靠表姐照顾,表姐一走就孤身一人。以马骁驭的经验,很多人虽然未婚,却始终享受已婚待遇,暗地有伴侣。比如他,在多数情况下也是有伴儿的,只是这段时间单着。

　　四个人的家宴,显然吴秋明并没有想趁机怎么样。可是校庆那天她为什么会喝醉呢?为什么会说出那样的话呢?什么非马骁驭不嫁,什么她这一生注定要孤独，搞得他压力顿生，生怕背负不起吴秋明的悲伤，慌忙投入到找对象的活动中。

同学聚会后，马骁驭像打歼灭战一样四处见女人，以前懒得见的都一一去见。老实说，还真不易找到合适的，他自己设定的三十岁到四十岁的这个年龄段，多数是离婚女人。离婚女人往往是一朝被蛇咬十年怕井绳，看他帅条件好，便顾虑重重，无法坦诚相处，甚至疑心他有生理问题（以你这么好条件怎么四十岁了还单身）。另有几个未婚的大龄女性，一个抽烟喝酒泡夜店，他无法接受；一个居然怕狗，怕到要尖叫的地步；还有一个上来就说要带母亲过来一起住，不能离开母亲。

不这么满世界找对象，他根本无法知道女性的品种如此丰富，让他一次次瞠目结舌。当然，在女性眼里估计男人也一样。马骁驭越来越感觉到，结婚这种事一定要趁年轻，年轻时糊里糊涂就结了，借着荷尔蒙汹涌多巴胺澎湃，什么样的对象也敢结成对子。一旦理性了成熟了，就左不对右也不对，越来越胆小。结婚结婚，要先昏才能结。过了昏头的年龄，太难了。

后来总算遇到一个相对合适的女人，三十三岁，长相、身高、学历这些硬件都符合他的择偶条件。从没结过婚，其原因是太挑剔，把自己挑成了老姑娘。说老姑娘，也只是沿用老旧的习俗，若要看人，完全像个小姑娘，脸庞依然有光泽，头发依然黝黑，穿着打扮更是入时。有时候是齐大腿根的短裤，有时候是拖到脚背的长裙，还喜欢背双肩包，手机背面上贴卡通画。

可往往就是这样，硬件归硬件，马骁驭跟她在一起总也没感觉，完全是为了谈对象而谈对象，不冷不热的。女子跟介绍人说她对马骁驭很满意，可每次在一起都很矜持。搞得马骁驭一想到要和她见面心里就有障碍，不知是主动好还是等待好。有两次马骁驭主动伸手，想揽一下她的腰，她敏感地闪开了。是不是因为从没结过婚，对性的事情很拒绝？马骁驭不好问，也不敢再试探。就这么不尴不尬地交往着，几个月过去了也毫无走向婚姻的迹象。

虽然在男女关系上毫无进展，经济上却突飞猛进。从送花，请吃饭，到送衣服送包，最后终于谈到了钻戒。却原来，未婚女子说，前一个男友，就是太小气，才分手的。

马骁驭有点儿不爽，虽然他明白，以他这样的年龄，哪里还有单纯建立在感情上的婚姻？所有的婚姻都包含着感情以外的因素，甚至大于感情因素。可是，你要求我大气，我是不是也该要求你大气呢？

他用半开玩笑的语气说了此话，女子竟生气了，摔门而去，两天不接他电话。他犹豫了两天，本想挽回的，前期已经投入了那么多，自己一点儿收益没有实在冤，可是他又无法预测自己要大方到什么时候，才能从女子那儿得到回报。

他便打电话过去，试探着提出分手。女子以为他打电话来是求和的，哪知竟是分手，有点儿下不来台，就来了句赌气的话，那就祝你好运吧，关了电话。

这次求偶活动便以马骁驭的惨败而告终，他前后花了好几万，却连女子的腰都没揽过。虽然情感上并没有伤筋动骨，还是让马骁驭添堵。大约不是分手本身，而是由分手想到的自己的狼狈生活。

就在这个空当期，也就是一个月前，他又一次见到了吴秋明。

是在一个心理学会议上遇见的。

这样专业的会遇到同学是很正常的，可是马骁驭却莫名地紧张，还好吴秋明丝毫没有假公济私的意思，除了见面时打个招呼，私底下一次也没来找过他。这让马骁驭觉得，吴秋明这个人还是很有自尊的、心气很高的，因此多了一份好感。从会议名单上马骁驭发现，她已经是省心理学会的执委了。会议结束分手时，他便主动给了她电话，还客气地说了句有什么事就找我，别客气。

吴秋明把马骁驭的电话输进手机，回拨给马骁驭，马骁驭也就存下了她的号码。这是两人大学毕业二十年，头一回建立实质性的联系。

不想就发生了雨夜赶往医院的事。

7

马骁驭很费了些劲儿才找到吴秋明的家。她家在东郊一个很普通的小区里，面积不大，就立着两栋电梯公寓，间隔着一些草坪和绿化带，中间稍大些的地方，有几样常见的锻炼设施，还有孩子的滑滑梯和秋千。小路干干净净，看上去物管不错。马骁驭暗想，其实一个城市里，会有许多从未涉入却让人惬意的角落。

敲开吴秋明的家,最先冲出来迎接的居然是一条狗狗!而且那狗狗和老贝长得蛮像,棕黄色、短毛、尖耳朵,中等体型,狗狗毫不见外地往马骁驭身上扑,欢天喜地的样子。

吴秋明跟在后面连声唤:糖糖,糖糖!不许叫,回来!

马骁驭连忙说,没事没事,我喜欢狗,我也养了一条。

吴秋明还是把糖糖呵斥回去,关到了阳台上。

王静夫妇还没到,马骁驭略有些尴尬,显得自己过分积极了。他笑说,我还以为我迟到了,没想到是第一个。吴秋明笑说,你当然迟到了,迟到了十分钟。王静那家伙历来磨蹭,现在有孩子了更磨蹭。

马骁驭把带来的红酒交给吴秋明,吴秋明说,我答谢你,你还带这么贵的红酒呀。本末倒置了。

马骁驭说,同学之间,别说客气话。

吴秋明说,真的很感谢你。那天夜里你的鼎力相助对我来说太重要了,差不多是救了我一命。

马骁驭说,哪里哪里,救你的是医生,我不过是签了个字。

吴秋明说,你不签字画押,医生哪敢手术?

马骁驭心想,我是被迫签的。深更半夜的,没法推脱。

吴秋明像是猜到了他的心思,又说,得请你原谅,在那个时候给你打电话,那么唐突。你肯定很吃惊吧?

马骁驭说,确实有点儿意外。

吴秋明说,他们按手机上的顺序连着打了几个电话,有我单位同事的,有朋友的,有王静的,甚至还有超市送货的,大部分人都关机了,王静虽然是通的,但她静音,毕竟是半夜,接电话的概率太低。

马骁驭说,这么低的概率还被我中了,人品爆发嘛。不过事后我想,即使你有很多选择,估计我也是最佳,有车,行动方便,单身,不必请假。

吴秋明咯咯地笑,马骁驭还从来没见她这样笑过。吴秋明说,其实最重要的一点是,你居然在那个点儿还没睡着,才可能接到这样百年不遇的电话。

马骁驭心里动了一下,是呀,自己那天晚上莫名其妙地失眠,仿佛就是为了等这个电话似的。但他掩饰说,咳,我那天晚上刚好在赶一篇稿子,睡晚了。

吴秋明家很特别，虽然只是两室一厅，但厅很大，四壁都是书柜，中间一张大书桌，没有家家户户都摆放的凹形沙发和茶几。书桌上除了一个笔记本电脑，依然是一摞摞的书。正在看的，还没拆封的，像书店里的展柜。再细看，大多是心理学方面的书：《津巴多普通心理学》《社会心理学》《怪诞心理学》《怪诞行为学》《当经济学遇上心理学》《大脑开窍手册》《发展心理学》《人格心理学》等。最显眼的是那本基础教材《心理学与生活》，一看就是经常在看，已经蓬松了。作者是两位美国教授，一个是纽约州立大学的理查德·格里格，一个是斯坦福大学的菲利普津巴多。对他们这个领域的人来说，是无人不知的大佬。

书中间还有个大烟缸，一看就是青花瓷笔洗下嫁做的烟缸。马骁驭暗笑，吴秋明果然如同学们说的，不像个女人。唯一能看出主人性别的，是电脑旁的两盆肉肉植物。

不过马骁驭置身其中，倒是觉得亲切自在。忽然，他一眼看到了那本橘黄色的《20世纪最伟大的心理学实验》，如获至宝，连忙拿起来翻看：你在哪儿买到的？这书我一直没买到。

吴秋明说，几年前去北京出差，在书店买的。

马骁驭没好意思开口借。他想，现在恐怕没有借书看的人了吧？即使是作为追女人的手段都过时了。

吴秋明主动说，你想看就拿回去看好了，我已经看完了。

马骁驭说，我还真想借回去看看，这书不知什么原因买不到，只有电子版，我不习惯看电子版。

吴秋明说，肯定是没销路呗，出版社不想加印了。其实这样的书，不是专业人士也能看进去的，很有趣，还是宣传不够吧。你发现没有，现在的教材大多是以英美国家为主的。其他国家，比如日本、俄罗斯、澳大利亚等，都非常少。所以我最近带了两个学生在翻译一本印度学者写的心理学专著。

马骁驭说，那我可要好好拜读。听说你都出了两本专著了，也让我学习一下嘛。

吴秋明说，千万别这么说，我都不好意思送你。

马骁驭说，你做心理咨询也需要看这么多理论书吗？我总觉得做心理咨询主要靠耐心，甚至靠天赋，会开导人就行。

吴秋明笑笑说，我在读博士后。

马骁驭吃了一惊，你在读博士后？现在吗？

吴秋明说，对，去年开始的。

马骁驭真有些大跌眼镜，实在是佩服得紧。

四十多岁了，还读书？他说，我可是早已读书读厌了，现在只要工作能对付，就不想碰专业书。羞愧呀。

吴秋明轻描淡写地说，我空闲时间多，不想让自己闲着。那就读一个呗。挑战自己有快感。

马骁驭想，看来读书对吴秋明来说就是个爱好，跟很多人玩儿乐器，玩儿相机，玩儿邮票，打游戏一样。据说马克思空闲时就经常解微积分来换脑子。这人和人，真是绝对不一样。

吴秋明找来一个纸袋，将马骁驭要借的书和自己写的两本书一起放了进去，然后把一杯泡好的茶递给他。马骁驭接过茶杯，在沙发上坐下，忽然感觉很熨帖，很自在，就好像把缩回在棉衣里的内衣袖子拉下来了。奇怪，这可是他头一回走近吴秋明。

糖糖在阳台上发出哼哼唧唧的声音，用爪子拍门，马骁驭走过去安抚它，问道，它多大了？吴秋明说，在我家十三年了，两个月来的。马骁驭惊讶道，噢，比我家老贝还长寿。糖糖，是糖果的糖吗？吴秋明笑眯眯地说，对。这样我每天都甜甜的。

马骁驭乐了。吴秋明挺开朗啊，不像他想象中的单身女人。

王静夫妇果然在临近晚饭时才到达，进门说了一堆迟到的理由，马骁驭这才发现王静这么嘴碎，在大学里觉得她是个闷葫芦，跟吴秋明一样闷。她的丈夫，就是临到毕业前把她拽走的那位政教系男生，在一旁揭发她忘性大，车都开出一条街了，才想起忘带礼物了，又折回去拿。

王静说，就怪我们那孩子的老师，电话里啰嗦半天，说孩子中考的事。其实她是想让我帮她个忙，害得我忘了拿礼物，都准备好了，放在桌子上又忘了，那肯定要折回去啊，对吧。下次见面又不知道什么时候，必须带来。

说罢她从包里拿出两条烟来放在桌子上：这是专门给我们心理大师提

供的弹药。吴秋明有些意外，说干吗给我带这么好的烟呀？太贵了。王静说，人家送他的，他也不抽，顺水人情，你别当回事。吴秋明迟疑了一下，把烟放到了书桌上。

王静在她身后说，你也是，就不能穿得稍微时尚点儿？老是这一身。吴秋明说，这衣服可是新买的。王静说，看不出来。你衣服不是黑就是蓝，要么灰。我就没见你穿过暖色和花色。吴秋明说，深色遮丑嘛。

她毫不在意自己的外貌，这反倒让马骁驭佩服。他注意看了一下吴秋明的穿着，深蓝色的衬衣，灰裤子。虽然不时尚，质地却很好。马骁驭看出来了，绝对不便宜。再看王静，穿的是连衣裙，领口很低，腰部有复杂的褶皱，的确时尚。可是，如果让两个人交换着穿，一定别扭。

吴秋明把菜摆上桌，有模有样，七八个，马骁驭努力克制着，还是没能掩饰住那副馋相。真没想到你还有这一手。他由衷地叹了一句。王静也说，比我厨艺好多了。

吴秋明说，那得感谢你们来做客，平日里我很凑合。

马骁驭说，这么好的厨艺不展示真是极大的浪费。

吴秋明说，一个人嘛，吃饲料就行了。

马骁驭会意地说：我也经常吃饲料的。他知道此说法：一个人吃的是饲料，两个人吃的才是饭。

王静在一旁说，你们说什么呢，吃什么饲料？

吴秋明说，我们在说单身狗的生活，你不会明白的。

马骁驭忍不住大笑。没想到吴秋明这么风趣，并没有因为长期单身而变成刻板的大妈。

吴秋明拿出一瓶红酒，开红酒时，她还用一块毛巾垫着瓶口，颇有仪式感。她举起杯，首先感谢马骁驭在那个雨夜的鼎力相助，然后感谢王静那两天跑来帮她喂糖糖。

同学就是好。吴秋明用这句话规范了他们的关系。让马骁驭听着顺耳，他不再想说客套话了。王静却笑道，本来签字的应该是我，马骁驭谢谢你替我受累了，让我一觉睡到天亮。

几个人都大笑起来。

马骁驭原本存有的一点儿局促，在笑声中噼里啪啦消除了，就跟他常常玩儿的爱消除游戏一样，同样的花色相遇了，一碰四散，很有快感。

8

马骁驭事后回想，其实那天他最惊讶的，不是吴秋明在读博士后，也不是吴秋明的厨艺，而是他竟然跟吴秋明很聊得来。无论是专业，还是非专业，是学术问题，还是社会问题，甚至连狗狗都能说到一块儿去。这让马骁驭心里暗暗有些惊讶。

晚饭后王静夫妇先走了，照理说马骁驭也该一起撤的。但王静提醒他喝了酒，不能开车。马骁驭说，我只喝了那么一小杯红酒。王静说，那也不行，你还是规矩点儿，喝会儿茶再走吧。

马骁驭暗想，王静这是要帮吴秋明"撮合"吗？吃饭中间她曾两次说，吴秋明这下你知道一个人过日子有问题吧？半夜痛昏过去都找不到个人送医院，还是找个伴儿为好。吴秋明当时只是笑笑没有作答。不管她和她什么意思，马骁驭也只好留下了。他确实喝了酒的。王静可是一滴酒没沾，他老公喝了不少。

送走王静夫妇，他们俩就移师阳台。糖糖很安静地卧在吴秋明脚边，没有对马骁驭的存在表现出抗议。吴秋明家在27楼，蛮高，加上那天天气不错，少有的清爽，夕阳下一眼能看到远处的山脉。两个老同学相对而坐，喝茶，闲扯，放松而舒适。偶尔两个人还互相递烟。马骁驭原本是看不惯女人吸烟的，但不知为何，吴秋明吸烟他感觉很自然。

聊天的话题广泛到天边又深入到犄角旮旯。同学就是同学，共鸣比较多。说起大学时代，吴秋明丝毫也不回避她在大学里的形单影只，但她说她一点儿也不觉得孤单，很自在，每天有那么多书可看，好幸福。有时候看到一本喜欢的书，兴奋好几天，就像是和作者有了一次深入交流。

马骁驭相信她说的是心里话，不是哪里抄来的。

吴秋明说，我很庆幸自己那几年的埋头苦读，后来工作了，时间少了，最重要的是阅读质量开始下降，注意力没那么容易集中了。全靠大学四年的海量阅读，打下学业的基础。那天看到一句话，感觉说到心里去了，那作者说，我很感谢自己年轻时的努力。我也是，很感谢自己年轻时的埋头读书。

马骁驭在这一点上是羞愧的,他四年的大部分时间,都被青春年少的快乐和浮躁占领了,学业全靠小聪明扛着。但对于吴秋明说她丝毫不感到孤单,他还是存疑的。毕竟青春年少。

他没有再追问。那应该算他们之间的雷区,如果吴秋明说感到孤单,那不是由他造成的吗?她说她丝毫不孤单,也许是不想给他压力。何况她的确做出了成绩。那次他们班同学聚会,一数,依旧做专业的只有五六个人了,做得好的大概要数吴秋明了,她不但取得了心理咨询师专业资格,还是省心理学研究会的执委,在心理学界已小有影响。马骁驭虽然也一直做本专业,但以前以教学为主,现在以行政工作为主,没有更深入的研究。

马骁驭说,现在做纯理论研究的的确不多了。我在大学里常常被问到是否做心理咨询。老实说,我都懒得解释心理学和应用心理学之间的不同。就连考我的硕士生也会问到这样的问题。我只能让他们先去读一批书,读过之后再思考一下,自己究竟是对一门研究人的心理和行为的实验科学感兴趣,还是对心理咨询帮助人解决困惑感兴趣。这是两个大方向。

然后呢,选择哪个方向的多?吴秋明问。

马骁驭说,还是选择实用性的多。人们太需要实用性的东西了,这是人的本能。你看微信圈儿就可以发现,好多心理分析已经变成通俗读物了。比如随手涂鸦,画房子和树,可以看出一个人的个性,喜欢画上门窗的,表明心理比较开放;喜欢画上树冠和太阳的,表明内心有阳光;还有,太爱照镜子和自拍的人,都是有自恋倾向的人。有自恋倾向的人很容易得强迫症,进而抑郁症。如果所有人的性格都这么有规律的话,世界就简单了。

吴秋明说,现在的人喜欢通过一些符号来分析人窥探人,比如生辰八字、星座、属相、血型、姓名笔画,现在甚至还用手机号、身份证号,以及喜欢的颜色、喜欢的形状,五花八门的。这说明人都渴望了解自己,同时又渴望看到自己好的一面。那些星座血型属相的分析,不管是哪一种,都能在其中看到自己想看到的优点,听到顺耳的话。

马骁驭说,是的,我经常被我的学生问到属相和星座,尤其是女生爱问。有一次我故意说错,我说我是摩羯座的,我那学生居然惊呼:老师你太像摩羯座了!我只能呵呵了。所以我是不信这些东西的。什么都能往上靠,都是些骗人的把戏而已。

吴秋明说，骗人说不上，就是娱乐吧。我不信这些东西，我根本不知道自己是什么星座。

马骁驭说，怎么会？那个很容易查到。

吴秋明答非所问地说，其实不管用什么方式，都无法完全破解一个人的内心，破解所谓的命运，即使是易经。人心有道天然屏障，藏着一些任谁也无法看到的隐秘，父母、孩子、配偶，都无法看到。

马骁驭点头称是。

吴秋明说，哪怕你去听他的梦呓，你也不能听明白。因为有时候连他自己都不明白他的内心，自己都把握不住自己的内心。

马骁驭感叹，到底是研究心理学的，看得深。他忽然想起前女友之一总喜欢说，你猜我想要什么？你猜我现在想干吗？如果马骁驭说猜不到，或者我怎么知道，她就会说，你不是学心理学的吗，怎么会猜不到我心里在想什么？马骁驭没法跟她说明白，只好敷衍说，你不是一般女人，你的心理构造特别复杂，是极少数人的那种。女友被忽悠得找不到北了，就放过他。

他把这个桥段讲给吴秋明听，吴秋明笑坏了，笑到弯腰。马骁驭发现她笑起来还是很动人的。也许任何人的笑容都是动人的，哪怕是满脸皱褶的老太太。笑容应该是女人最好的化妆品，如同阳光是风景最好的化妆师。只是，吴秋明这样笑的时候不多。总体上她是一个严肃的人，严肃的女性。

一说起专业，她的话很密，很兴奋：我早年参加过一个公益活动，以电信局的一个公众号为平台，通过电话疏导那些有心理困惑的人，做了五年。那个时候就经常遇到这样的问题：比如算命先生说我克夫（或者旺夫），那我该找个什么样的人？还有，人家给我介绍了个对象，和我的属相血型都不符，我该不该去见？

有意思。马骁驭说，还挺不好回答吧？

吴秋明说，我只能尽量从正面去引导。当然还是有很多真正的心理困惑，你可以倾听、疏导、安抚，最终听到对方轻松愉快的声音，真的很有成就感。那个时候我发现，人们隔着电话说出自己的隐私要容易得多。中国人还不习惯找心理医生，或者说没条件找。所以我们的咨询电话填补了一大空缺。其实在我们那个公益组织里，大部分人是没有心理咨询师资格的，他们甚至不具有心理咨询的基本知识，就是一些有文化的热心公益的人。比如共青团干部、中小学老师、大学老师、医生、作家、编辑，等等。真正从事心理学研究的，只有三位。有时我明显感觉到一些打来电话的人，已经有了严重的心理疾患，而不是普通的苦恼困惑，应该去专业医院就医才是。但是我还是感觉到，我们那个心理咨询热线，对普通百姓的心理疏导起了非常重要的作用，差不多跟教堂一样，每个周六开通，很多人为此等待星期六。

马骁驭一边听一边有点儿走神，难怪他们班同学都说她喜欢参加公益事业，还真是。听说大地震的时候，她天天跑灾区，为灾民和救灾部队做心理疏导。但他很愿意她说这些。即使抛开所说的内容，单是她说话的语速和语调，也挺悦耳的。

如果，马骁驭想的是如果，如果吴秋明稍微好看一些，自己会不会喜欢上她呢？作为男人喜欢女人的那种喜欢？为什么男人那么在意女人的相貌呢？是雄性动物的天性吗？

吴秋明发现他走神了，不说了。马骁驭很快发现了吴秋明的发现，连忙捡起她的话头说，这真是件非常好的事，为什么现在没有了？

吴秋明说，还是有的，只是越来越规范了，不再是公益性质了。

马骁驭忽然说，你自己呢？总会有心情很糟的时候吧？你怎么解压？是胡吃海喝？疯狂购物？还是去微信圈里喝心灵鸡汤？还是给朋友打电话倾诉？总不会是咬一根筷子吧。

吴秋明知道马骁驭指的是保罗·艾克曼的表情理论。当情绪低落高兴不起来的时候，咬住一根筷子或者铅笔，让自己假装"微笑"，就真的会体会到微笑的心情，让情绪好起来。

吴秋明说，你做心理调查啊？

马骁驭说，哪里，真心请教。

吴秋明说，咬根筷子对我来说，还不如吹口琴来得爽。

马骁驭说，还真是。那楼下的人有福了，可以免费欣赏那么好听的音乐。

马骁驭是由衷的，他想起了吴秋明在同学会上的演奏。

吴秋明说，说不定人家还觉得被打扰了呢。我一般不在阳台上吹，有时候想吹了，就到河边去吹。过过瘾，回来就安安静静地看书。老实说，胡吃海喝疯狂购物对我都不起作用。心灵鸡汤和倾诉我也不喜欢,你知道咱们学这个的,什么都明白。可是我也不想自己闷着,那不利于心理健康。对我最有效的解闷方式,还不是吹口琴,而是做事,一做事,我马上就心平气和了。

马骁驭问,做事?做什么事?

吴秋明说,公益呗。

又是公益。马骁驭说,我早听同学说,大地震的时候,你做了三个多月的公益。你这么喜欢做公益是有什么特别的原因吗?

吴秋明说,没什么特别原因,都是为自己。一是为自己心理健康需要,二是为自己专业研究需要。一举两得,何乐而不为。

不知怎么,马骁驭总感觉她还应该有其他原因,但这两点也足够说服他了,甚至让他暗暗动心,自己似乎应该参与一些公益才是。

差不多到十一点,马骁驭才告辞。

马骁驭开车出小区时,耳边隐约传来琴声。他不知道是吴秋明此刻站在阳台上吹口琴呢,还是他的幻听?

一曲《千里之外》,把他送出了大门。

9

那次家宴之后,他们又各入自己的轨道了,不但没见面,连电话都没有。

在马骁驭这里,是想继续保持以往的距离,回到原来的生活轨道上。两个单身男女,不打算结婚没道理总在一起。不打算结婚的恋爱都是耍流氓,虽然说得有点儿过,本质没错。马骁驭不想让吴秋明误会自己。虽然他愿意和她聊天,但也就止于聊天。

至于吴秋明怎么想他就不知道了,反正她也没和他联系。

马骁驭觉得有点儿奇怪,他略感失落。如果真的如同学们所说的那样,她那么钟情于他,就该主动和他联系才是,反正有了开端。

马骁驭忽然意识到自己是在等吴秋明的音讯,不免感到好笑。这是怎么了?真的是太孤单了吗?

这时,他生活里发生了一件悲催的事,让他心悸了数日——那位他曾经交往过的、让他很动心的前女友,突然自杀了。

那天马骁驭正在讲课，见手机在桌子上一闪一闪的，看也没看就关掉了。等下了课拿出手机一看，竟然是他前女友之一的电话，就是那个要做99件事的前女友。他们分手后他还没有删掉她的手机号。他正犹豫要不要打回去，一条短信又到了：

女士先生，我们悲痛地告知各位，某某女士已于昨日深夜不幸去世。根据她的遗愿，不开追悼会，不举行遗体告别仪式。如有希望表达心意者，请于明天上午到她的家中致哀。地址：某某街某某花园几栋几单元几号

马骁驭虽然不是第一次接到这样的通知，还是有些心惊，因为这个人是曾经与他有亲密关系的人，他们差点儿就订了终身。怎么回事？他要不要去搞清楚原委？

最终他还是去了那个某某街某某花园。女友的母亲是认识他的，见到他就控制不住地抱头痛哭，让他也无法克制地泪下。原来前女友与他分手后，又与一个男人恋爱，那个男人对她百依百顺，看大海等日出雨天出去散步，什么什么都不在话下。他做饭的时候她给他读诗，她看书的时候他给她喂苹果。她感觉幸福无比。却在某一天，忽然发现那男人是有妇之夫，孩子都三岁了，在另一个城市。这个打击实在是太大了，她无法承受，便选择了离世。是煤气自杀。也不知她是怎么知道这方法的。女孩儿的妈妈有些神经质地反复念叨说，还好没有跳楼，不然更惨。女孩儿的父亲说，她迟早会离开的，她不属于这个世界。

他们轮番说着相同的话，目光呆滞，他们用那些话来缓解内心的疼痛。马骁驭除了耐心倾听，没有其他安抚方式。老实说，他先是松了口气的，原来和自己无关，不是自己害死的；但接着感到痛心，那么好一个姑娘，就这么没了；再接着是自责，也许不和她分手就不会这样了；但跟着又庆幸，幸好分手了。就这么翻来覆去地蹂躏自己。最终还是痛苦多于庆幸。

很长一段时间里他心情郁闷，无人可说。因为他最想向其倾诉这一切的，只有吴秋明。有个晚上，他终于按捺不住，试着给吴秋明打了个电话。电话通了，传来悦耳的口琴曲，虽然很好听，他也没好意思让口琴曲响到结

束才关电话。

之后收到一条短信,吴秋明回复说,她回老家了,乡下信号不好。

这一搁,也就搁下了。

一晃到了秋天。

马骁驭走在黄叶纷飞的校园里,莫名涌起一股人到中年的滋味儿,酸不拉唧灰不溜秋。不管日子过得如何,是单身还是有孩子长大成人,一到这个节点,中年的心情都会自动下载安装。没有了年轻时的朝气和想入非非,也还没有老年的神闲气定,万事皆空。两头不挂,欲说还休。

马骁驭暗地里自嘲了一把,忽然琴声入耳,是《梁祝》。虽然拉得不是很娴熟,依然有种动人的音韵随风飘来。也许是心境所致。他顺着琴声走过去,见一个教学楼后面的小花园里,一个男生在专注地演奏小提琴。他们学校是没有音乐系的,这学生显然是业余爱好。爱好音乐会让人内心更丰富。这是吴秋明说的,她说她之所以人到中年还学吹口琴,就是想以最低的成本涉足音乐。马骁驭在这一点上又一次感到羞愧了,小时候父母为了让他学琴,买了小提琴,还买了架聂耳牌钢琴。可他至今只会弹《致爱丽丝》,小提琴则完全废弃了。

离开小提琴手,转身,却见系里那个新来的女老师款款走来。马骁驭赶紧往右一拐,插到另一条路上去。

那个老师是这个学期刚来他们系的,女博士,二十八岁,未婚。到系里的第一周,就主动约马骁驭吃饭。马骁驭稍感意外,还是去了。起初他有顾忌,一是她比自己小十几岁,怕有代沟;二是读书读到博士会不会呆?哪知见面没多久他就意识到他的顾忌都不是顾忌。真正令他退缩的居然是一个极小的细节,就是女博士的口头禅。女博士说到自己时永远都不是"我",也不是"俺",也不是"偶",而是"人家":人家不想这样嘛。人家饿了嘛。人家光顾读书没时间找对象嘛。"人家"是她的第一人称。

几个"人家"下来,马骁驭就受不了了。吃饭快要结束时,他只好透露自己已经有未婚妻了。"人家"略有愠怒,但只顿了一下,就大大方方地说:没事啦,一起吃个饭,以后多多关照人家哦。

吴秋明曾经说,越是看上去优秀的女孩儿,越会有些致命的毛病。还真是。照理说女博士聪明、漂亮、温柔(如果那种说话方式被接受的话也可以算温柔），他却无福消受。吴秋明还说，即使是两个一见钟情的人，也是由他们的义化背景决定的。

奇怪。马骁驭现在时常像想起名人语录一样想起吴秋明说过的一些话。看来吴秋明对他的影响超出了他的预料。

像吴秋明那样的女人，估计在任何男人面前都不会撒娇的。不过，这个女人的心思还真不好猜，是真的看淡一切了，还是像自己一样仍迷惑着，用冷硬的外表做保护色？她怎么就不联络了呢？她看不出自己是乐意和她一起聊天的吗？难道自己有什么话说得不妥吗？

在马骁驭的记忆里，那次深夜畅聊，他们之间只发生过一个小小的分歧。就是在说到王静夫妇的时候。

那天王静夫妇离开时，吴秋明强行把他们带来的两条好烟塞还给他们，搞得王静有些下不来台。马骁驭问她为何如此，同学之间还这么讲原则？吴秋明便告诉他，王静送她烟是有所求的，来之前就在电话里问她，是否认识刊物或者报社的编辑。说他们女儿没什么特长，麻烦她帮忙找人帮女儿修改作文拿去发表，说他们学校对发表文章的学生特别看重，中考可以加分。她当时就表示做不到，王静还是带了烟过来。

我不想做这件事，所以不想收她的烟。吴秋明说，我不明白他们是什么思维？你看王静和她老公，吃饭的时候一直在吐槽，说他们单位领导徇私舞弊，任人唯亲，明明该他上却用了个他老乡。王静也是，骂完单位又骂孩子学校，教育腐败，老师无德。我还以为他俩是愤世嫉俗忧国忧民的主呢。没想到自己也是其中一部分。这就是今天的新常态，一边骂不正之风一边搞不正之风。

马骁驭颇感意外，但他还是打圆场说，父母对孩子嘛，往往会不顾一切。再说现在这个社会就这样。

吴秋明说，可是你这样做，不是让孩子从小就感觉到可以通过不正常途径获得好处吗？你从小给他这样的暗示。可以不靠自己的努力去获得真实的成就，长大了还指望他靠自己奋斗吗？你自己看不惯的事，为什么还让我做？

马骁驭敷衍说，可不是，己所不欲，勿施于人嘛。

吴秋明说，己所欲，也应该勿施于人。

马骁驭不由得点头赞同，虽然感觉过于尖锐。

吴秋明却有些刹不住车了：我感觉现在最糟糕的不是官员的腐败，是观念的腐败；不是空气的污染，是心灵的污染。几乎每个人都成了这个糟糕社会的土壤。不要说普通人，就是所谓的知识分子，也有很多人已经丧失了思考能力，想当然地看生活，顺从生活，接受生活。愤世嫉俗反而会被嘲笑。这样的平庸才是万恶之源。

马骁驭说，听你这么说，我感觉你肯定是汉娜阿伦特的追随者。

吴秋明眼睛一亮，毫不犹豫地说，她是我的偶像，我爱她！我真希望成为她那样的女性。我连抽烟都是模仿她的。前不久我又看了一遍她的传记片，那演员还真是我想象的样子。好喜欢。

这样，他们总算把话题转到了电影上。聊了汉娜阿伦特的那部电影后，又聊到纳什的传记片《美丽心灵》，又聊到《模仿游戏》里的计算机之父图灵。吴秋明说她非常喜欢看传记片，尤其喜欢看天才的传记片。

我发现这些天才的后面都有后缀，缀上了古怪和不幸。吴秋明说，他们是孤独的，不能在尘世中找到知己，或者不能被作为大多数的凡人认同，也无法获得寻常世界里的快乐。可是因为有天才的存在，凡人才有可能被引领向上。我常常为自己能与这些非凡之人同处一个星球感到幸运。我一点儿也不否认我崇尚天才。

虽然吴秋明的论点马骁驭未必认可，但他喜欢听吴秋明谈论这样的观点，痛快，有智慧，见性情。

那样的深夜长谈，他真的想再来一次。

想归想，马骁驭还是按兵不动。

10

这个时候，又有人给马骁驭介绍对象了。

这回是间接熟人，具体说是父亲早年一个朋友的女儿。年龄也不小了，只比马骁驭小六岁，也就是说，三十五了。女人三十五相当于男人五十，虽然没人明说，但这个潜规则肯定存在于择偶界。这让她父亲焦虑不堪。有一天偶遇马骁驭的父亲，得知他的宝贝儿子竟然也单着，还是个大学教授，如获至宝，便不顾颜面地主动要求安排两个孩子见个面，也许能成就一段好姻缘。

　　父亲跟马骁驭说这事儿时，一点儿没有积极促成的意思，反而很抱歉，他一再解释说，他是碍于老朋友的面子才答应的，还说答应之后很后悔，他当时不该说儿子单身，应该说已经成家，这样就免去这个麻烦了。

　　父亲的自责让马骁驭意外，难道再次离婚让他也看破红尘了？他反过来安慰父亲说，没事儿，见个面也没啥，我去见就是了，您不必感到不安。

　　夏天快要结束的时候，父亲和他的第二任妻子离婚了，那个曾让父亲非常迷恋的年轻女人，终于也老了，也进入更年期了，脾气变得乖戾，尤其在酷热难挨的时候，他们天天吵架，终于分手。

　　婚姻到底是怎么回事？被情绪左右还是被利益左右？到底是为了找个人一起陪伴过日子更重要，还是找个人解决性需求更重要？到底是内心世界的和谐重要，还是外部世界的如意重要？即使是做心理研究的马骁驭，也是无法洞晓。

　　相亲的见面地点定在锦城艺术宫。女方母亲买了两张艺术宫的票，是话剧。由此想冲淡相亲的世俗气息。看话剧前，女方提出在艺术宫旁边的星巴克见面，因为那女子说正在减肥，不能吃晚饭，提出在星巴克喝杯咖啡就去看演出。马骁驭只好陪她一起饿肚子。老实说，他对话剧不感冒，对吃饭很感冒，可是也只能如此了。

　　见了面，就感觉不来事儿。不是对方不漂亮，也不是没文化，而是个性太强，像个骄傲的公主，一看就是长期当家做主养成的，说一不二，不容商量。马骁驭自己也差不多是这德行，那两个人在一起，还不得针尖对麦芒？

　　而且，那女子对自己的外貌在乎到了极点，估计一天中一半的时间都花在打扮上，如果马骁驭也算外貌协会的，那她就是VIP会员。她坐下来第一件事，就是侧着头翘着下巴来了张自拍，一看就不是个过寻常日子的女人。就在喝咖啡的那会儿工夫，还去卫生间补妆。马骁驭对这样的女人可是不敢过问，他有过前车之鉴。

　　马骁驭暗暗寻思，这次得速战速决，一次了断。可是作为一个有教养的男人（至少在外人看来他应该是有教养的），他还是希望女人先提出拒绝，给足女人面子。

等那女子从卫生间回来，马骁驭就说，我估计你也是被迫来相亲的吧？你那么好条件哪里需要介绍？要想结婚早就结了。

女子稍微愣了一下，自负地说，可不是！给老爸个面子呗。

马骁驭正中下怀，连忙说，我也是为了孝顺父亲，那咱们就……

他预想的结束语还没说出口，女子突然来了个急转弯：不过，我也是看人的。我听我爸说了你的情况后，感觉还是值得一见。

马骁驭暗暗叫苦。

我还从没和大学老师相亲过呢。何况你还是个帅哥。女子的口吻像是在调侃，带了几分轻浮：我也奇怪像你这样的条件怎么会单着？听说你是房子车子票子什么都不缺，就缺个女主人了。难道这么大个钱包还让我捡着了？

女子哈哈哈笑着，马骁驭明白，她是有意把一个庸俗的问题用洒脱的语气说出来，以掩饰自己的尴尬。但这番话却令他瞬间产生了反感。心里更加确定这位不是自己的菜，应退回。

他应付道，哪里哪里，我也就是一个穷书生。

女子又说，我到现在还和父母住一起，成天听他们唠叨很烦。听说你家装修得特别高大上，那我可以直接拎包入住了？

面对再次进攻，马骁驭决定关上城门阻击了。他也用调侃的语气说，你还真幽默呢。我明白，咱们都是成年人，婚姻大事哪能让别人安排。今天顺应长辈见个面，算是有个交代，就可以了了。

女子微微有些意外，但还是放不下面子要求继续交往，她收起笑容顺着他的话说，可不是！我都拒绝好多回了，这次因为爸爸说和你父亲认识，我不好意思拒绝才来的。

马骁驭说，抱歉抱歉。

女子站起来说，那咱们就去剧场吧，边演戏边看戏。

居然还幽默了一句。

走进剧场就被嘈杂包围，看来观众还不少。看介绍，戏的主演是个当红女明星，也许很多人是冲着她来的，戏好不好无所谓。马骁驭跟在相亲女子的后面，看她袅袅婷婷地朝前走，微微抬着下巴，高挑的身材挂着一套时尚衣着，把满场的女观众比下去一半多。也难怪她傲娇自负。眼看女子走过了他们的位置，马骁驭只好出声：哎，在这儿。她回头，嫣然一笑，款款走回到马骁驭身边。马骁驭侧身,让她先进入座位,在外人看来,他们真的很般配。

铃声拉响,全场转暗。马骁驭看了眼手机,七点三十分。他暗地里掐算着,九点半演出完毕,十点多可以到家。洗个澡,十一点肯定能躺上床了,靠床上一边玩儿手游,一边看电视,舒舒服服的。

他忽然意识到,自己已很多次如此了,去参加聚会,总是在聚会开始不到一小时就掐算着回家的时间。真的是人到中年激情消退。他在漆黑的剧场里独自苦笑。

哪知中场休息时,他竟然在卫生间拐角处遇到了吴秋明。吴秋明一个人站在那儿抽烟。

马骁驭惊喜之余有些尴尬。照理说他一个王老五,出来相亲正大光明,而且相的是女人,未婚女人,一点儿猫腻也没有,但不知道怎么他就是感觉很尴尬。吴秋明倒是落落大方地跟他打招呼,说没想到你也喜欢话剧?马骁驭只好含含糊糊地应付两句,心里纠结着要不要告诉吴秋明自己出现在这里的真正缘由。

他没话找话地问,你一个人?

吴秋明说,一个人。我经常一个人看戏看电影,自在。你呢?

马骁驭只好说,我和一个朋友一起来的。

吴秋明很理解的样子笑笑,转身要走,马骁驭忽然说,看完戏我们一起喝一杯?

吴秋明似乎意外,但还是接受了:行。在哪儿?

马骁驭说,旁边有家星巴克。

吴秋明说,不如去酒吧。星巴克旁边有个酒吧。

于是就说好了,散场后在那里碰头。

奇怪,一旦谈妥了这个约会,后半场的戏马骁驭就看进去了,还跟着乐了两回,鼓掌两回。那女子说,你不是说不喜欢看话剧吗?马骁驭说,没想到还有点儿意思。

11

果然在剧场不远处找到了一家酒吧。

吴秋明熟门熟路地率先进入，找了一个面对窗户的长条高桌，一跃而上。马骁驭也随后在她旁边坐下。

玻璃窗外，灯光璀璨的街景如舞台一般，只是演员在不断变换，上演着多幕哑剧。马骁驭点了两罐黑啤，吴秋明要了一瓶干红。服务生刚要走，马骁驭又喊回来，加了一份儿蛋糕。

我实在是饿了。他不好意思地解释说。吴秋明说，怎么没吃晚饭？马骁驭说，没。吴秋明又说，连饲料都没吃？马骁驭立即想到了那次在吴秋明家里的段子，忍不住哈哈大笑起来，但他马上止住，四下看了看，还好没人注意。

马骁驭低声道：不瞒你说，我没来过酒吧，总感觉这种地方是年轻人的天下。吴秋明说，什么年轻不年轻的，你心里不要划线，就没人给你划线。

显然吴秋明比他淡定多了。一个长期过单身生活的女人，一个相貌有缺陷的女人，肯定无数次面对他人不解的目光，早被历练出来了。就如同今天中场休息抽烟，虽然没去吸烟室，却也毫不介意地站在走廊上。

喝着酒，看着窗外来来往往的行人，彼此问了近况。一时竟无话了，一条沉默的河流在两个酒杯之间淌过。马骁驭想打破沉默，是他主动约她的，他应该主动说点儿啥。一次又一次地相亲失败，让他越发觉得，比起那些年轻貌美的女性，他更愿意和吴秋明在一起。这样说来，促使他和吴秋明在一起的，不是吴秋明本人，而是一个又一个的美女。这属于什么现象？

鬼使神差地，他就告诉了吴秋明今晚自己来看戏，其实是为了相亲。之所以没吃晚饭，就是因为那位相亲的女子要减肥。他把那个女子简单地描述了一下，流露出了不以为然，并有所克制地炫耀了一下自己的机智果断。

吴秋明只是微笑，没有发表什么看法。

马骁驭只好继续作主讲：我主要是不想违逆父亲。不过我父亲也是奇怪，一方面安排我相亲，一方面又一再地跟我说抱歉，搞得我还挺不适应的。因为他老人家历来意志强大。也许这说明他真的老了？你说人老了，到底是心肠越来越硬还是越来越软？有种说法是人老了，神经变得毛糙了，不易感受到爱和恨了，于是变硬；另一个说法是，人老了，神经磨细了，经不起更多的痛苦悲伤了，于是变软。你怎么看？我想听听你的看法。

他像老师一样，强行把话头递给了吴秋明。

吴秋明喝了一口酒,终于开口说,我想应该是两种都存在。偶尔十分脆弱,偶尔十分坚强。没有一条笔直的线。比如我自己,上网的时候,很不愿意打开负面新闻的链接,害怕自己看了之后半天缓不过劲儿来;人家求我帮忙时,即使我为难也说不出拒绝的话;看到伸手要钱的讨饭的,很难假装没看见。这都是心肠变软的表现。我原来不这样,我原来很坚决很理性。

马骁驭很意外,他还以为吴秋明是个女汉子呢。

吴秋明说,但另一方面,看那些煽情的电视剧,我一点儿也不会动心,更不会流泪。看到那些演员哭得稀里哗啦的,我反而很心烦。

马骁驭说,同感同感。歇斯底里本来是女性特有的毛病,你肯定知道这个词本身就源于"子宫"嘛。可是现在男人也个个歇斯底里,真让人受不了。

吴秋明说,那是古希腊的说法,现在早过时了。

马骁驭笑了,其实他只是想借用这个说法,来表明他对那样一种表演状态的厌恶,更是想用这种夸张的情绪来表达他此时内心的愉悦。终于又和吴秋明坐在一起聊天了,有种久违的亲切。吴秋明低低的略微沙哑的说话声,如同推开一扇古老而陈旧的木门的吱呀声一样悦耳,吱呀声响起后,马骁驭就走进门去。

他把前女友自杀的事,告诉了吴秋明。虽然事情已经过去了两个月,他没那么郁闷了,可是一旦触及,又有些伤感。为什么好女孩儿这么脆弱?

显然这姑娘有心理疾患。吴秋明说,她如果能意识到,早些治疗调整,也许不至于走上绝路。你当时没感觉?

马骁驭说,当时只是觉得她太在意自己了,太不接地气了。身体嘛,好像比较虚弱,血压低,心动过缓。

吴秋明说,这就对了,很多心理疾病和生理疾病是关联的。体弱多病的女孩子往往敏感脆弱,敏感脆弱又更容易让身体虚弱。尤其遇到特殊事件,两者更易互相强化。我记得大地震的时候去灾区,遇到一个连队,百分之九十的战士都皮肤过敏,生牛皮癣,另外一个连队发生了集体拉肚子的情况。他们还以为是灾区不卫生造成的,我告诉他们是精神因素造成的,高度的压力、紧张和抑郁导致。是精神因素躯体化最典型的案例。我自己也一样，严重皮肤过敏，后来什么药都没吃，心理缓解后就消除了。

马骁驭说，嗯，看来是这么回事。

吴秋明说，其实每个人都会存在这样的问题。比如我脸上这道疤带给我的心理问题就是自卑，对我的长相来说是雪上加霜，只不过我因为受过教育，能理性调整，所以还比较健康。

吴秋明笑起来，有一种坦诚的自信。

吴秋明又说：从你说的情况看，这女孩子条件很不错，没什么可自卑的。但她太追求完美了。追求完美本身没什么错，问题在于你不能要求别人完美。就是我上次说的，己所不欲勿施于人，己所欲，也勿施于人。你要包容这个世界的种种缺陷，这样的包容正是你自身完美的一部分。

马骁驭暗地里惊讶吴秋明的表达，她总是能说到点子上，让他既赞同又钦佩。

你呢，追求完美吗？他问。

吴秋明毫不犹豫地说，当然。准确地说，我一直在超越自己，让自己比昨天更好。海明威不是说过，优于别人不算高贵，优于过去的自己才是高贵。

马骁驭说，嗯嗯，那个明星演员马修康纳德也说过，他的偶像永远是十年后的自己。

吴秋明举杯，来，为我们十年后的自己干杯。

她不等马骁驭喝，就先一饮而尽。

马骁驭发现她挺能喝的，一瓶干红很快下去一半了。不会喝多吧？那次校庆她可是喝醉了的，显然并不是个有海量的人。今天就他们两个，醉了怎么办？马骁驭略微有些担心了。毕竟，他们还只是关系微妙的同学。如果她醉了向他表白，他该怎么办？在经历了一些事情后，他不可能再像过去那样毫不犹豫地拒绝，他和她之间，毕竟已经有了一些感情。说感情似乎不准确，有了一些交情？也不准确。总之和过去不一样了。

担心归担心，马骁驭还是给吴秋明倒了酒。就他的感觉，她是一个能把控自己的人。

吴秋明心情很好的样子，说，我觉得跟好朋友在一起彻夜地饮酒聊天，是人生一大快事。那天你去家里我就想请你喝酒的，可惜你要开车。今天咱们痛痛快快喝一回吧。

马骁驭说，今天我也开车。

他马上又追了一句，不过可以叫代驾。一个女人都这么爽了，自己再扭捏说不过去。

吴秋明说，对，叫代驾，哪能因为一辆车，就放弃快意人生！

她举起杯跟马骁驭碰了一下：今天咱们AA吧，先说好了，免得等会儿喝糊涂了争来争去，难看。

她还真是个特别的女人。马骁驭暗自赞叹：好吧，我同意。我发现你的很多做事风格，真还挺男人的。

这句话本来是赞扬，但一说出口他有些后悔。也许对女人来说是贬义。哪个女人愿意像男人？

吴秋明却说，我本来就不像个女人。

马骁驭赶紧说，你也不像男人啊。

吴秋明说，我是杂质。

马骁驭没听懂，杂志？什么杂志？

吴秋明说，高中的时候老师讲过，化学中有一种神奇的东西，它不溶于酸，不溶于碱，不溶于盐，不溶于有机物，它水火不侵，百毒不伤，无论是在喷灯上加热，还是通上高压电，都毫发无损，它拥有最稳定最优秀的化学性质，却总是被人遗弃。它的名字叫杂质。我感觉，我就是一粒杂质。

真绝！

马骁驭不得不赞叹吴秋明的这番自我定位，超凡脱俗。如果吴秋明是杂质，自己是什么？是流水线上出来的合格产品吧？虽然没瑕疵，却也没个性，多到烂大街。可是，在旁人看来，他却是个紧俏货。标准不同，世界不同。

嗯，我想冒昧地问个问题。马骁驭借着酒劲儿，想把话题深入下去，大不了直面他和她长期回避的那个问题。他又说：当然为了公平，你也可以问我一个问题。

吴秋明侧过头看了他一眼，说，你是想问我为什么不结婚吧？

马骁驭说，真不愧是学心理学的，差不多是这个意思吧。你为什么一直一个人呢？

吴秋明说，如果你问我为什么不结婚，那好回答，其实我是结过婚的，用婚姻广告上的话说，有过短暂不幸的婚史。

这个回答大出马骁驭的意料，虽然他原本没打算问这个问题。他有点儿接不上话了。

吴秋明说，但你要问我为什么一直一个人，我可以不回答吗？

马骁驭有些尴尬地笑道，当然可以不回答。不过我还是继续问，你认为婚姻最重要的是什么？

吴秋明想了想说，这个不能一概而论。不同的人不一样，不同的时期也不一样。青年时期最重要的肯定是情爱甚至是性爱。进入中年，精神沟通变得重要了，当然，经济因素也变得重要了。到了老年，身体健康变得重要了，陪伴变得重要了。

马骁驭默默听着。想，每个女人都有她最动人的时候。有的女人是在厨房忙碌时最动人，尤其是用筷子夹一点刚烧好的菜喂到孩子嘴里，目光如圣女；有的女人是在舞蹈的时候最动人，她的身体已不再属于人类，羽化成仙；有的女人是在弹琴的时候最动人，音乐带走了她的灵魂；有的女人是在读书的时候最动人（这个马骁驭深有体会，他读大学时有一次坐公交车进城，在车上遇见一个读书的女孩子，阳光透过车窗洒在她的身上和书上，实在是太美了！马骁驭一直看着她，一直看着她，她却始终没抬头，似乎忘记了周遭的一切。最终马骁驭坐过了站，和女孩子一起到了终点）。而吴秋明，这个女人是在谈话的时候最美丽。她在表达她独特的观点时，在若有所思时，在义愤填膺时，在自嘲时，都有一种和其他女人不一样的美丽。她的学识、性情、嗓音、手势融合在一起，有一种迷人的魅力。

头越来越晕乎，心越来越软乎。两人坐在灯光昏暗、乐曲低回的酒吧里继续聊着，喝酒，吸烟。还互相递烟，不像恋人，倒像两个兄弟。这样的经历，本是从未有过的，却让他瞬间产生了既视感。

恍惚中，马骁驭聊到了自己的母亲，聊到母亲去世带给他的伤痛。自母亲病重，马骁驭忽然醒悟了很多事情，也忽然体会到了过去不曾体验过的一些情感。对于生活一直比较平顺的马骁驭来说，母亲的去世就是重大的人生打击。但他在此重创后，一直未能得到心理释放。

当说到母亲昏迷几天，醒来连声叫他的名字时，他的眼圈红了。他有些不好意思，端起酒杯掩饰。

但他忽然发现，吴秋明也和他同样悲伤，不是同情，是悲伤，不是为了安抚他而表现的悲伤，是发自内心的悲伤。因为她的眼角和嘴角都耷拉下来，法令纹也格外明显，显然她的内心被难过的情绪控制了，脸庞呈现出晦暗之色，仿佛她遭受了重大打击。这让马骁驭的心有些战栗。还没有一个女人，为他悲伤陷入如此的境地。

他试着想，如果是前妻，也许会走过来抚摸他，用肢体安慰他；如果是前女友，会说一些关于人必须承受苦难一类的话；如果是另一个前女友，也许会去给他煲个汤，暖暖他的胃。毕竟在这个世界上，没有人可以对另一个人的伤痛感同身受。可是吴秋明，却是和他一起悲伤，一起陷入，他感觉他们在心底最深处握着手。

这一发现，让马骁驭有了一种握住现实中吴秋明那只手的冲动。那只手就放在吧台上，但他克制住了。他想起圣经中常说的"怜悯人"或"动了慈心"，英文即 have compassion，意思是，"由于爱心的关怀而促成一种怜恤的感触"。那么，吴秋明此刻的怜悯究竟是怎样的？她的爱心仅仅是关怀，还是有情爱的成分？

马骁驭思绪紊乱的时候，吴秋明开口了。

她说，我特别能理解你的心情，我也曾失去过最爱的人，很长一段时间沉入悲伤无法自拔。甚至，产生厌世情绪。

吴秋明捋了一下前额的头发，用手撑在额头上。

马骁驭看着她，有所期待。他想，该轮到她讲故事了。她失去了谁？父母，还是……恋人？他想知道。交换彼此的经历往往是恋爱的规定程序。交换经历，然后再交换共同的情感，再拥有共同的感情，百分之九十的恋人都如此吧？可是，吴秋明只是默默地盯着窗外，又回头盯着酒杯，喝了一口。

显然，吴秋明没有进入规定程序。

马骁驭有些意外，夹杂着失落。看来吴秋明不打算让他分享她的过去。虽然他们是同学，可他们只是同学四年，那四年之前发生的事，四年之后发生的事，他都一无所知。马骁驭只知道，吴秋明是他们县的文科状元，入校时也不过十八岁。但她表现出来的成熟（比如沉默寡言的性格和成天钻图书馆的行为），加上她毫不动人的外貌，让人觉得她比实际年龄大很多。

很久，吴秋明才把视线转向马骁驭，声音喑哑地说：有一天我终于明白了，只有我们看着所爱的人死去，才知道我们有多爱他。

这句话虽然不是马骁驭期待中的话，却一下子击中了他，一瞬间他喉头哽咽，眼眶湿润。他终于克制不住地，握住了吴秋明放在吧台上的手。

12

马骁驭作出一个重要的决定：跟吴秋明结婚。

本来应该说作出一个艰难的决定，但沾了"艰难"之后便有了流行语的色彩，显得不够郑重。马骁驭是很郑重的。他是在一夜未眠之后作出这个决定的。那一夜他翻来覆去的,把自己纠结成一根油条,再放到油锅里炸。外焦里也焦的时候,才终于放松下来,睡了一小会儿。早上醒来,他感觉神清气爽，纠结已打开，心情大好。

在作决定之前他认真梳理了一下这个决定的来龙去脉，确定自己最初产生想法，应该早在吴秋明的家宴上，只是他当时自己都没察觉。而后在他一次次对那些相亲女子失望的时候迅速发酵了，最终在酒吧之夜瓜熟蒂落。

他们的酒吧长谈延续到凌晨，这是马骁驭这辈子不曾有过的事。在他循规蹈矩的人生里，和男生一起长谈也不曾通宵，而且还喝着酒，还掏心掏肺。只是，当马骁驭控制不住地握住吴秋明的手后，吴秋明并没有扑进他的怀里痛哭，她抽出手，捂住了自己的脸，呜咽了好一会儿。

并不是所有的女人都要扑到男人的怀里哭泣，马骁驭想。

因为作出重要决定而有些心慌的马骁驭，把老贝从沙发上抱了起来，像举孩子那样举了三下。老贝从头顶往下受宠若惊地瞪眼看着他，不明白主人的反常源于什么。

他放下老贝，拍拍它脑袋说，以后你要乖一点儿。

他照例去卫生间做必修课。在马桶上坐下，随手拿起一本《读者》，再随手翻开一页，就读到了一段仿佛为他准备的话：哈特菲尔德的研究表明，人们接触的时间越长，越容易产生友谊或者爱情。还举了个例，一个男子追求一名女子，为此写了七百多封信，最终女子嫁给了邮递员。因为邮递员天天和女子见面，而写信的男子无论多么深情诉说，却只做了红娘。

这完全符合心理学上的那个说法，马骁驭想，人们总是喜欢对自己好的人。或者说，要想对方喜欢自己，先去喜欢对方。不过，很多恋人恐怕不认可这个说法，他们感到困惑的，恰好是在一起时间越长感情越淡漠（而不是越好）。也许这里有个时间节点？没相爱之前是接触越多越有感情，相爱之后就走向了反面。也许如吴秋明所说，心理学也回答不了所有情感问题。

抛开他人，他对吴秋明的感情，究竟是日久生情，还是同情，抑或仅仅是心理愉悦？他也无法厘清。可以肯定的是，他愿意和吴秋明在一起。每次和她聊天后都能获得一种愉悦的心情。他已经好多年没有过这样的状态了，只有在美国读博士的时候有过。

他们在一起时，他不必担心她不高兴，或者冒犯了她。甚至见面时也不必考虑给她买什么礼物，讨她欢心。虽然吴秋明曾酒后吐真言，说自己在等马骁驭，但清醒的时候她从不涉及这个话题。这让马骁驭在放松的同时，更敬重她。他想（他不断地发现吴秋明的优点，是在为自己发现），这绝对是个理性的女人，相比较那些感性的（也是诱人的）女性，他还是更愿意和理性的女人在一起。

那么，他们这样轻松的没有冲突的关系，是基于彼此没有要求吗？他和前妻，和前女友、前前女友，彼此都是有要求的，即使是他和他的学生，彼此也是有要求的。所以冲突随时发生。而他和吴秋明，他们之间的无求无欲，是成了两人之间的润滑剂？还是绝缘体？应该是后者吧。

虽然没有来电，但他们在一起所发生的一些无关宏旨的细节，却常常令他感动。这些小感动聚集起来，能量不小。以至于让他有了和她在一起过日子的冲动。冲动又蜕变为理性的抉择。

马骁驭不得不承认，在他们交往的这段时间，吴秋明完胜。要学问有学问，还风趣幽默，还三观正确，还擅长烹饪，对了，还有专一的情感态度（从大学到现在二十多年不变心，比《霍乱时期的爱情》里的弗洛伦蒂诺还要专一，弗洛伦蒂诺虽然等了五十年，可期间女人不断，多达六十多个，只是精神上等待而已）。相比之下，吴秋明仿佛是个女神，借着一个最简陋的躯体来到了人间。他马骁驭终于在历练几十年后，看破外表的虚华，欣赏到了金子般的内心。他想和这样的人生活在一起，不是说没她就不能活（那是虚伪的），而是有她生活会更好。或者说，能和她一起生活是他的福气。

唯一让他感到缺憾的，是他对她始终没有产生性冲动。也许是因为吴秋明比较克制自己，总表现出理性的一面？真的进入了婚姻会不同吧？是不是没必要太看重性在婚姻中的作用？而更应当看重两人之间的精神交流？马骁驭自己也不明确。他只是明确一点，他愿意和马骁驭共度余生。

其实他们曾经谈到过婚姻，就在酒吧长谈那个夜晚。

是马骁驭先说起父母的婚姻。他说他父母的婚姻是失败的，母亲为了他委曲求全三年，直到他考上大学才和父亲分开。可是他也无法埋怨父亲，父亲有他追求幸福的权利。他只能尽可能地对母亲好，弥补母亲在情感上的巨大空洞。不料母亲却如此不幸，在儿子有能力有心情陪伴她时，离开了人世。

吴秋明没有接话，马骁驭问：你父母的婚姻怎样，他们还好吗？吴秋明说，我父母，他们谈不上什么婚姻，婚姻是一种平等的说法，他们没有，只能说，我母亲嫁给了我父亲，嫁给了我父亲的家，为吴家传宗接代。如此而已。

马骁驭虽有些意外，也觉得吴秋明说得有道理。千千万万的农村妇女，恐怕一辈子都不知道什么叫婚姻。

吴秋明接着说，我母亲生了我们三姊妹加上一个弟弟。我知道她是为了生儿子才不得已生了我们三姊妹，所以她完全不记得我们三姊妹的生日，甚至连哪年生的都很模糊，取名字就更潦草了，大姐叫大妹，我叫小妹，妹妹叫幺妹。我现在的名字，是上学后老师改的。为此我很感谢我的老师。父亲总算还记得我们的属相，我是从属相推断出自己的年龄的，至于具体日子，母亲说，反正是收玉米的时候。

马骁驭忽然意识到，他和吴秋明的差异，不仅仅是外在，还有出身，他完全无法想象一个母亲说不出自己孩子的生日。他的母亲，不仅知道日子，还能说出是星期六，还能说出是凌晨三点。难怪吴秋明说，她根本不知道自己是什么星座。还调侃说，自己是玉米星座。吴秋明比他想的还要悲苦。这样的悲苦让他产生了心疼和内疚。

也许马骁驭的眼里流露出了深切的怜悯，吴秋明忽然说，没什么，你不用可怜我，更不要有什么负担。这是属于我的命。我说这些，仅仅是因为你问到，告诉你事实。

马骁驭在简单的洗漱早餐之后，开始考虑怎样向吴秋明告白。

这是个技术问题，却会影响到感情的表达。

马骁驭泡了杯茶，放了个碟片，是舒缓清新的有如四月田野的钢琴曲。听着钢琴曲，他想起了吴秋明的口琴声。什么时候去买张口琴的碟片回来，他想。他非常认真地坐下来，考虑接下来该怎么做。老贝见状迅速跳上沙发，调整好姿态，把脑袋趴在他的腿上，还努力把头钻进他的手心里，要他抚摸。他们经常以这样的状态互相依偎。也许，吴秋明和糖糖也经常这样互相依偎吧？

最直接的当然是当面告白，去找她，看着她的眼睛说，我们结婚吧。或者，我们在一起吧。

但感觉有些困难，毕竟，他们都是四十多岁的人了。何况，在此之前，他们并没有进入到恋爱状态。这么告白会不会突兀？虽然他知道吴秋明愿意和他在一起，可他们之前毕竟一直是以同学身份相处。

那么，先发一封电子邮件？郑重地写出来，像写情书一样，告诉她这一年来，准确地说，在他们交往几次后，她让他产生了好感，这好感使他想和她在一起生活。

会不会显得太公文化了？

还是先铺垫下吧，约她出来，适当的时候再表达。她一定会大吃一惊的，所谓又惊又喜，惊喜交集。

于是马骁驭发了个微信给吴秋明，早上好，在做什么呢？

有几分随意，几分亲切。

吴秋明没有回复，不知在忙什么。她并不像大多数女人那样，总是看着手机（这也是她的优点之一吧），多数时间她坐在电脑前，偶尔坐在沙发上看书。再或者，走出家门，用她的话说，去做事。

马骁驭耐心等了一会儿，大概十分钟，没等到短信，却等到了吴秋明的电话。她居然直接打过来了，不过声音一如往常的平静。

她说，嗨，我正想和你联系呢，我今天要去儿童村，就是我跟你提起过的，你不是说也想去看看吗？

马骁驭道，好啊，一起去。我今天正好没课。

吴秋明曾经跟他说起，她每周都要做的公益，就是去儿童村。她坦率地告诉马骁驭，最初去那里，是想领养一个孩子，去了后意识到，领养哪一个心里都纠结，因为每个孩子都让她心动、心疼，她索性一个都不领了，每周来看孩子们，给孩子们读书，洗头洗澡，剪指甲。已经坚持近十年。与此同时，她也正好对儿童以及青少年的认知、思维、情绪、人格和能力等，作一些调研。

于是约好，马骁驭开车到吴秋明家接上她，然后去儿童村。

13

天气晴朗，蓝天白云的，一眼望去很惬意。你眼中的世界实际是你心理的投射。吴秋明如果在旁边肯定会这样说的。马骁驭不禁莞尔一笑。

十一月了，街两边的行道树依然浓绿，只掺杂少许的黄叶，反而更有了画面感。南方的树总是在春天落叶，落叶的同时新叶就生出了，树叶们在树枝上停留的时间几乎长达三个季度。由此想，南方的树是很辛苦的。

到达小区，门口的保安照例拦住了马骁驭的车，他耐着性子报了门牌号码和户主姓名，栏杆抬了起来。他忽然感觉自己心里的那根栏杆，也是这样抬起来的，只是从栏杆下通过的，应该是吴秋明。

马骁驭从后视镜里看了眼自己，感觉自己依然算得上英俊，就算减去百分之三十的夸大，也还不错。据说人在镜子里看到自己的长相，要比实际的好看百分之三十。因为人照镜子的时候，大脑已经进行了自动的脑补。这也是情人眼里出西施的原因，当你爱 ta 的时候，你也会为 ta 的长相自动进行脑补。

好看的人总有一天会看腻，丑的人却会越看越顺眼。

吴秋明下楼，快速走来。难得地穿了件蓝色小碎花的薄棉衣，看上去是旧的。马骁驭心里一个打闪，想起了母亲。也许是注意到了马骁驭的目光，吴秋明上车后主动解释说，这件衣服会让孩子们感到亲切。

马骁驭说，你真有心。

吴秋明说，你知道那个著名的绒布妈妈实验吧？

马骁驭说，不知道。

吴秋明说，是上个世纪一个叫哈利·哈洛的心理学家做的实验，他把刚刚出生的小猴子和妈妈分开，关在笼子里用奶瓶喂养。因为当时科学界认为，婴儿的最佳成长条件就是充足的食物和干净的环境。这样喂养的小猴子果然很强壮。但他发现小猴子们总是吮手指头，发呆，神情漠然。他分析是缺少母爱的缘故，于是给小猴子做了两个假妈妈，一个是有奶的"铁皮妈妈"，一个是没有奶的"绒布妈妈"。结果哈洛惊奇地发现，小猴子只会在饿了的时候去"铁皮妈妈"那里吃奶,绝大多数时间（超过12个小时），他们都依偎在"绒布妈妈"身边。这个实验说明，母亲并不仅仅意味着有食物，还有温暖的怀抱。温暖的怀抱对小猴子来说非常重要。

马骁驭说，太有意思了。

吴秋明笑道，所以我每次去儿童村，都要一个个地挨着去拥抱那些孩子。尤其是两三岁的孩子，我会多抱他们一会儿。我给不了他们一个完整的家，至少给他们一个温暖的怀抱。我知道那对他们来说有多重要，也许他们自己都意识不到。何况我不仅仅是绒布妈妈，我还有温暖，有心跳，有笑容，我真心爱他们。

马骁驭忽然有了一种拥抱吴秋明的冲动。

他暗想，也许吴秋明没有意识到，这拥抱其实是彼此需要的。她作为一个女人，肯定有做母亲的天性，每周和孩子们一起待一天彼此都有益处。何况，一个长期单身的女人，也是需要拥抱的。

到了西郊，停好车，他们一起走入一条小巷。

吴秋明虽然个子矮小，步子却很大。马骁驭感觉和她走在一起速度蛮接近。进入一条小巷时，眼前出现一个旧木门。马骁驭一眼看到了门旁挂的牌子，某某市第一儿童村。

吴秋明熟门熟路地进入，孩子们正在院子里玩耍，有好几个围上来叫吴妈妈。吴秋明左揽右抱，踉跄地往里走，和迎上来的老师们一一握手，并把身后的马骁驭介绍给他们。

"这是我大学同学，现在是大学教授。他也在作儿童心理学研究，听我介绍了你们这个地方，想来看看。"

尽管吴秋明这样介绍了，老师们看马骁驭的眼光依然是暧昧的：哦，太好了。欢迎欢迎。

不过她们的笑容很真诚，从她们的笑容里可以看出，吴秋明与她们之间的关系，已经像老朋友了。

后院停着一辆卡车，正在往下卸东西，有几个老师在搬运卸下来的纸箱，大一点儿的孩子也在帮忙搬。似乎是水果和食品。马骁驭也连忙过去帮忙，想免去站在那里被众老师打量的尴尬，但被老师们阻止了，她们热情地把他拉进办公室，要他喝茶。

那个下午，马骁驭也收获不小，他咨询了老师们很多关于孩子的问题，这些孩子大多是被遗弃的，和正常家庭长大的孩子，在心理上有着许多不同。马骁驭一边听一边产生了作研究课题的冲动。

马骁驭从院长办公室出来，一眼看到院子里一个场景，吴秋明挽着袖子在给几个女孩子洗头。初夏的阳光洒在院子里，让这普通的场景呈现出非一般的美丽。一个已经洗好头的女孩儿，披着湿漉漉的头发在一旁帮吴秋明递毛巾，吴秋明舀起一瓢水，缓慢地淋到水池边另一个女孩子的头上，阳光穿透水柱，发出宝石的光芒。

马骁驭定定地站在那里。又产生了既视感，这样的场景他在哪里见过？就仿佛见到了自己的灵魂，随时都在，却无法捕捉。他一动不敢动，害怕惊动它，打碎它。

那一刻，他动心了，再次动心了。一个人对一个人动心，肯定是一次又一次。尤其是在他们这个年龄，需要无数次的小动心，才能汇合成冲破樊篱的勇气。

他看到吴秋明拧干毛巾，给孩子擦头发，很认真，很仔细，脸上洋溢着一种光芒，这光芒让马骁驭忽然有了一种性冲动，头一回，他渴望把吴秋明拥入怀中，给她爱抚。

他走过去，帮吴秋明把用过的毛巾搓干净，一一晾到铁丝上，转过身时，看见头发湿漉漉的女孩子正趴在吴秋明的怀里，左右摇晃，半个脸埋在她怀里，半个脸沐浴在阳光下。另一个小男孩儿跑过来说，还有我，还有我，吴妈妈！吴秋明伸出另外一个胳膊搂住了他。

马骁驭拿出手机，拍下了这个画面。

而后他走到她身边，以从未有过的语调说，以后我每次都和你一起来，好不好？

那语调令他自己都感到陌生，估计他的脸也微微红了。吴秋明有些困惑不解：你说什么？

马骁驭不好意思了，换了个语调说，我是说，有没有什么我可以帮忙的？我也想为这些孩子做点儿什么。

吴秋明说，有啊，要不你给孩子们买口琴吧，我想教他们吹口琴。

马骁驭说，没问题。需要多少？

吴秋明说，等我统计一下吧。

马骁驭走开去，给其他孩子拍照。

14

吴秋明失踪了。

当然不是在社会意义上的失踪，只是在马骁驭这里失踪了。

从儿童村回来，马骁驭就再也联系不上她了。打电话总是关机，发短信也不回。说好三天后再去酒吧碰面的，她也没出现。这么爽约，不像是吴秋明所为。显然，她是在躲避自己。

那天从儿童村回来的路上，他向她表白。他说，我们结婚好吗？

吴秋明当时非常惊愕，马骁驭没转头也能感觉到，她甚至发出了轻微的一声"啊"。马骁驭心慌了，把车停在路边，看着她重新说了一遍：我们结婚吧。他用略微轻松的口吻说，嗯，我想整个后半生都能和你聊天。

吴秋明躲开他的目光，摸出烟来点上。脸上完全没有他想象中的样子，比如惊喜，比如羞怯，比如感动。没有。只有惊愕，甚至有点儿吓到的样子。这是怎么了？她不是一直在等着他表白吗？这么多年了，她不是一直在等他吗？是事情过于突然，还是她另有其人了？

马骁驭只好结结巴巴继续表白说，这段日子的相处，让他意识到他愿意和她在一起，她就是他渴望共度余生的那个人。

"对不起，我想我们都人到中年了，没必要说那些抒情的话，所以就直截了当了。也许我太直接了？"

吴秋明依然不说话，大口地抽烟，似乎在平息自己的心情。

马骁驭有点儿沉不住气了：难道我误会你了？我一直以为……

吴秋明终于说，不、不，你没误会，我是说过，说过那样的话。但是，但是，我还是没想到……你那么优秀，你各方面都那么出色，我以为我们永远不可能。

马骁驭松口气,说,也许随着年龄的增长,明白了什么才是最重要的吧。年轻时看重的一些东西慢慢退居其次了。

吴秋明还是不语。吐出的烟雾在她凝重的脸庞上飘散。有一瞬间让马骁驭觉得她是自己的判官,他紧张得不敢动。

这时有人来敲车窗,比画手势,大概意思是此处不能停车。马骁驭只得重新启动,继续向前开。

吴秋明终于说,对不起,太突然了,我需要想想。

马骁驭说,当然。这是大事。希望你相信我不是一时冲动,是经过慎重考虑过的。其实今天早上我发短信给你,就是想说这些话,我昨天想了整整一晚上。

吴秋明的持续沉默,让马骁驭说不下去了。他把她送回家,离开。离开前,他们约好三天后,再在那家酒吧见面。

那三天里,马骁驭反复梳理了自己的情感,梳理了他们之间的关系。确信自己是理性的决定,他甚至为自己找出了理论依据。美国心理学家纳撒尼尔·布兰登认为,我们之所以会持久地爱上一个人,本质上是因为你的灵魂真正地被一个人看见了,你就会爱上这个人。当你发现,别人看你的眼光跟你内心深处最真实的自己对自己的看法是一致的,并且对你的言行表现出理解,你就会有一种深深的被"看见"的感觉,就会产生爱。他和吴秋明之间,难道不就是这样吗?他们能彼此看见,彼此理解,可以会心地微笑,可以在心底深处握手。自己的判断不应该有误。

第二天早上,马骁驭忍不住给吴秋明打了电话,他感觉自己头一天有些话没说到位,应该再清楚地表达一下。而且,向一个女性求婚,自己显得太生硬,柔情不够。

结果没打通,连那个悦耳的口琴声都没听见,那个他已经听熟了的《千里之外》。只有一个冷冰冰的声音在说,你拨打的用户已关机。

他想她是不是在开会什么的,不方便,就发了一条很长的微信,意思是说,他对她的感情是真诚的,绝对没有怜悯同情之类杂质,是她的优秀品质征服了他。她让他看到了自己的灵魂,产生了爱,这爱既有精神之爱,也有男女之爱,他渴望和她在一起共度余生。

可是一直到夜里，吴秋明也没有回复。

三天后，马骁驭按约定来到那家酒吧，一直等到凌晨，吴秋明也没有出现。他硬着头皮给王静打了个电话，王静颇有微词地说，我哪儿知道她上哪儿去了，人家是专家级的人物。他又往她的单位打了个电话，称自己是心理学会的，单位上的人说，她请假回老家了，说家里突然有急事。

家里有急事？有急事为什么不跟他说一声呢？

马骁驭去买了20个口琴，去儿童村，他跟院长说，是吴秋明让他买的。院长却说，吴秋明打电话告诉她，要出远门，这段时间暂时不能来了。

马骁驭实在按捺不住，去了吴秋明家。

走进小区，他一下就听见了琴声，口琴声，《千里之外》。他心里满是喜悦，兀自微笑。嗨，着急半天，很可能吴秋明就在家里宅着呢，她只是不想被打搅，想一个人安静一下。

可是走上楼，按门铃，无人应。琴声也消失了，安静无比，连糖糖的吠声都没有。

他再打她的手机，仍是关机。

刚才那琴声从何而来？

不会是出了什么事吧？一个独居的女人，也会让人这样猜想。马骁驭便去小区门口问物管，物管说她外出了，把糖糖托付给了他们。马骁驭问要出去多久，物管说不清楚。

这样说来，她的失踪，是在躲避他。

马骁驭不明白事情怎么会变成这样，是他哪里做错了吗？无意中伤害到她了吗？左思右想，不得安宁。他还从来没有被一个女性搞得这么不得安宁过。所谓大反转，就是这样吧。

"也许你我终将行踪不明，但是你该知道我曾因你而动情。"马骁驭脑子里冒出了波德莱尔的这句诗，有些酸楚。他起了个念头：坐长途车去吴秋明的老家，去那个她多次提到过的叫做古柏村五组的地方，找到她，面对面地问个清楚。

但就在这时，马骁驭收到一个快递，里面是一本书，书里有一封厚厚的信。

15

　　骁驭，非常抱歉，让你等了这么多天。我知道你一直在等我的回复，或者在找我，我却不知该怎么面对你。我一直认为自己是一个很能把控事情方向的人，却不料最近这些日子有些失控。

　　骁驭，首先要谢谢你，和你的偶遇，和你之后的几次相处，都给我带来了非常多的快乐。如你所说，我们彼此能理解，能看见，我非常愿意和你一起聊天，那种默契和会意，是从未有过的。

　　我们之间的默契，是建立在彼此的尊重和欣赏上。但不知你是否察觉，这尊重和欣赏又让我们保持着距离。或者说，是我有意与你保持了距离。我想说你并不真的了解我，这不了解是我有意造成的。人的知情意，感知觉，都缘于人的眼耳鼻舌身，我的身不同于他人，我的感知觉就不同于他人，你不了解我的身，自然不了解我这个人。

　　我曾经告诉你我有过短暂的婚史，你一定奇怪我这个从来不看好婚姻的人为何会结婚？现在我告诉你，我结婚是为了一个人，离婚也是为了一个人。可这个人最终还是离开了我，离开了这个世界。她的离世，是我这辈子最大的罪孽。所以在我的内心世界里，我是个有罪的人，我所做的一切，都是为了向她赎罪。

　　我小时候家里很穷，这个穷，不是说破衣烂衫吃不上饭，饭还是有得吃的，但每一碗都要算计。加上孩子多，母亲脾气暴躁。偏偏我小时候胃口好，特别能吃，母亲恨恨地骂我比猪还能吃，看不顺眼就打。有一次母亲打我的时候，我们村会计家的大女儿荷香姐正好来我们家，她连忙上前拦住母亲，把我搂进她的怀里。虽然我的脑袋已经被母亲扔过来的柴棍打出了血，血蹭到了她的衣服上，但她的怀抱让我一点儿也感觉不到疼痛了，因为我平生第一次感觉到了人体的温暖。自有记忆起，我就没有被母亲抱过，在我还不能站稳时母亲就把我放到了地下。我像个小狗小猫一样在地上爬、滚、摔，直到能站立。我不知道被人拥抱会如此幸福，人的怀抱会如此温暖。我就像那个睁开眼看到母鸡的小鸭子，以为母鸡就是自己的母亲。后来我一挨揍就会往荷香姐家里跑，有时候没挨揍也会找理由去。荷香姐比我大六岁，她总是像个母亲一样安抚我，拥抱我。我贪恋她的怀抱，我的暗无天日的生活因为她的怀抱终于有了一点阳光。

后来，我变得越来越依恋荷香姐，认定这个世界上只有她是我的亲人。我时常悄悄地把好吃的拿给她，帮她做事，给她讲学校里听来的笑话。看她开心我就感到幸福。我像个影子一样跟着她，她去河边洗衣服我也去，记得有一次洗完衣服，我们就依偎着坐在河边，一句话也不说，直到天黑。

没想到幸福很快被终结。荷香姐二十岁那年，家里给她说了一门亲事，男方在我们对面那座大山里。我听说了后发疯一样大哭大闹，嗓子都哭哑了。可是穷人家的孩子眼泪是不值钱的。荷香姐也哭，她不想嫁给那个陌生男人，她舍不得离开我。可是，他父母已经收了人家的彩礼，无论荷香姐怎么悲伤，天天以泪洗面也毫无用处。穷人家的孩子不配悲伤。

我们老家有个习惯，女儿出生时会种一棵树，等女儿出嫁时就砍了那棵树，做箱子当嫁妆。那些日子我不吃不喝，成天抱着那棵树，我以为只要树在荷香姐就嫁不成。可是砍树的人来了，像提溜小鸡仔一样把我提溜到一边，我再扑上去的时候，撞到了一个人的砍刀，当时就满脸是血。我真的想一死了之，还是没有勇气。

伤好后我成了一个丑女子。除了埋头苦读，没有任何想法。我只希望自己有朝一日出人头地，能把荷香姐救出来。

考上大学后，天真幼稚的我，连着给荷香姐写了几封信，却从未收到过她的回信。那年暑假，我按捺不住跑进山里去找她。她正在地里干活，面容憔悴，眼里没有一点儿光亮。她见到我忍不住大放悲声，诉说丈夫和婆家对她的种种虐待。我真的心疼万分，比自己遭罪还要难受。冲动之下我带着她逃出了婆家，逃到了县城。可是仅仅几天我们就过不下去了。我是个连自己都养不活的穷学生啊。我只好把她送回到娘家，希望她能在娘家躲避一段日子。

那几天，我跟荷香姐在一起的那几天，成了我一生中最重要的日子。我们幸福而又痛苦，痛苦而又幸福。我终于知道，我们不只是姐妹，还是爱人。

可是我把她送回娘家后，娘家很快又把她送回了婆家。我返回校没多久，就听到了噩耗——她回到婆家后，男人变本加厉地虐待她，她受不了了，喝了农药……

是我害死了她，害死了我的爱人。我曾经跟你说，只有我们看着所爱的人死去，才知道我们有多爱他。我说的他，其实是她。

因为她，我无法再接受任何人。可是大学一毕业，父母就逼着我结婚，因为老家传出了关于我和荷香姐的种种流言，他们受不了，他们觉得丢死人了。于是我匆匆忙忙嫁给了县上一个公务员，可是结婚的当晚我就跑掉了……

我厌恶虚伪的一切，我不想背叛自己。

更何况这世上我唯一爱过的人，因我的过失死了。那么，她死后我唯一能做的，就是赎罪。

我曾说我喜欢超越自己，挑战自己，其实，我是在赎罪。

骁驭，我从未对人说起过这一切，这一切一直深埋在我内心的墓地中。我无权享受快乐，我只能活在自己的世界里。却不料你走了进来，这些天我反复想，你有权知道这一切。

我的不幸是出生在一个贫苦的没有爱没有温暖的家庭，我的幸运是父母总算给了我一个健全的大脑；我的不幸是天生其貌不扬，后天又加重了外在的缺陷，我的幸运是没有因此生就偏执的性格和阴郁的心理；我的不幸是没有女性的魅力和欲望，我的幸运是因为喜欢读书而有了读书人的魅力和欲望；我的不幸是不能和普通人那样去男欢女爱享受快乐，我的幸运是我终究找到了我自己的最爱；我的不幸是遇见了你却不能爱你，我的幸运是最终能被你欣赏和接受。

幸与不幸交织在一起，就是我的人生。我很满足这样的人生。

我跟你说过，我是杂质，我坦然接受这样的自己。

对不起，骁驭，我利用了你，我以为你永远不会爱上我，便用你来掩盖我的不想被世人知晓的真相。我没想到事情会成为这样。我没想到我又多了一重罪孽，我只能继续赎罪了。

信到这里，戛然而止。

信是夹在一本书里的，书名是《心是孤独的猎手》，美国女作家卡森·麦卡勒斯所著。

三人二足 |鲁 敏|

原载《收获》2015年第1期,《北京文学·中篇小说月报》2015年第4期转载

1

  鞋店男人喉咙里"咕咚"一响,像呛了一口水,随即整个人蹲下,脖子伸长,两只手求援般地伸过来,围合着向前缓慢移动,像趋近一簇摇曳的圣火。在距离章涵左脚脚尖半厘米处,男人停住。他脖子见筋,耳朵外廓涨红,连带着花白的发根都发红了,似乎无法承受这样极限的幸福。他温文尔雅、无比恭谦地赞叹道:"我看到了世界上最美的脚。"

  章涵没有尖叫、跑动或胡乱拨打正义的电话。她一动不动,听凭光溜溜的脚尖与男人的鼻子在空气里保持着初吻般的对峙。

  这是一家突然冒出来的女鞋店,四壁鲜亮,就在章涵所住酒店的正对面,她本来是下楼买水果的,但鞋店橱窗摆出的样品像刚出炉的点心,让她忍不住隔着玻璃眼馋地盯看。里面的男店主注意到她,客客气气地邀请她"进来慢慢看呀"。她坐下,刚蹬掉左脚的旧鞋,因为她左脚要大一点——男人就这样了。

  章涵屁股下的鞋凳,侧面装有镜子,这枚镜子又对着另一张鞋凳的侧面镜。这样,章涵的一只脚和男人的半张脸,便在两面镜子里无限反射着,形成纵深的重叠与无穷尽的反复,像是一齐掉进到这个肥厚时刻的深洞里,而下一步的走向,暂未显现明确的路径。店铺冷清,没有别的顾客,光线偏黄,有如暮色将近。几步之遥的大街上,正阳普照,昆明的阳光总是过

分明亮磊落，在下面走来走去的人们也有一种坦荡但乏味的一本正经，他们骄傲并维护着这种普通生活的平庸之道，并好像随时可以接受全方位的监控与解剖。当然，只是在大街上。

在大街上，或别的公共场合，章涵曾听到过许多的赞美，但直接、专门赋予脚的，这是头一回。22岁的她正处于女人一生里收获赞美与殷勤的最高峰，这一高峰期大约可以再延续四五年左右，此后，她才会听到一些客观和相对诚恳的表达。当然她现在毫无辨识力，她认为她听到的每一句都是真理。她不禁也重新打量起自己的脚来。真的好看？世界上最好看？她上下晃悠着，又用大脚趾弹了一下二脚趾，类似于搓了一个无声的响指。响指形成了微小的气流，在沉闷的空气里划动出一道令人心颤的涟漪，打破了接近僵化的画面。暗黄色的鞋店从昏迷中复活了，所有那些细长的鞋子们也都重新活跃了，它们像嘴巴一样急切地张开，等待吸纳赤裸的脚。

"我来替你试鞋。"男人语调克制，竭力保持着售卖者的体面，但他双手明显打滑，拿起一只翠绿的罗马式凉鞋，立刻掉地了，重新捡起，莽撞而紊乱地解开襻扣，撑开鞋子入口。他让自己冷静了一下，然后才磨蹭着、相当仔细地往章涵的脚上套去，一边微微抬头，羞怯地、近乎祈求地征询道："我这样没有弄疼你吧？"可那表情却是巴不得章涵要喊疼、要挣扎、要扭动、要呻吟似的。

噗，原来碰到个恋足癖。

章涵知道这个！她感到一层通过考验般的愉悦。她可是处在一个具有前沿风范的领域，她所在的那个机组里，就有空姐玩女优模仿、玩制服游戏等等。章涵懂的不比她们少，但就是一样没做过。这显得相当落后，多少遭人不屑的，连她本人也感到有些失望。真是没想到，今天会碰上这个。零碎的影像闪过，如同远程视频教程。好奇、好学、好胜，混杂成复杂的动力。

"嗯，你弄得我有点痒。"章涵软绵绵地说，音调拐着弯。她心里咻咻发笑，哈，多么别致、时髦！她敢打赌，机组里没人玩到过这个领域。是的，别致、时髦——章涵的命，确切地说，是致命的处境，从这一刻起，确立了这样的风格。她要很久之后才会意识到这一瞬间的意义。

男人肩膀夹起，连续喘了几口粗气，像犯了哮喘似的，却仍然坚持着把纤细的长鞋带一层层交叉缠绕到章涵的脚踝上，最后在末端打了一个婉转多姿的蝴蝶结。他用两只手托着章涵这只白腻粉嫩、被重重捆绑的左脚，像端详一个呱呱坠地的艺术品，眼里渐渐蓄满泪水。他可怜巴巴地看了章涵一眼，颤动着的嘴唇失态地凑上来，轻轻地对着她的脚趾吹气、亲吻、吮吸、舔食，从大拇趾一直到最小趾，挨个儿地来，并挨个儿地问："这样呢？这样你舒服一些吗？"他的声音哽咽而苦涩，充满感激之情，好像一个跋山涉水的异乡客，终于抵达了他苦苦追寻的童贞子宫。

2

鞋店男人姓邱，他让章涵叫他邱先生。邱先生40多岁，举止富有条理，又有一点江湖气魄。征得章涵的同意之后，他随即把店铺打烊了，并邀请章涵到里屋坐下"喝杯茶"。章涵谨慎地默不作声，又有点跃跃欲试的挑战感。她假模假样地留意房间的陈设与出口，好像随时打算自救逃生，心中又觉得并无必要：这位邱先生发根花白，有种白头男人特有的软弱感，使她大为放心，并动了善心。

里屋有个小吧台，邱先生让她坐在高高的吧椅上，替她泡了茶，他自己，则坐在一张普通的折叠椅上。二人的构图，类似审判者与忏悔者。

邱先生解释了自己的癖好，指指外面，"所以我一直做女鞋生意，这上面赚了很多钱。"他提起源头，像商人回忆他的第一桶金，"13岁，我在公园看到一对男女，他们在长椅上幽会。冬天，天快黑了，两人的衣服层叠纠缠，什么也看不到，只有女人一双雪白的脚，举得老高，一会儿勾起，一会儿抵着椅背，一会儿又张得很开绷得笔直，我只能看到那个。我还能听到她在不住地吸气，好像怕冷，又好像给烫着了似的。太要命了，她吸气吸得我浑身刺痒。我趴在小灌木丛里，往下身摸索……"

章涵俯视他，像一个性别倒错的神父。她喜欢故事里这个13岁的男孩。

"后来我也开始吸气了。我被发现了。男人忙着理裤子，女人却听凭裙子掉下，她咯咯大笑着抓起鞋子就向我扔过来，她的黑大衣半掩半开，长白的腿在暮色里亮得耀眼。先一只鞋，又一只鞋，其中一只她扔得很准，正砸到我脸上。我倒下了，并射精了。"

章涵喝水，更喜欢这个小男孩了，也喜欢那个扔鞋的女人。

"我猜，你是平面模特？"邱先生问。章涵不屑地摇头，经常有人用这个开场跟她搭讪。邱先生连忙改口,"还在念大学？读研？"

章涵这回满意了,听听,还像学生呢！她高高兴兴地纠正,"我是服务员,端茶送水的,伺候人吃饭。"她故意停顿一下,然后补充,"在飞机上。"

邱先生眼珠不转,挠挠下巴上的胡茬,那也是花白的,语气难以置信,"你是空姐？老天,你绝对想不到,有多少、多少人喜欢空姐的脚！还有你们穿过的丝袜,肉色的,灰的,黑丝的,全透明的。网上天天有人高价售卖你们穿过的丝袜。"

章涵尽量显得不太惊讶,"穿过的！那不是有味儿嘛。"

"这个,以后跟你慢慢说。味道是很重要的,各人不同,比如我就比较偏好稍微出过一些汗的脚,以及穿过很久的鞋子。那么,你是昆明本地人？跟父母一块儿住？"见章涵瞅他,他小心地跟了一句,"假如你是一个人,我可以……照顾你。"

章涵老家是江西的,昆明、哈尔滨两头飞,昆明这边是航空公司长包的酒店,看排班,每周大概要来住两晚。哈尔滨那边则是跟另一个空姐合租的公寓。总之,昆明也好,哈尔滨也好,她都不算本地人。她可是最自由最独立的呐。

谈到这里,章涵收起脚,表现出矜持,"谢谢,不需要什么照顾。就这样挺好。"她拢拢头发,站起身,这是要走的趋势。她联想起一些黑暗的故事。她可不想冒险,每天飞来飞去,已经够危险了。

"哈尔滨,哦,哈尔滨。"邱先生重复了两遍。他亦步亦趋地尾随着章涵,急切地想多挽留一会儿。他陪她走过店堂,突然高兴地一咳,"哎,你愿不愿意,做份兼职？我正好特别需要呢。"

"我飞四休一,时间很紧张的。"章涵婉拒,同时感到失望。他真不如直接说出他的想法。

"放心,基本不耽误你的时间。我正好有客户在哈尔滨,你每次离开昆明前,到我这儿带几双样品鞋去,哈尔滨那边有专人专车接你,到那儿你就穿上给对方看看,对方凭此订货下单。每带一次,两千块,可以吗？你要觉得不合适,可以再商量。"

章涵随手拿起一只鞋打量。这样式,她穿了肯定好看,"光是穿给对方看看？"

"……在昆明,也要穿给我看看。"邱先生羞涩地补充。他紧张地盯着章涵,"你放心,除了脚,最多到小腿,我不会碰你其他地方。"

章涵被最后的坦白给说服了:他就是想要她的脚嘛。可以!她乐于成其好事,甚至乐于参与其中——她认为自己是绝对大都会、绝对现代派的!再说,还有两千块钱,打这么个挣钱的幌子也更有意思。

于是谈妥。邱先生又让章涵"再坐几分钟、祝贺一下"。二人回到原位,仍是一高一低,他继续仰视,语速变得更慢,显得郑重,"这么说,你,也喜欢这样?"

"谈不上喜欢,反正也不讨厌。"这是实话。章涵左脚的五个趾头,到现在还湿漉漉的,好像红肿了,一时难以消退。

"没有感到一丁点儿别的?酥麻的、发软的、无力的感觉,或者想要夹紧你的腿、挺起你的腰身?"邱先生一丝不苟地追问,像启蒙,又像在作测评报告,他在空气中打着手势,替每一个感觉都确定了层级与格格子。

"嗯,脚趾很想使劲儿地张开。对了,脚底下,就是脚弓那儿,感到很空虚。"章涵使劲地捕捉、发挥。她想证明自己:她懂,并享受这个,"还有,我的右脚现在很不舒服。两只脚完全不一样了。"

"我就知道你很灵光的。右脚不舒服吗,我来了。"邱先生猛然滑下椅子,跪倒在地,他脱下章涵的右鞋,对着右脚趾挨个儿"补课"。接着两只脚一起,上下前后左右,花样百出。他含糊不清地请求章涵用脚蹬他的脸,踩他的嘴、鼻子、眼睛、耳朵。章涵着实有点尴尬,不知轻重,可是,影像式的记忆再次像教科片一样帮助了她,好胜心与炫耀感也在推动着她,她顺利地进入了她的角色,她呻吟、抑制、践踏,甚至还有更多的创造性,表演出色极了。邱先生满足地瘫成一团。

章涵离开前,邱先生把那双翠绿的罗马式凉鞋送给了她,"以后所有你试过的鞋,都是你的。"

章涵拎着新鞋,打算继续去买水果。走了几步,这才发觉,她脚底板麻木,脚尖酸肿,下肢控制不住地一阵痉挛,简直举步维艰了。她惊讶极了,跌跌撞撞地找到一处栏杆扶着。她抬头往天上看,太阳像月亮一样,朦朦胧胧、黏黏糊糊,令她感到十分的陌生。

"邱先生。"她迷惑地小声念叨了一句。

3

　　这一趟的航班上，某些东西大为不同了。章涵倚在备餐室休息，像通常一样，怪老实地、模样恭顺地听别的空姐们闲聊、抱怨、相互媲美。可实际上，她耳边风声呼呼，如腾云驾雾、穿梭蓝空。她垂着眼皮，敬畏地盯着自己闪闪发亮的鞋，坚信不疑：不是油料在燃烧，不是机翼在驭风，都不是，而是她的脚在开动飞机！她脚下的这双鞋，就是整架飞机的引擎和动力所在！是真的。邱先生赋予了这种力量。

　　出发飞哈尔滨前，章涵拖着小箱子如约到邱先生处拿样品鞋，也如约穿给他看——他一二三四地教了章涵几个姿势，以帮助她更专业地展示脚上的鞋，他表现得相当的商务。

　　一切都交代完了，章涵往小箱子里塞好两双样品鞋，可以走了。她心里有点奇特的失望。邱先生似乎也在犹豫，他煎熬、强撑着的样子非常吸引人。章涵不忍心了，重新坐下，飞快地脱掉鞋袜。

　　"不。"邱先生做个制止的手势，"那个，会累着你的。你等会儿还要飞六小时呢。"他咬着嘴唇，绕着章涵走了一圈，腼腆地指一指她的鞋，"你这鞋……我可以替你料理一下吗？"

　　章涵脚上的工作鞋，是航空公司统一定制的，一双风格保守的黑色高跟鞋。不等章涵表示，他就跪下来，替她脱下，如获至宝般地捧在手上，并像个饿坏了的人似的，一下子把整个脸埋上去，拼命地嗅闻，同时发出悠长的哼哼。他仓促地瞟一眼章涵，迅速跑到卫生间，关上门，还加了锁。可是章涵还是可以听得清清楚楚，里面发出类似做爱的声音，他跟她那双旧旧的、几乎没了光泽的工作鞋！他大概是抵在马桶边上吧，身体与马桶的摩擦伴随着水箱的颤动形成一阵快过一阵的短促撞击声。可怜的人哪。

　　光脚的章涵蜷在沙发上打盹，眯了一觉醒来，还是不见邱先生出来，章涵看看表，走到卫生间门口，敲了两声，试图推，竟然推开了。邱先生正坐在地上，面前铺着一块雪白的浴巾，章涵的鞋子像并蒂黑莲一般怒放在正中央，他手边一整套相关用具，鞋刷鞋油小锉子抛光蜡鞋掌鞋钉什么的，他正忙得不亦乐乎，当真是在"料理"着呢。"快了，我这就好了。"他此地无银三百两地解释，"我动作比较慢，但包你满意！喏，你看。"

果真。绝对像换了一双鞋似的。鞋头的擦痕与磨损了无踪影，鞋跟处的小磕碰不见了，磨损的鞋钉换成了新的，拿到手上，整个鞋甚至都重了一些，黑金一样发出蓝莹莹的幽光。

这不仅仅是一双鞋子了。

章涵有些害怕地瞪着，差点就要哭出来。这辈子，就包括爹娘在内，有谁这样替她料理过任何一样东西吗？邱先生银发闪动，慈爱的怜悯般的光泽，章涵简直想伸手去抚摸——这不是爱，而是一种崇拜，一种血肉相连的体恤。唉，邱先生，她绝对要俯仰承合于他的。

哈尔滨方面的订货人是个不爱说话的年轻人，可能比章涵还小上一两岁，开着一辆半新不旧的SUV。问他如何称呼，问到第三遍，才不情不愿地挤出两个字：华青。他耳朵上一排耳钉，捋起胳膊时，可以看到一小截文身。但这两者都不够劲儿，反倒像是故意弄上去撑门面的。他看上去就是个半大男孩子。他专心开车，神情紧张、带点抑郁，不大看章涵。可能是由于她的装扮，空姐就是这样的，只有在飞机上看才是最合适的。

正是由于这个第一印象，章涵此后对华青一直有些不以为然。这是年轻女孩常犯的毛病，她们更倾向于对中年男人抱有智性上的想象与寄托。这是不公平的，不公平会导致错误。可也没办法，世间本来就是如此，误解与误会构成了生活的基本程序。

华青把章涵带到一处小区的公寓房。"怎么不去公司？还是说，公司就租了这么点地方？嗯，现在生意也不好做。"章涵自问自答，摆出深知生意场疾苦的样子。实际上她心里有数：哈尔滨这一系列所谓送货、看货与订货，只是一种辅助性的假动作，如帷幕层层遮蔽，以便邱先生在昆明那头能够合理、尽情地跟她的脚或鞋子发生关系。章涵不清楚这个叫华青的知道些什么，出于对邱先生的维护，她倾向于把自己表现成一个跑单帮的财迷空姐。

华青并不回答，只管掏钥匙开门，先跨步进去，四处开灯，章涵刚要跟进，他一把拦住，递来一双新拖鞋，冲她的脚努努嘴。灯光下，他面色带点病容，递拖鞋过来的手似乎都有些晃悠。章涵未加计较，她很乐意换下这双工作鞋。航班是6个小时，前后的准备与收尾又是两个小时。而且今天特别的累，被邱先生所料理过的鞋子,有着不寻常的分量,她走一步都要惦记一步。

房间装修齐整,窗帘低垂,异常洁净,没有生活的痕迹,没有工作的痕迹,甚至没有人的痕迹。华青离她远远的,倚着窗帘,也不看章涵,像在执行一项水土不服的任务。

章涵有点乐了,她动作很大地从箱子里拿出两双样品鞋,一本正经地先后换上,照着邱先生的关照,在屋子中间找一条对角线,来回晃着走,各个角度摆一摆,间或转个圈,提一下裙摆,做一个印度侧抬腿。她在脑子里播放起一段哥特风舞曲,自娱自乐地把自己想象成一个超模,脚上是……就意大利的吧……纯手工鞋。她像看镜头一样地对着华青,蛊惑、冷淡、死盯着。她是想寻开心。华青依旧心神不宁,只是应付性地偶尔瞟瞟她。更多的时间,他透过窗帘的缝隙往外看,好像外面有着什么更精彩更要紧的风景。他还在玩手机,写微信或是看信息,手在屏幕上划来划去。

章涵被华青的样子弄得很没劲,她猛然停下,好像脑子里的配乐突然断了,"行了吧。你要订货吗?"

"订。"他等不及地马上点头,并从哪里摸出一个信封,还有一个小本本子,"你签个名。样品鞋也请带走。"他语速飞快,一脸急于出去透气的样子,好像一分钟也不能多等,以结束这场潦草的形式主义看样交易。嘿,章涵忽然明白了:他吃不消跟她在一间空房子里,到底是个小男孩呢。她想起在邱先生的鞋店里,其实她也不是真正自如的——总有种装满了水、要泼洒却洒不出来的感觉。她总等着邱先生有更多别的动作,可又担心自己不会很得体地应承。她不愿让邱先生失望。

这位华青小弟和她,某种程度上,是同一个处境里的人。章涵亲热地冲华青一抬头,"走,姐请你吃夜宵去。"哪怕是看在"佣金"的面子上也应该的。章涵随意一算,如此这般地,每个月就能轻松挣出一万多块,另外还有鞋呢。她应当把这件事做得更体面、更周到些,包括招呼好华青。

华青牙疼似的,腮上筋肉一抽,"送你走。不吃。"

章涵打定主意要跟他睦邻友邦,来日方长不是吗?"哎,大家既做生意又做朋友,互相帮衬呗。你如有什么难处,尽管跟我说!"这语气有点大——她每周在天上飞二三十个小时呢,那是多少的千山万水啊,这华青一看就是从来没有离开过哈尔滨的!

华青更冷淡了，他很无礼地径直站到门口，就等章涵换鞋走人。两人过马路走向汽车时，他更是在前面走得飞快。路灯明灭不定，寒风打着卷儿旋转，章涵这才发现，这处公寓相当偏远，视线范围内几无人影。不过离太平机场倒是近的，抬头可以隐约看见远处航站楼的信号塔，那让她安心多了，她跟在华青后面小跑，脚下的鞋子好像变轻了许多，纸飞机一样托举她，在空荡荡的夜街上掠过地面飞。

华青坐在汽车里，低低地按了几声喇叭催她。透过车窗，章涵看不清华青的表情，不过以她的直觉，更加笃定地得出一个结论：华青有点"怕"自己，同时还有不耐烦与逃避，这些玩意儿构成了复杂的分泌物，像乔装打扮的多情先遣队，专门来自那种内向、热忱、脾气还挺倔的年轻男孩子。

也好，哈尔滨算是多了一个爱慕者了，这就像包里多了两双新鞋，没有一个女孩子会嫌鞋子太多的。

4

四双、十双、十六双，章涵的鞋子像树上的果子一样以繁殖的速度增长，争奇斗艳、累累枝头。她几乎来不及穿了，她肯定是来不及穿了，她最多来得及轮流试试它们，就像暴发户关上门数钱一样。不，这比喻不合适，章涵现在对于脚和鞋的认识，已经远远地超出了实用的消费主义，进入了审美阶段，甚至进入了抽象空间。她会独立地欣赏鞋，或者脚，或者某个部位，以特写、变形、联想的方式去审视和玩赏。不消说，这些既系统又充满即兴式灵感的影响来自邱先生。

邱先生常常替章涵洗脚。他先用稍烫的水清洗，像父亲照料一个生活不能自理的女儿，缓慢、周到，几乎心疼，但这只是过渡性的；随后会换上红酒、牛奶或酸奶，他把章涵的脚当作搅拌器、吸管之类，边洗边啜饮，角度总是别出心裁。他最为酷爱的则是用果汁来洗脚，准确地说，是借章涵的脚来做果汁。昆明反正水果多。他选用芒果、番石榴、木瓜、山竹、红毛丹这一类汁液丰沛、味道浓郁的品种，过程相当冗长繁琐，有时章涵简直昏昏欲睡，她便朝后半躺在沙发上，只管把脚伸开在那里，随便邱先生去忙碌、操作。

事实上，她没办法真的睡着。章涵的脚早已从一个愚笨实用的器官，被唤醒被抬升了,从最底层的苦力一步步登入感官的殿堂,像个新兴阶层一样的,它有意识有权力了,并且发号施令、作起威风来了。它还有同盟军,像打电报似的,通过穴位与筋骨,把沸腾起来的需求传送到脑垂体、嘴巴、胸、小肚子等各个分部,而与此同时,黏稠的果汁也正顺着她的脚尖、脚趾、脚底、脚跟、脚脖子、小腿肚子,往上方寸寸渗透,一路逶迤出各种喧哗与骚动。最终,意识与果汁在章涵的耻骨处盛大地汇合,造成一种难言的空洞。

这样的洗脚,章涵真是不好过的。

最不好过的是,在这一切之后,邱先生就扔下章涵了,径直就抱起章涵的那双旧工作鞋和她当天穿过的丝袜,又一个人关到卫生间去进行漫长的"料理"了。章涵光着两只脚就在沙发上,她觉得自己大腿也光着,屁股也光着,胸脯子也光着,完全赤身露体。她无法理解、无法消化这令人绝望的局面。她瞧不起自己了,并以有限的经验,自卑而吃力地分析:他不碰她小腿往上的地方,真的只是为了恪守承诺?难道说,自己浑身上下就只有这一双脚算是好的、能够吸引到邱先生的?他就只肯通过这个器官来与她发生关系?要照别人看来,她这一点都不吃亏是吧,可她很难受哇,心里和身上都难受!她说不清自己是否喜欢上这人了,但他那样的蹲在她下面,晃动着花白脑袋,这情形里,的确有一种古怪但强烈的柔情,难道邱先生真的不知道吗?她到底该怎么办啊……章涵仰面斜躺,两腿张着,两脚空悬,更加地糊涂且怅然了。

时间就在卫生间和沙发两处分别流动着,那里快这里慢、那里热闹这里冷清地流动着。重新露面的邱先生,总是面目严正,他会谈起这一合作中的注意事项,对章涵晓以利害:样品鞋虽只是一双两双,佣金也不过是零花钱,但真要被人发现,其性质还是严重的,是借职务之便进行经济活动,往大里说,类似于公职人员的以权谋私,搞不好会有毁灭性的后果。他带点恐吓性地分析给章涵听,好像把石子扔到黑洞洞的枯井里,特意让章涵听那可怕的回声。"明白吗?毁灭性的后果?"他追问。

看到他这么的忧心忡忡,以致如此夸张,章涵真觉得他可怜极了——邱先生无非是要让她对他的怪癖保密呗,他假装把危险的重点落在捎带鞋子这件事情上,说得像走私什么违禁物品似的,好像他们之间从来没有别的勾当。"明白。我会十分小心的。"章涵一丝不笑地点头、压低声音。

好就好在，年轻女孩子随身带上一两双漂亮鞋子，真是再正常不过了——就算把她的行李箱打开来给全世界看也挑不出错儿来的。不过章涵还是煞有其事地跟同机组的姐妹玩点花招，比如她喜欢把新鞋子说成几十块一双的地摊货，偶尔露点风声，提及那个开着SUV、打着一圈耳洞的年轻人，暗示她在哈尔滨有了一个粗俗的追求者。姐妹们就算有点好奇心也迅速满足了，并对章涵东北土炕式的恋情施以同情。她们越是不屑，章涵简直就越是得意了。绝对没有人能够想象得到的，她的烟幕弹深处可藏着一个邱先生呢，多么理想的大家伙啊，既出格又老练，既多情又好像无动于衷！她们谁能想得到呀。

不过话说回来，华青真的算是她的追求者吗？章涵现在有点吃不准：与华青的相处越来越别扭了。这有一半得怪她本人，怪她的脚，或者，往根子上去，得怪邱先生——

每次离开邱先生、离开长水机场的章涵，她的内部都像是一张被拉得溜圆但没有射出去的弓。这把膨胀但空虚的弓随即上了飞机，像行李一样被压扁了塞进小行李箱，和那两双样品鞋挤在一起，休眠、与世隔绝了。她的外部还是正常的，一抹脸子就进入了国标ISO9002式微笑：先生请打开遮光板，女士这是您要的毛毯。巴啦巴啦的肉质机器人。直到飞机降落到太平机场、进入华青的SUV，进入到那间封闭的郊区公寓，打开行李，赤裸的脚穿上细高的鞋——她内部的那具弓又重新丰满了，甚至带有更多被压抑被增值的积蓄。

这张弓，从其发生、暂隐与重现，章涵都只是受控的、不自知的奴仆。她还以为自己不舒服，哪里出问题了。她感到两腿被拴了一个超出她本人重量的大负载，灼火烧心，走路跌跌撞撞，非常地想抱住随便一样东西，稳一稳、靠一靠，以替她解决点什么。这怎么回事啊？章涵费劲地穿上样品鞋，麻木地展示，转圈子，一边有些迁怒地盯着华青——后者一如既往，仍旧干巴巴地倚着窗户，三心二意地不时从窗帘缝隙瞟着窗外，同时在手机上点点戳戳。她的愤怒更盛，生气于自己出错的判断：这样的华青哪里像个爱慕者？

这一天，大约是第三十几次"交易"吧，签字拿钱的小本子都翻两页了。

章涵发火了,她是冲着自己,但以冲着华青的形式——她动作飞快地把鞋子从脚上脱下来,不等华青反应,掀开窗帘拉开窗户作势就要往外扔,一边气喘吁吁地讥笑,"外面黑咕隆咚的到底有什么好看的呀?不如我把鞋子扔出去怎么样,给你找点东西看看,嗯?"北方窗户是双层的,章涵并没有真的打开。但华青已是吓得脸色煞白,立刻把章涵往下一拉,扑倒在地,好像她这个人根本就不能暴露出来,否则就会有子弹从外面飞过来似的,随即又连滚带爬地去把窗帘重新拉得严严实实。

真好笑,他如此惊慌失措干什么?又没干见不得人的事!章涵保持着被推倒的姿势,耍赖一般,她索性瘫倒在窗户下,两只从鞋子中解放出来的脚,软弱地交叠着,放弃一切似的搁在一边。华青半蹲下来,刚要伸出手去拉她,章涵的两只脚突然昂起,绞缠着一下子蹿上来,她上半身仍然平摊在地,小腿和脚却以一种倒立的态势游走到了华青的腰际,半截裙翻披下来,在臀部形成喇叭花,内裤像花蕊一样。

章涵紧闭双眼,没法看华青的脸。她知道自己完全疯了,不知羞耻,可同时也委屈极了,她不是自己要这样的!她只是太憋屈了,从昆明一直憋到哈尔滨,这个账该算到邱先生头上,她真希望邱先生可以看到这一幕!可以说她正是为了邱先生才这样的,尽管这其中的逻辑十万八千里非常莫名其妙!可怜的替罪羊,可怜的华青,就算他曾经有那么丁点儿喜欢她吧,恐怕这会儿也被她这放荡的怪样子给吓住了……过了一小会儿或一大会儿,大概很长时间吧,她终于感觉到华青冷冰冰的手,正在剥开她的脚和小腿,毫无感情地剥开,手势坚决地剥开。随即抽身后退,在地板上放下什么,章涵听出来也猜出来,是今天那两千块报酬和签字的小本本。她听到他从她身边绕过去,一步一步走到门口,"我到车上。你尽快下来。"

5

邱先生说:"哈尔滨方面的客户投诉你了。"他这时正在替章涵修指甲,语气平和。章涵缩了缩脚。

"哎呀碰着你了?"邱先生吸口气,十分心疼,立刻放下指甲刀,内疚地凑上来吮吸安抚。他有一套长短粗细不一、功能各异的磨甲磨皮刀片,使用起来极其讲究。一只脚能修20分钟。

关于在华青那里的失态,章涵曾经考虑过是否要跟邱先生坦白。但后来她认为不必了——那晚稍后,章涵上车之后,华青没有上机场高速返城。他开上了另一条路,越开越荒野,路牌依稀闪过新农镇、榆树镇之类地名。章涵对哈尔滨的熟悉程度并不比对昆明强多少,尤其这种郊野。她淡漠地看着车外,不作询问。她感到十分疲惫。

车子把直路好路大路都开到尽头了,开始进入颠簸起伏的土道儿、烂泥道儿,最终歪歪扭扭地停在一个杂树丛生的野水塘边。这里白天可能下过雨,夜间温度低了,冰凌凌一片,夜色光泽透亮。水塘却黑漆漆的,像一只既恐怖又哀伤的独眼睛。

华青干巴巴地开了口,竟跟她聊起天来,并且是老娘儿们般的家常话题。他不大熟练地摆出一股哈尔滨土著的姿态,关切章涵的来龙去脉:老家在哪里,今年多大,有无兄妹,父母身体等等。切,扯这些做什么?章涵机械地有一句答一句。华青尤其关心她的父母,并指出,作为独生女,她应当好好地守在父母身边侍奉云云。真是越讲越无聊了。不过,章涵在沮丧中还是琢磨出来,华青准是特意如此,以把章涵从刚才的"失格之举"中给拉回来吧。其实她哪里是冲着他呢。

章涵心中苦涩,扭头看往窗外的池塘。华青也陪着看了一会儿,"这是我的水塘。只有我一个人知道。"

"现在是两个人了。你该不会想把我扔在里面吧?"章涵脱口而出,然后又惊讶于何来这么个阴森的灵感。

"别开玩笑了。"华青也一怔,突然起火发动,他打开大车灯,转动方向盘,离开了野水塘。他的耳钉一闪一闪,使得他的侧面线条更加模糊了,"我希望不要在哈尔滨再见到你了。真的,你好好想想我的话。不要再做这个了。为了你自己,为了你父母。"他的语气像是有所暗示。不,不可能,他不会知道邱先生的事的。

"再怎么说,飞机还是安全的。我父母不会担心的。"章涵含含糊糊地回答。

关于这场淡而无味的谈话——直到他们关系的后期,接近终点,接近一切的终点,章涵才明白过来,华青当时其实在跟她说什么,他冒了多大的禁忌。而她的回答,从他的角度听来,也是合拍的、心知肚明似的。人们在谈话时，常会有一个假设的共同前提，有时这前提不言自明，另一些时候却南辕北辙。不巧的是，章涵与华青就是后一种情况。

"哈尔滨客户投诉我？"章涵换了个姿势，一直举着脚简直比走路还累。华青会怎么说，她很好奇。

"腿酸了？我来替你放松一下。"邱先生体贴而机敏，不放过任何一丝机会。他马上蹲下来，替章涵按摩，他熟知脚部的穴位，一边念念有辞，什么太冲穴、申脉穴、涌泉穴、丘墟穴、昆仑穴等等，哪个哪个对应着肾虚啊内热啊失眠啊消化不良啊内火啊什么的。

"投诉什么？"章涵追问并想抽回脚。

"没什么，你别在意。这事我说了算。"邱先生头埋住不抬，在方寸之地上大做文章，不愿分散注意力。

"到底讲什么了？"章涵一使劲，她真的抽回了脚。邱先生越对她的脚用功，她就越是恼怒，简直有无名之火。

邱先生合抱的双手空了，可他仍然保持着，好像就是这种空落的模拟动作也足够他留恋、玩味的。隔了好一会儿，他才落寞地自语，"我就担心着，哪天，你像刚才这样，脚一抽，抬脚走人，离开我了。"他半垂着眼皮，仍然看着章涵双脚原来所在的位置，"具体没讲什么，就是不满意，说你不合适干这个。我问为什么，他挂电话了。我猜……"邱先生抬起头，他空空地看章涵，视而不见，"你们是在闹恋爱了。"

"没……"章涵急得要站起，脚却又光着。邱先生伸手来一压，像一个骤临的热吻，不让她动，也不让她说。

"也是预料之中。"邱先生自己站起来，一下子站得笔直。他总是这个特点，跟脚、跟鞋子在一起的时候完全没有人样儿。一离开那两者，就恢复节制、斯文，"年轻男女，当然的。"他突然语气一变，有些滔滔不绝，"华青这小伙子呢，还是不错的。我见过，高高的蛮帅，比我年轻时强多了。家底子么，据我了解也可以，算是家族生意，将来什么都是他的。哈尔滨也挺洋气，房价什么的却不太高。"他边皱眉边笑，挑剔但也还算欣慰的笑容，像一个父亲在替女儿分析男朋友。

"可能他有那意思……"章涵好不容易插上一句，急于洗白辩护。可突然也有一种骄傲的幻想，试图激发起邱先生一丁点好胜心，"对，他是喜欢我！"

"那你呢？"邱先生飞快地问，刚问完，又更快地一挥手，"别说！你不用回答我。我不打听这个，这是你们两个自己的事。"他很洒脱地背起手，在屋子里走了半圈。"我只是想问，你觉得你合适再送货吗？这个，我不听华青的，尊重你的意见。"他眼巴巴地看着她，同时又忌惮着自己的这种急迫。他收回目光，又接着在屋子里走。

"当然送。不行的话，哈尔滨那边另外换个人也行。"章涵像个士兵一样地大声回答，不容许自己有半点犹豫，她要证明她的忠诚和可信，"你放心，华青什么也不知道。我从来都没跟他谈起过你。"她有种近乎母性般的冲动，几乎想要上去搂住他。看看，他那么落寞！华青这个投诉真是好啊，邱先生终于露出尾巴来了：他其实很在意她，不是吗？

"你，不会扔掉我这个老男人？还会到这儿来，跟以前……一模一样？"邱先生眼睛往下方移，移到章涵的脚部。

"一模一样。"章涵重复，心头喜悦。

"你知道，我们已经快有四个月了。我习惯这一切了。"邱先生把眼睛看望半空，衰老的脸上显出一种通往问题核心的态度，"那么，说好了。哈尔滨和华青那边，也一切照旧，所有的程序和关系都不受影响，好吗？"

章涵没有直接回答。她冲动地滑到地上，那天在哈尔滨的公寓只是一次预演，今天来真的。她把她的脚和小腿，两条蛇一样地往邱先生的裆部缠绕上去。这一回，她自如多了，优美多了，也彻底多了。裙子再次像喇叭花打开，白色双腿的根部，镂空真丝绣的黑色花蕊——这才是所得其所的怒放！好像从内部下起雨一样，章涵感到自己湿淋淋的。她睁着眼，勇敢地向上看。她想到自己22岁的好年纪，想到邱先生像父亲那样替她洗脚，想到邱先生坐在地上替她料理旧皮鞋，想到从这个角度并不能看得到的邱先生的花白头发。她在想象中进行弥补和发散，一切都不再是局部或残缺的了。时间嘀嗒，在她静止的两只脚上轮流走动，每一步都让她更加灼热，百感交集。

邱先生热泪滚滚，毫不掩饰地用手指揩着。尽情哭泣了一会儿之后，他极有分寸地握住章涵的脚，把她轻轻地安置到沙发上。

像换了一缸水的金鱼似的，邱先生自若地重新游动起来。他拎出另一个精致的小箱子，重新坐到章涵面前，"来，上指甲油。"他挑挑拣拣，留下四支，全黑，玫红，亮紫，银粉。第二轮筛选时，他更慎重了，他把四支指甲油分别扭开，在自己的手指甲上试涂，又对着章涵的脚反复对比，一会儿顺着灯光，一会儿背着灯光。指甲油那甜腻的人工香精味在空中弥漫开来。终于，邱先生选定了玫红，像个无臂人似的，他把小棍子衔在嘴里，小工蚁似的替章涵的脚趾涂抹起来。

章涵屏息不动、如坠深渊。昆明的温度比哈尔滨还要低吧。万物冰冻，包括她的脚、腿、裙子、花蕊，一切都被冻住了，她成了冰冻模特儿。

6

章涵没有跟华青对质"投诉"之事，华青也闭口不谈，各自只管照旧。华青后来又带章涵去看过几次池塘。有时候天气很糟，加之是夜里，又是乡野小道，凄风冷雨之中，汽车像在黑色的海水里开。华青心无二用专心对付方向盘，两人几乎没有交谈。

颠簸的副驾驶座里，章涵呆呆地坐着，凝视着浑浊的前方，身体随着车子起伏。外面越是恶劣越是黑暗，反而使得他们所置身的小小车厢，获得了朴素紧凑的密度，一种排斥掉整个世界的依偎感。她喜欢并安于如此，最起码她可以忘掉鞋子或脚，忘掉昆明及邱先生。偶尔，她半是自嘲地幻想，也许华青会把车子停到路边上，像一个腼腆的追求者那样，期期艾艾地做点边缘性的小动作？这滑稽的联想说明什么：她心理上已经越过邱先生了，或者说她也有点喜欢华青？真不清楚。算了，就这样吧。正如她答应过邱先生的：一切都不受影响。

但还是出了一点问题。

那天，她正昏昏欲睡地给华青展示着两双超高跟的水果色凉鞋，还是那种没着没落的满弓状态，华青照旧倚在窗帘边在手机上划划拉拉。突然，他抬起头，眼神呆滞、震惊，好像眼前的章涵突然变作了女鬼。章涵被吓了一跳，她惊慌地上下打量自己，随即往华青那里跑去。她不知道危险在哪里，但她确信华青一定可以保护她——哪怕就一个拥抱，也足够了！想想看，不管昆明还是哈尔滨，她到现在连一个像样的拥抱都没得到过。华青却目中无人地闪开，粗鲁地把她匆匆一推，大步跑着冲出去，他拉开大门，蹲下去，拿起她脱在外面的工作鞋，神情古怪地端详，凑近了看——那动作，几乎像邱先生了——他看了好一会儿，好像那双鞋会说话，正一五一十地对他倾吐邱先生对它做过的一切。

章涵不知所措地倚在窗帘边，这正是华青平常所站的位置，她下意识地也从窗帘缝隙往外看，这里可以看到公寓的正大门。正大门对着一杆路灯，静静地照着简陋的巷道，并无任何异样。

华青走进来，脸色煞白，他机械地掏出钱和小本本子，却又骤然停住，重新收起来，眼睛看都不看章涵一眼，好像她完全成了死人。"快走。"他说，一边在房间各处疾走、关灯。

这下子章涵真的生气了，计较起来，"订不订货都应当给佣金，昆明那边说好的！"她从刚才华青猛然跑去看鞋的动作分析出：他准是发现邱先生的事了！他明白自己只是一个可笑的小龙套。不行，得扳过来，她要强调她跟昆明那边纯粹就是金钱关系。这可不仅仅是为了邱先生，也为华青——她也不愿让华青在心理上太委屈。

"不给。快滚！"华青粗暴地一甩头，耳朵上的铆钉竟显出几分杀气。

章涵劲儿也上来了，伸手就拽住华青，两人在玄关处扯起来，"凭什么不给？我哪一步都照合同办事。做生意不能这样。"她力气当然不算大，可她真的在拼命，心里也仗着一丝底气，她有心想要逼一逼华青。如果他肯说出他的喜欢，她会跟他好好解释邱先生的隐私，说不定还会试着跟华青交好，她本来就不排斥华青，华青的赤诚、胆怯，包括那一丝阴郁都让她有好感。这一切反正也不是太矛盾的，是为了三个人的长久之计，她就像一片丰饶的土地，不同的区域不同的出产可以供给不同的采撷者。章涵这么想着，心里涌上一股兼爱的侠骨柔情，手上拉扯得更加使劲了，简直要掐到华青的肉里。屋里所有的灯都黑了，只有玄关的顶灯昏黄，像一颗快要融化的蛋黄。

华青既想躲她，又要推她，手臂乱扑。他是板寸头，灯光从上面射下来，在额上形成刘海一般的漂亮弧线，使得他的面孔更为稚气，却又是一张饱受折磨的面孔，"快离开这儿，求求你。"他带着哭腔。

"那你告诉我，喜欢我吗？"

"喜欢。"华青闭上眼睛。

"那件事，你要我解释吗？没错，送样品鞋，只是个形式。"

"不用。"华青猛摇头，不愿提起具体内容，"我本来还以为你不知道。"一团泪水突然滚滚地沁出。年轻男孩子的眼泪多么金贵啊。章涵突然一阵松落，曾有过的寒冷好像猛然间得到了巨大的补偿。她想也没想地就踮起脚来，她头一次觉得她把这双脚用得最为自如，她想要高一点，以够到去亲一亲华青的眼泪。华青却突然睁开眼，双眼血红、发狠，"快走！否则我……"他再次翻脸，挥挥拳头，几乎真要揍到章涵脸上了。他把章涵的包、样品鞋、她的工作鞋，统统地胡乱扔到门外，并咬牙切齿诀别般地吼道："你自己走，一直往前，不准回头，不准四处张望，不许回头看我！"

章涵惊愕莫名，随即迅速宽容了：他当然是要发火的！无法接受恋脚癖的！他只是个没见过世面的东北小伙子嘛。他是那么老实地、绝对地喜欢着她，像一块滚烫的烙铁呀。

章涵骨碌碌拖着小行李箱，模糊的夜色中并没走出多远，就听到华青的车子从公寓楼边开出来，却往完全相反的方向，陌生人一样呼地开走了。他真的把章涵完全抛在郊外的半道上。那天夜里，章涵足足走了40分钟才叫到一辆出租车，脚上起了两个大泡。她没有觉得时间漫长，也没有觉得脚疼，她三心二意地品味着哈尔滨冷冽的夜色，同时断断续续想到阳光刺目的昆明。这下子，邱先生的事算是真正暴露了，她要不要去当面解释？

7

没等章涵开口，邱先生先自摇手，表示他什么都知道了。他飞快地保证，并笼统地代表了两方面，"没有人会因为这个生气的。我和华青都会一如既往。"这承诺来得如此轻松——这么说，邱先生与华青之间达成了某种协议，混杂着对秘密的锁死与利益区域的划分，以此为凭，一方得到了她自小腿肚起的上半身，另一个则是其余部分。章涵没吭声，但点点头——看看，她竟然还在点头，她也认同这样的瓜分了？章涵忽然难受极了，好像既对不起自己，也对不起他们两个。

今天邱先生没有替她洗脚或做别的。他客气但不容拒绝地邀请章涵一起欣赏照片。有的在手机里,有的在相机里,有的在iPad上,有的在电脑上。他先后打开。一部分照片是精心摆拍，一部分则很模糊、画面不全。自然了，全是脚。爬楼梯的，正在脱丝袜的，天台上走秀的，游泳池边的，流血的，带污泥的，裹在水草里的，穿着迷彩军用鞋的，光脚衬着深红色天鹅绒的，高跟鞋底踩着一只小白兔的，戴着毛绒脚镣的……

邱先生并不讲解，事实上他都不大看，他只是负责地、匀速地像工人般地一张张翻，然后紧盯着章涵的脸，吸收她的表情，吸收她眉毛嘴角眼神的任何一点变化。

被如此死死地瞪视，很不舒服。何况这些照片，看得多了就觉雷同，令人厌倦。章涵于是像在飞机上一样露齿微笑，偶尔挑眉毛、睁大眼睛，发出惊叹吟哦之声——实际上，她心里还在为刚才的事而心乱如麻，急于疏解、急于寻求答案。如此这般的三人关系，真是可行的吗？他们这样算是大智慧？还是统统都变态？扪心自问，她真的可以做到被两个男人共同分享？她是否可以推翻这种格局？比如，她就干脆地告诉邱先生：她就只要他一个，完整的一个。同时，他也必须要一个完整的她，而不是局部的。对，就这么跟他说！她可以声明放弃华青，尽管她也有点舍不得……

邱先生突然一按开关，显示器猛然黑了，"不要浪费时间了。"章涵笑容停住，心头怦怦直跳，涌上一股被识破的恐慌。邱先生带点冷笑，"我还是看错了。你一直糊弄我，也糊弄你自己。你其实根本不懂得'脚'。你跟大部分人一样，抱着那点儿特别正常的趣味。喜欢大眼睛，喜欢粉红舌头，正确。喜欢长头发，喜欢白皮肤，正确。喜欢长脖子和大胸脯子，喜欢小细腰和小肚皮，喜欢又小又翘的屁股……也都正确。"他不带起伏，也不带任何煽动地罗列着各种器官，并没有辩论者那样一浪高过一浪的声调。他举起一根手指在半空中比画，好像他面前正站着一个赤裸的性感女郎，他十分准确地在其身上一一指点，一直到大脚、小腿，他蹲下来，轻声轻气，好像怕吹出来的热气痒着那位女郎，"喜欢脚丫子呢，就不正常了，就神经病了。唉，多可怜啊，就这么个身体这么些器官，还弄得三六九等的。太他妈傻了。"对着一双不存在的脚，微微偏过头，他噘起嘴，伸出湿漉漉的舌头。

章涵妒忌地望着那位女郎，那具隔在她与邱先生之间的不存在的胴体。是的，邱先生还是看出来了，她的确是不爱臭脚丫子的，她只是顺应情境、装腔作势；甚至，她可以爽快地承认，她要是跟男人好了，跟邱先生之外的随便哪个男人，就比如跟华青吧，那将至的肉体欢爱中，主角肯定是嘴巴、胸脯子、屁股……可是，对邱先生，则是不一样的，他对她所做过的那一切，已经像楔子一般，从脚踵开始，逆流而行，钉入了她的意识深处，使得她对他产生了难以解释的投靠与倾心之感！在邱先生这里，她已经把脚丫子当作了她的感官，她做到了，弄假成真了，她体味到暗示、饥饿与战栗，面对邱先生和脚，她是热诚投入、有所贡献的！难道他看不到吗？

章涵抑制住委屈的泪水，没有任何分辩。她站起来往外走，绕开蹲着的邱先生，绕开他的花白脑袋，绕开那具女人胴体。

她几乎都走到门口了，邱先生却匍匐着快速爬动几步，伸出胳膊来拽住她的脚。他的全身拉长，四肢贴地，头几乎贴到地面，十足像个奴隶一样，声音重新变得低声下气，"别离开我。我没有权利生你的气。我求求你，不要嫌弃我。"章涵一怔，突然聪明起来，邱先生这是在做游戏啊，就像他们以前玩过的那样呗。章涵高傲地蹬掉鞋子，扶住手边的高背椅，毫无警告地往邱先生的头上、肩上、腰上、屁股上使劲踩上去。哦，真有劲，上一回这么做，她只是听从邱先生的建议，只是模仿和训练，可这会儿，是真的，她放纵脚丫子的野蛮，听凭筋骨的格斗，肌肉与脂肪在摩擦中交融，她止不住一阵阵欢叫，完全没有注意到脚下邱先生的反应……当她被猛然推倒一边，面对邱先生那张疼痛而愤怒、毫无享乐之意的脸，她完全无法明白：怎么了？这不是他最喜爱的项目之一吗？

如果，是说如果，如果章涵在这个时候再多想一步，往深处多想一步，也许她就会觉悟出一些什么，发现她头顶上正在逼近的乌云。当然了，命运的乌云注定无人能识，否则又怎么能叫作命运呢。

邱先生一瘸一拐地蹦到房间另半边，简直像要躲开她，躲开一头被他本人养大的什么小动物一般。他有些喘气，态度十分严厉，硬硬地一字一句，"我只要求你一件事。以后不许再换掉、扔掉或处理掉那双我给你擦过的鞋。无论如何，永远不要。"

换鞋？什么时候换过鞋？章涵大感冤枉，她拼命回想，终于恍然大悟，不禁咯咯发笑。要不是邱先生这么一说，她都完全忘了。上一次飞哈尔滨，因为生理期，她双脚沉如灌铅，活像个站了八小时的售货员。送完一个来回的点心和茶水，她悄悄躲到休息室，跟一个实习空姐背靠背休息。她脱下鞋子，想替自己捏捏脚——刚伸出手，突然冒出个念头，她怂恿一边的实习空姐也脱下来，她想跟她比比脚。她们双双伸长双脚，章涵别有用心地来回瞅着，既怜惜又挑剔。乍一看，真没什么两样，衬着机舱那哑光白的背景，半透明的浅灰丝袜有种金属般的后现代光泽……可章涵相信她看出来了，她这双脚，跟实习空姐的完全不同、大大的不同。她的这双，已经被开发过了，是有过春风与柔情，有过暴雨与放荡的，她浮想联翩，感觉到一种蓝丝绒般的甜美。突然耳边有人低呼：乘务长来了！两人跳起，赶紧套上鞋子，也许，就是那会儿吧，匆忙中两人把工作鞋穿错，鞋码可能是一样的，所以章涵毫无感觉……

邱先生张着耳朵，十分仔细地听，不时盘问细节，像侦探一样，包括实习空姐的姓名、籍贯、性格、生活习惯等。他忧心而气愤，"你真的太不爱惜了！你对我通通都是假的！你不尊重我的感受。你知道我多么爱你那双鞋，你穿过的鞋！"他把重音放在"你"字上。

"下次我会注意的。其实两双真的差不多呀，你怎么看出来了？什么时候发现的？"章涵恢复了活泼和亲昵，可她知道自己突然换作了空姐的标准笑，凡是她笑不出来的时候，这张标准笑就会自动替补。内心深处，她感到哪里不大对了。

邱先生没有回答。他继续追问实习空姐在昆明的落脚处，并要求她立刻设法换回……章涵突然一捂嘴，想起实习空姐已经在这条线上跑了两个月，结束实习期了，她们不会再碰到了。邱先生脸色更加阴沉，"那么她这双鞋呢，是上交航空公司，还是她自己带回家，她要穿到什么地方去呢？那可是我亲手替你料理过的鞋子！"他一连声追问，显得十分迂腐。

"实在不行，我可以找公司人力资源部打听打听看？"章涵继续微笑，露出标准的八颗牙齿，她内心有某个角落更黑暗了。

"不！不！算了！到此为止。"邱先生立刻高举双手强烈反对，"你不许再跟任何人提这件事。绝对不能让人知道我们的事，明白吗？"这是二人认识以来，他表现最为焦躁的一次。他也意识到了，突然放慢语速，忧伤地敷衍地解释，"你也知道的，人们不会理解我的。我毕竟还要做生意。"

那天，邱先生花了更长的时间在卫生间，料理那一双被替换过的工作鞋。他大费周章地把电脑和两只音箱都搬到卫生间，在里面替自己播放背景乐，非常吵闹的摇滚。听上去,像有一群狼在卫生间里嚎叫。章涵温顺地躺在沙发上等待,她蛮可以利用这个时间打个盹——可怎么也打不成。她糊里糊涂地总也捋不出一个成形的想法,就像卫生间传出来的摇滚一样,一句也听不清。

8

华青一如从前,像月亮准时升起,仍然到机场来接她。可他看章涵的眼神,像是劫后余生一般,他一边开车,时不时扭头看一眼章涵,好像对她能够完整地、准时地出现这一点,需要加以反复确认。章涵一个不漏地承接、捕捉华青的眼神,心里直荡漾。可以确认的,华青那天的愤怒已经过去了,被更强大的情感所驯服和淹没了,并几乎要溢出整个驾驶室。前面不远处,可以看到还有别的空姐坐到别的车子里,路上还有更多的男人,正在接送他们的女人。可章涵相信,没有一辆车子里的浓烈程度比得上她与华青这一辆的。这很好,这与她所想的正好是一致的了。

离开昆明前,章涵作了一个决定。这决定并不高明,她只是想做点什么,好抵挡某种不可解释的危险,同时也是对邱先生的反击。她比任何时候都需要华青。

他们在路上始终一言不发,共通的意念像终点一样一望即知。脱鞋进了小公寓,章涵连包里的样品都没有拿出来做样子。他们直接就开始脱衣服,没有羞涩或说辞,几乎显得很熟稔。他们断续地亲吻了几下,随即开始了实质性的交合。好像他们这根本不是第一次,好像在前面那无数次关于鞋子和脚的演示中,在那些失败的挑逗与生硬的拒绝中,在公事公办、生意人一样接头并交易的漫长过程中,他们已经反复预演过这一场景,包括上一次的争执与撕扯——一切都属于不得不经过的前戏。

……根本没有意识到的,挣扎与呻吟中,章涵还是无意识地提起了脚:去他的脚丫子,去他的鞋子……她是以否定的、撇清的,实则也是自我解放式的口气这样说的,越接近顶点她喊得越急,她想这也应当是华青所渴望听到的。脚或鞋都是不存在的!他们只有最正宗最直接的情欲!

华青却像听到什么咒语似的,刚才还沸腾着的身体一下子僵住。章涵惊讶地睁开眼,看到华青的眼也正对着她,很近的距离,放大镜的特写,被汗水所浸泡，看上去像猎物的眼睛那样，突然间饱含沧桑与惊惧。华青硬生生地移身下来，趴到一侧。

"你还是在意那件事？"这个小土包子啊。

"我是不忍心你！你不该扯进来。"头闷在枕头里，华青浑声浊气。

"行了，至于吗？"章涵有点不耐烦了，她今天不想提邱先生与鞋，"那真的不算什么，这会儿不说好吗？"她去拨弄华青，想重新调和并修复一下气氛。

"你真的不怕？我们随时都会被发现。"华青的声音听上去像个胆小的孩子，这跟他耳钉和文身完全不般配呀。这会儿，可以看到他后背上整个文身了。

"你真好笑，那有什么好怕的！"话刚出口，章涵突然一愣，她感到她明白了什么。不，她没有。

"你难道……"华青从枕上猛然抬头，脸色愀然一变，"这么说，你还是不知道！"

华青抱住头，发出"嘿嘿嘿"的声音，像在笑，又像在叫唤，他一边"嘿嘿嘿"地讥笑着，一边滚落到床下边，他胡乱套上内裤，抓起桌子上的手机看了看，然后咚咚咚跑到门口，把章涵留在外面的工作鞋给拿了进来。他把鞋子抛在床上，抛在枕边，他刚才躺过的地方，好像要邀请这双鞋子来跟他们一起继续做爱似的。

"干吗呀？"这双她太过熟悉的、样式传统的工作鞋，虽然已经在飞机上飞了六小时，但由于邱先生的精心处理，依然保持着油光锃亮的色泽，发出蓝绿色的幽光，好像把邱先生的气味和作派都带进来了。章涵下意识地瞟瞟自己的脚。她的乳头刚才还是硬的，这会儿已完全没有状态了。

华青伸手来拦着章涵，全然不顾她的衣不蔽体，他嘴里嘶嘶地，吝啬地从牙缝里往外挤，像舍不得把这些话一下子说出来，"来，你自己动手，打开这双鞋看看。"

"打开？"章涵茫然地想要捂着胸部，胸前没有衣服，她捂了个空。难道鞋子是一本书、是一只罐头？还能"打开"？她听凭胸脯继续暴露，耳朵里却突然响起刺耳的摇滚乐，就是昨天她在昆明那边听到的，从邱先生卫生间里传出来的，一模一样的难听。

华青抓住她的手,她没有挣扎,她根本就没有力气,可他还是毫无必要地青筋暴胀。他左手扭着她的左手,去固定住鞋帮子,然后右手扭着她的右手,去抓住鞋底,两边向相反方向拉,没拉开。章涵突然使上劲了,她两只胳膊一顶,把华青顶到一边,然后就靠着她两根纤细的手指,像在飞机上给客人端茶送水那么轻飘飘的,一下子就"打开了":鞋帮和鞋底分开了,中间露出一个与鞋子完全贴合的、线条流畅的夹层,夹层的底部还曲径通幽地与鞋跟的空心处相连,从侧面看,形成了一个带柄勺子般的完美空间。

"空的!里面是空的!"章涵高声叫着,好像发现一个死人嘴里还有一口气。她忙不迭地又"打开"另一只鞋,她把两只鞋都举起来,对着华青亮相,展示她激动人心的发现:"空的,两只都是空的!没有什么呀。"

华青拿出手机,点出一条微信来给章涵看,几分钟前刚收到的三个字:"货已取。"他又拉着手机屏幕往前翻,他与这个人的对话永远都是雷同的:货已到。货已取。货已到。货已取。

章涵镇定极了,脑子转得飞快,她真为自己的智商而感到自得,她十分流利地应对,好像这会儿已经站到了法庭上,已经进入了自辩的阶段,"对的,没错呀。我不就是来送样品鞋的嘛。货已到,货已取。最多,我不该拿样品鞋,可这是合作双方一致同意把货样赠送给我的,不行的话,我可以统统归还,我其实都没怎么穿,我来不及穿……"她直盯着华青的眼睛,后者扭头,她也跟随着扭过身子,继续如饥似渴地寻找他的眼睛,寻找他的认同。她已经完全不在意她的赤身裸体了。她的整个身体都在向华青耸动着,就像邱先生曾经虚拟过那具女性胴体一样,调动一切器官、毫无羞耻地寻求支持,支持她刚才所陈述的那个简单的事实——她只是个送样品鞋的。

华青的声音像在放录音,带着回声在屋子里荡漾,"切,还样品鞋!你的工作鞋才是真正的货。在每只鞋底的夹层,都藏着一块经过压缩成型的海洛因,150克的厚鞋垫,每双就是300克,你晓得你一共跑了多少趟?73趟。不,上一趟没送成,我当时手机里收到的是这个:'鞋子被调包了!撤!'(他烦躁地翻看着手机)哦,找不到了,被我删了。你还记得吗?就是你没有拿到佣金,我也没有送你回去的那次。我当时多么恐惧,我以为我们被盯上了，一切都完蛋了，幸好只是虚惊一场，你又好好的再次出现了……那是你唯一失手的一次，可怜那300克的上好货色，将要在那个实习空姐家的鞋柜里永不见天日了。你知道50克就可以定死罪吗？所以老天保佑吧，但愿如此，但愿它永不见天日。你已经够伟大的了，72趟，每趟300克，你算算看，能算出来是多少克吗？够你死多少回的？"

章涵两只手在玩着鞋子，打开又合上，像是被这个精致的小机关给迷住了。怪不得每次邱先生要在卫生间"料理"那么长时间。

她突然嘿地一笑，忍俊不禁似的，"看来我们说的根本不是一回事。一直都不是。"她压低声音，"你知道他有多喜欢我的脚吗？"章涵稍稍抬起她的腿，足部优美地跷起，好像还想替自己挣回最后一点筹码。

"喜欢你的脚？你在说什么呀？喜欢你的脚？"华青惊骇地看看章涵。他摇摇头，一边小心地从她手里夺过鞋，"当心不要给玩坏了。你还要穿着飞回昆明呢。"

"坏了就坏了。我永远不会穿这样的鞋了。"

"邱先生不会答应的。"华青干巴巴地说。他已经把鞋子拿走了，小心地分别合上，并笃笃笃走到门口，把鞋子端端正正重新放到门外。

9

昆明正午的阳光永远那样，走在里面，总归是光明磊落、特别正当的感觉。最后一次去见邱先生之前，章涵来来回回地在大太阳下走，好像真的能够越走越光明越正大。不能够了，阳光再明媚也不是她的了，她只要一眨巴眼，就老是看到哈尔滨的那片野池塘，风雨交加的黑夜里，四周僻无人烟，一片萧索，池塘像凄苦的眼睛，又像大张着的嘴巴，苦苦等待着一点儿热乎乎的东西。那天晚上稍后，华青承认，对这片池塘，邱先生虽不曾亲临现场，但早有明确交代。

"交代什么？"章涵明知故问，自恃被娇宠的样子，似乎她手里还握着一张大牌。邱先生说过，她有一双世界上最美的脚，他怎会舍得让它们去沤了野池塘。

"如果出事情，要么你，要么我，要么我们一起，就得去野池塘。邱先生势力很大。我的父母也都在他手下。我估计，合作这么久，他对你的父母也有所考虑了。"华青平静地解释。共同的困境被说破之后，一直缠绕着他的抑郁与痛苦似乎得以缓解，连爱的成分也有所模糊了。也可能，在这黑色空间里，爱情的可变光谱本来就是缺乏光泽、无法明鉴的。

被秘密所解放了的华青显然渴望说出更多。待章涵穿好衣服之后，他又领着章涵，在公寓里四处走，好像重新认识一般。这处窗户正对小区大门的套房，是邱先生亲自选定的，并一一交代好，如何让章涵"装货"的工作鞋留在门外，取货人与华青如何确认联系，包括章涵的佣金一定要签字以备查等等。就像邱先生曾经替章涵所穿上的那双长鞋带的罗马式凉鞋一样，他再次把她的双脚缠得十分周到，使得她与他、与他们，三个人紧紧地结为一体，永远无法退出也无法停止。邱先生甚至对华青这位异地雇佣者提出一项特别要求：最好能与章涵坠入欲爱之河。这既是华青的福利，也是给华青的配套任务。这样的话，华青每次去机场接章涵，就更像是恋人间的火热约会，就算有人留意，也不会乱加怀疑。而且，一个从床上下来的热恋少女，是不可能留意到她脱在门外的鞋子的。章涵忽然联想到，在昆明也一样吧，一双被尽情抚弄过的脚，也不会意识到脚下鞋子的轻重之变吧。多么人性化的、简直是有情有意的完美谋略。

章涵拍手叫好，同时眯眼打量华青。

华青脸色涨红，"我对你，是真的。我没打算占你便宜。还记得吗？上次你那个样子，腿和脚那样子缠着我，我都逃掉了。但今天，我……我本来以为再也见不到你了！"华青急于解释，他拉扯着身上的T恤，急得要哭。他抹把脸，突然硬呛呛地说，"你信不信，我都愿意跟你一起去投野池塘。"

章涵拍拍他。爱情的小光泽依然在黑幕中闪烁，就像他依然还是个男孩子，就像他全盘接受了这样受控的木偶命。他没有别的证明，就是一条命，就是准备好一起去死。也是可惜了。他要真是个铁打的没有心肝的计划执行人就好了，如果他真像铆钉、刺青那样酷烈无情就好了。可惜他不是，他偏偏是个爱慕者，甚至曾经像老大娘那样，试图劝说章涵退出，回家陪伴父母颐养天年！

不能的，当然不能够让这样的华青去死。

"我信。但我不允许。"章涵的语气又有点大了，好像她飞过的那些千山万水真的说明她有着非比寻常的力量，又好像她和邱先生之间会有另一笔更重大的交易。

　　章涵终于走近了鞋店，她没有进去，对，就像第一天那样，她站在橱窗外尽情欣赏这些糖果色的漂亮小玩意儿。邱先生也像第一天那样，彬彬有礼地主动招呼她，"进来慢慢看呀。"
　　章涵笑眯眯地摇摇头。她喜欢这个角度去看玻璃后面的邱先生，勤勉地摆弄着鞋子，看上去真是温良恭俭让的一个生意人，一个雅致且可信赖的人。花白的头发经过玻璃的几层折射，更加晶莹夺目，令人心动。
　　章涵从鞋店走过，过其门而不入。今天她想换个开阔敞亮的地方见他。那太多的鞋子，恐怕会扰乱她，也扰乱邱先生。走过去就是这栋大厦的电梯入口，章涵揿下上行键，一边回头对邱先生做个含糊的手势。电梯门打开，她跨脚进去，等不及看到邱先生的任何回应，按下最高的数字键。电梯门合上，她随即开始担心，万一邱先生不跟上来呢？不，他当然要上来的，他应当清楚她已知道一切了。他与华青的交情与交道，早在她出现之前呢。
　　出了电梯，转往安全通道，又爬了半层楼，走过一截灰扑扑的走廊，直走到顶头，打开一扇需要用力才能推开的消防门，章涵发现自己来到这幢大厦的天台了。
　　四边一望，简直比在飞机上还要高呢，她很满意。这里无遮无拦，阳光更加强烈和直接，以致连自己四肢五官好像都猛地消失在这白成一团的光线里。章涵眯了好一会儿的眼睛，才慢慢适应，并十分宽慰地发现：这么快的，邱先生真就跟上来了，并已经很近地站在自己眼前，他从容地笑着，那眼神表明他的确无所不知。
　　章涵注意到邱先生身上多了一件灰色的轻薄外套，这灰色很衬他的花白发根。是啊，天台风大。看看，邱先生总是有准备的。她随即明白，他根本不是她勾上来的；邱先生永远早她一步。章涵心里一塌，随即抛开。反正也没什么区别了。
　　章涵拉着邱先生，站在女儿墙边，无目地看了一会儿。天台之下，风景丑陋，净是些破败的楼顶，"其实，你早瞄好我是空姐对不对？"
　　邱先生伸手搭上她的肩，像是有些不好意思地躲开她的眼睛，他无目地望着远处，点头承认，"这鞋店就是特意为你开的。"

"嗯，我信。"她低声地，像恋爱中的少女那样，试探地挨上去，轻轻搂住邱先生。自认识以来，他们的上半身还是头一次离得这么近。她半仰头，眼睛正好可以看见他的花白胡茬和鬓角，"我现在才知道。你可真是个坏人。"

"我可从没说过我是个好人。"他声音更低，像发狠的情话。总是这样，就算全世界一片寂静，恋人们还是要轻声絮语。他温热的手轻轻揽过章涵的腰，使她贴得更近些。这也是头一次啊。两人一起摇晃，一阵近乎庸俗的柔情蜜意几乎溢出整个天台。所有的鞋子与脚忽然之间都涌来了，潮水一般的细节死而复活，那些别致的空白、光滑与滞重，那些拟真的时刻，那许多的禁忌与温情脉脉，那些既折磨她也打动她的画面……拥挤、叠压、交错，把他们双双淹没了。章涵突然停止晃动，热泪盈眶，"我一直都喜欢你。"

"我知道。"他脸庞边际的轮廓线模糊，好像消失在白光里，无法看到他的眼睛。

章涵抬头看了看太阳，双目被刺得发黑，内心里却一阵激越，如狂澜拍打悬崖。她突然问："你愿意怎样去死？"

"死？"

章涵飞快但清晰地，"你信不信，我可以跟你一起去死。"

邱先生摇晃了一下，好像这滚烫的誓词是一个难以抵挡的攻击，"我信。但不会那样的。"

多么耳熟的对话。章涵怔住了，既伤感又自豪。一阵耳鸣般的聒噪中，白光忽现乌云，阴影层层下压。野池塘。72双鞋。长柄勺般的夹层。罗马式长鞋带。缠绕的三人二足。华青那脱口而出的热烈求死。

"傻姑娘，什么死不死的。你是担心那双被调换过的鞋？我会解决的，不会有事的，我保证。"邱先生慈怜地笑。笑容使得眼角和眼睑的皱纹向中间挤压着眼球，他看上去年长了一些，像亲人一样忠厚、令人敬爱。

看来他没有听懂，"反正我们该死，迟早会死，随时会死。我愿意跟你一起死。"章涵重申，同时紧紧地贴上去。邱先生的身体厚笃笃的，中年人的瓷实。她又望了一眼清白的太阳，好像把她寄放在那里的一样东西终于给取了出来："我是说，我们一起殉情吧，这样最好了。人们反而会传颂、羡慕我们的。"

"你到底在胡说些什么？"邱先生推开她。她复又软绵绵地靠上，他再推，这次用了力气，推得更远，"我不仅在哈尔滨有客户，全国各地都有的。乌鲁木齐、银川、成都。有飞机线的都有。你放宽心，一切顺利，从来都没有问题的。"他语气笃定，也有点不耐烦。像一个高明但低调的生意人一样，他本不想说到这些。

章涵被他推得比较远。她也就站得那么远，双脚呈丁字形，一种受过训练的仪态，显得格外亭亭玉立，"除了客户，还要找物流平台。"她细声细气地补充，"你有许多平台吧，并且都像我一样：最便利、最高效。"

邱先生迟疑了一下、腔调黏软，"你一向都很聪明，太聪明了。"他往前跨了半步，试图弥补什么，也像是动了真情，"但你是唯一的。你应当明白。"

"因为我有世上最美的脚？"章涵脸色被照亮了，阴郁的野池塘骤然远去。她紧紧盯着邱先生，带着鼓动人心、逼迫般的热情。

她的身子从生硬的仪态中陡地放松，她灵活地脱下脚下的鞋，就是那双工作鞋，曾被多次打开，此刻又像处女一般合拢如初。她拿起鞋，妩媚地亮相给邱先生，接着，她又脱下她的长丝袜，在手里打个圈儿，像脱衣舞女郎那样洒脱地往后一抛。天台的地面是极其粗糙的水泥地，还有不知自何处飘落而来的枯树枝与鸟屎，还有木屑与碎石子，褪了色的塑料绳儿与半截子衣服架子。肮脏的地面上，章涵的双脚，粉白无骨、丹蔻如画，像降临凡间的天使。她带点憨态地一笑，顺着一条看不见的对角线，忽左忽右地向邱先生走近，然后一个高抬腿，把脚搭到他的肩上，"不要等了，不要等最终的那个结果。我俩就这样干干净净地走吧。我连遗书都写好了。"

邱先生以前曾多次请求章涵做这样的高抬腿，这样他可以很方便地侧过头，像小鹿啃啮树叶一样地啃啮她的粉红脚趾，"最终的那个结果？"有点忌讳似的，邱先生皱皱眉，面色忽然极其干燥。阳光如万箭直射，他的瞳孔极度收缩，像个盲人。

章涵耐心而热烈，"那个结果不好。你想想我们的父母熟人朋友，他们会吃不消的。其实我们根本没有做什么，明白吗？我们只是为自己最喜欢的东西去死。我为你，你为脚，这样最好不过。你放心，遗书里我专门写到了脚，我帮你作了最有力最漂亮的声明，什么大眼睛、小嘴巴、细腰、大胸脯子、翘屁股……统统不算什么，我替你把脚排到了所有器官的前面！我们要让所有的人都明白，脚是至高无上的……"

邱先生突然打断，"你老这样举着不累吗？把脚拿开。"

"你不喜欢？"章涵惊愕。她回想起来，曾经有过一次，仅有的一次，邱先生也是猛然翻脸的。

"不喜欢。从来没有喜欢过。"邱先生侧头掸掸肩膀，刚才章涵搁脚的那半个肩膀，一丝不苟地抹平灰色外套上那处并不存在的皱褶，"但为了业务，有时就得装模作样，走点偏门。"他把手从肩头上移下，抬起头，又补充道，"就算要死，我也只会为生意。我看，你那封遗书，对我而言，是派不上用场的了。"

"那太遗憾了。"章涵温顺地收回脚，就像她以前无数次温顺地为他提供脚，往事的潮水也像到来时那样迅速而无情地退却了，只留下地狱般的寒气。她小腿肚子开始发抖，下肢疼得钻心，像失去双脚却行于刀尖。

"好啦好啦，这下子统统都说清楚了不是吗？我再也不必躲到卫生间去操作了。也不要老搞那些脚的名堂，很繁琐也很累人的。我与脚，从此再无勾连了。"邱先生掸灰般地拍一下手，好像在打趣了。他嗓音里小小地紧了一下，如果不是特别留意，几乎听不出来那血丝般细小但鲜艳的痛苦。他突然悠闲地四边望望，语气好像挺欣慰，"不错，看来你也喜欢这里，喜欢这天台。"

品味了一会儿，章涵用力品味邱先生的话，咂摸出几层的滋味，又好像压根没有。只有一条是肯定的，他和她真是想到一块儿去了。"瞧瞧，我本来还有点舍不得您的呢。"她站立不稳，寸步难行，不得不跌撞着重新往邱先生身上靠去。显然早有准备，邱先生迅速避让，可某种生理的本能又使他接住了章涵，接住了这一具温软，同时也接住了他和她最终的处境。二人的身影将计就计地再一次缠绵悱恻，像激情难抑的恋人。

"可我还是舍不得你的，真的。"亲昵地紧挨着章涵的耳朵，邱先生苦涩地回敬道。与此同时，没有任何犹豫的，他的手上开始带上了反客为主的力气，腮边的咬合肌鼓动起来。他把章涵往女儿墙那边拖，又搂又摸又捏，急切得像是要带她上床。可真是的，他和她还从来没有上过床呢。少女绵软的身体显然难以忍受这样根本性的挑逗，变得像八爪鱼一样吸盘倒勾，芳香的鼻息在邱先生脖颈间喘息如醉，喷薄出毒汁一般的春情，反过来也使得邱先生脚底发虚、晕胀难持了。在近乎勃起的刺激中，他意识到他陷入了这个艰难的局面：他的计划是她。而她的计划是他们。

无限透明的白光之下，二人都搭上了全部的性命，不断搏斗不断呻吟，同进共退，投射在地上的影子拉扯、扭转，难分难舍，像是这急切的淫荡之情已经使他们无法保持哪怕仅仅是一秒钟的静止或平衡，他们都在拼命寻找突破与抽离的出口，或是虚拟的可供欢爱的倚靠之处。女儿墙的外面，那白晃晃的半空中，像摆着一张天底下最高级的鸳鸯眠床，心意已决的多情少女痴缠着要共赴云雨，老练的男子则固执地吊着胃口、故作正经地要与她划清界限、分榻独处，而关于这一点，他们显然难以达成一致的意见。远远地从空中俯看，他们好像不是在跟生死搏击，而是在一起玩人体骰子——骨碌碌的转动中，在一个似乎是不够小心、用力过猛的跃动中，纯真的情欲侥幸获得了胜利，这两条藤萝附身、互为镣锁的影子最终共同升腾起来，一半是惊骇一半是喜悦地越过女儿墙，升腾到半空，继而消失在天台之外。这对影子在半空中移动、滑行、翩然，在难看的楼宇与风景上方恋恋不舍、盘桓再三，最终，降落在鞋店之外，与他们沉重的肉身合为一体。

鞋店的遮阳板与橱窗被砸碎了，当季新款的女鞋像彩色爆米花似的，噗地弹射开来，对坠亡现场加以现代风格的点缀与构图。有过路人心存怜惜，从中挑了一双红得灿烂的细高跟鞋，套上章涵已被污损的光脚丫子，好像担心她还会感到寒冷感到害羞感到兴奋似的。

2014 年 9 月 8 日定稿

寻 暖 |陶丽群|

原载《青年文学》2015年第12期,《北京文学·中篇小说月报》2016年第1期转载

一

她躺在白色床单上,黄皮寡瘦,那头我羡慕的长发乱如枯草。我有些奇怪,滋养它们的生命这两年一直被病魔浸淫,可它们依然那么丰茂。它们压在她小而圆的脑袋之下,在肩膀处乱成一堆。长发及腰,这是我对她最深刻的印象。她的双眼和双唇很干脆地紧抿着,对这个世界没有再看一眼和留下一句话的想法,脸上分明而柔和的线条依然显示这是一张男人喜欢抚摸的脸……

这是3个月后的今天我见到的她。我以为我会害怕,然而此时面对这个已经没有生命的人,我很想过去握住她瘦骨嶙峋的手。那只手无数次抚摸过我的头发,给我编过样式精美的辫子。然而很快我就打消这个想法,她再也感知不到人间任何冷暖了。

几个老头和我围在她的床前,我挨个看了他们一眼,认识其中一位,和他在她家里吃过饭,是个退休音乐教师,会往地上无所顾忌地吐痰。另外几位我着实眼生,不过我并不奇怪,她生前与他们一定有交往。他们默不作声,被我瞅着倒不难为情。在他们眼里,我就是她的亲属,尽管我和她半点血缘关系都没有。但她交代了,得由我给她净身换衣裳,头发不要剪,烧后骨灰随我处置。可这时候面对她,我不知道如何处理眼下的事情。

退休音乐教师手里拎着一个纸袋,递给我。是她的衣服,我见她穿过,

一套旧衣裳。

我没见光叔。

"她说穿这身，不要新的。"退休音乐教师说。那几个老头开始往自己身上掏，随后每个人拿出一个白色香仪包。他们真的老了，六十以上的岁数，其中一个老头朝我递过香仪包。

"呃，"他清了一下嗓子，"我们哥几个的一点心意，料理身后事。"几个老头纷纷把香仪包递给我。退休音乐教师脸上漫过一层潮红，看样子是要发火，但他只瞥了我一眼，然后转头去看她。

我们很快办理了各种手续。我们烧了她，几个老头站在高大的火炉边，我跑到外面去，在殡仪馆的小广场里仰望那座高耸的烟囱，一缕轻薄的黑烟袅袅升起，瞬间弥漫进广袤的天空，无影无踪，我再也无法找到她的踪迹了。生死相隔的伤感汹涌而至。

一把骨灰，我请司炉师傅帮我弄碎一点，差不多成粉末了，司炉师傅很惊讶，一般家属是喜欢留点骨头的。那些还成形成状的骨头我看着揪心，还不如一把灰好。我把粉末放进550块钱买的骨灰盒里，这是最便宜的了。退休音乐教师说，可以给他，假如我愿意的话。我不知道他在她心里分量有多重，此番接受也能表明他对她是重情义的。可我还是不待见他，他黑得过分并抹了油的头发和差不多吊到腋窝下的插腰裤与他的年龄反差极大，这副年轻扮相显然是想缩小他和她父女般的年龄差距，看着有种不正经的感觉。如今化成灰的她在我怀里，由我做主，我不愿意让她落入别人手中。她一辈子不曾有人所依，她不属于任何人。

他有些难堪，可是相比她的人生际遇，他这些难堪什么都不算。我谢了另外几个老头，和他们握手道别，感谢他们来送她。

"她最后说了什么吗？"其他几个老头走后，我问退休音乐教师，我知道他姓张，在她嘴里一直这么叫，老张。

"没说什么，她说得少，不过我知道她在等你。她才住进医院一个星期，她一直不肯住院，后来昏迷了，我才把她弄进去的，肝病。她说她想回去看一看，只是看一看，还回来。"他说。

我想起她是跟我说过的，她多次给我打电话，叫我有时间多去她那里，她变得像个孩子，使出各种好笑的伎俩来哄我："来嘛，我给你编辫子，我给你做我们那地儿的小吃,来嘛。"口气近乎哀求。大概3个月前,我去看她,她那时候已经很瘦了,但肚子却像怀孕几个月那样大起来。她说一辈子折磨她的肝,总是给它置气,如今它发火了。可我忽略了她,因为我的婚姻正陷入危机当中,而我的父亲则被他一向认为稳稳把握住的生活涮了一把,撇下一堆乱事给我。

"你们为什么不在一起?"我微笑着问退休音乐教师,我知道他妻子早就去世了。

"她不肯。"他说,"把她安置好了,告诉我地址,每年总该有人给她烧烧纸的。"我点点头,他给我留了电话号码,以及她家的钥匙,金黄色的钥匙,就一把。

二

她是我们村唯一一个被赶出来的外地媳妇。我想,很有必要先交代一下那个奇特而又善于孕育不幸的村庄。那是一座孤岛,四面环水,靠渡船和外界联系,有近两千户人家七八千口人,当然,她刚来时没那么多。这岛每年到丰水期会跟着水涨船高,枯水期又沉下去,极像一个在下头有一根稳固铁链子拴住的葫芦瓢。村人以种菜卖菜养家糊口,我们整个小县城的新鲜蔬菜至少有一半产自我们这座孤岛。20世纪70年代末、80年代初,一些如我所在的边远省份一度沦为拐卖妇女的重灾区;本地女人被拐到外地卖掉,再拐外地女人来当老婆的事情屡见不鲜。别的村庄时常发生因看管不严而有新媳妇逃掉的事情,我们村却从未发生过。通过坑蒙拐骗到我们村的女人,一到岛上她们便可自由活动,根本无须看管。撑渡的光叔是个劳改释放犯,那时三十多岁,因为偷了外村的香蕉坠子被关3年,回来后我爸把撑渡的活儿派给遭亲人嫌弃的光叔,那时我爸是村小组组长,有点话语权,他和我爸其实属于朋友辈分。我爸告诫他,外地媳妇一律不准渡船外出,除非她们的婆家允许。光叔亲眼看到不少被拐卖来的女人踏上他的船进入我们这座孤岛,我那一口陕西话的妈妈也是乘渡船进来的,不过那时不是他撑渡。我们村因此成为一个固若金汤的囚场,初来乍到时她们几乎毫无例外四处游荡,寻找可以逃脱的捷径,可是面对四面环水的处境和拒绝她们的渡船,最后几乎都忍辱求生,待儿女生下来,这时候赶她们走，也走不了，亲骨肉可怜巴巴的眼神，成为绊住她们的绳索。也有个把选择上吊或投水，成为异乡孤魂。外边人进我们村，遇见几个女人五六种外地口音那真是常见不过。更为奇葩的是，这些女人生下孩子后，教他们自己家乡的方言，孩子们玩耍起了纷争，用杂七杂八的方言相互对骂让人听得一头雾水，谁都不知道他们在骂些什么。

　　我11岁读小学六年级时，她被拐到我们村，贵州人，说一些零零散散的普通话，被贩牛马发家的陆卒子娶为妻。那时候的发家致富，顶多也就银行存几千块钱罢了，但相对以卖菜养家糊口的村民们来说，陆卒子的家庭已经很了不得了。因此陆卒子娶妻着实也让村民们好奇，据说后来被我们称为陆嫂子的她，是陆卒子花5000块钱买来的。那时候买一个外地女人当老婆，最体面不过3000，若娶本地女人，上万都不止，有趣的是本地女人被拐到外地后，也就卖三五千，不知为何嫁本地男人索要的嫁妆却高得离谱，仿佛存心是想往被拐卖的坑里跳似的。陆卒子在村里扬着平时赶牛马的皮鞭子，说不是娶不起本地老婆，就是想尝尝外地货的味儿。村里人都被陆卒子砸5000块买来的女人牵动了神经。那女人到达我们孤岛一样的村庄时是在晚上，这是规矩，毕竟不是明媒正娶来的。我们簇拥在陆卒子家门外，看到那个长发及腰、身材小巧的女人，身上的服饰很奇特，裤子和上衣都是蓝色的，裤脚、衣领、对襟、衣袖口都绣上精致花边，胸前挂一个很大的明晃晃的项圈，后来才知道这是一种少数民族穿戴。明眼人一眼就看出，这个嫩妹子肯定是外出赶集时被拐了，很俊俏，她的肤色是高山密林里人的白皙肤色，双手骨节粗大，大概是长年劳动的痕迹。马尾辫子已经很松垮了，也许是路上挣扎弄的，毫无例外流了很多泪水的红肿双眼，上翘的鼻子和嘴角显示她是个有脾气、性格倔强的女人。男人们有些幸灾乐祸地开玩笑："牛马贩子，这可不是匹好骑的马，小心挨蹄子。"陆卒子扬扬那根不离手的皮鞭，笑容蜜一样甜："兄弟们放心，明年这时候请诸位喝娃的满月酒。"那个女人扬起软塌塌的眼神，说了一句我们大致能听得懂的普通话："我要回家。"男人们轰地笑起来。被拐卖来的外地女人，都以这句话开场，然后这句话就成为她们不可碰触的隐痛，深埋在沧桑的后半辈子里了。大部分被拐来的女人郁郁寡欢地度过一生，也有少数几个像我妈这样适应力强的女人过得不错。这座被铁链子一样牢牢拴住，如今被那些吃饱了撑的人称为世外桃源的孤岛,终日弥漫着这些被拐女人的淡淡忧伤。

  是我无心的一句话,使我和陆嫂子结了忘年交情。陆嫂子来之前,陆卒子过单人生活,扬一根皮鞭子神出鬼没在四乡八邻的牛栏跟前,常常十天半月不见人影。陆卒子娶了老婆后,第二天摆宴席请亲朋好友吃一顿,自然少不了我爸。而且我妈按照自己的惯例当起热情的"心理开导师",亲朋好友们在厅堂里吃肉喝酒时,她钻进陆卒子的新房,对陆嫂子进行既来之则安之的开导,所以整个宴席期间我们始终没见到陆嫂子。我见到她时已经是她来我们村半个月之后了。

  那天傍晚放学回家,我妈差使我到村后坡去挖野葱,她说要给我爸烙鸡蛋面饼。那是她老家的特色家常吃食,她固执地认为家种葱花不如野生的入味。我在村后坡遇见陆嫂子。那地方是村里人用来堆稻草垛的,冬天当牛饲料。高大的稻草垛堆满整一片后坡,后坡过去一点是一片长满灌木的嶙峋贫地,却是野菜们的乐园。我认得很多种野菜,都是拜我妈所赐,她不见得喜欢吃,但几天不吃就受不了。长大后我猜测,也许她在老家就是常吃野菜的,被拐来孤岛后却阴差阳错地来到了富庶之地,不然何以解释她兴致勃勃的生活热情?我沿着稻草垛边朝那片长满野菜的嶙峋地走去,目光穿梭在稻草垛之间的缝隙中,那里头通常会遗落些小孩们喜欢的东西,一截色彩鲜艳的头绳什么的。当我快要越过最后一垛稻草时,我听到一种沉闷的类似于被人捂着嘴巴后挣扎的声音,稻草也像是被碾压了,发出窸窸窣窣的声响。我估计有几个孩子在捉迷藏,我们常常来这里捉迷藏。于是我晃着布满筛眼的篮子轻手轻脚钻进草垛间。

  我记得那个傍晚的夕阳特别柔和,霞光洒落在晒干的蓬松金黄的稻草垛上,干稻草散发出淡淡的清香气息。我循着响声轻手轻脚走进去,随即转身大叫一声,可眼前的情景着实把我吓坏了,几条光腿在踢蹬着,旁边扔的一条皮鞭子立刻使我想到了牛马贩子——陆卒子,他的脑袋下压着一张憋红的脸和一双圆睁的眼睛,嘴巴被陆卒子紧紧捂住了。那两个人被我的大叫吓坏了,慌忙拱起身子,陆卒子光着屁股把身边一抱稻草抱到那个女人身上,自己大笑着胡乱穿戴起来。"好了,双喜双喜。"他背朝着我大叫着,弄好后回头见到我,高兴得中大奖一样,眼见他的双手朝我伸过来要拧我的腮帮，我躲过了，朝他唾："流氓牛贩子。"

陆卒子哈哈大笑，回头看一眼稻草下的陆嫂子，指派我："小妖，等一下领你嫂子回家，叔给你好东西吃。"说完拍拍身上的稻草走了，他的脑门上还沾着一截稻草。

陆嫂子在稻草下摸索着穿衣服，憋红的脸已经恢复白皙，眼睛依旧肿胀，散乱的长发沾满稻草。我站在那里，看她在稻草下摸索着穿衣服，突然对她说了一句话："我妈也是买来的。"说完这句话我就脸红了，我听见自己的普通话如此蹩脚。那得怪我们的老师，整个小学六年授课全部讲本地土话，普通话令我如此羞于出口。

"我妈，那天……进你房间说话给你……"我继续磕磕巴巴地说。

她停下穿衣服，埋在稻草垛里静静看我。

后来她和我一起挖野葱了，一边挖一边流泪，我不知道如何安慰她，渐渐薄下来的夕阳被一个年轻异乡女人的泪水染得无比忧伤。

"我要回家。"这个我们单独见面的傍晚，我第二次听到她说这句话。挖完野葱，我送她回到陆卒子家，他正在厨房里掌勺儿做晚饭，脸都快要笑烂了，他说正在给我煎荷包蛋，我瞪这流氓一眼，走了。

我们这地方有个奇怪风俗：野合生子，如若被人撞见，特别是被孩子撞见——男孩子撞见野合，将生双胞胎儿子；被女孩撞见，龙凤胎就大有可能了。有意思的是，这混账风俗灵验度极高，村里双胞胎儿子和龙凤胎极多。因此他们的父母常常被村人拿来开玩笑逼问：到底在哪里颠鸾倒凤被谁撞见了？后来本地有些三流专家专门研究这一现象，得出两个结论：一是和这孤岛的特殊结构有关，二是和异地结合有关。不管哪一条，陆卒子被我撞见，算是撞大运了。晚上，贩子给我们家提来两只阉鸡，我妈那晚背着我爸把我数落得她自己都掉泪了，任何能生儿子的人都令她不舒服，如今别人生儿育女的好运居然是她的孩子带给的，她越发伤心不堪，她一直想给我爸生个儿子。

我和陆嫂子常常在后坡见面。她隔三岔五去那里扯稻草，也挖野菜。她扯一搂特别金黄的稻草，去掉其中夹杂的干草，然后烧掉，把稻草灰泡在水里，泡出一层橙黄透亮的水，把这层水倒出来洗头发。我把我妈的海鸥牌洗发水偷给她，她说："这个不管好！"我不理解这"不管好"是什么意思，但大致明白她不喜欢用洗发水。陆嫂子那头长发真是好，光滑油亮，极像一匹闪着幽光的黑缎子。陆卒子喜欢看她洗头的样子，一盆冒着热气和稻草幽香的琥珀色稻灰水搁在长条凳子上，陆嫂子弯下腰，把长头发浸泡进水盆里，慢慢揉搓，洗得极为细致，也很漫长。有时候她会给我拿来一只口盅，帮她往头上淋水，陆卒子总是过来夺下我手里的口盅，想融入这诱人情景里。陆嫂子直起腰，双手抓着湿淋淋的头发，瞪他，陆卒子只好讪笑着扔下口盅，伸手拧一把我的腮帮："你跟你妈一样，是个人精。"他退回屋檐下，端坐着注视自己买来的女人。

我常常去挖野菜，一点红、糯米菜、松子菜、野扁菜，甚至猪头草。我拿把小锄头，在夕阳下挖野菜，我倒是喜欢这活儿。我在村里极为孤单，村里和我一般大的孩子，他们的妈似乎都很讨厌我妈，不允许他们的孩子和我玩，本地女人生的孩子，看不起我们这些"异地杂交"孩子，对我们从来都是掷瓦片和石头疙瘩。我倒喜欢跟我爸玩，可我常常连他的影子都找不到。另外我还喜欢到光叔的船上看江水，他乱糟糟的仓房里有不少好玩意儿，色彩鲜艳的石头或奇形怪状的贝壳，只是他常常把我锁在臭烘烘的小仓房里，极少让我到甲板上玩，怕我栽到江里。挖野菜倒让我惬意不少，挖着挖着，一锄头拍到停在野菜尖上的蜻蜓。

"狠娃娃！"陆嫂子撞见我屠杀生灵，她必定这番叹气。她也来挖野菜，只是她挖得极少，一小把，做一碗汤水还行，而且她只挖一种，我不晓得是什么菜，我把那菜挖回家，我妈不认得，拣出来扔掉了。

"陆叔不吃？"我瞧她手里那小把野菜，她挖得倒挺好，很肥嫩。

"你，几年书？"她答非所问，我揣测好一会儿，才明白她问我读几年级。

"六年。"我也简单地说。

"我三年，两个弟弟，双生的，和你个子高。"她拿手比量，磕磕绊绊地表达，她又说，"我有相好的。"

"相好的？"我不明白，她哀怨地看我一眼。

"我给你弄辫子吧。"她摸摸我的羊角辫子。我们坐到田埂上，橘黄色的夕阳洒在稻草垛上，成群的蜻蜓在晚霞中漫天飞舞。那时候的蜻蜓真多，低低地盘旋在人的头顶上。我们的友谊就在暮春的傍晚开始成长了，我的脑袋因此常常有各式各样的好看辫子，令我极为骄傲。我爸有时候会摸我满头花样繁复的辫子,感叹陆卒子买到一个心灵手巧的女人,我妈因此好长一段时间不允许我再去陆卒子家里。

我们这村庄的女人,其实过得蛮闲适的,菜地和岛外少许稻田全都是男人伺候,女人在家生儿育女管家务活儿,因此有大把时间花在家长里短上。我妈在村里的遭遇和我相似,她极力讨好我爸和本地女人,因此遭外地女人排斥,本地女人又不屑和她交往。她也很孤单,但她善于掩饰,见人就黏上去,说极为体己的话。陆嫂子更闲了,陆卒子家里连菜地都不种,河边的菜地除了留一块给陆嫂子种吃的,全都给他兄弟种了。陆嫂子来我们村3个多月了,依然没有怀胎迹象。她每天给陆卒子做做饭,洗洗衣裳,伺候几分菜地。更多时候我看见她小巧的身子倚在门框上,一只脚在门里,一只脚在门外,手心里窝一些南瓜子,嗑着。她的神情是闲散的,闲散中裹着一丝不易觉察的落寞。只有她低头看手心里的南瓜子,另一只手的几根手指头在掌心里轻轻划拉南瓜子时,那丝落寞才漫上来,落在她身上的某个地方。也许是那几根划拉南瓜子的手指,也许是倚靠在门框上的那个姿态。

她渐渐熟悉我们的村庄了,极少和谁交往,和我颇为亲密。她和我一起挖野菜,给我编辫子,喜欢让我带着她沿江边绕我们的村庄走。她边走边注视辽阔的江面,从这边望向那边的江岸。

"哦,你和他熟?"她指着在江里航行渡船的光叔。

"我爸管他。"我有些卖弄地说。

"我对你好不好?"她问我,摸摸给我新编的辫子。

"我要见他,你能带个话吗?而且不告诉别人。"她小声说,白皙的脸好像因为说了一件不怎么得体的事情而涨红起来。

"可以的。"我满口答应。

这件事发生在陆嫂子来我们村庄差不多半年时,夏季过去了,渐渐进入枯水的秋季,江水慢慢退下,江面逐渐变得窄小了。陆卒子眼见陆嫂子总不怀胎,弄来各种中药叫她熬药喝。陆嫂子很听话,每天摇一把扇子生炉子熬药。陆卒子相信买来的女人是正经跟他过日子了,给她打了一对金耳环并强迫她戴上。这对金耳环让我妈揪心老长一段时间。我还有个把月就要去县里上初中了,我极为向往初中的生活,可以远离家,住集体宿舍,关键是还可以买一辆自行车，这些极富诱惑力的事情使我下了不少力在复习上。那时还没实行九年义务教育，小学毕业考跟高考一样有压力，还好，语文数学我考了 156 分，上初中十拿九稳。那段时间因为沉浸在即将上初中的兴奋里，整日去已经上了初中的学姐家缠磨她们讲初中生活，去陆嫂子家没那么勤快了，有时候我十多天都没去过她家一次。有一天傍晚，我妈又派我去挖野菜，我刚刚到后坡上，陆嫂子就从一堆稻草垛上坐起来，显然在等我。

"你不来了？"她有些担忧。

"我要上初中了，去县城。"我说，和她一起蹲在野地里挖野菜，她脸上的忧愁浓如漫天晚霞，她帮我挖，她的野菜已经挖够了。

"我、我说想见开船的，今晚可以吗？"她磕磕绊绊地说，非常信任地盯住我。我点点头。吃过晚饭后，我就跑到江边找光叔，把陆嫂子要见他的事情和他说，他吓得厚嘴唇都哆嗦了，他警告我：我做的事情如若被陆卒子知道，他定是要把我扔进江里喂鱼，我爸也不会轻饶我。我说陆嫂子只是想见见你，她说你像她弟弟。我撒了一个很滑稽的谎。光叔比陆嫂子年长十岁都不止，怎么可能长得像她弟弟？光叔站在甲板上，静静望着江面发了一会儿呆，答应了。晚上 8 点半收渡后，光叔按照我说的话来到后坡那片稻草垛边等着。陆卒子过了新婚期后，又开始几天几夜外出贩牛马，不过他留了心眼，叫他的大嫂过来和陆嫂子住，替他看人。晚上我到陆卒子家里时，那个也是买来的大嫂没起什么疑心，轻轻松松就让我们出门了。我们来到后坡上时，皎洁的月光把野地照得一片澄明。陆嫂子叫我在稻草垛外等着，帮她看人，她和光叔进了稻草垛里。我听不见他们说的任何话，野地一片虫鸣蛙叫，他们大概在稻草垛里讲了半个小时后出来了。陆嫂子叫我帮她把身上的稻草捡拾干净，我们就回家了，我没看见光叔。

那段等待初中开学的假期，我一边忙着准备上初中的生活用品，一边时不时帮陆嫂子给光叔传话，有时候晚上还陪她到后坡去和光叔见面。我不知道陆嫂子想干什么，她已经很久没和我提要回家的话了。

临近开学那几天，我妈带我去县里买被子。在渡船上，她盯住光叔看半天，突然笑起来，用别扭的本地话问："她叔有对象了？"她一问，满船人都朝光叔看，发现他那头长年油腻的齐肩长发剪短了，杂草一样的拉碴胡须剃得精光,衣领上乌黑的汗渍也没了,稍微收拾一下,这犯人还是蛮好看的。光叔很紧张地看我一眼,我转过头,闷闷不乐地盯住有些污浊的江水。这几天我妈和我爸怄气,我爸整日不回家。他在照例进行每月抄电表收电费时,在一户人家停留过久,那户人家只有一个女人领一个孩子在家,男人在砖瓦厂烧窑子,据说在外头有相好,极少回家,巧的是那天她的孩子正好不在家。这事被一个多嘴的女人传到我妈那里,我妈因此多日让家里一日三餐全是她爱吃的野菜。我爸很不满意,借口忙村里的事整日不回家,我的自行车问题因此悬而未决,我妈最多只能作得了买些衣物被子的主,自行车这样几百块钱的大宗事情,我爸说了算。我的自行车问题一直到我上初中3个月后才解决。那时候冬天已经来临了,江水退下去很多,江面越发显得窄小。我每个周末回家看见陆嫂子在熬中药,一进她的家门,就闻到浓浓的中药味。陆卒子时常十天半月不回家,凭良心说,他是个不错的男人,陆嫂子不怀胎,陆卒子对她没有任何怨言,每次出售牛马归来,一大包吃的用的,什么都不落下。回来享几天清福后,又出门了。陆嫂子和光叔依然继续见面,只是他们得等我每周一次回来给他们打掩护才能相见。初中生活的新鲜劲还没过,我眉飞色舞地对陆嫂子絮叨那些新鲜事情,八个人一间宿舍,洗澡时能相互看见彼此初发育的幼小乳房……我哈哈大笑,陆嫂子埋头剥毛豆,偶尔抬头心不在焉地看我一眼。我记得那时候流行一种包头发的黑色网兜,类似如今的网眼丝袜,把头发箍成一个圆髻,罩上点缀有红色黄色细小珠子的头兜,真是好看。陆嫂子就兜这么一个头兜,陆卒子宠她。

进入冬季后野菜渐渐少了,不过我每周就给我妈挖一次野菜,还能对付过去。陆嫂子好像三天两头去挖,而且只挖一种野菜,那片坡地很快就要没有她要挖的野菜了。她把那些细小的幼苗挖回家,种在陆卒子家后园,当成蔬菜一样种养。我们依然在后坡挖野菜,冬季的坡地黄昏一片沉寂,弥漫着清冷的空气。

"陆哥知道了不好。"我说。

陆嫂子知道我说什么,看了我一眼,满眼哀求。

"嗯,我不会告诉任何人的。"我向她承诺,不知道为什么我老是觉得我能够帮助她,并且应该帮助她,即便她做的可能是一件错事。但不久之后我的承诺就变得毫无价值了,我用它换来一辆自行车,很有可能也换来了陆嫂子悲凉的半生际遇。

"我有相好,我想回家。"陆嫂子在这个飘浮清冷空气的野地黄昏第三次说要回家,而我呢,上初中后真是长了不少见识,连"相好"我也弄懂了。

"你是怎么被骗来的?"我问她。

"和亲戚上街,后来就迷糊了。"她的神情很迷茫,努力回忆一件她自己也很费解的事情。

"怎么迷糊了?"我瞪大眼睛问她。

"老是睡觉。"她说,然后一点稀薄的笑漫上她的脸,"我的衣服,那天,好看,我妈做的。"

"好看啊,"我开玩笑说,"什么时候借我穿穿。"

她居然笑起来,眉眼那么好看,她捏捏我的腮帮子:"那是要做新娘才能穿的,你想男人了?"

我也大笑起来,说:"当初你还没嫁,你不是也穿了嘛。"

她低下头,说:"本来就快要嫁的。"

之后我们沉默了很久,直到我们挖够了野菜,我才问她:"可你怎么才能回去呀?他们不让你上船,你也游不过去的,我们村最会游水的人都没能游到对岸。"

"我有办法的。"她坚定地说,但不肯告诉我她要怎么走。她毫不迟疑的、坚定的表情使我很难过,我被一种即将离别的伤感包裹住了。

那段时间我很心烦,我的自行车还没到手,而陆嫂子时刻准备离去,这两件事情折磨得我寝食难安。我妈教我百般孝顺我爸,可我的自行车依然还没着落。我发现自己成为父母相互抗衡的一颗棋子。我妈以我在这个家里取得衣食,而我爸则通过冷落我来警告我妈不要过于得寸进尺。那段时间我很厌烦见到我父母,每周六回家,我从县城搭车回到乡里,然后渡船回家。从班车上看见沿路骑自行车回家的同学,我伤心得几乎落泪。回到家我基本不待在家里,总是往陆嫂子家里跑。我真担心哪一次去陆卒子家时忽然就见不到她了。还好,老远我就闻到那股浓烈的中草药味,简直令我欣喜若狂,自己都不可思议为何如此依恋她。

我在一次偷窥中发现了陆嫂子和光叔的秘密。有一次周末晚上,我又为他们打掩护时,偷听了他们的谈话。

"很稳的,放心,刀都砍不断,我找的竹子可靠。"光叔结结巴巴地讲普通话,我差一点笑出来。

"我放心的,还要等几久?"陆嫂子轻声问。

"快了,学生放假就好,那时最冷,水枯厉害,江面窄,我知道哪段江面最窄,你等我的话。"

"多谢你,若能回,我定寄钱给你。"

"不要谢了。"

很长一段时间再也听不见他们说话,我从稻草垛里出来,依然站在田埂边上等着她。冬天的旷野很冷,黑暗中我看见一个亮光远远地朝这边走过来,于是大声咳嗽一声,陆嫂子很快就从稻草垛里出来。回去的路上碰见陆卒子打着手电筒,他看见我们立刻笑着迎上来。我有些于心不忍,觉得陆卒子倒有些可怜呢,他对陆嫂子,是真的好。

上初中第一学期快要放假时,我盼望已久的自行车终于到手了,但却是以把陆嫂子推向灭顶般的灾难换来的。

我在一次周末回家的睡梦中大叫几声船,我妈把我摇醒,问我什么船,一定叫我告诉她梦见了什么,她相信解梦。我瞌睡得厉害,禁不住她几次摇晃,迷迷糊糊嘟哝:陆嫂子做了一只船。等我再次回家度周末时,看见一辆崭新的女士型天鹅牌自行车停在院子里,我爸和我妈和好如初,我发现我妈居然戴了一副金耳环,比陆嫂子的小了点。我在梦中泄露了陆嫂子的秘密,我妈(这个讨好丈夫心切的女人)把这秘密告诉我爸,我爸连夜托人四处找回陆卒子,最终大家在稻草垛下找出一张崭新的竹筏。陆卒子在竹筏上淋了汽油,将它烧掉了,但他不打她,却使劲抽自己耳刮子,哭着问陆嫂子到底还想要什么。我爸在这起事件中表现出来的维护自己村民"财产物品"般的行径得到村里人极大肯定,他因此威信增加不少,心情大爽,我的自行车因此到手了,我妈也获得一副金耳环作为奖赏。

陆嫂子始终没说是谁帮她做的竹筏。那年整个寒假,我极少出门,怕碰见陆嫂子。我去过几次后坡,有两次看见她蹲在野地里挖野菜,孤单单蹲在那里,裹一块蓝色头巾。我钻进稻草垛里,静静看她,很想过去和她说说话,悔恨和愧疚却拴住了我的双脚。

三

　　骨灰盒很小，类似装中药的小柜子，琥珀色，上面雕刻简单的花纹，装在我大如簸箕的布包里。我的布包里有钱包、手机、湿纸巾、水杯、雨伞、钥匙、几只发夹、一包棉签、唇膏、粉盒、眼线笔，还有生理期要用的卫生巾，此时她跟这些东西待在一起。我如常背着这个超大的杏色棉布包，她的存在并没使我的包增加多少分量。生命原来如此轻飘，生前种种际遇，如花似锦也好，黯然失色也好，都只不过是如今的一把灰烬罢了。我带她回家，她没来过我的家，我邀请过，她一直拒绝。家里很凌乱，地板上的脚印清晰可见。我的丈夫正在阳台上刮胡须，高大的身板把阳台衬得很小。他转过身，脸上带着诚惶诚恐的表情，对我僵硬地笑了笑："这两天我帮你浇花了。"说着他低头看看脚边拥挤的花草。我朝他点点头。他正在等待我签字离婚。嫁给这个拖了个儿子的男人后，他闪烁其词表态，不愿再生孩子了。我吞咽下这个残酷的现实。有时候半夜醒来，我会摸索着爬起来，在黑暗中静静看着床上这个男人，会感到一阵彻骨寒意。现在，这个荒唐的男人居然在4个月前一脸悔恨地对我说，他在外头不小心，他说是不小心，让一个女人怀孕了，那个女人死活要生孩子。他权衡之下，觉得打发掉一个不曾和他有骨肉关系的女人，比怀了他孩子的那一位要方便得多。他对我摊牌那天，我居然连生气都没有，没有愤怒，也没有眼泪，一股深重的屈辱感把我压垮了。我点了支烟抽起来，朝他点点头，对他说了一句："让我想想。"一直到现在。他很着急，估计那个外房的肚子已经大得受不了了。我不知道那女人是谁，他们是怎么认识的，多久了，我一无所知，也不感兴趣。这段时间以来，那股屈辱感一直沉重地压在我心上，我想等它消了之后再解决掉婚姻里的事情，但它一直不消。我承认，即便他残忍剥夺了我当母亲的权利，但要立刻放下，我一时难以做到，我需要一些时间。他一直小心翼翼地和我说话，并非对我还有一丁点儿尊重，他只是暂时示弱想达到他的目的罢了，他是个内心强硬的男人。他还有一层顾忌，他那位从小一直上私立学校，最后却连个普通大学都考不上的儿子跟我相处相当好，在一定程度上比跟他老子相处默契得多，他可以一个月不跟他老子说话，但会和我说上那么两三句。那是个公子哥儿，屁股后头整天一帮小喽啰跟着，只差没杀人放火了，某些时候也相当深明大义，这得看他的心情。想一想我得磨多少耐性和隐忍才能和他有这份交情，自己都觉得不可思议。这样的孩子一般是极自私的，如若他知道将会有个孩子和他分享他老子，天知道他会做出什么事情来。假如我愿意，他真是一张不错的牌，只是我不知道这样做有什么意义……眼前这位荒唐先生，婚后两年我们就分床而睡了，我极为害怕深夜醒来后看到身边这个连孩子都不愿跟自己生的男人，各自关上房门之后，彼此的世界就不再相关了，这算不算是某种程度的相互放弃？我想磨一磨这个无情无义的男人，让他煎熬一阵子。

我坐进沙发里，抚摸我的布包，哦，亲爱的女人，此时，我们又在一起了，你却不能再和我说一句话，我对你的愧疚永无机会说出口了。我心里酸楚极了，拎着布包进卫生间，脱掉衣服淋浴起来。我不想在这个变得陌生的男人面前流眼泪，我的眼泪与他无关。我把布包放在卫生间的椅子上，在她面前赤裸。然后，我带她去住五星级酒店，把她放在我的另一侧睡着。带她去省城逛梦之岛，去万达看电影，带她去美容院做美容，到瑜伽馆做瑜伽，到酒吧喝酒，到咖啡馆去喝一杯180元的原味咖啡，还带她去花鸟市场赏花。我摸着布包对她说："喏，我们来这里，你没来过的，我带你来。"我还带她坐在我们这座城市的江边，望着日益污浊的江水默默流泪……

四

陆嫂子欲私自造船偷渡出岛的事情败露后，陆卒子变得谨慎了，把没牙的老爹接回家跟他住，他出去贩卖牛马时，老爹看住儿媳妇。陆嫂子依然悄无声息出门，去菜地、后坡，沿江边捡拾顺流而下的浮柴，老爹远远跟着，像一根看不见的绳子。我依旧不敢去见她，一个寒假过去，新学期又开始了，每周回家，我变得很孤单。我在渡船上都不敢直视光叔，他对我也不像以前那么热情了。我妈也很孤单，那些外地媳妇公然对她表示厌恶，她去码头洗衣服时，远远看见她过去，那些外地媳妇就自觉围成一堆，背对着她。我妈于是极力想融入本地女人堆里，她常常端着她家乡的风俗小吃去几个村干部家串门，和他们的老婆孩子套近乎，那些女人也不待见她，客气里夹杂冷淡，委婉的拒绝姿态端在那里。大家都觉得这些被拐卖的外地女人可怜，能逃出去也是件好事，而告密者令人憎恨……

我看到我妈的难堪，但她极力掩饰。可我无法掩饰我的孤单，我远远跟在陆嫂子身后，她一个人孤零零地在村里行走。她安静、细碎的脚步，脑后盘着圆发髻，整个人透出一种非常安静的气氛，我被她吸引着，远远望着她，从来没感到这么孤单过，那段时间我对我妈简直憎恨至极。一个乍暖还寒的周末，我又到后坡挖野菜，站在一堆稻草垛边上，往那片渐渐泛绿的坡地望去，那里空无一人，偶尔一只什么鸟从干枯的荆棘丛呼啦啦飞起，很快消失在我的视野里，空旷的田野飘浮清冷的空气。昔日和陆嫂子在这片坡地上说笑的情景折磨得我无比伤感。我蹲在野地里好半天，却没挖一棵野菜。直到看见一双灰格子布鞋移到我跟前，我才吃惊地站起来。她安静地站在我跟前，嘴角微微翘着，一个浅浅的笑容挂在她的脸上。我记得那一刻我心里涌起一股强烈的委屈，泪水顿时落下来，她有些吃惊，然后说：不怪你的，你总不来。我很想对她解释几句，见她真没有半点责备我的意思，只好沉默。

我们又一起挖野菜了。那个春天的薄暮时分，我的孤单渐行渐远，一个内心充满伤痛的女人给予我巨大的慰藉，其实她并没多说什么，她身上的安静和一种静静流淌的力量使我内心获得安宁。

不久之后，我开始在村里听到关于陆嫂子的闲言碎语，男人们像狗捡拾到骨头般兴奋，女人们的态度则暧昧不清，同情、诋毁、嘲讽，外地女人们集体沉默，我妈有些幸灾乐祸。我对她更冷淡了，周末回家就往陆卒子家里钻，她很生气，我一直和她有种说不清道不明的隔阂。

关于陆嫂子的风言风语是这样的：这个因为男人十天半月不在家的寂寞女人，擅长勾搭男人，村里一些成家的不安分男人曾经和她在稻草垛和甘蔗地里苟合，连她两边乳房大小不一都说得一清二楚。这样的风月情事在二十多年前的农村发生是何等骇人听闻，陆嫂子在村里成为一个极神秘的女人，背后总有暧昧不清的目光像狗皮膏药般肮脏地黏着。她更孤单了，偶尔和她搭话的几个外地女人也不再和她走近，我成为她唯一可以说话的人。关于这些流言蜚语，我不置可否，这不关我的事情，我喜欢和她待在一起，就这么简单，不过听见别人在背后议论她，我还是很难过。流言蜚语在村庄里泛滥很长一段时间后，陆卒子才知道，人人都以为这个口袋里塞满钱的男人会把败坏家风的女人好好收拾一顿，然而我们却时常听见陆卒子瘆人的号啕从他家里传出来，然后就看见他满脸委屈出门，脸上濡湿的泪痕未干。陆卒子开始在家里守着女人，常常好几个月不离开村子。但那些关于陆嫂子的风月情事还是不断冒出来，花样不断翻新，陆卒子非常痛苦，他从未动过陆嫂子一根手指头。他开始喝酒，喝醉了不断捶打自己的脑袋哀号，他的哥们儿看不下去了，劝他揍女人，往死里揍，揍牲口那样，不信揍不服。陆卒子拎一个酒瓶子，朝他的杂碎朋友砸了过去。

"买来揍的吗？你们这些牲口！"他醉得双眼血红，脸上没有愤怒，只有委屈和哀伤。这个从小没了母爱的男人，也许是真心想疼爱一个女人的。多年以后回忆起陆卒子当年的隐忍，如若陆嫂子安下心来过日子，也许她的人生将会很圆满，在我认为她处于最糟糕的境遇里时，不知道她是否有过悔意。

一个周日的中午，我们又在坡地见面了，陆嫂子还挖那种我不知名的野菜，一种叶子细长、叶边带毛茸茸刺齿的野菜。我蹲在她身边，忽然有种奇怪的念头。

"你若是我姐，多好。"我望着她，她戴一顶蓝色的毛线帽，和今天大街上那些时尚前卫女孩的装扮一模一样，蓝色衬着她白皙的圆脸，一头黑发缎子般披散在身后，好看极了。那时我脸上正长些令人心烦的青春痘，非常羡慕她那张素净的脸。

"你喜欢，就叫好了。"她说，声音很轻柔地散落在柔和的春光里。我叫不出口，直到她故去，我一直叫她陆嫂子。

"你，为什么那个样子？"我犹犹豫豫地问，我想她知道我指的是什么。她抬头，目光穿越透亮的阳光，跌进坡下那条包裹着我们村庄的叫作右的江里，那条江叫右江。她什么都没说，安静地蹲在阳光里。

"陆哥很好，他不打人。"我又说，隐隐有些同情陆卒子。

"我已经有人的，卖到这里之前。"她说，"我希望他让我回家，我会给他钱。"

我有些难过，不知道怎么安慰她。

"你试试嘛，那个，洗头发。"她好像也不喜欢谈这个，指着坡地边上的稻草垛，我摇摇头。

"在学校，没办法。"我也简单地说。

"你回来，洗一次就好，我帮你。"她笑着说。

"那要脏死，一个星期一次。"我说。

"不脏的，你闻闻。"她说，抓一把油黑的头发捧到我鼻子底下。我还是摇摇头，觉得只有她这样玲珑美好的女人才配得上那样精致的洗法。

因为我和陆嫂子走得近，很多对陆嫂子的事情极感兴趣的好事之徒和我套近乎，想从我这里探听到关于陆嫂子的事情。

他们挤眉弄眼地问："那只小母鸡，怎么个弄法？"

……

上初一第二学期时，我爸当上了村委会副主任，我妈一直没能再给他生个一儿半女，她整日愁眉不展，大把大把烧香，本地的女人渐渐接纳了她，我感觉和她之间的距离却越来越远。我们很少像我和陆嫂子之间那样聊天，就连人生的第一次生理期该怎么做，都是陆嫂子教我的，我妈在无意中撞见我熟练地叠卫生纸护垫，很长一段时间沉默得都不像是她了。她其实很孤独，只是她不肯让我知道，如若她肯把泪水和忧伤呈现给我，也许我们之间的隔阂不会那么大的。在我上初二那年，村里居然开始流传我爸和陆嫂子相好的事情。很多女人幸灾乐祸，一半是看我还会不会去找那个祸水玩，一半是想看看整日把"我孩子爸"挂在嘴边的我妈怎么办。我妈极为平静，只是不爱去串门了，整天在家里收拾家务活。有一个周末回家，睡到半夜时醒来，看见一个黑乎乎的影子坐在我床边，我吓出一身冷汗，在黑暗中迅速向床角缩去。

"小妖，是妈。"那是一声哭腔，我拉了灯绳，看见她披头散发的，满脸的泪痕，我一时不知道该怎么办，心里突然剧烈疼起来。我妈面对我爸的流言蜚语，和陆卒子对陆嫂子的风月情事如出一辙，不拿当事人撒气，而是折磨自己，她动不动就躲在房间里默默流泪。那段时间我第一次觉得我妈对于我来说如此重要，她的泪水和哀伤使我意识到她才是我在这个世界上最亲近的人，彼此无可替代，我们的爱与哀愁如此息息相关。那段时间我周末回家寸步不离跟着她，下菜地，到码头洗衣裳，做饭。然而她的笑容渐渐少了，我无法意识到人生的第一次灾难在向我逼近。我不再去找陆嫂子了，我和陆嫂子的友情遭遇第二次疏远。

第二学期快要放假时，关于我爸的流言蜚语更甚了，对象不仅是陆嫂子，还有几个比我妈年轻的小媳妇。我爸去收电费，小媳妇们就娇了嗔了，我爸在她们的矍笑之下为她们家减去不少电费……对此我妈充耳不闻，从不责问我爸。那段时间我爸对我妈很客气，劝她多逛逛街，买点儿好衣服穿。她只是盼望周末我能回家，然后带我到县城给我买很多新衣服。我们在渡船上见到光叔，我妈再也不像以往一样对他热情招呼。放假之前最后一个星期，我又像以往乘渡船回家，因为忙于复习，我已经两个星期没回家了。在渡船上，一船的人都看着我，但并未对我说什么。到达村里的码头时，光叔泊好船，叫住我。

"小妖，"他一边说，一边把撑船的竹竿插进江里。江面的水流速很快，又要进入咆哮的丰水期了，水草丰茂的季节，然而，在这个季节，我却迎来了生命中最为严重的一场霜雪——我的妈妈，在一个毫无征兆的早上，带上500块钱离开家，直到现在还没回来。光叔犹犹豫豫地把我妈离家出走的事情告诉我，我伏在船栏杆上，心里疼得令我无法站稳，呼吸着略带腥味的江边空气干呕起来。

整整一个暑假，我没出门，也没和我爸说一句话，整个人处于一种悬浮般无着无落的虚浮中。我爸把出嫁的姑姑叫回来，叫她陪我，而他四处托人打听我妈的消息。我的姑姑整天给我说毫无意义的安慰话，我很讨厌这个一脸苦相的女人。我被一种深重的悔恨折磨着，我和我妈朝夕相处十几年，我从来没试图去理解过她，从来不关心她内心的伤痛和想法，从来没问过她的老家那边还有什么人，她会不会想家，她是怎么卖到我们家里来的，我一概不知。我抱着她给我买的那堆新衣服，就像她的遗物，我连呼吸都是痛的。

初二准备开学时，我收拾好我的行装，乱七八糟地绑在我的自行车后架子上。我爸站在我旁边，除了给我准备学费和生活费，他不知道该帮我做什么。他面目极为可憎，胡子拉碴，衣领也油腻腻的，看谁的目光都慌乱而忧愁。我和他同时都明白了，这个家其实因为我妈的存在而成为家，而我们从没珍视过她，如今，我们失去她了，谁都不知道这个家今后会变成什么样。陆嫂子这时犹犹豫豫走进我家院子，她一声不响站在我身边，站了很久，然后对我轻声说，一会儿去她家里一次。

"去吧。"她说，近乎哀求的口气。这个来我们村庄一年多的名声极为败坏的女人，不知怎么的，我始终恨不起她来。我来到陆卒子家里，这个牛马贩子又喝醉了，赤裸着上身躺在地上。只要他不出去贩牛马，他几乎是以酒为伴，每每都烂醉如泥。

陆嫂子给我做糯米卷，馅是拌了糖的红豆沙。

"吃吧！"她说，把我拉到饭桌边坐下，我坐下了，却无心吃。她陪着我默默站了一会儿，转身进房间拿一把梳子出来，开始给我梳头扎辫子，我背对着她默默流泪。

"我和你爸，不是他们说的那样。"她说，我倏地站起来，扯散她给我扎了一半的辫子，转身走了。

五

上初二后我极少回家。短短一个暑假，改变的事情太多了，我妈走了，我变得爱学习起来，变得沉默寡言。我不和任何一个女同学说话，好几个男同学给我递了纸条。我的个子长高不少，一头长发散乱如麻，也许是心如死灰的缘故，我脸上的痘痘居然不再折腾我。我迅速成长起来，两篇作文上了市报，我对历史尤为感兴趣，几百上千年前的人类一路朝我们走来的过程充满腥风血雨。

"一个人是不是也这样，从出生到死亡的过程充满风风雨雨？"我帮历史老师改试卷时这样问他。那个刚从师范毕业出来、比我们大不了几岁的年轻人，从办公桌另一头注视我好长一段时间。之后每周两节的历史课上，历史老师的目光常常会落到我身上。

我爸开始来学校看我了，给我送零花钱，以及每月底所需交的24斤大米和23块钱的伙食费。我们站在校门口的一棵大叶榕下，有些别扭。

"缺什么吗？"他问。

"不缺。"我说。

"下周回家吗？"他照例这样问。

"不回。"我照例这样回答。

"你妈，还没消息。"他的声音低下去很多。

"我回宿舍了。"我好长时间才回答他。

很多次我进校门都碰见历史老师，他的目光充满关切，常常使我深埋心底的委屈欲喷涌而出。我真希望这一切只是一场噩梦。

初二的第一个学期，整整一个学期我都没回家，偶尔我会想到陆嫂子。除了上课和必要的复习，大部分时间我都耗在历史老师借给我的秦汉魏晋南北隋唐宋元明清的书中。放寒假回家时，我才知道陆嫂子被陆卒子赶走了，据说她勾引到大伯哥的头上，也就是陆卒子的大哥，被家嫂拿住了。陆卒子没牙的老爹无脸见人，胳膊弯里绕一圈麻绳，动不动就要上吊。陆卒子再三考虑，叫她卷了衣物走人。光叔在渡船上对我说这些，假如我能早几个星期回来，还能见她一面的。他说他给她两百块钱，那天渡她出去，一船就她一个人，很多外地媳妇站在码头望着她，但没谁和她道别，她走得很高兴，不知道能不能找到回家的路。

我在光叔的船上待了很久，甚至在他的船舱里睡了一个午觉。冬天的江面极为湿冷，我被冻醒了，光叔的被子很潮，散发一股霉味。他的枕头下有一抹蓝色露出来，在杂乱的船舱里像一缕天光一样鲜亮，我拽出来一看，是一顶蓝色的毛线帽子，如此熟悉，还带着淡淡的稻灰香味。

我妈成为我们村第一个离家出走的外地女人，陆嫂子成为我们村第一个被赶出岛的女人。两个和我密切相关的女人相继离我而去了，我被孤独包裹得如此彻底。推着自行车往家里走时，迎面碰见的外地媳妇朝我露出令我厌恶的善意微笑。我没在家待几天，从我爸的衣袋里摸了50块钱就离开家了。我没地方可去，在街上遛了一圈，又回到学校里。我们的学校其实是在县城郊区，被一大片稻田包围其中，一堵围墙把学校和稻田隔开。在主教学楼围墙外，还有一个很大的荷花塘，如今一池破败，满塘枯槁残荷。单身教师的宿舍就在荷塘往里不远，他们宿舍的后门直接从围墙上开出来，那些上了猪肝色油漆的小木门像一只只忧伤的眼睛。

我记得那天下午的天空灰蒙蒙的，稻田已经收割过了，放眼望去是一片灰白色的稻秆，偶尔一只羽翼黑色的鸟从稻秆中扑腾起来，搅动清冷的空气飞远了。我站在枯败的荷塘边，空虚而哀伤，心情糟糕得无法收拾，泪水肆意横流。

那年，我，一个在悲伤中迅速成长起来的少女；我的历史老师，一个性情温和的男人，把我迎进了他的单身宿舍。我在他的宿舍里待了整整一个星期。历史老师是贵州人，离家远，放假也不回去。我们小声说话小声地笑,其实周边宿舍的本地老师早就锁门回城里或乡下去了,因为很快就要过年了。我并不觉得我的行为有什么不对,我们彼此需要,至少我需要他,我多么需要他,他像一个牧羊人安抚受伤的羊羔一样安抚我。

一个星期后,我回家取换洗的衣服。在孤岛般的村庄对岸等待光叔的渡船时,村里很多人朝我含糊地笑。自从我妈离家出走后,我已经习惯这样的笑了。直到我进家时看见一个陌生的腰身细长的女人扫地,我才知道他们的笑已经不再和我妈离家出走有关了。我们互相对望着,我有些惊愕,只是惊愕,没有伤心和愤怒。那个女人对我挤出一个有些不知所措的笑容,我看见一缕怯意夹在她的笑里。

"是小妖吧?"她放下扫帚,过来要帮我扶好自行车,嘿,本地人,不晓得我爸这次花多少钱为自己娶了个本地女人。我把自行车停在屋檐下,我爸这时候从屋里出来了,他变得精神了不少,连皮鞋都穿上了,他的表情也和屋里的陌生女人一样,有些不知所措。我离开家的这个星期,他根本就没找过我,也许连着急都不曾有过,他完全沉浸在他的新婚蜜月里。腰身细长的女人转身进厨房,我听见她刷洗锅碗的声音,面无表情地进了我的房间。我爸跟进来,坐在我的床边,看我翻找衣服,一会儿他说:"她不敢对你不好的。"

"你知道我这几天在哪里干什么吗?"我说。

"你不是去同学那里吗?"他说。

"你知道是男同学还是女同学吗?"我又说。

他半天没吭声。

"我要钱。"我说,站在幽暗的箱子边。他低下头摸索裤袋,然后抬头看我,"你还要出去?"

"我会回来要学费的。"我答非所问地对他说,我感觉再也无法从他那里得到更多的关爱了,也许花钱能让他感觉到我的存在。他给了我50块钱,我的口袋里差不多有100块钱,一笔寂寞的巨款。

那年春节我没回家,我把那些钱给了历史老师,我们在他的宿舍过了一个很温馨的年。历史老师还带我到另外一个小县城给我买了一身新衣服,他说过年了孩子要穿新衣服的。我喜欢他把我当成孩子,尽管他每天都会叫我吞服一粒半颗米粒大小的白色药丸,那药会让我早上有些头晕。

大年初一晚上，我们骑单车到大街上，想看看节日的夜晚县城人是怎么过的。那天晚上很冷，不过还是有很多年轻人，一堆堆聚在一起，看到女孩子就朝她们扔鞭炮，惹得她们发出一阵阵尖叫。她们都穿得很光鲜，像高中生一样的女孩子，和她们相比，我只是一个幼稚可笑的小女孩。我紧张兮兮地拽住历史老师的袖子，惹得他直发笑。我们骑着自行车在大街小巷游荡，甚至窄小的小巷子也没放过，历史老师故意贴着墙壁骑单车，我的双脚几乎就要碰到墙壁上了，我发出一阵阵惊恐而兴奋的尖叫。那天晚上的公园门口热闹极了，张灯结彩，很明亮。那时候的公园还收门票，5毛钱一张，但那晚的公园是开放的，却没有几个人进去。很多年轻人聚集在公园门口，等女孩们经过时朝她们扔鞭炮，很多人站在一边瞧热闹。我和历史老师站在人群外围，我的手插在他的牛仔服口袋里，无论谁看都是一个哥哥带家妹出来瞧热闹的样子。站在人群边上，我有一种奇怪的感觉，似乎被谁盯着，我朝四周望望，没发现一个我熟悉的人。我并不怕被熟人瞧见我和历史老师待在一起，但那种感觉令我不舒服，我的目光在人群中努力搜寻着，终于在一群人的阴影里看见了她——陆嫂子！她穿得很厚，又戴蓝色毛线帽子了，简直不知道她有多少顶蓝色毛线帽子，一条麻花辫子垂在胸前。我们的目光在人群之间曲折相遇了，我愣了一下，然后穿过人群飞快朝她走过去，我心里犹如有一股激流在流淌，巨大的委屈汹涌而来，那个娇小的女人使我有一种亲人般的温暖。

"你在这里？那个男人是谁？"她劈头就问，亲人一样。

我一把捏住她垂在胸前的大辫子，眼泪扑簌而落。

"你没回家吗？"我抽抽搭搭问她，像找到一个失散的亲人。

"没的。"她简单地说，目光依旧寻找那个和我站在一起的人。我的历史老师不敢过来，担心我碰到家里人。

"你住在哪里，我要跟你去的。"我说，担心会被她拒绝。

陆嫂子把我拽住她辫子的手拉下来，褪下我的手套，我立刻碰到她冰凉的手。

"你怎么不在家，你妈回来了吗？"她没答应我的要求。

"我妈不要我了。"我说，第一次在人前承认这个残酷的事实。

她低下头，抚弄我散乱的长发，然后又往我身后望了一眼。

"他是我的老师，我住在他那里，我不想回家。"我对她毫不隐瞒。她沉默了一会儿，告诉我明天中午我们在这里见面。

那天晚上我和历史老师说了很多关于陆嫂子的事，还把我妈离家出走的事情也告诉他，之前我一直说是和家里赌气出来的，其实他早就从本村的同学那里听说我家的事了。

第二天中午我和陆嫂子在公园门口见面，我手里提着一个塑料袋子，里面是几件换洗衣服，我打定主意要和她住在一起。

陆嫂子的小屋在一条窄小的巷子里，两边是林立的居民楼房，四五层楼高，抬头只见一线天。她的屋子是一栋居民楼里其中一间带卫生间的单间。后来我才知道这是一条在县城几乎是公开的皮肉巷子，没有门路挣钱的农村妇女租下某栋居民楼的某一间单间，为来城里长年务工的单身男人和口袋里有几块退休金的不正经的老男人服务……

我坐在她床边，把我的衣服拿出来开心地甩到床上。陆嫂子瘦了很多，原本就小的脸更小了，她戴着蓝色细毛线帽子时，那模样说她是个初一女生都没人怀疑，后来我知道她比我大8岁，那年我14岁，她22岁。她在一个小电炉上给我热饭菜，我看见两副碗筷搁在一张小圆桌上，整栋楼静悄悄的。

"都回家了。"陆嫂子说。她给我舀鸡汤。我从床上挪过去坐在她身边，把手伸进她的胳膊肘里。

"我来和你住吧，你做什么我就做什么。"我对她说着梦话。

她把一碗鸡汤递给我，我从她的眼里看出她对我们重逢的欢喜。

"行不行呀？"我吹着鸡汤追问她。

"你要上学的。"她绕到我身后，拿下我的毛线帽给我编辫子。

"放假呀，比如现在。我不想回家，我爸又娶了新老婆。"我说，陆嫂子的双手在我的头上停顿了一会儿。

"那要把书读好，读好才能离开家。"她说。

"嗯。"我埋头喝汤。

那天中午过后，我们躺在她的小床上聊天，她一直问我和历史老师的事情，很担忧的样子。然后对我说，她们那边像我这样大的女孩子结婚的也有，她们是没书读，我有，应该先把书读好，不要急着嫁人。我哈哈大笑，几乎要翻到她的身上了，我说我没想嫁人呀。她一下子坐起来，吃惊地瞪着我。

"我只是住在他那里的。"我说。

"你傻呀你。"她戳着我的额头。

她没让我住在她那里，晚饭过后她又叫我回家了，我赌气地收拾散乱的衣服，没跟她说一句话就走了，她紧紧跟在我身后，一直出了小巷子，她才拉住我。她哭了。

"不是不给你住，我那里，不干净。"她说。她很伤心，我一下子心软了。我们在小巷口道别，她不再叫我回家，她知道我一定会回到历史老师那里去的。

很多年后，我对历史老师，这个性情温和的男人依然充满感恩。在他的鼓励下，初二第二个学期我开始非常努力学习，成绩不断提高。此时，历史老师和陆嫂子填满了我的生活，孤岛上的那个家几乎被我遗忘。当初二放暑假时回家，那个女人细长的腰身已经粗壮了很多。

六

婚后，我一直叫这个和我同床共枕7年的男人为大哥，他比我大15岁，只在他需要我尽妻子之责时，我才模模糊糊感觉到自己是他老婆。我需要他明确的生活目标，安稳地挣钱，有事情时他站在我的面前，我需要这些，我如此害怕一个人面对无常的生活。现在，那种被抛弃的感觉又如此强烈地占据我，这种感觉在我妈离家出走后曾经差一点击垮了我……我软弱的泪水在公子哥面前肆意横流起来，他端一大盘西红柿炒鸡蛋坐在我面前，嘴巴里的吧唧声令人烦躁，板寸头上至少有四种颜色，牛仔裤破洞百出，他22岁了。

"操，你流泪有什么用？"公子哥说，"要砍哪个你说！"街痞子的流氓豪气出来了，如此强悍，这个世界如此强悍。我摸摸我的布包，里面这把骨灰，在举目无亲的异地，如何在这个强悍的世界里活着？二十几年来我一直视如亲人的她，她的悲伤和软弱我又理解多少，包括我杳无音信的母亲，如今她们全都在我的生活里消失得干干净净了。

我换了衣服从房间里出来，开始拖地板。我从来不用拖把拖地板，一桶清水，一块旧毛巾或蹲或跪着，擦拭每一个角落每一寸地板。这个120平方米的家，我如此熟悉它的每一块地板砖。我拧了毛巾，流着泪开始擦地板。公子哥蹲在我身边，跟着我往后挪。

"啧啧，"他吧唧着嘴巴，"你老公被人挖了吧？"

我忽地直起身，打掉他手里的西红柿炒鸡蛋盘子。

"我操，信不信老子踹你！"公子哥愣了一下，暴跳起来。

我从地上爬起来，冲进厨房拎了把菜刀，公子哥号叫一声夺门而出了，很狼狈地挂一身破洞奔下楼。

我哭了起来，我其实并不想把他怎么样，只是想把菜刀拿给他，想看他怎么对我下手，难道可以随便踹人吗？

屋里安静极了，我把她从包里拿出来，放在茶几上。她从来没来过我家，我邀请数次，她不来。我继续收拾家，扫掉碎瓷片，捡起鸡蛋和西红柿，然后继续跪在地板上擦地。这个房子安放了我7年，我不能使她蒙着肮脏和污垢。

"你会怎么办？"我对她说。

"你为什么不回家？"我问她。

"我想回，你说哪里是我家？"我继续流泪。

我在文化单位上班，可有可无的一个小职员，不和谁好，也不和谁不好。很多同事知道我有陆嫂子这么一位奇怪亲戚，没有任何祖宗血源可追溯。在这弹丸般的小县城里，他们知道陆嫂子摆油条摊，实际上是个半明半暗的妓，有好多个固定的老相好，他们亦女儿亦女人地宠着她，每月给她点钱，令她难以置信地在这个混账地方活着，活那么多年。

七

整个初三，除了在学校里，我几乎都在历史老师和陆嫂子那里过，初三的复习特别紧，假期被补课占去大半时间，这倒让我高兴，可以不必回那座令我伤心的孤岛。

1995年，我顺利上了中师，我从没想到过此生会有这样的福报，这在我们村成为一件了不起的大事，我爸忽然有了一个4年后将会有国家工资领的女儿。开学时他摆了好几桌酒宴，我却渡船出岛，找那两个和我没有半点血缘关系，却是我生命中不可或缺的亲人。我们在一家贵州人开的小饭馆里吃了一顿颇为丰盛的饭，陆嫂子请的。她在我上中师3年后买了一小套旧房，一房一厅，三十来平方米。她毫无忌讳地告诉我，几位老哥给她凑了点钱，加上她的积蓄买下了。小房子布置很简单，锅碗瓢盆饭桌椅和一张木板床，其他没有了。我摸摸她刚刷了白石灰粉的墙壁，很心酸。

中师毕业后，我和陆嫂子的关系又疏远了。我在离县城差不多一个小时车程的乡镇中心小学当一名音画老师。出来参加工作后，我对母亲的想念几乎和她当初突然离家出走时带给我的打击一样，足以击垮我，我不知道这种无端的想念因何而来，也许来自骨肉的本能。关于她的点点滴滴，她喜欢吃的野菜，她努力要融入这个自以为可以安身立命一辈子的异乡，她费尽心思讨好每一个人。发现她几乎没责骂过我，在很长一段时间，我居然对这个本该感恩的女人怀着莫名的怨气，深重的自责和悔恨折磨得我寝食难安。我无数次回家询问关于母亲的一切相关事情，我爸居然也不知道她老家的具体地址。

"她是陕西人。"我爸背着他6岁的儿子，淡淡地说，我感觉他对我隐瞒关于母亲的一些事情，我们为此大吵一架。有两年时间，我没回过那座孤岛上的家。对母亲的思念使我痛不欲生，我一次次回到历史老师那里寻找慰藉。那段时间我的性情变得连历史老师都难以接受，但他默默包容我。有一次他试探着和我说起我们的婚事，我勃然大怒，告诉他死了和我结婚的念头。一年后他有了女朋友，我很平静地接受了。

我多方打听寻找母亲有4年之久，因为事情过去太久，我打听不到半点音信。我在乡下中心小学当了5年音画老师后，文化馆把我调上来画舞台布景。陆嫂子已经不再炸油条，她在菜市场租一个摊子贩卖莲藕，还和一些老不正经的老头来往。好几次我在菜市场买菜，远远地看见她坐在菜摊子，张望来来往往买菜的人。有一次我隔着老远被她发现了，她连忙抓起几节莲藕穿过人群朝我疾步走来。

"小妖，小妖，你等等，等等呀！"她的呼唤声穿过人群追上我，紧贴着我的后背，我赶紧钻进人群里，陆嫂子大概不放心摊子，没再追上来。我在人群里偶然回头，看见娇小的她拿着几节莲藕，极为失望地站在人群里朝我消失的地方张望。其实文化馆离她住的地方不远，步行过去十几分钟就到了。我想到当年关于她和我爸的流言蜚语，对她产生隐隐恨意。

  这样恶劣的心情一直到我28岁遇见我的丈夫，历史老师那时候已经结婚了，我好几年没回家，和陆嫂子也彻底断了联系。我感觉自己就是一座孤岛。我在超市买东西时因为疏忽忘带钱包，排在我身后的男人替我解了燃眉之急。后来他说，他在身后看见我的及腰长发，突然心生爱怜。也许我们初见就在彼此心中为对方定位了，他的情感成分里多半当我是女儿或家妹，而我亦是需要他这样的兄长。当初历史老师于我，又何尝不是像兄长？我不确定自己是否弄懂了爱情。交往半年后，我从文化馆给我安排的一个杂物房里搬出来，住到他那里。我们领了证，但没举办婚礼。公子哥后来跟我说，我看起来很像白痴，也许就是我的白痴相让我这个后妈在他那里勉强过关了。

八

  一年前，我和陆嫂子又有联系了，光叔来文化馆找我几次，说陆嫂子想见我，她的身体不太好。光叔一直没结婚，不知道他和陆嫂子怎么又联系上了。光叔站在文化馆门外，他老了许多，依然为村人撑渡。

  文化馆外有一株很高大的扁桃树，开满米粒大小的淡粉色小花，刚下一场雨，地上满是落花，很多毛毛虫爬在那些落花上。有一只毛毛虫被我踩死了，涂了一小摊黏糊糊的绿色尸水。

  "我在找我妈。"我对他说。

  他点点头。"你妈那天走得很平常，像去赶集，我没想到她会不回来的。"他说，"陆嫂子很想念你，她身体不太好，她不敢来找你。"我看了他一眼，突然很烦躁，不明白我为什么要和这些人搅在一起，我们身上相似的孤独和悲伤叠加在一起后被放大了，我不想再和这些人搅和了。

  我淡淡地说："我有事情要做。"光叔默不作声，然后走了。

  而一年前，我已经开始为我的婚姻忧心了，我丈夫频频向我说一些无聊的谎言，常常几天不回家。我每天下班回来煮好饭，给他发条信息，回家吃饭吗？他有时回信息，有时候不回，只有我和公子哥吃饭。公子哥似乎也觉察到我和他父亲之间出了问题，但我们什么都没交流，对于这对父子，我有些心灰意懒了。陆嫂子又一次成为在我遭遇生活打击时给予我慰藕的亲人。我再一次走进她家里，我们相互望着彼此，什么都没说，然后她就进厨房给我煮汤圆了。她在厨房流泪，我看见她擦眼泪时抬起的手臂，而我倚在厨房门口哭泣。

我流着泪水吃汤圆，她变得更瘦了，脸色隐隐透出一股黑黄，我看见饭桌上散落几板甘草酸苷片，她说没什么，只是累了，肝气不顺。她静静看着我吃汤圆。

"怎么还不生个娃，也许我还能来得及给你带几天。"她说，她的话触及我的隐痛，使我无暇多想"来得及"是什么意思，我的泪水越发汹涌了。她坐在我身边，拍拍我的后背，有一点责怪我。

"结婚也不告诉我。"她站起来，进房间去了，一会儿拿出来一个红色缎子盒子。"这几年想着给你，你总也不来，以为你过得好忘记嫂子了。"她把盒子放在我面前，我打开看见一条金手链，很精致。

"别嫌弃，嫂子给你的嫁妆。"她笑。这条精致的金手链成为我唯一的嫁妆，不是我的父母给的，也不是我曾经身心交付的历史老师给的，而是一个在我生命中不知道扮演什么角色，但对我来说无疑极为重要的女人给的。我坐在那张颜色斑驳的饭桌前，把婚姻里的种种委屈和隐忍向她倾诉，她静静听着，偶尔充满温情地和我对望一眼。倾诉成为我以后往她那里跑的主要原因，我无暇顾及她越来越暗淡的脸色和饭桌上越来越多的药片。有时候去她那里，会碰见光叔，也会碰见不同面孔的老人。我敲门进去，陆嫂子就把他们送走了。有一次我见她气色实在不好，也吃不下饭，想起她爱吃的野菜，特意回到后坡挖了一大把鲜嫩的带给她，谁知她一把扔掉了。她有些羞涩地告诉我，这东西吃了怀不上娃的，如今她不需要吃了。我惊讶地看她好久，她说在她们那边，女娃娃来了初潮后，母亲们都会告诉她们这种野菜的作用。

我最后一次见她是在年前，快要过年时，我给她送去一些单位发的福利，糖果饼干、一箱水果和几包粉丝，还有一副喜气洋洋的对联。她安静地坐在饭桌边看着我把东西搬进来。

"过年你能来陪嫂子吃顿饭，比什么都强。"她笑着说。我感到很心酸，不知道这么多年她一个人是怎么过的。但我没法答应她，忍着愧疚跟她开玩笑："你还缺人陪吃饭呀。"她也笑起来。我替她关上家门时，站在门外心如刀割。

我要买年货送回孤岛上的家，还要打扫名存实亡的城里的这个家，公子哥的年夜饭也要做好给他，我一次次忽略了最不该忽略的她，负了最不该负的人。公子哥最近变得很沉默，身后的喽啰们不见了，整天闷在家里，我在家时偶尔会可怜巴巴地瞧我一眼，像只受伤的小兽，还突然迷恋上收集各种各样的骷髅玩意儿，整天奔下楼收快递。他网购了大量的骷髅，木雕的、铁的、铜的，有钢笔帽大小的，也有锅盖大的，挂满他房间的墙壁，他置身那堆不可思议的骷髅当中，一天到晚不说话，只玩电脑。我知道他从我包里拿过钱，每次两三百，50块也要过。我知道他并不缺钱，他老子对他一向是开口必应的。他好像只是想引起我的注意，指望我能说点什么。我们很久没说话了。

年夜饭只有我和公子哥一起吃，公子哥闷头吃了很多，还开了冰冻啤酒。"喝一点？"他朝我晃晃酒瓶。我摇摇头。"你们怎么了？"他问我。我瞧着他，也许该告诉他，他已经不小了，这事也跟他有关的。

"你怎么不问问你爸？"我说。

"我问你呢。"他说。我顿时打消了想和他交流的想法，他说话的口气带有不可置疑的优越性。我望了他一眼，埋头吃饭了。我打算吃完后去看看陆嫂子，不能陪她吃年夜饭，陪她看看电视也能给她点安慰吧。然而我还没吃完，光叔就给我打电话了，说我家里出了事，叫我赶紧回家一趟，他已经在河边等我了。

我爸那天脑出血，医院送得及时，捡回一条命，从此半边瘫了。起因是，我同父异母的弟弟年三十晚溺水身亡，我爸受不了这刺激，在江边突然晕倒。他在医院住院的时间倒不长，很快就出院了。他歪嘴斜眼，口水横流，然而并非完全无意识。我坐在他身边，他就打盹，我要站起来，他就醒了，费劲地睁开眼睛，朝我颤颤巍巍伸手，拽住我的胳膊。我推开他的手，站起来，他便像坐在麦芒上，使劲扭动他的身体，喊一些谁都听不懂的话，朝我瞪眼睛，我只好重新坐下。我不知道他怎么一下子就黏上我了，继母要给他换掉尿湿的裤子，被他推开了，傻人使蛮力，继母有时候趔趄得要摔倒。不过我也有办法治他，我找根棍子来，在他面前甩了甩，他马上缩着脖子安静了，惊恐地看着我，搭在轮椅扶手上的两只手微微颤抖。

他这副样子几乎让我心碎，我们之间冰冻已久的亲情就这样一点点被释解了。我爸最多能忍受两天见不到我，两天后他就开始打那些试图靠近他的人。我在单位和那座孤岛之间疲于奔命，城里的家和陆嫂子那里无暇顾及了。

九

直到今天，陆嫂子待在我的布包里，很安静，再也不打算离开我的模样，极像我的孩子。

我打算带她回去一次，这是她的遗愿。她老家的地址我从历史老师那里打听到了。他们是老乡，一些话不便和我交流，但他们之间有交流。历史老师给我提供了大概的地址，在我出发之前又找那边的熟人在贵阳等我，我需要带路的人。

"你知道她为什么不回家吗？"我拍拍我的布包问历史老师。这个性情温和的男人不见老，变得更温和了，结婚后学会了抽烟，如今是教委办的主任，他的妻子是一位县领导的女儿，右脚有些轻微地摆，性子也很温和。临去贵州之前，他送我到车站，抽了几支烟后，开玩笑地说，小妖，你一直是个坚强的孩子，一些人与事，你不一定非得理解，但必须面对。我点了点头。我们在车站聊了好一会儿，我几乎就要放弃这趟行程了，他劝了我，该完成她的遗愿，我只好上车。其实已经没必要再去了，真的没有必要，于她，那里也早已不是能给予她庇护的家了。一路很顺利。从贵阳4个小时到县里，县里3个小时到乡里，坐乡里的手扶拖拉机40分钟到了一个叫香杉的屯子。顺利，但并不是说路好走，往屯子的路是人工劈出来的山路，司机一路鸣喇叭，好让迎面而来的车提早知道会车，能及时找块稍微宽敞的地儿避让。一路上我在心里不断和她说话，告诉她到什么地方了，如今是什么样子，问她当年是什么样子。我这一路走来折腾了三天，因为中途得等车。不知道当年她从这里出发到我们那座孤岛，走了多少天。那时候应该没有这条山路，没有拖拉机，乡里也不知道有没有班车到县里，她走过的是怎样一条路，路上是如何挣扎的，我一无所知。

我让陪我的人在乡里等我，他送我上拖拉机时，犹豫着提醒我，要不要买一点东西去，我摇摇头。他好心地笑了笑。

她的父亲叫李逵，母亲叫韦万芳，他们有一对双胞胎兄弟，脸上是一样的表情,满面笑容,开朗,连额头上的皱纹也是一样的,呈一个横着的川字。看起来他们的日子相当不错,都成家了,每人两间瓦房,一对儿女,媳妇们都相当精明,两个老人单独过,也是一间瓦房,都六十出头了。我在不大的村子里转了一圈,看到两栋夹杂在村子中间破败不堪的茅草房,其中一栋几乎坍塌的屋顶破了一个大洞,另外一栋则倒了一面墙壁,站在屋前看见里面长了杂草。她的两个兄弟跟着,说这都是几十年前的房子了,当年我姐还在时村里全是这样的房子。如今这屋人全到外边谋生去了,家也搬走了,只剩祖坟留在村里。我点点头,问他们,当时你们家穷成什么样子?我知道这样问有些刻薄,但还是忍不住问了。穷嘛,兄弟中的一个说,不然也舍不得我姐去那么远的地方。我默不作声,我以为他们不知道,其实他们知道,只有她不知道,当时。在村里转了一圈后回到两个老人的瓦房里,一大家人围着我。

我跟他们说我是广西来的,她是我的家嫂。

"你说是广西来,我就知道了,这女子竟然摊上好人家。"老妇人很健谈,很瘦,脸上棱角分明,嘴唇很薄,刻薄相貌。我不知道我对她的评价是否过于主观,老妇人上下打量我,大概有我这样的小姑,嫂子过得应该不错的。

"当年她挂了电话到乡里,转好几趟才找到我,那时候嘛,连路都是没有的,不方便。她哭哭啼啼说要回来,我一口回绝了,回来我们拿什么还给人家,兄弟俩要吃饭要上学的。感情这东西,处久不就出来了嘛。"老妇人相当得意,老头蹲在她旁边,一直盯着地面,黧黑的脸像雕塑一样硬,你看不出是悲伤还是高兴。老妇人当年大概认为她是要偷偷逃跑回来的,一口回绝异乡求助的女儿,她于是明白了她的宿命。

"如今她好吧?日子好过也不回来瞧瞧她这些兄弟,忘掉爹妈了。"老妇人说,口气有些埋怨,不过神情是欢喜的。

"好的。"我点点头。坐在我对面的是她那对牵挂的兄弟,他们一直笑着看我,很和善的一对兄弟。我无法想象如若我把包里的她拿出来,这一家人会怎么样。

我没坐很久,留下点儿钱就告辞了。两个兄弟一人一边拽住我的胳膊,说家里的女人把鸡杀下了,无论如何也要吃了再走,我还是坚持走了,我吃不下这样的饭菜。

老头跟着我，暴喝一声，把欲送我的老妇人喝住了，也把我吓了一跳，他一直不怎么说话的。他坚持要送我，其实村子很小，出村口上一个土坡，就可到路边等拖拉机回乡里了。和我站在路口等拖拉机时，老头突然蹲到地上抱头痛哭起来，我从没见过老人这么哭过，我看见他慢慢涨红起来的额头和脖子，不知该怎么安慰他。最后我把布包递给他，叫他帮我拿着，我到路边一块种油茶的山坡地里去了，在里面抽了三根烟才出来。

我得带她回去，她只想回来看一眼，仅此而已，我不知道这两个地方回哪一个对她更有意义。这个地方，自己亲娘亲手把她卖掉的地方，她只想看一眼，或许，她不愿意再回到这里。

我从老头手里拿回我的布包，拦下一辆拖拉机，上去了。老头跟跟跄跄跟着追几步，朝我挥挥手，我也朝他挥挥手。

我们不再回来了，我们永远在一起。我对她说。

十

回到家时，我发现衣橱里少了好多我丈夫的衣服，我突然感到一种尘埃落定般的轻松，从此就我和她，也挺好。我平静地走进厨房，想给自己下碗面条。我敲敲公子哥敞着的房门，那里头又增添了不少骷髅，好笑的是他居然弄来颜料，给那些骷髅一律涂抹上阴森森的暗绿色，不知道他为什么这样做。他转过皮椅，面对着我。

"吃面吗？"我笑着问。好吧，我们即将不再是一家人了，应该客客气气的。

"吃吧。"他点点头。

我进了厨房。我们的厨房装的是欧派橱柜，姜黄色的，不过我并不喜欢蒋雯丽关于有家有爱有欧派的广告，没那么简单的。

我烧开水，把清水面放进去，水再次开时把面条捞出来放进清水里。再重新烧水，水开时把打散放了调料的蛋花放进去，面条放进去，切了葱花末，起锅前放进去，一锅香喷喷的鸡蛋葱花面条就好了。我自己盛了一碗，端到客厅，公子哥从卫生间出来，我听见马桶抽水的声音。

真好，能吃能拉，这孩子不用愁的，青春期叛逆，很正常。

我看见他从卫生间出来，顿时僵住了，他手里拿着那个油亮的琥珀色盒子——她待的盒子——公子哥端在手里，盖子打开，朝下在手上磕了磕。

"你包里的这盒子好看，赏我吧，装我的骷髅们。操，里面是什么鬼粉，你擦脸的散粉吗？一盒骨头渣子！"他朝我晃晃盒子。

我端着面碗，感觉有种急速向下坠的眩晕。

"东西呢？"我无比虚弱地问，抱着一丝希望。

"倒了，马桶抽水冲了。"他说。

我手里的面碗应声落地。我失魂落魄地进了房间，坐在床边。我发现膝盖上的两只手神经质一样抖起来，我握紧了双手，整个人却抖起来。我使劲用双臂把自己箍紧，身体却疼起来，说不出具体哪里疼，手、脚、眼睛，或者别的什么地方，那疼令人五脏俱焚。我有种想呕吐的感觉，冲进卫生间，马上又冲出来，跑进厨房，埋在洗碗槽里红头涨脸地干呕。

我觉得无法再在这个家待下去了，一分钟都不愿。我找来皮箱，心急火燎地收拾衣物。我发现我的东西其实很少，一口皮箱装满，一个大纸袋装进去几双鞋，这个家几乎就没有我的痕迹了。

阳台上那些花暂时无法带走，不过我不会丢下它们的。

那只空骨灰盒我也带走了。

我搬了两次才把皮箱和纸袋搬到楼底下。

是的，我回到了陆嫂子留下的那套小房间里。她的衣物，她用过的饭碗筷子，喝水的杯子，饭桌上散落的药片，都在。我在阳台上发现几团她的头发，她把落发卷成拇指大小的小团子，塞在一个割开了口子的矿泉水瓶里，有好几卷。握着那只矿泉水瓶子，我身上的痛才一点点散去。

我开始收拾房间，把她的衣物收起来，整理好放进我的皮箱里，然后把我的衣服挂进她的衣柜里。这里将暂时是我的家了。

我给我的丈夫发了条信息，告诉他我已经搬走了，若他愿意，随时可以解决他迫不及待想解决的事情。信息发出去后，我感到一阵钝疼从心底蔓延而来，我们无能为力的事情宛如数不尽的忧伤。

夜晚已经来到阳台上，我打开屋里所有的灯，还感觉有些昏暗，我打算明天换瓦数更大的节能灯，使屋里更明亮些，尽可能照亮那些阴暗的角落。

我进了厨房，开始准备我们的晚饭，我觉得她依然存在于这间房子里。她叫李寻暖，享年44岁。

翻 案 |蒋 峰|

原载《长江文艺》2015年第6期,《北京文学·中篇小说月报》2015年第7期转载

1

主编说,要珍惜,詹周氏快90岁了,我可能会是最后一个见到她的媒体人。这算激励还是抚慰?没任何意义。我估计连主编自己都不知道为什么采访她,无非是在哪里翻档案,看到了民国三大奇案,发现这三个案子,百十来号人,好像就詹周氏还活着。盯着民国时期的影印照她突发奇想,如果这周末把我派过去,拍一张她90岁的样子,彩色数码的,贴在她30岁的黑白照片旁边,一定很有趣。

可是这对我很无趣,上海到大丰农场来回600公里,主编只批我500块经费,况且两地不通火车,早上一班从人民广场出发的大巴,晃悠到下午才到,晚上就要从那边再折回来。主编提醒我,千万别误点,那就是个农场,可能连招待所都没有。

用不着她提醒,还没出发我就急着赶回程车了。坐上大巴我便开始睡觉,睡到睡不着的时候,我翻出民国三大案,试着做点功课。但我很快就被另两个奇案吸引了,回头再翻翻詹周氏的案子,到底奇在哪儿呢?也许是生命力,我望着窗外想,大家一不留神,就让最初的那个人活到了最后。

大巴12点多才到,下了车照着地址坐两站区间公交。好像农场都这样,街名地名都是按数字排的,5号门47街区518栋3楼36中门,不在这儿待个十年八年,肯定搞不清楚5号门和6号门有什么不一样。

站在门前,我弄平衣领才按门铃,开门的是个中年女人,问我找谁。

我说詹周氏。

"没姓詹的，"她说，"找错了。"

是弄错了？我下楼给主编打电话，我说詹周氏原名叫什么？

"不是詹周氏吗？"她说。

"那是民国的叫法，她嫁给了一个姓詹的，所以叫詹周氏。现在早不这么叫了，她原名叫什么？"

"让我想想，"电话那边停顿了一阵，思考过后她告诉我，"她应该姓周。"

"对的，"我也不知道说她什么好，干脆像她一样停顿一会儿，"还有吗？"

"还不够吗，你找一个姓周的老太太，还不够吗？"

她说了两遍还不够吗，那一定是够了。可是再上楼还是不对。还是中年女人开的门，我说找一个姓周的老太太，她摇头，警惕地盯着我，好像我成了一个专门搜集老太太的变态。就在她怀疑的时刻，我又问了一句蠢话，我说："那你们家有老太太吗？"

这次连头都没摇，直接把我关在门外。下楼再跟主编确认，这回是确认地址，没问题，5，47，518，3，36，这五个数一个都没错。说着说着她突然转换话题，让我拍张照片给她。

"我怀疑你就在上海，根本没去。"

"我在这里。"

"那你就把詹周氏找到，她就在36中门。"

我重新上楼，再次敲开门，这次没再打听，直接拿出黑白影印照给她看。"你母亲今年87岁，这是你母亲30岁的样子。"

她有些犹豫，端详了半天，没理会我，转身冲房间说："妈，外面有个人，好像是找你的。"

她让我等，但依然把我关在门外，门再开启，是一个挂拐的老人站在门边。她用普通话问我是找她吗。我一时慌神，脑子里将她此时的样子和照片对不上号。除了衰老，她过于瘦小了，看起来一米五出头，也就七十来斤。我不知道这东西怎么算，她现在弓着身子一米五，六十年前她风华正茂时该有多高。她又问我一遍，我从哪里来，是不是找她。

我需要确认一下："您是詹周氏吗？"

我没想到她反应如此巨大，好像封存已久的不堪被我一下子揭开了。

看她瞪着眼睛，嘴唇发抖，弄得我还有些愧疚。我冲她微微点头表示歉意。平复过后，她说起了上海话，问我是不是上海来的。她的上海话有种很奇怪的腔调，像老酒陈酿，弄得我一时接不住，只是点点头。她邀请我进门，坐在沙发上我明白了，这是民国时期的上海话，她五十多年前就离开上海，没回去过，不知道上海人现在怎么讲话。不堪可以封存半世纪，她把上海话也封存在大丰农场，难得拿出来讲一回。

她女儿听说我是从老家来的，一改之前的冷漠，洗净水果端上来，要我留下来吃晚饭，她把兄弟姐妹都叫过来聚一聚。

"他们都在农场吗？"

"是啊，都住得不远。"

确实不远，不出20分钟，就进来七八个拎着鸡鸭鱼肉的中年男女。我脑子里瞬间冒出一个画面，这些接到消息的儿女们，一个个撂下电话，就从1号门2号门3号门走出来。这令我有些无措，我说还要赶晚班车，不能等晚饭了。

"那我们一会儿就吃。"她的某个儿子说，之后冲着厨房喊，"别做菜了！吃火锅，有什么下什么！"

好一阵詹周氏没说话，倚在沙发一边端详我，似乎怀疑我是哪个故人的孩子。我把名片递过去。她不识字，她女儿接过来读给她，大声说人家是《泰来报》的记者。

我补充道："我们报社20世纪40年代报道过很多关于你的事情。"

"什么事情？"她女儿问。

我也不知道该不该说。还好菜摆上桌了，大家陆续围着炭火锅坐下来。他们向我敬酒，我推辞说不能喝，他们说就这一杯，多了不劝。但这一杯也喝得我有点难受，脸上热腾腾的。他们套话问詹周氏年轻时怎么了，这么多年还要来采访？我不方便说，他们就问问题，让我回答是或否。有名吗？轰动吗？全上海人都认识她？这些我都点头，答案显而易见，原来母亲年轻的时候是明星，十里洋场的交际花。我这次没点头，但也没忍心摇头。我想象，如果我说出真相，此情此景会是什么样？你们都别兴奋了，你们的母亲不会唱歌，也不会跳舞，没演过任何戏，之所以六十年之后还有人采访她，是因为她年轻时是上海最臭名昭著的女杀人犯。

我当然没法说，我只要求给老太太拍张照片存档。有两个男的放下筷子，在老太太身后铺上背景墙。我数一二三，按下快门的时候感觉不对劲。我说放轻松点，再拍一张。这次没数数，抓拍了几张自然点的。工作完成，有人建议我拍张全家福，还有几个孩子在外地，不过这回有几个算几个。我连拍两张，镜头里面的每个人都笑得过于幸福。看着小片我都有点拿不准，这些人真的会是一个女杀人犯生育的吗？

四点半左右我要告辞了，老太太说送送我。年纪大了，平常她几天都不下楼。大家明白母亲的心思，是想单独跟我聊聊。于是陆续都找些理由要走，什么接孩子放学，去市场买菜，去农场上夜班。就连住在她身边的那个女儿，也在屋里转了几圈，什么也没说，就出去了。

房间瞬间只剩下我们俩。她先对我说谢谢，我没有戳穿她。我说应该的，不管你过去干了什么，该判的刑也判了，该坐的牢也坐了，到安享晚年的年纪了。她没接话，仅仅凝视着我，忽然问我是不是警察。

"是不是我的案子翻了？"

"怎么翻？"我问。

"你们查到别的了？"

"不知道，我不是警察，我就是一名记者，被主编派过来给你拍张照片，甚至都不写稿子，不发报纸。"

她不明白，那表情像是不明白我为什么要骗她。我转话题问她，您儿女真多，儿孙满堂。

"都是收养的，"她说，"我不管，他们就饿死了。"

怪不得他们都笑得过于幸福，原来这些幸福都是捡来的。我奇怪她怎么养得起这么多孩子。她说出狱后她在幼儿园工作，晚上挤在一张床上，白天把孩子们带进幼儿园蹭吃蹭喝就行了。

似乎不这么容易，孩子们小学怎么办，中学怎么办？总之她熬过来了。差不多五点一刻，我说我得走了，要赶回上海的大巴。她依然疑惑，问我，没什么要问的了吗？

"没有了，我没准备什么问题。"

"你不是记者，"她摇头，"记者不是这样的。"

"我就是来拍张照，我连你的案子，还是来时在大巴上才读到。"

"你不是记者。"她嘀咕着。

好吧，我问一个："你叫詹周氏，为什么解放后不姓周？"

"我恢复原姓了。"

"那以前姓周？"

"我也是孤儿，被周家收养的。"她说着说着眼睛发亮，"詹云影也是，只不过他来的时候十几岁了，就不改名了。"

"也在周家？"

她点点头。

"那是老爷许配的，还是，你想嫁给他？"

她仰头望天，像是在回忆，又像是不想回答。我也不方便多问，90岁的老人了，我又不发稿，没必要让她痛苦一回。我冲她微微鞠躬，穿鞋出了门。

当地人说回程车在2号门，走走就能到。穿3号门的时候下雨了，不过很小，本来天就是蒙蒙的，要不是雨点啪啪啪打在玉米上，我都不知道正在下雨。我踩在垄上走，左边是农田，右边也是一片农田。我换位思考，如果我是主编，这一天的采访会用一个什么样的标题。赎罪？杀戮与扶生？算了，不上稿是对的。

后来雨停了，至少没有了雨点声。想起某个朋友说过的话，在这种地方，你每个脚印都是告别，因为你不会再回来的。2号门前有个长途车站，看起来比上海的公交站还小。有两三个一起等车的，上了去往盐城的大巴。到六点十分我着急了，30米远有个调度亭，一个老人在里面听收音机。我过去趴在窗口问："去上海的车几点走？"

"去哪儿？"

"上海。"

"这里就是上海啊。"

"不是，我说我要去上海。"

老人把收音机关掉，从钱袋找出身份证说："小伙子，你看我身份证啊，是上海户口啊。"

我接过来，是310开头，地址是上海大丰农场。这里叫飞地，这地方是上海的。就好比在夏威夷或是阿拉斯加打听怎么去美国一样可笑。当然老人在跟我抬杠，他知道我说的美国是纽约和洛杉矶，我说的上海是浦东和浦西。他说早就发走了，每天晚上五点半，大巴就停在车站，凑够一车人就走。

"再说就算等你，也没座位了呀。"

"下班车什么时候？"

"明天，"他把收音机打开，暗示我，这是跟我说的最后一句话，"明天早上有一班。"

我给主编打电话，我说没赶上车，而且真被你说中了，这边没有旅馆酒店。

"去敲詹周氏的门吧。"

"只能这样了。"我左手握着电话，在垄上往回走，想一想自己都笑了，"我刚才还在想，每走一步都是告别，现在我还真就回来了。"

"没准还真是告别。"

"嗯？"

"你去詹周氏家，在她家过一夜，她不睡觉，在客厅等你睡着，五六点钟握着菜刀把你喊醒，是不是跟詹云影的死很像？所以啊，不是没什么写的吗，明天你就有料可以写了。"

我没说话。

"我开玩笑呢，她都90岁了，你怕什么啊？"

"我本来不害怕。"

"那现在也别怕，去敲她的门，说借宿一夜。"

楼道里的声控灯，连敲带喊也不亮。开门的一刻反倒是亮了。她女儿开的门，要我快进来，倒一杯热水给我。没几分钟，詹周氏出来了，让女儿回房休息，指了指空房间，说我可以睡在那边。我说你也早点休息，匆匆进卧室避开她。

房间能关不能锁，我搬把椅子倚在门前。关上灯我有点害怕了，坐在床边看门底客厅的光。不一会儿客厅的灯也熄了。我想这总算好了吧，没事了。躺倒在床上我才听出来，詹周氏并没有回房，客厅里还是有窸窸窣窣的声音。似乎她一直在那里，靠在沙发上等我睡熟。我想出去看看，假装上个厕所，但我真的恐惧，也许她正握着菜刀等着我。

不能就这么睡着,也不能贸然开灯。我掏出相机翻照片,最新的几张是合影,看着大家喊茄子心里好多了。往前翻是詹周氏抓拍的几张,怕什么,不就是一个慈祥的老人嘛。那张作废的照片,我数一二三拍下来的詹周氏,还在我相机里。为什么不对劲呢,我把相片放大,嘴角过于紧绷,上下牙合得太紧,主要是眼神,瞪着相机,真的是目露凶光,就好像那一刻,有个更凶险的灵魂钻进了她体内。也许那个人一直住在她身体里,时不时出来一次,也许今晚就是他出来的时候。

我关上相机,看着无边无际的黑暗,这时有脚步声离我房间很近了,然后在门前停下来。我声音发抖,有些失声地问:"谁?"门外没回答,倒是将手掌贴在了门上。

"有人吗?"我问。

是的,有人,手掌向前一推,门咯吱一声,开了。

2

开门的一瞬间,晨曦的光芒令詹周氏有些刺眼。那是1945年3月22日清晨。1945年在上海有好几种叫法,那一年的下半年叫民国三十四年,而上半年,所有的公函、报纸以及需要存档的记录日期,则统一记为昭和二十年。此时距上海沦陷已经八年,1937年的几场大仗之后,仿佛又回到了太平盛世。

正如萨特所言,巴黎被占领后最大的变化,就是一帮德国人在这儿办了几场舞会。对住在酱园弄的底层人来说,日子没变化,该怎么过还怎么过,富人还是那么富,他们依然租房过日子。中华民国走就走了,况且弄堂里有一半的人还出生在光绪、宣统年间;日本人来就来了,反正又没进到酱园弄里,大不了就跟二百年前从东北过来的满清人一样,再过个二三百年,把日本并作中国的一个省好了。

民国三十四年,或是昭和二十年的三月二十二日,住在酱园弄二楼的詹周氏一大早就出了门,她差不多也知道,这将是她在酱园弄的最后一天。有好多事情等着她去做,她要打扮得漂亮一些。那时代在上海,即使像詹周氏这样的上海女人,都要准备两种衣服,头一种是平常穿的,朴素一些,甚至还有补丁的衣服;另一种是为了正式场合,两侧分衩的旗袍,虽然一辈子也没几次正式场合，虽然高档衣服她只有这一件。

下楼梯时，高跟鞋惊扰到了楼下的房东王燮阳，他端着正吃的面条走出来，从底下看上去，只见两只藏在旗袍里的长腿在楼梯处渐渐露出来。待詹周氏渐渐走下来，王燮阳问她昨晚怎么了，你家大块头梦见什么了，叫那么大声？

王燮阳不算有钱人，只能算二房东，当然比他们好多了，这幢楼都是他包下来的，再一家家租给她丈夫詹云影这些人。詹周氏有点走神，她正留意房东右侧上锁的那道门，那是何惠贤的房子。看来他比自己还早就出门了。

房东问了两遍她才回答他："可能是梦见自己输钱了，你不知道大块头吗，最可怕的梦也就是输钱了。"

"他呀，总得找点事情做，不能死等着日本人走再做事，万一日本人不走呢，大块头能赌一辈子？"

詹周氏摇摇头，出了弄堂，往右走800米是张小泉刀铺。经过时，她对老板点点头，张小泉喊住她，问她前两天在这儿做的刀怎么样，快不快？

"挺快的。"说完她就明白老板的意思了，告诉他剩下的一点刀款，明天就跟他结清。

反而是老板不好意思了，把她拉过来说点别的。他指着对面要出兑的生煎摊子，低声问她："还想不想做了，我一直帮你留着呢，好多人来问过了，想在那儿摆摊，我就说风水不好，下面埋着抗日的兵，做不了生意。"

"你别留了，让他们做吧。"

"不是，"刀铺老板有一丝失望，把她胳膊抓得更紧，"是你跟我说，我要是给你留着，你就会给我留着。"

詹周氏拨开他的手，对他笑了笑，凑在他耳边轻声说："那我们就都别留着了。"

她上午要去两个地方，第一站是远东饭店，从门口望过去，四层的大楼，差不多三人高的大堂，看起来是有钱人和外国人才来得起的地方。但进了门你就明白，这么大的饭店，一个厨子也没有，外国人也不会来这种地方。里面乌烟瘴气，上千号人围着几张桌，使劲喊着大小庄闲。詹周氏在里面找了一圈，最后在三号桌看见她要找的那个人。她在后面喊了几声小宁波，里面太吵，加上小宁波精力都集中在骰盅上，根本没听见有人喊他的名字。

詹周氏等了十几秒，从人群中钻过去，伸手去摸他裤袋里的钱袋。小宁波这时警觉起来，忽然抓住她的手，回头一看是熟人，长呼一口气。

詹周氏找他是要钱，她知道小宁波有赌债欠她丈夫的，她也知道她丈夫也有些赌债是欠别人的。外头的她不管，可是别人欠她家的，她今天就要回来，况且，可能以后就没机会了。

也许是输光了，小宁波一分钱都没还她。这不可能，詹周氏皱起眉头，钱都没了，还不回家，留在赌场做什么呢？跟小宁波扯了一会儿皮，她才明白，在赌场这是一类人，兜里没钱，见谁玩得大就凑过去出主意，押大押小什么的帮他分析，错了转身就走；要是被他蒙对了，让人赢了钱，他就跟要饭的一样求着人赏两个。

钱没要来，可是下面的事情还得做。出了远东饭店，她去上海第二纺织厂，以前没来过，真奇怪，这么多年都没来过。进了工厂，她一路打听，找一个叫刘周氏的女工。这么大的工厂有好几个刘周氏，最后在四车间见到了刘周氏。

她现在不姓周，随夫姓，以前也不该姓周，都是自幼为孤，被周家收来做丫鬟养大的。各自出嫁之后，两人竟一直没能来往，以至于刘周氏在纺织车间里见到詹周氏的时候，瞪大眼睛都要哭出来了。

快十年没见了，打从出了周家大宅，她们就没有过联系。詹周氏说，早该来看你的，你孩子流产的时候我就该来，你丈夫去世那年我也该来，我早该来的。说着说着，她自己也哭了，掏出一个钱袋塞给刘周氏，说过意不去，一点心意。刘周氏哪里能要，推着她的手问她，老爷还好吗？

该怎么跟她讲呢，不知道是死是活，日本人进到上海，老爷把银圆房子都捐了，才换回一条命，也不知身在何处。

刘周氏半天没说话，仿佛在回想过去的日子。她问大块头怎么样？见詹周氏不回答，猜测大家都一样，过得都不好。刘周氏没再多问，让她等一下，她攒了一些布料去给她拿过来。

刘周氏走后，她看着忙碌的工厂，这是1938年日本人在上海建造的，制作纱布供应前线的战士，不，是日本鬼子。一条条白色纱带飘荡在车间里，就像被日本人击落的云彩。詹周氏看得着迷，情不自禁伸手摸了一下，放回去时她发现纱布变红了，有点点血印在上面。她低头看自己，衣服是刚换的，很干净，脸和头发出门前洗过，不会有血，唯有指甲嵌进去的血还没有干。詹周氏把血从指甲缝抠出来，一时间几个手指都沾上了血。她抬头看车间，手指在下面搓个不停。

  刘周氏对着更衣箱犹豫了一下，最后决定把布料全拿出来送给詹周氏。之后几十年她一定会后悔那几秒钟的犹豫，等她回到车间，詹周氏已经离开了，她还是把钱留在了桌上，留给了她说是一点心意，像是一生的继续。十年没联系，像这样子来，像这样子走，像这样子留下一大笔钱，一定是出什么事了。刘周氏坐下来面对钱袋有些难过，她觉得詹周氏是来跟她告别的，她就要走了，也许是永别。这都是怎么了，她抬起头让自己眼泪别掉下来，泪水朦胧中她看见一丝血印在眼前飘飘荡荡，她眨眨眼睛，将眼泪擦掉，之后就再也找不到那条带血的纱布了。

3

  一天都没等到，日落之前，詹周氏被几十个巡捕围堵在酱园弄。起初发现的是她楼下的宋瞎子，这十几年靠算命为生，他说自己本事上海第三，前两名一个老得不成样子，另一个跟着蒋介石去了重庆。找他占卦的还算不少，时局不好，人们总会有这样那样的不顺。三月二十二日那天他没出摊，感冒鼻塞，捂着被子在家睡了一天。醒来的时候一脑门子汗，他以为病好了，可鼻子依然不通气，躺在床上他明白是楼上在漏水。他抹抹头上的水，起床打算上楼跟大块头说说。

  大块头不在家，是詹周氏开的门，见到宋瞎子的样子吓了一跳。倘若宋瞎子能看见，或是没感冒，鼻子通气，也会被自己惊到。从房顶滴下来落在他脸上的并不是水，而是肢解大块头流下来的血。宋瞎子看不到詹周氏的表情，他只是提醒她注意点，水漏到他卧房去了。

  "好的，"缓和一下，詹周氏回答他，"我会注意的。"

  "在弄什么啊，弄那么多水在卧房？"

  "没事了，已经弄好了。"

  今天有点怪，詹周氏的语气冷冰冰的，那就没必要多说了。他不知道现在是什么天色，睡到中午还是晚上？不过肚子饿了，他摸着扶手下楼，打算出酱园弄,到对面的羊汤馆喝碗羊杂汤,吃个烧饼。街上行人匆匆,听脚步声人不少,可是没人说话,好像在躲着点什么,脚步声都是咚咚咚地离他越来越远。他只是一天没出门而已,到底是怎么了,日本人进来那天也不是这动静。走到路中央他停下来,低着头听着一片一片的脚步声,没错,不是打仗,大家是在躲着他。一辆汽车鸣笛从他身边绕过,扬起的灰尘令他连打两个喷嚏。宋瞎子抬起手臂抹掉鼻涕,深吸一口气。这时候他明白了,此时的他在别人看起来,不再是一个年迈的盲人,而是一张血肉模糊的脸。

4

昭和二十年三月二十二日的晚上,上海警察局副局长薛至武下班后没回家,坐在办公室里等人来接他。虽说是副局长,但已经算警务系统的老大。真正的局长叫周佛海,他更重要的头衔是上海市市长。

《泰来报》的副主编张言邀请他七点钟看戏,易卜生的《玩偶之家》,几十年前的老戏了,好像是国内的一个女作家改了一下,结合她离婚几年的感受,就着鲁迅的那篇杂文,改成了《娜拉出走之后》。薛至武当然没兴趣,他知道张言是什么意思,《泰来报》的主编吴玲上个月被他们抓走,他这是活动关系来了。保吴玲出来是不可能了,人是日本人点名要的。薛至武在想,要是让吴玲在牢里好好活着,跟张言开个什么价码合适。

张言的汽车就停在楼下了。电话打过来,告诉他酱园弄杀人了。杀人就抓人呗,也用不着他局长出队。只是剧院是不能去了,公共场合人多嘴杂,这边杀了人,局长在看戏,肯定说不过去。电话里,他让队长带一队人过去,不要妄动,等他的命令。自己下楼走到张言的车前,俯身对后排的张言说:"局里有事,我过不去了。"

张言表示没关系,据说这个戏要演一个月,哪天看都可以。

"别跟我说戏的事,我知道你找我干什么。两千万,我帮你把事情办成。"

张言有些为难:"薛副局,您可能误会了,钱不是报社出,是我个人掏腰包。"

"那就算了。"薛至武摆摆手,转身就走。

张言急忙下车抓住他袖子,点头说成交。"不过你要保证吴玲死在牢里,永远出不来。"

"你要弄死她?"

"她不死,主编这位置就得一直给她空着,当牌位供着。"

薛至武皱皱眉,不置可否地点了点头,让张言回去先数出一千万,等他消息。他也不知道弄死她对不对,登了几条重庆的新闻就一命呜呼,还挺可惜的。行吧,有人当烈士,就得有人当刽子手,不然哪有那么多英雄?

他进了自己的警车,告诉司机去酱园弄。二十几个巡捕早已把那里围得水泄不通。薛至武问队长是哪间屋子,队长还没回答他就看出来了,只有两个房间是关灯关门的,其他房间的人都探头探脑地开窗看热闹。薛至武抬枪对酱园弄瞄了一圈,警告他们关好门窗,别给自己找麻烦。队长向他汇报情况,说是二楼死人了,这里的房东讲,还有个女人在房间里。

"她还活着?"

"活着。"

"她是凶手?"

"应该是。"

"她杀的什么人?"

"好像是她丈夫。"

"杀夫。"

薛至武冷笑一声,真是世风日下,报社里二当家的要杀当家的;这两个人的小家,二当家的也杀当家的。他让队长去后窗把守,自己带两个人上二楼。队长提醒他危险,不然先鸣枪三声,再踹门进去。薛至武让他别那么多话,去后面守着。他进车里把手电筒拿出来,上到二楼先轻敲几下门,问了三声有人吗。屋里没有动静,但他听见有人在里面大喘气。他想再等一下,心里默数十个数,让手下持枪上膛,把手电筒打开,正要抬脚踹门的时候,咯吱一声,门缓缓地打开了。

没错,虽然看不清,但他知道是女人,站在半开的门后,轻声问他:"怎么了?"

薛至武握着手电筒从她的脚照起,光圈仿佛男人的手一点点地向上抚摸。游过膝盖,他明白这是个穿旗袍的女人,他手电筒向右侧倾斜,从大腿外侧缓缓上移,最后停在旗袍的分衩处。

"没什么，例行公事，你叫什么名字？"

"詹周氏。"

"哪年生人？"

"民国五年。"

旁边的警卫算好告诉薛至武是大正五年。他才不管这些，知道她今年29岁就好了。他继续移动手电筒，从胯部轻划到腰间，细不过二尺，似乎没生过孩子，一个弧线穿过胸部，将光圈留在锁骨上。

"你丈夫叫什么名字？"

"詹云影。"

"他现在在哪里？"

"房间里。"

"为什么不出来？"

"因为他死了。"

薛至武右手一抖，光圈在脖颈处颤了一颤，聚光在她的耳垂上。

"怎么死的？"

"被我杀死的。"

这是他没想到的，一个女人，杀了丈夫，却如此冷静。薛至武关闭手电筒，再打开的时候用同样的线路在詹周氏的左侧走了一圈，小腿、大腿、腰部、胸部、脖颈、耳垂，然后手腕一抖，将电筒移向中央，终于看清了这个女人的脸。

5

薛至武不打算进门，让队长押着詹周氏进去指认现场，再把尸体拖走，也就算结案了。或许是天黑，房间灯被詹周氏摘掉了，里面的人鼓捣半天也没个动静。等得不耐烦，他拉门迈进门里。迈出两三步，薛至武被绊了个趔趄。

他打开手电筒，有三个箱子挡在前面。薛至武弯腰将它们推走。再往前走一步，脚有些沉了。他知道是踩到血了，用手电筒照在地上，都是箱子推出的血道道。箱子里都是什么呢？他快要猜到是怎么回事，关掉手电筒，走到一个箱子面前，打开箱盖，血腥之气扑面而来。他想看看，却忽然有些害怕，摸黑去开第二个箱子，感觉有一丝头发粘在手指上。他用手搓了一阵，头发从食指粘到拇指，就是甩不掉。他掏出手电筒闭上眼睛，将光照在箱口，等他再睁开眼睛的时候，倒吸一口气。有一双眼睛也在望着他，那是大块头的头，而架着他的头的，则是大块头一双被肢解下来的脚。

总共装进五个箱子，头部一块，双臂两块，左右大腿各一块，还有身体、双脚，反正除去砍碎的骨头渣子，加起来一共是十六块。这些都没意义了，有人死，有人认，被他薛副局当场抓获，案件也就告破了。可奇怪的是，在他眼前不停闪现的这张脸，不是大块头的，而是在酱园弄二楼门缝后面被手电筒照到的那张脸。应该是很好看的一个女人，旗袍都不用换，只要换个地方，说她是社交名媛也不为过。可是她叫詹周氏，连个名字都没有，嫁到这种地方。这就是命，美丽的女人像蒲公英，落哪儿算哪儿，生根发芽，这辈子一直到死，也别想挪窝了。

有几家报纸上了这条新闻，记者都没查出什么，连照片都没搞到，小小的一个版块，跟讣告似的，说某日某地某人杀了她的丈夫，当天破案。看起来太简单了，写多了也没意思。《泰来报》没登这种事情，他们更关心主编吴玲的状况，这个月都是这样，每天空出两个版，那是吴玲以前负责的版面，现在上面印着血淋淋效果的红字——我们在等她。嘿，是在等她死吧。

第三天晚上，薛至武和张言在日本餐厅吃寿司。薛至武请客，因为张言带来了一千万。那年头钞票贬值，钱币面额可没跟上，一百一百的，箱子去皮上秤一称，就算点清楚了。酒足饭饱，请客的人最满意，薛至武提起箱子让张言回去等消息。张言提出再换个地方喝点什么。那就是还有事求他。

"那就在这儿说吧。"薛至武掂量一下箱子，琢磨着出门就把它换成黄金，谁知道国民党哪天会打回来，明天是民国还是昭和。

张言结结巴巴，啰唆了半天，总结下来，是想多要点信息写酱园弄杀夫案，好替换掉"我们在等她"的两个版面。

"这是写您薛副局的特稿。"他比画着说，"主角不是死人，不是凶手，就是您。"

这倒挺好，薛副局添油加醋讲了一小时，尽是些爱国爱民的细节，比如怕开枪惊扰到百姓，冒着危险独闯虎穴。当然，大卸十六块的画面也一字不落。讲着讲着他有些奇怪了，问张言："你们报纸真的对这种事感兴趣吗？"

"这可是凶杀，读者就爱看这个。"

"死人怎么了？"薛副局点起一支烟，长吸一口，"西南战场每天死上千人，也没见哪家报纸上过头版。"

"那不一样。"

"怎么不一样了？"

张言说不上来，换薛副局也一样，大家都明白这道理，就是讲不出为什么。可能大街小巷谈论一场凶杀，要比谈论某场战役更显得像和平年代吧。如果搞一场投票，国民党哪天打回来，就像当年日本人进上海一般再来场硬仗，你是赞成还是反对，结果还真的说不定。

《泰来报》拿到独家新闻，其他报纸自然不干，第二天上午刚过十点钟，就有二三十名记者坐在警察局的台阶上守候局长大人。薛至武来不及理他们，他要先把稿子细细读一遍。不出所料，《泰来报》把酱园弄杀夫案放在了头版。文章里，张言没有纠缠詹云影和詹周氏的矛盾冲突，而是从宋瞎子报案写起。作者强调，出事当晚薛副局本来是要视察上海大剧院的安保问题，听说酱园弄出人命，放下手头的公务赶往事发地点，在詹周氏被捕前，薛副局根据现场的线索，已对凶手的体貌特征有了大致的判断，至于抓捕詹周氏，早已是他成竹在胸水到渠成的事情。

通读下来，薛至武很得意，仿佛那些不是他亲历的，而是另一个叫薛至武的神探所为。只是楼下太吵了，有几个没素质的记者居然对着喇叭喊，请副局长大人还上海一个真相。还当是民国哪，动不动就上街游行。薛副局打内线通知队长下去打发掉他们。没多久队长上来为难道："不然就开场发布会吧，就当是为您举办表彰大会。"

哪里像表彰，记者们认定了《泰来报》是向警局行贿才获取独家新闻，发布会上每个问题都是带刺的。《自由时报》第一个提问，问詹周氏为什么要杀害詹云影？说实话，薛至武也不知道，詹周氏被抓后甚至没人审过她。大家清楚，这案子结了，录个笔录，走个过场都用不着，检察院会第一时间判她有罪。

"请问,詹周氏为什么要杀害詹云影?"《自由时报》的记者又问了一遍。

"夫妻生活不合吧。"薛副局说得自己都想笑,这回答放哪儿都是对的。

"具体矛盾冲突呢?"

"现在还不方便透露,下一个记者。"

有个小个子男人站了起来,他说他是《申报》的记者。看年纪不大,不会有攻击性,薛至武打算让他多问两个问题。

"您方便透露詹云影的死亡时间吗?"

"三月二十二日早上。"

"詹周氏是如何杀死詹云影的?"

"用菜刀,趁詹云影睡熟,杀害并肢解了他。"

"当时是否有帮凶?"

"没有,皆是她一人所为。"

"那么,您为什么会认定詹周氏是凶手?"

薛至武停顿几秒,盯着他,感觉这小伙子也不是什么善茬儿。"詹云影被杀,他夫人认罪,你希望我把案子想得有多复杂?"

"好的,谢谢,请问薛副局,您知道酱园弄的邻居都管詹云影叫什么吗?"

"这个与本案无关。"

"大块头,他身高有185公分,差不多100公斤。而詹周氏只有150几公分,不足40公斤。"

"谢谢你提醒,我再强调一遍,詹周氏是趁詹云影睡熟用菜刀下手,这些和身高体重没有关系。"

"是的,但是您曾说过,事发当天詹周氏将死者肢解成十六块。"

"我说过,有证据可以证明。"

"我们相信证据,我们相信她是一个人,没有帮凶,但是这样瘦弱的一个女人,可能剁个猪爪都费劲,却可以把100公斤的大块头大卸十六块,请问,您是怎么相信的呢?"

薛至武向椅背靠去,侧过头迎着阳光,他知道自己完了。不用到明天,全上海人都会拿他们的警察副局长当笑话讲。

6

用不着到明天，也许晚报就能把这种事传出去。几个下属找薛至武请示，按队长的意思，去找报社谈，不行的话查封它，上海有几家算几家，往前翻八年，一直到日本人进来的那一年，总会有言行不当的地方。薛至武没说话，烟抽个不停。就在下属们以为这事就这么定了，准备行动时，薛至武叫住了他们。他没下命令，行或者不行，反而讲起了几年前的案子，民国三十一年的"华美药房弑兄案"。那是薛至武任副局长经手的第一个人命案，本来没立案，没人知道"华美"的二公子把大公子给杀了，老爷子为难，两个儿子死了一个，再枪毙一个就绝后了。薛至武去过几次，收了钱，帮他把这事压下去。老爷子对外面说，大公子暴病而卒。

没几天被《申报》的记者发现了，登在报纸上。老爷子头天得到消息，"华美"有的是钱，第二天一大早，老爷子就让人把全上海的《申报》都买光了，弄得挺大的新闻，却没几个人知道。

"可是瞒不住，你们猜第二天头版标题是什么？'华美'买光全上海《申报》，疑似认罪！"薛至武熄灭烟头，对下属做出决定，"所以说，酱园弄这个案子，我要重审。"

然而刚结过的案子，他们却一无所知，死的人是谁，嫌疑犯是谁，都有什么家庭背景，什么样的社会关系，没人讲得出来。薛至武先从凶器入手，已被存到证物科的一把菜刀，再把它从纸袋里抽出来，他明白这是一把黑铁菜刀，比普通的家用菜刀重上几倍。确实如记者所猜测的，詹周氏双手可能都握不稳。一把新刀，刀把没多少油脂，顺着刃线能看到几十个豁口，应该是肢解人骨造成的。他让队长晚点查一下刀是在哪家刀铺买的。

"詹家还有一把刀，"他说，"叫人把它找出来。"

队长没明白："您是说，还有一把凶器吗？"

"没人用这个切菜，"薛至武用大拇指甲划着刀刃说，"这是屠夫用的，这就是买来杀人的。"

薛至武想去看看尸体，停尸间在地下一层冷藏库。他带着队长从五层坐铁闸电梯下到一层，再从楼梯走下去。打开冷库门，一片白汽扑面而来。薛至武拢拢警服迈进去，队长跟在后面把门合上。30平米大小的房间挤满了停尸床，上面躺着的都是未结案的被害者，战乱年代，有些死者的身份还不清楚，在这里放了几个月，等待年底拉去火化。薛至武问哪个是詹云影的床位。

没有床位。队长指了指角落里的几个箱子，仿佛随时待发的包裹。薛至武打开最上面的箱子，是一根小腿，经过几日冰冻，上面起了一层白霜，敲起来梆梆地响。他把小腿连着脚抽出来，放到停尸台上，挑一块完好无损的皮肤，右手砍几刀，再换左手砍几刀，然后捧起来对照切口的相似度。是一个右撇子，他确定。只是惯用右手的人太多了，如果詹周氏也是右撇子，那说明不了什么。

"衣服呢？"他打开其他的箱子，伸手进去扒拉几下，问队长，"这人跟死猪一样，光着身子。"

队长东翻西找，拽出几件染血的衣服。

"这是女人的衣服？"薛至武问。

"是，大块头睡觉没穿衣服，这些衣服是詹周氏捂他的头的。"

"把法医找过来，完整地做一次尸检。"

"可是，"队长指着开口的箱子说，"都这样了，怎么尸检？"

薛至武把小腿扔回箱子，拍拍手，贴在队长面前，一字一句地说："怎么尸检？按照程序一步一步地检。"说完，向门口走去，给队长下命令："查出致命那一刀。"

走到门外他记得还有个细节要核实，他回去抱起一个箱子，算上箱壳差不多20公斤，他薛至武抬起来都费劲，凶手却装了六个箱子。

"你抬不走的，"似乎詹周氏就在面前，薛至武咬牙切齿地说，"詹周氏，你到底想要干什么？"

7

民国年代没法医，事实上，中国直到2006年，因为黄静案的五次尸检六次结果，才在次年设立专业法医。那时法医一般是由大医院知名医师做兼职。华山医院的钱医生接到任务时并未觉得有多棘手。行医三十多年，经历两次战争,没什么死尸在他面前是惨不忍睹的。肢解,冰冻三天,分成六个箱子,这些都没问题。他让学生把尸体搬上来,看了看分割肉一般的碎尸,明白这怎么也得花上一阵儿。他先找地方吃饭,喝点小酒。跟学生说好两个小时之后开始尸检。

晚上七点钟,他有些微醺地回来,和学生一起把六个箱子全打开。讨厌的是有血水,滴滴答答弄得一地腥臊。他戴上手套和口罩,对几个学生说,如果受不了,随时可以出去透口气。之后便开始了他的工作。

尽管有那么多年从医经验,可从没有哪次是从拼接开始的。先是头部,摆在上方中央,往下是上身,还好肚皮没有豁开,将内脏肠子露出来。双臂搭在两侧,大臂小臂截成了四块,两腿向下摆正。有一阵儿他差点把左右小腿摆反,还是看着双脚拇指才纠正过来。

一共十六块,拼起来真的是个大块头。从哪里开始呢?内脏没有露出,还能抽些血出来。他抽一管让学生拿去化验。没有中毒迹象,他翻翻眼睑和嘴巴,当然没有,只是上面说要全面尸检,才要多此一举。

刀伤致死,这毫无疑问,被割开的刀口达百余处,为什么一定要查出是哪一刀呢?钱医生俯下身,似乎与死者告别的距离盯着詹云影的颈部。这里是一刀,毫无疑问,尽管事后就着这伤口直接把头部割开,不过能看得出来这里出了大量的血。

他往下瞄去,心脏肺部未曾中刀,下体完整,死前没有经历性生活;再往下,大腿根部以及膝盖的分割处,血量已不多,接近干涸状态。再回到上身,两侧的胳膊,属于死后肢解,手腕静脉那一刀也是例行肢解。死者左手有大量血迹,这不难解释,死者颈部挨刀后,用左手捂住动脉往外喷出的血。右手没什么血,也许在反抗,抓住凶手的衣领试图同归于尽。应该没疑问了,他站起身,摘下口罩,点起烟斗,等学生的验血报告。

血液没问题,钱医生接过学生的报告,死者纯粹死于外伤,颈部靠右侧为致命刀伤。他让学生把碎尸一件一件放回到箱子里,在每个箱口贴上不同的标签,双臂、左腿,等等。做到一半时,学生戴着口罩干呕起来。他起身接过学生手中的大腿,往箱子里塞。

味道还是挺重的,分割成段,腐败的速度要超过整个尸体。到最后几块他只呼不吸,额头的汗都冒出来了。还好只剩一大件了,除去双臂、头部的整个上身,他需要把他从停尸台上抱起来。直到这时,他才觉得恶心,好像在和无头的死者拥抱。他不想这样,把上身翻过来,从背面抱住会好一些。

翻开的一刻,他停了下来,也许报告要重写了。背部还有一刀,而且不是菜刀,是三厘米宽的匕首从背部插进去。分析的事情不归他管,但是一看就明白,死者在床上熟睡,颈部先受一刀,伤口喷血,猛地起身,左手捂住出血口,右手与凶手搏斗,这时背部又挨一刀,方才致死。他知道,虽然用不着他把分析的过程写下来,相信薛副局对着报告一眼就能看明白,凶器不是同一把,凶手不是一个人,还有个凶手在身后。

8

薛至武感觉一整天他都在做蠢事,虽然都在按照他的计划走。詹家确实还有一把刀,与杀人无关,用了快十年的菜刀。黑铁砍刀是三月十一日于张小泉刀铺购得,花了一千五百块钱,来了两趟,头一次没有带够钱。而酱园弄的二房东王爕阳,表示詹家夫妇打结婚起就住进这间房,他从未听说詹周氏外面有什么姘头。倒是詹云影这几年狂嫖滥赌,把家里那点积蓄都败光了。

"还有什么?"薛至武盯着他们夫妇问。

"大块头头天夜里回来了。"王陈氏插嘴道。

"他当然回来了,他死在房间里!"王爕阳阻拦道。

"不是,我是说他难得回来,"王陈氏看着薛至武说,似乎希望从他这儿得到认可,"有时候一两个月都见不着一回,估计是把钱输光了,姘头也不留他了,才回来的吧?"

"詹周氏知道他那天回来吗?"

"不知道,她连她先生去哪儿都不清楚,怎么可能知道他什么时候回来?"王陈氏压低声音,"但我知道他什么时候回来,十二点左右,因为一回来,他们就开始吵架。"

"他们吵什么?"

"那我没听见,您想,大块头输光了回家,还能吵什么呀,钱呗。"

"吵到几点?"

王陈氏说三点多就没什么动静了，他们也睡着了。不过没两个小时，大概是清晨六点钟,大块头的一声惨叫,把她惊醒了。她摇醒王夑阳去看看，是不是哪里漏电了。毕竟是二房东，出了事大家都得兜着。王夑阳穿着睡衣上楼，敲了好半天门才打开，出来的是詹周氏，说大块头做噩梦，没事。他才放心回去继续睡。

"当时你信了吗？"

"不信，"二房东摇头，"谁没做过噩梦，怎么就他的噩梦喊声这么大。反正多一事不如少一事，我也没多问。"

王陈氏接话问，要是她丈夫多问几句，会不会也被杀掉。薛至武点头，又摇摇头，他也不知道，他不知道詹周氏到底是一个什么样的女人。他不想知道，也不想和这些二房东酱园弄什么的多聊几句。他真的干了一整天的蠢事，毫无疑问，詹周氏是凶手，他也一直在证明这一点，这本身就很蠢，像是证明一加一等于二，理所当然却不知从何下手。

从酱园弄出来已经是凌晨一点多，5个小时之后满大街的报童就会挥舞着报纸，吆喝他薛副局的笑话。他打算找詹周氏谈谈，问队长人在哪里。

"在提篮桥。"

"为什么弄那儿去了？"薛至武皱眉问。

"之前她认罪了，我们以为案子就结了。我现在就把她提过来。"

"不用了，你跟提篮桥的人说一声，我现在过去。"

他让司机和下属回去休息，自己开车过去。提篮桥位于虹口区，从1903年建成的那天起就被誉为"远东第一监狱"，死亡之城。每年两千名犯人进去，但没几个人活着出来，即使不是死罪，没有枪毙，也会有疾病、狱警的虐待以及其他犯人的殴打，令其丢掉性命。

进入监狱大门已经是半夜两点钟，从家里赶来的副典狱长全程陪同薛副局。薛至武问清楚詹周氏在几监几室，让副典狱长在外面候着，他一个人进去。他不想开灯，不想记住与此无关的其他犯人的脸。右手握着手电筒，穿过幽暗的长廊，而长廊两侧住满了在这里等死的人们。犯人们知道是大人物来了，醒来的那些没人敢发声，走廊里只剩下薛副局皮鞋的回响。漫长的黑暗，垂下来的手电筒每隔几秒点亮一次，随即又被他关闭，仿佛海盗在发出登船的信号。

差不多倒数第二个房间,薛至武看了一下号牌,皮鞋的敲打声停止,手电筒的光开始长明,照向狱房角落蜷缩的女人脸上。他抬起手电筒在她身上转了几个圈,确定她活着,确定她醒着,确定她还记得他。最后光圈定在她的小腿上问道:"还有谁?"

詹周氏收回小腿,试图躲开光晕。手电筒仿佛追光一般,始终跟着她小腿肚的弧线,直到她放弃躲闪,被光所围绕。

"你杀不动大块头,还有谁在帮你?"

"是我杀的,没有外人。"

"剁成十六块,背后还有一刀,六个箱子,每个都有几十斤重,你已经快把我弄成一个笑话了。"

詹周氏答不上来。薛至武点起一支烟,把光圈划过她腹部、胸前、脖颈,移到她的眼睛上。

"你给我一个名字,我明天告诉记者,我保你不死,你保我别像个傻子。"

"真的就我一个,而且我也不想活下去。"

"大块头十二点回来,你们吵到三点他睡了,你等到六点下手,三个小时你在等谁来?杀也就杀了,你不立即消失跑掉,反倒是分起尸体来了,一直到晚上,你在等谁走?"

詹周氏不说话,一定是装的,一副吓傻了的样子,讲不出话。薛至武只能继续讲下去:"你要是想割喉,随便一把刀,你家里就有现成的菜刀,可你偏偏要买一把砍刀,为什么要分尸,为什么你的计划不是杀他,而是剐了他?"

詹周氏浑身打哆嗦。

"是你们酱园弄里的人吗?"

"不是。"

"外人?"

"不是,没有这个人。"

"别这样,这样你活不过明天。"

"真的只有我自己。"

"好,好,就你自己。你为什么杀你先生?"

"一时冲动，鬼上身了。我当时看着他睡着就想，不能让他毁了我这一辈子。"

"一辈子？"薛至武笑了，"杀了他，你根本就活不了一辈子。"

"但至少没让他毁我一辈子。"

"那就让我来毁你一辈子。"

薛至武关掉手电筒，在黑暗中朝她的方向盯着。这女人不简单，他确定打从她准备杀人的那一刻，就已经在想着怎么应付警察。他转身向外走，与来时不同，这次的脚步匆匆，不到十几秒钟，就已经拉开铁门走出长廊。

副典狱长还守在外面，见到薛至武急忙问他顺利吗。薛至武叹了一口气，拍拍他的肩膀，说："听说你为了见我，特意从家里赶过来，你住得很远吗？"

"有一点远，还好。"

"那就先别回去了，九点之前，从她嘴里给我问出一个名字来。"

"属下尽量。"

"一定要问出来，要是她还不说，你就把她的心剖开，看看里面的那个人是谁。"

"呃，属下明白薛副局的意思了。"

副典狱长明白，不能让詹周氏死，况且是死在这个节骨眼上。然而薛至武也不想白来一趟，两手空空，灰溜溜地滚蛋。詹周氏杀不了，他就带条别的命走。

"有个叫吴玲的，《泰来报》的主编，在你们提篮桥吧？"

"是的，我记得这个女人。"

"上面要审她，我今晚带回去。"

副典狱长有些不理解："这么晚带回去？"

尽管只有他们两个人，薛至武还是凑到他耳边，讲秘密一般低声说："上头不喜欢她，上头以为她早就死了，你居然告诉我她还活着，明天给我一张死亡报告。"

副典狱长连连点头，保证不跟旁人提及，自己亲自去提人。十几分钟后，副典狱长回来告诉薛至武，人已经铐住了，在他警车的后排。薛至武看了眼车里的铁栏，他有几年没亲自抓犯人了，有人在他身后多少有点不自在。他让吴玲坐到副驾位，双手铐在扶手上。一路上他也不想说话，硬瞪大眼睛开着车。还好吴玲也不叨扰,没像一般女人那样大喊大叫。要沿着河边走上几公里才能进入市区。车开到一半他停车靠边,关掉车灯,点亮车顶灯。这时候吴玲说话了:"我认识你。"

"我也认识你。"

薛至武打量一番身旁的这个女人,与抓捕时不同,身上还穿着男式的囚服。有那么一瞬间,薛至武想扑倒她发泄一番,将这一天的积怨全部放出去。非常渴望,他觉得就应该放纵一下,尤其是对这么一个垂死的女人。副典狱长怎么说的,不与旁人提及。他点起一支烟,深吸一口气,让白烟一丝丝吐出来后说:"有人花两千万让我杀你。"

"这钱花得不值,我反正要死在提篮桥的。"

薛至武听后笑了,凑近吴玲闻了闻,尽管关进去有一段日子,还是有些芳香留在耳后。

"没想好,我已经收了一千万。怎么样才能证明,我杀了你?"见吴玲答不上,他自己补充道,"当然,把你杀了就是最后的证明。"他起身在后排拽出詹周氏的血衣,将吴玲的手铐打开。"换上这些衣服。"

他让她别躲,就在车里换,他看着她略显娇小的胸部,过于瘦削的胯部。之后他让她闭上眼睛,躺在河边草地上,拍下几张照片。叫她回车里,继续行驶。行至客运站,他拿出事先备好的箱子,递给她,说:"里面是难民的衣服,还有二十万,离开上海,你要答应我,永远别回来。"

吴玲点了点头,拎箱子下车对车窗鞠了个躬。薛至武头露出来问她:"你说你认识我,我叫什么名字?"

"你是薛副局,别的我也不知道。"

"不知道最好。"他摸了摸裤袋,又掏出二十万扔过去,"记住,永远别回来。"

开车回到家里已经破晓。他把窗子关严,就快了,再等个把小时,大街就会响遍"糊涂局长糊涂案"的叫卖声。睡前他打一个电话将张言叫醒。

"你头一回见我,说请我看戏,看什么《娜拉出走之后》,到今天我都没看到。"

"马上,马上,我今晚就安排。"

"好好安排吧,把剩下那一千万准备好,我们晚上边看戏边聊。"

"薛副局,您的意思是?"

"我是说,你们不用再等吴玲了。"

9

演出时间是晚上七点半,薛至武特意晚一点,等到黑场才和张言进入前排包厢。一整天他都没出门,今天他是上海的主角。大街小巷谈论着酱园弄杀夫案,谈论他薛副局长。坐进去的时候话剧已经开始了,台上的男演员在呵斥女演员"撒谎的下贱女人",女演员但凡顶嘴,便会遭到男演员的殴打。薛至武低声问张言,《娜拉出走之后》讲什么的。张言脸色不对,又看了两分钟,确定这不是《娜拉出走之后》,他们换戏了。

"你不是说要演一个月吗?"

"这是时事剧,顶替了《娜拉出走之后》。"张言辨认着说,"剧院经常这样,不时会有时事热点的戏"。

薛至武苦笑一声,还有什么热点比得上他这个傻瓜副局长呢?张言提议,不行换个地方再聊。说这话时他轻拍一下箱子,意思是钱都准备好了。薛至武不想动了,这里黑场挺好,别处也不一定方便,毕竟他是今天的头版头条。张言打开箱子给他验一遍,问他吴玲是怎么死的,尸体要怎么处理。薛至武不说话,摸着黑数钱。上面的一句台词把他吓了一跳。

那是黎明的背景,有个男人敲门,问是什么声音。开门的是个女人,冷冰冰地回答:"没事,是大块头发梦呢。"

薛至武抬头盯着台上,不像,那女人神态举止都不是詹周氏的样子。张言紧张起来,继续提议大家换个地方。薛至武嘴角露出一丝微笑,说:"我要看一看,他们怎么演。没准我破不了的案子,这出戏替我断了呢。"

他把箱子合上,放在脚边。转场是第二幕,他薛副局登场了,当然不像他,在酱园弄前呼后拥,十几个警察持枪保护他,还自诩不需一刀一枪制服歹徒。他也得承认,有些地方是对的,不过导演还是做了点艺术上的处理,他在詹周氏门前喊了几声,一脚正要踹进去的时候,门打开了,他摔了个屁股蹲儿。滑稽戏的表演方式,全场哄笑。

张言明白今天闯大祸了,又一次提议,咱们先离开。薛至武摇头,长叹一口气,身子靠到椅背上。

"你说他们往下怎么演我？"

"薛副局，您别往心里去，这些都是胡扯，这些都是下里巴人的造谣。"

"刑讯逼供，他们要演我打女人。"

他不想看下去了，但绝对不能走，这时候离开就是灰溜溜地逃走。换了几次二郎腿，他转身问张言："两千万，杀个人，保你个主编，值吗？万一日本人败了呢？这么多钱打水漂了。"

"日本人不会败的，他们比我们强太多了。"

"是，早先说他们三个月就拿下全国，现在打八年了，还分不出胜负，可能我们站错队了。"

"那薛副局你呢，你官那么大，万一国军回来，也不会好吧？"

"不单是我，能进这戏院里看戏的，哪个不算汉奸？就当是地震吧，大家全完，我没什么发愁的。日本人来之前我就是巡捕，就算党国今年回来，我也过了八年的好日子。"

台上已经谢幕，观众满意居多，掌声不断。是啊，这部戏什么都有了，他薛副局负责滑稽，詹周氏负责残酷，大块头负责惊悚，而那个影子一般的同谋，则负责悬念。舞台重现了一个酱园弄，所有演员从各自的房子里走出来对观众鞠躬。薛至武忽然想起来不对劲，他清楚地记得，抓捕那天有两间熄灯的房间，詹家的一间，她家楼下右手边还有一间。黑暗中门窗紧闭，还有一把明晃晃的锁，他怎么忘了？

10

苏青早明白不会事事如意，好日子过后总会跟着坏日子。这段时间她太顺了，她的出版编辑告诉她，截止到上个月，她的《结婚十年》发行了第三十六版，散文集《浣锦集》印了十八版。"这是个奇迹！"出版编辑跟她讲，"抓紧写下一本，不要再去搞话剧了，你现在是全上海卖得最好的女作家！"

但她还是想弄话剧，把易卜生的《玩偶之家》改为《娜拉出走之后》，票房不算坏，但真的说不上火爆。观众也好，读者也好，还是想看她的故事，想看她16岁订婚、18岁结婚、怀孕、生子，想看她丈夫有多混蛋，嗜酒、家暴、婚外情，穷困潦倒，终于在她28岁的时候下定决心离婚。较之"五四"

前,那年代已经很进步了,自由恋爱,自由结婚,唯有离婚却没那么自由,人们还停留在男人休了女人的逻辑上。也许苏青不是第一个,起码是最出名的一个,一时间人尽皆知,女人喜欢她,男人鄙视她。无论何种态度,人们还是会买一本《结婚十年》,看看这是一个什么样的偶像或者妖妇。

她的坏日子是从三月底开始的,下午去剧场,她被通知《娜拉出走之后》要暂时停演,他们临时换上一部时事剧。为此她险些和剧场经理吵起来,演员工资是她付的,道具搭景的钱也是她一次性出的,现在停掉就要全赔进去,之前说好的一个月呢?剧场经理搓着手跟她解释,还是可以一个月,往后延长,一般时事剧就三五天的热度,等这个劲儿过了,还是上《娜拉出走之后》。

那就这样吧,道具帮她保管好,她去找演员协调。临走的时候她问什么时事剧。"酱园弄杀夫案",剧场经理告诉她。

她眨眨眼睛,摇摇头。她不看报纸,偶尔翻翻也是翻到副刊。

"这么大的事,你没听说过?"

"在酱园弄,一个女人,杀了她丈夫?"

"你听说过了?"

"没有,"她笑了,"就是字面的意思嘛。"

说好的三天,难得闲暇,晚上她约胡兰成一起吃饭。他们关系很好,认识有几年了。好到从餐厅出来,就自然而然去了胡兰成在大西路的住处。为什么能这样好呢?他胡兰成是个烂人,家有妻室,拈花惹草,更重要的是他卖国,给汪精卫做御用文人。然而她苏青能好到哪儿去呢?她以为自己很克制,爱恨情仇,不会糊里糊涂委身于谁,可是全上海的读者都认为《结婚十年》的作者是个荡妇。

她把这个困惑讲给了胡兰成,你是块抹布,哪儿脏擦哪儿,女人不断,却没人嫌弃你这一点,而我,只希望找一个相爱的人嫁出去,却被当作人尽可妻。胡兰成不说话,当这话过去了。是啊,没法让他表态,他有老婆,女儿刚出生,希望他讲什么呢?

"你觉得我们这种关系能持续多久?"她问。

"我讲不清楚,愿它尽量长久。但这由不得我们,往后上海什么样都难讲。"

她叹了口气。胡兰成叫车送她。坐进后排时苏青说,有空我会再联系你。胡兰成讲,最近可能还要约你吃饭,最好就是这几天。苏青没明白他什么意思。

"你寄来的杂志我看了,《天地》,第十二期,有篇叫《封锁》的小说写得很好。你认识作者吗?"

"张爱玲,我很喜欢她,我们很相熟。"

"我喜欢这篇小说,我想我也会喜欢小说的作者,我想认识她。"

"你要怎么认识?"苏青有些警惕。

"我想由你来介绍我们。"

苏青盯着他,摇上车窗,汽车已经在缓缓移动,她依然转着头看他远去的身影。她不敢转移视线,她怕眼睛一转,一眨,眼泪就掉下来了。

11

晚饭约在八点钟,他们说好的,别太早,让食客散一散,别被某个认出苏青、张爱玲的读者打搅到。胡兰成来得早一点,两位女士入座后,大家寒暄几句,就陷入一个沉默的公约数里。还好餐厅有钢琴独奏可以解围,一曲过后,张爱玲问苏青的新戏怎么样了。苏青不直接回答,先说酱园弄有个女人,不知道什么原因,把她丈夫杀了,于是她的戏就停演了。

"跟《娜拉出走之后》有什么关系?"

苏青笑笑,不回答,问张爱玲最近如何,杂志还等她的稿子呢。

"我想写长篇,"张爱玲说,"我从没写过长的,不都说长篇像长跑,考验一个作家的体力和耐力,我想证明自己。"

"写什么呢?"

"不确定啊,暂时想的是一个女人被她丈夫囚禁十几年的故事,当然细节不会这么简单。"

"名字总想好了吧?"

"想好了,《十八春》。"

苏青迟疑了一下,直截了当告诉她,她感觉不好,太风尘了,像青楼的名牌。

"也是啊,但另一层面的含义是,这个女人经历了十八个春天,十八次希望,却从没能走出去。"

张爱玲恍惚起来,就像当场陷入了构思的迷局。这期间胡兰成一直没说话,还挺绅士地听着两个姑娘谈话,不时招呼服务员上菜。最后一道菜端上来时,他终于说了第一句话:"不如叫《金锁记》。"

"金锁记?"张爱玲恍过神来,跟着念叨两遍,说,"谢谢,我会想想的。苏青,你怎么样,下部写什么?"

"我不知道。"显然苏青不想聊这些。写作对于作家而言,写得顺,就算你不问他,他自己也会滔滔不绝地讲下去;写得不顺,多问几句就是对他的折磨。

几道西餐他们吃了快两个小时,胡兰成中间加了一次香槟,一次红酒。后来大家都有些微醺了,张爱玲打听起胡兰成。她知道他,这几年政坛文坛到处都见他的名字,她问他,既然你投奔了汪精卫,为什么去年又被他关进大牢里?

"我们的理念不同。"

"怎么不同了,不都是投奔日本人吗?"

"他要赢,他还要打仗,打到重庆去,把老蒋干掉,做真正的总统。而我主张和,哪里都不要打,既不跟日本人作对,也不对英美宣战。"

"这样是可以少死很多人。"

"不只是这样,当今世界分两个阵营,德意日的轴心国和英美为首的同盟国,这场战争总要有人输,有人胜。你说输了的会怎样?"

"割地,赔款,甚至被奴役。"

"但不管是德日赢,还是英美赢,中国不会输,不会割地赔款。这就是我的态度,德日胜利,我们是轴心国,享受胜利的果实;若是英美胜利,老蒋就是同盟国,他还是中国,中国人没损失,到时候保全中国,死他一个汪精卫就好。"

"所以,这番话刺痛他了?"

"不止这些,我骂他不配做中国人,心里没有国家,只想着他自己的春秋大梦。"

"他啊,没杀你,还真是你祖上积德。"

"他要不是去年死了,恐怕我今年就没机会和张小姐共进晚餐了。"

胡兰成让服务生再开一瓶酒，有个眼尖的读者认出了苏青，过来问她要签名，然后告诉餐厅，为《结婚十年》的作者苏青小姐点一首曲子。餐厅一时间骚动起来。三个人拎着刚打开的红酒，有些狼狈地跑到了大街上。

虽已入夜时分，路上霓虹闪烁。胡兰成和两位女士商量下一站去哪儿。张爱玲表示没关系，时候不早了，不然就各自回家吧。

"去胡兰成家！"苏青高声喊道。她想为难胡兰成，想让张爱玲看到他有不少女人的痕迹，甚至还有她苏青的痕迹。看起来张爱玲也是意犹未尽，居然应允了这次邀约。

进家门时苏青看了眼墙上的挂钟，夜里十二点半，挂钟下面的衣架上还缠着她上回忘在这里的丝巾。张爱玲也见到了，眼神停留几秒，就朝胡兰成望去。他们又喝了两瓶酒，苏青已经困得口齿不清，尽听他们俩在聊天。她说不行了，去睡一下，径直进了胡兰成的卧室。

躺到床上反而睡不着了，依稀听到两人在客厅的说话声。听不清楚，她开始思考晚餐时的问题，她下一部写什么。毫无头绪，反而比酒精更有效地助眠了。

也不知道睡了多久，天还没亮，酒劲基本消退，两人还在客厅聊天。她揉着眼睛出去，看见挂钟已经快五点钟。四个多小时，他们第一次见面，就永远聊不够的样子！

"你睡醒了？"张爱玲问道。

"你还没睡？"

"是啊，还不太困。"

"我不该睡着的，连累你一夜没回家。"

"没关系，我们聊得很自在的。"

她认识胡兰成几年，好像都没有今天一个晚上的话多，张爱玲同样如此。她有些恨恨地看着挂钟，是怎么了，是嫉妒吗？时间在逝去，身旁的两个人在说什么，她一句话也没听见。4点59分，她在等整点敲响。分针就要指到十二的时候，她坐直身子，做好准备。

没有响，胡兰成这个烂人，怕惊扰到迷人的张小姐，把声音调掉了！

"我要回去了。"苏青起身说。

张爱玲抬头看她："我叫车送你吧。"

她在等我离开?苏青点点头,说:"不必了,你们慢慢聊。"将外套穿好,她对张爱玲说:"晚上你问我,下一部写什么,我没回答,我现在告诉你,我写不出来,读者不爱看我编的故事,我也不会虚构,他们就爱看我自己的故事。但是我没什么好写的了,我也不知道怎么办,我是不是就这样,靠一本书,当一辈子作家了啊?"

说完她转身就走,她害怕安慰,害怕张爱玲或是胡兰成那同情的眼神,鼓励她别恐惧,写下去。开门的时候她看一眼衣架上的丝巾,犹豫了一下决定留在那里。既然今天是她的坏日子,张小姐的好日子,那就让这一天再坏一点,再好一点吧。

12

新戏搁置,新书不知道写什么,朋友一夜之间似乎都不见了,苏青不知道接下来该干什么了。她又去剧院闹过一次,算不上闹,也就是大声争取。剧场经理顾左右而言他,他说不是钱的问题,是救人一命胜造七级浮屠。

"救谁,人已经死了,你救谁?"

"救嫌疑人。"

"你救凶手?"难以置信,苏青觉得他们搪塞都不找点像样的理由,"你救杀人的人?"

"不是凶手,是嫌疑人,除了薛副局,全上海都不认为她是凶手。"

苏青想找薛副局谈谈,他们占了我的地方,天天演你的笑话,你什么滋味,就不能做点什么吗?头一次去他不在,留下口信让薛副局回她电话。回去的路上下了几场太阳雨,晴空万里,顶着太阳,忽然就跟头顶有人泼水似的下上那么两分钟。最后一场雨出了彩虹,雨点如流星一般从彩虹间穿过,落到她头顶。苏青一时看出了神,她还不想回家,她要到处走走。

薛副局第二天没联系她,她在家睡了大半天,有些伤风感冒。晚上才出门喝了点汤,她再去剧院看看,没准今天人们就已经对这个案子没兴趣了。

出乎她意料,座位都挤满了,胜过任何经典话剧的票房。她只买到二楼最里面的一张票。没看完,却看得泪流满面,跟剧情无关,估计就是想找个黑暗角落大哭一场罢了。哭过之后她决定离场。对每个人说打扰了,从里面一点点腾出来。台上的女主角在进行最后一场独白,她对警察说,你们打我,折磨我,逼我说出很多假话,能再记几句我的真话吗?我不识字,自幼孤儿,被周家收养做丫鬟,本以为嫁了詹云影,就真的有个家了,可是这不是我要的家。他要么一个月不回家,在外面狂嫖滥赌;要么回一次家,就将我痛打一顿,把这个月的家用抢走。现在是他死了,你们审判我,枪毙我,有朝一日若是我死了,我想你们不会抓他的,只会笑我詹周氏体弱多病,命比纸薄。

就像那片彩虹,苏青移到一半,干脆挡住后面,怔怔地望着台上。她知道接下来干什么了,她知道下一本书终于不用再写自己,詹周氏在那里,她要好好了解一下这个命比纸薄的女人。

13

进入四月份,宋瞎子重新出摊算命。大块头的血没能吓住他,反而让他对外吹嘘,他这回可以更容易地同死人讲话。同当时大多数地方的中国人一样,死亡司空见惯,人们早就失去了对死亡的敬畏与恐惧,战争、疾病、贫穷,20世纪40年代的中国人像蟑螂一样,尸横遍野地死亡,又密密麻麻地生存。

楼下一直关灯的那户人家也有了眉目,孤零零就一个男的,叫何惠贤,山东淄博人,40多岁,十多年前老婆死了,没孩子,也没续弦。二房东王夑阳悄悄讲,他俩绝对有事,何惠贤和詹周氏,全酱园弄都不敢借钱给她,唯独从何惠贤那儿,每个月她都能弄出点钱来。

这一切都符合薛至武的猜想,当王夑阳打开账本的时候,他明白自己又想错了。何惠贤是三月十五日退房搬走的,距离詹周氏杀夫还有一个星期,买的是回老家的火车票,邻居们看着他把行李大包小包地捆在马车上,去了火车站。

薛至武点起一支烟,又陷入沉思。案子发生十来天了,合谋者没找到,他反而成了街头巷尾的消遣。酱园弄不大,围成一圈的小弄堂,里面跟他妈蚂蚁窝似的住了104户人家。薛至武偶尔见到一个男人,就会紧盯他的双眼,试图找出点破绽。毫无头绪,四月三日晚上,他在办公室待了一夜,读尸检报告,读审讯笔录,读下属警员走访的记录。四月四日晚上,薛至武在大块头的家里住了下来，他以为会很怕，会失眠，结果他太累了，倒床上就睡着了。也许是过于香甜，凌晨四点多他便醒过来，摸着黑在屋里寻找，找着找着他都忘了自己要找什么，黑暗中坐在床边大口地喘气，天亮的时候他想起来了，他要找床底，找衣柜，看看这家里有没有一个藏身的地方。大块头十二点多进家门，两人吵架到夜里三点，这期间那个合谋者藏在哪里？詹家太穷了，没赚什么钱，又全被大块头赌光了。没有所谓的床底，就一张床板，跟日本榻榻米似的铺在地上。衣服都收在箱子里，或是一排排挂在墙角，唯有厨房的一个储水缸有些可疑，家里没人十来天，里面的水都有些泛浑。薛至武半蹲下来，张开双臂丈量，不到一米高，詹周氏那样的小个儿都不一定进得来，何况一个男人。薛至武推门下楼，仰头在酱园弄转了一圈，凶手就在这里面，他是三点以后进来的。

他去敲二房东的门，王燮阳没起床，妻子王陈氏为他开的门。他问，在夜里要是有外人进来，你们会不会知道？

"我们就住在大门这里，别说是外人，房客回来，我们都要看一眼。"

"那天晚上，有什么人是夜里回来的？"

王陈氏想了想，确定大块头是最后一个回来的，之后她就把大门锁上了。薛至武又过一遍酱园弄的每扇窗户，要王陈氏打开何惠贤的房子。

窗明几净，只是墙角长了些青苔。王陈氏说她每个礼拜都会打扫一遍，只是这个案子何时才能结束，现在都招不来租客了。

薛至武点点头，没法承诺她结案日期，他要王陈氏给他一份名单，酱园弄所有的单身男人。他假设凶手凌晨下床出门，没有家人或妻子察觉。

"出门？去哪里？"

薛至武摆摆手，开车回警局。中午王陈氏的名单交上来了，他让队长把名单上的人带回来审讯。秘书提醒他，有位苏小姐昨天来找过他，还写下了电话号码留在桌上。薛至武询问长相年纪，看着桌上的便笺，家里有电话的年轻女士，又一位小姐太太，可惜和案子没关系。

他没心情回电话，在办公室等了一天。傍晚时分，队长拿着厚厚一沓笔录回来，对他摇摇头，说："都审了，看样子没可疑的。"

他翻了翻，尽是些废话，让队长备车，他要去提篮桥一趟。

这回他没有进狱区，在禁闭室等看守把詹周氏带来。明显是瘦了，好像也挨了不少打，走路都需要看守搀扶。薛至武示意她坐下，喝杯水，让看守去门外等候，自己点上一支烟，连抽几口问："你多久和何惠贤睡一次？"

詹周氏瞪大眼睛，似乎在惊讶他的查案速度。

"借一次钱，睡一次你？"

"也不一定，他主要是同情我。"

"大块头知道吗？"

"不知道，我想他知道了也不会在乎。"

"可是，他可以用这个理由打死你。"

詹周氏沉默，他说的是对的，不是今年就明年，大块头早晚会打死她。

薛至武继续讲："你最后一次跟他借钱是三月十三日，买那把菜刀，你先去的刀铺，那把刀要一千五，我问过刀铺老板了，他说你头一次来钱没带够，又回去取的。实际上，你去跟何惠贤借钱了。"

"他给我拿两千三，让我留八百过日子。"

"可你跟他说，这样下去不是办法，你计划杀了大块头，然后跟他过。让你没想到的是，何惠贤怕了，他可以同情你，可以睡你，但他不想为你杀人，甚至不想让别人知道你们的奸情。第二天他就买了回老家的票，临走的时候还留了他房间的钥匙。你三月二十二日对大块头下手，十天的时间，你又找到一个靠山，帮你杀了大块头。"薛至武停了几秒，问，"这个人是谁？"

"没有别人，就我自己。"

"我这样讲吧，我不知道他哪天进来的，但他一直在酱园弄，住在何惠贤的房子里。你也摸不准大块头哪天会回来，三月二十一日夜里，他回来了，三点钟他才睡着，你看着时间，四点钟，五点钟，你开门把他放进来了。"

詹周氏拼命摇头："不是的，不是的。"

薛至武盯着她，将烟头掐灭，对她笑了笑，起身离开。出门时典狱长赶来了，跟他解释："办法都用过了，真是嘴硬，什么都不说。"

"给她吃点好的，养养伤，别在这儿出什么差错。记着，她是死刑犯，我得让她死在刑场上。"

四月六日周市长邀请他吃法餐，也是薛至武的直接上司，兼任上海警察局局长。薛至武知道周市长找他干什么，报纸天天在炒这件事。前菜还没上，周佛海就问他，酱园弄的案子是怎么回事？薛至武从头到尾汇报一遍并表示，会派人去山东抓捕何惠贤。

"把他抓到，一切就可以水落石出了。"

不知道哪句话惹他不高兴了，周佛海放下刀叉，折起餐巾擦着嘴巴反问："他是军统还是共产党？"

"都不是。"

"那他是什么？"

"普通人，凶手。"

"好，凶手，你要费这么大警力抓一个普通的凶手？我问你，上海的警察该干什么？"

"让上海稳定，打击犯罪。"

"别在这儿讲好听的，我的人该干的是，抓老蒋和老毛的人。"周佛海看了眼手表，"现在是六点半，此时此刻，全上海至少有十个组织在秘密筹划怎么暗杀我周佛海，你不去搜他们，跟我要人，去他妈山东抓何惠贤？"

"属下的错。"

"报纸我看了，记者说詹周氏一个人干不来，那就是有个奸夫。这很难找吗？满大街都是。"

"属下不明白。"

"你听着，薛至武，你说，她不给你一个名字，你就不能给她一个名字吗？"

"给她一个名字？"

"满大街都是，我给你五天的时间，我要在报纸上看见这个案子了结！"

主菜是牛排，端上来时嗞嗞冒油，周佛海都没瞅一眼，将餐巾扔在桌子上，带随从离开了餐厅包厢。

剩薛至武独自在餐厅吃了两份的前菜、主菜和甜品，主要的是还喝了两人份的洋酒。回去的路上有些微醺，还没到局里，就在路边吐了出来。他让司机先回去，自己步行透透气。司机不敢抗命，又不敢把他一人留在大街上，把车开在后面缓缓跟随。薛至武摇摇晃晃，影子在路灯下时长时短。五天，到四月十日，满大街都是，案子会更简单，只是时间太紧了，何况他真的不想随便拉个替死鬼。他晕晕乎乎，掐着指头从拇指开始数日子，费了半天劲都数不到小指。

到局里差不多晚上十一点。刚推门进去还以为自己进错门了,一位围着披巾的年轻女士正坐在他的位子上,见他进来,说:"值班的说,你一定会回来。"

他揉揉眼睛,倒退回门外,看看门牌没错,跨步进门问:"你找我?"

年轻女士站起来,向他走过去。薛至武确实有些醉了,瞪大眼睛也看不清她穿的是旗袍还是短裙,只听到高跟鞋的声音渐渐靠近。

"你好,"女士伸出右手说,"我前天来找过你,我是苏青。"

14

他们俩聊了很久,确切地说苏青在讲,薛至武眯着眼睛看她,酒劲还没过去,苏青讲的一句话也没听进去。从进门那一刻,他就觉得这女人有种味道,说不上很美,看起来也不年轻了,但就是有吸引人的地方。他确定没见过她,可如此似曾相识,他又问一遍她的名字。

"苏青,薛副局,你在听我讲吗?"

薛至武点点头,仿佛疑点解开的表情,说:"我看过你的戏。"

"《娜拉出走之后》?"

"差不多,我奔着这个去的,剧场临时换了别的戏。"

薛至武说完苦笑,两人都明白这其中的意味。他看见苏青从包里掏出烟盒,向他推过来。薛至武瞅一眼香烟的牌子,特没劲的那种女士香烟,他摇摇头说:"那出戏讲的是什么呀?"

"没什么意思,外国的故事。"苏青自己拽出一支点上,吐出第一口烟雾时说:"我要见见詹周氏,我要写她。"

"你想把她写好,还是写坏?"

"我还不知道,但我同情她。"

"哈,你也同情她,何惠贤的同情是跟她睡,你的同情是写她。"

苏青愣了一下,也不知何惠贤是何等人物,说:"我觉得她像我们所有女人。"

"你们?你要记着,她和你不一样,她是个杀人犯。你现在还不能见她。"

"现在是到哪天?"

薛至武又数了一遍，从拇指开始，这次数到了小指，然后他握紧拳头，轻敲两下桌子说："五天，到四月十号。"

等不到第五天，八日的晚上，副典狱长打电话过来说，詹周氏咬舌自尽了。话没说全，薛至武一度以为她死了。赶过去的时候她已经住进医疗部，舌头止血，躺在病床上，嘴里戴了上下两排的牙套，也不知是睡是醒。薛至武拽把椅子坐在床旁边，点起一支烟，慢悠悠地说："你反正都是要死的，不必这么急，我没让你遭什么罪吧，那你就好吃好喝地等到上刑场那天。反正你都不讲，我也不跟你问名字了，我拿三条命陪你上黄泉，二房东王夔阳，楼下宋瞎子，刀铺老板，他们都可以是你的帮凶，都可以陪你一起吃枪子儿。"

薛至武讲完走到床边，打开窗户将烟头弹出去，阳光明媚，却是一些人最后的时光。他听到詹周氏在他后面翻身，一个很含糊的声音吐出来。

薛至武想起她戴着牙套，舌头又刚咬破，让护士送笔纸进来。詹周氏握笔对着纸虚画了半天，努力地说出第一句话："我不会写字。"

"那就说出来，救他们三个一命。"

"小，"她停顿一下，舌尖舔了舔牙套，"小宁波。"

见到他第一眼，薛至武就确定小宁波杀不了人，他没那个长相，詹周氏都有股狠劲，小宁波眼珠子里面蹦的都是投机与谄媚。已经是四月九日的下午，小宁波被带进警局的十六个小时以后。队长报告薛至武，头几个小时嘴还很硬，不过还是招了。薛至武接过口供浏览一遍，放到一边问："你认得我吗？"

"副局长，他们叫你副局。"

"嗯，上海我说了算，你好好地配合我，我保你不死，风头一过我就放你出去，给你个闲差，天天玩你的牌，我给你出赌资。但你得回答我想听的。听说你昨晚吃了不少苦，何必呢，何必说我们不想听的呢？明白了吗？"

"明白，明白。"

"好，知道谁把你供出来的吗？"

"詹周氏那个贱人。"

"她为什么供你？"

"她不喜欢大块头跟我玩牌，以前去过她家一两次，都是被她撒泼赶出来的。"

薛至武摇摇头，很失望："这个不是我想听的，昨晚他们没教你怎么说吗？"

小宁波眨眨眼睛，想清楚后说："她跟我说，自己存了一些私房钱，杀了大块头，她跟我过。"

"很好，大块头很少回家，有时候一个月回不来一次，不过你知道他什么时候回家。你先让詹周氏买好砍刀，三月二十一日夜里，大块头输光了，离开远东饭店，你在后面跟着，一路进了酱园弄。大块头上楼进门，楼下是何惠贤的房子，詹周氏早给你钥匙了，你在里面等他睡着，才悄悄进了门，我说得对吗？"

小宁波愣在那里，不知如何回答。薛至武又追问一遍："对吗？"

"对，对！"

"你记得就好，明天千万不要出差错。"

"明天就上法庭？"

"着急了不是，没那么快，明天过现场，在杀人的地方走一遍。"

"我真没杀人！"

"不好，这么说可不好，记着，全上海的记者来给你拍照，你要出名了。"

薛至武微笑地看着他，那表情似乎在恭贺榜上有名的秀才。

15

薛至武数了数，来了三十多家媒体，仿佛开一场盛大的Party。一切都顺理成章，詹周氏与小宁波也还算配合。队长的意思是由他对记者讲解案发过程，薛至武摆手拒绝。这段日子既然出尽了丑，他也懒得再出风头。还好队长懂规矩，回答每一个记者问题时，都会先加上一句"我们薛副局认为"，不敢自己称功。

面对照相机，薛至武在二楼房间站了一会儿，之后从人群退出去，到花坛边抽支烟。离老远还能听见记者问话的声音，听起来他们也满意这个结果。这时候要是有杯红酒就好了，春意盎然，借着鸟语花香小啜一口。有个女人朝他走过来，靠近一些他认出是苏青。

"我们邀请你了吗?"

"我也是媒体,"苏青在他旁边坐下,又掏出她的女士烟,"我们办的杂志叫《杂志》。"

"倒是挺取巧的。"

"您这不也是挺取巧的吗?我看了小宁波的报告,他是再合适不过的帮凶了,没老婆孩子,远东饭店的小混混、滥赌鬼。估计你都快相信,他会杀人了。"

"你要说什么?"

"我要说,你觉得詹周氏为什么要杀大块头?"

"因为她受不了大块头是个滥赌鬼。"

"所以她要杀了大块头,好嫁给小宁波,另一个赌鬼?"

薛至武侧过头盯了苏青几秒,转回来直视前方,说:"案子已经结了,詹周氏怎么想的,那是她自己的生活,我不能替他们想透,帮他们活一遍。"

"好,薛副局,就说这个案子,你有没有想过,詹周氏到底为什么要杀大块头?"

"她想离开大块头。"

"那为什么不离婚呢?为什么要杀了亲夫,把自己作践成一个死囚呢?"

"是啊,"薛至武苦笑两声,"为什么不离婚呢?"

"因为她离不了婚,我是离过婚的,我知道,在中国,在上海,离了婚的女人还不如妓女。你问我《娜拉出走之后》是什么戏,娜拉的丈夫重病时,娜拉四处借钱给丈夫治病,后来丈夫病好了,那些债主也一个个催上门来,她丈夫说钱不是我借的。债主说了,你妻子借的,不跟你借的一样?她丈夫说,那可不一样,从现在开始她就不是我妻子了,我决定跟她离婚了,她借的钱她还,跟我没关系。可是娜拉离了家就无法生存,她不识字,又干不了体力活,房东都不会把房子租给一个单身女人。走投无路,娜拉只好做妓女,街边卖笑,她最后一个客人是她的丈夫,在街头偶遇,她丈夫现在已经发达了,居然嫖了她,这他妈算忆苦思甜吗?完事还把钱扔在床上算嫖资!"

"最后呢,娜拉什么下场?"

"我写时也在犹豫,我让娜拉自杀了,看起来这是最合理的结局,可是这不对,我现在明白了,我不能让她这么死,她应该拿起砍刀,杀了她丈夫。"

二楼那边骂起来了,小宁波撒泼似的,挣脱着脚镣要往詹周氏身上扑,也许才意识到他不会就此发达,他会死在大牢里。队长带头用警棍打他,薛至武站起来回身看了会儿,坐下来和苏青继续说:"你说谁,你说娜拉还是詹周氏?"

"不管是谁,总有些混蛋游走于法律边缘,没犯法,却把女人折磨得生不如死。你们警察管不了的人,我们只能自己反抗。"

薛至武身子向前弓,双臂撑在腿上,双手交叉着不说话。小宁波就算了,活着死了都是个杂碎,主要是詹周氏。已经四月十日了,晚上他就要给周局长写结案报告。他需要讲詹周氏杀人是不得已而为之吗?不可能,那就这样吧。甭管詹周氏面前有几条路,甭管还有什么人在帮她,大块头不是死了吗?按过去的规矩,詹周氏就算什么都没干,不还是得殉夫陪葬吗?真是的,谁也冤枉不了谁。

16

仿佛是躲媒体的风头,法院一拖再拖,到六月底才对詹周氏开庭。五十天里,詹周氏成了这个春天最热门的词。张言对薛至武开玩笑说,上海所有关于酱园弄的报道,加起来有几百万字了吧。苏青也写过几篇稿子,发表在她自己的《杂志》上。他们不想让詹周氏死,他们觉得詹周氏一死,这个城市就要病了。

胡说,杀人不偿命才会让上海大病一场。正方反方都在等一个结果,弄得法院也不敢开庭了,它也在等,等上海忘了这件事,是死是活不再被舆论左右。六月下了几场大雨,所幸城里没涝,法院宣布检方准备好材料、证人,二十七日开庭,七月以前把这场争论了结。

开庭的第二天薛至武去了,作为检方证人,他要证明尸检报告以及两名被告口供的真实性。上海已经不再凉爽,尤其是大雨之后,法庭里闷热潮湿,几架吊扇在棚顶缓慢转动。他回答检方提问,他说三月二十二日接到报警,在酱园弄将詹周氏抓获,她本人也对此供认不讳,但一直在保护帮凶小宁波,直到警方掌握一定的线索,才肯吐露小宁波为帮凶。

"薛副局,"检察官问,"那么,在您多年的从警经验里,詹周氏此举,算不算有自首情节？"

薛至武看眼被告席上的詹周氏，她眼神有点呆，吊扇的影子一次次打在她脸上，好像一直在盯着墙角的蜘蛛网或是斑点什么的。他松松领带，回答检察官："算的，詹周氏有自首情节，可以适当减刑。"

"尸检报告上说，詹周氏及其帮凶，将詹云影杀害后，分尸十六块，对吗？"

"是的。"

"好的，法官大人，"检方放下卷宗，面对着法官说，"杀人是死刑，杀自己的丈夫更是死刑，何况杀夫后又大卸十六块。詹周氏的罪行足够三个死刑，哪怕再有立功表现，自首情节，减去两个死刑，詹周氏还是个死。"

法官思索几秒，让被告律师问问题。詹周氏没请律师，最终由法院指定一名律师给她，与其说律师，不如说是詹周氏的代理。他先与詹周氏低声商量几句，随即起身宣布，被告方没有问题，可进入下一环节。

中午休庭后薛至武就离开了法院，晚上检察长打电话给他，告诉他是死刑。薛至武"嗯"了一声，没再说什么，换平常这多少值得庆祝一下，这次他没怎么兴奋，也许真的是被苏青这些知识精英影响了。

不出所料，苏青在次日找到了薛至武，她想知道，判死刑的人，一般多久执行。

"我还想争取一下，"她说，"争取能让她活下来。"

"我劝你还是劫狱吧，她是一定要死的。"

"薛副局，您可能不知道，一半以上的上海人不希望她死。"

"是一半以上的上海精英吧？老百姓才不关心詹周氏，西南战场谁胜谁败，他们都不在乎，会操心詹周氏死不死？"

"那如果我们也不在乎，这个世界永远不会往前走，不会更美好。"

"你们太高估自己了。"

"薛副局，我希望你能活得长久一点，久到你能看见，我今天的话是对的。"

离开警察局，苏青没有回家，她想去杂志社再写一篇稿子，杂志来不及，就发在明天的报纸上。她在桌前坐了两个小时，一个字也没写出来。因为她明白，就算稿子写得妙笔生花，也不会改变詹周氏的命运。

她给张爱玲打电话，约她出来坐坐。这让张爱玲为难，她说她在写《十八春》的那个长篇，刚刚知道怎么写，她怕一出来，又要重新构思几天了。

听到苏青语气低落,她问苏青怎么了。

"詹周氏明天就要判决了,是死刑。"

"就是杀丈夫那个吗,那你为什么难过?"

"你一直没关心这个吗?"

"我只是知道这场争论,死刑还是终身监禁,但我无所谓,我没态度。"

"一件事情发生了,你能做到没态度?"

电话那边停了好久,在想怎么跟她解释。"就像写小说,把它如实描绘下来,我可能会有倾向,类似于同情,但我真的没态度。你知道,我不是左拉或罗曼·罗兰那类作家。"

"你可以做那样的作家。"

"像鲁迅那么操心,搞得自己一本书也写不出来吗?"

"好吧,你是托尔斯泰。"

苏青笑了,挂掉电话她又打给一个人,接通后她就后悔了。那边是胡兰成,听到苏青有点不对劲,问要不要找个地方喝点什么。地点定在静安,离他俩都不算远。苏青要血腥玛丽,由于口渴,一口气干掉头一杯,喝到第二杯的时候,苏青说起詹周氏,事实上她都没机会去提篮桥探视过她,但说不上来,死刑为什么会让她很难过。

"说真的,我们能不能改变世界,让上海变得更美好?"

胡兰成沉默,苏青也觉得自己格局太小了,胡兰成干什么的,以前给汪精卫写稿子,新总统上任前都得跟他拉拉关系。苏青又要一杯,**喝得太快有点晕了**,想从吧台上下来,找个舒服点的卡座。胡兰成挽着她胳膊走下去,坐好之后胡兰成说:"现在局势不稳定,说好的三个月,八年还没拿下。老蒋随时可能回来,你知道我这几天一直在想什么吗?我没有想我胡兰成什么下场,怎么个死法,我在想中国以后会什么样,会更好还是更坏。我们都一样,我们都想为改变这个世界尽一点力气,可有时候我们会错,我一直努力的事,没能让这个世界更好,到那时我们才发现,我们把力气用反了。"

苏青的确是喝多了,脑子要转好几个弯才能想明白胡兰成在说什么,尽管她不愿意承认,但好像是越来越喜欢这个男人了,他太强大了,在他身上总能找到一种力量来治愈她阶段性的虚弱。

结账之后他们站在街边叫车，这时候她都不知道是一辆还是两辆，第一辆车停在他们面前，他为她开车门，她坐到后排里侧，胡兰成也弯腰探进车内，说："对了，我忘记说了，我要和张小姐结婚了。"

"哪个张小姐？"苏青皱了皱眉，想到是谁了，"可是，你妻子不是刚给你生了个女儿吗？"

"所以我上个月离婚了。"

苏青冷笑，摇了摇头，嘴里念叨着："真是禽兽。"

胡兰成还是对她笑了笑，感谢她介绍张爱玲与他相识，最后退出车内，礼貌地帮她关上了车门。

17

薛至武后来想想，当时应该明确回答那个问题，一般来说，从死刑到执行是十五天到二十天。奇怪的是，两次詹周氏都没死成，头一次是七月十八日，清晨小雨，像是与世界告别的日子，可上面突然要求调走所有的警力，全城巡逻戒严。于是行刑推迟二十天，于八月六日的晌午执行。

五号的晚上詹周氏吃了一顿不错的上路饭。到六号九点十五，东京时间的八点十五分，日本出事了，美军在广岛投放了蘑菇云一般的炸弹。所有的警察进入戒备状态，包括行刑队，眼下有比枪毙几个犯人更大的事儿等着他们。

晚上通知下来了，日本拒绝投降，周佛海要求提篮桥先处置政治犯，刑事犯暂时搁置。行刑队马不停蹄，平均每二十分钟便往刑场拉一名犯人，枪决、掩埋，再进入提篮桥提下一个政治犯。八月九日，第二颗原子弹在长崎郊区爆炸了，时间紧迫，行刑队连刑场都不去了，直接在提篮桥打开牢房大门，对着犯人的额头就是一枪。

这段时间薛至武一直抱病在家，他知道老蒋会回来，日本人不会带他走，事实上他们连和服女人都无法带走了。每多杀一个犯人，日后都会多一份罪责。他在思考怎么活命，有一种预感，詹周氏都会比他活得久。

还好，最终日期定为八月十五日，真是躲得了初一，躲不过十五。他那天上午出门，想去提篮桥看看，老蒋的人差不多都杀光了，一千多人，在监狱西北角拢起一个火堆，专门火化临时处决的尸体。在那一天詹周氏终于害怕了，自杀的时候她一心想死，可别人要杀她的时候，她坐在那里两腿发抖。

这回没上路饭，监狱已经乱成一团，狱警的伙食都难以供应。以前的那些厨子们不是辞职就是告假，他们只是养家糊口，日后万一上纲上线怕是命都没了。副典狱长带人将詹周氏和小宁波押在前面，薛至武跟在后面，鞋跟一下一下地敲打在监狱的长廊上。他依旧带个手电筒，像那天走进来一般，在无窗的长廊里忽明忽暗。

走到行刑地点，副典狱长先将小宁波绑在柱子上。所谓行刑队也没几个人了，树倒猢狲散，六人的行刑队，现在还剩三个。副典狱长一声令下，端枪上膛。不知是残忍还是人性，民国时的枪决需三人瞄准头部，三人瞄准心脏，保证犯人第一时间无痛苦死亡。副典狱长喊"预备"时，小宁波绑在柱子上尿了裤子，哭着喊着说，你要保我的，你个王八蛋！

砰！三个人开枪却只有一声枪响，因为身子绑起来了，小宁波向前倒不下去，最终脑袋耷拉着站着死在柱子上。下一个是詹周氏，还好没吓尿。薛至武可不想看到这一幕，尤其是长相还不错的女人。三个人退枪换弹，薛至武有几句话要对詹周氏说，背对着三个枪口走到詹周氏身前，凑在她耳边说："告诉我，那个人是谁？"

詹周氏看着他摇头，那眼神，真像是告别，居然没有恨。

"说出来，别怕，我副局长的位子也坐不久了，没时间抓他，我只是想知道，他到底是谁？"

詹周氏眼神发直，盯着电线杆上的喇叭，这眼神在法庭上也曾经有过，直到薛至武把她叫回来，又问一次到底是谁。

詹周氏张了几次嘴，决定说出来："你调查过这个人，怀疑过他，他是……"

话没说完，喇叭响起警报声，不大会是空袭，上海已八年无战事。警报过后冒出一个女播音员的声音："各级单位注意，各级单位注意，日本天皇已于今日正午一点零五分，宣布接受波茨坦公告，无条件投降。"

汉语报了两遍，之后是天皇接受投降的日语原声。薛至武当然听不懂，但他知道那语气有多沮丧，仿佛失败者的遗嘱。他长吸一口气，仰头望了望天空，等转回身时三杆长枪全都垂下来，指向沾满血迹的水泥地。薛至武，你生命中最荣光的时刻结束了。

18

审判自上而下，一车一车地拉人，一批一批地审，轮到上海警察局这一块，已经是入冬时分。没人当他律师，烫手山芋，律师们避之不及，不愿跟汉奸、卖国贼有一点关系。听说东京也要大审判了，东条英机一枪没打准，还要被美国人救起来，等着上绞刑架。薛至武没自杀的念头，他就一警察，国民党来了他抓犯人，日本人来了他也是抓犯人，怎么加罪也不至于判他死刑。

开庭那天，被告席上站满了同僚，该来的都来了，就好像上海警察局迟来的年会。没律师，每个人都自我辩护无罪。但是说实话，日本人在这儿八年，上海哪个警察手上没沾过军统中统的血？十五年的，二十年的，还有两个周佛海的刽子手直接判了死刑。轮到薛至武自我陈述的时候，他说的第一句话还是那三个字："我没罪。"

现场也没什么反应，因为大家都这么说，早习惯了。薛至武继续讲："我是戴局长安插在周佛海身边的卧底。"

这句话引起了骚动，法官敲了敲小槌子，示意现场安静后，问道："是戴笠局长吗？"

"是的。"

"虽然你在牢里，但你不可能不知道，戴笠局长上个星期飞机失事了。"

薛至武倒抽一口气，一副茫然失措的样子看着法官说："我不知道。"

"除了戴局长之外，还有谁可以证明你的卧底身份？"

"蒋委员长，"薛至武说，"戴局长告诉我，如果他有什么不测，蒋委员长会有我的真实身份。"

法官盯了薛至武许久，他不敢怠慢，既不能轻易判被告死刑，错杀有功之臣，又不能将报告发到委员长那里，让自己闹出笑话。他右手举槌敲下去，宣布休庭，择日审判。

从此以后便再没开庭过，当然，他不会见到蒋委员长，没人知道此人真假，狱警也不敢找他麻烦，将他如软禁一般押在提篮桥。薛至武一直坐牢到民国三十八年。他一直想去女监看看，像一块心病。民国三十七年的除夕，提篮桥搞过一次文艺晚会，台上唱唱跳跳，薛至武没半点心思，两个多小时一直伸着脖子往前排的女区张望。他好像看到了詹周氏，回头同后面说了两句话。他不确定是她，她早该死了，可他又觉得她死不了，三次行刑未中一颗子弹，永生之神庇护在她头顶。之后他就盯着那女人的后脑勺，然而她再没有回过头。薛至武在想，那会是她吗，哪怕她多回几次头，他能确定吗？三年过去了，他忘记她的脸了，也许他记得的只是那一个画面，手电筒从旗袍一路向上，最后定在她略微翘起的嘴唇上。

19

连苏青的日子都不好过，先是张爱玲与胡兰成的离婚，苏青在报纸上读到张爱玲写给逃到武汉去的胡兰成一封公开诀别信。这让她难过挺长时间，尽管不那么情愿，多少她也算是媒婆，更多的是心疼张爱玲，要么是她不再爱胡兰成，要么是被谈话了，不得不与汪精卫的主笔划清界限。有几次苏青拿起电话，想去看看寡居的姐妹。可她不知道怎么面对，有次聚会的时候听朋友聊起了她，张爱玲那年写了两部卖座电影，《太太万岁》和《不了情》，一分钱都没留，两部电影的编剧费连同那封诀别信，全都寄给了胡兰成。真是个傻姑娘。那晚苏青一个人喝了好多酒，转念一想自己何尝不是如此，胡兰成当年要求她介绍张爱玲，她又为什么无法拒绝，还不是怕惹怒他，永远失去这个男人。

更糟糕的事情是，将她与政治挂钩。爱国委员会在汪伪时期的报纸翻到《结婚十年》的一篇短评，充满赞誉之词，这本没什么，不幸的是，这篇短评的作者署名为周佛海。顺藤摸瓜，他们查到苏青曾经被邀，两次成为周佛海的座上宾。于是他们带她到局里谈话，一天一夜不让她回家。他们认定有些罪行是一戳即破的，比如苏青一定是周佛海的情妇，周佛海也一定跟苏青征求过卖国的计划。

车轱辘话正问反问，将近二十四小时还没取得口供的爱国委员会，开始在大仁大义上对她宣判："不管怎么说，你应该拒绝汉奸周佛海的邀请。"

"为什么？他那时不是汉奸，是上海市长，你让我拒绝上海市长的邀请？"

"他是日本人扶持起来的，你是作家，你应该明白，这就是汉奸。"

"那你们还是美国人扶持起来的,中共是苏联人扶持起来的,无非就是你们胜了,他们败了。我就是一个女人,写小情小爱的一个女作家,不管你们哪一个做上海市长邀请我,对我来说都是荣幸之至,我考虑不到你们想的那么大,吃一顿晚饭是爱国还是卖国?"

离开爱国委员会是早上六点钟,她想起在胡兰成家的最后一晚,也是这个时间,天刚蒙蒙亮。张爱玲与胡兰成一夜定终身,可是我们曾坚信的终身,最终也成了终身之恨。看着日出,她想念张爱玲,想到要哭出来,睫毛沾着清晨的露珠就大片大片地掉起了眼泪。

这次她没打电话,直接去敲张爱玲的门,开门的是她姑姑,说爱玲在睡觉。她求姑姑告知一声,说苏青在外面。姑姑关她在外进去询问,苏青在台阶上冻得直跺脚。过了一阵儿姑姑出来说,爱玲昨日风寒,此时见面怕将苏小姐传染。苏青愕然站在原地,确定无疑,她最好的,也是唯一的朋友就要与她疏远了。

冬日漫长而寒冷,她的第三本书终于写完了。关于詹周氏的一生,关于中国女人的一生。将近一年,她前后去了提篮桥十几次,除了杀夫案不谈,詹周氏跟她无话不说。她从自幼父母双亡讲起,随苏北姨妈家来到上海,因无力抚养,将她送到周家做丫鬟。那年她9岁,詹云影14岁,在周家的厨房打杂。直到16岁老爷把她许给詹云影时,她还对这个未来的丈夫没任何印象,可是她没法拒绝,她不能再赖在老爷家里吃闲饭。詹周氏说,她不是没提过离婚,哪怕出去饿死,也不想在他身边受罪。詹云影也并非不答应,他说,等你找到姘头,我就把你休了。她问苏青,这是为什么,他为什么一定要戴上绿帽子才同意离婚?

"因为你是老爷许给他的,"苏青说,"只有这样,他回周家才能说,是你有姘头,不是他詹云影辜负老爷。"

这本书在元旦前交稿,编辑一改之前的催稿态度,一直到春节都没回复她。正月初五她约编辑吃饭,她问写得怎么样,如果哪里不妥,她可以修改。

"我还没有读。"编辑低着头夹菜,似乎回避她目光。"现在是新时代新气象,你的书没法出版。"

"酱园弄是去年发生的事情,也能算陈旧吗?"

"不是题材,是你,你是汪伪时期红起来的作家。"

"那我应该怎么办?"

"我不知道,我也被连累了,我们一起往前走着看吧。"

那就走着看吧。正月十五城隍庙灯会,那些一闪一闪的赤炎光芒,感动得她一阵一阵地想哭。二月二她去烫了个卷发,然后依然待在家里,一个月没有出门。到春天她收到一封没有署名的信。里面写道:"我知道你一直对我尚佳,也一直将我当姐妹对待,只是当我得知真相之时,仍无法说服自己,你是无心之过,或是你有何种难言之隐。理智告诉我,你日后的隐瞒只是避免你我二人出现不堪,可我愈发觉得我如此可笑,只是在你与兰成的游戏中扮演一个痴情的小丑。就此别过,勿念,心安。"

她认识这字迹,苏青的《杂志》发过张爱玲的稿子。这一次她没能哭出来,可与悲伤媲美地内疚。她怕自己会再读一遍,第一时间用火机将信烧了。所有的幸福、放肆、痛苦、骄傲、怀念,最后都会连同躯体殊途同归。差不多可以了,她三十二岁了,她应该就此衰老下去了。

20

有时候会出门,离家500米,不需要拐杖,在花园的长椅上手持诗集晒太阳,读一组诗,一首诗,一行诗,连字义都忘记,只是觉得这些字组合在一起,上下排列起来真美。头两个月还在经常光顾的咖啡馆,到后来她要算笔经济账了。没有版税,新书的出版遥遥无期,她要去市场买菜试着烧饭。那么难吃,但可以让她越来越瘦,离死亡越来越近。慢慢地她已不在乎买到什么,市场的菜名与价格如诗一般排列,两斤四十,三斤五十,多奇妙的逻辑与组合。

盛夏的一天晚上她仿佛把全上海的西红柿都拎回来了,没别的原因,在两斤四十、三斤五十的下面写着,一百全收。快到家时她看见一个年轻男人挡在门前,她从他身后绕过去,用钥匙打开门,转身面对着他后退进屋,将门关上。大概过了十秒她又打开门,探出头问:"你找谁?"

这么热的天还穿着一身西服,年轻男人用手背抹抹额头上的汗,有些结巴地说:"我找苏、苏、苏、苏小姐。"

年轻人叫施施施拜休，是个律律律师。苏青眨着眼端详他好久也想不明白，口吃这般严重之人，是怎么当上律师的？大概十年前他去美国游学，二十出头的样子，四年的法学院还未结业，上海沦陷。之后一等就是八年，从风华正茂的少年，熬成一个形单影只的中年人。他连娶妻生子的本事都没有，一身学问在美国却无以为生，他说，那里的华人不打打打官司，犯什么事儿就认认认栽，美国人更不会会会找他这张中国脸做律师，只等着抗战胜利，好回到上海大展拳脚。

苏青歪着脑袋问他："你在美国怎么考下来的律师证？"

施拜休解释了半天，美国人讲究三权分立，法律也是如此，检察院、法院和律师协会，谁也管不了谁，只要他刻苦，不需要像在中国那样托人找关系，就有机会取得律师资格。

"只有笔试，对吗？不需要面试？"

"有的，我打打打官司的时候，不不不结巴。"

苏青笑了，问他："你打过官司吗？"

"没没没有，但我知道，我知道我在法庭上不会结结结结巴。"

大概就是这个原因，他的律师事务所不到半年面临倒闭，没客户找他，他就试着自己掏钱找客户，头几单不为赚钱只为吆喝，最好是那种板上钉钉的死案，有些端倪也可以推翻，如果社会影响力再大一点，在上海人尽皆知，就再理想不过了。酱园弄杀夫案是他心中的完美命案，詹周氏还有一次上诉机会，帮凶又被枪决，口供是否真实可信，又是汪伪时期受理的案子，好多空子可以钻，值得重新推敲。

"起码，当年判她死死死死刑的那帮人，"他说，"现在都是汉奸罪坐坐坐牢呢。"

顺着这些材料他看到了苏青这个名字，他长期在国外，不知道《结婚十年》这本书有这么畅销。他需要她的帮忙，需要她跟他在一起，扫除他将在中国面临的人际障碍。

"怎么做呢？"苏青问，"凶手是詹周氏，确定无疑，你有什么本事，能让她无罪释放？"

"不一定释放，哪哪哪怕是死刑改为无期，也是成成成功的。"

苏青盯着他，点起她的长杆烟，慢悠悠地说："我不管你何种目的，我也不关心你的律师事务所，倒闭也好，飞黄腾达也好，你要我帮你只有一个前提，你要保证，不能让詹周氏死。"

21

施拜休无名无分，去了两次提篮桥也没能见到詹周氏。事实上苏青也无能为力，与詹周氏非亲非故。她写了一封长信，将一年多力挺詹周氏的文章做成简报附在里面，托熟人带给詹周氏。第二个星期那边给了回音，要求见到苏青女士。

这是苏青第二次来提篮桥，头一次是民国三十二年，去牢里探望胡兰成，写信给汪精卫说情，求总统释放胡兰成。大半年她都在想，如果当时胡兰成娶了她，或是自己阴差阳错嫁了他，她现在会过得怎样，在哪里？会不会像张爱玲一样，连新书的序言都要向读者向政府道歉？

探视时间是下午两点，苏青和施拜休到早了一些。狱警破例让他们去探监室等待，非常时期，大把大把的汉奸等着拉刑场，杀人犯已经是小罪，用不着十分戒备。苏青一进去就注意到了从头顶射来的一缕阳光，差不多40厘米见方的铁栏窗，硕大的太阳要好不容易才能从外面挤进来，在房间里形成一道沾满灰尘的射线。苏青呆呆地看着这一切，头也不回地问施拜休："她还会被枪毙吗？"

"不管政府姓汪还是姓蒋，中华民国的刑法没没没变。"

"那什么时候枪毙？"

一切都取决于最高法院复核下来的日期，施拜休告诉她，可能今晚就会被枪决，也可能在里面待十年二十年，老死在监狱里，都没等到行刑通知。

"他们复核的逻辑是什么？"

"没法说，什么原因都都都有，可能今年枪毙太多了，就等明年再说；可能监狱不够住了，赶紧上上上路腾地方。"他说，"我也着急，一旦申诉成功，这期间不管最后怎么判，但是诉讼期间，她算是未决犯人，不会被拉拉拉走。"

"未决犯人？未被枪决的意思？"

"不是，是未被被被判决的犯人。"施拜休告诉她，按照计划他打算十一月上诉。

翻案

"现在才八月，"苏青问，"为什么要那么久？"

"因为我要赢，我输不起了。"

"那如果这几个月，詹周氏被毙了怎么办？你连赢的机会都没有。"

"但至少我没输，我可以再找别的案子，我还有赢的机会。"

苏青瞪大眼睛，咽了口唾沫。外面传来脚步声，詹周氏戴着脚铐进来了。直到今天苏青才第一次见到这个瘦弱女子。狱警将她带到对面的座位上，詹周氏没有第一时间坐下，而是向苏青鞠了个躬。

"我认识你。"她说，"以前有人跟我读过你为我写的文章。我早就知道，有个叫苏青的女士一直在外面帮我。"

"我是帮过你，可我什么都没帮成。"

"那我也要谢谢你。你知道吗，去年上刑场前，狱警问我还有什么心愿，或是想说的话，我当时说没有，其实我的心里想说的是，我想见你一面，当面谢谢你和那些帮过我的人。我要是识字就好了，起码死之前还能给你写封信。"

"真好，你还活着。"

"你为什么要帮我呢？"

"因为我不想你死。"

苏青说完扭过头去，在包里掏出香烟，找了半天才想起来，火柴在进门的时候就被狱警收走了。她咬着过滤嘴，空吸一口空气，之后长吐出来。施拜休则打开本子，里面写着备好的问题，每一个问题下面都留了七八行的空白，仿佛詹周氏可以对他的提问长篇大论一般。

三人一时有点无话可说，施拜休赶紧翻着问题，挑一个重要的问："詹詹詹女士，请问你当时的律师是是是谁？"

詹周氏有些诧异，转头问苏青："这是我的律师吗？"

苏青点点头，施拜休接过话回答："我是否有资格当你的律师，取决于你。"见詹周氏没反对，他继续问之前的律师叫什么。

"一个老律师，我不知道叫什么，姓徐吧。"

施拜休在本子上写下来，问她最后一次见到徐律师是什么时候。

"没有最后一次，我只见过他一次，在法庭上。"

"开庭之前他没有来过？"

"没有，就是上了法庭，我才知道我还有个律师。"

"是法院委托的律师。"苏青补充道。

"不管是是是谁委托的，他也是拿拿拿了法院的钱的！他应该有起码的操操、操守！"

听施拜休讲话很有趣，明明很愤怒，可是最后几个字一结巴，又多少有些可笑。

"可能这是一个怎么折腾，都改变不了结果的案子吧？"苏青说。

"如果是这样，"他摇着头，"为什么还要接呢？"

说完低下头看着本子上的问题，很多可以查到，多问詹周氏一遍，也没什么用，他合上本子，只想问最重要的那个问题："詹周氏，你在这里自杀过，是是是吗？"

詹周氏点点头。

"那么我问你，你现在还想死吗？"

"我想活。"

"等我几个月，我会竭尽全力帮助你活活活下去。"

"你们为什么要帮我呢？"

"我刚才说了，"苏青讲，"我们不想让你死。"

"我活下来，对你们也没好处，你们为什么还要帮我呢？不是这样的，你们跟我认识的人不一样，以前大块头在酱园弄几天打我一回，有的时候打到夜里，吵得邻居们都睡不好觉，你知道他们怎么想的？他们盼着我哪天被大块头打死，那样世界就清静了。这才是正常人的想法，可是你们，无亲无故，为什么要帮我呢？"

从提篮桥出来，两个人一路不说话。一直开进市区，施拜休建议找个地方喝点什么，苏青望着他，一脸茫然，这时她才意识到，原来她早就戒酒了，说不上从哪天开始，她差不多一年没碰过酒了。那就吃点什么，可惜也没胃口，下午的探视让她有些难受。她干脆让施拜休直接送她回家。车停在门口，苏青摸着门把手，想最后跟他讲几句："你也没帮她，你和他们一样，你在做你的事，只是碰巧在帮她。要是她死了，你再去帮别人。你想翻身，总要找个人帮的。"

施拜休拉开车窗,让晚风吹进来,把头探出窗外盘算了一会儿,钻回车内欲言又止。苏青对他摇着头,又冲他笑笑,打开车门说:"谢谢你送我回家。"

22

整个八月施拜休都往返于法院与巨鹿路的住宅的路上,那天分开以后,他决定立即上诉,不再拖延,用前途去打赌。本来是想瞒着苏青的,待拿到上诉书再去找她,证明给她看。只是几趟法院跑下来,一点头绪都没有。他找法院,法院推给检察院,他找检察院,检察院又说汪伪时期的检察院跟他们完全不是一个机构,况且那时期的大多数检察长,不是降职就是坐牢,擦屁股的事儿他们可不想管。然后他又回到法院,挨个儿房间敲法官的门,过完整幢楼时,他产生了一种幻觉,好像这不是上海,所有人都有西南口音,就算不是陪都重庆,也是成都昆明那一带的。日据八年,江南都没几个干净的法官了,坐在大厅他冒出了个结论,这是个被摧毁后正在重建的时代。照这个逻辑,他施拜休将成为民国法制最需要的新生代,自我慰藉一番,他一下子又充满了动力。

只是充满动力地坐在那儿等,他做不了什么。通常他拦住一个法官,刚说上几句,就被挥挥手,说写一封书面报告交上来,回去等消息。没人愿意跟他聊,没人在乎过去的几年,上海发生了什么,就好像是两个朝代,崇祯年间的事情,顺治才不关心。

他看看时间,下午两点半,他决定等到五点法院下班,还有两个半小时。大堂的北窗正对着一座工厂的食堂,一股股炊烟从烟囱里冒出来,在空中逐渐变淡。人生难得有两个小时的放空,未来不敢想,他自己这三十多年,从中国出去,滞留在美国,抗战后归来,通通过了一遍。然后他激动地站了起来,对着窗外的炊烟问自己:"施拜休,你学法律,当律师,到底是为了什么?"

是的,为了让自己过得好一些,吃饱饭,住好房,找一个好太太,做一个中产阶级,但这都是后来的欲望,最早立志的时候可不是这样,不然哪个行业发财干哪个好了。民国十几年,百废待兴,他可是想着改变国家。真是的,年纪大了就将家庭、婚姻、幸福视为男人的责任感,反倒失去了少年时的磊落气概。

不是小情小爱，不是功成名就，他推开窗户，使劲挥了一下拳头，大口呼吸着上海的空气。

五点差一刻，第一个法官从电梯出来，准备离开。施拜休认识他，他姓于，也是从重庆调过来的。施拜休装好文件追上他，结结巴巴地自我介绍。

"你是律师？"于法官停下来，狐疑地看着他。

"是是是的。"施拜休抓紧时间陈述这个案子，可是由于口吃语速跟不上，最后一着急说出可能让他感兴趣的那句话："这是日伪时期上海三大奇案之之之一。"

于法官看看门口，挥手让外面的司机等一下，转身问："奇在哪里呢？"

"奇在杀夫这件事，所引起的社社社会轰动。"

"现代版潘金莲？"于法官自言自语，低头看眼手表说，"我不是不接，从法官到检察长，没一个亲历一审，连你这律师都是新的，重新审理耗时耗力，这是在浪费国民政府的钱啊。"

"律师！徐律师！他他他是亲历者。"

"那就叫他申诉，叫他提供材料。"于法官说完就向门口赶去，推大门的时候他回头问施拜休："年轻人，你怎么选的律师这一行呢？"

"啊？"

"真是哪壶不开提哪壶。"

找到徐律师不难，卷宗上写他叫徐沛东，祖籍浙江丽水，自己是土生土长的上海人。今年63岁，应该是儿孙满堂的年纪，光复以后就退离这行，在家养老赋闲。第一次拜访并不顺利，管家将施拜休领进去，听到他的身份就连连摆手推辞："我不接案子，老了，干不动了。"

"不不，不是接案子，是您您过去的案子。"

"谁的？一朝天子一朝臣，早就清算了。"

"詹周氏，酱园弄杀夫案。"

徐律师想了很久，漫长的律师生涯里，那几乎是个微不足道的案子，就一上午的工夫，法院的朋友让他去走个过场。还好社会舆论够大，徐律师不至于彻底忘掉。

"我记得,两个人,一男一女,不是死刑吗?早执行了吧。"

"小宁波被毙了,詹周氏还活着,还没来得及毙她,日本人就投降了。"

"那你想让我做什么?"

"帮帮帮詹周氏翻案,重重重新上诉。"

"是冤案?人不是她杀的?"

"人是她杀的,但罪不至死。"

"既然杀了人,能活着,终身监禁是造化,就是死刑,也算不上冤枉。"

管家刚刚把茶水准备好,端上来,徐沛东示意他不必了,可以送客了。他想最后对施拜休说一番话:"我真的老了,干了三十多年,从有律师有法院那天,我就干这一行,日本人来了,我活得跟狗一样,日本人滚蛋了,我还是要低三下四,反复查我,从我查不出毛病,就要我检举揭发同行、法官、检察长,几十年的交情了,就算有些小毛病,贪点财,爱点美色,总不至于到汉奸的程度。我们研究的就是法律,可是法永远在变,去年授勋嘉奖的,明年就变成了卖国求荣。我累了,再也不想进法院的大门。你还年轻,有的是机会,多大成就看你多大本事,起码可以肯定的是,你未来的世道,不会再像我们这样动荡不安。"

不能就这么放弃,还是要去找苏青女士。听完施拜休的讲述后,苏青的第一反应是怎么可能,他是律师,你也是律师,你都劝不动他,我怎么能做到?她点着一支烟,摇着头苦笑:"你要我去陪老爷子睡吗?"

"当当当然不是!"

"那我拿什么说服他?"

"不知道,"他说,"可是你那么在乎詹周氏的原因是什么?"

"因为我们同为女人,同为婚姻不幸福的女人。我同情她,摆在詹周氏面前只有两条路,要么被大块头杀死,要么杀死大块头。"

"可是你既没有杀死你前夫,也没有被你前夫杀死,你现在过得很好。"

"那是因为我运气好,我前夫同意离婚。"

施拜休若有所思,难得跟苏青讨了一支烟,抽完之后他说给她两天时间,星期日他们一起去拜访徐沛东。

23

再去的时候下雨,两个人在庭院门口候了十分钟。徐沛东本不想见他们,见不得他们淋雨,让苏青和施拜休进来暖和一下。

"我说过不接,是肯定不接的。"

徐律师把毛巾递给施拜休。他接过来只是简单擦一把脸,仿佛赶时间一般直奔主题:"您要接下这这这个案子,您是在上海生,上海长,可能以后也会在上海终老。你很了解这个城市,全世界第四大都市,仅次于纽约、巴黎和伦敦,我在美国十多年我知道,美国人很在乎上海最近发生了什么,大事小事他们都会关心,不光是美国,全世界都在看着我们,或者羡慕,或者笑话,我们应该为上海做点什么。"

徐沛东承认他说得有道理,上海是不错,是有影响力,可这只是一桩杀人案,再怎么样也不会被什么人关注的。

"会的。"苏青说,"它背后的社会效应将会持续发酵。"按照计划,苏青重复了一遍那天的原话:"摆在詹周氏面前只有两条路,要么被大块头杀死,要么杀死大块头。"

"婚姻法,"施拜休说,"中华民国的宪法规定,女人没有权利提出离婚。只有男人才有同意离婚的权利。詹周氏提出过离婚,大块头不同意,说等你找到姘头那天再离不迟。这是缓兵之计,不难想象,当詹周氏真有姘头那天,一定会被大块头打死,而按照我们的法律,詹周氏犯有通奸罪,他会被轻判,甚至缓刑释放。"

"男人休女人,自古以来的道理,难道还允许女人把男人休了?"

"您说得对,可放大去想,全世界的大城市,只有我们还停在休妻的层面上,这是不合理的,这是被世界取消的法规。"

"好,就算是这样,詹周氏这个案子跟那些没关系,那是杀人案,杀人偿命,放在哪里都合理吧?"

"有关系,我要打一场胜仗,如果我们赢了,詹周氏没死,判无期,让媒体持续关注这件事,我相信不出五年,婚姻法就会重新修订。您做律师这么多年,能碰上这样的案子,一场官司就能改变法律的进程,相信您也会觉得,不白干这一行。"

徐沛东半天没说话，弯腰大喝一口茶水，牙齿在嘴唇抿了半天，寻找那一片漏进来的茶叶。从头到尾如背景一般的管家接过他手中的茶杯，抢话说："老爷，您不能接这个案子，您身体不允许。"

他找到了那片茶叶，将舌尖的茶叶吐进烟灰缸，站起来问："什么时候上诉？"

"只要你你你同意，随时可以。"

"我听你一次，把官司做大，把案子抻长，抓紧时间，我们弄一把大的。"

24

对詹周氏来说，最近来看她的人多了起来。先是苏青女士和那个结巴律师，没两个月他们又领来一位老律师看她。她记得他，第一次就是她的律师，只是这次不一样了。他开始跟她聊天，打听她的状况，询问她和詹云影当初是怎么结婚的，媒人是谁。她说她是周家的丫鬟，大块头是周家的长工，要是真论起媒人，就算是老爷吧。

"大块头之前怎么样，刚结婚那阵儿。"徐律师问她。

她说那时还挺不错的，两个人从周家搬出来，在酱园弄租个房子，老爷给他谋了个当铺的差事，挣的钱够花，够养活这个家。只是后来当铺倒闭了，没了工作，他又试了各种营生，没一个长久的，就染上了赌博的恶习，经常酒后打她，苦日子就来了。

"当铺怎么黄的？"

"日本人进来后，都忙着逃难，当铺里光是当，没人赎，放到市场也卖不上价钱，弄得当铺最后尽是些古董古玩，现金却一分钱也没有了。"

"那还是日本人的罪行。"

这挺奇怪的，大块头打她，狂嫖滥赌，最后都要怪罪到日本人头上。他一直在引导她，暗示她大块头以前还是不错的，甚至对他俩的未来有一个挺好的规划，上海一沦陷，这一切都变了，丢掉工作不说，大块头会拿老爷和当铺老板举例子，一辈子辛辛苦苦，赚了那么多钱，到最后不就是个家破人亡，那么，勤劳努力还有什么用呢？

詹周氏乍一听有道理，按照徐律师的原话，"时代的悲剧的产儿"，她死也没法把这么深刻的称呼和大块头联系在一起。坐了几年牢，她也慢慢了解了法院的每个职位。检察长是起诉她的，罪责越重越好；律师则是帮她脱罪的，越轻越好；法官是判官，听两边的陈述，他来作决定。可是，把大块头的恶习，把她的罪都怪罪到日本人身上，真的就可以帮她减罪吗？

徐律师除了一直引导她，还一直在做的事情就是咳嗽，监狱空气不好，她习惯了，可是有到尘土飞扬的程度吗？每次咳嗽都是用他的白手绢捂着嘴巴，好像咳出来的是黄金，怕别人看到似的。那天走的时候，他把手绢忘在了这里，詹周氏以为会很恶心，打开一看却是很可怕，真是，一摊厚厚的凝血。看的时候她有点伤感，她想，就算官司输了，她还是死刑，这个满头白发的徐律师，都可能比她先死。

25

大概在十月施拜休才意识到，徐沛东的咳嗽不是感冒着凉，不是偶感风寒，可能是肿瘤，美国人称为 Cancer 的绝症。白天偶尔咳嗽不止还只是小症状，难过的是晚上，一夜一夜的胀痛，就好像有双手伸进体内要把肺掏出来一般。

开庭前三天，他们最后一次去提篮桥，三个人，施拜休、苏青，以及咳得有点弓着身子的徐沛东。他确认最终的一件事情，确认詹周氏不会反口。三两句寒暄后他直奔主题，聊起了已被处决的小宁波。徐沛东问这是个什么样的人，和大块头从哪一年开始认识的，他是不是一直这么好赌？

詹周氏与小宁波见面不多，更多是从大块头的口中得知。她只知道这个人无可救药，属于天生的赌徒，最狠的一次竟将自己的女儿输给了人贩子。说着她想把实话说出来，她想说那个帮手不是他，虽然小宁波这种人死不足惜，可不该死在大块头的命案上。

这就是徐律师要来确认的事情，詹周氏不可以讲这些，屈打成招是可以为她加分，可是整个案子最大的疑点是，詹周氏做的这些，到底是谁在帮他？一时间詹周氏听得都想讲出那个人的名字了，徐沛东摆摆手说："我不在乎那个人是谁，你只有死咬小宁波，不然等于你身上又背了一条人命。"

回去的路上下雨了，就像是老天安排，他们恳请徐律师那天也是雨天，两个人在外面守了很久，而这一次，大战之前又迎来了大雨。他们先将苏青送回家，临到徐律师家门口时，他让施拜休将车停在路边，狠狠地咳上一阵后，看着雨点啪啪地打在车窗上，好半天才说话。施拜休将买好的一打手绢递给他，犹豫了半天对他讲："对不起，我不知道您您您病得这么严重。"

手绢五颜六色，徐沛东在里面挑了两条素一点的收下，说："光复之后我一直做证人，证明这个不是汉奸，那个不是卖国贼，一场官司也没接。民国三十四年有几场，酱园弄这个也算一个，都是这种案子，一目了然。被告人没钱，从法院那儿有笔不菲的酬劳，但又不需要我做什么，按法官的意思走就好了。这十年都这样，早失去了年轻时的激情，所以我得谢谢你，又给我送来这个，让我觉得几十年的律师生涯，不是浑浑噩噩就这么过来的。"

26

那个《申报》记者，几年前曾笑话薛至武，詹周氏连个猪爪都剁不动，又怎么将大块头大卸十六块的人，在第二天的报纸上这样写道——或许这将成为中国法律史上的奇观，两个律师，一个是结巴，一个又咳嗽不止，连一个完整的句子都讲不出来，乍一看来是最可笑滑稽的官司。可是随着案情深入，我们会慢慢发现，他们如此可敬，这场官司的胜负已经不再是詹周氏的死活，最后的判决可说是宣判中国两万万女性的未来。

庭审三日，因为报纸的特稿，第二天来了更多的人旁听，他们都在关心，在中国，在上海，法律对女性的态度。到第三天庭审已无法顺利进行，下面喧喧嚷嚷，法官每敲一次槌子，也只能将安静维持到检察长或被告的下一次讲话。上午的程序只草草进行到十点钟，法官宣布休庭，下午两点宣判结果。之后他要检察长和两位律师跟他去密议室商议。

"说说吧，都想要什么？"

进到房间，法官坐下来，擦着额头上的汗，拽出几支烟，不管抽不抽，给每个人都扔过去一支，自己点上后问大家。

检察长不抽烟，将烟在桌上摆好说："维持原判。"

"死刑？"法官笑着指指徐沛东，"你觉得他们能干吗？这老病秧子，他要是不死，还得再上诉，下次啊，他得把北平的记者都找来闹。说吧，你呢？"

徐沛东接过来说："终身监禁。"

"不可能，这你别指望，杀人偿命，历朝历代如此，我判詹周氏无期，往后的社会影响，有点小仇小恨，就起杀生之心，不是你我能担当得了的。"

"起码不能能能死。"施拜休说。

"这样吧，监斩候，死缓怎么样？你们俩赢了，检察院也有台阶下。"法官掐掉烟，站起身拿椅背上的外套，"我对你们就一个请求，谁也别再闹，谁也别上诉。这事就这么了了吧。"

27

两点钟宣判，三点多从法院出来的时候外面已经挤满了记者，这是一场胜利，他们等着采访战场归来的战士，施拜休和徐沛东。人多嘴杂，施拜休和几家报纸约定了改日的专访时间，从人群中与徐沛东挤出来，钻进车里面。

徐沛东邀请他去家里坐坐，准备家宴晚上邀请苏女士庆功。到达徐律师府上已经快五点，天有些发暗，街上开始起风，眼看就要下一场秋雨。他吩咐厨房着手准备，两个人坐在院子里吹着大雨前的秋风。

"这样的结果，这样的关注度，是你的完美起步，你以后会很好。"

施拜休一时有些不好意思，说："这都是仰仗您。"

"你当时说，这是一个可以引起全社会关注、推进婚姻法的案子。"徐律师说，"知道我为什么对推进法律那么感兴趣吗？"

"因为，这真的可以改变中国女性的婚姻地位。"

"我不在乎那个，她们过得好坏跟我无关，杀了人，或者是被人杀，花钱请我打官司就好了。记住，律师是冷血动物，上来就这么感性的东西，你走不远。"

"那您在乎的是什么？"

"你看看这宅子，这池塘，这些文物，这些都是我干了几十年律师赚来的。我研读法律，倚仗这个打官司，让我请得起管家，请得起厨子，下面还有几个佣人。我之所以接这个官司，是因为我觉得，法律带给我那么多，一辈子的衣食无忧，而现在应该是我回报法律的时候了。"

施拜休有些惊诧地望着他，雨似乎下起来了，偶尔有雨点打在脸上。徐沛东说："但是我老了，见得到一审，见不到二审，死缓不能接受，不管詹周氏结果如何，你要上诉，让全上海，让公检法都认定，我们的婚姻法错得有多么荒唐。"

28

1980年的苏青老是思念一些过去的老朋友。胡兰成已经死在日本，她想给张爱玲写信，苦于她在美国，无法寄出。这一年她已经64岁了，刚刚从芳华越剧团退休。到现在她都不知道自己到底做错了什么，不知道自己在为哪一个时代还债。最惨的时候，她在剧团守了十年的大门，上面传达编排郭沫若的《屈原》，剧团领导审查几次依然不够满意，这时剧团才不得不直面这样的窘况，全上海最有才华的女子正在收发室替他们看大门呢。她可以改善《屈原》，却无法改善自己的人生，每次彩排结束，她都要抱着《屈原》的打印稿，回到收发室继续改编。

上个月她刚刚和人换了房子，住了半个世纪的老屋，由于她政治背景有问题，又是个有作风问题嫌疑的离异女人，没人瞧得起她。邻居习惯性地在她门前堆放垃圾。有一次她终于忍受不了了，她提醒这些邻居："解放前这里都是我的家！你们住进来也就算了，为何天天还要针对我！"

她没说服任何人，每天一开门，除了满地的垃圾，门口从此多了一摊又一摊的脏水。在给朋友信中她写道："每日痛苦得生不如死，却又失于死的勇气。"

她小女儿在郊区给她联络了一户人家，远离市区，房间反而更小，思量许久她决定和女儿一起换过去。新房地处荒郊野岭，夜晚的时候风声鹤唳，第二个星期她终于习惯这里的荒凉与清静。那时候她才意识到，她早已不在上海，上海的荣辱都将成为她最后的记忆。

这一年十月家里头一次来了客人，先是门口停了一辆"红旗"车，客人一副干部装扮从车上下来，穿着一套系扣到顶的中山装，戴一副厚厚的眼镜，头发也基本掉光。隔着门苏青瞅了半天也想不起在哪儿见过，直到他讲出第一句话："是苏苏苏青女士吗？"

施拜休从北京过来，说是回上海探亲，其实他早在民国时期就父母双亡了。他去老宅找过苏青，没想到她真"住"在那里，以前一个人的房子，现在变成四五户人家合住，新换的那个人家告诉他这个地址，才叫上海法院派车把他送来。

"不然不愿动用公车。"他说。

苏青问他现在在做什么，弄得这么大发。全国最高人民法院的死刑复核官，每天的工作就是对着卷宗，在那些已经被判死刑的案子上写上"核"字，或是不写字。

"核就是同意死刑，七天内，我核准的这个人就要被枪毙了。要是不写字，就是打回去，等到明年或者下一批再说。"

"你以前跟我说过这个，没想到，你现在就做了这一行。"

"我们分红案和白案，红案子是杀人越货，那是一定死的，写上核。为难的是那些白案，反革命，通奸，巨额的投机倒把，甚至贩毒走私，我们每天都在讨论，这些人该不该死。"

苏青留他吃饭，可是家里也没什么，下一碗面条，炒一盘鸡蛋浇在上面。还好有些酒，可以慢慢小酌。月色上来施拜休说出了心中的困惑，他说这次是回来探亲，其实已无亲可探，他只是想回来静一静，想一想自己还做不做法官，要不要抱病退休。

"还记得詹周氏吗？"他问。

"笑话，不记得她，我就不记得你了。"

两个人同时笑了。苏青建议碰杯，小饮一口后，施拜休说："我当时跟徐律师讲，酱园弄杀夫案是可以推进婚姻法的案子，我当时没当真，我是为了我自己，想要说服他。但是他认真了，临死前嘱托我，把这个事做下去。我呼吁了三十年，去年我们终于推行了新的婚姻法。"

"我以为早该有了。"

"对啊，我们都这么想，什么年代了，可是你知道吗，女人主动起诉离婚，被法院同意，仅仅一年的时间，全国有两万起——男人将妻子也好，前妻也好——杀死的案例。"

苏青被这个数字惊到了，有些失神地看着酒杯。

"所以我不知道，我这一年净核这些杀妻案，要是没出这个法律，这些人可能就不会死了。我想休假一阵儿，好好想想，我们三十多年前就在呼吁的事情，到底是错的还是对的？"

29

倒是詹周氏后来结婚了，从大丰农场释放后，组织给她物色了一个合适的结婚对象，两人说不上什么感情，只是在物资匮乏的年代，结婚成了实用主义的互补。从前几年开始她就搬进孤儿院居住。她一辈子无儿无女，忽然又拥有了这么多孩子。有时候，阳光明媚心情爽朗的日子，她会回想一下过去，要是她能生育的话，要是她给大块头生了一个孩子，他对她会不会好一些，会不会多一点家庭的责任心，不那么嗜赌？

有时候她会想起另一个人，那个永远查不到的帮凶。她曾假想过跟那个人在一起会怎么样，比如他们那天藏尸成功了，顺利脱逃了，会不会幸福余生？也许他们逃不过战火，到处都在打仗开枪，也许他早就死在日本人手里，或是被哪一颗冷弹打死。

1980年有2月29日，那一天是正月十五，院长通知他们今天镇委书记会来看望阳光福利院的孤儿们。为此她带着孩子连干了三天的大扫除，又排练一出方阵欢迎仪式。那天一早，他们就在院前铺上了红毯，十点钟左右镇委书记莅临福利院，在欢迎欢迎的口号中，挥手笑着走过红毯。本来是顺利验收的一天，但詹周氏就是觉得不对劲，有个老司机，给镇委书记开车的，好像一直在车里盯着她。是不是太敏感了，因为自己的过往。那天来了三辆车，都是停在院前的路边，其他两辆都没问题，只有那一辆，把车窗摇开，好像还跑到副驾位上来辨认她。

对的，一定是辨认。过了正月她想，他一定认识她，上海的旧人，也许是酱园弄的某个邻居。她以为他会再来，她可不怕，虽然杀过人，可现在是光明正大，除了干儿子干女儿，谁都不用瞒，连她丈夫都知道，自己娶的这个女人，在旧社会不忍家暴，坐了那么些年牢，改造良好才出来的。

但他还是来了。那一年夏天，苏北最热的那几天。她带着孩子们在泳池玩水，他直奔大厅，坐在吊扇下面看着她做事，中间还抽了几支烟。

她不去理会，也没法抽身出来，直到把孩子们从泳池劝走，将他们哄睡着后，回到大厅，和他面对面坐着。两个人都不说话，吊扇的影子一下下打在他脸上。詹周氏记起他是谁了，那个薛局长，喜欢拿着手电筒的薛至武。完全变了样子，不只是变老了，身上再没一点光鲜的东西。他戴着前进帽,一身藏青色的卡其布衣服,脚底也不再是响彻提篮桥的皮鞋,只是一双军绿色的胶鞋。

他居然还没有死,她想。事实上连薛至武自己都想不通,自己怎么还不死,新中国解放,五六十年代毙了那么多人,政委也没找他谈话。也许是从1945年就一直在提篮桥坐牢的关系。他想如果国民党没抓他,继续做他的上海警察局长,以这个官位他没机会去台湾,留下来就一定是死。可他是阶下囚,国民党的犯人,解放后,好像敌人的犯人就不再是犯人一般,只是转到大丰,简单地进行几年劳改,就被分配到镇政府当司机。三十几年从宣统到北洋,从租界到汪伪,从民国到解放,时代更迭,你永远都不知道你明天的命运如何。慢慢地,他从薛局长变成了薛师傅。自然他永远讲不出那句话:在上海,我说了算。

他几乎都忘了,詹周氏的出现才提醒他,他不是一辈子都这么卑微。他也没什么好说的,就是过来看看她,似乎通过她能看见自己不错的日子。

"我在提篮桥见过你一次,我后来也进去了。"他说,"1950年我跟着来了大丰,我知道你肯定也在这儿,只是三十万上海人,就又过了三十年。"

"你一直在找我?"

他点点头,又拿出一支烟,说:"因为是个谜,我想知道,那个人是谁?"

詹周氏眨着眼看他。

"你用不着怕,我现在就是个老司机。"他抽口烟说,"几十年我都在想这事儿,我们忽略了最重要的一条线索,分尸,就是,你为什么要分尸,你又拿不走,为什么要分?因为死的人不是大块头,是何惠贤,早在退房子的时候,你们就把他杀了,占了他全部家当。你们接下来要做的,就是你杀了大块头的假象,计划那天晚上远走高飞,只是被楼下的瞎子发现了,计划乱了。"

"你想多了。"

"我没想多,大块头发现你俩有奸情,失手打死了他,你也没法报警,你是通奸罪。之后那几天,他想到了这个办法,看起来是把自己杀死,这样你这边也相当于离婚了,他死了,你也就自由了。也许怀揣罪恶,你们各跑各的,只是他跑了,你还在犹豫往哪里跑。"

"你真的想多了。"

薛至武搓着脸,有些不自信地说:"难道死的人是大块头?而那个人,我一直在问的那个人是谁,那个人是何惠贤?反正有一个是何惠贤!"

詹周氏笑了,不置可否,死的人是谁,杀的人又是谁,随着时间的流逝已经没有意义了,其实她詹周氏也该死了,她自己都不明白,哪里来的力量,让她活得那般长久。

30

1995年9月8日,中国人的中秋节,远在加州的张爱玲在公寓死了一个星期,才被她的美国房东推门发现。老无所依,贫困交加,张爱玲晚年给朋友写信时曾抱怨贫穷,为了钱她什么都干,甚至五六十岁的年纪,还要去餐馆刷盘子。她的房东是再普通不过的美国老太太,推开门的一刻,她绝对不会想到,死在她房间里的这个中国老太太,是20世纪中国最伟大的女作家,没有之一,甚至不需要性别限制——最伟大的作家。

第二天我一直睡到中午,相当于多蹭一顿午饭才告辞。午饭过后她一直抓着我的手,仿佛生怕一松手就见不到我了。她问我,还见过别的人没有,比如帮过她的那个女作家,那个结巴律师。我说都没了,时间那么久,再没谁如您一般长寿,苏青女士于1982年死于上海郊区;施拜休在1985年死于心脏病,而那时他仍没有想好,他所推动的婚姻法是对的还是错的,他没能呼吸到21世纪自由的空气;薛至武于1981年死于糖尿病并发症,就葬在大丰农场。我没有他那么疯魔,但如果有机会的话,去他墓前走走,告诉他,那个人是谁。

风和日丽,她想跟我出去走走,数字命名的农场大门她轻车熟路。在路上我发现头一天绕路了,走了一个马蹄,直接去汽车站的话,是不用经过田地的。

等车的时候她比我还要焦虑,时不时看车来的方向,希望迟些过来。直到站长吹了一声哨子,让大家准备好上车,她最后一次握住我的手。我说您保重身体,若有时间我还会再来看你。这是敷衍,她的时间不多了,我也不大会过来。

"你就只是来看看?"

"啊?"

"真的不是案子重审了？"

她问第二遍了，昨天离开的时候就问过我一遍。我挥手上车，大巴在大丰前后颠簸，半个小时后进入平稳高速，右侧的公里牌如年份一般，每四十秒上涨一个数字。我把窗帘拉上，有些明白了，也许她想说的是，如果案子再重审一次，她就会把真相讲出来。真是的，在逃的那个人，也早已只剩在天之灵了吧。